Du même auteur, chez le même éditeur :

La Trilogie du magicien noir :
1. *La Guilde des magiciens* (2007)
2. *La Novice* (2007)
3. *Le Haut Seigneur* (2008)

L'Âge des Cinq :
1. *La Prêtresse blanche*
2. *La Sorcière indomptée*

www.bragelonne.fr

Trudi Canavan

Le Haut Seigneur

La Trilogie du magicien noir – livre trois

Traduit de l'anglais (Australie) par Ariane Maksioutine

Bragelonne

Collection dirigée par Stéphane Marsan et Alain Névant

Titre original : *The High Lord – The Black Magician Trilogy* book three

1re édition : mai 2008
2e édition : novembre 2008
2e tirage : décembre 2009

Illustration de couverture :
Stéphane Collignon

ISBN : 978-2-35294-241-2

Bragelonne
35, rue de la Bienfaisance – 75008 Paris

E-mail : info@bragelonne.fr
Site Internet : http://www.bragelonne.fr

Ce livre est dédié à mes amis, Yvonne et Paul.
Merci pour votre aide, votre honnêteté et votre patience,
et pour avoir relu, encore et encore, cette histoire…

Remerciements

Énormément de gens m'ont encouragée et aidée durant l'écriture de cette trilogie. En plus des personnes que j'ai remerciées dans *La Guilde des magiciens* et *La Novice*, j'aimerais également saluer celles qui m'ont donné un coup de main pour l'écriture de ce livre.

Une fois encore, mes correcteurs, qui m'ont donné de si précieux conseils : maman et papa, Paul Marshall, Paul Ewins, Jenny Powell, Sara Creasy et Anthony Mauricks.

Fran Bryson, mon agent. Merci de m'avoir trouvé le cadre idéal pour mes « vacances-travail ».

Les Petersen qui a patiemment toléré toutes mes idées et suggestions lors de la conception de la magnifique couverture de cette série. Stephanie Smith et l'équipe assidue de HarperCollins, pour avoir transformé mes histoires en si beaux livres. Justin de Slow Glass Books, Sandy de Wormhole Books, ainsi que les libraires qui ont accueilli cette trilogie avec beaucoup d'enthousiasme.

Et merci à tous ceux qui m'ont envoyé des e-mails de félicitations pour *La Guilde des magiciens* et *La Novice*. Savoir que vous avez apprécié mes histoires attise grandement la flamme d'inspiration qui brûle en moi.

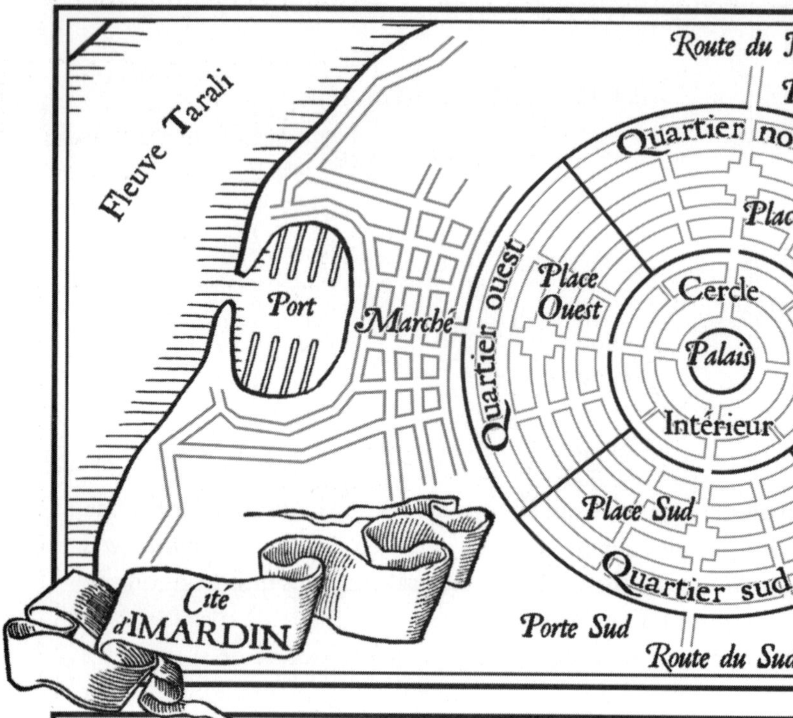
Route du Nord
Porte Nord
Fleuve Tarali
Quartier nord
Place Nord
Port
Marché
Quartier ouest
Place Ouest
Cercle
Palais
Guilde des mages de Kyralie
Intérieur
Place Sud
Quartier sud
Cité d'IMARDIN
Porte Sud
Route du Sud

LONMAR
ELYNE
SACHAKA
KYRALIE
Îles VINDOS
LAN
ELYNE
Les Montagnes Grises
Passe Nord
SACHAKA
Le Fort
Les Pics de la ceinture de fer
Havrevent
Fortgris
Galia
Passe Sud
Sarin
Kendil
Calia
Fort Corres
Davlin
Pont-au-Froid
Ferryrest
Imardin
Fennin
Mer Corres
La Garde
Agen
Sheel
Mer Tanjin
Royaume de KYRALIE

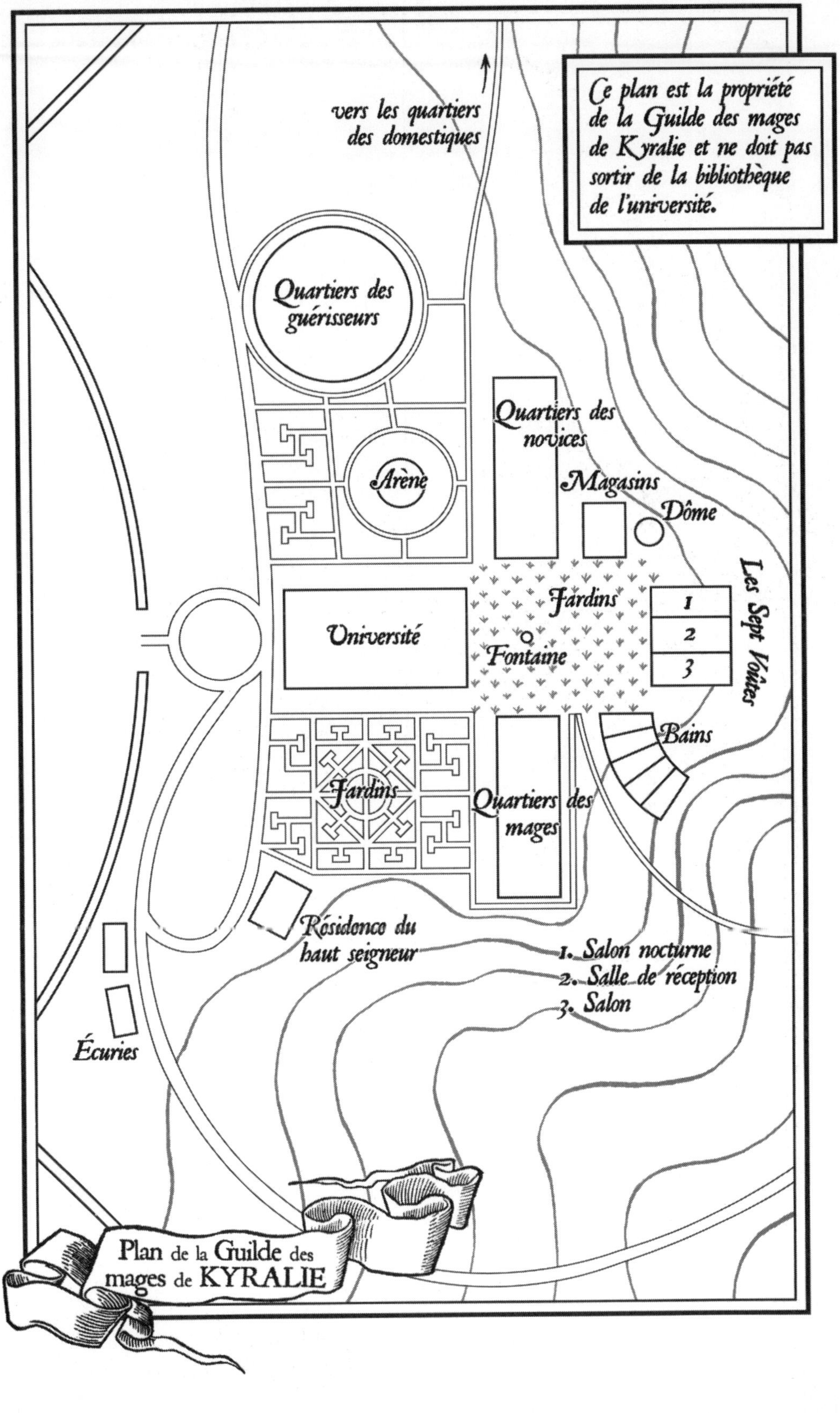
Ce plan est la propriété de la Guilde des mages de Kyralie et ne doit pas sortir de la bibliothèque de l'université.
vers les quartiers des domestiques
Quartiers des guérisseurs
Quartiers des novices
Arène
Magasins
Dôme
Les Sept Voûtes
1
2
3
Jardins
Université
Fontaine
Bains
Jardins
Quartiers des mages
Résidence du haut seigneur
1. Salon nocturne
2. Salle de réception
3. Salon
Écuries
Plan de la Guilde des mages de KYRALIE

Première partie

Chapitre premier

Le message

Dans l'ancienne poésie kyralienne, la lune est désignée sous le nom d'« Œil ». Quand l'Œil est grand ouvert, sa présence vigilante détourne le mal ou encourage la folie chez ceux qui le perpètrent sous son regard. Lorsqu'il est fermé et que seul un éclat blanc marque sa présence endormie, l'Œil permet aux actes dissimulés, qu'ils soient bons ou mauvais, de passer inaperçus.

En levant les yeux vers la lune, Cery eut un sourire ironique. Cette phase de l'Œil, plissé étroitement, était celle que les amants secrets préféraient ; mais il ne traversait pas les ombres de la ville en hâte pour se rendre à un rendez-vous amoureux. Son dessein était plus sombre.

Cependant, il lui était difficile de savoir si ses actes étaient bons ou mauvais. Les hommes qu'il recherchait méritaient leur sort, mais Cery soupçonnait un autre objectif derrière la tâche qu'on lui avait confiée, autre que celui de réduire le nombre de meurtres qui avaient tourmenté la ville ces dernières années. Il ne savait pas tout de cette sale affaire – ça, il en était sûr – mais il en savait probablement plus que quiconque dans la ville.

Tout en marchant, il récapitula ce qu'il savait. Il avait appris que ces meurtres n'étaient pas commis par un seul homme, mais par plusieurs. Il avait également noté que ces individus venaient tous du même empire : le Sachaka. Cependant, le plus important restait qu'ils étaient des magiciens.

À la connaissance de Cery, la Guilde ne comprenait pas de Sachakaniens.

Si les voleurs étaient conscients de quoi que ce soit, ils le cachaient bien. Il se remémora une de leurs réunions à laquelle il avait assisté deux ans plus tôt. Les chefs des groupes clandestins plus ou moins alliés avaient ri quand Cery s'était proposé de dénicher le meurtrier. Ceux qui demandaient l'air de rien pourquoi il n'avait pas réussi après si longtemps devaient certainement supposer qu'il n'y avait qu'un seul tueur, ou peut-être voulaient-ils lui faire *croire* qu'ils ne savaient rien de plus.

Chaque fois que Cery s'occupait du cas de l'un des assassins, un autre commençait son sinistre travail. Malheureusement, cette situation laissait penser aux voleurs que Cery ne menait pas à bien sa mission. Il ne pouvait qu'ignorer leurs questions et espérer que son succès dans d'autres activités le fasse remonter dans leur estime.

La haute silhouette d'un homme émergea du sombre encadrement d'une porte. La lumière lointaine d'un lampadaire révéla un visage sévère et familier. Gol fit un signe de tête puis emboîta le pas à Cery.

Arrivés à l'intersection de cinq routes, ils approchèrent un bâtiment en L. En passant les portes ouvertes, Cery sentit une forte odeur de transpiration, de bol et de cuisine. Il était encore tôt dans la soirée, et la gargote était pleine. Ils allèrent s'asseoir au comptoir où Gol commanda deux chopes de bol et une assiette de crots salés.

Gol dévora la moitié des haricots avant de parler :

— Au fond. Bague qui brille. T'en dis quoi, fiston ?

Cery et Gol se faisaient souvent passer pour père et fils quand ils ne voulaient pas révéler leur identité, ce qui était le cas la plupart du temps qu'ils passaient en public, ces jours-ci. Cery n'avait que quelques années de moins que Gol mais, avec sa petite taille et son visage enfantin, on le prenait souvent pour un adolescent. Il attendit quelques minutes, puis laissa glisser son regard au fond de la gargote.

Même si la pièce était bondée, il localisa facilement l'homme que Gol avait signalé. Son visage large et brun typiquement sachakanien se distinguait de ceux des pâles Kyraliens, et il observait attentivement la foule. Cery jeta un regard sur les doigts de l'homme et aperçut un éclat rouge dans l'argent terne d'une bague. Il détourna les yeux.

— Qu'est-ce que t'en penses ? murmura Gol.

Cery saisit sa chope et fit mine d'avaler une gorgée de bol.

— Trop compliqué pour nous, p'pa. Laisse ça à quelqu'un d'autre.

Après un grognement en guise de réponse, Gol vida sa chope et la reposa. Cery le suivit dehors. Quelques rues après la gargote, il enfouit la main dans son manteau et en sortit trois pièces de cuivre qu'il flanqua dans la grosse main de Gol. Le grand bonhomme soupira et partit.

Cery eut un sourire ironique puis se baissa afin d'ouvrir une grille encastrée dans un mur proche. Aux yeux d'un étranger, Gol paraissait parfaitement impassible. Mais Cery connaissait ce soupir. Gol avait peur, et pour de bonnes raisons. Chaque homme, chaque femme et chaque enfant dans les Taudis seraient en danger tant que ces meurtriers rôderaient dans les parages.

Cery se glissa derrière la grille, dans le passage qu'elle dissimulait. Les trois pièces qu'il avait données à Gol paieraient trois gamins des rues pour délivrer un message – trois gamins, au cas où le message serait perdu ou retardé. Les destinataires étaient des artisans de toute sorte qui feraient passer ce qu'on leur avait dit par un garde de la ville, un messager ou un animal dressé. Chaque homme ou chaque femme de la chaîne ignorait tout de la signification cachée derrière les objets ou les mots de passe qui leur étaient confiés. Seul le destinataire final en comprendrait l'importance.

À ce moment-là, la traque reprendrait.

Sonea quitta la salle de cours et traversa lentement le couloir principal de l'université, bondé et bruyant. Elle accordait habituellement peu d'importance aux singeries des autres novices, mais ce jour-là, c'était différent.

Ça fait un an aujourd'hui que le défi a eu lieu, pensa-t-elle. *Une année entière depuis que j'ai combattu Regin dans l'arène, et tellement de choses ont changé.*

De petits groupes de novices se dirigeaient vers l'escalier du fond et le réfectoire. Quelques filles s'attardaient près de la porte d'une classe, échangeant des murmures conspirateurs. Au fin fond du couloir, un professeur émergea d'une salle de cours, suivi de deux étudiants portant de grosses boîtes.

Sonea examina les visages des quelques novices qui faisaient attention à elle. Aucun d'eux ne la dévisageait ou ne la regardait de haut. Quelques élèves de première année observaient l'incal sur sa manche – symbole qui faisait officiellement d'elle la novice préférée du haut seigneur – puis détournaient rapidement le regard.

Une fois au bout du couloir, elle entreprit de descendre le délicat escalier façonné à l'aide de la magie qui menait au hall d'entrée. Ses bottes produisaient un doux son de cloche sur les marches. Le hall résonna quand d'autres pas retentissants se joignirent aux siens. Elle redressa la tête et vit trois novices monter dans sa direction. Un frisson lui parcourut l'échine.

Regin se tenait au milieu du groupe, ses deux plus proches amis, Kano et Alend, à ses côtés. Sonea continua à descendre tout en gardant une expression neutre. Quand le jeune homme l'aperçut, son sourire disparut. Il regarda Sonea, mais se détourna lorsqu'ils se croisèrent.

La jeune femme jeta un coup d'œil en arrière et poussa un discret soupir de soulagement. Depuis le défi, chacune de leurs rencontres s'était déroulée de cette façon. Regin avait adopté le comportement d'un perdant affable et digne, et elle le laissait tranquille. Rappeler sa défaite au jeune homme lui aurait bien plu, mais elle était certaine qu'il trouverait des moyens ingénieux de se venger anonymement. Il valait mieux qu'ils s'ignorent.

Cependant, elle avait gagné bien plus lors de sa victoire publique face à Regin que l'arrêt de son harcèlement. Elle semblait avoir obtenu le respect des autres novices et de la plupart des professeurs. Désormais, elle n'était plus simplement la fille des Taudis dont les pouvoirs s'étaient tout d'abord manifestés lors d'une attaque contre la Guilde, durant la Purge annuelle qui jetait hors de la cité les vagabonds et les scélérats. Elle sourit d'un air contrit en se rappelant ce jour. *J'étais aussi surprise qu'eux d'avoir utilisé de la magie.*

On ne se souvenait également plus d'elle comme la « renégate » qui avait évité sa capture en marchandant avec les voleurs. *Ça me semblait être une bonne idée, à l'époque*, pensa-t-elle. *Je croyais que la Guilde voulait me tuer. Après tout, les mages n'ont jamais formé qui que ce soit en dehors des Maisons, auparavant. Enfin, ça n'a pas apporté grand-chose aux voleurs. Je n'ai jamais pu contrôler mes pouvoirs assez bien pour me rendre utile.*

Bien que cela déplaise encore à certains, elle n'était également plus considérée comme l'étrangère qui avait provoqué la chute du seigneur Fergun. *Eh bien, il n'avait qu'à pas enfermer Cery et le menacer de mort pour me forcer à coopérer. Il voulait convaincre la Guilde qu'on ne peut pas faire confiance à une personne de classe inférieure utilisant la magie, mais au lieu de ça, il a prouvé qu'on ne peut pas faire confiance à certains magiciens.*

En repensant aux novices dans le couloir, Sonea sourit. D'après leur curiosité prudente, elle se doutait que la première chose dont ils se souvenaient était la facilité avec laquelle elle avait gagné le défi. Ils se demandaient sûrement quelle ampleur sa puissance allait prendre. Elle soupçonnait même certains professeurs de la craindre un peu.

Arrivée en bas des marches, Sonea traversa le hall d'entrée en direction des portes ouvertes de l'université. Elle resta sur le seuil à observer le bâtiment gris à deux étages, au fond du jardin, et sentit son sourire s'évanouir.

Déjà une année depuis le défi, mais certaines choses n'ont pas changé.

Malgré le respect qu'elle avait gagné, elle n'avait toujours pas d'amis proches. Ils n'étaient pas tous intimidés, par elle ou par son tuteur. Plusieurs novices avaient tenté de l'inclure dans leurs conversations depuis le défi. Mais bien qu'elle soit heureuse de leur parler pendant les cours ou la pause-déjeuner, elle refusait toujours leurs invitations à se joindre à eux en dehors des cours.

Elle soupira et descendit les marches du bâtiment. Chaque ami qu'elle se ferait serait un instrument de plus que le haut seigneur pourrait utiliser contre elle. Si jamais elle saisissait un jour l'occasion de révéler les crimes de l'homme à la Guilde, toutes les personnes chères à son cœur seraient en danger. Autant donner à Akkarin un vivier de victimes potentielles dans lequel choisir sans retenue. Ce serait absurde.

Sonea se remémora la nuit où, plus de deux ans et demi auparavant, elle s'était faufilée dans la Guilde avec son ami Cery. Même si elle pensait que la Guilde la voulait morte, le risque semblait valoir la peine d'être pris. Elle ne pouvait pas contrôler ses pouvoirs et était donc inutile aux voleurs ; Cery avait espéré qu'elle apprendrait à le faire en observant les magiciens.

Tard cette nuit-là, après avoir vu beaucoup de choses qui l'avaient fascinée, elle s'était approchée d'un bâtiment gris à l'écart des autres. En scrutant une salle souterraine à travers une bouche d'aération, elle avait vu un mage en robe noire pratiquer une étrange magie…

Le mage prend la dague scintillante et lève les yeux vers le serviteur.

—Le combat m'a vidé de mes forces. J'ai besoin des tiennes.

Le serviteur pose un genou à terre et offre son bras. Le mage fait courir la lame sur la peau de l'homme, puis place une main sur la blessure…

… alors elle éprouve une sensation étrange, comme un battement produit par des insectes, dans ses oreilles.

Sonea frémit à ce souvenir. Elle n'avait pas compris ce qu'elle avait vu ce soir-là, et tellement de choses s'étaient passées par la suite qu'elle avait essayé d'oublier. Ses pouvoirs étaient devenus si dangereux que les voleurs l'avaient livrée à la Guilde, et elle s'était alors rendu compte que les magiciens ne voulaient pas la tuer. Ils avaient même décidé de l'accepter parmi eux. Puis le seigneur Fergun avait capturé Cery et fait chanter Sonea afin qu'elle coopère avec lui. Cependant, les plans du guerrier avaient échoué lorsque Cery avait été retrouvé emprisonné sous l'université, et Sonea avait consenti que l'administrateur Lorlen la soumette à la lecture de vérité afin de prouver que Fergun l'avait manipulée. Ce ne fut que durant cette lecture de l'esprit que le souvenir du mage en robe noire, dans cette pièce souterraine, lui était totalement revenu.

Lorlen avait reconnu en ce mage son ami Akkarin, le haut seigneur de la Guilde. Il avait également reconnu le rituel interdit de magie noire.

Dans l'esprit de Lorlen, Sonea avait puisé la conscience de ce dont un mage noir était capable. En utilisant l'art défendu, Akkarin aurait gagné un pouvoir allant au-delà de ses limites naturelles. On savait déjà le haut seigneur exceptionnellement puissant, mais en tant que mage noir, son pouvoir serait tel que Lorlen pensait que même les forces combinées de la Guilde ne suffiraient pas à le battre.

L'administrateur avait donc écarté l'idée d'une confrontation avec le haut seigneur. Le crime devait rester secret jusqu'à ce que l'on trouve un moyen d'affronter Akkarin sans risques. Seul Rothen, le mage qui allait être le tuteur de Sonea, en fut informé. En effet, il aurait de toute façon probablement vu ce souvenir durant son enseignement et aurait appris la vérité par lui-même.

Sonea ressentit une pointe de tristesse en pensant à Rothen, et cette sensation fut suivie d'une colère sourde. Il avait été plus qu'un tuteur et un professeur, il avait été comme un père. Elle n'aurait sûrement pas pu supporter le harcèlement de Regin sans le soutien et l'aide de Rothen. De son côté, il avait enduré les conséquences de rumeurs malveillantes que le jeune novice colportait en disant à qui voulait l'entendre que Rothen exerçait sa tutelle en échange de faveurs charnelles.

Puis soudain, juste quand les ragots et les soupçons semblaient s'atténuer, tout avait changé. Akkarin était venu dans l'appartement de Rothen leur annoncer qu'il savait que son secret avait été découvert. Il avait lu l'esprit de Lorlen et il voulait aussi lire les leurs. Sachant qu'Akkarin était trop puissant pour être affronté, ils n'avaient pas osé refuser. Ensuite, se souvint-elle, Akkarin avait arpenté la pièce.

« Vous m'accuseriez tous les deux si vous le pouviez. Je vais donc demander la tutelle de Sonea. Elle sera le gage de votre silence. Personne ne saura que je pratique les arts noirs tant qu'elle se trouvera sous ma coupe. (Ses yeux avaient glissé vers Sonea.) Et la bonne santé de Rothen sera ma garantie pour que tu coopères. »

Sonea s'engagea sur le chemin menant à la résidence du haut seigneur. Cette confrontation avait eu lieu si longtemps auparavant... Aujourd'hui, elle avait l'impression que c'était arrivé à quelqu'un d'autre, ou à un personnage d'une histoire qu'on lui aurait racontée. Elle était la protégée d'Akkarin depuis un an et demi maintenant, et ce n'était pas aussi pénible qu'elle l'avait craint. Il ne l'avait pas utilisée en tant que source de pouvoir supplémentaire et n'avait pas essayé de l'impliquer dans ses pratiques diaboliques. Hormis les somptueux dîners qu'elle devait prendre à ses côtés chaque predi soir, elle le voyait très rarement. Et quand ils parlaient, ce n'était que de sa formation à l'université.

Sauf cette fameuse nuit, pensa-t-elle.

Elle ralentit, tout en se souvenant. Il y avait plusieurs mois de cela, alors qu'elle revenait de cours, des bruits sourds et des cris lui étaient parvenus du sous-sol de la résidence. En descendant l'escalier menant à la pièce souterraine, elle avait vu Akkarin tuer un homme en usant de magie noire. Il avait soutenu que l'homme était un tueur sachakanien, envoyé pour l'assassiner.

« Pourquoi l'avez-vous tué ? avait-elle demandé. Pourquoi ne l'avez-vous pas remis à la Guilde ?

— Parce que, comme tu l'as certainement deviné, lui et les siens savent beaucoup de choses sur moi que je préfère cacher à la Guilde. Tu dois te demander qui sont ces gens et pourquoi ils veulent ma mort. Je ne peux te dire qu'une chose : les Sachakaniens haïssent toujours la Guilde, mais ils nous craignent également. De temps à autre, ils envoient un tueur comme lui pour me tester. »

Sonea en savait autant sur le voisin de la Kyralie que n'importe quel autre novice de troisième année, les guerres entre l'empire sachakanien et les mages kyraliens faisant partie de leur programme d'histoire. On leur apprenait que les Kyraliens avaient gagné la dernière guerre en formant la Guilde et en partageant leur savoir magique. Sept siècles plus tard, l'empire sachakanien avait pratiquement disparu, et la plus grande partie du Sachaka était à l'abandon.

Lorsqu'on y songeait, il n'était pas difficile de croire que les Sachakaniens détestaient toujours la Guilde. C'était aussi probablement pour cela que le Sachaka ne faisait pas partie des Terres Alliées. Au contraire de la Kyralie, de l'Elyne, des îles Vindos, de la Lonmar et de la Lan, le Sachaka n'était pas lié par l'accord stipulant que tous les magiciens devaient non seulement recevoir son enseignement mais aussi être surveillés par la Guilde. Il existait peut-être des mages au Sachaka, mais elle doutait qu'ils soient correctement formés.

S'ils constituaient une *menace*, la Guilde le savait sûrement. Sonea fronça les sourcils. Peut-être certains magiciens étaient-ils au courant. Peut-être était-ce un secret que seuls les hauts mages et le roi pouvaient détenir. Le roi ne souhaiterait sûrement pas que des gens ordinaires s'inquiètent de l'existence de magiciens sachakaniens, à moins que ce peuple devienne une menace sérieuse, évidemment.

Ces assassins étaient-ils vraiment menaçants ? Elle secoua la tête. Tant qu'Akkarin repoussait facilement les meurtriers occasionnels qu'on lui envoyait, cela ne posait pas de sérieux problèmes.

Elle ralentit. Peut-être la seule raison pour laquelle Akkarin *pouvait* les repousser était qu'il renforçait son pouvoir grâce à la magie noire. Le cœur de la jeune femme manqua un battement. Les assassins devaient alors être effroyablement puissants. Akkarin avait laissé entendre qu'ils savaient qu'il utilisait la magie noire. Ils ne l'attaqueraient pas sans être certains d'avoir une chance de le tuer. Cela voulait-il dire qu'eux aussi utilisaient cette forme de magie ?

Elle frémit. *Et je dors toutes les nuits dans la même maison que l'homme qu'ils essaient de tuer.*

Peut-être était-ce pour cela que Lorlen n'avait pas encore trouvé de solution pour se débarrasser d'Akkarin. Peut-être savait-il que l'homme avait une bonne raison d'utiliser la magie noire. Peut-être ne comptait-il pas évincer Akkarin du tout.

Non, pensa-t-elle. *Si les raisons d'Akkarin étaient honorables, je ne serais pas son otage. S'il avait pu prouver que ses motivations sont honnêtes, il aurait essayé de le faire plutôt que de prendre le risque de garder à ses côtés deux magiciens et une novice cherchant constamment un moyen de le vaincre.*

Et, s'il se sent un minimum concerné par mon bien-être, pourquoi alors me garder dans la résidence où les chances d'être attaqués par des assassins sont aussi grandes ?

Elle était certaine que Lorlen se souciait d'elle. Il le lui aurait dit s'il savait que les desseins d'Akkarin étaient honorables. Il n'aurait pas voulu qu'elle imagine la situation pire qu'elle n'était.

Brusquement, elle se souvint de la bague que portait Lorlen. Cela faisait plus d'un an que des rumeurs circulaient dans la ville à propos d'un tueur avec une bague d'argent à gemme rouge. Exactement comme celle que Lorlen possédait.

Mais ce *devait* être une coïncidence. Elle avait entrevu l'esprit de Lorlen et ne pouvait pas l'imaginer tuant *qui que ce soit.*

En gagnant la porte de la résidence, Sonea s'arrêta et prit une profonde inspiration. Et si l'homme qu'Akkarin avait tué n'était pas un assassin ? Si c'était un diplomate sachakanien ayant découvert le crime du haut seigneur, et que ce dernier l'ait attiré vers la résidence pour le tuer… et qu'il ait ensuite découvert que l'homme était un magicien ?

Stop ! Assez !

Elle secoua la tête comme pour la vider de ces spéculations stériles. Elle avait réfléchi à ces possibilités pendant des mois, ressassant ce qu'elle avait vu et ce qu'on lui avait dit. Chaque semaine, elle regardait Akkarin par-dessus la table du dîner et aurait aimé avoir le courage de lui demander pourquoi il avait appris la magie noire, mais elle était demeurée silencieuse. Si elle n'était pas sûre de l'honnêteté des réponses, alors à quoi bon poser les questions ?

Sonea tendit une main vers la poignée et la frôla des doigts. La porte s'ouvrit vers l'intérieur, comme chaque fois qu'elle l'effleurait. Sonea entra.

La grande silhouette sombre d'Akkarin se leva de l'un des fauteuils de l'antichambre. La jeune femme ressentit une peur familière et fit en sorte de l'oublier. Un unique globe lumineux flottait au-dessus de la tête de son tuteur, laissant ses yeux dans l'ombre. Un coin de la bouche du mage se redressa, comme pour marquer un léger amusement.

— Bonsoir, Sonea.

Elle le salua.

— Haut seigneur.

L'homme lui fit signe de se diriger vers l'escalier de l'entrée d'une main pâle. Sonea posa son cartable plein de livres et de notes et se mit à monter. Le globe lumineux d'Akkarin flottait au centre de la cage d'escalier tandis que le mage la suivait. Arrivée au second étage, elle s'engagea dans le couloir et entra dans une pièce meublée d'une grande table et de plusieurs chaises. Une délicieuse odeur planait dans l'air et fit gargouiller doucement son ventre.

Takan, le serviteur d'Akkarin, la salua alors qu'elle s'asseyait, puis il quitta la pièce.

—Qu'as-tu étudié, aujourd'hui, Sonea? s'enquit Akkarin.

—L'architecture, répondit-elle. Les méthodes de construction.

Il haussa légèrement un sourcil.

—Comment façonner la pierre grâce à la magie?

—Oui.

Il avait l'air songeur. Takan réapparut chargé d'un grand plateau duquel il transféra plusieurs petits bols sur la table, puis il s'éloigna à grands pas. Sonea attendit qu'Akkarin commence à se servir dans les bols avant de remplir elle-même son assiette.

—As-tu trouvé cela difficile ou facile?

Sonea hésita.

—Difficile au début, puis plus facile. C'est... ce n'est pas comme la guérison.

Le regard d'Akkarin se fit plus perçant.

—En effet. Et en quoi est-ce différent?

Elle réfléchit.

—La pierre n'a pas la barrière de résistance naturelle que comporte le corps. Elle n'a pas de peau.

—C'est exact, mais on peut créer une sorte de barrière si...

La voix du mage s'estompa. Sonea redressa la tête et le découvrit pensif, les yeux rivés sur le mur, derrière elle. Il planta son regard dans celui de Sonea, puis il relâcha son attention et baissa les yeux sur la table.

—Je dois assister à une réunion ce soir, dit-il en reculant sa chaise. Je te souhaite une bonne fin de dîner, Sonea.

Surprise, elle le regarda se diriger rapidement vers la porte, puis porta son attention sur le repas à moitié terminé de l'homme. De temps à autre, quand elle arrivait pour le dîner hebdomadaire, elle tombait sur Takan l'attendant dans l'antichambre avec la bonne nouvelle que le haut seigneur ne serait pas présent au repas. Mais Akkarin n'avait auparavant quitté la table précipitamment que deux fois. Elle haussa les épaules et continua de manger.

Quand elle eut terminé, Takan réapparut. Il empila la vaisselle sur le plateau. En l'observant, la jeune femme découvrit une minuscule ride entre ses sourcils.

Il a l'air inquiet, songea-t-elle.

Se souvenant de ses précédentes spéculations, elle sentit un frisson lui parcourir l'échine. Takan avait-il peur qu'un autre assassin pénètre dans la résidence à la recherche d'Akkarin?

La seule chose qu'elle souhaita alors fut de retourner à l'université. Elle se leva et regarda le serviteur.

— Je ne prendrai pas de dessert, Takan.

L'expression de l'homme changea légèrement. Elle y lut de la déception et ne put s'empêcher de ressentir un pincement de culpabilité. Il était peut-être le serviteur loyal d'Akkarin, mais c'était également un vrai cordon-bleu. Avait-il préparé un plat dont il était particulièrement fier et était-il consterné qu'ils quittent la table tous les deux sans y toucher ?

— Est-ce quelque chose qui… pourra encore se manger dans quelques heures ? demanda-t-elle avec hésitation.

Le regard du serviteur croisa furtivement celui de la jeune femme qui y perçut, et ce n'était pas la première fois, une vive intelligence que l'attitude déférente de l'homme ne dissimulait pas entièrement.

— Oui, demoiselle. Devrai-je l'apporter dans votre chambre à votre retour ?

— Oui, acquiesça-t-elle. Merci.

Takan la salua.

Sonea quitta la pièce, parcourut le couloir à grandes enjambées et descendit l'escalier. Elle se redemanda quel rôle Takan pouvait bien jouer dans les secrets d'Akkarin. Elle avait vu le mage s'emparer de son énergie, mais cet acte n'avait selon toute apparence ni tué ni blessé le serviteur. Et la nuit de la tentative d'assassinat, Akkarin lui avait appris que Takan venait du Sachaka. Cette révélation apportait une nouvelle question : si les Sachakaniens détestaient la Guilde, pourquoi l'un d'entre eux était-il le serviteur du haut seigneur ?

Et pourquoi Takan appelait-il parfois Akkarin « maître » plutôt que « seigneur » ?

Lorlen dictait une commande de matériaux de construction quand un messager arriva. Il prit le bout de papier des mains de l'homme, le lut, puis hocha la tête.

— Dites au maître des écuries de me préparer une voiture.

— Oui, seigneur.

Le messager le salua, puis quitta hâtivement la pièce.

— Encore une visite au capitaine Barran ? demanda Osen.

Lorlen fit un sourire sombre à son assistant.

— J'en ai bien peur. (Il regarda la plume qu'Osen tenait au-dessus d'une feuille de papier et secoua la tête.) J'ai perdu le fil de mes pensées, ajouta-t-il. Nous terminerons ça demain.

Osen essuya la plume.

— J'espère que cette fois, Barran a trouvé le tueur. (Il suivit Lorlen à l'extérieur du bureau.) Bonne nuit, administrateur.

— Bonne nuit, Osen.

Tandis que son assistant s'engageait dans le couloir de l'université en direction du quartier des mages, Lorlen observa le jeune magicien. Osen avait vite remarqué les visites régulières de l'administrateur à la Première Garnison. Le jeune homme était observateur, et le mage préférait ne pas se lancer dans de fausses excuses alambiquées. Parfois, une part raisonnable de vérité vaut mieux qu'une tromperie totale.

Il avait expliqué à Osen qu'Akkarin lui avait demandé de garder un œil sur l'enquête des gardes visant à mettre la main sur le meurtrier.

— Pourquoi vous ? avait insisté Osen.

Lorlen s'était attendu à cette remarque.

— Oh, j'avais besoin de m'occuper durant mon temps libre ! avait-il dit en plaisantant. Barran est un ami de ma famille. De toute façon, c'est lui qui me tenait au courant des meurtres, et la communication entre nous est seulement devenue officielle. Je pourrais envoyer quelqu'un à ma place, mais je préfère apprendre les dernières nouvelles directement.

— Puis-je vous demander s'il y a une raison particulière pour que la Guilde s'y intéresse ? avait tenté Osen.

— Vous pouvez, avait rétorqué Lorlen en souriant. Il est possible que je ne vous réponde pas. Pensez-vous qu'il y ait une raison ?

— J'ai entendu dire que certaines personnes dans la ville pensent que la magie y est pour quelque chose.

— Ce qui explique pourquoi les gens doivent savoir que la Guilde garde un œil sur la situation. Le peuple doit sentir que nous n'ignorons pas ses problèmes. Mais nous devons tout de même faire attention à ne pas y porter un trop grand intérêt ou les gens penseront que la rumeur a du vrai.

Osen avait accepté de garder pour lui ce qu'il savait des visites de Lorlen à la garde. Si le reste de la Guilde apprenait que l'administrateur suivait de près les démarches du capitaine Barran, les mages se demanderaient également s'il n'y avait pas une histoire de sortilèges derrière tout cela.

Lorlen ignorait encore quel était le lien entre ces meurtres et la magie. Il y avait eu un incident, plus d'un an auparavant, au cours duquel un témoin mourant avait déclaré que le meurtrier l'avait attaqué avec de la magie. Ses brûlures semblaient être le résultat d'un éclair de chaleur, mais depuis, Barran n'avait trouvé aucune autre preuve confirmant que le meurtrier – ou les meurtriers – utilisait des incantations.

Pour le moment, Barran avait accepté de garder pour lui la possibilité que l'assassin soit un magicien renégat. Si cette information s'échappait, avait expliqué Lorlen, le roi et les Maisons réclameraient une traque comme celle qui avait été conduite pour trouver Sonea. Ils avaient retenu de cette expérience-là que des mages qui vagabondaient un peu partout dans la ville ne feraient que pousser un renégat à se cacher.

Lorlen déambulait dans le hall d'entrée. Il vit un carrosse sortir des écuries et prendre le chemin menant aux marches de l'université. Lorsque le véhicule s'arrêta, le mage les descendit, donna sa destination au cocher et grimpa.

Très bien, que savons-nous vraiment ? se demanda-t-il.

Pendant des semaines, parfois des mois, des victimes avaient été tuées avec la même méthode ritualisée, méthode qui s'apparentait quelquefois à un rituel de magie noire. Puis, pendant plusieurs mois, il n'y avait plus eu aucun meurtre jusqu'à ce qu'une nouvelle série d'assassinats attire l'attention de la garde. Ces meurtres suivaient également un rituel, mais de façon légèrement différente.

Barran avait classé les raisons probables de ce changement en deux principales catégories. Soit le meurtrier agissait seul et ne cessait de changer ses habitudes, soit chaque série de meurtres était perpétrée par un homme différent. L'assassin solitaire pouvait changer ses habitudes pour éviter de se faire repérer ou bien pour perfectionner le rituel. S'ils étaient plusieurs, cela pouvait être le fait d'une sorte de gang ou de secte dont l'initiation ou la mise à l'épreuve exigeraient un meurtre.

Lorlen regarda la bague qui ornait son doigt. Quelques témoins assez chanceux pour avoir vu le meurtrier et lui avoir survécu avaient déclaré avoir aperçu une bague à gemme rouge à sa main. *Une bague comme celle-ci ?* se demanda-t-il. Akkarin avait créé la gemme à partir de verre et de son propre sang le soir où il avait découvert que Lorlen, Sonea et Rothen connaissaient ses rapports avec la magie noire. Elle lui permettait de voir et d'entendre tout ce que Lorlen faisait et aussi de communiquer mentalement avec lui sans que les autres magiciens puissent les entendre.

Dès qu'un meurtre semblait s'apparenter à un rituel de magie noire, Lorlen ne pouvait s'empêcher d'envisager qu'Akkarin en soit responsable. Le haut seigneur ne portait pas de bague en public, mais peut-être en glissait-il une à son doigt quand il quittait la Guilde. Cependant, pourquoi ferait-il cela ? Il n'avait pas besoin de suivre ses propres faits et gestes.

Et si la bague permettait à quelqu'un d'autre de voir ce que le meurtrier fait ?

Lorlen fronça les sourcils. Pourquoi Akkarin voudrait-il qu'une autre personne sache ce qu'il faisait ? À moins qu'il agisse sur les ordres de quelqu'un d'autre. *Voilà* une possibilité inquiétante...

L'administrateur soupira. Parfois, il se surprenait à espérer ne jamais apprendre la vérité. Il savait que si Akkarin était le meurtrier, il se sentirait en partie responsable de la mort de ses victimes. Il aurait dû s'occuper du cas du haut seigneur il y a bien longtemps, lorsqu'il avait découvert, grâce à Sonea, qu'il utilisait la magie noire. Mais il avait craint que la Guilde ne puisse pas vaincre Akkarin lors d'un combat.

Alors Lorlen avait gardé ce crime secret tout en persuadant Sonea et Rothen d'en faire autant. Puis Akkarin s'était rendu compte qu'il avait été découvert et il avait pris Sonea en otage pour s'assurer du silence de Lorlen et Rothen. Désormais, Lorlen ne pouvait rien faire contre lui sans risquer la vie de Sonea.

Mais si je découvrais qu'Akkarin est le meurtrier et si j'étais certain que la Guilde puisse le battre, je n'hésiterais pas. Même au nom de notre vieille amitié ou du bien-être de Sonea, je ne lui permettrais pas de continuer.

Et Akkarin, par l'intermédiaire de la bague, devait savoir cela.

Bien sûr, il était possible que le haut seigneur ne soit *pas* l'assassin. Il avait demandé à Lorlen de mener une enquête sur les meurtres, mais cela ne prouvait rien. Il pouvait simplement vouloir savoir à quel point la garde était près de la découverte de ses méfaits…

Le carrosse s'arrêta. Lorlen jeta un coup d'œil par la fenêtre et cligna les yeux de surprise en apercevant la Première Garnison. Il avait été tellement plongé dans ses pensées qu'il n'avait pas vu le temps passer. Le véhicule remua un peu quand le cocher descendit pour lui ouvrir la porte. Le mage sortit et traversa la chaussée à grands pas en direction de l'entrée de la caserne. Le capitaine Barran l'accueillit dans le hall étroit.

— Bonsoir administrateur. Merci d'être venu si vite.

Même si Barran était encore jeune, des rides creusées par les soucis marquaient déjà son front. Elles semblaient plus profondes, ce soir-là.

— Bonsoir, capitaine.

— J'ai une nouvelle intéressante et une chose à vous montrer. Venez dans mon bureau.

Lorlen suivit l'homme dans un couloir qui menait à une petite pièce. Le reste du bâtiment était silencieux, bien qu'il y eût toujours quelques gardes le soir. Barran le fit asseoir puis ferma la porte.

Vous rappelez-vous m'avoir entendu dire que les voleurs cherchent probablement le tueur ?

— Oui.

Barran sourit du coin des lèvres.

— J'en ai eu plus ou moins la confirmation. Il était inévitable que, si la garde *et* les voleurs enquêtaient sur les meurtres, nos chemins se croiseraient. Or il s'avère que depuis des mois, ils ont des espions, ici.

— Des espions ? À la garde ?

— Oui. Même un honnête homme peut être tenté d'accepter quelques pièces en échange d'informations si elles peuvent mener à la découverte du meurtrier, et plus particulièrement quand la garde ne trouve rien. (Barran haussa les épaules.) Je n'ai pas encore découvert tous les espions, mais pour l'instant, ça me va très bien et il me paraît judicieux de les laisser là où ils sont.

Lorlen eut un petit rire.

— Si vous aviez voulu des conseils sur la façon de négocier avec les voleurs, je vous aurais bien envoyé le seigneur Dannyl, mais il est désormais ambassadeur de la Guilde en Elyne.

Le capitaine haussa les sourcils.

— Ses conseils auraient pu s'avérer précieux même si je n'aurais pas eu l'occasion d'en faire bon usage. En effet, je n'ai aucune intention de négocier quelque coopération que ce soit avec les voleurs. Les Maisons ne l'accepteraient jamais. Je suis convenu d'un arrangement avec l'un des espions : il me fait passer toutes les informations qu'il peut me révéler sans risques. Jusqu'à maintenant, elles n'ont pas été utiles, mais elles pourraient mener à quelque chose qui l'est. (Les rides entre ses sourcils se creusèrent davantage.) Venez, j'ai quelque chose à vous montrer. Vous m'aviez dit vouloir examiner la prochaine victime. On en a découvert une ce soir. J'ai fait apporter le corps ici.

Un frisson parcourut Lorlen, comme un courant d'air froid s'infiltrant sous le col de sa robe. Barran fit un geste vers la porte.

— Le corps est au sous-sol. Vous voulez le voir maintenant ?

— Oui.

Le mage se leva et suivit Barran dans le couloir. Ils descendirent une volée de marches et empruntèrent un autre corridor. Pendant tout ce temps, l'officier resta silencieux. L'air devint nettement plus froid. Barran s'arrêta devant une lourde porte de bois, la déverrouilla et l'ouvrit.

Une forte odeur médicamenteuse s'échappa, ne dissimulant pas tout à fait des émanations plus nauséabondes. La pièce où ils entrèrent était chichement meublée. Les murs de pierre étaient nus et entouraient trois simples bancs. Sur l'un d'eux se trouvait le cadavre nu d'un homme. Sur un autre étaient posés des vêtements soigneusement pliés.

Lorlen s'approcha du corps et l'étudia avec réticence. Comme dans tous les meurtres récents, la victime avait été poignardée au niveau du cœur, et une coupure superficielle descendait le long de son cou, sur un côté. Malgré cela, son expression était étonnamment paisible.

Alors que Barran commençait à décrire l'endroit où la victime avait été découverte, Lorlen se remémora une conversation qu'il avait entendue malgré lui lors d'un des rassemblements réguliers de la Guilde, dans le salon nocturne. Le seigneur Darlen, un jeune guérisseur, décrivait un patient à trois de ses amis :

« Il était mort à son arrivée, avait dit Darlen en secouant la tête, mais sa femme voulait une confirmation pour être sûre que nous ayons fait tout notre possible. Alors, je l'ai examiné.

— Et tu n'as rien trouvé ? »

Darlen avait grimacé.

« Après la mort, on détecte toujours beaucoup d'énergie vitale, car beaucoup d'organes restent actifs durant la décomposition, mais son cœur était calme et son âme silencieuse. Toutefois, j'ai détecté un autre battement de cœur. Léger et lent, mais c'était vraiment un battement de cœur.

— Comment est-ce possible ? Il avait deux cœurs ?

— Non. (La voix de Darlen était torturée.) Il s'était... il s'était étranglé avec un sevli. »

Les deux guérisseurs avaient aussitôt éclaté de rire. Le troisième ami, un alchimiste, avait l'air perplexe.

« Qu'est-ce qu'un sevli faisait dans sa gorge ? C'est un animal venimeux. Quelqu'un l'a-t-il tué ?

— Non. (Darlen avait soupiré.) Leur morsure est toxique, mais leur peau contient une substance causant euphorie et visions. Certaines personnes aiment cet effet. Ils sucent les reptiles.

— *Sucent* les reptiles ? (Le jeune alchimiste était resté incrédule.) Qu'as-tu donc fait ? »

Le visage de Darlen s'était empourpré.

« Le sevli suffoquait, alors je suis allé le récupérer. Apparemment, la femme ne connaissait pas les habitudes de son mari. Elle est devenue hystérique. Elle ne voulait pas rentrer chez elle de peur que sa maison en soit infestée et qu'un sevli se faufile dans sa gorge durant la nuit. »

Cette remarque avait relancé les crises de rire des deux plus vieux guérisseurs. Lorlen esquissa un sourire à ce souvenir. Il fallait que les guérisseurs aient le sens de l'humour, même s'il était souvent bizarre. La conversation lui avait cependant donné une idée. Un cadavre était encore plein d'énergie vitale, mais le corps d'une personne tuée par la magie noire devait être vidé de *toute* énergie. Pour voir si le meurtrier utilisait cette magie, Lorlen n'avait qu'à examiner une victime avec ses sens de guérisseur.

Quand Barran eut fini la description de la scène, Lorlen s'avança. Il s'arma de courage, posa une main sur le bras du cadavre, ferma les yeux et projeta ses sens dans le corps.

Il fut très surpris de la facilité avec laquelle il avait pu le faire, jusqu'à ce qu'il se souvienne que la barrière naturelle des êtres vivants qui résistait aux interférences magiques se dissipait au moment de la mort. Projetant son esprit plus loin, il sonda le corps et n'y trouva que de très faibles traces d'énergie vitale. Le processus de décomposition avait été interrompu – retardé – à cause du manque de matière vivante dans le corps, et qui l'aurait initié.

Lorlen ouvrit les yeux et retira sa main du bras de l'homme. Il observa la fine entaille qui marquait son cou, désormais certain que cette blessure avait été fatale. Le coup de poignard au niveau du cœur avait sans doute été donné plus tard, afin de fournir une cause de décès plus plausible. Il baissa les yeux et regarda la bague, à son doigt.

C'est donc vrai, pensa-t-il. *Le meurtrier utilise la magie noire. Mais cette victime est-elle celle d'Akkarin, ou avons-nous un autre mage noir en liberté dans la cité ?*

Chapitre 2

Les ordres du haut seigneur

Rothen prit sa tasse de sumi fumant sur la table basse et se dirigea vers l'un des panneaux de papier couvrant les fenêtres de son salon. Il le fit coulisser et observa les jardins en contrebas.

Le printemps avait été précoce, cette année. Les haies et les arbres commençaient à fleurir, et un nouveau jardinier enthousiaste avait planté des rangées de fleurs aux couleurs vives le long des allées. Malgré l'heure matinale, mages et novices arpentaient déjà le jardin.

Rothen leva sa tasse et but une gorgée. Le sumi fraîchement cueilli était amer. Il se remémora la soirée de la veille et grimaça. Une fois par semaine, il se joignait à son vieux camarade, le seigneur Yaldin, et à sa femme Ezrille pour dîner. Yaldin avait été l'ami du dernier mentor de Rothen, le seigneur Margen, et considérait encore comme étant de son devoir de garder un œil sur Rothen. C'était pour cette raison que lors du dîner de la veille, Yaldin avait cru bon de conseiller à Rothen d'arrêter de se faire du souci pour Sonea.

« Je sais que tu la surveilles toujours, avait dit le vieux mage. »

Rothen avait haussé les épaules.

« Je veux m'assurer qu'elle va bien. »

Yaldin avait grommelé doucement.

« C'est la novice du haut seigneur. Elle n'a pas besoin que tu veilles à son bien-être.

— Si, avait répliqué Rothen. Tu penses que le haut seigneur se préoccupe de son bonheur ? Il n'est intéressé que par ses progrès en classe. Il n'y a pas que la magie dans la vie. »

Ezrille avait souri tristement.

« Bien évidemment, mais… (Elle avait hésité, puis poussé un soupir.) Sonea t'a à peine adressé la parole depuis que le haut seigneur a réclamé sa tutelle. Tu ne penses pas qu'elle aurait déjà pu venir te rendre visite ? Ça fait plus d'un an. Même si ses études l'accaparent, elle aurait tout de même pu trouver un moment pour te voir. »

Rothen avait grimacé. Il n'avait pu s'en empêcher. Il avait déduit de leurs expressions compatissantes qu'ils avaient remarqué sa réaction. Ils avaient dû penser qu'il était juste blessé par l'abandon manifeste de Sonea.

« Elle va bien, avait repris doucement Yaldin. Et toute cette histoire avec les autres novices est terminée depuis longtemps. Tu dois tourner la page, Rothen. »

Celui-ci avait feint de se rendre à leurs arguments. Il ne pouvait pas leur révéler les réelles raisons qu'il avait de surveiller Sonea. S'il le faisait, il y aurait bien plus que la vie de la jeune femme en jeu. Même si Yaldin et Ezrille acceptaient de se taire afin de protéger Sonea, Akkarin avait ordonné que personne d'autre ne sache quoi que ce soit. La transgression de cet « ordre » pourrait être la seule excuse dont Akkarin avait besoin pour… pour faire quoi, au juste ? Utiliser la magie noire afin de renverser la Guilde ? Il était déjà le haut seigneur. Que pourrait-il vouloir d'autre ?

Plus de pouvoir, peut-être. Régner à la place du roi. Contrôler toutes les Terres Alliées. Être en mesure d'accroître son énergie grâce à la magie noire jusqu'à ce qu'il devienne plus puissant que tous les mages ayant existé jusque-là.

Cependant, si Akkarin avait voulu l'une de ces choses, il l'aurait certainement obtenue depuis longtemps. Rothen devait reconnaître à contrecœur qu'à sa connaissance, Akkarin n'avait rien fait pour blesser Sonea. La seule fois où il avait vu la jeune femme en compagnie de son tuteur avait été le jour du défi.

Yaldin et Ezrille avaient finalement abandonné le sujet.

« Eh bien, tu as au moins arrêté de prendre du nemmin », avait murmuré Ezrille avant de demander des nouvelles de Dorrien, le fils de Rothen.

À ce souvenir, le mage ressentit une légère pointe d'agacement. Il regarda Tania, sa servante. Elle dépoussiérait soigneusement la bibliothèque avec un chiffon.

Il savait que Tania en avait parlé à Ezrille et Yaldin parce qu'elle s'inquiétait pour sa santé et qu'elle ne révélerait à personne d'autre le fait qu'il se droguait pour dormir. Il lui en voulait pourtant encore un peu. Mais comment pouvait-il se plaindre alors qu'elle acceptait de lui servir d'espion ? Tania, grâce à l'amitié qu'elle partageait avec Viola, la servante de Sonea, le tenait informé de la santé de la jeune femme, de ses humeurs et de ses visites occasionnelles chez sa tante et son oncle dans les Taudis. Rothen était certain que Tania n'avait pas mentionné le rôle qu'elle jouait dans cette affaire devant Yaldin et Ezrille, car ils n'auraient pas manqué d'évoquer cette information dans le but de lui faire part de leur « inquiétude ».

Ce petit jeu d'espionnage aurait plu à Dannyl. Rothen but une autre gorgée de sumi tout en passant en revue ce qu'il savait des activités de son ami durant l'année précédente. D'après ses lettres, Rothen devinait que Dannyl et son assistant, Tayend, étaient devenus des amis très proches. Les spéculations concernant l'orientation sexuelle de Tayend avaient disparu au bout de quelques semaines seulement. Tout le monde savait à quel point les Elynes se laissaient aller aux ragots, et la seule raison pour laquelle les prétendus penchants amoureux de l'assistant avaient attiré l'attention des magiciens de la Guilde avait été l'intérêt pour les hommes dont on avait accusé Dannyl dans sa jeunesse. Cette rumeur n'avait jamais été prouvée. Lorsque les commérages à propos de Dannyl et son assistant s'étaient estompés, la plupart des magiciens avaient oublié cette histoire.

Rothen se souciait davantage des recherches qu'il avait prié Dannyl d'entreprendre. À force de chercher quand Akkarin avait bien pu apprendre la magie noire, Rothen avait fini par s'interroger sur un voyage que cet homme avait fait, des années auparavant, afin d'étudier la magie ancienne. Il semblait fort probable qu'Akkarin ait découvert les arts défendus à cette époque-là. Ces mêmes sources d'information étaient également susceptibles de révéler une quelconque faille chez les magiciens noirs, dont on pourrait tirer profit. Rothen avait donc confié à Dannyl la tâche de mener à bien quelques recherches sur la magie ancienne pour un « livre » qu'il était en train d'écrire.

Malheureusement, Dannyl avait trouvé peu d'informations utiles. Lorsque, plus d'un an auparavant, il était venu à la Guilde sans le prévenir afin de faire un rapport à Akkarin, Rothen avait craint d'avoir été découvert. Dannyl lui avait par la suite assuré avoir déclaré à Akkarin que les recherches étaient pour son propre compte et, à la grande surprise de Rothen, Akkarin l'avait encouragé à les poursuivre. Dannyl continuait d'envoyer des comptes-rendus tous les deux ou trois mois, mais chaque liasse de documents était plus mince que la précédente. Il avait exprimé une certaine frustration d'avoir épuisé toutes les sources de savoir en Elyne. Cependant, en se rappelant la façon dont Dannyl avait été distant et évasif lors de sa visite à la Guilde, Rothen ne pouvait s'empêcher de se demander de temps à autre si son ami ne lui cachait pas quelque chose. Du reste, Dannyl avait mentionné avoir eu une discussion confidentielle avec le haut seigneur.

Rothen alla poser sa tasse vide sur la table. Dannyl était un ambassadeur de la Guilde ; on lui confiait donc toutes sortes d'informations qu'il ne pouvait partager avec des mages ordinaires. Ce sujet confidentiel pouvait être une simple affaire politique.

Il ne pouvait pourtant s'empêcher de craindre que Dannyl ne soit devenu l'aide involontaire d'Akkarin pour l'élaboration d'un affreux et sinistre complot.

Cependant, il ne pouvait rien y faire hormis compter sur le bon sens de Dannyl. Son ami ne suivrait pas des ordres aveuglément, surtout si on lui demandait de commettre un acte douteux ou immoral.

Même s'il était déjà venu plusieurs fois à la Grande Bibliothèque, le cœur de Dannyl s'emplit de nouveau d'émerveillement à la vue de la bâtisse. Taillée dans une haute falaise, avec sa porte et ses fenêtres si colossales… Une race de géants aurait pu la bâtir en façonnant la roche. Néanmoins, ses couloirs et ses pièces étaient de proportions humaines ; aucune race de géants n'avait donc construit *l'intérieur*. Quand le carrosse de Dannyl s'arrêta devant l'imposante entrée, une plus petite porte s'ouvrit à la base de celle-ci, et un homme d'une grande beauté en sortit.

Dannyl sourit et ressentit une bouffée de tendresse en descendant pour saluer son ami et amant. Tayend s'inclina avec respect mais eut ensuite un sourire complice.

— Vous avez pris votre temps pour venir jusqu'ici, ambassadeur.

— Ce n'est pas ma faute. Vous, les Elynes, auriez dû construire votre ville plus près de la bibliothèque.

— Voilà une bonne idée. Je la suggérerai au roi la prochaine fois que j'irai à la cour.

— Tu ne vas jamais à la cour.

— C'est vrai. (Tayend sourit.) Irand veut te parler.

Dannyl s'immobilisa. Le bibliothécaire connaissait-il déjà le contenu de la lettre que Dannyl venait de recevoir ? Avait-il, lui aussi, reçu un message similaire ?

— À quel sujet ?

Tayend haussa les épaules.

— Je pense qu'il veut juste bavarder.

Ils entrèrent dans un couloir, puis grimpèrent une volée de marches avant d'arriver dans une longue pièce étroite. Des fenêtres à meneaux dominaient un côté, et des groupes de chaises étaient sommairement disposés sur toute sa longueur.

Un vieil homme était assis sur l'un des sièges les plus proches. Comme il s'efforçait de se mettre debout, Dannyl lui fit signe de n'en rien faire.

— Ne vous dérangez pas, bibliothécaire. (Il se laissa tomber sur une chaise.) Comment allez-vous ?

Irand haussa légèrement les épaules.

— Assez bien pour un vieillard. Assez bien. Et vous, comment vous portez-vous, ambassadeur ?

— Bien. Il n'y a pas grand-chose à faire à la maison de la Guilde, en ce moment. Quelques tests, quelques conflits mineurs, quelques petites fêtes. Rien d'excessivement prenant.

— Et Errend ?

Dannyl sourit.

— Le premier ambassadeur de la Guilde est toujours d'aussi bonne humeur, répondit-il. Et tout à fait soulagé de ne pas m'avoir sur le dos pour la journée.

Irand gloussa.

— Tayend m'a dit que vos recherches ne menaient à rien.

Dannyl soupira et jeta un coup d'œil vers le jeune homme.

— Si nous lisions tous les livres qui se trouvent dans cette bibliothèque, nous découvririons *peut-être* quelque chose de nouveau. Seulement, il nous faudrait plusieurs vies ou une centaine d'assistants.

Quand Dannyl avait commencé les recherches sur la magie ancienne demandées par Lorlen, il s'était lui-même intéressé au sujet. Akkarin avait entrepris des études similaires, bien avant de devenir haut seigneur ; ce qui l'avait amené à sillonner les Terres pendant cinq ans. Il était cependant revenu bredouille, et Dannyl avait d'abord supposé que la demande de Lorlen visait à suivre les pas d'Akkarin pour donner à son ami certaines informations qu'il aurait perdues.

Mais six mois plus tard, après que Dannyl se fut rendu en Lonmar et aux îles Vindos, Lorlen lui avait brutalement annoncé ne plus avoir besoin de ces informations. Au même moment, Rothen s'était soudain pris d'intérêt pour le même sujet. Cette étrange coïncidence et la fascination croissante de Dannyl pour les mystères de la magie ancienne les avaient encouragés, lui et Tayend, à continuer.

Akkarin avait finalement entendu parler de l'entreprise de Dannyl et l'avait fait revenir à la Guilde afin que l'ambassadeur lui dresse un rapport. Au grand soulagement de Dannyl, le haut seigneur avait apprécié son travail, bien qu'il ait ordonné à Dannyl et Tayend de garder secrète leur plus étrange découverte, la Caverne du Châtiment Ultime. La grotte, qu'ils avaient trouvée sous les ruines d'une ville dans les montagnes elynes, comportait un plafond chargé de magie dont les pierres avaient assailli Dannyl et failli le tuer.

Son fonctionnement restait un mystère. Après y être retourné afin de sceller l'entrée, Dannyl avait parcouru les livres de la Grande Bibliothèque pour y trouver une référence, en vain. Le lieu utilisait une forme de magie manifestement inconnue de la Guilde.

— Je subodore que je pourrais en découvrir plus si j'allais au Sachaka, ajouta Dannyl, mais le haut seigneur a refusé que je m'y rende.

Irand hocha la tête.

— C'est une sage décision. Vous ne savez pas de quelle façon vous seriez reçu. Il y a sans aucun doute des magiciens, là-bas. Même s'ils ne sont pas aussi doués que vous et vos collègues, ils représenteraient un danger certain si l'un des vôtres se trouvait confronté seul à eux. Après tout, la Guilde a dévasté la plupart de leurs terres. Ils doivent forcément encore lui en vouloir. Qu'allez-vous faire, maintenant ?

Dannyl sortit de sa robe une lettre pliée et la tendit à Irand.

— J'ai une nouvelle mission.

Le bibliothécaire demeura interdit en découvrant les restes du sceau du haut seigneur, puis il ouvrit la lettre et se mit à lire.

— Qu'est-ce que c'est ? demanda Tayend.

— Une enquête, répondit Dannyl. Il semblerait que certains nobles dans ce pays tentent de créer leur propre guilde en cachette.

L'érudit ouvrit grands les yeux, puis adopta une moue songeuse. Irand retint son souffle et regarda Dannyl par-dessus la feuille.

— Alors il est au courant.

Dannyl hocha la tête.

— Apparemment.

— Au courant de quoi ? s'enquit Tayend.

Irand lui tendit la lettre. L'érudit commença à la lire à haute voix :

— « Cela fait quelques années que je surveille un petit groupe de courtisans elynes tentant d'apprendre la magie sans l'aide ou le savoir de la Guilde. Ce n'est que récemment qu'ils obtinrent quelque succès. Maintenant qu'au moins l'un d'entre eux a réussi à développer ses pouvoirs, il est du droit et du devoir de la Guilde de s'occuper d'eux. Je joins à cette lettre des informations sur ce groupe. Votre relation avec l'érudit Tayend de Tremmelin vous aidera à les persuader qu'ils peuvent vous faire confiance. »

Tayend arrêta de lire et dévisagea Dannyl.

— Qu'est-ce qu'il veut dire ? s'écria-t-il.

Dannyl montra la lettre d'un signe de tête.

— Continue.

— « Il est possible que les rebelles essaient d'utiliser cette information personnelle contre vous une fois que vous les aurez arrêtés. Je ferai en sorte qu'il soit bien clair que vous aviez l'ordre de leur donner ce renseignement en vue d'arriver à vos fins. »

Tayend dévisagea Dannyl.

— Tu m'avais dit qu'il ne savait rien à notre sujet. Comment *peut-il* être au courant ? Il aurait seulement écouté les rumeurs et supposé qu'elles sont vraies ?

— Ça m'étonnerait, répondit Irand. Un homme comme le haut seigneur ne fait pas de suppositions. Qui d'autre avez-vous mis au courant de votre relation ?

Tayend remua la tête.

— Il n'y a personne d'autre. À moins qu'on nous ait espionnés…

Il regarda autour de lui.

— Avant de partir à la traque aux espions, nous devrions envisager une possibilité, dit Dannyl. (Il grimaça et se frotta les tempes.) Akkarin a des pouvoirs particuliers. Nous autres avons des limites en ce qui concerne la lecture de l'esprit. Nous ne pouvons pas pénétrer un esprit non consentant et nous devons toucher la personne en qui nous voulons lire. Akkarin a un jour fouillé l'esprit d'un criminel afin de prouver sa culpabilité. L'homme aurait dû pouvoir le bloquer, mais Akkarin semble avoir passé outre ses défenses mentales. Certains magiciens pensent même qu'il peut lire les esprits à distance.

— Tu veux dire qu'il a pu lire ton esprit quand tu étais en Kyralie ?

— Peut-être. Ou lorsqu'il m'a ordonné de retourner à la Guilde.

Irand haussa les sourcils.

— Quand vous étiez dans les montagnes ? C'est extraordinaire qu'il puisse lire les esprits à une telle distance.

— Je doute qu'il eût pu le faire si je n'avais pas répondu à son appel. En revanche, une fois le contact établi, il a pu voir plus que ce que je voulais. (Dannyl montra la lettre.) Continue, Tayend. Il reste un paragraphe.

Tayend baissa les yeux sur la feuille.

— « Votre assistant a déjà été en contact avec ces rebelles. Il devrait pouvoir arranger une rencontre. » Comment a-t-il pu être au courant de ça ?

— J'espérais que tu me le dirais.

L'érudit reporta son attention sur la lettre en plissant le front.

— En Elyne, tout le monde a un secret ou deux. Certains dont on parle, d'autres qu'on préfère garder pour soi. (Il jeta un coup d'œil vers Dannyl et Irand.) Il y a quelques années, un homme nommé Royend de Marane m'a invité à une fête secrète. Comme je refusais, il m'a juré que ce n'était pas ce que je pensais, qu'il ne s'agissait aucunement de se vautrer ni dans la chair, ni dans l'esprit. Ce serait une réunion d'érudits. Mais son comportement était furtif. J'ai pris cela comme un avertissement et n'y suis pas allé.

— A-t-il essayé de te faire comprendre qu'il te proposait des connaissances magiques ? demanda Irand.

— Non, mais quels autres enseignements auraient eu besoin de rester cachés ? Le fait que j'ai un jour refusé une place dans la Guilde n'est un secret pour personne. Et mes inclinations sont bien connues. (Il lança un regard vers Dannyl.) Par conséquent, il savait que j'avais des pouvoirs magiques et il a pu deviner les raisons pour lesquelles je n'ai pas accepté de prendre la robe.

Irand hocha la tête.

—Le haut seigneur le sait probablement aussi. Ces rebelles se rapprochent en toute logique de ceux qui refusent d'entrer dans la Guilde ou qui en sont rejetés. (Il s'interrompit et regarda Dannyl.) Et même si Akkarin connaît de toute évidence la vérité à votre sujet, il ne vous a pas rappelé ou dénoncé. Il est peut-être plus tolérant que la moyenne des Kyraliens.

Un frisson parcourut Dannyl.

—C'est seulement parce que je lui suis utile. Il me ferait risquer beaucoup pour trouver ces rebelles.

—Un homme dans sa position doit être prêt à utiliser ceux qui le servent, dit durement Irand. Vous avez choisi d'être ambassadeur de la Guilde, Dannyl. Votre rôle consiste à agir au nom du haut seigneur dans des affaires qui relèvent du domaine et de la responsabilité de la Guilde. Ce rôle signifie que vous devez parfois prendre des risques. Espérons que cette mission ne mette en péril que votre réputation, et non votre vie.

Dannyl poussa un soupir et inclina la tête.

—Vous avez raison, bien sûr.

Tayend gloussa.

—Irand a toujours raison, sauf quand il s'agit de cataloguer la méth… (Il arbora un large sourire tandis que le bibliothécaire se tournait pour le fusiller du regard.) Donc je suppose que si les rebelles pensent que Dannyl a une raison d'en vouloir à la Guilde, ils pourraient le considérer lui aussi comme une recrue potentielle.

—Et aussi comme un professeur, ajouta Irand.

Dannyl hocha la tête.

—Et ils croiraient que si je ne me montrais pas coopératif, ils pourraient me faire taire en me menaçant de révéler ma relation avec Tayend.

—Oui. Il faut tout de même élaborer votre plan avec précaution, prévint Irand.

Ils commencèrent à énumérer les différentes façons dont ils pourraient approcher les rebelles. Cette fois encore, Dannyl était heureux d'avoir la confiance du bibliothécaire. Tayend avait insisté des mois auparavant pour qu'ils révèlent la nature de leur relation à son mentor en jurant à Dannyl qu'il avait une confiance aveugle en Irand. À la stupéfaction de Dannyl, le vieil homme n'avait pas du tout été surpris.

D'après ce que Dannyl et Tayend pouvaient déduire, le reste de la cour d'Elyne pensait encore que Dannyl n'avait pas remarqué et ne partageait sûrement pas l'attirance de Tayend pour les hommes. Rothen avait signalé à Dannyl que de telles rumeurs avaient circulé au sein de la Guilde, mais elles avaient vite été enterrées. Malgré cela, Dannyl craignait encore que la vérité atteigne la Guilde. Il perdrait alors son poste et serait renvoyé chez lui.

C'était pour cela qu'il avait été choqué et furieux lorsqu'Akkarin lui avait demandé de laisser les rebelles découvrir la vérité. Garder secrète sa relation avec Tayend était déjà assez difficile. Permettre aux rebelles d'être au courant était un risque qu'il ne désirait pas prendre.

Il était tard quand on vint frapper. Sonea leva les yeux de son bureau et examina la porte de sa chambre. Était-ce sa servante qui lui apportait une dernière tasse de raka fumant ? Elle leva une main, puis s'arrêta. Le seigneur Yikmo, le guerrier qui l'avait entraînée en prévision du défi, disait toujours qu'un magicien devait éviter de faire des mouvements quand il utilisait la magie : cela révélait ses intentions. Les mains posées sur son bureau, elle ouvrit la porte mentalement. Takan se tenait derrière, dans le couloir.

— Demoiselle, dit-il, le haut seigneur réclame votre présence dans la bibliothèque.

Elle le dévisagea et sentit son sang se glacer lentement. Pourquoi Akkarin voulait-il la voir aussi tard ?

Takan attendit Sonea en l'observant.

Elle recula sa chaise, se leva et se dirigea vers la porte. Lorsque Sonea fut dans le couloir, Takan se mit en route vers la bibliothèque. Arrivée sur le seuil, la jeune femme examina la pièce.

Un grand bureau se trouvait sur un côté. Les murs étaient couverts de rayonnages remplis de livres. Deux gros fauteuils et une petite table étaient installés au centre de la pièce. Akkarin était assis dans l'un des fauteuils. Elle s'inclina pour le saluer et il lui fit signe de prendre place dans l'autre fauteuil, sur lequel un petit livre était posé.

— Il faut que tu lises ce livre, dit-il. Il te sera utile dans ton étude de la construction magique des bâtiments.

Sonea pénétra dans la pièce et s'approcha du fauteuil. L'ouvrage était petit, relié de cuir et très abîmé. Elle le prit et l'ouvrit. Les pages étaient couvertes d'une écriture passée. En lisant les premières lignes, elle eut le souffle coupé. C'était le journal du seigneur Coren, l'architecte de la plupart des bâtiments de la Guilde, qui avait découvert comment façonner la pierre avec la magie.

— Je ne pense pas qu'il soit nécessaire de te préciser la grande valeur de ce livre, dit posément Akkarin. Il est rare et irremplaçable, et (son ton s'intensifia) il ne doit pas quitter cette pièce.

Sonea le regarda et hocha la tête. Il avait l'air grave ; ses yeux noirs la pénétraient.

— Tu n'en parleras à personne, ajouta-t-il doucement. Très peu de gens connaissent son existence. J'aimerais qu'il en reste ainsi.

Elle recula d'un pas quand le mage se leva et se dirigea vers la porte. Lorsqu'il fut dans le couloir, elle remarqua que Takan la fixait d'une façon inhabituellement directe, comme s'il était en train de l'étudier. Elle croisa son regard. Il hocha la tête, comme pour lui-même, puis se retourna. Deux bruits de pas différents s'évanouirent au loin. La jeune femme baissa les yeux sur le livre.

Elle s'assit, ouvrit la couverture et commença à lire :

« Je me nomme Coren d'Emarin, de la Maison Velan, et ce livre rapportera mon travail et mes découvertes.

Je ne fais pas partie de ceux qui écrivent leur vie par fierté, par habitude, ou par envie de la dévoiler aux autres. Il y a peu de chose de mon passé dont je ne pourrais discuter avec mes amis ou ma sœur. Aujourd'hui, cependant, j'ai éprouvé le besoin de retranscrire mes pensées sur le papier. J'ai découvert une chose que je me dois de garder dans le plus strict secret, mais je ressens en même temps un désir urgent d'en parler, désir que je ne peux pas refréner. »

Sonea regarda le haut de la page et lut la date. Elle en déduisit, d'après ses études récentes, qu'à l'époque où il avait écrit ce journal, le seigneur Coren était jeune, agité, et ses aînés désapprouvaient alors sa consommation excessive d'alcool et sa façon de dessiner des bâtiments étranges et peu pratiques.

« Aujourd'hui, j'ai fait apporter le coffre dans mes appartements. Il m'a fallu du temps pour l'ouvrir. J'ai désengagé les verrous magiques assez facilement, mais la rouille du couvercle le maintenait fermé. Je n'ai pas voulu risquer d'abîmer quoi que ce soit à l'intérieur, j'ai donc pris beaucoup de précautions. Lorsqu'il s'ouvrit enfin, je fus à la fois déçu et heureux. Il était rempli de boîtes. Ma première impression fut par conséquent pleine d'enthousiasme. Mais dès que j'ouvrais une boîte, je n'y trouvais que des livres. À la dernière, j'étais terriblement déçu. Je n'avais découvert aucun trésor. Juste des livres.

D'après ce que j'ai vu, ce sont tous des sortes de comptes-rendus. J'ai lu jusqu'à une heure tardive, et beaucoup de choses m'intriguent. J'en lirai plus demain. »

Sonea sourit en imaginant le jeune magicien enfermé, tout à sa lecture, dans sa chambre. Les notes qui suivaient étaient désordonnées, sautant souvent plusieurs jours. Soudain apparut une brève note soulignée plusieurs fois :

« Je sais ce que j'ai trouvé ! Ce sont les documents manquants ! »

Il nommait quelques livres ; Sonea n'en reconnut aucun. Ces volumes manquants comportaient « des connaissances interdites », et Coren était réticent quant à dévoiler leur contenu. Après un blanc de plusieurs semaines, une longue note décrivait une expérience dont la conclusion était celle-ci :

« J'ai enfin réussi ! Ça m'a pris tellement de temps. Je ressens à la fois le triomphe et la peur que j'aurais dû éprouver auparavant. Je ne sais pas vraiment pourquoi. Tant que je n'avais pas trouvé les façons d'utiliser ce pouvoir, je n'étais pas encore, d'une certaine façon, corrompu. Désormais, je ne peux plus nier le fait d'avoir usé de magie noire. J'ai rompu mon vœu. Je ne m'étais pas douté que je me sentirais aussi mal. »

Ça ne le dissuada pas pour autant. Sonea essayait en vain de comprendre pourquoi ce jeune homme continuait à faire une chose qu'il savait de toute évidence malsaine. Il semblait incapable de s'arrêter, poussé vers le résultat, quel qu'il soit, auquel cette découverte le menait, même si c'était la découverte de son crime.

Elle menait cependant vers autre chose…

« Tous ceux qui me connaissent savent à quel point j'aime la pierre. Elle est la magnifique chair de la terre. Comme la peau, elle laisse apparaître des fêlures et des rides, des veines et des pores. Elle peut être dure, douce, fragile ou souple. Lorsque la terre répand son noyau en fusion, il est aussi rouge que le sang.

Après avoir entendu parler des magies noires, je m'attendais à pouvoir placer mes mains sur la pierre et y sentir une énorme réserve d'énergie, mais ce ne fut pas le cas. Je ne ressentis rien, moins que le chatouillement de l'eau. Je voulais qu'elle soit pleine de vie. C'est à ce moment-là que ça s'est passé. Tel un guérisseur s'efforçant de ramener un mourant à la vie, j'ai commencé à insuffler de l'énergie dans la pierre. Je l'adjurais de vivre. Soudain, une chose remarquable s'est produite. »

Sonea tenait fermement le petit livre, incapable de détacher les yeux du texte. C'était cette découverte qui avait apporté le succès à Coren et influencé l'architecture de la Guilde pour les siècles à venir. On la considérait comme la plus grande avancée magique depuis des siècles. Même si ce qu'il avait fait n'était pas vraiment de la magie noire, les arts défendus l'avaient mené à sa découverte.

Sonea ferma les yeux et secoua la tête. Le seigneur Larkin, le professeur d'architecture, donnerait sa vie pour ce journal, mais il serait anéanti s'il apprenait la vérité sur son idole. La jeune femme poussa un soupir, baissa les yeux sur les pages et se remit à lire.

Chapitre 3

D'anciens amis, de nouveaux alliés

Cery signa la lettre d'un paraphe, puis considéra son travail d'un œil satisfait. Son écriture était soignée et élégante, le papier de bonne qualité, et l'encre dense et noire. Malgré les mots d'argot qui la parsemaient – il avait demandé à Serin de lui apprendre à lire et à écrire, pas de parler comme un membre des Maisons – et le fait que ce soit une demande d'exécution concernant un homme qui l'avait dupé avant de fuir vers le Sud, c'était une lettre correcte et bien écrite.

Il sourit quand il se revit s'adresser à Faren, le voleur qui avait mis Sonea à l'abri de la Guilde, pour « emprunter » son scribe un moment. D'après l'expression de Faren, mêlée de réticence et de gratitude, Cery savait que le voleur aurait refusé s'il n'avait pas eu désespérément besoin de la promotion que l'arrangement lui apporterait.

Le statut de Faren en tant que voleur n'avait tenu qu'à un fil l'année suivant la remise de Sonea à la Guilde. La capacité d'un voleur à faire des affaires était fondée sur un réseau de personnes désireuses de travailler pour lui. Tandis que certains échangeaient de l'argent contre leur labeur, la plupart préféraient « donner un coup de main » et être payés par retour de faveur plus tard. Ces passe-droits étaient la seconde monnaie du monde clandestin.

Faren avait beaucoup profité de faveurs qui lui étaient dues alors qu'il tenait Sonea hors des mains de la Guilde, ce qui ne l'aurait néanmoins pas retenu bien longtemps. Les gens savaient qu'il avait passé un marché avec Sonea : il la protégeait de la Guilde et, en échange, elle utilisait sa magie pour lui – marché qu'il avait d'ailleurs rompu. Les autres voleurs, inquiets, avertis par la Guilde que les pouvoirs de Sonea deviendraient dangereux si on ne lui apprenait pas à les contrôler, avaient « demandé » à Faren de la lui livrer. Il aurait difficilement pu refuser la requête des autres chefs clandestins, mais un marché avait bien été rompu. Il fallait que les gens croient à une *certaine* intégrité des voleurs, ou seuls les miséreux et les imbéciles feraient affaire avec eux. L'inutilité des pouvoirs de Sonea, qui n'avait ainsi pas rempli sa part du marché, avait sauvé Faren de la ruine totale.

Cependant, Serin était resté loyal. Il avait donné à Cery quelques informations sans importance à propos des affaires de Faren lors de ses cours de lecture et d'écriture – rien que Cery ne sût déjà, de toute façon. Le jeune homme avait appris vite, attribuant cette rapidité à la possibilité qu'il avait eue d'observer Sonea lorsqu'elle étudiait avec le scribe.

Et en montrant que lui, l'ami de Sonea, acceptait de marchander avec Faren, celui qui avait « trahi » la jeune femme, Cery avait assuré aux gens que le voleur était encore digne de confiance.

Cery sortit du tiroir de son bureau un fin tube de roseau séché, roula la lettre et la glissa à l'intérieur. Il boucha le tube et le scella avec de la cire. Il prit ensuite un yerim – petit instrument métallique à pointe fine – et grava un nom sur le côté.

Cery écarta le tube, posa le yerim en équilibre dans sa main puis, avec un petit coup de poignet, le jeta à travers la pièce. Il atterrit la pointe la première dans la boiserie du mur d'en face. Cery poussa un petit soupir satisfait. Il avait fait faire spécialement ses yerims afin qu'ils soient assez équilibrés pour pouvoir les lancer. Il regarda les trois qui lui restaient dans le tiroir, voulut en prendre un autre mais fut arrêté dans son élan par un coup frappé à la porte.

Cery se leva, traversa la pièce afin de retirer le stylet de la boiserie, puis retourna derrière son bureau.

— Entrez, dit-il à voix haute.

La porte s'ouvrit, et Gol entra. L'expression de l'homme était respectueuse. Cery l'observa plus attentivement. Il pouvait lire dans les yeux de Gol ce qui lui parut être une pointe d'expectative.

— Une femme pour toi, Ceryni.

Cery sourit en l'entendant utiliser son nom en entier. Cette femme était particulière, si l'on s'en tenait à l'attitude de Gol. Que pouvait-elle être : pleine d'entrain, belle, ou importante ?

— Nom ?

— Savara.

Ça ne disait rien à Cery, à moins que ce soit un nom inventé. Cependant, il n'était pas typiquement kyralien. On aurait plus dit un nom lonmar.

— Métier ?

— Elle ne veut pas le dire.

Alors peut-être bien qu'elle s'appelle vraiment *Savara*, songea Cery.

Si elle avait menti sur son nom, pourquoi ne pas également s'inventer un métier ?

— Pourquoi elle est venue ?

— Elle dit qu'elle peut t'aider à résoudre un problème, mais ne veut pas dire lequel.

Cery était songeur. *Ainsi, elle pense que j'ai un problème. Intéressant.*

— Fais-la entrer.

Gol hocha la tête et quitta la pièce. Cery ferma le tiroir de son bureau, puis s'enfonça dans son fauteuil. La porte se rouvrit au bout de quelques minutes.

Cery et la nouvelle venue se dévisagèrent avec surprise.

Elle avait le visage le plus étrange qu'il ait jamais vu. Un front large et des pommettes hautes formaient un triangle avec un menton fin. Ses lourds cheveux raides, épais et noirs arrivaient sous ses épaules, mais sa caractéristique la plus frappante était ses yeux. Ils étaient grands et leurs extrémités tiraient vers le haut. Ils arboraient le même léger ton brun doré que sa peau. Des yeux étranges, exotiques… qui l'examinaient avec un amusement tout juste dissimulé.

Cery était habitué à cette réaction. La plupart des clients restaient pantois quand ils le voyaient pour la première fois, en remarquant sa taille et son nom qui était également celui d'un petit rongeur familier des Taudis. Puis ils se rappelaient sa position et les conséquences probables au cas où ils se mettraient à rire tout haut.

— Ceryni, dit la femme. C'est toi, Ceryni ?

Sa voix était riche et profonde, et elle avait parlé avec un accent qu'il ne pouvait pas identifier. En tout cas, ce n'était pas une Lonmare.

— Oui, et tu es Savara.

Il ne formula pas cette phrase comme une question. Si elle avait menti sur son nom, il doutait qu'elle lui donne le vrai juste parce qu'il le demandait.

— Oui.

Elle fit un pas vers le bureau, ses yeux balayant la pièce puis se posant de nouveau sur lui.

— Tu as dit que tu pouvais m'aider à régler un problème, dit-il afin de l'inciter à parler.

Un mince sourire traversa le visage de la femme, et Cery retint son souffle. Elle devait être incroyablement belle lorsqu'elle souriait sans retenue. C'était sûrement la cause de l'enthousiasme contenu de Gol.

— Oui, je peux t'aider. (Son front se plissa.) Et tu as un problème.

Son regard évita celui de Cery puis elle replanta les yeux dans les siens, étudiant le jeune homme comme pour mieux réfléchir.

— Les autres voleurs disent que c'est toi qui traques les meurtriers.

Les meurtriers ? Cery plissa les yeux. *Elle sait donc qu'ils sont plusieurs.*

— Comment tu comptes m'aider ?

Elle sourit et le soupçon de Cery se confirma : elle *était* incroyablement belle. Toutefois, il n'avait pas prévu l'air de défi et la confiance en soi qui allaient avec. Cette fille savait comment jouer de son charme pour obtenir ce qu'elle voulait.

— Je peux t'aider à les trouver et à les tuer.

Le cœur de Cery s'emballa. Si elle savait qui étaient ces assassins et pensait pouvoir les tuer…

— Et comment tu comptes t'y prendre ? demanda-t-il.

Le sourire s'évanouit. Elle s'approcha encore d'un pas.

— Pour les trouver ou pour les tuer ?

— Les deux.

— Je ne révélerai rien de mes méthodes d'assassinat aujourd'hui. Quant à les trouver, (une ride apparut entre ses sourcils), ce sera plus difficile, mais plus facile pour moi que pour toi. Je sais comment les reconnaître.

— Moi aussi, fit remarquer Cery. En quoi ta façon de faire serait-elle meilleure ?

Elle sourit de nouveau.

— J'en sais plus à leur sujet. Pour l'instant, je peux te dire que le prochain a pénétré dans la cité aujourd'hui. Il va sûrement lui falloir un jour ou deux pour rassembler son courage, puis tu entendras parler de son premier meurtre.

Cery réfléchit intensément à sa réponse. Si elle ne savait rien, pourquoi donner cette preuve ? À moins qu'elle prévoie de créer cette « preuve » en tuant elle-même quelqu'un. Il l'examina plus avant, et son cœur se glaça lorsqu'il reconnut enfin les larges traits et cette teinte brun doré particulière de sa peau. Comment avait-il pu ne pas le voir plus tôt ? Mais il n'avait jamais vu auparavant une *femme* sachakanienne…

Il était désormais sûr qu'elle était dangereuse. Il restait maintenant à voir si elle représentait un danger pour lui ou pour les meurtriers de son propre pays. Plus il pourrait la faire parler d'elle, mieux ce serait.

— Alors, tu as des guetteurs dans ton pays, l'incita-t-il, qui te signalent quand un tueur entre en Kyralie ?

Elle marqua une pause.

— Oui.

Cery hocha la tête.

— Ou alors, dit-il lentement, tu vas attendre quelques jours et tuer quelqu'un de tes propres mains.

Le regard de la femme devint dur comme l'acier.

— Alors, fais-moi surveiller par tes vigiles. Je resterai dans ma chambre et me ferai apporter de la nourriture.

— Nous devons tous les deux nous prouver l'un à l'autre que nous sommes dans le bon camp, lui répondit-il. C'est toi qui es venue vers moi ; c'est donc à toi de me prouver ton intégrité la première. Je vais te faire surveiller à partir de maintenant et on aura une petite discussion une fois que cet homme aura commis son crime. Ça te va ?

Elle fit un hochement de tête.

— Oui.

— Attends dans la première pièce. Je vais préparer tout ça et m'arranger pour qu'un ami te raccompagne chez toi.

Il la regarda se diriger vers la porte, notant le plus de détails possible. Ses habits étaient simples, ni miteux ni coûteux. Elle portait la lourde chemise et le pantalon des Kyraliens moyens, mais Cery déduisit de sa façon de marcher qu'elle n'avait pas dû recevoir beaucoup d'ordres dans sa vie. Non, c'était elle qui donnait des ordres.

Gol revint dans la pièce peu de temps après le départ de la jeune femme, le visage crispé par la curiosité qu'il dissimulait.

— Fais-la surveiller par quatre vigiles, lui annonça Cery. Je veux connaître tous ses faits et gestes. Gardez un œil sur tous ceux qui lui apporteront quelque chose, nourriture ou autre. Elle sait que je la fais surveiller, alors laissez-la voir deux des hommes.

Gol acquiesça.

— T'veux voir ce qu'elle avait apporté ?

Il exhiba un paquet de tissu. Cery le regarda d'un air peu surpris. *Elle a proposé de tuer elle-même les meurtriers*, raisonna-t-il. *Je doute qu'elle prévoie de le faire à mains nues.* Il fit un signe de tête.

Gol déroula le tissu avec précaution sur le bureau. Cery eut un petit rire à la vue de l'étalage de couteaux et de dagues. Il les soupesa l'un après l'autre. Certains étaient gravés de dessins et symboles étranges, d'autres incrustés de gemmes. Il se rembrunit. Ces armes étaient sans aucun doute sachakaniennes. Il mit de côté la plus grosse dague incrustée de joyaux, puis montra le reste à Gol.

— Rends-lui tout ça.

Gol hocha la tête, enroula le paquet et sortit. Quand la porte fut fermée, Cery s'enfonça dans son fauteuil et réfléchit à cette étrange femme. Si tout ce qu'elle avait dit se confirmait, elle pourrait être aussi utile qu'elle le prétendait.

Si elle mentait ? Il fronça les sourcils. Un voleur aurait-il pu l'envoyer ? Elle avait dit avoir parlé aux « autres voleurs ». Mais il ne voyait pas pourquoi l'un d'eux ferait cela. Cery devait prendre le temps d'envisager toutes les possibilités. Il allait devoir questionner très souvent les hommes qui la surveillaient.

Et devrais-je lui dire, à lui *?* pensa Cery. Communiquer autre chose que les messages codés habituels demanderait une rencontre, et il ne comptait pas en provoquer une à moins que ce soit absolument nécessaire. Était-ce si important ?

Une Sachakanienne qui avait des contacts dans son pays. Bien sûr, ça l'était.

Mais quelque chose fit hésiter Cery. Peut-être devait-il tout simplement attendre de voir si elle se révélait utile. Et il devait admettre qu'il n'aimait pas devoir consulter quelqu'un chaque fois que sa tactique changeait légèrement. Même s'il avait une grosse dette envers cette personne.

Il était temps qu'il trouve quelques stratégies tout seul.

En attendant le début de la leçon de combat, Sonea ferma les yeux, les frotta, puis ravala son envie de bâiller. Elle avait terminé le journal de Coren tard dans la nuit, captivée par les souvenirs de l'architecte, mais aussi en partie inquiète de ne pas retrouver le livre la nuit suivante si elle ne le terminait pas : elle n'aurait jamais connu la fin de l'histoire.

Lorsque la nuit était passée aux plus jeunes heures du matin, elle avait lu la dernière note :

« J'ai pris une décision. Quand les fondations de l'université seront terminées, j'irai y enterrer, en secret, le coffre et son contenu. Ces terribles vérités seront accompagnées de la mienne, dans ce livre. Ainsi, j'enfouirai peut-être enfin la culpabilité qui me ronge à l'idée de ce que j'ai appris et fait. Si j'en avais le courage, je détruirais le coffre et son contenu, mais j'ai peur de prendre une décision différente de celle de ceux qui le cachèrent sous terre la première fois. Ce furent sans aucun doute des hommes bien plus sages que moi. »

Toutefois, le coffre avait dû être redécouvert, ou elle n'aurait pas tenu dans ses mains le journal de Coren. Qu'était-il arrivé aux autres livres ? Akkarin les possédait-il ?

Le journal était-il un faux, créé par Akkarin afin de persuader la Guilde que la magie noire n'était pas aussi néfaste qu'on le pensait ? Peut-être le testait-il sur elle, pour voir si elle-même serait convaincue.

Si c'était le cas, il s'était trompé. Coren pensait que la magie noire n'était pas une bonne chose. La lecture du compte-rendu, qu'il soit fictif ou non, ne persuaderait personne du contraire.

S'il était vrai, pourquoi Akkarin le lui avait-il donné ? Sonea baissa les yeux sur son cahier, soucieuse. Il ne l'aurait pas autorisée à connaître l'existence du journal sur un simple coup de tête. Il devait avoir une raison.

Que lui avait-il révélé ? Que Coren avait utilisé la magie noire et qu'il avait ainsi découvert comment manipuler la pierre. Qu'un autre mage – un mage célèbre – avait commis le même crime que lui. Peut-être Akkarin voulait-il qu'elle se dise que lui aussi avait pu apprendre la magie noire par manque de discernement. Peut-être voulait-il gagner sa compassion et sa compréhension.

Cependant, Coren n'avait pas pris un novice en otage afin de garder ses crimes dans le plus strict secret.

L'aurait-il fait si, comme châtiment, il avait risqué la perte de ses pouvoirs, de son statut, ou même de sa vie ? Sonea secoua la tête. Akkarin voulait peut-être simplement détruire les quelconques illusions qu'elle aurait pu avoir à propos du célèbre personnage qu'était Coren.

L'apparition soudaine du seigneur Makin l'interrompit dans ses pensées. Le professeur posa une grosse boîte sur son bureau, puis fit face à la classe.

— Aujourd'hui, je vais vous enseigner l'illusion, leur annonça le guerrier. Et comment l'utiliser dans un combat. Voici la chose la plus importante à retenir à propos de l'illusion : tout est une question de duperie. Une illusion ne peut pas vous blesser, mais elle peut vous mener vers un danger. Je vais vous le démontrer avec une histoire.

Makin s'assit, puis joignit les mains sur la table. Tous les bruits de bottes traînant par terre ou de novices remuant sur leurs sièges cessèrent. Les histoires du seigneur Makin étaient toujours intéressantes.

— Notre histoire nous dit qu'il y a cinq siècles, deux frères vivaient dans les montagnes elynes. Grind et Lond étaient tous les deux des mages doués pour le combat. Un jour, une caravane de voyageurs passa, menée par un marchand nommé Kamaka. Sa fille, une très belle jeune femme, voyageait avec lui. Les deux frères virent la caravane et descendirent de leur demeure montagnarde afin d'acheter des marchandises. Lorsqu'ils posèrent les yeux sur la fille de Kamaka, ils tombèrent tous les deux instantanément amoureux.

Makin soupira et secoua tristement la tête, obtenant un sourire des novices.

— S'ensuivit une dispute pour les départager. Les deux frères, ne pouvant pas résoudre leur désaccord par des mots, commencèrent à se battre. On dit que la bataille dura des jours (ce qui est peu probable) et que les frères étaient aussi forts et doués l'un que l'autre. Ce fut Grind qui les sortit de l'impasse. En voyant son frère près d'une falaise sur laquelle un gros rocher tenait en équilibre, il fit en sorte que ce rocher tombe, mais le fit précéder d'un autre, illusoire.

» Lond vit son frère fixer son regard sur une chose qui se tenait au-dessus de lui. Il leva les yeux, découvrit un énorme bloc de pierre qui déboulait vers lui et fit immédiatement disparaître l'illusion qu'était le rocher. Bien sûr, il ne vit pas la seconde pierre, cachée derrière l'illusoire.

» Grind avait pensé que Lond détecterait la ruse. Quand il comprit qu'il avait tué son propre frère, il devint fou de chagrin. La caravane reprit sa route avec la fille de Kamaka. Donc, vous voyez, conclut Makin, les illusions ne peuvent pas vous blesser, sauf si vous les laissez vous duper.

Le guerrier se leva.

— Comment créer une illusion ? C'est ce que je vais vous apprendre aujourd'hui. Nous allons commencer par copier les objets que j'ai apportés. Seno, viens ici, s'il te plaît.

Sonea écoutait le mage expliquer les différentes façons de créer l'image d'une chose avec la magie et observait Seno qui suivait les instructions du professeur. À la fin de la démonstration, le jeune garçon alla se rasseoir. En passant devant la table de Sonea, il la regarda et lui sourit. Elle releva les coins de sa bouche en guise de réponse. Il s'était conduit très gentiment avec elle depuis un entraînement au combat, quelques semaines auparavant. Elle lui avait appris un tour que les magiciens plus faibles pouvaient utiliser contre les plus puissants.

Durant la suite du cours, elle se concentra sur l'apprentissage des techniques d'illusion. Juste quand elle réussit à former l'illusion d'un pachi, quelque chose apparut dans l'air, devant elle.

C'était une fleur dont les pétales étaient en fait des feuilles d'un orange éclatant. Sonea tendit la main, et ses doigts traversèrent l'étrange végétal qui explosa en un millier d'étincelles lumineuses, tourbillonnant en une danse rapide avant de disparaître.

— Bien joué ! s'écria Trassia.

— Je n'ai rien fait.

Sonea se retourna et vit Seno lui adresser un large sourire ; une feuille orange était posée sur sa table.

Face à la classe, le seigneur Makin s'éclaircit bruyamment la gorge. Sonea fit volte-face et se heurta au regard sévère que le professeur lui jetait. La jeune femme eut un mouvement d'épaules pour marquer son innocence. Le mage jeta un regard lourd de sous-entendus au fruit devant elle.

Elle se concentra jusqu'à ce qu'une copie illusoire apparaisse à côté du fruit. Celui qu'elle avait créé était plus rouge qu'il devait l'être, et la texture de sa peau ressemblait étrangement aux veines d'une feuille. Elle soupira. Ce serait plus simple si le souvenir tout frais des feuilles mortes quittait son esprit. Elle cacha son irritation. Seno n'avait pas voulu la distraire. Il avait seulement voulu faire son intéressant.

Mais pourquoi avait-il affiché sa réussite seulement devant elle ? Il ne voulait tout de même pas l'impressionner.

Et si c'était ça ?

Elle résista à la tentation de se retourner afin de voir ce qu'il faisait. Seno était un garçon enjoué, bavard et agréable. Et elle était probablement la seule Kyralienne à côté de qui il ne paraissait pas tout petit…

Mais à quoi je pense, là ? Elle se renfrogna lorsqu'elle découvrit son illusion transformée en une boule luisante difforme. *Même si je n'avais pas à me soucier d'Akkarin ; et Dorrien dans tout ça ?*

Un souvenir traversa son esprit : celui du fils de Rothen, debout près de la source dans la forêt, derrière la Guilde. Elle le revoyait se pencher vers elle pour l'embrasser. Elle chassa cette image.

Elle n'avait pas vu Dorrien depuis plus d'un an. Chaque fois qu'elle se surprenait à penser à lui, elle s'efforçait de se concentrer sur autre chose. Ça ne servait à rien de regretter quoi que ce soit, d'autant que leur relation aurait été impossible, de toute façon. Elle était coincée à la Guilde jusqu'à son diplôme, et lui vivait loin dans un village au pied des montagnes, toute l'année à l'exception de quelques semaines.

Elle soupira, se concentra sur le fruit et se mit à reformer son illusion.

Quand Lorlen arriva à la porte de son bureau, il entendit une voix familière l'appeler. Jetant un coup d'œil en arrière, il sourit en découvrant son assistant qui se dirigeait vers lui à grandes enjambées.

— Bonsoir, seigneur Osen.

Le verrou magique se désactiva sous sa volonté, la porte émit un « clic » et s'ouvrit. Lorlen s'écarta et fit signe à Osen d'entrer, mais son assistant s'immobilisa en regardant dans la pièce ; son visage, d'abord surpris, se renfrogna. Lorlen suivit le regard d'Osen et vit l'homme en robe noire qui était confortablement assis dans l'un des fauteuils du bureau.

Akkarin avait la fâcheuse habitude d'apparaître dans les pièces verrouillées ou là où on ne l'attendait pas, mais ça n'expliquait pas l'expression maussade d'Osen. Lorlen regarda de nouveau son assistant. L'expression du jeune mage était désormais pleine de respect ; il ne restait plus une trace du mécontentement fugace qu'il y avait entraperçu.

Je n'avais jamais remarqué qu'il n'appréciait pas Akkarin, songea Lorlen en marchant vers son bureau. *Depuis combien de temps nourrit-il ce ressentiment ?*

— Bonsoir, haut seigneur, dit Lorlen.

— Administrateur, répondit Akkarin. Seigneur Osen.

— Haut seigneur, dit Osen en le saluant de la tête.

Lorlen s'assit derrière son bureau et leva les yeux vers son assistant.

— Y avait-il quelque chose… ?

— Oui, répondit Osen. Je suis tombé sur un messager qui attendait à la porte il y a environ une demi-heure. Le capitaine Barran dit qu'il a quelque chose d'intéressant à vous montrer, si vous êtes libre.

Une autre victime ? Lorlen contint un frisson.

— Alors, je ferais mieux d'y aller, à moins que le haut seigneur ait une quelconque raison de me retenir.

Il regarda Akkarin.

De profondes rides s'étaient formées entre les sourcils de l'homme. *Il semble vraiment inquiet*, pensa Lorlen. *Très inquiet.*

—Non, dit Akkarin. La requête du capitaine Barran est plus importante que les problèmes dont je suis venu te parler.

Un silence court et embarrassant s'installa alors qu'Osen restait près du bureau et Akkarin dans son fauteuil. Lorlen leur jeta à chacun un coup d'œil, puis se leva.

—Merci, Osen. Pourriez-vous vous occuper de me faire préparer une voiture ?

—Oui, administrateur.

Le jeune mage salua poliment Akkarin de la tête, puis quitta la pièce à grands pas. Lorlen observa Akkarin afin de déceler si l'antipathie d'Osen avait été perçue.

Mais qu'est-ce que je crois ? Bien sûr qu'Akkarin le sait.

Cependant, le haut seigneur avait accordé peu d'attention au départ d'Osen. Son air était encore songeur lorsqu'il se leva et suivit Lorlen jusqu'à la porte.

—Tu ne t'attendais pas à ça ? hasarda Lorlen en arrivant dans le hall d'entrée.

Dehors, il pleuvait ; il s'arrêta alors sur le seuil pour attendre son carrosse.

Les yeux d'Akkarin s'étrécirent.

—Non.

—Tu pourrais venir avec moi.

—Il vaut mieux que tu t'en occupes.

Je parie qu'il va regarder. Lorlen baissa les yeux sur la bague qui ornait sa main.

—Bon, eh bien, bonne nuit, lança Lorlen.

Le visage d'Akkarin se détendit légèrement.

—Bonne nuit. J'attends tes vues sur cette affaire avec impatience.

Sa bouche se tordit en un sourire, puis il se retourna et descendit les marches. La pluie sifflait en s'abattant sur le bouclier invisible qui entourait l'homme.

Lorlen secoua la tête en réaction à la petite plaisanterie d'Akkarin. Une voiture émergea des écuries et prit le chemin en direction de l'université. Elle s'arrêta en bas des marches, et le cocher sauta à terre afin d'ouvrir la portière. Lorlen rejoignit le véhicule à la hâte et monta à bord.

La route menant à la Première Garnison, qui traversait la ville, semblait plus longue que d'habitude. Les nuages chargés de pluie cachaient la lumière des étoiles, mais la chaussée mouillée reflétait les lumières de la ville sur les façades des bâtiments. Les rares personnes qui erraient encore dans les rues se pressaient, à l'abri sous la capuche de leur cape. Seul un messager fit halte pour regarder la voiture qui passait.

L'attelage s'arrêta enfin devant la Première Garnison. Lorlen descendit et gagna rapidement la porte du bâtiment. Il fut accueilli par le capitaine Barran.

— Désolé de vous faire sortir par une aussi mauvaise soirée, administrateur, dit Barran en menant Lorlen dans le couloir qui conduisait à son bureau. J'ai songé à ne vous livrer le message que demain, mais ce que je veux vous montrer aurait été encore moins agréable à regarder.

Barran ne s'arrêta pas à son bureau mais descendit dans la pièce du sous-sol où il avait amené Lorlen auparavant. Quand ils entrèrent, une puissante odeur de décomposition les enveloppa. Lorlen aperçut avec consternation une forme humaine allongée sous un drap épais, sur l'une des tables.

— Attendez.

Le capitaine se hâta vers un placard duquel il sortit un flacon et deux carrés de tissu. Il déboucha le flacon et versa quelques gouttes d'une huile jaune sur les morceaux de tissu, puis en tendit un à Lorlen.

— Placez ça devant votre nez.

Lorlen obéit, et une vive et familière odeur médicamenteuse écrasa la puanteur de la pièce. Tenant l'autre morceau de tissu devant son visage, Barran se dirigea vers la table.

— On a retrouvé cet homme flottant dans le fleuve aujourd'hui, dit-il d'une voix étouffée. Ça faisait déjà environ deux jours qu'il était mort.

Il souleva le drap qui recouvrait le corps, dévoilant un visage pâle. Les yeux du cadavre étaient couverts de petits carrés de tissu. Tandis que le corps se révélait un peu plus, Lorlen s'efforça de ne pas prêter attention aux signes de décomposition et à ce qu'il pensait être des morsures de poisson. Il nota plutôt la blessure au niveau du cœur et la longue entaille le long du cou de l'homme.

— Une autre victime.

— Non. (Barran regarda Lorlen.) Il a été identifié par deux témoins. Il semblerait que ce soit le meurtrier.

Lorlen dévisagea Barran, puis le cadavre.

— Mais il a été tué de la même façon.

— Oui. Par vengeance, peut-être. Regardez. (Le garde indiqua la main gauche du cadavre. Un doigt manquait.) Il portait une bague. Nous avons dû l'amputer.

Barran replaça le drap, puis se dirigea vers un plateau, couvert lui aussi, posé sur un banc tout près. Le garde retira ce qui le couvrait et révéla un anneau d'argent assez sale.

— Il comportait une pierre, mais elle n'a pas été enlevée avec soin. Notre enquêteur a trouvé des fragments de verre dans la peau du cadavre, et la façon dont les griffes de sertissage étaient tordues suggère que la bague a été brisée. Il pense que la pierre était en verre.

Lorlen s'efforça de ne pas baisser les yeux sur sa propre bague. Celle d'Akkarin. *Alors, mes soupçons à propos de la bague du meurtrier doivent être vrais. Je me demande…*

Il se tourna vers le cadavre recouvert.

— Êtes-vous sûr que c'est le meurtrier ?

— Les témoins ont été très convaincants.

Lorlen se dirigea vers le cadavre et lui découvrit un bras. Il s'arma de courage, plaça deux doigts sur la peau et y projeta ses sens. Il y détecta aussitôt de l'énergie et fut soulagé. Toutefois, il y avait quelque chose de bizarre. Il sonda, puis se retira quand il découvrit quelle était la cause de cette étrangeté. Dans le corps, il y avait encore de la vie concentrée autour de l'estomac, des poumons, de la peau et des blessures. Tout le reste était presque vide.

Bien sûr, pensa-t-il. Cet homme avait dû flotter dans le fleuve quelques jours. Assez longtemps pour que de petits organismes envahissent le corps. Encore un ou deux jours, et la cause réelle du décès n'aurait pas pu être déterminée.

Lorlen s'éloigna de la table.

— Vous en avez vu assez ? demanda Barran.

— Oui.

Lorlen s'arrêta pour s'essuyer les doigts sur le tissu avant de le rendre au capitaine. Il retint sa respiration jusqu'à ce qu'ils soient de nouveau dans le couloir et que la porte soit bien fermée derrière eux.

— Et maintenant ? s'enquit Lorlen tout haut.

Barran soupira.

— Nous attendons. Si les meurtres reprennent, nous serons certains qu'il faut rechercher un gang de tueurs.

— Je préférerais que les meurtres s'arrêtent tout simplement maintenant, répondit Lorlen.

— Comme la plupart des Imardiens, acquiesça Barran, mais je dois encore trouver l'assassin du meurtrier.

L'assassin du meurtrier. Un autre mage noir. Akkarin, peut-être ? Il jeta un coup d'œil vers la porte qu'ils venaient de franchir. Ce cadavre prouvait qu'il y avait – ou qu'il y avait eu – d'autres magiciens noirs qu'Akkarin dans la ville. La cité en était-elle donc envahie ? Cette idée-là n'était pas réconfortante. Soudain, tout ce que Lorlen désira fut de retourner à la Guilde, à la sécurité de ses appartements, et d'essayer de tirer toute cette histoire au clair.

Mais Barran avait, selon toute apparence, besoin de parler davantage de cette découverte. Étouffant un soupir, Lorlen suivit le garde dans son bureau.

Chapitre 4

L'ÉTAPE SUIVANTE

Rothen s'assit dans son fauteuil favori, installé sur un côté du salon nocturne, et observa ses collègues magiciens. Chaque semaine, les membres de la Guilde se rendaient dans cette pièce pour parler et échanger des ragots. Certains restaient par deux ou formaient de petits cercles, selon qu'ils étaient amis ou intimes avec d'autres mages de leur discipline. D'autres se regroupaient par famille ou par Maison. Même si les mages se devaient de mettre de côté une telle loyauté lorsqu'ils rejoignaient la Guilde, les inclinations à la confiance ou à la méfiance selon la tradition et les idées politiques restaient fortes.

De l'autre côté de la pièce étaient assis trois mages qui paraissaient engagés dans une discussion tout sauf futile. Le seigneur Balkan, qui portait la robe rouge et la ceinture noire du chef des guerriers, était le plus jeune. Dame Vinara, vêtue de l'habit vert du chef des guérisseurs, était une femme sévère d'âge mûr. Le seigneur Sarrin aux cheveux blancs, qui était responsable des alchimistes, en avait endossé la tunique violette.

Rothen aurait aimé entendre leur conversation. Cela faisait une heure que les trois mages débattaient avec passion. Chaque fois qu'une controverse naissait parmi les hauts mages, c'étaient ces trois-là qu'on entendait le plus et dont l'influence était la plus grande. Entre le raisonnement direct de Balkan, la compassion et la perspicacité de Vinara et les opinions conservatrices de Sarrin, ils arrivaient en principe à traiter le plus gros d'un problème.

Mais Rothen savait qu'il ne pourrait pas se rapprocher suffisamment du trio pour écouter sans se faire repérer. Il tourna alors son attention vers des mages plus proches de lui. Aussitôt, son cœur fit un bond quand il reconnut une voix familière. L'administrateur Lorlen... quelque part derrière son fauteuil. Il ferma les yeux et se concentra sur la voix.

— ... Je comprends que beaucoup d'alchimistes se soient investis dans des projets à long terme qu'ils ne désirent pas mettre de côté, disait

Lorlen. Ils auront tous la possibilité de refuser leur participation à la construction du nouvel observatoire, mais ils devront prouver que leur travail souffrira de manière irréparable du temps perdu.

— Mais…

— Oui ?

Un soupir se fit entendre.

— Je ne comprends vraiment pas pourquoi on fait perdre le temps des alchimistes pour de telles… de telles bêtises. Un contrôleur de *temps*, qui plus est ! Davin ne peut-il pas se construire une petite hutte sur cette falaise ? Pourquoi une tour ? (Le magicien s'opposant au projet était le seigneur Peakin, le responsable des études alchimiques.) Et je ne vois pas l'intérêt de demander l'aide des guerriers. Cette structure sera-t-elle d'utilité alchimique ou militaire ?

— Les deux, lui répondit Lorlen. Le haut seigneur a décidé qu'il ne serait pas clairvoyant de construire un bâtiment de la sorte sans envisager son potentiel défensif. Il s'est également dit que le roi n'approuverait sûrement pas l'existence de cette bâtisse si elle ne servait qu'à contrôler le temps.

— Alors, qui va dessiner les plans ?

— Cela n'a pas encore été décidé.

Rothen sourit. Le seigneur Davin avait été considéré pendant des années comme un original. Mais récemment, ses études sur les tendances climatiques et leurs prévisions avaient gagné quelque respect et intérêt. Toutefois, le seigneur Peakin avait toujours trouvé irritants l'enthousiasme trop exubérant et l'étrange obsession de Davin.

La conversation au sujet de la tour prit fin lorsqu'une nouvelle voix se joignit aux autres :

— Bonsoir, administrateur. Seigneur Peakin.

— Directeur Jerrik, répondit Peakin. J'ai entendu dire que Sonea n'assisterait plus aux cours du soir. Est-ce vrai ?

À la mention du nom de la jeune femme, Rothen se raidit immédiatement, sur le qui-vive. Jerrik, en tant que directeur de l'université, gérait tout ce qui concernait la formation des novices. En écoutant cette conversation, Rothen pourrait entendre parler des progrès de Sonea.

— Oui, répondit Jerrik. Le haut seigneur s'est entretenu avec moi, hier. Quelques-uns de ses professeurs m'avaient fait remarquer qu'elle semblait fatiguée et était facilement distraite. Akkarin a fait la même observation et a accepté de lui libérer ses soirées pour le restant de l'année.

— Et en ce qui concerne les matières qu'elle a déjà commencé à étudier ?

— Elle devra les reprendre l'année prochaine, même si elle n'aura pas forcément à refaire des dossiers. Ses professeurs prendront en compte ce qu'elle a déjà fait.

L'intensité des voix diminuait. Rothen résista à l'envie de se retourner.

—Va-t-elle choisir une spécialité ? demanda Peakin. Il va être absolument nécessaire qu'elle concentre bientôt tous ses efforts sur une seule matière, sinon elle ne sera experte en aucune au moment des examens.

—Akkarin n'a pas encore décidé, répondit Lorlen.

—*Akkarin* n'a pas encore décidé ? répéta Jerrik. C'est à Sonea de choisir.

Il y eut une pause.

—Bien sûr, acquiesça Lorlen. Ce que je voulais dire, c'est qu'Akkarin ne m'a pas encore fait part de celle qu'il préférerait que Sonea choisisse ; je suppose donc qu'il n'a pas décidé laquelle lui recommander.

—Peut-être ne veut-il pas l'influencer de quelque façon que ce soit, dit Peakin. C'est pour ça qu'il… de bonnes bases… avant…

Les voix s'évanouirent. Devinant que les mages s'éloignaient, Rothen soupira et vida son verre.

Sonea avait donc ses soirées libres. Son humeur s'assombrit en imaginant la jeune femme coincée dans sa chambre dans la résidence du haut seigneur, près d'Akkarin et de ses habitudes malsaines. Puis il se souvint qu'elle avait toujours passé son temps libre dans la bibliothèque des novices. Elle y irait sûrement tous les soirs, maintenant qu'elle n'avait plus à aller en cours.

Se sentant un peu soulagé, Rothen se leva, donna son verre vide à un serviteur, puis partit à la recherche de Yaldin.

Depuis qu'Irand leur avait alloué une salle d'études, Dannyl et Tayend avaient peu à peu meublé la pièce jusqu'à ce qu'elle devienne aussi agréable qu'un salon d'aristocrate. En plus de la grande table qui, auparavant, dominait la pièce, il y avait de confortables fauteuils et un sofa, une armoire bien approvisionnée en vins, et des lampes à huile pour la lecture. Les lampes étaient également la seule source de chaleur en l'absence de Dannyl. Ce jour-là, cependant, il avait placé un globe magique dans une niche pratiquée dans un mur, et la chaleur avait rapidement chassé la fraîcheur des cloisons de pierre.

Tayend était absent lorsque Dannyl arriva à la bibliothèque. Après avoir discuté avec Irand pendant une heure, il s'était rendu dans leur salle d'études afin d'attendre son ami. Il était en train d'éplucher les comptes-rendus d'une propriété de bord de mer, dans le vague espoir d'y trouver une référence à la magie ancienne, quand Tayend arriva enfin.

L'érudit s'arrêta au milieu de la pièce et tangua, visiblement éméché.

—On dirait que tu t'es bien amusé, constata Dannyl.

Tayend poussa un soupir théâtral.

—Ah, oui ! Il y avait du bon vin. Il y avait de la bonne musique. Il y avait même quelques acrobates assez charmants à admirer… Mais j'ai dû m'arracher à cette fête, sachant que je ne pouvais échapper que quelques douces heures à une besogne acharnée dans la bibliothèque pour mon ambassadeur de la Guilde qui en exige toujours plus.

Dannyl croisa les bras en souriant.

—Une besogne, en effet. Tu n'as jamais fait une journée de travail honorable dans ta vie.

—Mais beaucoup de déshonorantes, en revanche, dit Tayend avec un large sourire. Et en plus, j'ai un peu travaillé pour nous, à cette fête. Le dem Marane était là – l'homme qu'on soupçonne d'être un rebelle.

—Vraiment ? (Dannyl décroisa les bras.) C'est une coïncidence.

—Pas vraiment. (Tayend haussa les épaules.) Je le vois de temps à autre dans des fêtes, mais je n'ai jamais beaucoup parlé avec lui depuis la fois où nous avons été présentés. Bref, j'ai décidé d'avoir une petite discussion avec lui et de lui faire comprendre que nous étions intéressés pour assister à ses fêtes.

Dannyl ressentit une pointe d'alarme.

—Que lui as-tu dit ?

Tayend agita la main avec dédain.

—Rien de particulier. Je lui ai juste fait remarquer que je n'ai plus reçu d'invitations de sa part depuis que je suis devenu ton assistant, puis j'ai pris un air prudent mais intéressé.

—Tu n'aurais pas dû… (Dannyl fronça les sourcils.) Combien de fois as-tu reçu ces invitations ?

L'érudit gloussa.

—On dirait que tu es jaloux, Dannyl. Seulement une ou deux fois par an. Ce ne sont pas vraiment des invitations. Il me fait juste comprendre que je suis toujours le bienvenu à ses fêtes.

—Et il a arrêté quand tu as commencé à m'assister ?

—Il est clair que tu dois terriblement l'intimider.

Dannyl se mit à arpenter la pièce.

—Tu viens de lui faire comprendre que nous avons deviné ce que lui et ses amis manigancent. S'ils sont aussi impliqués qu'Akkarin le prétend, ils prendront au sérieux même le plus léger signe de danger. *Très* sérieusement.

Tayend écarquilla les yeux.

—J'ai juste… eu l'air intéressé.

—C'est probablement suffisant pour faire paniquer Marane. À l'heure actuelle, il doit sûrement être en train de réfléchir à ce qu'il va faire de nous.

—Qu'allons-nous faire ?

Dannyl soupira.

— Je doute qu'il attende sagement de voir si la Guilde vient l'arrêter. Il va probablement envisager quelques façons de nous faire taire. Le chantage. Le meurtre.

— Le meurtre ! Mais… il doit bien se douter que je ne l'aurais pas approché si j'étais sur le point de le dénoncer ? Si c'était le cas, je ne ferais que… le dénoncer.

— Parce que tu le suspectes seulement d'être un rebelle, répondit Dannyl. Il va s'attendre que nous fassions exactement ce que nous avons prévu de faire – prétendre vouloir nous joindre à eux afin de confirmer nos soupçons. C'est pour ça qu'Akkarin nous a suggéré de lui donner une possibilité de nous faire chanter.

Tayend s'assit et se frotta le front.

— Tu penses vraiment qu'il pourrait essayer de me tuer ? (Il poussa un juron.) J'ai seulement saisi l'occasion et, et…

— Non. S'il a un peu de jugeote, il n'en prendra pas le risque. (Dannyl s'appuya contre la table.) Il va s'efforcer de découvrir le plus de choses possible à notre sujet et voir à quoi nous tenons le plus. Ce avec quoi il pourrait menacer de nous nuire. La famille. La richesse. L'honneur.

— Nous ?

Dannyl secoua la tête.

— Même s'il a entendu des rumeurs, il ne s'appuiera pas dessus. Il voudra des certitudes. Si nous nous étions arrangés pour que notre petit secret tombe entre ses mains avant ce qui vient de se passer, je suis sûr et certain qu'il l'utiliserait contre nous.

— Avons-nous encore du temps ?

Dannyl regarda fixement l'érudit.

— Je suppose que si nous agissons vite…

L'enthousiasme qui avait fait briller les yeux de l'érudit avait disparu. Dannyl n'était pas certain de ce qu'il voulait faire, désormais : prendre Tayend dans ses bras afin de le rassurer, ou lui insuffler un peu de bon sens. En cherchant à apprendre la magie tout seuls, les courtisans elynes avaient transgressé l'une des plus importantes lois des Terres Alliées. Le châtiment pour cela était, selon les circonstances, l'emprisonnement à vie, ou même la peine de mort. Les rebelles prendraient très au sérieux toute menace d'être découverts.

D'après l'air piteux de Tayend, Dannyl savait que si son ami n'avait pas pris conscience du danger auparavant, c'était maintenant chose faite. Il soupira, traversa la pièce et posa les mains sur les épaules du jeune homme.

— Ne t'inquiète pas, Tayend. Tu as juste mis les événements en marche un peu trop tôt, c'est tout. Allons signaler à Irand que nous devons agir sur-le-champ.

Tayend hocha la tête, se leva et le suivit jusqu'à la porte.

Il était tard lorsqu'on cogna à la porte de la chambre de Sonea. Elle poussa un soupir de soulagement. Sa servante, Viola, était en retard, et Sonea mourait d'envie de boire la tasse de raka qu'elle prenait tous les soirs.

— Entrez.

Sans lever les yeux, elle envoya une pensée vers la porte et lui intima de s'ouvrir. Comme la servante ne s'avançait pas dans la pièce, Sonea leva les yeux ; son sang se glaça.

Akkarin se tenait sur le seuil, son visage pâle à moitié caché dans les ombres du couloir. Il s'avança, et elle vit qu'il portait deux grands livres épais. La couverture de l'un d'eux était tachée et en lambeaux.

Le cœur battant la chamade, elle se leva et s'approcha de la porte à regret, s'arrêtant à quelques pas du mage pour le saluer.

— As-tu terminé le journal ? demanda-t-il.

Elle hocha la tête.

— Oui, haut seigneur.

— Et qu'en as-tu pensé ?

Que devait-elle dire ?

— Il... il répond à beaucoup de questions, lança-t-elle évasivement.

— Lesquelles, par exemple ?

— Comment le seigneur Coren a découvert la façon de manipuler la pierre.

— Autre chose ?

Qu'il a appris la magie noire. Elle ne voulait pas le dire, mais il semblait qu'Akkarin désirait clairement une sorte de reconnaissance de ce fait. Que ferait-il si elle refusait d'en parler ? Il continuerait sûrement à la pousser. Elle était trop fatiguée pour réussir à détourner ce genre de conversation.

— Il a utilisé la magie noire. Il a vu que c'était mal, dit-elle brièvement. Il a arrêté.

Le coin de la bouche d'Akkarin se releva en un demi-sourire.

— En effet. Je ne pense pas que la Guilde souhaite découvrir cela. Le vrai Coren n'est pas un personnage qu'elle aimerait voir idolâtré par les jeunes novices, même s'il s'est finalement racheté. (Il tendit les livres.) Ce compte-rendu est beaucoup plus vieux. J'ai apporté l'original ainsi qu'une copie. L'original se détériore, alors utilise-le seulement quand tu ressens le besoin de vérifier que la copie est fidèle.

— Pourquoi me montrez-vous ces livres ?

La question sortit avant qu'elle ait pu la retenir. Elle tressaillit devant l'insolence et le soupçon que sa voix trahissait. Les yeux d'Akkarin se plongèrent dans les siens ; elle détourna le regard.

— Tu veux savoir la vérité, dit-il.

Ce n'était pas une question.

Il avait raison. Elle voulait vraiment savoir. Une part d'elle voulait ignorer les livres – refuser de les lire simplement parce qu'il voulait qu'elle le fasse. Au lieu de cela, elle avança et les lui prit des mains. Elle ne croisa pas le regard de l'homme, mais elle savait qu'il l'observait.

— Comme pour le journal, tu ne feras connaître à personne l'existence de ces comptes-rendus, dit-il doucement. Ne permets même pas à ta servante de les voir.

Elle recula et posa les yeux sur la couverture du livre le plus ancien. Elle y lut : *« Compte rendu de la 235ᵉ année. »* Le livre avait plus de cinq cents ans ! Elle leva des yeux étonnés vers Akkarin. Il fit un signe de tête d'un air entendu, puis se retira. Ses pas résonnèrent dans le couloir, puis Sonea perçut le faible bruit de la porte de la chambre du mage en train de se fermer.

Les ouvrages étaient lourds. La jeune femme ferma la porte d'une petite impulsion magique et retourna derrière son bureau. Elle poussa ses notes et posa les deux livres l'un à côté de l'autre.

Elle ouvrit l'original et tourna délicatement les premières pages. L'écriture était à peine visible, et même illisible à certains endroits. En ouvrant la copie, un frisson étrange la parcourut lorsqu'elle découvrit des lignes d'une écriture élégante. C'était celle d'Akkarin.

Après avoir lu quelques lignes du compte-rendu authentique, elle vérifia sur la copie et conclut que les deux versions étaient identiques. Akkarin avait laissé des notes là où le texte se lisait difficilement, indiquant ce qu'il pensait être les mots manquants. Elle tourna plus de pages, revérifia, puis en choisit une au milieu du livre, et encore une vers la fin. Elles semblaient toutes concorder parfaitement avec la copie. Plus tard, décida-t-elle, elle vérifierait chaque page et chaque mot.

Elle mit l'original de côté, revint à la première page de la copie et se mit à lire.

C'était un compte-rendu journalier d'une guilde beaucoup plus jeune et petite que la Guilde actuelle. Au bout de quelques pages, Sonea s'était prise d'affection pour celui qui tenait le journal ; il admirait manifestement les gens dont il parlait. La guilde qu'il fréquentait était très différente de celle qu'elle connaissait. Les mages acceptaient des apprentis en échange d'argent ou d'aide. Un commentaire de l'auteur rendait clair ce qu'impliquait cette aide. Elle arrêta de lire, effarée.

Ces premiers mages accroissaient leur puissance en puisant de la magie de leurs apprentis. Ils utilisaient la magie noire.

Elle lut et relut le passage, encore et encore, mais ce qu'il voulait dire ne faisait plus aucun doute. Ils appelaient cela « la magie supérieure ».

Elle regarda la tranche du livre et vit qu'elle en avait lu le quart. En continuant, elle remarqua que les informations se concentraient peu à peu sur les activités d'un apprenti rétif, Tagin. On avait découvert que le jeune homme avait appris tout seul la magie supérieure malgré l'interdiction de son maître. Ses abus avaient été dévoilés. Tagin avait puisé l'énergie de personnes ordinaires, ce qui ne se faisait jamais, hormis en cas de grand besoin. L'auteur du compte-rendu exprimait de la désapprobation et de la colère, puis son ton traduisit soudain la peur. Tagin avait utilisé la magie supérieure pour tuer son maître.

La situation empirait continuellement. Alors que les mages de la guilde cherchaient à le punir, Tagin tuait sans discernement afin de puiser la force de leur résister. Les magiciens rapportaient le massacre d'hommes, de femmes et d'enfants. Des villages entiers étaient presque entièrement détruits, et seuls quelques survivants pouvaient rapporter la nature malveillante de leur attaquant.

Quand on frappa à sa porte, Sonea sursauta. Elle ferma les livres à la hâte, les poussa, l'arête contre le mur, et empila plusieurs livres de cours ordinaires au-dessus. Elle replaça ses notes devant elle et arrangea le bureau comme si elle était en train d'étudier.

Elle intima à la porte de s'ouvrir, et Takan se glissa à l'intérieur avec son raka. Elle le remercia mais était trop distraite pour demander où était Viola. Une fois l'homme parti, elle avala quelques gorgées, récupéra les comptes-rendus et reprit sa lecture :

« Il est difficile de croire qu'un homme soit capable de tels actes de violence gratuite. Les tentatives d'hier pour le maîtriser semblent l'avoir mis dans une rage folle. Les derniers rapports indiquent qu'il a massacré tous les êtres vivants des villages de Tenker et Forei. Il est devenu incontrôlable et je crains pour notre avenir à tous. Je suis stupéfait qu'il ne se soit pas encore attaqué à nous, mais peut-être tout cela le prépare-t-il à son coup final. »

Sonea s'enfonça dans son fauteuil et secoua la tête, incrédule. Elle revint à la page précédente et relut la dernière note. Cinquante-deux mages, dont la puissance était renforcée par leurs apprentis et le bétail donné par les roturiers effrayés, n'avaient pas été capables de vaincre Tagin. Les quelques notes suivantes parlaient du chemin visiblement hasardeux du criminel à travers la Kyralie. Puis vinrent les mots que Sonea avait redoutés :

« Mes pires peurs ont pris forme. Aujourd'hui, Tagin a tué les seigneurs Gerin, Dirron, Winnel et dame Ella. Cela finira-t-il à la seule mort de tous les mages, ou ne sera-t-il satisfait que quand toute vie dans le monde aura été détruite ? La vue de ma fenêtre est effrayante. Des milliers de gorins, d'enkas et de rebers pourrissent dans les champs, leur énergie donnée pour la défense de la Kyralie. Il y en a trop pour qu'on puisse tous les manger… »

À partir de là, la situation s'aggrava jusqu'à la mort de plus de la moitié des mages de la guilde. Un autre quart avait déjà pris leurs affaires et fui. Ceux qui restaient essayaient courageusement de sauver les réserves de livres et de médicaments.

Et si cela arrivait maintenant? La Guilde était plus grande, mais chaque mage n'exerçait qu'une minuscule portion du pouvoir de ses prédécesseurs morts depuis longtemps. Si Akkarin faisait la même chose que Tagin… Elle frissonna et continua sa lecture. La note suivante la prit par surprise.

« C'est terminé. Quand Alyk m'a rapporté la nouvelle, je ne voulais pas y croire. Mais il y a une heure, j'ai grimpé les marches de la tour d'observation et ai constaté la vérité de mes propres yeux. C'est vrai. Tagin est mort. Lui seul aurait pu créer une telle destruction lors de ses derniers instants.

Le seigneur Eland nous a rassemblés afin de nous lire une lettre d'Indria, la sœur de Tagin. Elle parlait de son intention de l'empoisonner. Nous ne pouvons que supposer qu'elle a réussi. »

L'auteur du compte-rendu relatait une lente restauration. Les mages qui avaient fui revinrent. Les réserves et les bibliothèques furent remises en ordre. Sonea médita devant les longues notes détaillant les pertes et la guérison de gens ordinaires. Il y avait donc eu une époque où la Guilde s'était inquiétée du bien-être de ces personnes.

« L'ancienne Guilde a vraiment été détruite avec Tagin. J'en ai entendu certains dire qu'une nouvelle Guilde est née aujourd'hui. Le premier des changements s'est produit ce matin, quand cinq jeunes hommes nous ont rejoints. Ce sont nos premiers "novices", liés à tous les mages et non à un seul. Ils n'apprendront pas la magie supérieure tant qu'ils ne se seront pas montrés dignes de confiance. D'ailleurs, si le seigneur Karron obtient gain de cause, ils n'apprendront jamais cette magie. »

Cette volonté d'interdiction de ce que le seigneur Karron avait commencé à appeler la « magie noire » augmenta. Sonea tourna une page et découvrit une dernière note, suivie de pages blanches :

« Je n'ai pas le don de voyance et ne prétends pas connaître suffisamment les hommes et la magie pour prédire l'avenir, mais après que notre décision eut été prise, je fus saisi par la peur que les Sachakaniens puissent se soulever de nouveau contre nous dans l'avenir et que la Guilde n'y soit pas préparée. J'ai suggéré une réserve secrète de savoir, à n'ouvrir que si la Guilde était menacée de destruction certaine. Ceux de ma spécialité ont approuvé car beaucoup de mes collègues partagent cette même peur enfouie.

Il fut décidé que l'existence d'une arme secrète ne serait connue que du chef des guerriers. Il ne connaîtrait pas sa nature, mais transmettrait l'endroit où elle se trouve à son successeur. Je termine maintenant ce compte-rendu. Demain, j'en commencerai un nouveau. J'espère sincèrement que personne n'ouvrira jamais ce livre et ne lira ces mots. »

Ce paragraphe était suivi d'une note :

« Soixante-dix ans plus tard, le seigneur Koril, chef des guerriers, meurt lors d'un combat d'entraînement à l'âge de vingt-huit ans. Il n'a probablement pas eu le temps de transmettre le savoir de "l'arme secrète".

Les yeux de Sonea ne se décrochaient pas du post-scriptum d'Akkarin. Le seigneur Coren avait découvert un coffre rempli de livres. Était-ce la réserve secrète de savoir ?

Elle soupira et ferma le volume. Plus elle en apprenait, plus elle était submergée de questions. Elle vacilla en se relevant, ne s'apercevant qu'alors qu'elle avait lu pendant des heures. En bâillant, elle couvrit les livres d'Akkarin avec ses notes, enfila sa chemise de nuit, se glissa dans son lit et sombra dans un sommeil rempli de scènes cauchemardesques de mages rendus fous par le pouvoir, traquant bétail et villageois.

Chapitre 5

Spéculations

Bien qu'il ait reçu des nouvelles d'un meurtre qui apportaient tous les indices qu'on lui avait appris à chercher, Cery avait attendu qu'une semaine passe depuis son entretien avec Savara avant de la laisser savoir qu'elle avait eu raison. Il voulait voir combien de temps elle supporterait l'emprisonnement qu'elle s'était elle-même imposé dans sa chambre de location. Lorsque le jeune homme entendit dire qu'elle avait proposé à l'un de ses « gardes » qu'ils s'entraînent au combat, il comprit que la patience de la jeune femme arrivait à ses limites. Et la curiosité triompha de Cery quand l'homme admit avoir perdu chaque combat.

Il faisait les cent pas en attendant Savara. Ses recherches lui avaient révélé peu de chose. Le propriétaire de la chambre savait seulement que Savara avait loué la pièce quelques jours avant sa visite à Cery. Seuls deux des vendeurs d'armes de la ville reconnurent sa dague comme étant sachakanienne. Les traîne-ruisseau déclarèrent tous, après quelques pots-de-vin et autres moyens de s'assurer de leur honnêteté, qu'ils n'avaient jamais recelé une telle arme auparavant. Il ne pensait pas trouver qui que ce soit dans la cité pouvant lui en dire plus.

Lorsqu'on frappa à la porte, il cessa d'arpenter la pièce, retourna à son fauteuil et s'éclaircit la voix.

— Entrez.

La jeune femme sourit chaleureusement en entrant. *Oh, elle sait qu'elle est belle et comment user de sa beauté pour obtenir ce qu'elle veut !* pensa-t-il. Il garda une expression neutre.

— Ceryni, dit-elle.

— Savara. J'ai entendu dire que mon vigile t'a bien occupée.

Une minuscule ride apparut entre les sourcils de la femme.

— Oui, il était énergique mais avait plus besoin d'entraînement que moi. (Elle marqua une pause.) Je pense que les autres auraient été plus difficiles à battre.

Cery lutta pour ne pas sourire. Elle avait remarqué qu'il y avait plusieurs vigiles. Très observatrice.

— C'est trop tard pour le savoir, dit-il en haussant les épaules. Je leur ai confié une autre tâche.

La ride de la femme se creusa davantage.

— Et l'esclave ? Il n'a pas tué ?

— « Esclave » ? répéta Cery.

— L'homme qui a remplacé le dernier meurtrier.

Intéressant. Les esclaves de qui ?

— Il a tué, comme tu l'avais dit, confirma Cery.

Les yeux de Savara brillèrent de triomphe à cette nouvelle.

— Alors, tu vas accepter mon aide ?

— Tu peux nous mener à lui ?

— Oui, répondit-elle sans hésiter.

— Qu'est-ce que tu veux en retour ?

Elle s'approcha de son bureau.

— Que tu ne parles pas de moi à ton maître.

Un frisson parcourut la peau de Cery.

— Mon *maître* ?

— Celui qui t'a ordonné de tuer ces hommes, dit-elle doucement.

Elle n'était pas censée avoir entendu parler de *lui*. Elle n'était même pas censée savoir que Cery agissait sous les ordres de quelqu'un.

Ça changeait tout. Cery croisa les bras et observa la jeune femme. Enquêter sur son utilité éventuelle sans consulter celui qui arrangeait la traque lui avait paru peu risqué. Désormais, ce risque lui semblait prendre des proportions plus importantes.

Elle en savait trop. Il devrait envoyer sa meilleure lame se débarrasser d'elle. Ou bien la tuer lui-même. Maintenant.

Mais alors même qu'il y songeait, il savait qu'il ne le ferait pas. *Et ce n'est pas seulement parce qu'elle m'intéresse*, se dit-il. *Il faut que j'apprenne comment elle sait tant de choses à propos de l'arrangement. Je vais attendre, la faire surveiller et je verrai où ça nous mènera.*

— Tu lui as parlé de moi ? demanda-t-elle.

— Pourquoi ne veux-tu pas qu'il entende parler de toi ?

L'expression de Savara s'assombrit.

— Deux raisons. Ces esclaves pensent qu'un seul ennemi les traque. Je t'aiderai plus facilement s'ils ne savent pas que je suis là. Et des gens de mon pays souffriraient si les maîtres des esclaves avaient vent de ma présence ici.

— Et tu penses que ces esclaves découvriraient que tu es ici, si mon « maître », comme tu l'appelles, le savait ?

— Peut-être que oui. Peut-être que non. Je préfère ne pas prendre de risques.

— Tu ne me demandes ça que maintenant. J'ai peut-être déjà parlé de toi à mon client.

— C'est le cas ?

Il fit non de la tête. Elle sourit, visiblement soulagée.

— Je ne pensais pas que tu le ferais. Pas avant que tu saches que je pouvais faire ce que j'avance. Alors, on a un marché, comme vous dites, vous, les voleurs ?

Cery ouvrit le tiroir de son bureau et en sortit la dague de la jeune femme. Il l'entendit suffoquer. La lumière de la lampe faisait scintiller les gemmes du manche. Il fit glisser la dague sur la table.

— Ce soir, tu vas repérer cet homme pour nous. C'est tout. Pas de meurtre. Je veux être certain qu'il est bien celui que tu prétends avant qu'on en finisse. En retour, je la ferme à ton sujet. Pour le moment.

Elle sourit, les yeux brillant d'impatience.

— Je retourne dans ma chambre en attendant.

En la regardant s'éloigner d'un pas nonchalant, Cery sentit son cœur accélérer. *Combien d'hommes ont perdu leur bon sens à cause de cette prestance, ou de ce sourire ?* se demanda-t-il. *Ah, mais je parie que certains d'entre eux ont perdu plus que leur bon sens !*

Pas moi, pensa-t-il. *Je vais la surveiller de* très *près.*

Sonea ferma le livre qu'elle tentait de lire ; ses yeux firent le tour de la bibliothèque. Elle n'arrivait pas à se concentrer. Son esprit n'arrêtait pas de revenir à Akkarin et aux comptes-rendus.

Ça faisait une semaine qu'il les lui avait confiés, et il n'était toujours pas venu les récupérer. La pensée de ce qui était sur son bureau, dans sa chambre, caché sous une pile de notes, était comme une démangeaison ne pouvant être apaisée. Elle ne pourrait pas se détendre tant qu'il n'aurait pas récupéré les volumes.

Mais elle craignait de se retrouver de nouveau face à Akkarin. Elle craignait la conversation qui s'ensuivrait. Apporterait-il plus de livres ? Que contiendraient-ils ? Jusqu'ici, il ne lui avait montré que des fragments d'histoire oubliés. Il n'y avait eu aucune instruction sur la façon dont utiliser la magie noire. Pourtant, le coffre secret que l'auteur des comptes-rendus avait enterré – probablement le coffre que l'architecte Coren avait découvert et de nouveau enfoui sous terre – devait contenir assez d'informations à propos de « l'arme secrète » de magie noire pour qu'un magicien puisse apprendre à l'utiliser. Que ferait-elle si Akkarin lui demandait de lire l'un de ces livres-là ?

En apprendre plus au sujet de la magie noire signifiait enfreindre une loi de la Guilde. Si elle découvrait des instructions sur la façon de l'utiliser, elle interromprait sa lecture et refuserait d'en savoir plus.

— Regarde, c'est le seigneur Larkin !

La voix était féminine et proche. En regardant autour d'elle, Sonea perçut un mouvement au bout d'un rayonnage. Elle discerna une fille, debout près d'une des fenêtres de la bibliothèque des novices.

— Le professeur d'architecture ? répondit une autre voix de fille. Je n'ai jamais fait attention à lui avant, mais j'admets qu'il est plutôt charmant.

— Et pas encore marié.

— Il ne montre pas un grand intérêt pour le mariage à ce que j'ai entendu dire.

Les filles ricanèrent. En se penchant, Sonea reconnut la première comme étant une novice de cinquième année.

— Oh, regarde ! Voilà le seigneur Darlen. Il est pas mal.

L'autre fille fit un bruit approbateur.

— Dommage qu'il soit marié, lui.

— Mmm..., acquiesça la première. Tu penses quoi du seigneur Vorel ?

— Vorel ! Tu plaisantes !

— Tu n'es pas trop du genre guerrier musclé, pas vrai ?

Sonea supposait que les filles regardaient les mages se diriger vers le salon nocturne. Elle les écouta, amusée, vanter les mérites d'un certain nombre de magiciens plus jeunes.

— Non... Regarde par ici... *là*, je ne dirais pas non.

— Oh, oui ! approuva l'autre d'une voix étouffée. Tiens, il s'est arrêté pour parler au directeur Jerrik.

— Il est un peu... froid, quand même.

— Oh, je suis sûre qu'on pourrait le réchauffer !

Les filles rirent d'un air entendu. Lorsqu'elles se calmèrent, l'une d'elles poussa un long soupir plein d'envie.

— Il est tellement mignon. Dommage qu'il soit trop vieux pour nous.

— Je ne sais pas, répondit l'autre. Il n'est pas *si* vieux. On a marié ma cousine à un homme bien plus âgé. On ne dirait pas comme ça, mais le haut seigneur n'a pas plus de trente-trois ou trente-quatre ans.

Sonea se raidit de surprise et d'incrédulité. Elles parlaient d'*Akkarin* !

Mais, bien évidemment, elles ne le connaissaient pas. Elles ne voyaient qu'un homme célibataire, mystérieux, puissant et...

— La bibliothèque va fermer.

Sonea sursauta, se retourna et vit Tya, la bibliothécaire, parcourir l'allée à grands pas, entre les rayonnages. La femme sourit à Sonea en passant près d'elle. Les filles à la fenêtre poussèrent un dernier soupir et partirent.

Sonea se leva et empila ses livres et ses notes. Elle les prit dans les bras, puis marqua une pause avant de regarder de nouveau vers la fenêtre. Était-il encore là ?

Elle se dirigea vers la fenêtre et observa l'extérieur. Effectivement, Akkarin se tenait près de Jerrik. Des rides creusaient son front. Bien que son expression soit attentive, elle ne révélait rien de ses pensées.

Comment ces filles peuvent-elles le trouver attirant ? se demanda-t-elle. Il était dur et distant. Pas chaleureux ni enthousiaste, comme Dorrien, ou même enjôleur et charmant, comme le seigneur Fergun.

Si les filles qu'elle avait entendues n'avaient pas rejoint la Guilde, on les aurait mariées selon l'intérêt d'alliances familiales. Peut-être étaient-elles toujours attirées par le pouvoir et l'influence chez les hommes par habitude ou tradition. Elle eut un sourire amer.

Si elles connaissaient la vérité, pensa-t-elle, *elles ne le trouveraient pas du tout attirant.*

À minuit, l'obscurité était lourde et impénétrable, et l'attelage devrait encore rouler trois heures pour atteindre les lumières de Capia. Seuls de petits ronds de lumière lancés par les lampes du carrosse éclairaient leur route. Fixant les ténèbres, Dannyl s'interrogeait sur ce que le véhicule inspirait aux occupants des maisons campagnardes cachées dans l'ombre ; il devait probablement ressembler à un faisceau de lumière mobile, visible à des kilomètres à la ronde.

La voiture franchit une crête, et un point brillant apparut sur le bord de la route se déroulant devant eux. Alors qu'ils se rapprochaient rapidement, Dannyl vit que c'était une lampe dont la faible lumière éclairait la façade d'un bâtiment. L'attelage commença à ralentir.

—Nous y sommes, murmura Dannyl.

Il entendit Tayend remuer sur son siège afin de regarder par la fenêtre. L'érudit bâilla ; la calèche se rapprocha du bâtiment et tangua en s'arrêtant. La pancarte sur le gîte d'étape indiquait : « *Gîte du fleuve* : Lits, Repas & Boissons. »

Le cocher marmonna dans sa barbe en descendant péniblement pour ouvrir la portière. Dannyl lui donna une pièce.

—Attendez-nous à l'intérieur, lui ordonna-t-il. Nous reprenons la route dans une heure.

L'homme s'inclina puis cogna la porte de l'auberge d'un coup sec pour les annoncer. Il y eut une courte pause, et une fenêtre s'ouvrit au milieu de la porte. Dannyl perçut une respiration bruyante.

—Que puis-je faire pour vous, mon seigneur ? demanda une voix sourde.

—À boire, répondit Dannyl. Une heure de repos.

Il n'y eut aucune réponse, mais un bruit métallique suivit et la porte s'ouvrit vers l'intérieur. Un petit homme ridé les salua, puis les guida dans une grande pièce remplie de tables et de chaises. Une forte et agréable odeur de bol emplissait l'air. Dannyl sourit avec nostalgie alors que le souvenir de la traque de Sonea, qui remontait déjà à quelque temps, lui revenait. Ça faisait longtemps qu'il n'avait pas bu de bol.

—Mon nom est Urrend. Alors, qu'est-ce que vous voulez boire? demanda l'homme.

Dannyl soupira.

—Avez-vous du rumia de Porreni?

L'homme eut un petit rire.

—Z'avez de bons goûts pour le vin. Mais c'est normal pour deux hommes de haute naissance comme vous. J'ai un bon salon pour les gens riches, en haut. Suivez-moi.

Le cocher s'était pavané jusqu'au banc où le bol était servi. Dannyl se demanda avec du recul s'il avait eu raison de lui donner la pièce. Il ne voulait pas se retrouver dans une voiture renversée, à mi-chemin de la maison de la sœur de Tayend.

Ils suivirent le propriétaire du gîte dans un étroit escalier qui menait, par une volée de marches, dans un couloir. L'homme s'arrêta devant une porte.

—C'est ma meilleure pièce. J'espère que vous vous y trouverez à votre aise.

Il poussa la porte, qui s'ouvrit. Dannyl entra lentement dans la pièce, prenant note des meubles usés, de la seconde porte, et de l'homme qui était assis à côté.

—Bonsoir, ambassadeur. (L'homme se leva et le salua avec grâce.) Je m'appelle Royend de Marane.

—C'est un honneur, répondit Dannyl. Il me semble que vous connaissez déjà Tayend de Tremmelin?

L'homme hocha la tête.

—En effet. J'ai demandé du vin. En prendrez-vous?

—Un petit peu, merci, répondit Dannyl. Nous reprenons la route dans une heure.

Dannyl et Tayend s'installèrent dans deux des fauteuils. Le dem fit le tour de la pièce, inspectant le mobilier avec une grimace de dégoût, puis s'arrêta pour regarder par les fenêtres. Il était plus grand que l'Elyne moyen, et ses cheveux étaient noirs. Dannyl avait appris d'Errend que la grand-mère du dem Marane était kyralienne. Il était entre deux âges, marié, père de deux fils et très, très riche.

—Alors, dites-moi, que pensez-vous de l'Elyne, ambassadeur?

—J'ai appris à l'apprécier ici, répondit Dannyl.

—Ce n'était pas le cas, au début ?

—Ce n'est pas que je n'aimais pas le pays. Mais j'ai mis du temps à m'habituer aux différences. Certaines d'entre elles m'ont paru attirantes, d'autres étranges.

Le dem eut un air surpris.

—Qu'avez-vous trouvé étrange chez nous ?

Dannyl eut un petit rire.

—Les Elynes disent ce qu'ils pensent, bien que ce soit rarement clair.

Le visage de l'homme se fendit d'un sourire qui disparut lorsqu'on frappa à la porte. Alors qu'il s'apprêtait à aller ouvrir, Dannyl lui fit signe de ne pas bouger et utilisa sa volonté. La porte s'ouvrit. Le dem s'immobilisa et, réalisant que Dannyl avait utilisé de la magie, un air de désir ardent et frustré traversa son visage. L'expression s'évanouit presque aussitôt quand l'aubergiste entra dans la pièce avec une bouteille et trois verres.

La bouteille fut débouchée et le vin versé dans le silence. Lorsque le propriétaire fut parti, le dem prit un verre et s'installa dans un fauteuil.

—Alors, que trouvez-vous d'attirant en Elyne ?

—Vous avez un excellent vin. (Dannyl leva son verre en souriant.) Et vous êtes ouverts d'esprit et tolérants. Il y a beaucoup de choses admises ici qui choqueraient et scandaliseraient les Kyraliens.

Royend jeta un coup d'œil vers Tayend.

—Vous devez être au courant de ces activités choquantes et scandaleuses, ou vous ne les citeriez pas parmi les différences qui vous attirent chez nous.

—Serais-je un bon ambassadeur de la Guilde…, comme le croit la cour d'Elyne, si je ne m'apercevais pas de telles choses ?

Le dem sourit, mais son regard resta dur.

Vous semblez déjà plus informé que ce que, *moi*, j'imaginais. Par conséquent, je me pose certaines questions. Êtes-vous aussi ouvert d'esprit et tolérant que nous ? Ou bien avez-vous les mêmes opinions rigides que d'autres mages kyraliens ?

Dannyl regarda Tayend.

—Je ne suis pas un mage kyralien typique. (L'érudit esquissa un sourire et secoua la tête.) Bien que je sois devenu expert pour le laisser penser, continua Dannyl. Je crois que si mes pairs me connaissaient mieux, ils ne me considéreraient pas du tout digne de représenter la Guilde.

—Ah, dit calmement Tayend, mais est-ce toi qui ne corresponds pas à la Guilde, ou la Guilde qui ne te correspond pas ?

La remarque fit rire Royend.

—Pourtant, elle vous a proposé le rôle d'ambassadeur.

Dannyl haussa les épaules.

— Et cela m'a amené ici. J'ai souvent regretté que la Guilde n'ait pas été formée dans une culture moins stricte. Des différences de points de vue stimulent le débat, ce qui améliore la compréhension. Récemment, j'ai eu encore plus de raisons de regretter cela. Tayend a beaucoup de potentiel. C'est terriblement dommage qu'il ne puisse pas le développer simplement parce que les Kyraliens ne tolèrent pas les hommes de sa nature. Il y a certaines choses que je peux lui enseigner sans enfreindre la loi de la Guilde, mais c'est loin d'être suffisant pour faire justice à ses talents.

Le regard du dem devint perçant.

— Les lui avez-vous enseignées ?

— Non, (Dannyl secoua la tête), mais je ne suis pas opposé à détourner légèrement les lois de la Guilde pour lui. J'ai déjà tué un homme pour sauver la vie de Tayend. La prochaine fois, je ne serai peut-être pas là pour l'aider. J'aimerais lui enseigner la guérison, mais alors je dépasserais une limite et risquerais de le mettre d'autant plus en danger.

— Face à la Guilde ?

— Oui.

Le dem sourit.

— Seulement si les mages le découvraient. C'est un risque, mais vaut-il la peine d'être pris ?

Dannyl fronça les sourcils.

— Je ne prendrais pas un tel risque sans m'être préalablement préparé au pire. Si jamais on découvrait que Tayend a appris la magie, il devra être capable d'échapper à la Guilde. Il n'a personne vers qui se tourner en dehors de sa famille et ses amis de la bibliothèque, et je crains fort qu'ils ne puissent pas faire grand-chose pour lui.

— Et vous ?

— Rien n'effraie plus la Guilde qu'un magicien chevronné devenant renégat. Si je disparaissais, les mages seraient encore plus déterminés à nous retrouver tous les deux. Je resterais à Capia et ferais de mon mieux pour aider Tayend à éviter la capture.

— On dirait que vous avez besoin que d'autres personnes le protègent. Des gens sachant comment cacher un fugitif.

Dannyl hocha la tête.

— Et que seriez-vous prêt à donner en retour ?

Dannyl regarda l'homme en plissant les yeux.

— Rien qui pourrait être utilisé afin de blesser d'autres personnes. Pas même les membres de la Guilde. Je connais Tayend. Je veux être absolument certain des intentions des autres avant de leur accorder la même confiance.

Le dem hocha lentement la tête.

— Bien sûr.

— Alors, continua Dannyl, d'après vous, que coûtera la protection de Tayend ?

Le dem Marane s'empara de la bouteille et remplit de nouveau son verre.

— Je ne peux rien en dire maintenant. C'est une question intéressante. Je vais devoir en parler à quelques collègues.

— Bien sûr, dit doucement Dannyl. (Il se leva et baissa les yeux sur l'homme.) J'ai hâte d'entendre leur avis. J'ai bien peur qu'il soit l'heure pour nous de vous quitter. La famille de Tayend nous attend.

Le dem se leva et les salua.

— J'ai apprécié notre conversation, ambassadeur Dannyl et Tayend de Tremmelin. J'espère que nous aurons à l'avenir beaucoup d'autres occasions de mieux nous connaître.

Dannyl inclina la tête poliment. Avant de partir, il passa une main au-dessus du verre du dem, réchauffant un peu son vin. Il sourit devant la stupéfaction de l'homme, se retourna et se dirigea vers la porte, Tayend sur ses talons.

Lorsqu'ils furent dans le couloir, Dannyl se retourna. Le dem tenait son verre dans le creux de ses deux mains, l'air songeur.

Chapitre 6

L'espion

Comme d'habitude, la porte de la résidence du haut seigneur s'ouvrit au premier frôlement. En entrant, Sonea fut à la fois soulagée et surprise de ne trouver que Takan qui l'attendait. Il la salua.

— Le haut seigneur aimerait vous parler, demoiselle.

L'angoisse remplaça le soulagement. Allait-il lui faire lire un autre livre ? Serait-ce le livre qu'elle craignait : celui qui contiendrait des informations sur la magie noire ?

Sonea prit une profonde inspiration.

— Alors, conduis-moi à lui.

— Par ici, dit-il.

Il se retourna et se dirigea vers l'escalier de droite.

Le cœur de Sonea fit un bond. Cet escalier descendait vers la pièce souterraine où Akkarin pratiquait sa magie secrète et interdite. Il montait également, comme l'escalier de gauche, au dernier étage, vers la bibliothèque et la salle à manger.

Elle suivit Takan jusqu'à la porte. La cage d'escalier était sombre, et la jeune femme ne put pas voir le chemin qu'il suivait sans avoir préalablement invoqué un globe lumineux.

Takan descendait vers la pièce souterraine.

Elle s'arrêta, le cœur battant à toute vitesse, et regarda le serviteur continuer sa descente. Arrivé à la porte de la pièce, il s'arrêta et leva les yeux vers elle.

— Il ne vous fera pas de mal, demoiselle, lui assura-t-il.

Il ouvrit la porte et lui fit signe d'entrer.

Elle le dévisagea. De tous les endroits de la Guilde – de la ville entière, même – c'était celui qu'elle craignait le plus. Elle regarda derrière elle, vers l'antichambre. *Je pourrais courir. La porte de l'antichambre n'est pas loin…*

— Viens ici, Sonea.

C'était la voix d'Akkarin. Elle était autoritaire et menaçante. Sonea pensa à Rothen, sa tante Jonna, son oncle Ranel et ses cousins ; leur sécurité dépendait de sa coopération. Elle se contraignit à avancer.

Takan fit un pas de côté quand elle arriva sur le seuil. La pièce souterraine était semblable à ce qu'elle en avait vu de l'extérieur les précédentes fois. Deux tables, vieilles et lourdes, avaient été placées contre le mur de gauche. Une lanterne et un paquet de tissu sombre étaient posés sur la plus proche. Des étagères et des placards avaient été installés devant les autres murs. Certains portaient des marques de réparation, rappelant à Sonea les dégâts commis par l'« assassin ». Dans un coin se trouvait un vieux coffre délabré. Était-ce celui qui avait contenu les livres sur la magie noire ?

— Bonsoir, Sonea.

Akkarin était appuyé contre une table, les bras croisés. Elle le salua.

— Haut sei...

Elle cligna les yeux de surprise lorsqu'elle s'aperçut qu'il portait une simple tenue grossièrement tissée. Son pantalon et son manteau étaient miteux et même usés à certains endroits.

— J'ai quelque chose à te montrer, lui annonça-t-il. Dans la ville.

Elle recula d'un pas, aussitôt sur ses gardes.

— Qu'est-ce que c'est ?

— Si je te le disais, tu ne me croirais pas. La seule façon de découvrir la vérité est de la voir de tes propres yeux.

Elle lut un défi dans le regard du mage. Ses habits simples lui rappelèrent qu'elle l'avait déjà vu en porter de similaires, couverts de sang.

— Je ne suis pas certaine de vouloir voir votre vérité.

Un coin de la bouche d'Akkarin se releva.

— Tu te demandes pourquoi je fais ce que je fais depuis que tu en as entendu parler. Bien que je ne puisse pas te montrer le *comment*, je peux te montrer le *pourquoi*. Quelqu'un doit être au courant, en dehors de Takan et moi.

— Pourquoi moi ?

— Tout deviendra clair en temps et en heure. (Il attrapa derrière lui le paquet sombre qui traînait sur la table.) Enfile ça.

Je devrais refuser d'y aller, pensa-t-elle. *Mais me laissera-t-il le choix ?* Elle fixa le paquet dans les mains du mage. *Et si j'y vais, je pourrais apprendre quelque chose d'utilisable plus tard contre lui.*

Et s'il me montrait une chose interdite ? Une chose qui me ferait expulser de la Guilde ?

Si on en arrive là, je dirai la vérité aux mages. J'ai pris le risque dans l'espoir de me sauver, ainsi que la Guilde.

Elle s'approcha de lui à contrecœur et prit le paquet. Quand le mage le lâcha, le tissu se déroula et Sonea découvrit qu'elle tenait une longue cape noire. Elle défit le fermoir, lança le vêtement sur ses épaules et le ferma.

— Couvre bien ta robe, lui ordonna Akkarin.

Il s'empara de la lanterne et se dirigea à la hâte vers un mur. Une partie coulissa, et l'air frais des tunnels souterrains envahit la pièce.

Bien sûr, pensa-t-elle. Elle se remémora les nuits qu'elle avait passées à explorer les passages sous la Guilde, jusqu'à ce qu'Akkarin la trouve et lui ordonne de partir. Elle avait suivi un chemin qui menait à cette pièce. Le choc de se retrouver sur le seuil du domaine secret du mage l'avait fait déguerpir, et elle n'était plus jamais revenue pour découvrir où menait le passage.

Il doit mener à la ville, si ce qu'Akkarin dit est vrai.

Akkarin entra dans le tunnel et se retourna, lui faisant signe de le suivre. Sonea prit une profonde inspiration et expira lentement. Elle s'avança vers l'ouverture et le suivit dans les ténèbres.

La mèche de la lanterne crépita et une flamme apparut. Sonea se demanda un instant pourquoi il s'encombrait d'une source de lumière ordinaire, puis elle comprit qu'il ne portait pas sa robe afin de passer pour un non-magicien. Aucun non-magicien ne suivrait un globe lumineux.

S'il est important que personne ne le reconnaisse, alors je tiens quelque chose que je peux utiliser contre lui ce soir, si nécessaire.

Comme elle s'y attendait, il prit la direction opposée à celle de l'université. Il continua à vive allure pendant environ deux cents pas, puis s'arrêta. Sonea sentit la vibration d'une barrière qui bloquait le chemin. Une faible ondulation lumineuse jaillit dans le passage lorsque la barrière se dissipa. Le mage se remit en route sans un mot.

Il s'arrêta trois fois encore pour éliminer des barrières. Après avoir franchi la quatrième, Akkarin se retourna et la reforma derrière eux. Sonea lança un regard en arrière. Si, lors de son exploration, elle avait osé continuer au-delà de la pièce souterraine d'Akkarin, elle serait tombée sur ces barrières.

Le passage vira légèrement sur la droite, laissant apparaître une intersection avec plusieurs embranchements. Akkarin s'engagea dans l'un d'eux sans hésiter ; leur chemin zigzaguait entre plusieurs pièces prêtes à s'effondrer. Lorsqu'il s'arrêta de nouveau, ils faisaient face à un éboulement de pierres et de terre, là où le plafond avait cédé. Sonea regarda Akkarin d'un air interrogateur.

Les yeux du mage scintillèrent dans la lumière de la lampe. Il fixait intensément l'obstacle. Un bruit sec de grattement emplit le passage : les pierres formèrent peu à peu un escalier rudimentaire et une ouverture apparut en haut des marches. Akkarin posa le pied sur la première et grimpa.

Sonea le suivit. Une fois en haut, ils débouchèrent sur un nouveau couloir. La lumière révélait des murs rugueux et inégaux de petites briques de mauvaise qualité. L'odeur était humide et familière. Cet endroit lui rappelait fortement la... la...

La route des voleurs.

Ils avaient pénétré dans les tunnels se trouvant sous la cité et qui étaient utilisés par la pègre des bas-fonds. Akkarin se retourna et fixa l'escalier qu'ils venaient de franchir. Les marches glissèrent en avant et la cage d'escalier redevint inutilisable. Quand il eut terminé, le mage s'avança dans le passage.

Sonea commençait à se poser de plus en plus de questions. Les voleurs savaient-ils que le haut seigneur de la Guilde des magiciens utilisait leurs passages et que des tunnels sous la Guilde étaient reliés aux leurs ? Elle savait qu'ils surveillaient attentivement leur domaine, elle doutait donc que le mage ait échappé à leur vigilance. Dans ce cas, peut-être avait-il obtenu leur permission d'utiliser la route ? Elle observa les habits grossiers d'Akkarin. Peut-être l'avait-il obtenue en utilisant une fausse identité.

Ils avaient encore avancé de quelques centaines de pas lorsqu'un homme mince aux yeux chassieux sortit d'une niche et fit un signe de tête à Akkarin. Il dévisagea un moment Sonea, visiblement surpris de sa présence, mais ne dit rien. Il se retourna et se mit en route dans le dégagement qui continuait devant eux.

Leur guide silencieux les entraîna à une allure rapide dans un long parcours à travers un labyrinthe tortueux et complexe de passages. Peu à peu, Sonea reconnut une odeur, mais elle ne put pas mettre un nom dessus. Il y avait autant d'effluves différents que de murs, mais ces changements d'odeurs lui étaient également familiers. Ce n'est que lorsqu'Akkarin s'arrêta pour donner un coup sec sur une porte que Sonea comprit quelle était cette odeur intrigante.

C'était celle des Taudis. L'endroit exhalait un mélange de déchets humains et animaux, de transpiration, d'ordures, de fumée et de bol. Sonea se laissa aller aux souvenirs qui l'envahissaient : elle se revit travaillant avec sa tante et son oncle, et se glissant hors de chez elle pour rejoindre Cery et la bande de gamins des rues avec qui il traînait.

Soudain, la porte s'ouvrit, et Sonea reprit pied dans le moment présent.

La grande stature d'un homme occupait toute l'embrasure de la porte ; il était vêtu d'une chemise grossière trop juste qui couvrait à peine son large torse. Il fit un signe de tête respectueux à Akkarin puis fronça les sourcils en regardant Sonea, comme s'il l'avait déjà vue quelque part, mais sans pouvoir se souvenir de son identité. Au bout d'un moment, il haussa les épaules et fit un pas de côté.

— Entrez.

Sonea suivit Akkarin dans une pièce minuscule, à peine assez grande pour les contenir tous les trois en plus d'un placard étroit. Sonea détecta une vibration émanant d'une lourde porte de l'autre côté de la salle et la devina renforcée par une puissante barrière magique. Sa peau se hérissa. Qu'est-ce qui, dans les Taudis, pouvait bien nécessiter d'être retenu par autant de puissance ?

L'homme se tourna vers Akkarin. À son attitude hésitante et angoissée, Sonea devina qu'il savait qui était son visiteur, ou du moins qu'il en savait suffisamment pour se douter qu'il avait affaire à un homme important et puissant.

— Il est réveillé, grommela-t-il en jetant un coup d'œil craintif vers la porte.

— Merci de l'avoir surveillé, Morren, dit Akkarin d'une voix douce.

— Pas de problèmes.

— As-tu trouvé une gemme rouge sur lui ?

— Non. J'ai bien cherché. Rien trouvé.

Akkarin fronça les sourcils.

— Très bien. Reste ici. Voici Sonea. Je la ferai sortir dans un moment.

Les yeux de Morren se plantèrent dans ceux de la jeune femme.

— *La* Sonea ?

— Oui, la légende vivante, répondit Akkarin d'un ton pince-sans-rire.

Morren fit un sourire à Sonea.

— C'est un honneur de vous rencontrer, demoiselle.

— De même pour moi, Morren, répondit-elle, la perplexité remplaçant un instant son angoisse.

Une *légende* vivante ?

Morren sortit une clé de sa poche, l'inséra dans le verrou de la porte et la tourna. Il recula, permettant à Akkarin d'approcher. Sonea sentit avec surprise la magie l'entourer. Akkarin avait créé un bouclier les protégeant elle et lui. Elle regarda par-dessus l'épaule du mage, la curiosité la rendant nerveuse. La porte s'ouvrit lentement vers eux.

Derrière, la pièce était petite. Un banc de pierre en constituait le seul mobilier. Sur le banc était allongé un homme, les jambes et les bras entravés.

À la vue d'Akkarin, les yeux de l'homme s'emplirent de terreur. Il commença à s'agiter faiblement. Sonea le regarda d'un air consterné. Il était jeune, sûrement pas beaucoup plus âgé qu'elle. Son visage était large, et sa peau était à peine halée. Ses bras minces étaient couverts de cicatrices, et une entaille toute fraîche bordée de sang séché courait le long de son avant-bras. Il avait l'air inoffensif.

Akkarin alla se placer à côté de l'homme, puis posa une main sur son front. Les yeux du prisonnier s'agrandirent. Sonea frissonna quand elle comprit qu'Akkarin était en train de lire l'esprit de l'homme.

La main du haut seigneur bougea, saisissant brusquement la mâchoire du prisonnier. Aussitôt, l'homme ferma la bouche de toutes ses forces et commença à se débattre. Akkarin lui ouvrit la bouche en faisant levier. Sonea aperçut de l'or, puis Akkarin lança quelque chose par terre.

Une dent en or. La jeune femme recula d'un pas, épouvantée, puis sursauta quand l'homme se mit à rire.

—Iz'ont vu vot'femme maint'nant, dit-il d'une voix fortement accentuée et gênée par la dent en moins. Kariko dit qu'elle s'ra sienne quand i'vous aura tué.

Akkarin sourit et jeta un coup d'œil vers Sonea.

—Quel dommage que ni toi ni moi ne serons encore en vie pour le voir essayer de faire ça.

Il leva un pied et le reposa violemment sur la dent. À la surprise de Sonea, elle craqua sous sa botte. Quand le mage recula, la jeune femme découvrit avec étonnement que l'or s'était fendu ; de petits fragments rouges jonchaient le sol.

Sonea regardait d'un œil circonspect ce qui avait été une dent, essayant de comprendre l'échange qu'avaient eu les deux hommes. Qu'avait voulu dire le prisonnier ? « Ils ont vu votre femme. » Qui était « ils » ? Comment auraient-ils pu la voir ? Il y avait apparemment un rapport avec la dent. Pourquoi mettre une gemme dans une dent ? Et d'ailleurs, ça n'avait pas l'air d'être une gemme. On aurait dit du verre. Tout en observant les fragments, elle se souvint qu'Akkarin avait demandé si Morren avait trouvé une gemme rouge. Le fameux meurtrier portait une bague à gemme rouge. Et Lorlen aussi.

Elle regarda le prisonnier. Il était totalement faible, désormais, et fixait Akkarin avec effroi.

—Sonea.

Elle dévia son regard vers Akkarin. Les yeux du mage étaient froids et calmes.

—Je t'ai amenée ici pour répondre à certaines de tes questions, lui annonça-t-il. Je sais que tu ne me croiras pas tant que tu n'auras pas vu la vérité de tes propres yeux, alors j'ai décidé de t'apprendre une chose que je n'ai jamais envisagé d'apprendre à qui que ce soit. C'est une aptitude dont on peut abuser trop facilement, mais si tu…

—Non ! (Elle se redressa.) Je n'apprendrai pas…

—Je ne parle pas de magie noire. (Les yeux d'Akkarin lançaient des éclairs.) Je ne t'apprendrais pas cela même si tu le désirais. J'aimerais t'apprendre à lire dans les esprits.

—Mais…

Elle retint son souffle quand elle comprit ce qu'il voulait dire. C'était le seul, de tous les mages de la Guilde, à pouvoir lire l'esprit d'une autre personne, qu'elle soit consentante ou non. Elle avait elle-même fait l'expérience de ce don du magicien lorsqu'il avait découvert que la jeune femme, Lorlen et Rothen savaient qu'il pratiquait la magie noire.

Et maintenant, il voulait lui enseigner comment faire.

— Pourquoi ? lâcha-t-elle.

— Comme je te l'ai dit, je veux que tu apprennes la vérité par toi-même. Tu ne me croirais pas si je te la disais. (Il plissa les yeux.) Je ne te confierais pas ce secret si je ne te savais pas dotée d'un fort sens de l'honneur et de la morale. Toutefois, tu dois faire le serment de ne jamais utiliser cette façon de lire l'esprit sur quelqu'un de non consentant, à moins que la Kyralie soit en grand danger et qu'il n'y ait pas d'autre issue.

Sonea déglutit avec peine et garda posément son regard sur lui.

— Vous attendez de moi que j'en restreigne mon usage, comme vous dites, alors que vous ne le faites pas vous-même ?

Le regard du magicien s'assombrit, mais sa bouche forma un sourire sans humour.

— Oui. Feras-tu ce serment, ou retournons-nous à la Guilde maintenant ?

Elle regarda le prisonnier. Akkarin comptait de toute évidence lui faire lire l'esprit de cet homme. Il ne l'aurait pas laissé faire si ce qu'elle pouvait voir le mettait en danger. Mais verrait-elle quelque chose la mettant, elle, en danger ?

L'esprit ne pouvait pas mentir. Il pouvait peut-être cacher la vérité, mais c'était difficile, voire impossible avec la méthode d'Akkarin. Cependant, s'il s'était arrangé pour que cet homme croie que certains mensonges étaient la vérité, elle pouvait être dupée.

Mais si elle gardait bien cela en tête et réfléchissait avec prudence à tout ce qu'elle apprendrait…

Savoir lire les esprits pourrait être une aptitude utile. Même si elle faisait ce vœu, ça ne l'empêcherait pas d'utiliser cette capacité dans la bataille qui l'opposerait au mage. Avoir un mage noir au cœur de la Guilde des magiciens suffisait à faire courir à la Kyralie un grand danger.

Le prisonnier lui rendit son regard.

— Vous voulez me faire jurer de ne jamais lire un esprit à moins que la Kyralie soit en danger, dit-elle. Pourtant, vous voulez que je lise le sien. Il ne représente quand même pas une menace pour la Kyralie.

Akkarin sourit. Sa question semblait lui plaire.

— Pas maintenant. Mais il l'a été. Et qu'il clame que son maître t'asservira après m'avoir tué devrait constituer une menace. Comment peux-tu savoir si son maître en est capable, si tu ne lis pas son esprit ?

— En raisonnant de cette façon, vous pourriez justifier la lecture de l'esprit de n'importe qui vous menaçant.

Le sourire du mage s'agrandit.

— C'est pour ça que je te demande de faire ce serment. Tu n'utiliseras pas ce don à moins qu'il n'y ait pas d'autre possibilité. (Son expression se fit sérieuse.) Je n'ai pas d'autre façon de te montrer la vérité, du moins aucune sans risquer ta vie. Feras-tu le serment ?

Elle hésita, puis hocha la tête. Le mage croisa les bras et attendit. La jeune femme prit une profonde inspiration.

— Je jure de ne jamais lire l'esprit d'une personne non consentante à moins que la Kyralie soit en grand danger et qu'il n'y ait pas d'autre solution pour éviter ce danger.

Le mage hocha la tête de contentement.

— Bien. Et si jamais je découvre que tu as rompu ce serment, je ferai en sorte que tu le regrettes amèrement.

Il se tourna vers le prisonnier. L'homme n'avait pas cessé de les observer.

— Vous allez m'laisser partir, maint'nant, dit-il d'une voix suppliante. Vous savez que je devais faire ce que j'ai fait. Ils m'ont obligé. Maint'nant, la pierre n'est plus là, ils ne peuvent pas m'trouver. Je ne...

— Silence !

À cet ordre, l'homme eut un mouvement de recul puis gémit lorsqu'Akkarin s'accroupit à côté de lui.

— Mets ta main sur son front.

Sonea chassa ses réticences et s'accroupit près du prisonnier. Elle posa une main sur le front de l'homme. Son cœur accéléra lorsqu'Akkarin appuya sa main sur la sienne. Le toucher du mage fut d'abord froid, mais il se réchauffa vite.

— Je vais te montrer comment lire et, une fois que tu auras compris le mécanisme, je te laisserai explorer à ta guise.

Elle sentit la Présence d'Akkarin au bord de ses pensées. Elle ferma les yeux et visualisa son esprit sous la forme d'une pièce, comme Rothen le lui avait appris. Elle avança vers la porte dans l'intention d'ouvrir à Akkarin, mais elle recula brusquement de surprise quand il apparut dans la pièce. Il leva la main en montrant les murs.

— *Oublie tout ça. Oublie tout ce qu'on t'a appris. La visualisation ralentit et restreint ton esprit. En l'utilisant, tu appréhenderas seulement ce que tu peux transformer en images.*

La pièce se désintégra autour d'elle. L'image d'Akkarin aussi. Mais elle le percevait toujours. La fois où il avait lu son esprit, elle l'avait à peine décelé. Désormais, elle détectait une trace de personnalité et un pouvoir plus puissant que tout ce qu'elle avait connu auparavant.

— *Suis-moi…*

L'essence du mage s'éloigna. En la suivant, la jeune femme sentit qu'elle se rapprochait d'un troisième esprit. De la peur en émanait, et Sonea se trouva confrontée à une certaine résistance.

— *Il peut te bloquer seulement s'il te ressent. Pour l'empêcher de te ressentir, mets de côté toute volonté et toute intention hormis celle de s'insérer doucement dans son esprit sans le déranger. Comme ceci…*

Effarée, elle sentit la Présence d'Akkarin *changer*. Au lieu d'exercer sa volonté sur l'esprit de l'homme, elle semblait abandonner. Seule une entité à peine perceptible demeura, le vague désir de dériver dans les pensées d'une autre personne. Puis son essence se renforça.

— *À toi, maintenant.*

Le sens de ce qu'il avait fait subsistait en elle. Cela lui avait semblé facile, pourtant chaque fois qu'elle essayait de l'imiter, elle butait contre la volonté du prisonnier. Soudain, elle sentit l'esprit d'Akkarin se glisser dans le sien. Avant même qu'elle puisse s'alarmer, il envoya quelque chose – un concept – dans son cerveau. Au lieu d'essayer de séparer ses intentions et de les perdre toutes sauf une seule, elle devait se concentrer seulement sur celle dont elle avait besoin.

Brusquement, elle sut exactement comment passer outre la résistance du prisonnier. En un quart de seconde, elle s'était glissée dans son esprit.

— *Bien. Maintenant, garde ce léger contact. Regarde ses pensées. Si tu vois un souvenir que tu aimerais explorer, exerce ta volonté. C'est plus difficile. Regarde-moi.*

L'homme pensait à la dent, se demandant si son maître était en train de regarder quand la fille était apparue.

— *Qui es-tu ?* s'enquit Akkarin.

— *Tavaka.*

Brusquement, Sonea prit conscience qu'il avait été esclave, jusqu'à récemment.

— *Qui est ton maître ?*

— *Harikava. Un puissant Ichani.*

Un visage, typiquement sachakanien, surgit dans l'esprit de l'homme. C'était un visage cruel, dur et intelligent.

— *Qui sont les Ichanis ?*

— *De puissants magiciens.*

— *Pourquoi gardent-ils des esclaves ?*

— *Pour la magie.*

Un souvenir à plusieurs strates traversa l'esprit de Sonea. Elle eut l'impression d'un nombre incalculable de souvenirs du même incident : la légère douleur d'une coupure superficielle, l'extraction de pouvoir…

Les Ichanis, comprit-elle soudain, utilisaient la magie noire pour extraire le pouvoir de leurs esclaves, renforçant ainsi le leur, sans cesse.

— *Assez ! Je ne suis plus un esclave. Harikava m'a libéré.*

— *Montre-moi.*

Le souvenir surgit dans l'esprit de Tavaka. Harikava était assis sous une tente. Il parlait, disant qu'il libérerait Tavaka s'il acceptait une mission dangereuse. Sonea sentit Akkarin prendre le contrôle du souvenir. La mission consistait à entrer en Kyralie et à découvrir si les paroles de Kariko étaient vraies. La Guilde était-elle faible ? Avait-elle rejeté l'utilisation de la magie supérieure ? Beaucoup d'esclaves avaient failli lors de la mission. S'il réussissait, il serait accepté parmi les Ichanis. S'il échouait, ils le pourchasseraient.

Harikava ouvrit une boîte en bois, ornée d'or et de gemmes. Il en sortit un fragment d'une chose claire et dure qu'il lança dans l'air. L'objet flotta, fondant lentement devant les yeux de Tavaka. Harikava tira de sa ceinture une dague courbe et sophistiquée, au manche incrusté de pierres. Sonea en reconnut la forme. Elle se souvenait que celle qu'Akkarin avait utilisée sur Takan, il y avait longtemps, était similaire.

Harikava se coupa la main et versa du sang sur la gouttelette en fusion. Elle devint rouge et se solidifia. Il choisit un fin anneau d'or parmi tous ceux qui ornaient ses doigts et le façonna autour de la gemme jusqu'à ce qu'on ne puisse voir qu'un minuscule reflet rouge. Elle comprit ce que ferait cette gemme. Tout ce que Tavaka verrait, entendrait ou penserait serait ressenti par son maître.

Les yeux de l'homme se levèrent pour rencontrer ceux de Tavaka. Sonea sentit résonner en elle la peur et l'espoir de l'esclave. Le maître lui fit signe d'approcher et, avec sa main ensanglantée, reprit son poignard.

Le souvenir s'arrêta soudain.

— *Maintenant, à toi d'essayer, Sonea.*

Elle se demanda un instant quelle image susciter chez l'homme. Sur un coup de tête, elle envoya un souvenir d'Akkarin en robe noire.

Elle ne s'était pas préparée à la haine et la peur qui s'emparèrent de l'esprit de l'homme. Des images d'un récent combat magique suivirent. Akkarin avait trouvé l'homme avant qu'il ait pu reprendre suffisamment de force. Harikava serait déçu et furieux. Kariko également. L'image d'hommes et de femmes assis en cercle autour d'un feu apparut : un souvenir que Tavaka ne voulait pas dévoiler à Sonea. Il le poussa à disparaître avec le savoir-faire d'une personne bien entraînée à cacher des souvenirs face à des esprits scrutateurs. Sonea se rendit compte qu'elle avait oublié de le garder sous son Contrôle.

— *Essaie encore. Tu dois attraper le souvenir et le protéger.*

Elle envoya à Tavaka une image du cercle d'inconnus tel qu'elle s'en souvenait. Les visages n'étaient pas les bons, pensa-t-il tout en faisant apparaître celui d'Harikava dans son esprit. Exerçant sa volonté, Sonea « attrapa » le souvenir et bloqua les efforts que l'homme faisait pour l'arrêter.

— *C'est bien. Maintenant, explore à ta guise.*

Elle examina avec attention les visages.

— *Qui sont ces Ichanis ?*

Des noms et des visages suivirent, mais l'un d'eux sortit du lot.

— *Kariko. L'homme qui veut tuer Akkarin.*

— *Pourquoi ?*

— *Akkarin a tué son frère. Tout esclave trahissant son maître doit être pourchassé et puni.*

Elle faillit perdre le contrôle du souvenir à cette déclaration. Akkarin avait été un *esclave* ! Tavaka avait dû ressentir sa surprise. Elle sentit une vague de jubilation intense.

— *À cause d'Akkarin, parce que le frère de Kariko l'a capturé et a lu son esprit, nous savons que la Guilde est faible. Kariko dit qu'elle n'utilise pas la magie supérieure. Il dit que nous envahirons la Kyralie et battrons la Guilde facilement. Ce sera une juste vengeance pour ce que la Guilde nous a fait après la guerre.*

Le sang de Sonea se glaça. Ce groupe de mages noirs terriblement puissants comptait envahir la Kyralie !

— *Quand aura lieu cette invasion ?* demanda soudain Akkarin.

L'esprit de l'homme fut cerné de doutes.

— *Je ne sais pas. D'autres ont peur de la Guilde. Les esclaves ne reviennent pas. Moi non plus… Je ne veux pas mourir !*

Brusquement, une petite maison blanche apparut, accompagnée d'une immense culpabilité. Une femme rondelette – la mère de Tavaka. Un père au physique maigre et nerveux et à la peau parcheminée. Une jolie fille aux grands yeux – sa sœur. Le corps de sa sœur après qu'Harikava fut venu et…

Sonea dut mobiliser tout son Contrôle pour s'empêcher de fuir l'esprit de l'homme. Elle avait entendu parler et vu les séquelles de certaines attaques barbares de malfrats quand elle avait vécu dans les Taudis. La famille de Tavaka était morte à cause de lui. Ses parents auraient pu donner naissance à une progéniture plus douée. La sœur aurait également pu développer des pouvoirs. Le maître Ichani ne voulait pas faire déménager le groupe complet juste au cas où, ni laisser dans les environs des sources potentielles de pouvoir détectables et utilisables par ses ennemis.

Sonea était partagée entre la pitié et la peur. Tavaka avait eu une vie affreuse. Cependant, elle sentait également son ambition. Si on lui en donnait l'occasion, il retournerait dans son pays pour devenir l'un de ces atroces Ichanis.

— *Qu'as-tu fait depuis que tu es entré à Imardin?* demanda Akkarin.

Les souvenirs d'une chambre miteuse dans une gargote suivirent, puis la salle où l'on buvait, bondée. S'asseoir à une place où il pourrait brièvement toucher les autres et chercher un potentiel magique. Ça ne servait à rien de perdre du temps à traquer une victime, à moins qu'il ou elle possède une puissante magie latente. S'il restait prudent, il deviendrait assez fort pour vaincre Akkarin. Ensuite, il retournerait au Sachaka, aiderait Kariko à rassembler les Ichanis, et ils envahiraient la Kyralie.

Il choisit un homme et le suivit. Une dague, cadeau d'Harikava, fut tirée et…

— *Il est temps de partir, Sonea.*

Elle sentit la main d'Akkarin se contracter sur la sienne. Quand il la retira du front de Tavaka, l'esprit de l'homme quitta immédiatement celui de Sonea. Elle regarda Akkarin d'un air songeur tandis que les soupçons s'emparaient d'elle.

— Pourquoi ai-je fait cela? (Il eut un sourire amer.) Tu étais sur le point d'apprendre ce que tu ne désires pas apprendre.

Il se leva et baissa les yeux sur Tavaka. La respiration de l'homme s'était emballée.

— Laisse-nous, Sonea.

Elle dévisagea Akkarin. Elle imagina aisément ce qu'il comptait faire. Elle voulut protester et pourtant elle savait qu'elle ne l'empêcherait pas, même si elle l'avait pu. Relâcher Tavaka équivaudrait à libérer un tueur. Il continuerait à s'attaquer aux Kyraliens. Avec la magie noire.

Elle se contraignit à faire volte-face, ouvrit la porte et sortit. La porte se referma derrière elle. Morren leva les yeux, et son expression s'adoucit. Il lui tendit une chope.

Reconnaissant la douce odeur du bol, elle l'accepta et en avala plusieurs gorgées. La chaleur commençait à l'envahir. Lorsqu'elle eut vidé la chope, elle la rendit à Morren.

— Tu te sens mieux?

Elle hocha la tête.

La porte s'ouvrit derrière elle avec un déclic. Elle se retourna pour faire face à Akkarin. Ils se fixèrent en silence. Elle pensait à ce qu'il l'avait laissé découvrir. Les Ichanis. Leur projet d'envahir la Kyralie. Qu'il avait été esclave… C'était trop compliqué pour être une tromperie. Akkarin n'aurait pas pu prévoir tout ça.

— Tu as beaucoup de choses auxquelles réfléchir, dit-il doucement. Viens. Nous rentrons à la Guilde. (Il passa devant elle.) Merci, Morren. Occupe-toi de lui de la façon habituelle.

— Oui, seigneur. Avez-vous trouvé quelque chose d'utile?

—Peut-être. (Akkarin jeta un coup d'œil en arrière vers Sonea.) Nous verrons bien.

—Ils viennent plus souvent, maintenant, n'est-ce pas? demanda Morren.

Sonea perçut l'infime hésitation dans la réponse d'Akkarin.

—Oui, mais ton employeur les localise également plus rapidement. Remercie-le de ma part, veux-tu?

L'homme hocha la tête et tendit la lanterne à Akkarin.

—Je le ferai.

Le mage ouvrit la porte et sortit. Il se mit en route dans le passage et Sonea le suivit, l'esprit encore perturbé par tout ce qu'elle venait d'apprendre.

Chapitre 7

L'histoire d'Akkarin

Le bruit du métal s'entrechoquant résonna dans le passage et fut suivi d'un soupir de douleur. Cery s'arrêta et lança un regard alarmé à Gol. Le grand bonhomme fronça les sourcils.

Cery secoua la tête vers la porte devant eux. Gol sortit de sa ceinture un long poignard menaçant et fonça. Il gagna la porte et scruta la pièce. Son air anxieux disparut.

Il lança un regard à Cery en souriant largement. Soulagé, et désormais plus curieux qu'inquiet, le jeune homme se dirigea vers la pièce à grandes enjambées et regarda à l'intérieur.

Deux silhouettes étaient figées, et l'une d'elle était accroupie dans une position inconfortable, un couteau sous la gorge. Cery reconnut le vaincu comme étant Krinn, l'assassin et fin bagarreur qu'il embauchait habituellement pour des missions plus importantes. Le regard de Krinn cilla vers Cery. Son expression passa de la surprise à la honte.

— Tu abandonnes ? demanda Savara.

— Oui, répondit Krinn d'une voix tendue.

Savara retira le couteau et s'éloigna dans un mouvement fluide. Krinn se leva et baissa des yeux pleins de méfiance sur elle. Il faisait au moins une tête de plus qu'elle, nota Cery avec amusement.

— Tu t'entraînes encore sur mes hommes, Savara ?

Elle sourit d'un air entendu.

— Seulement quand on m'y invite, Ceryni.

Il l'observa attentivement. Et s'il… Il y aurait un risque, mais il y en a toujours. Il jeta un coup d'œil vers Krinn, qui se dirigeait vers la sortie.

— Vas-y, Krinn. Ferme la porte derrière toi. (L'assassin sortit en hâte. Lorsque la porte fut fermée, Cery s'avança vers Savara.) Je t'invite à me tester.

Il entendit la réaction de surprise de Gol.

Le sourire de la jeune femme s'agrandit.

— J'accepte.

Cery sortit deux dagues de son manteau. Il les avait fixées à ses manches à l'aide de boucles de cuir pour lui permettre d'agripper et de tirer quelqu'un sans lâcher ses armes. Savara leva les sourcils quand il glissa ses paumes dans les boucles.

— Deux sont rarement plus utiles qu'une seule, lui fit-elle remarquer.

— Je sais, répondit Cery en l'approchant.

— Mais on *dirait* que tu sais ce que tu fais, lança-t-elle d'un air songeur. Je suppose que c'est pour intimider le rustre moyen.

— Oui, en effet.

La jeune femme fit quelques pas vers la gauche, se rapprochant un peu plus.

— Je ne suis pas le rustre moyen, Ceryni.

— Non. J'ai remarqué.

Il sourit. Si elle voulait l'amadouer afin de gagner sa confiance assez longtemps pour avoir une chance de le tuer, il lui offrait sûrement l'occasion parfaite. Elle en mourrait, cependant. Gol s'en assurerait.

Savara se précipita sur lui. Cery l'esquiva, s'avança et visa son épaule. La jeune femme se détourna.

Ils continuèrent ainsi pendant quelques minutes, chacun testant les réflexes et l'allonge de l'autre. Soudain, elle se rapprocha ; Cery bloqua et retourna plusieurs attaques rapides. Aucun ne réussit vraiment à passer la garde de son adversaire. Ils s'éloignèrent l'un de l'autre, haletants.

— Qu'as-tu fait de l'esclave ? demanda-t-elle.

— Il est mort.

Il l'observa. Elle n'avait pas l'air surprise, seulement un peu contrariée.

— C'est *lui* qui s'en est occupé ?

— Bien évidemment.

— J'aurais pu le faire pour toi.

Il fronça les sourcils. Elle semblait si confiante. Trop confiante.

Elle se jeta sur lui, sa lame reflétant la lumière de la lampe. Cery dégagea le bras de Savara avec son avant-bras. Une lutte rapide et frénétique suivit, et le jeune homme arbora un sourire triomphant quand il réussit à bloquer le bras droit de son adversaire et à glisser sa dague sous son aisselle gauche.

Savara se figea, arborant elle aussi un large sourire.

— Tu abandonnes ? demanda-t-elle.

Une pointe tranchante pressa le ventre de Cery. Il baissa les yeux et vit un couteau dans le poing gauche de Savara. Dans l'autre main, elle tenait encore son couteau d'origine. Il sourit, puis pressa sa dague un peu plus fort sous l'aisselle de la jeune femme.

— Ici, il y a une veine qui mène directement au cœur. Si je la coupais, le sang en coulerait si rapidement que tu ne vivrais pas assez longtemps pour décider comment me maudire.

Il eut le plaisir de voir les yeux de Savara s'agrandir de surprise et son sourire disparaître.

— Égalité, alors ?

Ils étaient très proches. Elle sentait merveilleusement bon, un mélange de transpiration fraîche et d'un soupçon d'épices. Les yeux de la jeune femme brillaient d'amusement, mais elle maintenait fermement sa bouche pincée.

— Égalité, acquiesça-t-il.

Il fit un pas sur le côté afin que la lame de Savara quitte son ventre avant qu'il enlève la sienne de sous son aisselle. Le cœur du jeune homme battait vite. Ce n'était pas une sensation désagréable.

— Tu sais que ces esclaves sont des magiciens ? demanda-t-il.

— Oui.

— Comment tu comptes les tuer ?

— J'ai mes propres méthodes.

Cery eut un sourire amer.

— Si je dis à mon client que je n'ai pas besoin de lui pour s'occuper des meurtriers, il va me bombarder de questions. Comme par exemple, qui va s'en occuper à sa place ?

— S'il ne sait pas que tu as trouvé un esclave, il n'aura pas besoin de savoir qui s'est chargé de le tuer.

— Mais il sait quand ils sévissent. La garde lui signale les victimes. Si cela cesse alors qu'il n'a pas tué le meurtrier, il va se demander pourquoi.

Elle haussa les épaules.

— Ce n'est pas grave. Les hommes n'envoient plus leurs esclaves un par un, maintenant. Je peux en tuer quelques-uns, il ne le remarquera pas.

C'étaient des nouvelles fraîches. De mauvaises nouvelles.

— Qui sont ces « hommes » ?

Elle haussa les sourcils.

— Il ne te l'a pas dit ?

Cery sourit tout en se reprochant silencieusement d'avoir révélé son ignorance.

— Peut-être que oui, peut-être que non, répondit-il. Je veux entendre ta version.

La mine de Savara s'assombrit.

— Ce sont les Ichanis. Des parias. Le roi du Sachaka envoie ceux qui ont mérité sa défaveur dans les terres laissées à l'abandon.

— Pourquoi envoient-ils leurs esclaves ici ?

— Ils cherchent à regagner leur pouvoir et leur statut en battant le vieil ennemi du Sachaka : la Guilde.

C'étaient également de nouvelles informations. Il fit glisser de ses paumes les boucles de ses couteaux. *Sûrement rien de bien sérieux*, pensa-t-il. *Nous nous débarrassons assez facilement de ces « esclaves ».*

— Tu vas m'en laisser tuer quelques-uns ? s'enquit-elle.

— Pourquoi tu as besoin de demander ? Si tu peux les trouver et les tuer, tu n'as pas besoin de travailler avec moi.

— Ah ! Mais si je ne travaillais pas avec toi, tu pourrais me prendre pour l'un d'eux.

Il gloussa.

— Ça pourrait être domm…

Il fut interrompu par un coup à la porte et regarda Gol d'un air impatient. Le grand bonhomme alla ouvrir. Un homme encore plus imposant entra, ses yeux papillonnant nerveusement entre Gol, Cery et Savara.

— Morren.

Cery fut saisi d'inquiétude. Tard dans la nuit précédente, l'homme avait envoyé le message habituel, composé d'un mot, afin de confirmer qu'il s'était débarrassé du corps du meurtrier. Il n'était pas censé rendre visite personnellement à Cery à moins d'avoir quelque chose d'important à signaler.

— Ceryni, répondit Morren.

Il jeta de nouveau un coup d'œil vers Savara, l'air méfiant.

Cery se tourna vers la Sachakanienne.

— Merci pour l'entraînement, lui dit-il.

Elle fit un signe de tête.

— Merci à toi, Ceryni. Je te ferai savoir quand je trouverai le prochain. Ça ne devrait pas tarder.

Cery la regarda quitter la pièce. Quand la porte se ferma derrière elle, il se tourna vers Morren.

— Qu'est-ce qui se passe ?

Le malabar fit la grimace.

— C'est peut-être rien, mais je me suis dit que tu aimerais être au courant. Il a pas tué le meurtrier tout de suite. Il l'a ligoté, puis est parti. Quand il est revenu, il a amené quelqu'un avec lui.

— Qui ?

— La fille des Taudis qui a rejoint la Guilde.

Cery dévisagea l'homme.

— Sonea ?

— Ouais.

Un sentiment inattendu de culpabilité s'empara de Cery. Il songea à la façon dont Savara avait fait battre son cœur. Comment pouvait-il se permettre d'admirer cette femme étrange à qui il ne pouvait sûrement pas se fier, alors qu'il aimait toujours Sonea ? Mais Sonea était hors de portée. Et elle ne l'avait jamais aimé, de toute façon. Enfin, pas de la façon dont il l'avait aimée. Alors, pourquoi ne pourrait-il pas s'intéresser à quelqu'un d'autre ?

Puis réalisant les implications des dires de Morren, il se mit à arpenter la pièce. On avait emmené Sonea voir le meurtrier. Elle avait été mise en présence d'un homme dangereux. Même en sachant qu'elle ne risquait rien avec Akkarin, il ressentit une colère née de son désir de la protéger. Il ne voulait pas qu'elle soit impliquée dans cette affaire.

Mais avait-elle été consciente, tout du long, de la bataille secrète qui prenait place dans les plus sinistres endroits d'Imardin ? La préparait-on à prendre part au combat ?

Il fallait qu'il sache. Il tourna sur ses talons et se hâta vers la porte.

— Gol, envoie un message au haut seigneur. Il faut qu'on parle.

Lorlen s'avança dans le hall d'entrée de l'université et s'arrêta quand il vit Akkarin passer entre les énormes portes.

— Lorlen, dit Akkarin, es-tu occupé ?

— Je suis toujours occupé, répondit Lorlen.

La bouche d'Akkarin se tordit en un sourire ironique.

— Ça ne prendra que quelques minutes.

— Très bien.

Akkarin fit un geste vers le bureau de Lorlen. *Il s'agit donc d'un entretien privé*, songea l'administrateur. Il sortit du hall pour retourner dans le couloir lorsqu'à quelques pas de son bureau, une voix cria :

— Haut seigneur !

Un alchimiste se tenait juste devant la porte d'une salle de classe, un peu plus loin dans le couloir.

Akkarin s'arrêta.

— Oui, seigneur Halvin ?

Le professeur s'approcha à toute allure.

— Sonea n'est pas venue en cours, ce matin. Elle ne se sent pas bien ?

Lorlen vit l'inquiétude traverser le visage d'Akkarin, mais il ne sut pas si c'était pour le bien-être de Sonea, ou parce qu'elle n'était pas là où elle devait être.

— Sa servante ne m'a pas informé d'une quelconque maladie, répondit Akkarin.

— Je suis certain qu'il y a une bonne raison. Mais j'ai trouvé ça bizarre. Elle est si ponctuelle, habituellement. (Halvin jeta un coup d'œil derrière lui, en direction de la classe qu'il avait quittée.) Je ferais mieux d'y retourner avant qu'ils se transforment en bêtes sauvages.

— Merci de m'avoir mis au courant, dit Akkarin. (Halvin inclina de nouveau la tête et partit aussitôt. Akkarin se tourna vers Lorlen.) Ce dont je voulais te parler attendra. Je ferais mieux de découvrir ce que fabrique ma novice.

En le regardant s'éloigner avec raideur, Lorlen s'efforça de contenir un pressentiment qui devenait de plus en plus oppressant. Si Sonea avait été malade, sa servante aurait sans aucun doute prévenu Akkarin. Pourquoi manquerait-elle les cours délibérément ? Son sang se glaça. Est-ce qu'elle et Rothen avaient décidé de se retourner contre Akkarin ? Si c'était le cas, ils lui en auraient d'abord parlé, c'était certain.

N'est-ce pas ?

Il retourna dans le hall d'entrée et leva les yeux vers le haut de l'escalier. S'ils avaient planifié quelque chose ensemble, ils manqueraient tous les deux à l'appel. Il n'avait qu'à aller jeter un coup d'œil dans la classe de Rothen.

Il s'approcha des marches et monta précipitamment.

Le soleil de midi perçait la forêt par endroits, caressant le vert brillant des nouvelles feuilles. La grosse pierre sur laquelle Sonea était assise, ainsi que le rocher contre lequel elle s'était adossée, en diffusaient la chaleur.

Un gong sonna au loin. Les novices allaient sortir en courant pour profiter de la douceur de ce temps printanier. Elle allait devoir rentrer et prétendre que son absence était due à un soudain mal de tête ou une autre affection sans gravité.

Mais elle ne trouvait pas la volonté de bouger.

Elle avait grimpé jusqu'à la source, à l'aube, en espérant que la marche lui éclaircirait les idées. Mais ça n'avait pas été le cas. Elle ne cessait de ressasser dans le désordre tout ce qu'elle avait appris. Peut-être était-ce parce qu'elle n'avait pas pu dormir de la nuit. Elle était trop lasse pour tout comprendre, et trop fatiguée pour retourner en cours et faire comme si de rien n'était.

Mais tout a changé. Je dois prendre le temps de réfléchir à ce que j'ai appris, se dit-elle. *Je dois en tirer les conclusions avant de refaire face à Akkarin.*

Elle ferma les yeux et fit appel à un peu de pouvoir guérisseur pour chasser sa fatigue.

Qu'ai-je appris ?

La Guilde, et toute la Kyralie, était en danger d'invasion par des mages noirs sachakaniens.

Pourquoi Akkarin n'avait-il prévenu personne ? Si la Guilde savait qu'elle risquait une probable invasion, elle pourrait s'y préparer. Elle ne pourrait pas se défendre si elle n'était pas au courant de la menace.

Cependant, si Akkarin prévenait les mages, il devrait avouer avoir appris la magie noire. La raison de son silence était-elle si simple et égoïste que ça ? Il y avait peut-être une autre raison.

Elle ne savait toujours pas comment il avait appris à utiliser la magie noire. Tavaka croyait que seuls les Ichanis possédaient ce savoir. On le lui avait appris dans l'unique but de tuer Akkarin.

Et Akkarin avait été esclave.

Il lui était impossible d'imaginer le distant, digne et puissant haut seigneur comme, entre toutes choses, un *esclave.*

Mais il l'avait été, il n'y avait aucun doute. Il avait trouvé un moyen de s'évader et était revenu en Kyralie. Il était devenu haut seigneur. Désormais, il se débrouillait tout seul et en secret pour garder ces Ichanis à distance en tuant leurs espions.

Il n'était pas celui qu'elle avait cru.

Il était peut-être même bon.

Elle fronça les sourcils. *N'allons pas si loin. Il s'est débrouillé pour apprendre la magie noire, et je suis toujours retenue en otage.*

Cependant, sans magie noire, comment pourrait-il vaincre ces espions ? Et s'il y avait une bonne raison de garder tout cela secret, il n'avait pas eu d'autre solution que de s'assurer qu'elle, Rothen et Lorlen demeurent silencieux.

— Sonea.

Elle sursauta, puis se retourna vers la voix. Akkarin se tenait dans l'ombre d'un arbre imposant, les bras croisés. La jeune femme se leva précipitamment et s'inclina.

— Haut seigneur.

Il l'observa un moment sans bouger, puis il décroisa les bras et s'avança vers elle. Quand il grimpa sur la grosse pierre, le regard du mage glissa vers le rocher contre lequel la jeune femme s'était reposée. Il s'accroupit et examina sa surface avec attention. Sonea entendit le bruit de pierres frottant l'une contre l'autre et écarquilla les yeux quand une partie de la roche glissa vers l'extérieur, révélant un trou de forme irrégulière.

— Ah, elle est encore ici ! dit-il doucement.

Après avoir posé le bloc de roche qu'il avait enlevé, il plongea la main dans la pierre et en sortit une petite boîte en bois en mauvais état. Plusieurs trous avaient été percés dans le couvercle et formaient un quadrillage. Le couvercle s'ouvrit brusquement. Akkarin inclina la boîte afin que Sonea puisse distinctement voir son contenu.

À l'intérieur, elle découvrit des pièces de jeu, chacune avec une petite cheville rentrant dans les trous du couvercle.

— Lorlen et moi venions ici pour échapper aux cours du seigneur Margen.

Il arracha l'une des pièces et l'examina.

Sonea cligna les yeux de surprise.

— Le seigneur Margen ? Le mentor de Rothen ?

— Oui. C'était un professeur strict. Nous l'appelions « le Monstre ». Rothen lui a succédé un an après que j'ai été diplômé.

Il lui paraissait aussi difficile de visualiser Akkarin en jeune novice que de l'imaginer en esclave. Même en sachant qu'il n'avait que quelques années de plus que Dannyl, ce dernier lui semblait pourtant bien plus jeune. Ce n'était pas qu'Akkarin *avait l'air* vieux, songea-t-elle, c'était simplement son attitude et sa position qui donnaient une impression de plus grande maturité.

Après avoir replacé les pièces de jeu, Akkarin ferma la boîte et la reposa dans sa cachette secrète. Il s'assit et appuya son dos contre le rocher. Sonea ressentit une gêne étrange. Le haut seigneur digne et menaçant, celui qui l'avait arrachée à la tutelle de Rothen pour s'assurer que ses crimes restent dissimulés, avait disparu. Elle ne savait pas comment réagir face à cette désinvolture. Assise à quelques pas de lui, elle l'observa pendant qu'il inspectait les alentours de la source, comme pour vérifier que c'était celle dont il se souvenait.

— Je n'étais pas beaucoup plus vieux que toi quand j'ai quitté la Guilde, dit-il. J'avais vingt ans et j'avais choisi d'apprendre la discipline guerrière pour satisfaire mon désir de mise à l'épreuve et de sensations fortes. Mais on ne vivait pas d'aventures à la Guilde. Je devais m'en échapper un moment. Alors, j'ai décidé d'écrire un livre sur la magie ancienne comme excuse pour voyager et voir le monde.

Elle le dévisagea avec surprise. Le regard du mage s'était fait distant, comme s'il voyait un vieux souvenir à la place des arbres entourant la source. Il semblait vouloir lui raconter son histoire.

— Durant mes recherches, d'étranges références à l'ancienne magie m'ont intrigué. Ces références m'ont mené au Sachaka. (Il secoua la tête.) Si j'étais resté sur la grand-route, j'aurais pu demeurer sain et sauf. Quelques marchands kyraliens entrent au Sachaka afin de découvrir des produits exotiques. Le roi y envoie des diplomates tous les deux ou trois ans, accompagnés de magiciens. Mais le Sachaka est un grand pays et, qui plus est, secret. La Guilde est au courant que des mages s'y trouvent mais ne sait pratiquement rien d'eux.

» J'y suis entré par l'Elyne, cependant. Directement dans les Terres Désolées. J'y suis resté un mois avant de tomber sur l'un des Ichanis. J'ai vu des tentes et des animaux et ai songé à me présenter à ce riche et important voyageur. Il m'a accueilli de façon assez chaleureuse. Il s'appelait Dakova. J'ai senti qu'il était magicien et cela a attisé ma curiosité. Montrant ma robe du doigt, il a voulu savoir si j'étais de la Guilde. Je lui ai répondu que oui.

Akkarin marqua une pause.

— Je pensais qu'étant l'un des plus puissants mages de la Guilde, je pourrais me défendre contre n'importe quoi. Les Sachakaniens sur lesquels j'étais tombé étaient de pauvres fermiers effrayés par les voyageurs. Cette attitude aurait dû me mettre la puce à l'oreille. Quand Dakova m'a attaqué, j'ai été surpris. Je lui ai demandé si je l'avais offensé, mais il ne m'a pas répondu. Ses coups étaient incroyablement puissants, et j'ai eu à peine le temps de réaliser que j'allais perdre avant que ma force soit presque totalement épuisée. Je lui ai dit que des mages plus puissants viendraient me chercher si je ne retournais pas à la Guilde. Cela a dû l'inquiéter car il s'est arrêté. J'étais tellement épuisé que je tenais à peine debout. Je pense que c'est la raison pour laquelle il a pu lire mon esprit si facilement. Pendant quelques jours, je croyais avoir trahi la Guilde. Mais plus tard, en parlant avec les esclaves de Dakova, j'ai appris que les Ichanis pouvaient passer outre les barrières mentales n'importe quand.

Alors qu'il marquait une pause, Sonea retint son souffle. Allait-il lui raconter ce qu'il avait vécu en tant qu'esclave ? Elle ressentit un mélange de crainte et de curiosité.

Akkarin baissa les yeux vers le bassin, à leurs pieds.

— Dakova a appris de mon esprit que la Guilde avait banni la magie noire et qu'elle était beaucoup plus faible que ce que croyaient les Sachakaniens. Ce qu'il a vu dans mon esprit l'a tellement amusé qu'il a décidé que d'autres Ichanis devaient voir ça. J'étais trop épuisé pour résister. Les esclaves se sont emparés de ma robe et m'ont donné à la place de vieilles guenilles. Au début, je ne comprenais pas que ces gens étaient des esclaves et que j'en étais désormais un, moi aussi. Puis, quand j'ai compris, je ne l'ai pas accepté. J'ai essayé de m'échapper, mais Dakova m'a facilement retrouvé. Il semblait avoir apprécié la traque, et le châtiment qu'il m'a infligé par la suite.

Akkarin plissa les yeux. Il tourna légèrement la tête vers Sonea, qui baissa le regard de peur de rencontrer celui du mage.

— J'étais consterné par ma situation, continua-t-il doucement. Dakova m'appelait son « mage de la Guilde domestique ». J'étais un trophée qu'il gardait pour divertir ses invités. Toutefois, il prenait un risque. Contrairement à ses autres esclaves, j'étais un magicien expérimenté. Alors, chaque soir, il lisait mon esprit et, pour m'empêcher de devenir dangereux, il m'arrachait l'énergie que j'avais gagnée dans la journée.

Akkarin releva une de ses manches. Son bras était couvert de centaines de fines lignes brillantes. Des cicatrices. Sonea sentit un frisson lui parcourir l'échine. Cette preuve du passé d'Akkarin avait toujours été là, dissimulée par une simple couche de tissu.

— Le reste de ses esclaves était composé de ceux des Ichanis qu'il avait combattus et vaincus, et de jeunes hommes et jeunes femmes au potentiel magique latent trouvés parmi les fermiers et mineurs sachakaniens de la région. Tous les jours, il leur prenait de l'énergie magique. Il était puissant, mais aussi étrangement isolé. J'ai finalement compris que Dakova et les autres Ichanis vivant dans les Terres Désolées étaient des parias. Pour une raison ou pour une autre – échec lors d'une mission, incapacité de payer des pots-de-vin ou des taxes, ou bien meurtres – ils avaient subi la défaveur du roi du Sachaka. Il les avait exilés dans les régions désertes en interdisant à qui que ce soit de les contacter.

» On aurait pu penser qu'ils se regrouperaient, dans une telle situation, mais ils nourrissaient trop de rancœur et d'ambition pour cela. Ils conspiraient sans arrêt les uns contre les autres, espérant accroître leur richesse et leur force, se venger d'insultes passées, ou simplement voler des réserves de nourriture. Un paria ichani n'a pas les ressources nécessaires pour nourrir autant d'esclaves. Les Terres Désolées offrent peu de nourriture, et terroriser et tuer les fermiers n'aide certainement pas à augmenter la productivité.

Il s'arrêta afin de prendre une profonde inspiration.

— La femme qui m'a d'abord tout appris avait un grand potentiel magique. Elle aurait pu être une très bonne guérisseuse si elle était née kyralienne. Au lieu de cela, Dakova la gardait en tant qu'esclave de chambre.

Akkarin grimaça.

— Un jour, Dakova a attaqué un autre Ichani et s'est trouvé en difficulté. De désespoir, il a drainé toute l'énergie de chacun de ses esclaves, les tuant un à un. Il a laissé les plus forts d'entre nous pour la fin et a réussi à maîtriser son adversaire avant de tous nous tuer. Seuls Takan et moi avons survécu.

Sonea cligna des yeux. *Takan ? Le serviteur d'Akkarin ?*

— Dakova a été vulnérable pendant plusieurs semaines, pendant qu'il regagnait peu à peu sa force, continua Akkarin. Toutefois, il était moins alarmé qu'il aurait pu l'être à l'idée que quelqu'un profite de la situation. Tous les Ichanis savaient qu'il avait un frère, Kariko. Le duo avait fait savoir que si l'un des deux était tué, l'autre le vengerait. Aucun Ichani, dans les Terres Désolées, ne pouvait vaincre l'un des frères et regagner sa force à temps pour survivre à une attaque de l'autre. Peu de temps après le combat que Dakova avait failli perdre, Kariko est arrivé et a donné à son frère plusieurs esclaves pour l'aider à retrouver son énergie.

» La plupart des esclaves que j'ai rencontrés rêvaient que Dakova ou l'un de ses ennemis libèrent leurs pouvoirs et leur apprennent comment utiliser la magie noire, afin qu'ils puissent être libres. Ils me regardaient avec envie ; je n'avais qu'à apprendre la magie noire pour pouvoir m'échapper. Ils ne savaient pas que la Guilde l'interdisait.

» Mais quand j'ai vu ce dont était capable Dakova, j'ai porté moins d'attention à ce qu'autorisait ou non la Guilde. Il n'avait pas besoin de magie noire pour agir diaboliquement. Je l'ai vu faire des choses à mains nues que je n'oublierai jamais.

Le regard d'Akkarin s'égara. Il ferma les yeux. Quand il les rouvrit, ils étaient durs et froids.

— Pendant cinq ans, j'ai été piégé au Sachaka. Puis un jour, peu de temps après avoir reçu les nouveaux esclaves en cadeau de son frère, Dakova a entendu dire qu'un Ichani qu'il méprisait se cachait dans une mine, épuisé par un combat. Il s'est mis en tête de trouver et tuer cet homme.

» Quand Dakova est arrivé, la mine semblait déserte. Lui, moi-même et les autres esclaves avons pénétré dans les tunnels en quête de son ennemi. Après avoir fait plusieurs centaines de pas, le sol s'est effondré sous mes pieds. Je me suis senti emprisonné par la magie et ai été déposé sur une surface dure.

Akkarin eut un sourire amer.

— J'avais été sauvé par un autre Ichani. Je pensais qu'il allait me tuer ou me prendre pour lui. Mais au lieu de cela, il m'a emmené à travers les tunnels jusqu'à une petite pièce secrète. Là, il m'a fait une proposition. Il m'apprendrait la magie noire si je retournais jusqu'à Dakova et le tuais.

» J'ai compris que cet accord me mènerait probablement à la mort. J'échouerais et mourrais, ou alors je réussirais et serais pourchassé par Kariko. À ce moment-là, ma vie m'importait peu, au même titre que l'interdiction de magie noire par la Guilde ; j'ai donc accepté.

» Dakova avait rassemblé de l'énergie pendant plusieurs semaines. Même si je détenais le secret de la magie noire, je n'avais pas le temps de devenir assez puissant. L'homme en a convenu et m'a dit ce que je devais faire.

» J'ai fait ce que l'Ichani m'avait ordonné. Je suis retourné chez Dakova en lui disant que la chute m'avait fait perdre connaissance, mais que j'avais trouvé une pièce pleine de nourriture et de trésors avant de quitter la mine. Bien que contrarié que son ennemi lui ait échappé, Dakova fut ravi par cette découverte. Il nous chargea, moi et les autres esclaves, de transporter le trésor des mines jusqu'à sa tente. J'étais soulagé. Si Dakova avait ressenti même la plus légère pensée de trahison en surface, il aurait lu mon esprit et découvert le pot aux roses. J'ai envoyé un esclave lui rapporter de la mine un coffret de vins d'Elyne. La poussière recouvrant les bouteilles a assuré à Dakova qu'elles étaient authentiques, et il s'est mis à boire. Or, elles contenaient du myk, une drogue embrouillant l'esprit et faussant les sens. Quand je suis revenu de la mine, il était couché, dans un état onirique.

Akkarin se tut. Il fixait les arbres, les yeux posés sur un point éloigné. Alors que le silence se prolongeait, Sonea commença à craindre qu'il ne continue pas. *Dites-moi*, pensa-t-elle. *Vous ne pouvez pas vous arrêter maintenant!*

Akkarin prit une profonde inspiration et soupira. Il baissa les yeux sur le sol pierreux, l'air triste.

— J'ai alors fait une chose affreuse. J'ai tué tous les nouveaux esclaves de Dakova. J'avais besoin de leur énergie. Je n'ai pas pu tuer Takan. Nous n'étions pas amis, mais il était là depuis le début et nous avions pris l'habitude de nous entraider.

» Dakova était trop embrouillé par la drogue et le vin pour remarquer quoi que ce soit. Il s'est réveillé quand je l'ai coupé, mais une fois que l'extraction d'énergie a commencé, il est pratiquement impossible d'avoir recours à ses propres pouvoirs.

La voix d'Akkarin était maintenant basse et calme.

— Même si j'étais désormais plus puissant que je ne l'aurais jamais imaginé, je savais que Kariko n'était pas loin. Il essaierait bientôt de contacter Dakova, puis viendrait chercher l'explication du silence de son frère. Il me fallait maintenant quitter le Sachaka. Je n'ai même pas songé à prendre de la nourriture. Je ne m'attendais pas à survivre. Un jour plus tard, je m'aperçus que Takan me suivait. Il avait préparé un sac plein de vivres. Je lui ai dit de me laisser, ou Kariko le tuerait lui aussi, mais il a tenu à rester, me traitant comme un maître Ichani. Nous avons marché pendant des semaines, même si, parfois, dans les montagnes, il nous semblait que nous passions plus de temps à grimper qu'à marcher. Enfin, nous nous sommes retrouvés dans les contreforts des pics de la Ceinture de Fer. Je compris que j'avais échappé à Kariko et que j'étais chez moi.

Pour la première fois, Akkarin leva les yeux pour rencontrer ceux de Sonea.

— Tout ce que je voulais, c'était retourner sous la protection de la Guilde. Je voulais tout oublier et je fis le serment de ne jamais utiliser de nouveau la magie noire. Takan ne voulut pas me quitter et, en le prenant comme serviteur, ce fut comme si je le libérais un peu. (Il dirigea son regard vers les bâtiments de la Guilde, cachés par les arbres.) Je fus accueilli chaleureusement à mon retour. Quand on me demanda où j'avais disparu, je racontai mes aventures dans les Terres Alliées, puis j'inventai une histoire de retraite dans les montagnes pour étudier dans la solitude.

» Ensuite, peu de temps après mon retour, le haut seigneur mourut. La coutume dit que la charge revient au mage le plus puissant. Je n'avais jamais envisagé d'y être candidat. Je n'avais que vingt-cinq ans, après tout. Mais j'avais accidentellement permis au seigneur Balkan de ressentir ma puissance. Je fus surpris quand il me proposa pour cette fonction, et encore plus stupéfait devant l'enthousiasme provoqué par cette idée. Il est assez intéressant de voir sur quoi les gens ferment les yeux lorsqu'ils font de leur mieux pour évincer un homme qu'ils n'aiment pas.

Intriguée, Sonea ouvrit la bouche pour savoir de qui il s'agissait, mais Akkarin continua.

— Balkan disait que mes voyages m'avaient fait mûrir et que j'avais fait l'expérience d'autres cultures. (Akkarin grogna doucement.) S'il avait su la vérité, il n'aurait pas autant insisté. Même si l'idée me semblait absurde, je commençais à entrevoir des possibilités. J'avais besoin de quelque chose qui m'éloigne des souvenirs des cinq années précédentes. Et je m'inquiétais au sujet des Ichanis. Dakova et son frère avaient évoqué de nombreuses fois la facilité avec laquelle ils pourraient envahir la Kyralie. Même si désormais Kariko était seul et s'il n'obtiendrait sûrement jamais le soutien des autres Ichanis, une invasion n'était pas impossible. Et s'il regagnait la faveur du roi et le convainquait d'envahir ? Je me devais de garder un œil sur les Sachakaniens, et ce serait plus facile en ayant les ressources d'un haut seigneur. Il ne fut pas difficile de convaincre la Guilde de m'élire, après avoir laissé ses membres tester ma force.

» Quelques années plus tard, j'entendis parler de meurtres dans la ville, qui semblaient étrangement liés à la magie noire. J'enquêtai et découvris le premier espion. J'appris de lui que Kariko avait mobilisé les autres Ichanis avec l'idée de mettre à sac Imardin, de se venger des Guerres sachakaniennes, forçant ainsi le roi du Sachaka à les réhabiliter. Il devait d'abord les convaincre que la Guilde n'utilisait pas la magie noire. Je les ai persuadés du contraire jusqu'à maintenant. (Il sourit, puis la regarda.) Tu es très attentive, Sonea. Tu ne m'as pas interrompu une seule fois. Tu dois avoir des questions, maintenant.

La jeune femme hocha lentement la tête. Par où commencer ? Elle réfléchit aux questions qui envahissaient son esprit.

— Pourquoi n'avez-vous pas parlé des Ichanis à la Guilde ?

Akkarin haussa les sourcils.

— Tu penses qu'on m'aurait cru ?

— Lorlen, peut-être.

Il détourna le regard.

— Je n'en suis pas sûr.

Elle songea à la totale indignation de Lorlen lorsqu'il avait vu son souvenir d'Akkarin usant de magie noire. Quand Akkarin avait lu l'esprit de Sonea, il avait dû voir cette colère. Elle ressentit une pointe de compassion. Ça devait faire mal de voir leur amitié gâchée par un secret qu'il n'osait pas révéler.

— Je pense que Lorlen vous croirait, dit-elle. S'il ne vous croyait pas, vous pourriez le laisser vous faire une lecture de vérité.

Ce qu'elle venait de dire la fit grimacer. Après toutes les lectures de l'esprit que Dakova lui avait imposées, Akkarin ne voudrait probablement plus jamais que qui que ce soit sonde de nouveau ses souvenirs.

Il remua la tête.

— Je ne peux pas prendre ce risque. Toute personne lisant mon esprit pourrait facilement apprendre le secret de la magie noire. C'est pour ça que j'ai dû stopper ta lecture de Tavaka, hier soir.

— Alors… la Guilde pourrait envoyer plusieurs mages au Sachaka pour confirmer votre histoire.

— S'ils y allaient en grand nombre et commençaient à poser des questions dérangeantes, ils seraient considérés comme une menace, ce qui pourrait déclencher le conflit que nous craignons. N'oublie pas, également, que je savais qu'il n'y avait pas de menace immédiate du Sachaka quand je suis revenu. J'étais tellement soulagé d'être rentré, et il me semblait insensé de révéler que j'avais rompu le serment des mages, à moins de ne pas avoir le choix.

— Mais maintenant, il y *a* une menace.

Le regard d'Akkarin vacilla.

— Pas tant que Kariko n'a pas convaincu les autres Ichanis de se joindre à lui.

— Mais plus tôt la Guilde le saura, mieux elle pourra se préparer.

L'expression d'Akkarin se durcit.

— Je suis le seul à pouvoir combattre ces espions. Tu penses que la Guilde me garderait comme haut seigneur si elle savait que j'ai appris la magie noire ? Si je le lui disais maintenant, elle perdrait toute confiance en moi. La peur aveuglerait les mages face à la réelle menace. Tant que je n'ai pas trouvé comment leur permettre de combattre ces Ichanis sans magie noire, il vaut mieux qu'ils ne sachent rien.

Sonea hocha la tête, même si elle ne pouvait pas croire que la Guilde le punirait après avoir entendu ce qu'il venait de lui raconter.

— Y a-t-il un moyen ?

— Je n'en ai pas encore trouvé.

— Qu'allez-vous faire, alors ?

— Continuer à traquer les espions. Mes alliés chez les voleurs se montrent plus efficaces pour les localiser que ceux que j'ai embauchés précédemment.

— Les voleurs. (Sonea sourit.) Je m'en doutais. Depuis quand travaillez-vous avec eux ?

— Environ deux ans.

— Que savent-ils vraiment ?

— Seulement qu'ils traquent des magiciens renégats dont la mauvaise habitude est de tuer des gens et qu'il se trouve que ces renégats viennent tous du Sachaka. Ils les localisent, me préviennent et se débarrassent des corps.

Le souvenir de Tavaka implorant pour sa vie traversa l'esprit de la jeune femme. Il promettait d'être bon tout en ayant l'intention de tuer autant de Kyraliens qu'il le pourrait afin de retourner au Sachaka et de rejoindre les Ichanis. Il serait en train de le faire si Akkarin ne l'avait pas tué.

Elle fronça les sourcils. Tellement de choses dépendaient d'Akkarin. Et s'il mourait ? Qui arrêterait les espions ? Seuls Takan et elle sauraient ce qu'il se passait vraiment, mais ni l'un ni l'autre ne connaissait la magie noire. Ils ne pourraient absolument rien faire pour arrêter les Ichanis.

Elle se figea quand les conséquences de cette situation la saisirent comme de l'eau glacée.

— Pourquoi m'avez-vous dit tout ça ?

Le mage eut un sourire amer.

— Quelqu'un d'autre doit être au courant.

— Mais pourquoi moi ?

— Tu en savais déjà beaucoup.

Elle marqua une pause.

— Alors… pouvons-nous le dire à Rothen ? Je sais qu'il se tairait s'il comprenait la menace.

Le front d'Akkarin se plissa.

— Non. À moins que nous devions tout révéler à la Guilde.

— Mais il croit toujours que je… Et s'il essayait de faire quelque chose ? À mon sujet.

— Oh, je surveille Rothen de près !

Un gong retentit au loin. Akkarin se leva. L'ourlet de sa robe noire frôla la main de Sonea. Elle leva les yeux sur lui, éprouvant un étrange mélange de peur et de respect. Il avait tué plusieurs fois. Il avait appris et utilisé la magie la plus sombre. Mais il l'avait fait pour échapper à l'esclavage et pour protéger la Guilde. Et personne d'autre qu'elle et Takan ne le savait.

Akkarin croisa les bras et sourit.

— Retourne en classe, maintenant, Sonea. Ma protégée ne sèche pas les cours.

Sonea baissa les yeux et acquiesça.

— Oui, haut seigneur.

Chapitre 8

Préparation d'un crime

Les voix des novices résonnaient dans le couloir de l'université. Les deux qui suivaient Rothen avaient les bras pleins de boîtes d'ustensiles et de produits de chimie utilisés lors du cours précédent et partageaient une conversation fascinante à voix basse. Ils avaient remarqué une fille qui les avait regardés à la course de chevaux, le vaindredi précédent, et n'arrivaient pas à se mettre d'accord sur celui qui l'intéressait.

Rothen avait du mal à garder son sérieux. Mais son humeur s'assombrit lorsqu'une fine silhouette apparut en haut de l'escalier. Le visage de Sonea était tendu par la contrariété. Chargée d'un lourd tas de livres, elle tourna dans le passage transversal qui menait à la bibliothèque des novices.

Les garçons derrière Rothen arrêtèrent de parler et émirent un bruit compatissant.

—Je suppose qu'elle l'a mérité, dit l'un d'eux. Enfin, elle a du courage. Je n'oserais pas sécher les cours si c'était *lui*, mon tuteur.

Rothen lança un regard derrière lui.

—Qui a séché les cours ?

Le garçon rougit en se rendant compte que le mage l'avait entendu.

—Sonea, dit-il.

—Le haut seigneur l'a punie en la faisant travailler pendant une semaine à la bibliothèque, ajouta l'autre garçon.

Rothen ne put s'empêcher de sourire.

—Ça devrait lui plaire.

—Oh non ! À la bibliothèque des *mages*. Le seigneur Jullen s'assure que la punition en soit vraiment une.

Alors Sonea avait vraiment séché un cours, comme l'avait dit Tania. Il réfléchit aux raisons, et à l'endroit où elle avait bien pu aller pendant ce temps. Elle n'avait pas d'amis avec qui s'éclipser, et pas d'autres activités ou intérêts qui puissent la détourner des cours. Elle savait que lui et Lorlen se poseraient vite des questions si elle s'absentait. Si elle avait risqué de les alarmer, la raison pour laquelle elle avait manqué le cours avait dû être plus qu'un simple geste de rébellion.

Plus il y pensait, plus cela l'inquiétait. Il écouta les garçons qui avaient repris leur conversation, espérant pouvoir glaner quelques informations supplémentaires.

— Elle va te repousser. Elle a déjà repoussé Seno.

— Peut-être parce qu'il ne lui plaît pas.

— Peut-être. Ça ne fait rien, de toute façon. Sa punition dure une semaine. Ça inclut sûrement vaindredi. Elle ne pourra pas venir avec nous.

Rothen résista à l'envie soudaine de se retourner et de les dévisager avec surprise. Ils parlaient toujours de Sonea. Ce qui voulait dire que ces garçons, et un autre nommé Seno, avaient songé à proposer à la jeune femme de les accompagner aux courses. Le mage se dérida légèrement. Il avait souhaité que les autres novices finissent par accepter Sonea. Il semblait désormais que certains soient même intéressés par davantage qu'une simple amitié.

Rothen soupira. Elle avait repoussé ce garçon, Seno, et il savait qu'elle repousserait également toutes les autres propositions qu'on lui ferait. L'ironie était cruelle : maintenant que les novices l'acceptaient comme l'une des leurs, elle n'osait se rapprocher d'aucun d'entre eux de peur de compliquer la situation avec Akkarin.

Quand la voiture s'arrêta devant le manoir, Dannyl et Tayend se regardèrent d'un air sceptique.

— Nerveux ? demanda Tayend.

— Non, lui assura Dannyl.

Tayend grogna.

— Menteur.

La portière du carrosse s'ouvrit, et le cocher les salua quand ils en sortirent. Comme beaucoup de manoirs elynes, le devant de la demeure du dem Marane était ouvert. Des voûtes donnaient accès à une pièce carrelée et décorée de sculptures et de plantes.

Dannyl et Tayend passèrent sous une arcade et traversèrent la pièce. Une grosse porte en bois barrait l'entrée de la partie fermée de la demeure. Tayend tira sur une corde qui pendait à côté de la porte. Une sonnerie lointaine se fit entendre quelque part au-dessus d'eux.

Ils perçurent des bruits de pas étouffés dans la maison, puis la porte s'ouvrit et le dem Marane les accueillit d'une révérence.

— Ambassadeur Dannyl. Tayend de Tremmelin. Vous êtes plus que bienvenus dans ma demeure.

— Nous avons été honorés par votre invitation, dem Marane, répondit Dannyl.

Le dem les conduisit dans une pièce luxueusement meublée. Ils en traversèrent deux autres avant d'arriver dans une autre pièce ouverte. Des arcades permettaient d'avoir vue sur la mer et sur le jardin entretenu avec soin, organisé en terrasses jusqu'à la plage en contrebas. Contre le mur d'en face, des bancs garnis de coussins servaient de sièges à six autres hommes. Une femme se tenait tranquillement assise sur un petit canapé, au centre de la pièce.

Les inconnus fixaient Dannyl. Ils avaient l'air tendus et apeurés. Le mage savait que la combinaison de sa taille et de sa robe faisait de lui un imposant personnage.

— Permettez-moi de vous présenter le second ambassadeur de la Guilde en Elyne, le seigneur Dannyl, annonça Royend. Et certains d'entre vous connaissent déjà son compagnon, Tayend de Tremmelin.

L'un des hommes se leva et les salua. Puis les autres, hésitants, firent de même. Dannyl leur adressa un signe de tête courtois en retour. Le groupe n'était-il composé que de ces gens-là ? Il en doutait. Certains ne se montreraient pas tant qu'ils ne sauraient pas s'ils pouvaient lui faire confiance.

Le dem fit les présentations. Royend était le plus âgé, déduisit Dannyl. Ils étaient presque tous des aristocrates elynes issus de familles aisées. La femme, Kaslie, était l'épouse du dem. Quand il eut fini, elle les invita à s'asseoir pendant qu'elle allait chercher des rafraîchissements. Dannyl choisit un banc vide, et Tayend s'assit juste à côté de lui. Voyant que les autres l'avaient remarqué, Dannyl ne put s'empêcher de ressentir une certaine angoisse.

Une discussion légère s'ensuivit. On posa à Dannyl les questions habituelles : ce qu'il pensait de l'Elyne, s'il avait déjà rencontré des personnages célèbres et importants. Certains lui posèrent des questions sur son voyage en Lonmar et aux îles Vindos qui lui laissèrent penser qu'ils s'étaient renseignés à son sujet.

Kaslie revint avec des serviteurs portant des plateaux chargés de vin et de nourriture. Quand chacun eut à boire, le dem congédia les domestiques et embrassa la pièce du regard.

— Il est temps de parler des affaires qui nous ont amenés ici. Nous nous sommes rassemblés à cause d'une perte commune. La perte d'une occasion. (Le dem regarda Tayend.) Certains d'entre nous se sont vu offrir cette occasion, mais les circonstances les ont obligés à la repousser. D'autres ne se sont jamais vu offrir ce choix, ou on le leur a donné mais retiré ensuite. D'autres, bien plus nombreux, rêvent de circonstances qui n'impliquent pas la réclusion dans une institution dont ils ne soutiennent pas les principes et qui est basée dans un pays qui n'est pas le leur. (Le dem marqua une pause, balayant la pièce des yeux.) Nous savons tous de quelle occasion je parle. Celle d'apprendre la magie.

Il regarda Dannyl.

— Cela fait deux siècles que la seule façon légale dont un homme ou une femme peut apprendre la magie est de rejoindre la Guilde. Si nous voulons apprendre à l'utiliser sans l'influence de la Guilde, nous devons enfreindre une loi. L'ambassadeur Dannyl s'est soumis à cette loi. Mais lui aussi se plaint d'une perte similaire. Son compagnon, Tayend de Tremmelin, a un don magique. L'ambassadeur Dannyl souhaite lui enseigner comment se protéger ou se guérir. Un souhait raisonnable, non, honorable.

Le dem regarda les autres, qui hochaient la tête.

— Mais si jamais la Guilde découvrait cela, Tayend aurait besoin d'être caché et protégé. Nous avons les bons contacts et l'organisation nécessaire. Nous pouvons l'aider. (Il se tourna pour faire face à Dannyl.) Alors, ambassadeur, qu'allez-vous nous donner en échange de la protection de votre ami ?

Le silence retomba. Dannyl sourit et jeta un coup d'œil à tous les visages.

— Je peux vous offrir l'occasion qui vous a manqué. Je peux vous enseigner un peu de magie.

— Un peu ?

— Oui. Il y a certaines choses que je ne vous apprendrai pas et certaines que je ne peux pas vous apprendre.

— Comme ?

— Je n'enseignerai pas les méthodes guerrières offensives à quiconque en qui je n'aurai pas confiance. Elles sont dangereuses entre de mauvaises mains. Et je suis alchimiste : mes connaissances sur la guérison se limitent donc aux bases.

— Ça me paraît logique.

— Et je dois m'assurer que vous pouvez protéger Tayend, avant de vous apprendre quoi que ce soit.

Le dem sourit.

— Et nous, bien évidemment, ne souhaitons pas révéler quelque secret que ce soit avant de nous assurer que vous remplirez votre part du marché. Pour l'instant, je ne peux que jurer sur l'honneur que nous pouvons protéger votre ami. Je ne vous montrerai pas comment, pour le moment. Pas avant que vous nous ayez démontré que l'on peut vous faire confiance.

— Comment puis-je savoir que *vous* êtes dignes de confiance ? demanda Dannyl en les désignant tous.

— Vous ne pouvez pas, répondit simplement le dem. Mais je pense que vous avez l'avantage sur nous, ce soir. Un magicien songeant à enseigner certaines choses à un ami ne prend pas un aussi gros risque qu'un groupe de non-magiciens rassemblés dans le but d'apprendre la magie. Nous nous sommes engagés ; vous n'avez fait que caresser une idée. Je ne pense pas que la Guilde vous exécute pour ça, alors que nous pourrions risquer ce châtiment pour nous être simplement réunis ainsi.

Dannyl hocha lentement la tête.

— Si vous avez échappé à la vigilance de la Guilde aussi longtemps, vous *pouvez* peut-être garder Tayend hors de sa portée. Et vous ne m'inviteriez pas ici si vous n'aviez pas un plan pour vous échapper, si je me révélais être un espion de la Guilde.

Les yeux du dem lancèrent des éclairs.

— Exactement.

— Alors que *dois-je* faire pour gagner *votre* confiance ? demanda Dannyl.

— Aidez-nous.

C'était Kaslie qui avait parlé. Dannyl la regarda, surpris. Sa voix trahissait l'urgence et l'inquiétude. Elle fixait Dannyl, les yeux remplis d'un espoir extrême.

Un doute s'empara lentement du mage. Il se rappela la lettre d'Akkarin. « Ce n'est que récemment qu'ils obtinrent quelque succès. Maintenant qu'au moins l'un d'entre eux a réussi à développer ses pouvoirs, il est du droit et du devoir de la Guilde de s'occuper d'eux. »

La personne en question avait développé ses pouvoirs mais n'avait pas appris à les contrôler. Dannyl fit un rapide retour en arrière et compta les semaines qui s'étaient écoulées depuis qu'il avait reçu la lettre, en en ajoutant deux pour qu'elle lui parvienne. Il leva les yeux vers le dem.

— Vous aider pour quoi ?

L'expression de l'homme était grave.

— Je vais vous montrer.

Dannyl se leva ; Tayend fit de même. Royend secoua la tête.

— Restez, jeune Tremmelin. Pour votre sécurité, il vaut mieux que seul l'ambassadeur vienne.

Dannyl hésita, puis regarda Tayend en hochant la tête. L'érudit se laissa retomber sur son siège en fronçant les sourcils.

Le dem fit signe à Dannyl de le suivre. Ils quittèrent la pièce et avancèrent dans un couloir. Au bout de celui-ci, un escalier descendait vers un autre couloir. Ils s'arrêtèrent devant une lourde porte de bois. L'air était chargé d'une légère odeur de fumée.

— Il vous attend, mais je n'ai aucune idée de ce qu'il fera quand il vous verra, prévint le dem.

Dannyl hocha la tête. Le dem frappa à la porte. Après une longue pause, il leva la main pour frapper de nouveau, mais s'arrêta : la poignée tourna, et la porte s'ouvrit vers l'intérieur.

Un jeune homme scruta ce qu'il y avait derrière. Ses yeux glissèrent sur Dannyl et s'agrandirent.

Un bruit sourd se fit entendre à l'intérieur de la pièce. Le jeune homme se retourna et jura. Lorsqu'il refit face à Dannyl, il avait une mine anxieuse.

— Voici l'ambassadeur Dannyl, dit le dem au jeune homme, puis il regarda le mage. Voici Farand de Darellas, le frère de ma femme.

— C'est un honneur, dit Dannyl.

Farand marmonna une réponse.

— Vas-tu nous faire entrer ? demanda patiemment le dem.

— Oh ! Oui, répondit le jeune homme. Entrez.

Il ouvrit la porte en grand et esquissa un salut maladroit.

Dannyl pénétra dans une vaste pièce aux murs de pierre. Elle avait dû servir de cave à une époque, mais elle contenait désormais un lit et quelques meubles, tous délabrés et légèrement brûlés. Un tas de bois, d'un côté de la pièce, paraissait étrangement être les restes d'autres meubles. Les morceaux d'une grande urne étaient éparpillés sur le sol, entourés d'une flaque d'eau s'étendant rapidement. Dannyl devina que c'était ce qu'il avait entendu se fracasser.

Un magicien ne se Contrôlant pas tendait à libérer de la magie quand il réagissait à de fortes émotions. Pour Farand, la peur était son principal ennemi : la peur de la magie qu'il maniait, et la peur de la Guilde. Avant tout, Dannyl devait le rassurer.

Il se permit un petit sourire. Une telle situation se présentait rarement, et pourtant c'était la seconde fois qu'il y faisait face en quelques années. Rothen avait réussi à apprendre le Contrôle de ses pouvoirs à Sonea, et cela malgré la profonde méfiance de la jeune femme envers la Guilde. L'apprendre à Farand ne pouvait qu'être plus facile. Et le jeune homme serait sûrement rassuré s'il savait que quelqu'un d'autre avait survécu à la même situation.

— D'après ce que je vois, tes pouvoirs ont fait surface, mais tu ne les contrôles pas, dit Dannyl. Cette situation est très rare, mais nous avons trouvé quelqu'un comme toi il y a à peine quelques années. Elle a appris le Contrôle en quelques semaines et est une novice, désormais. Dis-moi, essayais-tu de les faire se manifester, ou est-ce arrivé tout seul ?

L'homme baissa les yeux.

— Je crois que j'ai cherché à les faire apparaître.

Dannyl s'assit sur l'une des chaises. Moins il aurait l'air intimidant, mieux ce serait.

— Puis-je savoir comment ?

Farand déglutit et détourna le regard.

— J'ai toujours été capable d'entendre les conversations mentales des magiciens. Je les écoutais tous les jours en espérant découvrir comment utiliser la magie. Il y a quelques mois, j'ai entendu une discussion sur la façon de libérer un potentiel magique. J'ai essayé plusieurs fois de faire ce qu'ils disaient, mais je ne pensais pas que ç'avait fonctionné. Puis j'ai commencé à faire des choses sans le vouloir.

Dannyl hocha la tête.

— Tu as libéré ton pouvoir, mais tu ne sais pas comment le contrôler. La Guilde apprend les deux en même temps. Je n'ai pas besoin de te dire à quel point il est dangereux de posséder de la magie sans pouvoir la dominer. Tu as de la chance que Royend ait trouvé un mage prêt à te l'enseigner.

— Vous allez m'apprendre ? souffla Farand.

Dannyl sourit.

— Oui.

Farand s'affaissa contre le lit, soulagé.

— J'avais tellement peur qu'ils doivent m'envoyer à la Guilde et soient tous démasqués à cause de moi. (Il se redressa.) Quand pouvons-nous commencer ?

— Je ne vois pas ce qui nous empêcherait d'essayer maintenant, dit Dannyl en haussant les épaules.

Une légère peur refit surface dans les yeux de l'homme. Il déglutit, puis hocha la tête.

— Dites-moi ce que je dois faire.

Dannyl se leva et regarda autour de lui. Il montra la chaise du doigt.

— Assieds-toi.

Farand regarda la chaise en clignant des yeux, puis avança vers elle d'un pas hésitant et s'assit. Dannyl croisa les bras et l'observa pensivement. Il était conscient de l'effet qu'aurait ce changement de position, de Farand le dominant à lui dominant Farand. Maintenant qu'il avait accepté de coopérer, le jeune homme devait sentir que Dannyl commandait et savait ce qu'il faisait.

— Ferme les yeux, ordonna Dannyl. Concentre-toi sur ta respiration.

D'une voix basse et calme, il fit faire à Farand les exercices standard de respiration. Quand il jugea que ce dernier avait atteint un certain calme, il se plaça derrière la chaise et toucha légèrement les tempes du jeune homme. Mais avant qu'il ait pu projeter son esprit, Farand s'écarta brusquement.

— Vous allez lire mon esprit ! s'exclama-t-il.

— Non, lui assura Dannyl. On ne peut pas lire un esprit réticent. Mais je dois te mener à l'endroit de ton esprit où tu peux avoir accès à ton pouvoir. La seule façon dont je peux le faire est que tu m'autorises à y entrer pour te montrer le chemin.

— C'est la seule façon ? demanda le dem.

Dannyl regarda Royend.

— Oui.

— Est-il possible que vous voyiez des choses, demanda Farand, des choses que je dois garder secrètes ?

Dannyl le regarda posément. Il ne pouvait pas le nier. Une fois dans l'esprit de Farand, les secrets jailliraient probablement sur lui ; ils avaient cette habitude.

— C'est possible, lui répondit Dannyl. Pour être honnête, si tu cherches absolument à cacher quelque chose, c'est ce qui apparaîtra en premier plan dans tes pensées. C'est pour cette raison que la Guilde préfère former les novices le plus tôt possible. Plus tu es jeune, moins tu as de secrets.

Farand enfouit son visage dans ses mains.

— Nonnnn, gémit-il. Personne ne peut m'apprendre. Je serai toujours comme ça.

Les couvertures du lit se mirent à fumer. Le dem retint son souffle et avança.

— Peut-être le seigneur Dannyl peut-il jurer de garder pour lui les choses qu'il verra ? suggéra-t-il.

Farand rit amèrement.

— Comment puis-je croire qu'il tiendra une promesse alors qu'il est sur le point d'enfreindre une loi ?

— En effet, répondit Dannyl, pince-sans-rire. Tu as ma promesse que je ne dévoilerai pas les informations que je découvrirai. Si ce n'est pas acceptable, je te suggère de rassembler tes affaires et de partir d'ici. Éloigne-toi de toute personne et toute chose que tu ne souhaites pas détruire, car quand tes pouvoirs se libéreront totalement, ils consumeront non seulement ta propre personne, mais également tout ce qui se trouvera autour de toi.

L'homme blêmit.

— Je n'ai vraiment pas le choix, n'est-ce pas ? dit-il d'une petite voix. Je mourrai si je ne le fais pas. Alors, c'est la mort ou… (Ses yeux lancèrent soudain des éclairs, puis il prit une profonde inspiration et se redressa.) Si c'est la seule solution, je n'ai plus qu'à me convaincre que vous ne direz rien à personne.

Amusé par ce changement brutal, Dannyl dirigea de nouveau par sa voix Farand à travers les exercices de relaxation. Quand il posa les doigts sur les tempes de l'homme, ce dernier ne bougea pas. Dannyl ferma les yeux et projeta son esprit.

C'étaient en principe les professeurs qui apprenaient le Contrôle aux novices, et Dannyl ne l'avait jamais été. Il n'avait pas le talent de Rothen, mais au bout de plusieurs tentatives, il réussit à faire visualiser une pièce à Farand et à l'y faire entrer. Son attention fut détournée par des bribes du secret du jeune homme, mais Dannyl se concentra pour apprendre à Farand à les cacher derrière des portes. Ils trouvèrent celle menant au pouvoir de l'homme mais perdirent sa trace alors que les secrets que Farand tentait désespérément de cacher s'échappaient des portes derrière lesquelles ils avaient été entassés.

— *Nous savons tous les deux que je finirai par les découvrir, de toute façon. Montre-moi, et nous pourrons continuer les leçons de Contrôle*, suggéra Dannyl.

Farand semblait soulagé de pouvoir révéler son secret à quelqu'un. Il montra à Dannyl ses souvenirs de conversations mentales qu'il avait entendues à la sortie de l'enfance. C'était inhabituel, mais pas impossible chez ceux dotés d'un potentiel magique. On testa le talent de Farand et lui annonça qu'il pourrait demander à rejoindre la Guilde quand il serait plus âgé. Entre-temps, le roi d'Elyne avait entendu parler de sa capacité à écouter les conversations mentales privées de mages, et Farand fut mandé à la cour, pour garder le roi informé de ce qu'il entendait.

Un jour, cependant, Farand assista par hasard à la conclusion d'un accord entre le roi et l'un des puissants dems afin que le rival politique de ce dernier soit tué. Quand le roi s'en rendit compte, il lui arracha un serment de silence. Plus tard, quand Farand demanda à rejoindre la Guilde, on ne l'accepta pas. Il découvrit après coup que le roi savait que l'accord secret serait révélé durant des leçons de lecture de l'esprit et l'avait donc empêché de devenir mage.

C'était une triste situation, qui avait anéanti les rêves de Farand. Dannyl ressentit une compassion sincère pour lui. Maintenant que le secret avait été révélé, Farand n'était plus aussi distrait. Il trouva facilement la source de son pouvoir. Après avoir tenté plusieurs fois de lui montrer comment l'influencer, Dannyl quitta la pièce de son esprit et ouvrit les yeux.

— C'est tout ? demanda Farand. J'ai le Contrôle ?

— Non. (Dannyl eut un petit rire et fit le tour de la chaise afin de lui faire face.) Il faut quelques séances.

— Quand recommencerons-nous ?

La voix de l'homme était tendue par la panique.

Dannyl regarda le dem Marane.

— J'essaierai de revenir demain, si vous n'y voyez pas d'inconvénients.

— Je n'en vois aucun, confirma le dem.

Dannyl fit un signe de la tête à Farand.

— Ne bois pas de vin et ne prends pas de substance affectant l'esprit. Les novices apprennent habituellement le Contrôle en une semaine ou deux. Si tu restes calme et si tu évites d'utiliser la magie, il ne devrait rien t'arriver.

Farand sembla soulagé, et les yeux de Royend brillèrent d'excitation. Le dem se dirigea vers la porte et tira sur une chaîne qui pendait d'un petit trou, dans le plafond.

— Vous voulez bien qu'on rejoigne les autres, ambassadeur ? Ils seront ravis d'entendre parler de nos progrès.

— Si vous voulez.

Le dem ne raccompagna pas Dannyl dans la pièce précédente, mais dans une autre partie du manoir. Ils entrèrent dans une petite bibliothèque où Tayend et les autres membres du groupe étaient assis dans de confortables fauteuils. Royend fit un signe de tête à Kaslie ; la femme ferma les yeux et poussa un soupir de soulagement.

Tayend lisait un gros livre très abîmé. Il leva des yeux brillant d'excitation vers Dannyl.

— Regarde, dit-il en montrant l'un des meubles. Des livres sur la magie. Nous pourrions y trouver quelque chose d'utile à nos recherches.

Dannyl ne put s'empêcher de sourire.

— Ça s'est bien passé. Merci de me le demander.

— Quoi ? (Tayend leva les yeux du livre.) Oh, ça ! Je sais que tu peux prendre soin de toi. Que t'a-t-il montré ? (Avant que Dannyl puisse répondre, Tayend dévia son regard sur le dem.) Pourrai-je vous emprunter ce livre, un de ces jours ?

Royend sourit.

— Vous pouvez l'emporter ce soir, si vous voulez. L'ambassadeur revient demain. Vous êtes également le bienvenu.

— Merci. (Tayend se tourna vers la femme du dem, assise à côté de lui.) Avez-vous déjà entendu parler du roi de Charkan ?

Dannyl n'entendit pas la réponse que murmura la femme. Il fit le tour des visages enthousiastes du dem et de ses amis. Ils ne lui feraient pas encore confiance. Pas avant que Farand puisse montrer une certaine amélioration dans son Contrôle de la magie. Toutefois, lorsque ce serait le cas, Farand serait dangereux. Il pourrait libérer le talent magique d'autres personnes et leur apprendre à le contrôler. Le groupe n'aurait plus besoin de Dannyl. Ses membres pourraient décider qu'il serait plus sûr de disparaître plutôt que de continuer à collaborer avec un mage de la Guilde.

Il pouvait échelonner les leçons sur quelques semaines, mais pas plus. Quand Farand aurait le Contrôle, Dannyl devrait les arrêter, lui et les autres. Mais il n'attraperait peut-être pas tout le groupe. Plus il resterait avec eux, plus il pourrait découvrir d'identités. Il aurait aimé consulter le haut seigneur. Mais l'aptitude de Farand à entendre les communications mentales l'en empêchait, et Dannyl n'avait pas le temps de joindre Akkarin par lettre.

Dannyl accepta un verre de vin frais. Alors que le dem commençait à le harceler de questions sur ce qu'il était prêt à leur apprendre, le mage mit de côté toute idée d'arrêter ces gens et se concentra sur son rôle de mage rebelle de la Guilde.

Debout devant la fenêtre de sa chambre, Sonea regardait des lambeaux de nuages grisâtres dériver dans le ciel nocturne. Les étoiles apparaissaient puis disparaissaient, et la lune était entourée d'une pâle brume. À l'extérieur, tout était désert et silencieux.

Elle était épuisée. Malgré une nuit blanche et le fait d'avoir transporté des livres pour le seigneur Jullen pendant des heures après les cours, elle n'arrivait pas à dormir. Elle se posait encore beaucoup de questions, mais en les listant mentalement pour sa prochaine rencontre avec Akkarin, elle découvrit qu'elle pouvait les évacuer de ses pensées. L'une d'elles, cependant, refusait de disparaître.

Pourquoi m'a-t-il raconté tout ça ?

Il avait dit que quelqu'un d'autre devait être au courant. C'était une réponse sensée, mais quelque chose la perturbait tout de même. Il aurait pu écrire son histoire et faire en sorte que Lorlen la découvre s'il venait à mourir. Alors pourquoi tout lui dire à elle, une simple novice ne pouvant pas prendre de décisions ou agir à sa place ?

Il devait y avoir une autre raison. La seule à laquelle Sonea pouvait penser lui donnait des frissons.

Il voulait qu'elle continue le combat s'il mourait. Il voulait qu'elle apprenne la magie noire.

Elle quitta la fenêtre et se mit à arpenter sa chambre. Akkarin lui avait dit à maintes reprises qu'il ne la lui apprendrait pas. Avait-il dit cela seulement pour la rassurer ? Attendait-il qu'elle mûrisse, peut-être qu'elle obtienne son diplôme, afin qu'il ne fasse aucun doute qu'elle avait pris une telle décision de son propre chef ?

Elle se mordilla la lèvre. Ce serait terrible de demander ça à quelqu'un. Apprendre une chose considérée comme diabolique par la plupart des mages. Enfreindre une loi de la Guilde.

Et enfreindre cette loi n'était pas une mince affaire qui lui coûterait quelques tâches domestiques ou le retrait d'un certain luxe ou de faveurs. Non, le châtiment serait sûrement bien, bien pire. L'expulsion, peut-être, et la suppression de ses pouvoirs, voire l'emprisonnement.

Seulement si le crime était découvert.

Akkarin avait réussi à cacher son secret pendant des années. Mais il était le haut seigneur. Cette position lui permettait d'être mystérieux et secret. Ce qui voulait dire qu'elle pourrait se joindre à lui sans difficulté.

Mais que se passerait-il s'il mourait ? Elle fronça les sourcils. Lorlen et Rothen révéleraient le crime d'Akkarin et expliqueraient que la tutelle de Sonea n'avait été qu'un moyen de leur imposer le silence. Si elle ne se pliait pas à une lecture de vérité, il n'y aurait pas de raison que qui que ce soit découvre qu'elle avait appris la magie noire. Elle pourrait jouer à la pauvre victime et n'éveiller ainsi aucun soupçon.

Puis elle serait congédiée et ignorée. N'étant plus la protégée du haut seigneur, elle pourrait se cacher derrière sa normalité. Elle se glisserait dans les passages secrets, la nuit. Akkarin s'était déjà arrangé pour obtenir l'aide des voleurs. Ils trouveraient les espions pour elle…

Sonea s'arrêta et s'assit au bout de son lit.

Je n'arrive pas à croire que j'envisage cela. Il y a une raison pour que la magie noire soit bannie. Elle est maléfique.

L'était-elle vraiment ? Des années auparavant, Rothen lui avait fait remarquer que la magie n'était ni bonne ni mauvaise ; c'était ce qu'en faisait celui qui la manipulait qui importait.

La magie noire impliquait l'extraction de pouvoir d'une autre personne. Elle n'impliquait pas forcément le meurtre. Même les Ichanis ne tuaient pas leurs esclaves, à moins qu'ils n'aient pas le choix. La première fois qu'elle avait vu Akkarin l'utiliser, il avait extrait de l'énergie de Takan. De l'énergie manifestement donnée de plein gré.

Elle repensa aux comptes-rendus qu'il lui avait montrés. À une époque, la Guilde avait couramment utilisé la magie noire. Les apprentis donnaient volontiers de leur force magique à leur maître en échange de connaissances. Une fois jugés prêts, on apprenait aux disciples le secret de la « magie supérieure », et ils devenaient eux-mêmes des maîtres. Cet arrangement avait encouragé la coopération et la paix. Personne n'était tué. Personne n'était asservi.

Il avait suffi d'un seul homme ayant un désir fou de pouvoir pour tout changer. Et les Ichanis utilisaient la magie noire pour maintenir une culture d'esclavage. En prenant en compte ces choses, elle comprenait pourquoi la Guilde avait banni la magie noire. On pouvait en abuser trop facilement.

Mais Akkarin n'en avait pas abusé. N'est-ce pas ?

Akkarin s'en est servi pour tuer. N'est-ce pas le pire abus de pouvoir qui soit ?

Le haut seigneur l'avait utilisée pour se libérer et avait seulement tué les espions pour la sécurité de la Kyralie. Ce n'était pas un abus de pouvoir. Il est sensé de tuer afin de protéger sa propre personne, ou les autres… non ?

Lorsqu'elle était encore cette enfant survivant dans les Taudis, elle s'était dit qu'elle n'hésiterait pas à tuer pour se défendre. Si elle pouvait éviter de faire du mal à autrui, elle le ferait, mais elle n'accepterait pas de devenir victime. Cette détermination avait payé quelques années plus tard, quand elle avait repoussé un agresseur avec son couteau. Elle ne savait pas s'il avait survécu et elle n'avait pas eu beaucoup de temps pour se le demander.

Les guerriers apprenaient à se battre avec la magie. La Guilde continuait à transmettre ce savoir au cas où les Terres Alliées seraient attaquées. Elle n'avait jamais entendu le seigneur Balkan se tourmenter à l'idée que la magie doive être utilisée pour tuer à des fins de défense.

Elle s'allongea sur son lit. Akkarin avait peut-être tort au sujet de la Guilde. Peut-être accepterait-elle, si elle n'avait pas le choix, d'utiliser la magie noire, uniquement pour se protéger.

Mais les mages respecteraient-ils cette restriction ? Elle frissonna en imaginant ce que le seigneur Fergun aurait pu faire avec ce savoir. Mais Fergun *avait* été puni. En tant qu'entité, la Guilde pourrait sûrement garder le contrôle sur ses magiciens.

Soudain, elle se souvint de la Purge. Si le roi n'hésitait pas à envoyer la Guilde chasser les pauvres de la ville afin de satisfaire les Maisons, que ferait-il s'il avait des mages noirs sous ses ordres ?

La Guilde serait toujours prudente quant à la façon dont la magie noire serait utilisée. Si des lois étaient mises en place, si on l'apprenait seulement aux personnes jugées méritantes, ce qu'on déterminerait par une lecture de vérité afin de tester le caractère et l'intégrité morale d'un candidat…

Qui suis-je pour penser avoir la sagesse de remanier la Guilde ? On ne me considérerait même pas comme une candidate acceptable, si ce système était mis en place.

Elle était la traîne-ruisseau. Naturellement, elle n'avait pas d'intégrité morale. Personne ne penserait même à elle.

Moi, j'y pense.

Elle se leva et retourna à la fenêtre.

Les personnes à qui je tiens sont en danger. Je dois faire quelque chose. La Guilde ne m'exécutera quand même pas si j'enfreins une loi pour essayer de la protéger. Elle pourrait m'expulser, mais si je dois perdre ce luxe appelé « magie » en échange des vies de ceux que j'aime, qu'il en soit ainsi.

Elle frissonna à cette révélation, pourtant certaine de sa justesse.

Voilà, c'est décidé. Je vais apprendre la magie noire.

Elle se tourna vers la porte de sa chambre. Akkarin était probablement couché. Elle ne pouvait pas le réveiller juste pour lui annoncer sa décision. Ça pouvait attendre le lendemain.

En soupirant, elle se glissa sous les couvertures. Elle ferma les yeux dans l'espoir de pouvoir finalement dormir, maintenant qu'elle avait pris sa décision.

Est-on en train de me duper ? Maintenant je ne peux pas effacer de ma mémoire ce que j'ai appris.

Elle réfléchit aux livres qu'Akkarin lui avait fait lire. Ils avaient l'air authentiques mais auraient pu être de bonnes contrefaçons. Elle n'en connaissait pas assez sur la falsification pour pouvoir le dire.

L'espion avait pu être manipulé pour croire certaines choses, afin qu'elle soit trompée, mais elle était sûre qu'Akkarin n'avait pas pu inventer tout cela. L'esprit de Tavaka avait détenu des souvenirs de toute une vie au sujet des Ichanis et de l'esclavage, souvenirs qui n'auraient pas pu être arrangés par le haut seigneur.

Et l'histoire d'Akkarin ?

S'il voulait l'amener à apprendre la magie noire par la ruse, afin de la faire chanter et de la contrôler, il n'avait qu'à la convaincre que la Guilde était en grand danger. Mais, dans ce cas, pourquoi admettre avoir été esclave ?

Elle bâilla. Elle devait se reposer. Elle avait besoin d'un esprit clair.

Le lendemain, elle s'apprêterait à enfreindre l'une des plus strictes lois de la Guilde.

Chapitre 9

L'alliée d'Akkarin

Il ne pouvait arpenter la pièce faute de place. Une seule lampe pendait du plafond, projetant une lumière jaune sur les murs de brique rugueux. Cery croisa les bras et fulmina en silence. Akkarin lui avait dit qu'ils devaient éviter de se rencontrer à moins d'avoir à parler d'une chose très importante qui ne pouvait se régler que face à face.

Le bien-être de Sonea est *très important*, raisonna Cery. *Et on ne peut régler cette histoire que face à face.*

Mais le haut seigneur ne serait sûrement pas de cet avis. L'angoisse saisit de nouveau Cery. Jusqu'ici, il n'avait rien regretté de ce qu'il avait fait, et en échange de quoi il avait été libéré du seigneur Fergun, et il avait reçu l'aide d'Akkarin pour établir sa position parmi les voleurs. Traquer les meurtriers était assez facile. Une fois qu'on savait ce qu'il fallait chercher, ils étaient aussi aisés à repérer qu'un garde dans le repaire d'un contrebandier. Se débarrasser ensuite des corps était un travail standard, même s'il était hors de question de les jeter dans le fleuve maintenant que la garde surveillait le cours d'eau.

Mais impliquer Sonea dans l'affaire ? Non, c'en était trop. Bien sûr, Cery ne pouvait pas prendre de décisions à la place de la jeune femme. Mais, tout au moins, il voulait à tout prix qu'Akkarin sache qu'il n'était pas d'accord.

Le haut seigneur avait besoin de lui. Il en était sûr. Peut-être découvrirait-il à quel point, aujourd'hui.

Cery tapotait nerveusement sa manche de ses doigts. *Si le haut seigneur arrive un jour.* Peu d'hommes dans la cité oseraient arriver en retard lors d'une rencontre avec un voleur. Aucun, en fait, sauf… le roi, la plupart des membres des Maisons, la Guilde entière…

Il soupira puis se remémora la seule autre information qu'il avait pour le chef de la Guilde : on avait vu un autre Sachakanien pénétrer dans la cité. Peut-être cette nouvelle fraîche calmerait-elle Akkarin quand il découvrirait la réelle raison de Cery pour avoir exigé une rencontre. Cery se demanda une nouvelle fois quelle serait la réaction d'Akkarin s'il apprenait d'où venait l'information. Il eut un petit rire en visualisant Savara. Ce sourire. Sa façon de marcher. Elle n'était vraiment pas quelqu'un qu'il était prudent de côtoyer.

Mais lui ne l'était pas non plus, ces jours-ci.

Un petit coup à la porte le ramena dans le présent. Il inspecta l'extérieur par un judas, dans le battant. Une haute silhouette se tenait à côté de Gol, plus grande encore, le visage dissimulé dans la capuche de sa cape. Le colosse fit le signal confirmant que le visiteur était le haut seigneur.

Cery prit une profonde inspiration, puis ouvrit la porte. Akkarin entra d'un pas décidé. La cape s'ouvrit légèrement et révéla une robe noire. Un frisson parcourut Cery. Akkarin portait habituellement des vêtements plutôt simples quand il était sur la route des voleurs. Était-ce un acte délibéré, juste pour rappeler à Cery à qui il avait affaire ?

—Ceryni, dit Akkarin en repoussant doucement sa capuche.

—Haut seigneur.

—Je n'ai pas beaucoup de temps. De quoi veux-tu me parler ?

Cery hésita.

—Je pense que nous avons un autre... assassin, dans la ville.

Il avait failli dire « esclave » mais s'était rattrapé à temps. Utiliser ce terme révélerait sans aucun doute qu'il avait été en contact avec une personne venant du Sachaka.

Akkarin plissa le front, ses yeux disparaissant presque dans les ombres de ses sourcils.

—Tu *penses* ?

—Oui. (Cery sourit.) Il n'y a pas encore eu de meurtre, mais le dernier assassin est arrivé si rapidement après son prédécesseur que j'ai prêté une oreille à des conversations que je n'écoute pas d'habitude. Les gens disent qu'elle est facilement repérable. On ne devrait pas avoir de problèmes pour l'avoir.

—Elle ? répéta Akkarin. Une femme. Alors... si les voleurs entendent parler de ça, ils sauront qu'il y a plus d'un meurtrier. Serait-ce un problème pour toi ?

Cery haussa les épaules.

—Ça ne changera rien. Ils montreront même peut-être un peu plus de respect. Mais on ferait quand même mieux de l'attraper rapidement, pour qu'ils ne s'en aperçoivent pas du tout.

Akkarin acquiesça.

—C'est tout ?

Cery hésita. Il prit une profonde inspiration et se débarrassa de ses doutes.

— Vous avez amené Sonea.

Akkarin se redressa. La lumière éclaira ses yeux. Il semblait amusé.

— Oui.

— Pourquoi ?

— J'avais mes raisons.

— Des bonnes, j'espère, dit Cery, se contraignant à croiser et soutenir le regard d'Akkarin.

Les yeux du haut seigneur ne vacillèrent pas.

— Oui. Je ne l'ai pas mise en grand danger.

— Vous allez l'impliquer dans cette histoire ?

— Un peu. Pas de la façon que tu crains, cependant. Il faut qu'une personne de la Guilde soit au courant de ce que je fais.

Cery se força à poser la question suivante. Rien que l'idée de la poser générait en lui des sentiments difficiles et contraires.

— Vous allez la ramener ?

— Non, je n'en ai pas l'intention.

Le jeune homme poussa un léger soupir de soulagement.

— Est-ce qu'elle… est-ce qu'elle est au courant pour moi ?

— Non.

Cery fut envahi d'une déception mélancolique. Ça ne l'aurait pas dérangé de lui montrer un peu son succès. Il avait fait beaucoup de chemin ces dernières années. Même s'il savait qu'elle ne portait pas les voleurs dans son cœur…

— C'est tout ? demanda Akkarin.

Il y avait une trace de respect dans sa voix. Ou était-ce simplement de la tolérance ?

Cery hocha la tête.

— Oui. Merci.

Il regarda le haut seigneur se tourner vers la porte et l'ouvrir. *Prenez soin d'elle*, pensa-t-il. Akkarin jeta un coup d'œil en arrière, fit un signe de tête, puis s'éloigna dans le passage à grandes enjambées, sa cape se gonflant autour de ses chevilles.

Bon, ça s'est mieux passé que ce que je craignais, songea Cery.

Les appartements de Dannyl, dans la maison de la Guilde à Capia, étaient grands et luxueux. Il avait une chambre, un bureau et un salon à sa disposition, et il n'avait qu'à faire sonner l'une des nombreuses petites cloches, qui se trouvaient un peu partout, pour faire venir un serviteur.

L'un d'eux venait juste de lui apporter une tasse de sumi fumant lorsqu'un autre entra à son tour dans le bureau pour lui annoncer un visiteur.

— Tayend de Tremmelin aimerait vous voir, l'informa le serviteur.

Dannyl posa sa tasse, surpris. Tayend venait rarement lui rendre visite ici. Ils préféraient l'intimité de la Grande Bibliothèque, où ils n'avaient pas à se soucier des serviteurs qui pourraient remarquer quoi que ce soit dans leur attitude l'un envers l'autre.

— Faites-le entrer.

Tayend était habillé de façon appropriée à une rencontre avec un personnage important. Même si Dannyl s'habituait peu à peu aux habits flamboyants de la cour d'Elyne, il en était toujours amusé. Toutefois, les habits moulants qui semblaient si ridicules sur des courtisans plus âgés mettaient Tayend en valeur.

— Ambassadeur Dannyl, dit Tayend en faisant un salut plein de grâce. J'ai lu le livre du dem Marane, et il contient des informations très intéressantes.

Dannyl désigna l'un des fauteuils devant son bureau.

— Assieds-toi, je t'en prie. Juste… Donne-moi un instant.

Tayend lui avait rappelé quelque chose. Il prit une feuille de papier et commença à rédiger une courte lettre.

— Qu'est-ce que tu écris ? demanda Tayend.

— Une lettre au dem Marane exprimant mes plus vifs regrets de ne pas pouvoir assister à sa réception ce soir, car je dois m'atteler sans attendre à un travail imprévu.

— Et Farand ?

— Il survivra. C'est vrai que j'ai des choses à régler, mais je veux également les faire patienter un peu. Une fois que j'aurai fini d'enseigner le Contrôle à Farand, ils n'auront plus besoin de moi et nous découvririons peut-être que nos nouveaux amis seront partis à l'étranger sans prévenir.

— Ils seraient idiots de faire ça. Ils pensent que toutes ces années que tu as passées à te former ne servent à rien ?

— Ils ne peuvent pas apprécier la valeur de ce qu'ils ne connaissent pas.

— Alors, tu les arrêteras dès que Farand sera prêt ?

— Je ne sais pas. Je n'ai pas encore décidé. Ça vaut peut-être la peine de prendre le risque de les laisser disparaître. Je suis certain que nous n'avons pas rencontré tous les membres du groupe. Si j'attends, on pourrait m'en présenter plus.

— Tu es sûr de ne pas vouloir de moi pour t'accompagner en Kyralie, une fois que tu les auras arrêtés ? La Guilde aura peut-être besoin d'un autre témoin.

— Elle n'a pas besoin d'autre preuve que Farand. (Dannyl leva les yeux et secoua un doigt vers l'érudit.) Tu veux juste voir la Guilde de tes propres yeux. Mais quand nos nouveaux amis se vengeront en lançant des rumeurs à notre sujet, ça ne facilitera pas les choses si nous sommes vus ensemble.

— Mais nous ne serions pas tout le temps ensemble. Je ne suis pas obligé de rester à la Guilde. J'ai de la famille éloignée à Imardin. Et tu as dit qu'Akkarin raconterait à tout le monde que c'était juste une ruse.

Dannyl soupira. Il ne voulait pas quitter Tayend. Pas même quelques semaines. S'il était certain de pouvoir se permettre de retourner à la Guilde accompagné de l'érudit, il s'arrangerait pour l'emmener. Cela aiderait peut-être même à faire taire les rumeurs une bonne fois pour toutes si on les voyait se comporter « normalement ». Mais il savait qu'une petite trace de la vérité suffirait à mettre des idées dans les esprits soupçonneux, et il savait que ce n'était pas ce qui manquait au sein de la Guilde.

— Je reviendrai par mer, rappela-t-il à Tayend. Je pensais que tu aurais préféré éviter cela.

Le visage de Tayend s'assombrit, mais seulement un instant.

— Je supporterais bien un petit mal de mer s'il allait avec une bonne compagnie.

— Pas cette fois, répondit fermement Dannyl. Un jour, nous irons à Imardin en carrosse. Et alors, tu seras, *toi aussi*, de bonne compagnie. (Il sourit au regard noir et indigné que lui jetait Tayend, puis signa la lettre et la mit de côté.) Alors, qu'as-tu trouvé ?

— Tu te souviens que les mots sur la tombe de la femme, aux Tombes des Blanches Larmes, disaient qu'elle utilisait la « haute magie » ?

Dannyl hocha la tête. Leur visite des îles Vindos afin de trouver des preuves d'ancienne magie lui semblait désormais bien lointaine.

— Les mots « haute magie » étaient représentés par un glyphe contenant un croissant de lune et une main. (Tayend ouvrit le livre du dem et le fit glisser sur le bureau, vers Dannyl.) Ceci est la copie d'un livre écrit il y a deux siècles, quand l'Alliance fut créée, et la loi stipulant que la Guilde devait assurer l'apprentissage de tous les mages et les contrôler, promulguée. En dehors de la Kyralie, la plupart des magiciens étaient membres de la Guilde, mais pas tous. Ce livre appartenait à quelqu'un qui ne l'était pas.

Dannyl tira le livre à lui et vit que le haut de la page portait le glyphe qu'ils essayaient de déchiffrer depuis un an. Il se mit à lire le texte qui suivait :

« Le terme "magie supérieure" englobe plusieurs aptitudes qui furent à l'époque fréquemment utilisées à travers les terres. Les aptitudes mineures incluent la capacité à créer des "pierres de sang" ou des "gemmes de sang" qui facilitent la faculté de leur créateur à converser mentalement avec une autre personne à distance, et les "pierres de réserve" ou les "gemmes de réserve" qui peuvent retenir et libérer la magie de certaines façons.

La principale forme de magie supérieure peut être nourrie. Si un mage en détient le savoir, il peut extraire le pouvoir de matières vivantes pour augmenter sa réserve de puissance. »

Dannyl retint son souffle, fixant la page d'un air horrifié. Ce livre décrivait une chose similaire à… Un frisson parcourut lentement son échine. Ses yeux continuèrent à suivre les mots, comme poussés par une volonté extérieure.

« Pour y parvenir, la barrière naturelle protégeant la créature ou la plante doit être brisée ou diminuée. La façon la plus simple d'y arriver est de couper la peau assez profondément pour extraire le sang ou la sève. D'autres moyens impliquent la diminution, volontaire ou non, de la barrière. Avec de la pratique, cette barrière naturelle peut être volontairement retirée. Au point culminant du plaisir sexuel, elle a tendance à "faiblir", fournissant ainsi une occasion passagère pour l'extraction de pouvoir. »

Le sang de Dannyl s'était glacé. Lorsqu'il s'était préparé à accéder à son poste d'ambassadeur, il avait reçu des informations qu'on ne dévoilait pas aux magiciens ordinaires. Certaines étaient d'ordre politique, d'autres d'ordre magique. Il avait notamment appris à reconnaître les signes annonciateurs de magie noire.

Et il se retrouvait là, à tenir un livre comportant des *instructions* sur la façon de l'utiliser. Rien qu'en le lisant, il enfreignait une loi.

— Dannyl ? Ça va ?

Il leva les yeux vers Tayend ; il ne pouvait pas parler. Son ami le fixa, l'air inquiet.

— Tu es tout blanc. Je pensais… enfin… si ce livre dit la vérité, nous avons découvert ce qu'est la haute magie.

Dannyl ouvrit la bouche, la referma, puis baissa les yeux sur le livre. Il observa le glyphe du croissant de lune et de la main. Il se rendit compte que ce n'était pas un croissant de lune. C'était une lame. La magie supérieure était la magie noire.

Akkarin avait fait des recherches sur la magie noire.

Non. Il ne pouvait pas savoir. Il n'a pas été si loin, se rappela Dannyl. *Il n'est probablement toujours pas au courant. Sinon, il ne m'aurait pas encouragé à continuer mes recherches.* Il prit une profonde inspiration et la relâcha lentement.

— Tayend, je crois qu'il est temps de parler des rebelles à Errend. Je vais sûrement faire ce voyage plus tôt que prévu.

À mesure que Sonea approchait de la résidence du haut seigneur, le rythme des battements de son cœur s'accélérait. Elle avait attendu ce moment toute la journée. Elle avait eu du mal à se concentrer en cours, et encore plus à endurer les tentatives de Jullen à rendre sa punition à la bibliothèque aussi pénible que possible.

La bâtisse de pierre grise se dressa devant elle dans l'obscurité. La jeune femme s'arrêta afin de prendre une longue et profonde inspiration et de rassembler son courage, puis elle avança jusqu'à la porte et frôla la poignée des doigts. La porte émit un petit « clic » et s'ouvrit vers l'intérieur.

Comme toujours, Akkarin était assis dans l'un des fauteuils de l'antichambre. Ses longs doigts entouraient un verre rempli d'un vin rouge foncé.

— Bonsoir, Sonea. Comment se sont passés tes cours aujourd'hui ?

Elle avait la bouche sèche. Elle déglutit, prit une seconde profonde inspiration, fit quelques pas et entendit la porte se fermer derrière elle.

— Je veux vous aider, lui dit-elle.

Le mage leva les sourcils et la fixa intensément. Elle lutta afin de soutenir son regard mais baissa bientôt le sien vers le sol. Le silence s'établit entre eux, lorsque d'un seul mouvement, Akkarin se leva et posa son verre.

— Très bien. Viens avec moi.

Il se dirigea vers la porte de l'escalier menant à la pièce souterraine. Il l'ouvrit et lui fit signe d'entrer. Elle ne tenait pas bien sur ses jambes mais les força à la mouvoir.

Quand elle fut à côté du haut seigneur, on frappa à la porte principale ; ils se figèrent tous les deux.

— Descends, lui murmura-t-il. C'est Lorlen. Takan va s'occuper de lui.

Elle se demanda un moment comment il savait que c'était Lorlen. Puis elle comprit soudain. La bague que portait Lorlen contenait *elle aussi* une gemme comme celle de la dent de l'espion.

Tandis qu'elle descendait l'escalier, elle entendit de nouveaux bruits de pas dans l'antichambre, au-dessus d'elle. Akkarin ferma doucement la porte de l'escalier et la suivit. Elle s'arrêta devant la porte de la pièce souterraine et fit un pas sur le côté quand Akkarin la rejoignit. Il ouvrit la porte en la frôlant.

La pièce était sombre, mais elle s'éclaira à l'apparition de deux globes lumineux. Sonea regarda les deux tables, le vieux coffre abîmé, les bibliothèques et les placards. Vraiment, cet endroit n'avait rien de menaçant.

Akkarin semblait attendre qu'elle entre. Elle fit quelques pas à l'intérieur, puis se tourna vers lui. Il leva les yeux vers le plafond et fit la moue.

— Il est parti. J'ai quelque chose à lui dire, mais ça peut attendre.

— Voulez-vous... qu'on remette ça à plus tard ? hasarda-t-elle, espérant presque qu'il acquiesce.

Le regard qu'il lui lança fut si direct et *vorace* qu'elle recula d'un pas.

— Non, répondit-il. C'est plus important. (Il croisa les bras et releva le coin de sa bouche en un demi-sourire.) Alors, comment comptes-tu m'aider ?

— Je... vous... (Le souffle lui manqua soudain.) En apprenant la magie noire, réussit-elle enfin à prononcer.

Le sourire du mage s'évanouit.

— Non. (Il décroisa les bras.) Je ne peux pas t'apprendre ça, Sonea.

Elle le dévisagea, stupéfaite.

— Alors... alors pourquoi m'avez-vous montré la vérité ? Pourquoi m'avez-vous parlé des Ichanis si ce n'était pas pour que je me joigne à vous ?

— Je n'ai jamais eu l'intention de t'enseigner la magie noire, dit-il fermement. Je ne te laisserai pas compromettre ton avenir dans la Guilde. Même si cela ne m'affectait pas, je ne transmettrais pas ce savoir à qui que ce soit.

— Alors... comment puis-je vous aider ?

— J'avais l'intention... (Il hésita, puis soupira et détourna le regard.) J'avais l'intention de t'utiliser en tant que source de pouvoir consentante, comme Takan.

Un frisson s'empara de la jeune femme mais disparut rapidement. *Bien sûr*, pensa-t-elle. *C'est à cela que toute cette histoire menait.*

— Les Ichanis n'envahiront peut-être jamais la Kyralie, dit-il. Si tu apprenais la magie noire, tu risquerais ton avenir pour rien.

— C'est un risque que je suis prête à prendre, répondit-elle, sa voix paraissant faible dans la grande pièce.

Il leva les yeux et la fixa d'un air désapprobateur.

— Tu romprais ton serment si facilement ?

Elle soutint son regard.

— Si c'était la seule façon de protéger la Kyralie.

Les yeux du mage perdirent leur férocité. Elle n'arrivait pas à mettre un nom sur son expression.

— Apprenez-lui, maître.

Ils se tournèrent tous les deux vers cette nouvelle voix. Takan se tenait sur le seuil de la pièce et regardait intensément Akkarin.

— Apprenez-lui, répéta-t-il. Vous avez besoin d'un allié.

— Non, répondit Akkarin. À quoi me servira Sonea si je le fais ? Si je prends son énergie, elle ne servira à rien en tant que mage noir. Si elle devient magicienne noire, de qui va-t-elle prendre la force magique ? Toi ? Non. Ton fardeau est déjà assez lourd.

Le regard de Takan ne vacilla pas.

— Une autre personne que vous doit connaître ce secret, maître. Sonea n'est pas obligée de s'en servir, mais elle prendra votre place si vous mourez.

Akkarin ne lâchait pas le regard du serviteur. Ils se fixèrent un long moment en silence.

— Non, dit finalement Akkarin. Mais… j'y réfléchirai s'ils attaquent la Kyralie.

— À ce moment-là, il sera trop tard, répondit calmement Takan. Ils n'attaqueront pas tant qu'ils ne se seront pas débarrassés de vous.

— Il a raison, lança Sonea, la voix tremblante. Enseignez-moi et utilisez-moi comme source. Je ne me servirai pas de la magie noire à moins de ne pas avoir d'autre solution.

Akkarin lui jeta un regard froid.

— Connais-tu le châtiment pour avoir appris et utilisé la magie noire ?

Elle hésita, puis fit non de la tête.

— La mort. Aucun autre crime n'est puni par une telle sanction. Le simple fait de chercher à apprendre des choses sur la magie noire te ferait renvoyer de la Guilde.

Un frisson parcourut le corps de Sonea. La bouche d'Akkarin se tordit en un sourire amer.

— Mais tu peux m'aider sans commettre de crime. Il n'y a aucune loi interdisant le don de sa force magique à un autre magicien. D'ailleurs, on t'a déjà appris à le faire durant les leçons de combat. La seule différence réside dans le fait que je peux conserver le pouvoir que tu donnes.

Elle cligna les yeux de surprise. Pas de couteau ? Il ne lui couperait pas la peau. Mais bien sûr, il n'en avait pas besoin.

— La seule chose dont tu as eu besoin pour recouvrer la plus grande partie de ta force après avoir affronté Regin et ses camarades fut une bonne nuit de sommeil, continua-t-il. Toutefois, nous devrons faire attention que tu ne donnes pas trop de ton énergie la veille d'une leçon de combat. Et si tu as vraiment l'intention de combattre ces espions à ma place, alors je devrai m'occuper moi-même de ta formation.

Une vague de vertige envahit Sonea. *Des leçons de combat ? Avec Akkarin ?*

— Es-tu certaine de vouloir le faire ? demanda-t-il.

Elle prit de nouveau une profonde inspiration.

— Oui.

Il l'observa un moment, l'air songeur.

— Je vais prendre un peu de ton énergie ce soir. Demain, nous verrons si tu es toujours prête à m'aider.

Il lui fit signe de s'approcher.

— Donne-moi tes mains.

Elle s'avança et les lui tendit. Elle frissonna tandis que les longs doigts du mage se mêlaient aux siens.

—Projette ton pouvoir, comme tu as appris à le faire en faisant passer de la force magique à quelqu'un d'autre en leçon de combat.

Elle puisa dans son pouvoir et le fit jaillir par ses mains. L'expression du mage changea légèrement quand il prit conscience de l'énergie projetée. Sonea se demandait comment il pouvait la conserver. Même si on avait appris à la jeune femme comment recevoir le pouvoir d'autres novices, elle n'avait toujours fait que le diriger dans des coups ou l'ajouter à son bouclier.

—Garde-toi un peu d'énergie pour les cours, murmura-t-il.

Elle haussa les épaules.

—Je n'en utilise pratiquement jamais. Même pas en leçon de combat.

—Tu en auras bientôt besoin. (Il relâcha sa prise.) C'est suffisant.

Quand l'homme libéra ses mains, elle fit un pas en arrière. Le mage jeta un coup d'œil vers Takan, puis adressa un signe de tête à la jeune femme.

—Merci, Sonea. Va te reposer, maintenant. Donne à Takan une copie de ton emploi du temps dans la matinée afin que nous puissions travailler en fonction de tes leçons de combat. Si tu es toujours d'accord, nous reprendrons demain soir.

Sonea hocha la tête. Elle fit un pas vers la porte, puis s'arrêta et le salua.

—Bonne nuit, haut seigneur.

Le regard du mage était fixe.

—Bonne nuit, Sonea.

Le cœur de la novice battait encore la chamade. En grimpant l'escalier, elle réalisa que ce n'était plus de peur. Il s'emballait d'une étrange sorte d'enthousiasme.

Je ne l'aide peut-être pas de la façon prévue, pensa-t-elle, *mais je l'aide quand même.*

Puis elle eut un petit rire contraint. *Mais je n'en serai sûrement pas aussi contente quand il commencera à me donner des leçons de combat!*

Chapitre 10

Un adversaire inattendu

En attendant ses derniers élèves, Rothen regardait par la fenêtre. Les jours plus longs et plus chauds transformaient les jardins en un labyrinthe vert. Même la demeure grisâtre du haut seigneur avait l'air accueillante dans la vive lumière du matin.

Il vit la porte de la résidence s'ouvrir. Son cœur fit un bond quand Sonea en sortit. Elle n'était pas en avance, réalisa-t-il. Selon Tania, elle se levait encore à l'aube.

Soudain, une silhouette plus grande émergea, et Rothen sentit son corps entier se contracter. Les plis de la robe noire d'Akkarin étaient presque gris dans la lumière éclatante du soleil. Le haut seigneur se tourna vers Sonea et lui parla. Les lèvres de la novice dessinèrent un petit sourire. Puis ils se redressèrent et se dirigèrent vers l'université, la mine de nouveau grave. Rothen les suivit des yeux jusqu'à ce qu'ils disparaissent.

Il s'écarta de la fenêtre en frémissant. Un frisson s'était emparé de lui et ne le lâchait plus.

Elle avait *souri* à Akkarin.

Ça n'avait pas été un sourire poli, forcé. Ni un sourire démonstratif, spontané. Il avait été entendu et secret.

Non, se dit-il. *Je ne vois que ce que je crains le plus, car c'est toujours ce dont je suis à l'affût. Elle souriait sûrement pour tromper ou attendrir Akkarin. Ou peut-être avait-elle trouvé une remarque du mage amusante ; peut-être se moquait-elle de lui…*

Mais si ce n'était pas le cas ? S'il y avait une autre raison ?

— Seigneur Rothen ?

Il se retourna et vit que le reste de la classe était arrivé et attendait patiemment qu'il commence son cours. Il se força à sourire, contrit, puis se dirigea vers son bureau.

Il ne pouvait pas foncer hors de la classe et demander une explication à Sonea. Non, pour le moment, il devait la chasser de ses pensées et se concentrer sur son cours. Mais plus tard, il réfléchirait sérieusement à ce qu'il avait vu.

Et il la surveillerait de plus près.

Alors que le carrosse s'éloignait, Dannyl se dirigea à grands pas vers la porte de la demeure du dem Marane et tira sur la corde de la cloche.

Il bâilla, puis chassa la fatigue à l'aide d'un peu de magie. Tayend lui avait montré le livre une semaine auparavant, et beaucoup de réunions secrètes s'étaient tenues depuis entre l'ambassadeur Errend et d'autres mages elynes pour se préparer à cette nuit-là. Ils allaient enfin savoir si leurs plans seraient fructueux.

Des bruits de pas se rapprochèrent de la porte, puis elle s'ouvrit, et le maître de maison salua gracieusement.

—Ambassadeur Dannyl. C'est un plaisir de vous revoir. Entrez, je vous prie.

—Merci.

Dannyl pénétra dans la demeure.

—Où est le jeune Tremmelin ? demanda le dem.

—Avec son père, répondit Dannyl. Ils avaient une affaire de famille à régler. Il vous envoie ses salutations et m'a chargé de vous dire que le livre est très instructif et qu'il le finira ce soir. Je peux vous assurer qu'il préférerait de loin s'entretenir avec vous et vos amis plutôt que de devoir gérer des affaires familiales.

Royend hocha la tête et sourit, mais ses yeux trahissaient une certaine méfiance.

—Sa compagnie va me manquer.

—Comment va Farand ? Pas d'incidents involontaires ? demanda Dannyl en glissant une trace d'angoisse dans sa voix.

—Non. (Le dem marqua une hésitation.) Mais en revanche un incident volontaire. Étant jeune et impatient, il n'a pas pu résister à l'envie d'essayer quelque chose.

Dannyl laissa son visage exprimer une certaine inquiétude.

—Que s'est-il passé ?

—Juste un autre petit incendie. (Le dem sourit du coin des lèvres.) J'ai dû acheter un autre lit à ses hôtes.

—Les mêmes hôtes que la dernière fois ?

—Non. J'ai une fois de plus fait changer Farand d'endroit. J'ai trouvé prudent, dans notre intérêt à tous, de l'emmener hors de la ville, au cas où ses petits accidents prendraient une telle envergure qu'ils commenceraient à attirer une attention malvenue.

Dannyl hocha la tête.

— C'est une sage décision, bien que pas forcément nécessaire. J'espère qu'il n'est pas trop loin. Je ne peux rester que quelques heures.

— Non, il n'est pas loin, lui assura le dem.

Ils étaient arrivés sur le seuil de la pièce suivante. Kaslie, la femme de Royend, se leva pour saluer Dannyl.

— Mes respects, ambassadeur. Je suis heureuse de vous revoir. Pensez-vous que mon frère maîtrisera bientôt le Contrôle ?

— Oui, répondit gravement Dannyl. Soit ce soir, soit la prochaine fois. Il n'en a plus pour longtemps.

La femme hocha la tête, visiblement soulagée.

— Je ne vous remercierai jamais assez pour votre aide. (Elle se tourna vers Royend.) Vous feriez mieux d'y aller, alors, mon époux.

Sa voix portait une trace de rancœur. Le dem esquissa un léger sourire.

— Farand sera bientôt en sécurité, ma chère.

Le front de la femme se plissa davantage. Par politesse, Dannyl garda une expression neutre. Tayend avait remarqué que Kaslie avait rarement l'air heureuse et semblait parfois agacée par son mari. Il en avait déduit qu'elle tenait Royend pour responsable de la situation de son frère en l'ayant encouragé à développer ses capacités.

Le dem conduisit Dannyl vers un carrosse qui attendait devant la maison. Le véhicule se mit en route avant même qu'ils aient fini de s'installer sur leurs sièges. Les fenêtres étaient couvertes.

— Pour la protection des hôtes de Farand, expliqua le dem. Je suis certes prêt à vous dévoiler *mon* identité et l'emplacement de ma demeure, mais d'autres personnes du groupe sont moins confiantes. Elles n'ont accepté de garder Farand qu'à la condition que je prenne ces précautions. (Il marqua une pause.) Pensez-vous que je sois fou de vous faire confiance ?

Surpris, Dannyl cligna les yeux. Il réfléchit à la question, puis haussa les épaules.

— Je m'attendais que vous agissiez par plus petites étapes. En testant mon honnêteté à quelques reprises, peut-être. Mais vous ne le pouviez pas ; Farand avait besoin d'aide. Vous avez pris un risque, mais je suis sûr qu'il était calculé. (Il eut un petit rire.) Vous aviez dû vous préparer quelques portes de sortie, et vous les avez probablement encore.

— Et vous avez Tayend à protéger.

— Oui. (Dannyl fit un sourire bon enfant.) Ce que j'attends de voir, c'est si je serai toujours le bienvenu chez vous après avoir appris le Contrôle à Farand.

Le dem rit doucement.

— Vous découvrirez ça par vous-même le moment venu.

— Et je suppose que je n'ai pas à vous rappeler toutes les merveilleuses choses que je pourrais apprendre à Farand une fois qu'il aura appris le Contrôle.

Les yeux de Royend se mirent à briller.

— Rappelez-les-moi, je vous en prie.

Ils passèrent l'heure suivante à discuter de l'utilisation de la magie. Dannyl prit soin de ne décrire que ce qui était possible, et pas la façon dont on pouvait le faire. Le dem avait de toute évidence remarqué l'imprécision délibérée de l'ambassadeur. Enfin, le carrosse s'arrêta.

Royend attendit que la portière s'ouvre, puis fit signe à Dannyl de sortir. Il faisait noir dehors, et Dannyl invoqua spontanément un globe lumineux. Il illumina l'entrée d'un tunnel dont les murs de brique luisaient d'humidité.

— Faites-moi disparaître ça, s'il vous plaît, exigea le dem.

— Désolé, c'est une habitude, dit Dannyl en l'obligeant.

Après la vivacité de la lumière, tout fut plongé dans le noir le plus complet. Une main toucha son épaule et le poussa en avant. Il étendit ses sens et détecta une ouverture dans le mur. Ils y entrèrent.

— Attention, murmura Royend. Il y a des marches, ici.

Le bout de la botte de Dannyl cogna un bord dur. Il monta prudemment un escalier assez raide puis fut guidé le long d'un passage zigzaguant constamment et aux nombreuses entrées transversales. Soudain, il sentit une grande pièce et une présence familière, et la main glissa de son épaule.

Une lampe s'alluma en crépitant, révélant plusieurs meubles utilitaires dans une pièce creusée dans la roche. De l'eau coulait de la brèche d'un mur dans une cuvette, puis filait ensuite par un trou dans le sol. L'air était frais, et Farand portait un gros manteau à col de fourrure.

Le jeune homme fit une révérence, ses gestes étaient plus confiants maintenant qu'il se rapprochait de l'issue de sa situation fâcheuse.

— Ambassadeur Dannyl, dit-il, bienvenue dans ma toute dernière cachette secrète.

— Il fait un peu frais, fit remarquer Dannyl.

Il envoya une vague de magie afin de réchauffer l'air. Farand arbora un large sourire et se débarrassa de son manteau d'un mouvement d'épaules.

— J'ai toujours rêvé de faire de grandes et merveilleuses choses avec la magie. Maintenant, je pense que je m'estimerais heureux si tout ce que je savais faire était quelque chose de ce genre, dit-il.

Dannyl jeta un regard lourd de sous-entendus à Royend qui sourit et haussa les épaules.

— Ce n'est pas le sentiment de tout le monde, je peux vous l'assurer. Je suis certain que Farand veut apprendre plus que les bases.

Il se tenait debout près d'une corde qui pendait d'un trou dans le plafond. L'autre bout était sûrement attaché à une cloche, pensa le mage. Qui pouvait bien attendre là-haut ?

— Très bien, dit Dannyl. Nous ferions mieux de nous y mettre. Il n'y a aucun sens à te garder dans des refuges glacés plus longtemps que nécessaire.

Farand s'assit sur une chaise. Il inspira profondément, ferma les yeux et commença l'exercice de relaxation qu'on lui avait appris. Quand son visage fut détendu, Dannyl s'approcha.

— C'est peut-être ta dernière leçon, dit-il en gardant une voix basse et apaisante. Mais peut-être pas. Le Contrôle doit devenir une habitude bien assimilée afin que tu puisses être en sécurité jour et nuit. Il vaut mieux l'apprendre à ton propre rythme qu'à la hâte.

Il toucha doucement les tempes de Farand, puis ferma les yeux.

On ne pouvait pas mentir de façon efficace lors d'une conversation mentale, mais on pouvait cacher la vérité. Jusque-là, Dannyl avait réussi à dissimuler soigneusement sa mission et son ultime objectif : trahir les rebelles. Cependant, chaque fois que le mage avait guidé Farand mentalement, l'homme s'était de plus en plus habitué à la méthode de communication. Il commençait à sentir plus de choses venant de Dannyl.

Et maintenant que le moment était venu d'arrêter les rebelles, l'esprit de Dannyl ne pouvait dissimuler un sentiment de tension et d'anticipation. Farand le ressentit ; sa curiosité en fut excitée.

— *Que pensez-vous qu'il va se passer ce soir ?* demanda-t-il.

— *Tu vas sûrement obtenir le Contrôle*, répondit Dannyl.

C'était vrai et en partie ce à quoi s'attendait le mage. C'était un événement assez important pour que le jeune homme l'envisage comme la raison de l'enthousiasme de Dannyl. Mais sachant ce qu'il risquait en apprenant la magie illégalement, Farand était plus soupçonneux que d'habitude.

— *Il y a plus que ça. Vous me cachez quelque chose.*

— *Bien sûr*, répondit Dannyl. *Je te cacherai beaucoup de choses tant que je ne serai pas sûr que toi et les tiens ne disparaîtrez pas dès que tu auras appris le Contrôle.*

— *Le dem est un homme d'honneur. Il a promis de protéger Tayend en échange de votre aide. Il ne brisera pas cette promesse.*

Dannyl ressentit une compassion passagère pour ce jeune homme naïf. Il la repoussa, se rappelant que Farand était peut-être jeune, mais pas idiot.

— *Nous verrons bien. Maintenant, emmène-moi là où se trouve ton pouvoir.*

Farand avait mis moins de temps qu'attendu à comprendre les plus subtiles nuances du Contrôle. Alors que l'Elyne s'enthousiasmait de sa réussite, Dannyl s'arma de courage pour ce qui allait suivre. Il interrompit d'une question les pensées radieuses de l'homme.

— *Où sommes-nous ?*

L'image d'un tunnel apparut, puis la pièce dans laquelle ils se trouvaient. Farand n'en savait pas plus que Dannyl sur l'emplacement de la cachette.

— *Qui est ton hôte ?*

Ça encore, Farand ne le savait pas.

Évidemment, Royend avait dû comprendre que Dannyl pourrait lire ces informations dans l'esprit du jeune homme, il s'était donc assuré que Farand n'en sache rien. Avec un peu de chance, pour découvrir leur localisation, il n'aurait qu'à retrouver son chemin dans les passages et voir où le tunnel débouchait.

Farand avait surpris suffisamment de pensées de Dannyl pour se sentir alarmé.

— *Qu'est-ce que vous... ?*

Dannyl retira sa main des tempes de Farand et brisa le lien. Au même moment, il créa un faible bouclier au cas où Farand tenterait d'utiliser sa magie. Le jeune homme le dévisageait.

— C'était une ruse, souffla-t-il. Ce n'était qu'une ruse. (Il se tourna vers Royend.) Il a l'intention de nous trahir.

Royend se retourna vers Dannyl et le dévisagea d'un air dur. Alors que le dem s'apprêtait à tirer sur la corde de la cloche, Dannyl exerça sa volonté. L'homme retira brusquement sa main au contact douloureux d'une barrière.

Dannyl concentra son esprit au-delà de la pièce.

— *Errend ?*

Farand écarquilla les yeux en entendant la conversation.

— *Dannyl. Détenez-vous le renégat ?*

— *Oui.*

Aussitôt, les extrémités des sens de Dannyl bourdonnèrent du bruit de conversations d'une dizaine de mages. Les yeux de Farand parcouraient les murs tout en les écoutant.

— Ils sont en train d'arrêter les autres, s'écria-t-il. Non ! Tout ça, c'est ma faute !

— Non, lui dit Dannyl. C'est parce que ton roi a utilisé les aptitudes d'un magicien potentiel à mauvais escient et que le mari de ta sœur a profité de la situation en espérant arriver à ses propres fins. Je soupçonne ta sœur d'être au courant, même si je ne pense pas qu'elle aurait trahi l'un de vous.

Farand regarda Royend et, à l'air accusateur du jeune homme, Dannyl comprit qu'il avait raison.

— N'essayez pas de nous monter l'un contre l'autre, ambassadeur, dit Royend. Ça ne marchera pas.

— *Où êtes-vous ?* demanda Errend.

— *Je ne sais pas exactement. À une heure de voiture de la ville.* (Il envoya une image du tunnel.) *Ça vous dit quelque chose ?*

— *Non.*

Farand jeta un coup d'œil vers Dannyl, puis de nouveau vers Royend.

— Il ne sait toujours pas où nous sommes, dit-il, plein d'espoir.

— Le découvrir ne va pas être difficile, lui assura Dannyl. Et tu devrais déjà savoir, Farand, qu'il est malpoli pour un magicien d'espionner les conversations des autres.

— Nous ne suivons pas vos règles, lança sèchement Royend.

Dannyl se tourna vers le dem.

— J'ai remarqué.

Le regard de l'homme vacilla, puis il redressa les épaules.

— Ils vont nous exécuter. Pourrez-vous vivre avec ça sur la conscience ?

Dannyl soutint le regard de Royend.

— Vous saviez ce que vous risquiez, à chaque étape. Si tout ce que vous avez fait ou prévu était motivé par le besoin de protéger et sauver Farand, vous serez peut-être pardonnés. Mais je ne pense pas que vos motivations aient été si honorables.

— Non, grommela le dem. Ce n'était pas que pour Farand. C'était pour lutter contre toute cette injustice. Pourquoi la Guilde devrait-elle décider de qui peut utiliser et enseigner la magie ? Il y a tellement de gens dont le potentiel est gâché, qui…

— La Guilde ne décide pas qui apprend à utiliser la magie, le corrigea Dannyl. En Kyralie, c'est aux familles de décider de l'envoi de leurs fils ou leurs filles là-bas. En Elyne, cette décision appartient au roi. Chaque pays a son propre système de sélection des candidats. Nous refusons seulement ceux dont l'esprit est instable ou qui ont commis des crimes.

Les yeux de Royend lancèrent des éclairs.

— Et si Farand, ou qui que ce soit d'autre, ne veut rien apprendre de la Guilde ? Pourquoi ne peut-il pas apprendre ailleurs ?

— Où ça ? Dans votre propre guilde ?

— Oui.

— Et à qui rendriez-vous des comptes ?

Le dem ouvrit la bouche, puis la referma sans prononcer un mot. Il regarda Farand et soupira.

— Je ne suis pas un monstre, dit-il. J'ai en effet encouragé Farand, mais je ne l'aurais pas fait si j'avais su à quel point c'était dangereux. (Il posa les yeux sur Dannyl.) Vous comprenez que le roi pourrait le tuer plutôt que de laisser la Guilde découvrir ce qu'il sait.

—Alors, il devra également me tuer, répondit Dannyl. Et je ne pense pas qu'il ose essayer. Il suffirait d'un court appel mental pour que tous les mages des Terres Alliées connaissent son petit secret. Et maintenant que Farand a appris le Contrôle, c'est un magicien, et le roi briserait le traité des Terres Alliées s'il essayait de lui faire du mal. Farand est sous la responsabilité de la Guilde, désormais. Une fois là-bas, il devrait être à l'abri des assassins.

—La Guilde, dit Farand d'une petite voix. Je vais voir la Guilde.

Royend ne lui prêta aucune attention.

—Et ensuite ?

Dannyl secoua la tête.

—Je ne peux rien vous dire. Je ne veux pas vous donner de faux espoirs quant à l'issue de cette affaire.

Royend prit un air renfrogné.

—Bien sûr que non.

—Alors, allez-vous coopérer ? Ou bien dois-je vous traîner tous les deux derrière moi jusqu'à ce que je trouve la sortie tout seul ?

Un éclair de rébellion traversa les yeux du dem. Dannyl sourit à l'expression de l'homme, devinant les pensées qui s'y cachaient.

—Errend ?

—Dannyl.

—Avez-vous arrêté les autres ?

— Tout le monde. Pouvez-vous nous dire où vous êtes, maintenant ?

—Non, mais ça ne saurait tarder.

Dannyl leva les yeux vers Royend.

—Perdre du temps n'en donnera pas à vos amis pour s'échapper. Farand peut vous le confirmer.

Le jeune homme détourna le regard et hocha la tête.

—Il a raison.

Son regard dévia sur la corde de la cloche. Dannyl leva les yeux vers le plafond, se demandant qui se tenait au-dessus. L'hôte de Farand, sans doute, avec un moyen de prévenir les autres membres du groupe. Aurait-il la possibilité d'arrêter également ce rebelle ? Sûrement pas. Les ordres d'Errend étaient clairs : la priorité était de capturer Farand et le dem Marane. Si Dannyl identifiait ou arrêtait qui que ce soit d'autre, ça ne devait en aucun cas être au risque de perdre le renégat.

Royend suivit le regard de Dannyl, puis redressa les épaules.

—Très bien. Je vais vous montrer la sortie.

La journée avait été ensoleillée et chaude, mais l'obscurité avait apporté une fraîcheur que Sonea ne parvint pas à chasser, même en réchauffant l'air de sa chambre grâce à la magie. Elle avait bien dormi les nuits précédentes, mais celle-ci était différente, et elle ne comprenait pas pourquoi.

Peut-être était-ce parce qu'Akkarin ne s'était pas montré de la soirée. Takan l'avait retrouvée à la porte, après les cours, pour lui annoncer que le haut seigneur avait été demandé à l'extérieur. La jeune femme avait dîné seule.

Il s'acquittait sûrement de tâches officielles à la cour. Pourtant, sa novice ne cessait de l'imaginer dans des endroits plus sombres de la ville, s'occupant de ses arrangements secrets avec les voleurs ou faisant face à un autre espion.

Sonea s'arrêta devant son bureau et baissa les yeux sur ses livres. *Si je n'arrive pas à dormir,* se dit-elle, *je ferais tout aussi bien d'étudier. Au moins, mon esprit serait occupé par quelque chose.*

Soudain, elle entendit un bruit.

Elle se glissa jusqu'à la porte et l'entrouvrit. Des bruits de pas lents résonnaient doucement dans la cage d'escalier lointaine, se faisant de plus en plus lourds. Elle les entendit s'arrêter dans le couloir, puis perçut le cliquetis d'un verrou.

Il est revenu.

Quelque chose se détendit en elle et elle soupira de soulagement. Puis elle se mit presque à rire tout haut. *Je ne me fais quand même pas du souci pour Akkarin !*

Mais était-ce si étrange ? Il était tout ce qui se dressait entre les Ichanis et la Kyralie. En voyant les choses ainsi, il semblait tout à fait normal de vouloir s'assurer qu'il était vivant et qu'il allait bien.

Elle était sur le point de fermer sa porte quand d'autres bruits de pas emplirent le couloir.

— Maître ?

Takan semblait surpris et inquiet. Sonea sentit un frisson lui parcourir l'échine.

— Takan. (La voix d'Akkarin était à peine audible.) Reste là, tu vas pouvoir me débarrasser de ça.

— Qu'est-ce qu'il s'est passé ?

Le choc dans la voix du serviteur était évident. Avant d'y penser à deux fois, Sonea ouvrit sa porte et avança dans le couloir à pas de loups. Takan se tenait sur le seuil de la chambre d'Akkarin. Il se tourna à l'approche de la jeune femme, l'air hésitant.

— Sonea.

La voix d'Akkarin était basse et calme.

Un minuscule et faible globe lumineux éclairait sa chambre. Le mage était assis au bout d'un grand lit. Dans la faible lumière, sa robe semblait disparaître dans les ténèbres, ne laissant visibles que son visage, ses mains... et un avant-bras.

Sonea suffoqua. La manche droite de la robe du mage pendait d'une drôle de façon ; elle avait été coupée au couteau. Une marque rouge descendait sur son bras, du coude au poignet. Sa peau pâle était maculée de filets et de traînées de sang.

— Qu'est-ce qu'il s'est passé ? dit-elle en un soupir, puis elle ajouta : haut seigneur.

Akkarin fit glisser son regard de Sonea à Takan et grommela doucement :

— Je vois que je ne pourrai pas me reposer tant que vous n'aurez pas tout entendu. Venez vous asseoir.

Takan s'avança dans la pièce. Sonea hésita, puis le suivit. Elle n'avait jamais vu la chambre du haut seigneur. Une semaine auparavant, l'idée d'y entrer l'aurait terrifiée. En la balayant des yeux, elle éprouva une déception teintée d'ironie. Les meubles étaient similaires aux siens. Les panneaux de papier qui couvraient les fenêtres étaient bleu foncé, assortis au bord d'un grand tapis qui couvrait presque en totalité le sol. La porte de son armoire était ouverte. Elle ne contenait que des robes, quelques capes et un cache-poussière.

Lorsqu'elle se tourna de nouveau vers Akkarin, elle s'aperçut qu'il la regardait, un léger sourire aux lèvres. Il lui fit signe de s'asseoir.

Takan avait pris un pichet d'eau sur une commode, près du lit. Il sortit un morceau de tissu de sous son uniforme, l'humidifia et le dirigea vers le bras d'Akkarin. Le haut seigneur lui arracha le tissu des mains.

— Nous avons un autre espion dans la ville, dit-il en essuyant le sang qui couvrait son bras. Mais ce n'est pas une espionne ordinaire, je pense.

— Espionne ? le coupa Sonea.

— Oui. C'est une femme. (Akkarin rendit le tissu à Takan.) Ce n'est pas la seule différence entre elle et les espions précédents. Elle est remarquablement puissante pour une ancienne esclave. Elle n'est pas là depuis longtemps et n'a donc pas pu devenir si forte en tuant des Imardiens. Nous en aurions entendu parler.

— Ils l'ont préparée ? suggéra Takan. (Ses mains serraient fort le morceau de tissu souillé.) Ils l'ont laissé prendre l'énergie de leurs esclaves avant de partir ?

— Peut-être. Quelle qu'en soit la raison, elle était préparée au combat. Elle m'a laissé croire qu'elle était épuisée et, quand je me suis approché, elle m'a blessé. Toutefois, elle n'a pas été assez rapide pour me voler du pouvoir. Après ça, elle a essayé d'attirer l'attention sur notre combat.

— Alors, vous l'avez laissé s'échapper, conclut Takan.

— Oui. Elle avait dû prévoir que je la laisserais partir plutôt que de mettre en danger la vie d'autres personnes.

— Ou elle sait que vous préféreriez que la Guilde n'entende pas parler de combats magiques dans les Taudis. (Takan plissa les lèvres.) Elle va tuer pour récupérer son énergie magique.

Akkarin eut un sourire amer.

— Je n'en doute pas.

— Et vous êtes plus faible, maintenant. Vous avez disposé de peu de temps pour vous fortifier après le dernier affrontement.

— Ce ne sera pas un problème. (Il posa les yeux sur Sonea.) J'ai l'aide de l'un des mages les plus puissants de la Guilde.

Sonea détourna le regard et se sentit rougir. Takan secouait la tête.

— Il y a quelque chose qui me tracasse. Elle est trop différente. Une femme. Aucun Ichani ne libérerait une femme esclave. Et elle est forte. Rusée. Pas du tout comme un esclave.

Akkarin observa son serviteur.

— Tu crois que c'est une Ichanie ?

— C'est possible. Vous devriez vous y préparer. Vous devriez… (Il jeta un coup d'œil vers Sonea.) Vous devriez prendre un allié.

Sonea regarda le serviteur, étonnée. Voulait-il dire qu'elle devrait accompagner Akkarin lorsqu'il combattrait de nouveau cette femme ?

— Nous en avons déjà parlé, commença Akkarin.

— Et vous avez dit que vous y réfléchiriez s'ils attaquaient la Kyralie, répondit Takan. Si cette femme *est* une Ichanie, ils sont déjà là. Et si elle était trop forte pour vous ? Vous ne pouvez pas risquer de perdre la vie et de laisser la Guilde sans défense.

Sonea sentit son pouls accélérer.

— Et deux paires d'yeux valent mieux qu'une, dit-elle rapidement. Si j'étais venue avec vous ce soir…

— Tu aurais pu être gênante.

Cette remarque blessa Sonea, qui sentit la colère monter en elle.

— C'est ce que vous pensez, hein ? Que je ne suis qu'une faible novice, comme les autres. Que je ne connais pas mon chemin dans les Taudis, ou ne sais pas comment me cacher des magiciens ?

Il la fixa du regard, puis ses épaules s'affaissèrent et il se mit à rire doucement.

— Que faire ? demanda-t-il. Vous êtes aussi déterminés l'un que l'autre à me harceler jusqu'à ce que je cède.

Il se frotta distraitement le bras. Sonea baissa les yeux et les écarquilla de surprise. Les blessures rouges n'étaient plus que roses. Il s'était lancé un sort de guérison alors même qu'ils parlaient.

— Je n'apprendrai la magie noire à Sonea que si cette femme est une Ichanie. Là, nous saurons qu'ils représentent une vraie menace.

— Si c'est une Ichanie, vous pourrez être tué, dit Takan sans ménagements. Soyez prêt, maître.

Akkarin leva les yeux vers Sonea. Son regard était sombre, son expression distante et songeuse.

— Qu'en penses-tu, Sonea ? Ce n'est pas une chose que tu dois accepter sans y avoir mûrement réfléchi.

Elle prit une profonde inspiration.

— J'y ai réfléchi. S'il n'y a pas d'autre moyen, alors je prendrai le risque d'apprendre la magie noire. Après tout, à quoi cela sert-il d'être une bonne novice respectueuse des lois s'il n'y a plus de Guilde ? Si vous mourez, nous mourrons sûrement tous aussi.

Akkarin hocha lentement la tête.

— Très bien. Mais ça ne me plaît pas. S'il y avait une autre solution, je la choisirais. (Il soupira.) Mais il n'y en a pas. Nous commencerons demain soir.

Chapitre 11

Le savoir interdit

Trois yerims atterrirent la pointe la première dans la porte du bureau de Cery. Le jeune homme se leva, récupéra les instruments d'écriture et retourna s'asseoir. Il fixa la porte, puis relança les yerims l'un après l'autre.

Ils atterrirent exactement où il le voulait, aux coins d'un triangle imaginaire. Il se releva et traversa nonchalamment la pièce pour les récupérer. Cery sourit en pensant au marchand qui attendait derrière cette porte. Comment interprétait-il ces bruits sourds et réguliers ?

Soudain, le jeune homme soupira. Il ferait mieux de voir le marchand et de se débarrasser de cette affaire, mais il ne se sentait pas d'humeur généreuse, et cet homme venait habituellement le voir afin de réclamer plus de temps pour le paiement de ses dettes. Cery se demanda si l'homme n'était pas en train de le tester pour voir jusqu'où on pouvait pousser le tout nouveau – et tout jeune – voleur qu'il était. Une dette payée lentement vaut mieux qu'une dette impayée, mais s'il avait la réputation d'être trop patient, on ne le respecterait pas.

Parfois, il lui fallait montrer de la fermeté.

Cery regarda les yerims, leur pointe profondément enfoncée dans la fibre du bois de la porte. Il devait l'admettre. Le marchand n'était pas la cause réelle de son agitation.

« Elle s'est échappée, » avait rapporté Morren. « Il l'a laissé partir. »

Cery lui ayant demandé les moindres détails, Morren avait décrit un violent combat. Manifestement, cette femme était plus forte que ce à quoi s'attendait Akkarin. Il n'avait pas pu maîtriser la magie de l'espionne. La chambre de la gargote où elle logeait avait été dévastée. Il y avait eu plusieurs témoins. Pourtant, Cery avait organisé entre ses hommes des courses jusqu'à l'office où était stocké le bol, avec de jolis gains à la clé, afin d'enivrer la plupart des clients. On avait acheté le silence des témoins sobres et de ceux qui étaient en dehors de la gargote, mais cela empêchait rarement les commérages bien longtemps. Surtout quand il s'agissait d'une femme flottant vers le sol depuis une fenêtre du troisième étage.

Ce n'est pas la fin du monde, se répéta Cery pour la centième fois. *Nous allons la retrouver. Akkarin fera en sorte d'être mieux préparé.* Il retourna à son bureau et s'assit, puis il ouvrit le tiroir et y jeta les yerims.

Comme il s'y attendait, un coup hésitant à la porte survint après quelques minutes de silence.

— Entre, Gol, appela Cery. (Il baissa les yeux et ajusta ses vêtements ; la porte s'ouvrit, et le grand bonhomme entra.) T'as qu'à faire venir Hem. (Il releva les yeux.) Qu'on s'en débarrasse… Qu'est-ce que t'as ?

Gol arborait un large sourire.

— Savara est là.

Cery sentit son pouls s'accélérer. Que savait-elle exactement ? Que devait-il lui dire ? Il redressa les épaules.

— Fais-la entrer.

Gol disparut. Quand la porte se rouvrit, Savara entra dans la pièce. Elle se dirigea à grands pas vers le bureau, l'air suffisant.

— J'ai entendu dire que ton haut seigneur a eu affaire à forte partie, hier soir.

— Comment tu sais ça ? demanda Cery.

Elle haussa les épaules.

— Il arrive que les gens me racontent certaines choses, quand je demande gentiment.

Même si le ton de la jeune femme était désinvolte, une ride s'était formée entre ses sourcils.

— Je n'en doute pas, répondit Cery. Tu as appris quoi d'autre ?

— Elle s'est échappée. Ce qui n'aurait pas eu lieu si tu m'avais laissé m'occuper d'elle.

Il ne put s'empêcher de sourire.

— Bien sûr, tu aurais pu faire mieux.

La jeune femme le foudroya du regard.

— Oh, oui, j'aurais fait mieux !

— Comment ?

— J'ai mes méthodes. (Elle croisa les bras.) Je voudrais tuer cette femme, mais maintenant qu'Akkarin sait qu'elle est là, je ne peux pas. J'aurais aimé que tu ne le lui dises pas. (Elle lui lança un regard tout à fait franc.) Quand vas-tu enfin me faire confiance ?

— Te faire confiance ? (Il gloussa.) Jamais. Te laisser tuer un de ces meurtriers ? (Il plissa la bouche, comme pour réfléchir.) La prochaine fois.

Elle le dévisagea intensément.

— J'ai ta parole ?

Il soutint son regard et hocha la tête.

— Oui, tu as ma parole. Trouve cette femme et fais en sorte de ne pas me faire changer d'avis, et tu tueras le prochain esclave.

Savara fronça les sourcils mais ne protesta pas.

— Marché conclu. Mais quand il tuera cette femme, je serai sur place, que tu le veuilles ou non. Je veux au moins la voir mourir.

— Qu'est-ce qu'elle t'a fait ?

— Je l'ai aidée il y a longtemps et elle m'a fait le regretter. (Elle le regarda d'un air grave.) Tu te crois dur et impitoyable, voleur. Si tu es cruel, c'est pour faire régner l'ordre et le respect. Mais le meurtre et la cruauté sont un jeu pour les Ichanis.

Cery fronça les sourcils.

— Qu'est-ce qu'elle a fait ?

Savara hésita, puis remua la tête.

— Je ne peux rien te dire de plus.

— Mais il y a plus, n'est-ce pas ? (Cery soupira.) Et tu me demandes de te faire confiance ?

Elle sourit.

— De la même façon que tu veux que je te fasse confiance. Tu ne m'as pas donné les détails de ton marché avec le haut seigneur, pourtant tu me promets de garder secrète mon existence.

— Alors, tu dois me faire confiance si je te dis de tuer ou non un – ou une – des meurtriers. (Cery se permit un sourire.) Mais si tu tiens absolument à regarder ce combat, alors j'y serai aussi. J'en ai assez de toujours rater le spectacle.

Savara sourit et hocha la tête.

— Ça me paraît justifié. (Elle marqua une pause, puis recula d'un pas.) Je devrais commencer à chercher cette femme.

— Oui, tu devrais.

Elle fit volte-face et se dirigea vers la porte. Quand elle fut partie, Cery ressentit une légère déception et songea aux différentes façons dont il aurait pu la garder près de lui un peu plus longtemps. La porte se rouvrit, mais c'était Gol.

— Prêt à voir Hem, maintenant ?

Cery fit la grimace.

— Fais-le entrer.

Il ouvrit le tiroir, attrapa un des yerims et une pierre d'affûtage. Alors que le marchand entrait dans la pièce en minaudant, Cery se mit à affûter la pointe du stylet.

— Alors, Hem, donne-moi une bonne raison pour que je me passe du plaisir de voir après combien de trous tu commencerais à lâcher tes pièces d'or ?

Du toit de l'université, on ne pouvait voir que l'extrémité du vieil observatoire à moitié démantelé. Quelque part derrière les arbres, des charrettes tirées par des gorins transportaient de nouvelles pierres le long du chemin tortueux menant au sommet.

—La construction va peut-être devoir attendre la fin des vacances d'été, dit le seigneur Sarrin.

—Retarder la construction? (Lorlen se tourna vers le mage qui se tenait près de lui.) J'espérais que ce projet ne traînerait pas plus de trois mois. J'en ai déjà assez des plaintes à propos des projets repoussés et du manque de temps libre.

—Je suis sûr que beaucoup de personnes seraient d'accord avec vous, répondit le seigneur Sarrin. Néanmoins, nous ne pouvons pas dire à toutes celles concernées par ce projet qu'elles ne pourront pas rendre visite à leur famille cette année. Le problème, avec les bâtiments renforcés magiquement, c'est que leur structure n'est pas solide tant que la pierre n'a pas été fondue, ce que nous ne faisons pas tant que tout n'est pas en place. Entre-temps, nous maintenons le bâtiment debout à l'aide de la magie. Les retards ne sont pas appréciés.

Contrairement au seigneur Peakin, le seigneur Sarrin avait peu participé au débat concernant le nouvel observatoire. Lorlen ne savait pas si c'était parce que le vieux chef des alchimistes n'avait pas d'opinion tranchée sur le sujet, ou s'il avait compris quel clan obtiendrait gain de cause et qu'il restait prudemment silencieux. C'était peut-être le bon moment de le demander.

—Que pensez-vous vraiment de ce projet, Sarrin?

Le vieux mage haussa les épaules.

—J'approuve le fait que la Guilde fasse quelque chose d'ambitieux et de stimulant de temps à autre, mais je me demande si nous ne devrions pas faire autre chose que construire un nouveau bâtiment.

—J'ai entendu dire que Peakin voulait utiliser un des plans non exploités du seigneur Coren.

—Le seigneur Coren! (Sarrin leva les yeux au ciel.) Je suis fatigué d'entendre ce nom! J'aime certaines choses que cet architecte a dessinées à son époque, mais aujourd'hui, nous avons des mages qui sont tout aussi capables que lui de créer des bâtiments attrayants et fonctionnels.

—Oui, acquiesça Lorlen. On m'a dit que Balkan a failli avoir une crise en voyant les plans de Coren.

—Il les a qualifiés de «cauchemar de frivolité».

Lorlen soupira.

—Je pense que les vacances d'été ne seront pas le seul obstacle à ce projet.

Sarrin plissa la bouche.

—Une petite pression externe pourrait le brusquer. Le roi est-il pressé ?

—Arrive-t-il au roi de ne *pas* être pressé ?

Sarrin gloussa.

—Je vais demander à Akkarin de se renseigner pour nous, dit Lorlen. Je suis sûr…

—Administrateur ? appela une voix.

Lorlen se tourna. Osen se dirigeait vers lui, parcourant le toit à la hâte.

—Oui ?

—Le capitaine Barran de la garde est là et voudrait vous parler.

Lorlen se tourna vers Sarrin.

—Je ferais mieux d'aller voir de quoi il s'agit.

—Bien sûr.

Sarrin le salua d'un signe de tête. Alors que Lorlen se dirigeait vers Osen, le jeune mage s'arrêta pour l'attendre.

—Le capitaine a-t-il donné la raison de sa venue ? demanda Lorlen.

—Non, répondit Osen en accordant son pas à celui de Lorlen, mais il semblait nerveux.

Ils franchirent la porte d'accès au toit et traversèrent l'université. Quand Lorlen sortit du hall d'entrée, il aperçut Barran près de la porte de son bureau. L'arrivée de Lorlen sembla soulager le garde.

—Bonjour, capitaine, dit Lorlen.

Barran s'inclina.

—Administrateur.

—Venez dans mon bureau.

Lorlen tint la porte ouverte pour Barran et Osen, puis fit signe à son invité de s'asseoir. Il s'installa derrière son bureau et regarda le capitaine posément.

—Alors, qu'est-ce qui vous amène à la Guilde ? Pas un nouveau meurtre, j'espère.

—J'en ai bien peur. Et pas seulement un meurtre. (La voix de Barran était tendue.) Il s'est passé ce que je ne peux que qualifier de massacre.

Lorlen sentit son sang se glacer.

—Continuez.

—Quatorze victimes, toutes tuées de la même manière, ont été retrouvées dans le quartier nord, hier soir. On a découvert la plupart dans la rue, et quelques-unes chez elles. (Barran secoua la tête.) C'est comme si une espèce de fou avait erré dans les Taudis, tuant tous ceux qui se trouvaient sur son chemin.

—Il y a sûrement des témoins dans ce cas.

Barran secoua de nouveau la tête.

—Rien de bien utile. Quelques-uns disent penser avoir vu une femme, d'autres un homme. Personne n'a vu le visage du tueur. Il faisait trop sombre.

—Et la façon dont ces personnes ont été tuées ? demanda Lorlen, à contrecœur.

—Des coupures superficielles. Aucune qui aurait dû être fatale. Aucune trace de poison. Des empreintes sur les blessures. C'est pour ça que je suis venu vous voir. C'est la seule chose semblable aux précédents cas dont nous avons parlé. (Il marqua une pause.) Il y a encore une chose.

—Oui ?

—Le mari d'une victime a dit à l'un de mes enquêteurs qu'on parlait d'un combat dans une gargote, hier soir. Un combat entre magiciens.

Lorlen réussit à prendre un air sceptique.

—Entre magiciens ?

—Oui. Apparemment, l'un d'eux a flotté vers le sol depuis une fenêtre du troisième étage. J'ai d'abord pensé que l'imagination des témoins leur avait joué des tours dans le noir, sauf que les meurtres forment à eux tous une ligne menant directement à la gargote, ou en repartant.

—Avez-vous fouillé l'endroit ?

—Oui. L'une des chambres a été vilainement saccagée, donc il s'y est passé quelque chose hier soir. Quant au fait que ce soit de la magie... (Il haussa les épaules.) Qui peut le dire ?

—Nous, lança Osen.

Lorlen leva les yeux vers son assistant. Osen avait raison : un membre de la Guilde devait examiner la gargote. *Akkarin voudra que je m'en charge*, pensa Lorlen.

—J'aimerais voir cette chambre.

Barran hocha la tête.

—Je peux vous y conduire maintenant. Une voiture de la garde m'attend dehors.

—Je pourrais y aller à votre place, proposa Osen.

—Non, répondit Lorlen. Je vais m'en occuper. Je sais plus de choses que vous sur cette affaire. Restez ici et ouvrez l'œil.

—D'autres mages pourraient en entendre parler, dit Osen. Ils vont s'inquiéter. Que devrai-je leur dire ?

—Seulement qu'une nouvelle série de meurtres inquiétante a eu lieu et que l'histoire de la gargote n'est sûrement qu'une exagération. Il ne faut pas que les gens parviennent à des conclusions hâtives ou créent la panique.

Il se leva et Barran fit de même.

—Et si vous trouvez des preuves d'utilisation de la magie ? ajouta Osen.

—Nous verrons bien, si c'est le cas.

Le jeune mage demeura debout près du bureau tandis que Lorlen et Barran se dirigeaient vers la porte. Lorlen, en se retournant, vit que son assistant plissait le front, inquiet.

—Ne vous faites pas de souci, lui assura Lorlen. (Il se força à sourire avec ironie.) Ce sera sûrement tout aussi sinistre que les autres meurtres.

Osen eut un faible sourire et hocha la tête.

Après avoir fermé la porte de son bureau, Lorlen s'élança dans le hall d'entrée et sortit de l'université.

— *Tu devrais t'entretenir seul avec le capitaine Barran, mon ami.*

Lorlen lança un regard vers la résidence du haut seigneur.

— *Osen est un homme sensé.*

—*Les hommes sensés peuvent devenir assez irrationnels quand leurs soupçons prennent le dessus.*

—*Devrait-il avoir des soupçons? Que s'est-il passé hier soir?*

—*Beaucoup de coureurs ivres ont vu les voleurs tenter, en vain, d'attraper un tueur.*

—*Est-ce vraiment ce qu'il s'est passé?*

—Administrateur?

Lorlen cligna des yeux, puis se rendit compte qu'il se tenait debout, à côté de la portière ouverte du carrosse. Barran l'observait d'un air interrogateur.

—Excusez-moi. (Lorlen sourit.) Je m'entretenais avec un collègue.

Les yeux de Barran s'agrandirent légèrement quand il comprit ce que voulait dire Lorlen.

—Ça doit être bien utile, ce don.

—Oui, ça l'est, acquiesça Lorlen. (Il grimpa dans la voiture.) Mais il a ses limites.

Du moins, il devrait en avoir, ajouta-t-il en silence.

Le cœur de Sonea se souleva lorsqu'elle entra dans la pièce souterraine. Elle avait eu ce haut-le-cœur chaque fois qu'elle avait pensé au cours de magie noire auquel elle allait assister, ce qui se produisait à peu près toutes les deux ou trois minutes. Le doute s'était peu à peu emparé de son esprit et elle avait même failli déclarer à Akkarin qu'elle avait changé d'avis. Mais, si elle réfléchissait posément à la situation, dans ses moindres détails, alors sa résolution l'emportait. Elle prenait un risque en apprenant cette magie, mais s'y refuser ferait courir à la Guilde et à la Kyralie un risque encore plus grand.

Akkarin se tourna vers elle; la jeune femme le salua.

—Assieds-toi, Sonea.

—Oui, haut seigneur.

Elle s'assit, puis jeta un coup d'œil vers la table. Elle était recouverte d'un tas d'objets étranges : un bol d'eau, une plante commune dans un petit pot, une cage à l'intérieur de laquelle fouinait un harrel, de petites serviettes, des livres et une boîte de bois polie et sans ornement. Akkarin lisait l'un des livres.

— À quoi sert tout cela ? demanda-t-elle.

— À ta formation, répondit-il en fermant le livre. Je n'ai jamais appris à qui que ce soit ce que je vais t'apprendre ce soir. Mon propre apprentissage n'a pas été accompagné d'explications. Je n'en ai découvert plus à ce sujet qu'en trouvant les vieux livres que le seigneur Coren avait réenterrés sous la Guilde.

Elle hocha la tête.

— Comment les avez-vous trouvés ?

— Coren savait que les mages qui avaient décidé d'ensevelir le coffre avaient eu raison de préserver la connaissance de la magie noire, au cas où la Guilde devrait un jour faire face à un ennemi plus puissant. Mais il ne serait utile à personne si on ne devait jamais le retrouver. Coren écrivit donc une lettre au haut seigneur, à ne lui envoyer qu'après sa mort et expliquant qu'il avait enterré sous l'université une réserve secrète de connaissances qui pourrait sauver la Guilde si elle devait affronter un terrible ennemi. (Akkarin leva les yeux vers le plafond.) J'ai trouvé la lettre cachée dans un compte-rendu quand la bibliothèque a été déménagée, après les rénovations que j'avais entreprises. Les instructions de Coren pour trouver ce secret étaient si obscures qu'aucun de mes prédécesseurs n'avait eu la patience de les déchiffrer. Finalement, on avait oublié l'existence de cette lettre. Toutefois, je devinais ce qu'était le secret de Coren.

— Et vous avez essayé de déchiffrer les instructions ?

— Non. (Akkarin eut un petit rire.) Pendant cinq mois, j'ai passé toutes mes nuits à explorer les passages souterrains jusqu'à découvrir le coffre.

Sonea sourit.

— Heureusement que la Guilde n'a pas eu affaire à un terrible ennemi à ce moment-là. (Elle se rembrunit.) En tout cas, c'est le cas, maintenant.

L'expression d'Akkarin se fit sérieuse. Il baissa les yeux sur les objets posés sur la table.

— Tu sais déjà beaucoup de choses. On t'a appris que toute matière vivante contient de l'énergie et que chacun d'entre nous possède une barrière, au niveau de la peau, nous protégeant d'influences magiques extérieures. Si nous n'en avions pas, un magicien pourrait nous tuer à distance en, disons, infiltrant notre corps avec son esprit et en broyant notre cœur. Cette barrière permet à certaines sortes de magie de pénétrer, comme la magie guérisseuse, mais seulement par contact direct entre les deux peaux.

Il s'écarta de la table et fit un pas vers Sonea.

— Si tu incises la peau, tu incises la barrière. L'extraction de pouvoir par cette brèche peut s'avérer lente. En cours d'alchimie, tu as appris que la magie circule plus vite dans l'eau que dans l'air ou la pierre. En cours de soins, que le système sanguin atteint chaque partie du corps. Quand tu fais une entaille suffisamment profonde pour extraire du sang, tu peux extraire l'énergie de toutes les parties du corps assez rapidement.

» L'aptitude d'extraction n'est pas difficile à acquérir, continua Akkarin. Je pourrais te l'expliquer comme elle est décrite dans ces livres, puis te laisser l'essayer sur des animaux, mais il te faudrait plusieurs jours, voire des semaines, pour y exercer ton Contrôle. (Il sourit.) Et faire entrer clandestinement tous ces animaux pourrait s'avérer problématique.

Il se rembrunit de nouveau.

— Mais il y a une autre raison. La nuit où tu m'as vu extraire du pouvoir de Takan, tu as ressenti quelque chose. J'avais lu que, comme pour la magie ordinaire, l'utilisation de la magie noire pouvait être ressentie par d'autres mages, surtout s'ils étaient proches. Comme pour la magie ordinaire, cet effet peut être dissimulé. Avant de lire ton esprit, je ne savais pas qu'on pouvait me repérer. Ensuite, j'ai fait des expériences jusqu'à ce que je sois certain de ne plus être détectable. Je vais devoir t'apprendre cela rapidement afin de réduire les risques.

Il regarda le plafond.

— Je vais te guider mentalement et nous utiliserons Takan comme première source. Quand il sera là, fais attention à ce que tu dis. Il ne veut pas apprendre ces choses-là, pour des raisons trop compliquées et trop personnelles à expliquer.

Des bruits de pas étouffés parvinrent de la cage d'escalier, puis la porte s'ouvrit, et Takan entra dans la pièce. Il fit une révérence.

— Vous m'avez appelé, maître ?

— Il est temps d'apprendre la magie noire à Sonea, dit Akkarin.

Takan hocha la tête. Il s'avança vers la table et ouvrit la boîte. À l'intérieur, nichée dans un lit de beau tissu noir, se tenait la dague qu'Akkarin avait utilisée pour tuer l'espion sachakanien. Takan la prit délicatement, la manipulant avec vénération.

Puis, dans un mouvement fluide et expert, il plaça la dague sur ses poignets et s'approcha de Sonea, la tête inclinée. Akkarin plissa les yeux.

— Assez, Takan. Et ne t'agenouille pas. (Akkarin secoua la tête.) Nous sommes un peuple civilisé. Nous n'asservissons pas les autres.

Un léger sourire s'ébaucha sur les lèvres de Takan. Il regarda Akkarin, les yeux brillants. Le mage grogna doucement, puis fit un signe de tête à Sonea.

— C'est une lame sachakanienne, que seuls possèdent les magiciens, annonça-t-il. Leurs dagues sont forgées et affûtées avec de la magie. Elle est vieille de plusieurs siècles et a été transmise de génération en génération. Son dernier possesseur était Dakova. Je l'aurais laissée, mais Takan l'a récupérée et emportée. Prends la dague, Sonea.

La jeune femme s'empara de la lame avec précaution. Combien de personnes cette dague avait-elle tuées ? Des centaines ? Des milliers ? Sonea frissonna.

— Takan va également avoir besoin de cette chaise.

Elle se leva. Takan prit sa place, puis releva sa manche.

— Fais une entaille légère. Appuie doucement. La lame est très coupante.

La novice baissa les yeux sur le serviteur et sentit sa bouche s'assécher. Takan lui sourit et leva le bras. Sa peau était sillonnée de cicatrices. Comme celle d'Akkarin.

— Vous voyez, lui dit Takan. J'ai déjà fait ça.

La lame trembla légèrement quand elle l'appuya contre la peau de Takan. En la retirant, elle vit des gouttes rouges se former le long de la coupure. La gorge de Sonea se serra. *Je suis vraiment en train de le faire.* Elle leva les yeux et s'aperçut qu'Akkarin l'observait.

— Tu n'es pas obligée d'apprendre la magie noire, Sonea, dit-il en lui prenant la lame des mains.

Elle inspira profondément.

— Si, répondit-elle. Qu'est-ce que je fais, ensuite ?

— Place ta main sur la blessure.

Takan souriait toujours. La jeune femme posa délicatement sa paume sur la coupure. Akkarin vint placer ses mains sur les tempes de la novice.

— *Concentre-toi comme tu l'as déjà fait en apprenant le Contrôle. La visualisation te sera utile, pour commencer. Montre-moi la pièce de ton esprit.*

Sonea ferma les yeux, créa une image de la pièce et vint s'y placer. Les murs étaient couverts de peintures représentant des scènes et des visages familiers, mais elle n'y prêta pas attention.

— *Ouvre la porte menant à ton pouvoir.*

Aussitôt, une peinture s'allongea pour former une porte, et une poignée apparut. Sonea la tourna. La porte s'ouvrit vers l'extérieur et disparut. Un abysse de ténèbres s'étendait devant elle, au milieu duquel flottait un globe de lumière : son pouvoir.

— *Maintenant, entre.*

Sonea resta immobile. Avancer dans l'abysse ?

— *Non, entre dans ton pouvoir. Va en son centre.*

— *Mais c'est si loin ! Je ne peux pas y aller.*

— *Si, tu peux. C'est* ton *pouvoir. Il est aussi loin que tu le désires, et tu peux aller aussi loin que tu le veux.*

— Mais s'il me brûle ?

— Il ne le fera pas. C'est ton *pouvoir.*

Sonea hésita sur le pas de la porte, puis s'arma de courage et avança.

Elle eut comme une impression d'étirement, puis la sphère blanche gonfla, et Sonea sentit un frisson la traverser en y entrant. Elle flotta soudain, en apesanteur, dans une brume blanche de lumière. L'énergie circulait en elle.

— Tu vois ?

— Oui. C'est merveilleux. Pourquoi Rothen ne m'a-t-il pas montré cela ?

— Tu sauras bientôt pourquoi. Je veux que tu ouvres tes sens. Tends tes bras et sens tout le pouvoir que tu possèdes. La visualisation est un outil utile, mais il faut que tu ailles au-delà, désormais. Il faut que tu perçoives ton pouvoir avec toutes tes facultés.

Sonea se sentit obéir avant que le mage ait fini de parler. Il lui était facile d'étendre ses sens quand tout ce qui l'entourait était de la blancheur.

Alors qu'elle prenait de plus en plus conscience de son pouvoir, elle se mit à ressentir également son corps. Au début, elle craignit que cette prise de conscience du physique signifie qu'elle perdait en concentration. Puis elle réalisa soudain que son pouvoir *était* son corps. Il n'existait pas en un quelconque abysse, dans son esprit. Il coulait dans chaque membre, chaque os et chaque veine.

— Oui. Maintenant, concentre-toi sur ta main droite et ce qu'il y a au-delà.

Elle ne la vit pas tout de suite, mais soudain, une chose attira son attention. C'était une brèche, un aperçu d'une chose au-delà d'elle. En se concentrant dessus, elle sentit une altérité.

— Concentre-toi sur cette altérité, puis fais ceci.

Il lui envoya une pensée trop étrange pour pouvoir la décrire. C'était comme si elle entrait dans le corps de Takan, hormis le fait qu'elle était toujours dans le sien. Elle ressentait les deux corps.

— Prends conscience de l'énergie de son corps. Prélèves-en un peu.

Brusquement, elle se rendit compte que Takan détenait une immense réserve de puissance. Il était fort, réalisa-t-elle, presque aussi fort qu'elle. Pourtant, l'esprit du serviteur ne semblait pas y être connecté, comme s'il n'était pas conscient du pouvoir qui l'habitait.

Mais Sonea, elle, l'était. Et par la brèche dans la peau de l'homme, elle y était connectée. Il était facile de faire sortir la puissance du corps de Takan et de se l'approprier. Elle se sentit devenir un peu plus forte.

Elle comprit brusquement ce qu'il se passait. Elle était en train d'extraire du pouvoir.

— *Maintenant, arrête.*

Elle relâcha sa volonté et sentit cesser le filet d'énergie.

— *Recommence.*

Elle se remit à extraire du pouvoir de la brèche. La magie s'échappait lentement du corps de l'homme. Elle réfléchit à ce que ça ferait d'ajouter tout le pouvoir de Takan au sien, et de doubler sa force. Ce serait exaltant, peut-être.

Mais qu'en ferait-elle ? Elle n'avait sans aucun doute pas besoin d'être deux fois plus puissante. Elle n'utilisait même pas toute son énergie durant les cours, à l'université.

— *Arrête.*

Elle obéit. Les mains d'Akkarin glissèrent de ses tempes, et elle rouvrit les yeux.

— Très bien, dit-il. Tu peux guérir Takan, maintenant.

Sonea baissa les yeux sur le bras de Takan, puis se concentra. La coupure guérit rapidement, et la conscience qu'elle avait du corps et du pouvoir de l'homme disparut. Le serviteur fit la grimace ; le cœur de Sonea s'affola.

— Ça va ?

Il eut un large sourire.

— Oui, demoiselle Sonea. Vous êtes très douce. C'est juste que la guérison démange. (Il leva les yeux vers Akkarin et se rembrunit.) Elle fera une alliée digne de vous, maître.

Akkarin ne répondit pas. En se retournant, Sonea vit qu'il se tenait près de la bibliothèque, les bras croisés, une ride se creusant entre ses sourcils. Il sentit le regard de la jeune femme et se tourna pour le soutenir. Son expression était indéchiffrable.

— Félicitations, Sonea, dit-il doucement. Tu es désormais une magicienne noire.

Elle cligna les yeux de surprise.

— C'est tout ? C'est aussi simple que *ça* ?

Il hocha la tête.

— Oui. Comment savoir tuer en un instant, appris en un instant. À partir de ce jour, tu ne dois autoriser personne à pénétrer ton esprit. Il suffirait d'une idée vagabonde pour que tu révèles ce secret à un autre magicien.

La jeune femme baissa les yeux sur la minuscule tache de sang sur sa main et sentit un frisson la parcourir.

Je viens d'utiliser la magie noire, pensa-t-elle. *Je ne peux plus revenir en arrière. Plus maintenant. Plus jamais.*

Takan l'observait.

— Vous avez des regrets, demoiselle Sonea ?

Elle prit une profonde inspiration, puis la relâcha.

— Pas autant que si la Guilde était détruite. Mais je… j'espère ne jamais avoir à utiliser cette magie. (Elle sourit du coin des lèvres et regarda Akkarin.) Ça voudrait dire que le haut seigneur est mort et depuis très récemment, je ne souhaite plus que cela arrive.

Akkarin leva les sourcils ; Takan éclata de rire.

— J'aime bien cette jeune femme, maître, dit-il. Vous avez fait un bon choix en prenant sa tutelle.

Akkarin grogna doucement et décroisa les bras.

— Tu sais très bien que je n'ai rien choisi, Takan.

Il s'approcha de la table et posa les yeux sur les objets qui la parsemaient.

— Maintenant, Sonea, je veux que tu observes chacune de ces matières vivantes sur la table et que tu réfléchisses à la façon dont tu peux utiliser sur elles ce que je viens de t'apprendre. Ensuite, je te donnerai d'autres livres à lire.

Chapitre 12

Le prix des secrets mortels

Rothen se leva de son lit, fit coulisser un des panneaux de ses fenêtres et soupira. Une faible lumière nimbait une partie du ciel. L'aube était proche, et il était déjà bien réveillé.

Il regarda la résidence du haut seigneur, masse sombre à l'orée de la forêt. Bientôt, Sonea se lèverait et se dirigerait vers les bains.

Il l'avait surveillée de près toute la semaine précédente. Même s'il ne l'avait pas revue en compagnie d'Akkarin, quelque chose dans l'attitude de la novice avait changé, il en était sûr.

Il y avait une nouvelle confiance dans la façon dont elle marchait. À la pause-déjeuner, elle s'asseyait dans le jardin et étudiait, ce qui permettait à Rothen de l'observer des fenêtres de l'université. Elle avait été facilement distraite. Elle s'arrêtait souvent pour jeter un regard songeur ou inquiet à la Guilde. Parfois, elle regardait dans le vide, l'air morose. Dans ces moments-là, elle semblait avoir tellement mûri que le mage la reconnaissait à peine.

Mais c'était quand elle fixait la demeure du haut seigneur qu'elle donnait à Rothen le plus de raisons de s'inquiéter. Son visage arborait un air si songeur… C'était ce qui manquait dans son expression qui effrayait le plus Rothen. Le visage de la jeune femme n'exprimait ni dégoût ni peur.

Il frémit. Comment pouvait-elle regarder la maison d'Akkarin sans montrer au moins un certain malaise ? C'était le cas, auparavant. Pourquoi plus maintenant ?

Rothen tapotait le rebord de la fenêtre. Pendant un an et demi, il avait obéi à l'ordre d'Akkarin en se tenant à l'écart de Sonea. Les seules fois où il lui avait adressé la parole, ils n'étaient pas seuls ; leur silence aurait paru étrange à leur entourage.

J'ai coopéré pendant si longtemps. Akkarin ne lui fera sûrement pas de mal si j'essaie de lui parler seul à seul juste une fois.

Le ciel était désormais un peu plus clair et commençait à projeter sa lumière sur les jardins. Tout ce que le mage avait à faire, c'était d'y descendre et d'intercepter la jeune femme sur le chemin la menant aux bains.

Il s'éloigna de la fenêtre et s'habilla. Ce n'est qu'en atteignant la porte qu'il s'arrêta pour reconsidérer ce qu'il s'apprêtait à faire. *Quelques questions*, songea-t-il. *C'est tout. Il ne nous remarquera sûrement même pas.*

Le couloir du quartier des mages était désert et silencieux. Les bottes de Rothen marquaient un rythme rapide tandis qu'il descendait l'escalier à la hâte, en direction de la sortie. Il pénétra dans la cour et tourna vers les jardins.

Il décida d'attendre dans l'une des petites cours qui y étaient aménagées, près du chemin principal. Elle était bien cachée de la résidence du haut seigneur. La plus grande partie du jardin était visible du dernier étage de l'université, mais il était trop tôt pour que les mages le sillonnent.

Une demi-heure plus tard, le magicien entendit de légers bruits de pas s'approcher. Il aperçut la jeune femme à travers les arbres et soupira de soulagement. Elle était en retard mais gardait ses habitudes. Soudain, le cœur de Rothen se mit à battre violemment. Et si elle refusait de lui parler ? Il se leva et atteignit l'entrée de la petite cour juste quand elle passait devant.

— Sonea.

La novice sursauta, puis se retourna en le dévisageant.

— Rothen ! murmura-t-elle. Que fais-tu dehors si tôt ?

— Je voulais te surprendre, bien sûr.

La jeune femme faillit sourire, mais son expression reprit une méfiance familière, et elle leva les yeux vers l'université.

— Pourquoi ?

— Je veux savoir comment tu t'en sors.

Elle haussa les épaules.

— Assez bien. Ça fait longtemps, maintenant. Je m'y suis habituée – et je suis devenue experte pour l'éviter.

— Tu passes toutes tes soirées là-bas, maintenant.

Le regard de la novice se troubla.

— Oui. (Elle marqua une hésitation, puis sourit vaguement.) Ça fait du bien de savoir que tu gardes un œil sur moi, Rothen.

— Pas autant que je le voudrais. (Il prit une profonde inspiration.) J'aimerais te demander quelque chose. Est-il… T'a-t-il forcée à faire quoi que ce soit, Sonea ?

La jeune femme cligna des yeux, puis fronça les sourcils et baissa le regard.

— Non. À part m'avoir obligée à devenir sa protégée et à étudier si dur.

Le mage attendit qu'elle relève les yeux et qu'elle recroise son regard. Une chose dans son expression lui était familière. Ça faisait si longtemps, mais ça lui rappelait comme elle…

… comme elle sourit presque quand elle dit la vérité, mais qu'elle sait que ce n'est pas l'entière vérité !

Il envisagea rapidement la question autrement.

— T'a-t-il demandé de faire quoi que ce soit que *je* ne voudrais pas que tu fasses ?

Un coin de la bouche de Sonea frémit de nouveau.

— Non, Rothen. Il n'a rien fait de la sorte.

Le mage hocha la tête, bien que la réponse de la novice ne l'ait pas rassuré. Il ne pouvait s'empêcher de reformuler sa question, encore et encore. *Ezrille doit avoir raison*, pensa-t-il. *Je me fais peut-être trop de souci.*

Sonea sourit tristement.

— Je m'attends moi aussi qu'il arrive quelque chose de mal, dit-elle, mais j'en apprends plus chaque jour. Si ça devait finir en combat, je ne serais pas si facile à battre. (Elle jeta un coup d'œil dans la direction de la demeure du haut seigneur, puis recula d'un pas.) Mais ne donnons de raison à personne d'en commencer un, pour l'instant.

— Oui, acquiesça-t-il. Sois prudente, Sonea.

— D'accord. (Elle se retourna pour s'éloigner, puis marqua un temps d'arrêt et regarda par-dessus son épaule.) Prends soin de toi aussi, Rothen. Ne t'inquiète pas pour moi. En tout cas, ne t'inquiète pas *trop*.

Le mage se força à sourire. Tandis que la jeune femme s'éloignait, il secoua la tête et soupira. Elle demandait l'impossible.

En gagnant le centre de l'arène, Sonea remarqua que le soleil était bas. La journée avait été longue, mais les cours seraient bientôt terminés. Plus que ce dernier combat.

Elle attendit que les novices que Balkan avait choisis prennent leur place. Un cercle de douze personnes se forma autour d'elle, comme les points d'une boussole. Elle tourna sur elle-même, croisant le regard de chacun de ses adversaires. Ils la fixèrent en retour avec confiance, sans aucun doute rassurés par leur avantage numérique. Elle aurait aimé être aussi sûre d'elle. Ses adversaires étaient tous en quatrième ou cinquième année, et la plupart d'entre eux avaient opté pour la discipline guerrière comme future spécialité.

— Commencez, lança Balkan.

Aussitôt, les douze novices attaquèrent. Sonea invoqua un puissant bouclier et envoya une rafale d'éclairs de force en retour. Les novices combinèrent leurs boucliers en un seul.

Ce ne serait pas le cas s'ils étaient ichanis. Elle prit un air songeur en se rappelant les cours d'Akkarin :

« Les Ichanis ne combattent pas bien ensemble. Ils se battent et se défient depuis des années. Peu d'entre eux savent comment lier leur pouvoir à celui de quelqu'un d'autre, comment construire une barrière avec le pouvoir de plusieurs magiciens, ou comment combattre en coopérant. »

Avec un peu de chance, elle n'aurait jamais à se battre contre un Ichani. Elle aurait seulement à affronter leurs espions, et cela seulement si Akkarin devait mourir. À moins que ce tout dernier espion – la femme – *soit* une Ichanie. Mais Akkarin s'en occuperait.

« Ces espions ont une peur atroce des mages de la Guilde, malgré ce que Kariko leur dit. Quand ils tuent, c'est préparé avec prudence et fait en sorte de ne pas attirer l'attention de la Guilde. Ils se fortifient lentement. Si tu dois en affronter un et que tu es préparée, tu devrais pouvoir le battre rapidement et discrètement. »

Les novices intensifièrent leur attaque, contraignant Sonea à reporter son attention sur le combat. Elle rendit les coups. Individuellement, elle les battait à plate couture. Ensemble, ils pourraient finir par la vaincre. Mais elle n'avait qu'à frapper le bouclier interne d'un novice pour gagner le combat.

Il y avait bien plus que sa fierté en jeu. Elle devait gagner, et vite, pour conserver son énergie.

Chaque soir, depuis une semaine, elle donnait la plupart de sa force à Akkarin. Dans la ville, on parlait de plus en plus des meurtres car de nouvelles victimes étaient retrouvées tous les jours. Il était difficile d'évaluer la force que la Sachakanienne avait déjà récupérée. Cependant, Akkarin n'avait que Sonea et Takan chez qui puiser de l'énergie chaque soir.

Elle ne devait pas s'épuiser dans ce combat.

Toutefois, ça n'allait pas être facile. Ses adversaires étaient visiblement bien entraînés à combiner leurs boucliers. Elle se souvint des premières tentatives que sa classe avait faites pour apprendre cette méthode de combat. Tant qu'ils n'avaient pas tous appris les ripostes appropriées à différentes sortes d'attaques et appris à agir comme une unité, ils avaient été facilement perturbés.

Alors, il faut que je fasse quelque chose d'inattendu, pour les perturber. Quelque chose qu'ils n'ont encore jamais vu.

Comme ce qu'elle avait fait la nuit où Regin et ses amis l'avaient attaquée dans la forêt, il y avait si longtemps. Toutefois, elle ne pouvait pas éblouir de manière efficace ces novices en plein jour. Mais si elle faisait quelque chose de similaire afin qu'ils ne voient pas où elle était, elle pourrait se glisser derrière l'un d'eux et…

Elle contint un sourire. Son bouclier n'était pas *forcément* transparent.

Elle infléchit sa volonté pour que son bouclier devienne un globe de lumière blanche. L'inconvénient, réalisa-t-elle après coup, était qu'elle ne les voyait pas non plus.

Maintenant, un peu de ruse. Elle invoqua plusieurs boucliers similaires au sien et les envoya dans différentes directions. Au même moment, elle avança dans l'un des boucliers.

Elle sentit l'attaque des novices vaciller et dut se couvrir la bouche pour contenir son rire en imaginant à quoi devait ressembler l'arène, de grosses bulles blanches flottant partout. Elle ne pouvait cependant pas rendre les coups, car ils verraient dans quel bouclier elle se tenait.

Alors que les boucliers se rapprochaient de ses adversaires, elle les sentit heurter la barrière des novices. La jeune femme s'arrêta et fit reculer légèrement tous ses boucliers, sauf un. Les novices commencèrent à attaquer celui qui avançait toujours. Sonea laissa l'un des boucliers à l'arrêt faiblir et disparaître : une autre distraction.

Rendant de nouveau transparent le bouclier qui l'entourait, elle découvrit qu'elle était près de trois novices. Rassemblant son pouvoir, elle foudroya l'un d'eux d'une violente attaque d'éclairs de force. Le garçon sursauta, et ses voisins se retournèrent vivement vers Sonea, mais les novices étaient encore trop distraits par ses autres boucliers pour se rendre compte que leurs camarades avaient besoin d'aide.

Le bouclier combiné faiblit et se brisa devant elle.

— Cessez !

Sonea se tourna vers Balkan. Elle cligna les yeux de surprise quand elle vit qu'il souriait.

— C'est une stratégie intéressante, Sonea, dit-il. On ne l'utiliserait probablement pas en situation réelle, mais elle fait son effet dans l'arène. Tu gagnes le combat.

Sonea le salua. Elle savait que lors des prochains cours de Balkan auxquels elle assisterait, son idée de boucliers multiples serait totalement inefficace. Le gong de l'université retentit, signalant la fin du cours, et Sonea entendit quelques soupirs parmi les novices. Elle sourit, mais plus d'avoir terminé le combat sans trop avoir usé de ses forces qu'à leur soulagement flagrant.

— Le cours est fini, annonça Balkan. Vous pouvez partir.

Les novices le saluèrent et sortirent en file de l'arène. Sonea vit que deux mages se tenaient juste devant l'entrée. Son cœur sauta dans sa poitrine quand elle les reconnut : Akkarin et Lorlen.

Elle suivit les autres novices à l'extérieur de l'arène. Ils saluèrent les hauts mages en passant devant eux. Akkarin les ignora et fit signe à Sonea de venir.

— Haut seigneur. (Elle fit la révérence.) Administrateur.

—Tu t'en es bien sortie, Sonea, dit Akkarin. Tu as évalué leurs forces, reconnu leurs faiblesses, et imaginé une riposte originale.

Elle cligna les yeux de surprise, puis se sentit rougir.

—Merci.

—Toutefois, je ne prendrais pas la remarque de Balkan trop au sérieux si j'étais toi, ajouta-t-il. Dans un réel combat, un mage utilise toute stratégie susceptible de fonctionner.

Lorlen lança à Akkarin un regard pénétrant. C'était comme s'il avait une question au bord des lèvres, mais n'osait pas la poser. *Ou peut-être une dizaine de questions*, songea Sonea. Elle éprouva une pointe de compassion pour l'administrateur, puis elle se souvint de la bague qu'il portait.

Elle permettait à Akkarin de savoir tout ce que Lorlen voyait, ressentait ou pensait. Lorlen était-il conscient du pouvoir de cette bague ? Si oui, il devait se sentir totalement trahi par son ami. La novice frémit. Si seulement Akkarin pouvait dire la vérité à Lorlen.

Mais s'il le faisait, lui dirait-il également qu'elle avait appris la magie noire de son plein gré ? Cette pensée la mettait très mal à l'aise.

Akkarin se dirigea vers l'université. Sonea et Lorlen le suivirent.

—Les membres de la Guilde perdront leur intérêt pour le meurtrier une fois que l'ambassadeur Dannyl arrivera avec le renégat, Lorlen, dit Akkarin.

Sonea avait entendu parler des rebelles que Dannyl avait arrêtés. Les nouvelles à propos du magicien renégat qu'il amenait à la Guilde s'étaient répandues parmi les novices plus vite qu'une traînée de poudre.

—Peut-être, répondit Lorlen, mais ils ne l'oublieront pas. Personne n'oublie une série de meurtres comme celle-là. Je ne serais pas surpris que quelqu'un s'adresse à la Guilde pour qu'elle intervienne.

Akkarin soupira.

—Comme si maîtriser la magie nous aidait à trouver quelqu'un dans une ville de plusieurs milliers d'habitants.

Lorlen ouvrit la bouche, s'apprêtant à dire quelque chose, puis il jeta un coup d'œil vers Sonea et parut se raviser. Il demeura silencieux jusqu'aux marches de l'université, puis leur souhaita une bonne soirée et s'éloigna à grands pas. Akkarin se dirigea vers la résidence.

—Alors, les voleurs n'ont toujours pas trouvé l'espionne ? demanda Sonea à voix basse.

Akkarin fit non de la tête.

—Est-ce que ça leur prend autant de temps, d'habitude ?

Le mage lança un regard à la jeune femme tout en levant un sourcil.

—Tu as hâte que nous nous battions ?

—Hâte ? (Elle secoua la tête.) Non, je n'ai pas hâte. Je ne peux pas m'empêcher de penser que plus longtemps elle traînera dans la ville, plus elle tuera de personnes. (Elle marqua une pause.) Ma famille vit dans le quartier nord.

L'expression du mage se radoucit légèrement.

— Oui. Mais il y a des milliers de personnes dans les Taudis. Les risques qu'elle s'en prenne à un membre de ta famille sont faibles, surtout s'ils restent enfermés chez eux la nuit.

— C'est ce qu'ils font. (Elle soupira.) Mais je m'inquiète quand même pour Cery et mes vieux amis.

— Je suis sûr que ton ami voleur est capable de faire attention à lui.

Elle hocha la tête.

— Vous avez sûrement raison.

Quand ils passèrent devant les jardins, elle repensa à sa rencontre très matinale avec Rothen. Elle ressentit une autre pointe de culpabilité. Elle ne lui avait pas *menti*, à proprement parler. Akkarin ne lui avait jamais *demandé* d'apprendre la magie noire.

Mais elle se sentait très mal en songeant à ce que ressentirait Rothen s'il apprenait la vérité. Il avait fait tellement pour elle, et parfois, elle pensait qu'elle ne lui avait apporté que des soucis. C'était peut-être une bonne chose qu'ils aient été séparés.

Et elle devait admettre, de mauvaise grâce, qu'Akkarin avait fait plus que Rothen n'aurait pu pour s'assurer qu'elle ait la meilleure formation. Elle n'aurait jamais été très bonne en discipline de combat s'il ne l'avait pas poussée. Maintenant, il semblait qu'elle aurait besoin de ces aptitudes pour combattre les espions.

Ils arrivèrent à la demeure et la porte s'ouvrit ; Akkarin s'arrêta et leva les yeux.

— Je crois que Takan nous attend. (Il entra et s'approcha de l'armoire à vins.) Monte.

Tout en grimpant l'escalier, Sonea repensa à la remarque du mage dans l'arène. Y avait-il eu un brin de fierté dans sa voix ? Était-il réellement content de la novice qu'elle était ? L'idée était étrangement plaisante. Peut-être avait-elle bel et bien gagné le titre de protégée du haut seigneur.

Elle. La traîne-ruisseau.

Elle ralentit. En y réfléchissant bien, elle ne se souvenait pas que le haut mage ait jamais exprimé du mépris ou du dégoût envers ses origines. Il avait été menaçant, manipulateur et cruel, mais il ne lui avait jamais rappelé qu'elle venait du quartier le plus pauvre de la ville.

De toute façon, comment pourrait-il regarder quelqu'un de haut ? pensa-t-elle soudain. *Il a été* esclave.

Le bateau appartenait à la flotte du roi d'Elyne et était plus gros que les vaisseaux vindos à bord desquels Dannyl avait déjà voyagé. Construit pour transporter des personnes importantes plutôt que des marchandises, il disposait de plusieurs cabines, petites mais luxueuses.

Même si Dannyl avait réussi à dormir une bonne partie de la journée, il ne put s'empêcher de bâiller en se levant, se lavant et s'habillant. Un serviteur lui apporta une assiette de harrel rôti et quelques légumes délicatement préparés. Il se sentit mieux après avoir mangé, et une tasse de sumi l'aida à se réveiller totalement.

Par les petites fenêtres du bateau, il apercevait les voiles des autres vaisseaux, rougeoyant dans la lumière du soleil couchant. Il quitta sa cabine et traversa un long couloir qui menait à la cellule de Farand.

Ce n'était pas vraiment une cellule. C'était la cabine la plus petite et la plus simple du bateau, mais elle était convenablement meublée. Dannyl frappa à la porte. Un petit magicien au visage rond lui ouvrit.

—Ah, c'est votre tour, ambassadeur ! s'exclama le seigneur Barene, visiblement soulagé que le sien soit terminé.

Il observa Dannyl, puis secoua la tête, marmonna quelque chose et partit.

Farand était allongé sur le lit. À la vue de Dannyl, il esquissa un faible sourire. Deux assiettes étaient posées sur une petite table. En voyant les os de harrel qui y restaient, Dannyl déduisit qu'ils avaient eu droit au même repas que lui.

—Comment te sens-tu, Farand ?

Le jeune homme bâilla.

—Fatigué.

Dannyl s'assit dans l'un des fauteuils rembourrés. Il savait que Farand ne dormait pas très bien. *Je ne dormirais pas bien non plus,* songea-t-il, *si je pensais risquer la mort dans une semaine.*

Il ne pensait pas que la Guilde exécuterait Farand. Toutefois, cela faisait plus d'un siècle qu'on n'avait pas découvert de magicien renégat, et il devait admettre n'avoir aucune idée de ce qui allait se passer. Il aurait voulu rassurer Farand, mais ne le pouvait pas. Ce serait cruel s'il devait avoir tort.

—Qu'as-tu fait aujourd'hui ?

—J'ai parlé à Barene. Ou plutôt c'est lui qui m'a parlé. De vous.

—Ah oui ?

Farand soupira.

—Royend parle à tout le monde de vous et de votre amant.

Dannyl frissonna. Alors, ç'avait commencé.

—Je suis désolé, ajouta Farand.

Dannyl cligna les yeux de surprise.

—Ne sois pas désolé, Farand. Ça faisait partie de la ruse. Une façon de le convaincre de nous faire confiance.

Farand fronça les sourcils.

— Je ne vous crois pas.

— Vraiment ? (Dannyl se força à sourire.) Quand nous serons en Kyralie, le haut seigneur le confirmera. C'était son idée que nous fassions semblant d'être amants afin que les rebelles pensent détenir un moyen de nous faire chanter.

— Mais ce qu'il leur dit est vrai, dit doucement Farand. Quand je vous ai vus ensemble, c'était flagrant. Ne vous inquiétez pas. Je ne m'en suis ouvert à personne. (Il bâilla de nouveau.) Je ne le ferai pas. Mais je ne peux pas m'empêcher de penser que vous devez avoir tort au sujet de la Guilde.

— Comment ça ?

— Vous n'arrêtez pas de me dire que la Guilde est toujours juste et raisonnable. Mais étant donné la façon dont les autres mages réagissent à cette nouvelle vous concernant, je commence à penser qu'elle ne l'est pas tant que ça. Et ça n'a pas été très juste de la part de votre haut seigneur de vous avoir fait révéler une telle chose s'il savait que les autres mages réagiraient ainsi. (Ses paupières se fermèrent, puis se rouvrirent en papillotant.) Je suis si fatigué. Et je ne me sens pas très bien.

— Repose-toi, alors.

Le jeune homme ferma les yeux. Sa respiration ralentit immédiatement, et Dannyl en conclut qu'il s'était endormi. *Pas de discussion ce soir*, songea-t-il. *La soirée va être longue.*

Il regarda les autres bateaux par la fenêtre. Alors, comme ça, Royend se vengeait. *Ce n'est pas grave si Farand croit que c'est vrai*, se dit-il. *Quand Akkarin confirmera que ce n'était qu'une ruse, personne ne croira le dem.*

Mais Farand avait-il raison ? Était-il injuste de la part d'Akkarin de les utiliser, lui et Tayend, de cette façon ? Dannyl ne pouvait plus prétendre qu'il ne savait pas que Tayend aimait les garçons. Les gens s'attendraient-ils qu'il l'évite, désormais ? Que diraient-ils en voyant qu'il ne le faisait pas ?

Le mage soupira. Il détestait vivre avec cette peur. Il détestait faire croire que Tayend n'était rien de plus pour lui qu'un utile assistant. Cependant, il ne se faisait pas d'illusions : il ne pouvait dévoiler la vérité et espérer changer la mentalité kyralienne. Et Tayend lui manquait déjà, comme s'il avait laissé une part de lui en Elyne.

Pense à autre chose, se dit-il.

Il se prit à songer au livre que Tayend avait « emprunté » au dem, et qui était maintenant rangé dans les affaires de Dannyl. Il n'en avait parlé à personne, pas même à Errend. Même si le livre l'avait aidé à décider qu'il était temps d'arrêter les rebelles, il n'avait pas jugé nécessaire de révéler son existence. Et il ne le souhaitait pas. En lisant ces passages, Dannyl avait enfreint la loi interdisant de chercher à en savoir plus sur la magie noire. Les mots étaient gravés dans sa mémoire…

« Les aptitudes mineures incluent la capacité de créer des "pierres de sang" ou des "gemmes de sang" qui améliorent la faculté de leur créateur à converser mentalement avec une autre personne à distance... »

Il pensa au dem excentrique auquel Tayend et lui avaient rendu visite dans les montagnes plus d'un an auparavant, durant leur seconde quête d'informations sur la magie ancienne. Parmi l'impressionnante collection de livres et d'artefacts du dem Ladeiri, il y avait une bague ; le symbole de la haute magie qui était gravé dans la « gemme » de verre rouge. Une bague qui, selon le dem, permettait à celui qui la portait de communiquer avec un autre magicien sans que quiconque puisse entendre leur conversation. La gemme sertie dans cette bague était-elle l'une de ces gemmes de sang ?

Dannyl frémit. Avait-il manipulé un objet de magie noire ? Cette pensée le glaça. À vrai dire, il avait même enfilé la bague.

« ... et les "pierres de réserve" ou les "gemmes de réserve" qui peuvent retenir et libérer la magie de certaines façons. »

Lui et Tayend avaient cheminé en haut des montagnes, au-dessus de la demeure de Ladeiri, jusqu'à une ancienne ville en ruine. Ils avaient découvert un tunnel caché qui menait, selon la traduction qu'avait faite Tayend de l'inscription qui y était gravée, à une « Caverne du Châtiment Ultime ». Dannyl avait suivi le tunnel jusqu'à une grande pièce au plafond en dôme recouvert de pierres scintillantes. Ces pierres lui avaient porté une attaque magique, et il avait eu de la chance de s'en sortir vivant.

Sa peau se hérissa. Le plafond de la Caverne du Châtiment Ultime était-il fait de ces pierres de réserve ? Était-ce ce qu'Akkarin avait voulu dire en expliquant qu'il fallait garder secrète l'existence de cette caverne pour des raisons politiques ? C'était une pièce pleine de gemmes de magie noire.

Akkarin avait également mentionné une chose à propos de l'affaissement de la caverne. Manifestement, il savait ce que cette grotte représentait. Savoir reconnaître et gérer une telle magie serait de la responsabilité du haut seigneur. C'est pourquoi il était d'autant plus important de cacher le livre pour le moment. Il le donnerait à Akkarin en arrivant.

Farand émit un petit bruit de détresse dans son sommeil. Dannyl leva les yeux et plissa le front. Le jeune homme était pâle et maladif. La détresse de sa capture l'avait bien ébranlé. Puis Dannyl le regarda de plus près. Les lèvres de Farand étaient plus sombres. Presque bleues...

Dannyl s'approcha du lit. Il attrapa l'épaule de Farand et le secoua. Les yeux de l'homme s'ouvrirent, mais ne le virent pas.

Dannyl posa une main sur le front de Farand, ferma les yeux et projeta son esprit. Il eut le souffle coupé en ressentant le chaos qui régnait dans le corps de l'homme.

Quelqu'un l'avait empoisonné.

Dannyl puisa dans son pouvoir et envoya de l'énergie guérisseuse, mais il lui était difficile de savoir par où commencer. Il l'appliqua d'abord aux organes les plus touchés. Mais le poison circulait rapidement dans tout le corps, poursuivant son œuvre destructrice.

C'est au-delà de mes capacités, songea Dannyl, désespéré. *J'ai besoin d'un guérisseur.*

Il pensa aux deux autres mages du bateau. Aucun d'eux n'était guérisseur. Ils étaient tous les deux Elynes. Il se remémora l'avertissement du dem Marane :

« Vous comprenez quand même que le roi pourrait le tuer plutôt que de laisser la Guilde découvrir ce qu'il sait.»

Barene était là quand le repas avait été servi. Avait-il administré le poison à Farand ? Il valait mieux ne pas l'appeler, juste au cas où. L'autre mage, le seigneur Hemend, était proche du roi d'Elyne. Dannyl ne lui faisait pas confiance non plus.

Il ne restait plus qu'une solution. Le magicien ferma les yeux.

— *Vinara !*

— *Dannyl ?*

— *J'ai besoin de votre aide. Quelqu'un a empoisonné le renégat.*

Les deux autres mages entendraient cet appel, mais Dannyl ne pouvait pas faire autrement. Il bloqua la porte avec de la magie. Même si elle ne retiendrait pas longtemps un magicien, cette méthode permettrait d'éviter des intrusions ou des interruptions impromptues de non-magiciens.

Dame Vinara se fit plus présente, pleine d'inquiétude et d'urgence.

— *Décrivez-moi les symptômes.*

Dannyl lui montra une image de Farand, la peau désormais très blanche et la respiration difficile. Puis il renvoya son esprit dans le corps de l'homme et communiqua ses impressions à la magicienne.

— *Vous devez purger le poison, puis vous occuper des lésions.*

En suivant les instructions de Vinara, Dannyl entama un processus pénible et compliqué. Il fit d'abord vomir Farand. Ensuite, il s'empara d'un des couteaux utilisés pour le repas, le lava, l'affûta avec de la magie et entailla une veine dans le bras de l'homme. Vinara expliqua comment continuer à faire fonctionner les organes défaillants de Farand, combattre les effets du poison et encourager le corps à produire plus de sang tandis que le liquide contaminé s'écoulait doucement.

Cette intervention détériora grandement le corps de Farand. La magie guérisseuse ne pouvait pas remplacer les nutriments nécessaires à la fabrication du sang et des tissus. Des réserves de graisse et quelques tissus musculaires étaient diminués. Quand il se réveillerait – s'il se réveillait –, Farand aurait à peine la force de respirer.

Quand Dannyl eut fait tout ce qui était en son pouvoir, il ouvrit les yeux et, alors qu'il reprenait conscience de la chambre, réalisa que quelqu'un frappait à la porte à coups redoublés.

— *Savez-vous qui a fait ça ?* demanda Vinara.

— *Non. Mais j'ai une idée du pourquoi. Je pourrais enquêter...*

— *Laissez les autres enquêter. Vous devez rester et surveiller le patient.*

— *Je ne leur fais pas confiance.*

Voilà ! C'était dit.

— *Toutefois, Farand est sous votre responsabilité. Vous ne pouvez pas à la fois le protéger et chercher l'empoisonneur. Soyez vigilant, Dannyl.*

Elle avait raison, bien sûr. Dannyl se leva du lit et redressa les épaules, prêt à faire face à la personne qui frappait à la porte, qui qu'elle soit.

Chapitre 13

La meurtrière

Quand Sonea entra dans la pièce souterraine, son attention fut attirée par les objets sur la table. Des morceaux de verre brisé étaient posés sur un plateau, à côté d'une fourchette d'argent cassée, d'un bol et d'un morceau de tissu. Enfin, elle vit la boîte de bois qui contenait la dague d'Akkarin.

Cela faisait deux semaines qu'elle pratiquait la magie noire. Elle s'était améliorée et pouvait désormais prendre beaucoup de pouvoir rapidement, ou un peu de pouvoir à travers la plus fine piqûre d'épingle. Elle avait extrait l'énergie de petits animaux, de plantes, et même de l'eau. Les objets sur la table étaient différents, ce soir ; elle s'arrêta en se demandant ce qu'Akkarin comptait lui apprendre.

— Bonsoir, Sonea.

Elle leva les yeux. Akkarin était penché au-dessus du coffre ouvert, révélant plusieurs vieux livres. Le mage examinait l'un d'eux. Elle le salua.

— Bonsoir, haut seigneur.

Ce dernier ferma le livre, puis traversa la pièce et le posa à côté des objets qui jonchaient la table.

— As-tu terminé les comptes-rendus sur les Guerres sachakaniennes ?

— Presque. J'ai du mal à croire que la Guilde ait perdu autant de son histoire.

— Elle ne l'a pas perdue, corrigea-t-il. Elle l'a purgée. Les livres d'histoire ont été réécrits – quand ils n'ont pas été détruits – afin que la magie supérieure n'y soit pas mentionnée.

Sonea secoua la tête. Quand elle pensait à tous les efforts que la Guilde avait faits pour se débarrasser de toute mention de la magie noire, elle comprenait pourquoi Akkarin ne voulait pas risquer de révéler la vérité sur son passé. Pourtant, elle ne pouvait pas imaginer que Lorlen et les hauts mages réagiraient si aveuglément face à la magie noire s'ils savaient pourquoi Akkarin l'avait apprise, ou s'ils comprenaient la menace que représentaient les Ichanis.

C'est moi qu'ils condamneraient, pensa-t-elle soudain, *parce que j'ai* choisi *de l'apprendre.*

— Ce soir, je vais te montrer comment faire des gemmes de sang, lui annonça Akkarin.

Des gemmes de sang ? Son cœur bondit dans sa poitrine quand elle comprit à quoi il faisait allusion. Elle allait fabriquer une gemme comme celles qui se trouvaient dans la dent de l'espion et dans la bague de Lorlen.

— Une gemme de sang permet à un magicien de voir et d'entendre tout ce que celui qui la porte voit et entend, mais aussi pense, lui expliqua Akkarin. Si celui qui la porte ne voit rien, il en sera de même pour le créateur. La gemme concentre également la communication mentale vers son créateur ; ainsi, personne d'autre n'entend les conversations entre celui qui a façonné la gemme et celui qui la porte.

» Elle a toutefois ses limites, prévint-il. Le créateur est sans cesse lié à la gemme. Une partie de son esprit reçoit constamment des images et des pensées de celui qui la porte, ce qui peut être source de distraction. Au bout d'un moment, tu apprends à bloquer cet effet.

» Une fois établi, le lien avec le créateur ne peut pas être brisé, à moins de détruire la gemme. Donc, si celui qui porte une gemme la perd et que quelqu'un d'autre la trouve et la porte, le créateur devra supporter l'égarement d'un esprit non désiré, mais lié au sien. (Il esquissa un vague sourire.) Takan m'a un jour raconté l'histoire d'un Ichani qui s'était réservé un esclave pour le faire dévorer vivant par des limeks sauvages. Il a placé une gemme sur l'homme afin d'y assister. L'un des animaux a mangé la gemme, et l'Ichani a été rendu fou par les pensées de la bête pendant plusieurs jours.

Son sourire s'effaça alors, et son regard se fit distant.

— Les Ichanis sont experts pour utiliser la magie de façon cruelle. Dakova a un jour créé une gemme avec le sang d'un homme, puis a obligé cet homme à regarder pendant qu'on torturait son frère. (Il grimaça.) Heureusement, les gemmes de sang et de verre sont faciles à détruire. L'homme a réussi à écraser la gemme.

Il se frotta le front et le plissa.

— Étant donné que ce lien avec un autre esprit peut être perturbant, il vaut mieux ne pas trop créer de gemmes de sang. J'en ai trois, en ce moment. Sais-tu qui les porte ?

Sonea hocha la tête.

— Lorlen.

— Oui.

— Et… Takan ? (Elle fronça les sourcils.) Mais, il ne porte pas de bague.

— Non. Sa gemme est cachée.

— Qui a la troisième ?

— Un ami qui se trouve dans un endroit bien utile.

Elle haussa les épaules.

— Je ne pense pas pouvoir deviner. Pourquoi Lorlen ?

À cette question, Akkarin leva les sourcils.

— Il fallait que je garde un œil sur lui. Rothen n'aurait jamais fait quoi que ce soit qui te fasse du mal. Lorlen, cependant, te sacrifierait s'il s'agissait de sauver la Guilde.

Me sacrifier ? Mais oui, bien sûr. Elle frissonna. *Moi aussi, je le ferais sûrement, si j'étais dans sa position.* En sachant cela, elle souhaitait d'autant plus qu'Akkarin puisse dire la vérité à Lorlen.

— Toutefois, il s'est montré très utile, ajouta Akkarin. Il est en contact avec le capitaine de la garde qui enquête sur les meurtres. J'ai pu évaluer la force de chacun des espions en me fondant sur le nombre de cadavres retrouvés.

— Sait-il ce qu'est cette gemme ?

— Il sait ce qu'elle fait.

Pauvre Lorlen, pensa-t-elle. *Il croit que son ami s'est tourné vers la magie noire et il sait qu'Akkarin peut lire toutes ses pensées.* (Elle prit un air songeur.) *Mais ça doit être également très dur pour Akkarin d'avoir constamment conscience de la crainte et de la désapprobation de son ami.*

Akkarin se tourna vers la table.

— Viens ici.

Tandis que la jeune femme se dirigeait de l'autre côté de la table, Akkarin souleva d'une chiquenaude le couvercle de la boîte. Il en sortit la dague et la lui tendit.

— La première fois que j'ai vu Dakova fabriquer une gemme de sang, je pensais qu'il y avait quelque chose de magique dans le sang. J'ai découvert que c'était faux bien des années plus tard. Le sang ne fait qu'imprimer l'identité du créateur sur le verre.

— Vous avez appris à les faire grâce aux livres ?

— Non. J'ai appris une grande partie de leur magie en étudiant un vieil échantillon sur lequel j'étais tombé la première année de mes recherches. À l'époque, je ne savais pas ce que c'était, mais plus tard, je l'ai emprunté un moment pour l'étudier. Son créateur était mort depuis longtemps, et la gemme ne marchait plus, mais il restait suffisamment de magie imprimée dans le verre pour que je comprenne comment tout cela fonctionnait.

— Vous l'avez toujours ?

—Non, je l'ai rendu à son propriétaire. Malheureusement, il est mort peu de temps après, et je ne sais pas ce qu'il est advenu de sa collection de bijoux anciens.

Sonea hocha la tête et baissa les yeux sur les objets de la table.

—Toute partie vivante de ton corps peut être utilisée, lui dit Akkarin. Ça fonctionne avec les cheveux, mais ce n'est pas très efficace car la plupart d'entre eux sont morts. Il y a un conte populaire sachakanien dans lequel des larmes sont utilisées, mais je soupçonne que ce ne soit qu'une fantaisie romanesque. Tu pourrais te couper un bout de peau, mais ça ne serait ni plaisant ni pratique. Le sang est l'option la plus simple. (Il tapota sur le bol.) Quelques gouttes suffiront.

Sonea regarda le bol, puis la lame. Akkarin l'observait en silence. Elle posa les yeux sur son bras gauche. Où devait-elle couper ? En tournant la main, elle remarqua une vieille petite cicatrice sur sa paume, où elle s'était coupée sur une gouttière, enfant. Elle toucha sa paume du bout du couteau. À sa grande surprise, elle ne ressentit aucune douleur quand la lame lui ouvrit la peau.

Soudain, le sang coula de la coupure, et une douleur aiguë se mit à la tenailler. Elle laissa le sang goutter dans le bol.

—Guéris-toi, lui ordonna Akkarin. Guéris-toi toujours sans attendre. Même des coupures à moitié guéries forment une brèche dans ta barrière.

La novice se concentra sur la blessure. Le sang arrêta de couler, puis les bords de l'entaille se joignirent peu à peu. Akkarin lui tendit le tissu, et elle essuya le sang de sa main.

Le mage lui donna un bout de verre.

—Tiens ça en l'air et fais-le fondre. Il gardera plus facilement sa forme si tu le fais tournoyer.

Sonea concentra sa volonté sur le fragment de verre et le souleva. Elle l'entoura de chaleur et le fit tournoyer. Les extrémités du verre commencèrent à rougeoyer, puis il rétrécit lentement jusqu'à devenir une gouttelette.

—Enfin ! siffla Akkarin.

Surprise, Sonea perdit le contrôle sur la gouttelette, qui tomba sur la table, où elle fit une petite marque de brûlure.

—Oups !

Cependant, Akkarin n'avait rien vu. Ses yeux étaient rivés bien au-delà de la pièce. Elle vit son regard devenir plus vif. Le mage eut un sourire amer, puis s'empara de la dague.

—Takan vient de recevoir un message. Les voleurs ont trouvé l'espionne.

Le cœur de Sonea s'emballa.

—Nous reprendrons ton cours à notre retour.

Akkarin se dirigea vers un placard et en sortit la ceinture de cuir avec le fourreau qu'elle l'avait vu porter le soir où elle l'avait espionné, si longtemps auparavant. Il essuya la lame de sa dague sur le tissu et glissa l'arme dans le fourreau. Surprise, Sonea cligna les yeux quand il défit ensuite le cordon de sa robe, enlevant la partie supérieure du vêtement. En dessous, il portait un maillot noir.

Akkarin attacha la ceinture autour de sa taille, puis se dirigea vers un autre placard duquel il sortit un long manteau à l'air usé pour lui-même, une cape pour Sonea, et une lanterne.

— Couvre bien ta robe, lui dit-il tandis qu'elle revêtait la cape.

Le vêtement comportait plusieurs petits boutons sur le devant et deux ouvertures sur les côtés, pour les mains.

L'homme marqua une pause en l'observant et fronça les sourcils.

— Je ne t'emmènerais pas si je pouvais l'éviter, mais si je dois te préparer à affronter ces espions, il faut que je te montre comment t'y prendre. Tu devras faire *exactement* ce que je te dirai.

La jeune femme hocha la tête.

— Oui, haut seigneur.

Akkarin se dirigea vers le mur, et la porte dissimulée menant aux passages s'ouvrit. Sonea la franchit derrière lui. La lanterne s'alluma en crépitant.

— Nous ne devons pas laisser cette femme te voir, lui dit-il en se mettant en route dans le passage. Le maître de Tavaka t'a probablement vue à travers sa gemme avant que je la détruise. Si jamais l'un des Ichanis te revoit avec moi, ils devineront que je te forme. Ils essaieront de te tuer tant que tu es encore trop faible et inexpérimentée pour te défendre seule.

Il se tut quand ils atteignirent la première barrière et ne parla plus tant qu'ils n'eurent pas parcouru le dédale de couloirs et atteint le tunnel obstrué. Akkarin montra les gravats de la main.

— Grave cette image dans ton esprit, puis déplace ces pierres pour former l'escalier.

Sonea étendit ses sens et examina la disposition des pierres. Au début, elles lui semblaient ne former qu'un énorme fatras, puis elle commença à y découvrir un motif. C'était comme une version géante des casse-tête de bois qu'on vendait sur les marchés. Il fallait pousser à un endroit particulier, et les pièces du casse-tête coulissaient les unes contre les autres pour créer une nouvelle forme – ou bien elles s'effondraient. Sonea puisa un peu de magie et commença à déplacer les pierres. Le passage s'emplit du bruit des rochers coulissant entre eux tandis que l'escalier se formait.

— Bien joué, murmura Akkarin.

Il avança à vive allure, montant les marches deux par deux. Sonea grimpa derrière lui. Une fois en haut, elle se retourna et replaça les blocs de pierre dans leur position initiale.

La lumière de la lanterne éclaira le mur de brique familier de la route des voleurs. Akkarin se remit en marche. Après plusieurs centaines de pas, ils atteignirent l'endroit où ils avaient rencontré le guide la fois précédente. Une ombre plus petite apparut pour les accueillir.

D'après Sonea, le garçon devait avoir douze ans. Cependant, ses yeux étaient durs et méfiants, comme ceux d'une personne bien plus âgée. Il les dévisagea tous les deux, puis baissa le regard sur les bottes d'Akkarin et hocha la tête. Sans un mot, il leur indiqua qu'ils devaient le suivre et s'élança dans les passages.

Même si leur chemin bifurquait de temps en temps, il les menait dans une direction principale. Leur guide s'arrêta enfin près d'une échelle et leva le doigt vers une trappe. Akkarin couvrit la lampe ; les ténèbres envahirent le passage. Sonea l'entendit poser une botte sur les barreaux de l'échelle et commencer à grimper. Une faible lumière emplit le passage quand le mage souleva prudemment la trappe et observa ce qui se trouvait au-dessus. Il lui fit signe de venir et, tandis qu'elle s'engageait sur les échelons, il ouvrit la trappe en grand et sortit.

Sonea le suivit et se retrouva dans une ruelle. Les maisons qui l'entouraient étaient construites de bric et de broc. Certaines donnaient l'impression qu'elles pouvaient s'écrouler à tout moment. L'odeur des ordures et des eaux usées prédominait. La jeune femme ressentit une compassion et une méfiance qu'elle avait depuis longtemps oubliées. C'était la partie la plus éloignée des Taudis, où les coureurs les plus pauvres étaient prêts à faire n'importe quoi pour survivre. C'était un endroit sinistre et dangereux.

Un homme de forte carrure sortit de l'encadrement d'une porte non loin et avança vers eux sans se presser. Sonea laissa échapper un petit soupir de soulagement quand elle reconnut l'homme qui avait surveillé le précédent espion. Il la fixa du regard, puis se tourna vers Akkarin.

— Elle vient de partir, déclara-t-il. On la surveille depuis deux heures. Les gens du coin disent que ça fait deux nuits qu'elle se cache en bas, là-dedans.

Il montra du doigt une porte tout près d'eux.

— Comment sais-tu qu'elle va revenir ce soir ? demanda Akkarin.

— J'ai jeté un œil à l'endroit quand elle est partie. Elle a laissé quelques affaires. Elle reviendra.

— Tout est vide, sinon ?

— Il y a des clochards et des prostituées d'habitude, mais on leur a dit de s'occuper pour la soirée.

Akkarin hocha la tête.

— Nous allons jeter un œil à l'intérieur et voir si cet endroit conviendrait pour une embuscade. Assure-toi que personne n'entre.

L'homme acquiesça.

— Sa chambre est la dernière sur la droite.

Sonea suivit Akkarin jusqu'à la porte qui protesta en grinçant quand il l'ouvrit. Ils descendirent des marches de terre qui s'effritaient, soutenues par des solives de bois pourri, puis ils débouchèrent sur un couloir.

Il faisait noir, et le sol de terre était inégal. Akkarin ouvrit le cache de sa lampe de façon à n'éclairer que leur chemin. Les chambres n'avaient pas de porte. Certains occupants avaient accroché des toiles à sac râpeuses dans l'embrasure. Les murs étaient couverts de bois, mais des planches étaient tombées, ici et là, et la terre qu'elles étaient censées camoufler avait formé des tas sur le sol.

La plupart des chambres étaient vides. La dernière entrée sur la droite était fermée par de la toile de jute. Akkarin fixa intensément la toile, puis il l'écarta et libéra totalement la lumière de la lampe.

La pièce était étonnamment grande. Quelques caisses de bois et une planche voilée formaient une table. Une étagère avait été creusée sur l'un des côtés de la chambre, et dans un coin se trouvaient un matelas peu épais et quelques couvertures.

Akkarin se mit à faire le tour de la pièce, étudiant de près chaque chose. Il examina la literie, puis secoua la tête.

— Morren a parlé d'objets de valeur. Il ne voulait quand même pas parler de ça.

Sonea contint un sourire. Elle se dirigea vers le mur le plus proche et enfonça un doigt entre chaque planche. Akkarin la regarda faire ainsi sur toute la pièce. Près du lit, la jeune femme sentit une spongiosité révélatrice.

Les planches se dégagèrent facilement. La toile à sac qui se trouvait derrière était couverte de boue séchée, mais ici et là, on discernait un fil. Sonea souleva délicatement un coin. Derrière, il y avait une alcôve assez grande pour qu'un enfant puisse s'y tenir assis. Son plafond était soutenu par d'autres planches de bois pourri. Au centre, il y avait un petit paquet de tissu.

Akkarin la rejoignit et rit doucement.

— Très bien, très bien… Tu *t'es* montrée utile.

Sonea haussa les épaules.

— J'ai déjà vécu dans un endroit comme celui-ci. Les coureurs les appellent « les Trous ».

Le mage marqua une pause.

— Longtemps ?

La jeune femme leva les yeux et découvrit qu'il la considérait avec estime.

— Un hiver. C'était il y a longtemps, quand j'étais très petite. (Elle se retourna vers l'alcôve.) Je me souviens que c'était bondé et glacial.

— Mais peu de gens vivent ici, en ce moment. Pourquoi ?

— La Purge. Elle n'arrive pas avant les premières neiges de l'année. C'est là que viennent tous ces gens que la Guilde chasse de la cité. Ceux dont les Maisons disent qu'ils sont de dangereux voleurs, alors qu'ils ne sont que des clochards et des infirmes qui donnent un air miteux à la ville. Les vrais voleurs ne sont pas gênés par la Purge…

Ils entendirent derrière eux le grincement léger et lointain d'une porte. Akkarin fit volte-face.

— C'est elle.

— Comment vous…

— Morren aurait arrêté qui que ce soit d'autre. (Il recouvrit brusquement sa lumière presque totalement et jeta un coup d'œil rapide autour de lui.) Pas d'autre sortie, marmonna-t-il. (Il souleva le coin de la toile à sac recouvrant l'alcôve.) Tu peux tenir là-dedans ?

Sonea ne prit pas la peine de répondre. Elle se retourna, s'assit sur le bord de l'alcôve et s'y enfonça. Quand elle eut plié ses jambes dans le petit espace, Akkarin lâcha la toile et refixa les planches.

Sonea se retrouva dans le noir total. Le battement de son cœur était sourd, dans le silence. Elle vit soudain des lignes d'étoiles brillantes.

— Encore vous, dit une femme à la voix étrangement accentuée. Je me demandais quand vous me donneriez une autre chance de vous tuer.

Les étoiles brillèrent de plus belle, et Sonea sentit la vibration de la magie. Comprenant que les points lumineux étaient des trous dans la toile pleine de boue, elle se pencha en avant, espérant avoir un aperçu de la pièce.

— Vous vous êtes préparé avant de venir, observa la femme.

— Bien sûr, répondit Akkarin.

— Moi aussi, dit-elle. La population de votre ville crasseuse est un peu moins importante, maintenant. Et il manquera bientôt un autre homme à votre Guilde.

La boue séchée qui couvrait la toile était mince et s'effritait à un endroit, et Sonea distinguait des formes mouvantes illuminées par des éclairs de lumière. Elle gratta la toile afin de libérer un peu plus la trame râpeuse.

— Que pensera votre Guilde en trouvant son chef mort ? Parviendra-t-elle à trouver ce qui l'a tué ? Je ne pense pas.

Sonea discernait désormais une silhouette. Une femme en chemise et pantalon ternes se tenait d'un côté de la pièce. Cependant, la jeune femme ne voyait pas Akkarin. Elle continua à gratter la boue recouvrant la toile, essayant d'avoir une meilleure vue. Comment allait-elle apprendre quoi que ce soit sur la façon d'affronter ces espions si elle ne voyait pas le combat ?

— Ses membres ne sauront pas ce qui les pourchasse, continua la

Sachakanienne. J'avais pensé pénétrer dans la Guilde et m'emparer d'eux d'un coup, mais maintenant, je pense qu'il sera plus amusant de les attirer au-dehors et de les tuer un à un.

—Je vous recommande la dernière solution, répondit Akkarin. Sinon, vous n'irez pas loin.

La femme se mit à rire.

—Vraiment ? lança-t-elle d'un air méprisant. Mais je sais que Kariko a raison. Votre Guilde ne connaît pas la magie supérieure. Ses membres sont faibles et stupides – tellement stupides que vous êtes obligé de leur cacher ce que vous savez, ou ils vous tueraient.

La lumière éclata dans la pièce alors que des coups frappaient le bouclier de la femme. Elle rendait coup pour coup. Un grincement vint d'au-dessus. Sonea la vit lever les yeux, puis faire quelques pas sur le côté, vers l'alcôve.

—Ce n'est pas parce que nous n'abusons pas de nos connaissances magiques que nous sommes ignorants, dit calmement Akkarin.

Il bougea, et Sonea l'aperçut ; il maintenait sa position face à la femme.

—Mais j'ai vu la vérité dans les esprits de votre peuple, répondit la femme. Je sais que c'est pour ça que vous me pourchassez seul, et aussi pourquoi vous ne pouvez pas laisser qui que ce soit nous voir nous battre. Laissons-les alors voir ceci.

Brusquement, la pièce s'emplit du bruit assourdissant de bois se fendant. Une pluie de poutres de bois et de tuiles tomba du plafond, emplissant l'air de poussière. La femme se mit à rire et s'approcha de l'alcôve et de Sonea.

Tout à coup, elle s'arrêta quand de nouveaux décombres bloquèrent son chemin. La Sachakanienne fut soudain propulsée contre le mur de côté. Sonea ressentit l'impact de l'éclair de force d'Akkarin à travers le sol de l'alcôve, et une pluie de terre lui dégringola sur le dos.

La femme se dégagea du mur, gronda quelque chose, puis se dirigea à grands pas vers les décombres… et passa à travers. Sonea cligna les yeux de surprise : c'était une illusion. Son cœur s'emballa quand elle vit que la femme se dirigeait directement vers elle.

Akkarin lança une attaque, forçant son adversaire à ralentir. Quand la Sachakanienne s'arrêta devant sa réserve secrète, Sonea se retrouva face à l'attaque d'Akkarin. Troublée, elle s'entoura rapidement d'un puissant bouclier.

La pièce vibrait aux coups que se portaient les deux magiciens. Une autre couche de terre glissa dans le dos de Sonea. Elle leva les bras et sentit que les poutres qui soutenaient le plafond de l'alcôve étaient en train de se fendre et de fléchir. Affolée, elle étendit son bouclier pour les retenir.

Un rire lui fit reporter son attention sur la pièce. Scrutant à travers la toile, elle vit qu'Akkarin reculait. Ses coups ne semblaient pas être aussi puissants. Il fit un pas de côté, vers la porte.

Il perd de la force, comprit-elle soudain. Le cœur de la jeune femme se retourna dans sa poitrine alors qu'elle voyait le haut seigneur se rapprocher de la porte.

— Vous ne m'échapperez pas cette fois, s'écria la femme.

Une barrière obstrua le seuil. Akkarin se rembrunit. La femme semblait se redresser et grandir. Au lieu d'avancer, elle recula de quelques pas et se tourna vers Sonea.

La novice vit l'expression d'Akkarin se transformer en désarroi et inquiétude. La femme leva une main vers l'alcôve, puis s'arrêta quand le mage lui lança une puissante attaque.

Il faisait semblant, pensa soudain Sonea. *Il essayait de l'attirer loin de moi.* Mais au lieu de le suivre, la femme s'était approchée de l'alcôve. *Pourquoi ? Sait-elle que je suis là ? Ou est-ce autre chose ?*

Sonea tâtonna autour d'elle et trouva le paquet. Même dans le noir, elle pouvait dire que l'étoffe qui l'enveloppait était de bonne qualité.

Elle créa un minuscule et faible globe lumineux. Elle défit le paquet et découvrit que c'était un châle de femme. Quand elle le souleva, les plis laissèrent échapper un petit objet. Une bague en argent.

Elle la ramassa. C'était une bague d'homme, le genre que portaient les aînés d'une Maison pour indiquer leur statut. Un carré plat, sur l'un des côtés, portait l'incal de la Maison Saril.

Soudain, l'alcôve explosa en une tempête de terre et de bruit.

Sonea se sentit propulsée vers l'arrière. Elle se mit en boule et se concentra pour maintenir son bouclier autour d'elle. Le poids qui s'y appuyait augmenta, puis se fit constant.

Brusquement, tout fut calme. Elle ouvrit les yeux et créa un autre minuscule globe lumineux. Elle n'était entourée que de terre qui, retenue par son bouclier, formait une cavité hémisphérique autour d'elle. Sonea se déplia, roula jusqu'à se retrouver accroupie et réfléchit à sa situation.

Elle était enterrée. Même si elle pouvait maintenir son bouclier un moment, l'air qu'il contenait ne durerait pas longtemps. Ce ne serait pas difficile de se déblayer un chemin. Cependant, une fois cela fait, elle ne serait plus dissimulée.

Alors, je dois rester là aussi longtemps que possible, conclut-elle. *Je ne verrai rien d'autre du combat, mais je ne peux pas faire autrement.*

Elle secoua la tête en repensant à ce qu'elle avait vu. Le combat ne s'était pas du tout passé comme l'avait prévu Akkarin. La femme était plus forte que les espions habituels. Son comportement n'était pas celui d'un esclave, et elle s'était référée aux Ichanis en disant « nous », et non « mes maîtres », comme l'avait fait le précédent espion. Elle était douée pour le combat. Les anciens esclaves envoyés en Kyralie n'avaient pas le temps d'acquérir de telles aptitudes.

Si cette femme n'était pas une esclave, alors il ne restait qu'une solution.

C'était une Ichanie.

L'estomac de Sonea se serra quand elle comprit. Akkarin se battait contre une Ichanie. Elle se concentra et découvrit qu'elle ressentait la vibration de leur magie non loin d'elle. Le combat faisait encore rage.

La pression sur son bouclier commença à s'apaiser. Elle leva les yeux et vit un petit trou y apparaître là où de la terre tombait. Elle regarda le trou s'élargir au fur et à mesure que la terre se dérobait.

Une vue de la pièce commença à émerger. Sonea se redressa et suffoqua d'horreur. La Sachakanienne se tenait à quelques pas d'elle seulement.

Alarmée, la jeune femme réduisit la taille de son bouclier, mais la terre n'en dégringola que plus rapidement. Ainsi, Sonea aperçut Akkarin. Le regard du mage vacilla un instant vers le sien, mais son expression ne changea pas. Il avança.

Sonea s'accroupit dans son bouclier, regardant le dos de la Sachakanienne sans pouvoir rien faire, tandis que la terre continuait à tomber. Elle n'osait pas bouger au cas où la femme entendrait quelque chose et se retournerait. La Sachakanienne recula d'un pas quand Akkarin se rapprocha. Le corps de la femme était tendu par la concentration.

Sonea sentit la magie d'Akkarin frôler son bouclier quand il entoura la femme d'une barrière pour essayer de la faire avancer. Mais la Sachakanienne brisa l'emprise du mage et recula encore d'un pas. Son bouclier se rapprochait ; Sonea tirait le sien pour éviter un contact. Le bouclier de la femme bourdonnait désormais à seulement quelques centimètres de Sonea. La femme n'aurait plus qu'un pas à faire pour la découvrir.

Si elle me détecte..., pensa Sonea. *Si je supprime mon bouclier, le sien pourrait glisser sur moi sans qu'elle me remarque.*

Le bouclier de la femme était un globe, la forme la plus facile à maintenir. Un bouclier en forme de globe protégeait les pieds d'un magicien en s'enfonçant un peu dans le sol. Mais pour qu'un bouclier soit assez puissant afin de bloquer une attaque souterraine, il ne devait pas bouger dans le sol. Tous les novices apprenaient à affaiblir la partie de leur bouclier qui chevauchait un obstacle ou le sol quand ils se déplaçaient, puis à le renforcer de nouveau dès qu'ils ne bougeaient plus.

Si cette femme avait la même habitude, elle pourrait permettre à son bouclier de glisser sur Sonea – pensant qu'elle était un simple obstacle – quand elle reculerait de nouveau.

Mais elle remarquera forcément *quelque chose. Elle sentira ma présence.*

Sonea retint son souffle. *Mais je serai* dans *son bouclier! Elle sera un instant sans défense, avant de réaliser ce qu'il s'est passé. J'ai juste besoin de quelque chose pour...*

Ses yeux glissèrent sur le sol. Il y avait un éclat de bois de l'alcôve près d'elle, à moitié enterré. Alors qu'elle récapitulait ce qu'elle comptait faire, son cœur s'emballa de plus belle. Elle prit une profonde inspiration silencieuse et attendit que la femme recule. Elle n'eut pas à attendre longtemps.

Quand le bouclier glissa sur elle, Sonea s'empara du bout de bois, se leva et entailla la nuque de la femme. La Sachakanienne commença à se retourner, mais Sonea avait prévu cela. Elle plaqua son autre main sur la blessure et concentra toute sa volonté pour s'emparer de l'énergie de la Sachakanienne le plus vite possible.

La femme écarquilla les yeux d'un air horrifié en comprenant ce qu'il se passait. Son bouclier disparut, et ses genoux cédèrent. Sonea faillit perdre son emprise ; elle passa rapidement son bras libre autour de la taille de la femme. Mais la Sachakanienne était trop lourde, et Sonea la laissa glisser sur le sol.

Le pouvoir déferla en elle, puis s'arrêta brutalement. Elle retira sa main, et la femme tomba sur le dos. Les yeux de la Sachakanienne fixaient le néant.

Morte. Une vague de soulagement balaya Sonea. *Ça a marché*, pensa-t-elle. *Ça a vraiment marché.*

Puis elle regarda sa main. Dans le clair de lune qui se répandait à travers le toit en ruine, le sang qui couvrait sa paume semblait noir. Un sentiment glacé d'horreur s'empara d'elle. Elle se mit à tituber.

Je viens de tuer quelqu'un avec de la magie noire.

La jeune femme fut soudain prise de vertiges et bascula en arrière. Elle savait qu'elle respirait trop vite mais ne semblait pas pouvoir s'arrêter. Des mains lui agrippèrent les épaules et l'empêchèrent de tomber.

— Sonea, dit une voix, inspire profondément. Retiens ton souffle, puis expire.

Akkarin. Elle essaya de faire ce qu'il lui disait. Il lui fallut quelques essais avant d'y arriver. Le mage sortit un mouchoir et lui essuya la main.

— Ce n'est pas agréable, n'est-ce pas ?

Elle secoua la tête.

— Il n'y a pas de raison que ça le soit.

Elle acquiesça. Son esprit tournait, plein de pensées contradictoires.

Elle m'aurait tuée, si je ne l'avais pas fait. Elle aurait tué d'autres personnes. Alors pourquoi me sens-je si mal d'avoir fait cela ?

Peut-être parce que ça me rend juste un peu plus comme eux.

Et s'il n'y a plus d'esclaves à tuer, et que Takan ne suffit pas, et que je dois chercher d'autres moyens de me fortifier pour combattre les Ichanis ? Me mettrai-je à errer dans les rues et à tuer les voyous ou les agresseurs qui se trouveront sur mon chemin ? Utiliserai-je la défense de la Kyralie pour justifier l'attaque d'innocents ?

Sonea secoua la tête au mélange déconcertant d'émotions qu'elle ressentait. Elle n'avait jamais autant douté.

— Regarde-moi, Sonea.

Akkarin la fit se retourner. Elle croisa son regard à contrecœur. Il leva la main, et elle le sentit lui enlever délicatement quelque chose des cheveux. Un morceau de la toile à sac tomba de la main du mage pour atterrir sur le sol.

— Le choix que tu as fait n'est pas facile, dit-il, mais tu apprendras à te faire confiance.

Il leva les yeux. Sonea suivit son regard et vit la pleine lune, au milieu du trou formé dans le toit.

L'Œil, songea Sonea. *Il est ouvert. Soit il m'a permis de faire ça car ce n'est pas mal, soit je vais devenir folle.*

Mais je ne crois pas à ces superstitions stupides, se rappela-t-elle.

— Nous devons vite partir d'ici, dit Akkarin. Les voleurs vont s'occuper du corps.

Sonea hocha la tête. Quand Akkarin s'éloigna, elle leva la main pour lisser ses cheveux. Son cuir chevelu picotait là où le mage l'avait touchée. Tout en gardant les yeux détournés du cadavre de la femme, elle suivit le haut seigneur à l'extérieur.

Chapitre 14

Le témoin

Quelque chose pressait doucement le dos de Cery. Quelque chose de chaud. Une main.

La main de Savara, réalisa-t-il.

Le contact de la jeune femme le ramena à la réalité. Il comprit que quelque chose l'avait étourdi. Au moment où Sonea avait tué la Sachakanienne, tout s'était mis à tournoyer autour de lui. Depuis, il n'avait eu conscience de rien d'autre que ce qu'elle avait fait.

Enfin, presque rien. Savara avait dit quelque chose. Il fronça les sourcils. Quelque chose sur le fait qu'Akkarin avait une apprentie. Il se tourna vers la jeune femme qui se tenait à côté de lui.

Elle sourit du coin des lèvres.

— Tu ne comptes pas me remercier ?

Cery baissa les yeux. Ils étaient assis sur une partie du toit encore intacte. Le haut du Trou leur avait paru un bon endroit d'où regarder le combat. Le toit était fait de bouts de bois et d'un occasionnel carré de tuiles fêlées, ménageant ainsi plein d'ouvertures. Tant qu'ils laissaient leur poids sur les poutres, ils ne risquaient pratiquement rien.

Malheureusement, ni Cery ni Savara n'avaient envisagé la possibilité que les combattants les fassent dégringoler de leur perchoir.

Toutefois, quand le toit s'était effondré, quelque chose avait empêché Cery de tomber. Avant qu'il ait pu saisir comment il était possible que lui et Savara flottent dans l'air, ils s'étaient retrouvés sur ce qu'il restait du toit, hors de la vue des combattants qui se tenaient en dessous.

Tout ce qui concernait Savara prit soudain un sens : comment elle apprenait qu'un nouveau meurtrier arrivait, comment elle en savait tant sur le peuple que combattait le haut seigneur, et pourquoi elle était si certaine de pouvoir tuer elle-même ces meurtriers.

— Alors, tu comptais me le dire quand ? demanda-t-il.

Elle haussa les épaules.

— Quand tu m'aurais fait suffisamment confiance. J'aurais pu finir comme elle si je te l'avais dit dès le début.

Elle baissa les yeux sur le cadavre que Gol et ses assistants traînaient derrière eux.

— Ça pourrait toujours être le cas, répondit-il. Ça devient *vraiment* difficile de faire la différence entre vous tous, les Sachakaniens.

Les yeux de Savara lancèrent des éclairs, mais elle répondit d'une voix calme :

— Tous les magiciens de mon pays ne sont pas comme les Ichanis, voleur. Notre société comporte plusieurs groupes… des factions… (Elle secoua la tête de frustration.) Votre langue ne comprend pas de mot qui peut vraiment les qualifier. Les Ichanis sont des parias, envoyés dans les Terres Désolées en châtiment. Ce sont les pires personnes de mon pays. Ne crois pas que nous sommes tous comme eux.

» Mon propre peuple a toujours craint que les Ichanis s'unissent un jour, mais nous n'avons aucune influence sur le roi et nous ne pouvons donc pas le persuader d'arrêter cette tradition de bannissement dans les Terres Désolées. Nous les avons surveillés pendant plusieurs centaines d'années et avons tué ceux qui avaient le plus de chances de contrôler les autres. Nous avons essayé d'empêcher ce qui est en train d'arriver ici, mais nous devons faire attention à ne pas révéler notre implication car beaucoup d'entre eux au Sachaka n'attendent qu'une petite excuse pour nous attaquer.

— Mais *qu'est-ce* qu'il se passe, ici ?

La jeune femme hésita.

— Je ne sais pas vraiment ce que j'ai le droit de te dire. (Cery fut amusé de voir Savara se mordiller la lèvre comme une enfant interrogée par ses parents. Quand elle le vit glousser, elle le regarda en fronçant les sourcils.) Quoi ?

— Tu n'as pas l'air du genre à demander une permission à qui que ce soit.

Elle lui rendit un regard insistant, puis baissa les yeux. Cery fit de même et découvrit que Gol et le corps avaient disparu.

— Tu ne t'attendais pas à la voir, n'est-ce pas ? s'enquit-elle doucement. Ça te perturbe de voir ton amour perdu tuer quelqu'un ?

Il la dévisagea, soudain gêné.

— Comment tu sais ça ?

Elle sourit.

— Tu le portes sur ton visage quand tu la regardes ou quand tu parles d'elle.

Le jeune homme baissa les yeux sur la pièce. L'image de Sonea bondissant sur la femme lui traversa l'esprit. Son visage était déterminé.

Elle n'était vraiment plus la jeune femme indécise qui avait été si consternée par la découverte de ses aptitudes magiques.

Puis il se souvint comment l'expression du visage de Sonea avait changé quand Akkarin lui avait doucement enlevé quelque chose des cheveux.

— C'était un amour de jeunesse, dit-il à Savara. Je sais depuis longtemps qu'elle n'est pas pour moi.

— Non, ce n'est pas vrai, répondit-elle, faisant grincer le toit en bougeant. Tu l'as seulement appris ce soir.

Il se tourna pour lui faire face.

— Comment tu peux…

Cery fut surpris de découvrir qu'elle s'était rapprochée. Quand il se tourna complètement vers elle, la femme plaça une main derrière la tête du jeune homme, l'attira vers elle et l'embrassa.

Les lèvres de Savara étaient à la fois chaudes et fermes. Cery sentit la chaleur envahir son corps. Il leva le bras pour l'attirer plus vers lui, mais le morceau de bois sur lequel il était assis glissa, et il se sentit perdre l'équilibre. Leurs lèvres se séparèrent, et il commença à tomber en arrière.

Quelque chose le retint. Il reconnut le sceau de la magie. Savara sourit malicieusement, se pencha en avant et agrippa la chemise du jeune homme. Elle appuya une épaule sur le toit et l'attira sur elle. Les poutres grincèrent de façon inquiétante lorsqu'ils roulèrent l'un sur l'autre à l'écart de la zone endommagée. Quand ils s'arrêtèrent, elle était allongée sur lui. Elle sourit, de ce sourire sensuel à couper le souffle qui faisait toujours battre le cœur du jeune voleur.

— Eh bien ! dit-il. C'est sympa.

Elle rit doucement, puis se pencha pour l'embrasser de nouveau. Cery marqua un court moment d'hésitation alors qu'un sentiment, comme une prémonition, cheminait vers ses pensées.

Le jour où Sonea a découvert ses pouvoirs magiques, elle appartenait à un autre monde. Savara possède la magie aussi. Et elle appartient déjà à un autre monde…

Mais à ce moment-là, il s'en fichait.

Lorlen fronça les sourcils et cligna des yeux. Sa chambre était presque entièrement plongée dans la pénombre. La lumière de la pleine lune faisait faiblement scintiller les panneaux de ses fenêtres ; les symboles dorés de la Guilde apparaissaient ainsi comme d'austères formes noires sur le fin papier.

Soudain, il comprit pourquoi il s'était éveillé. Quelqu'un martelait sa porte.

Quelle heure est-il ? Il s'assit et se frotta les yeux en tentant de chasser le sommeil. Le martèlement continuait. Il soupira, se leva et tituba jusqu'à la porte principale de ses appartements.

Le seigneur Osen se tenait dehors, l'air échevelé et dans tous ses états.

— Administrateur, murmura-t-il. Le seigneur Jolen et sa famille ont été assassinés.

Lorlen dévisagea son assistant. Le seigneur Jolen. L'un des guérisseurs. Un jeune homme, récemment marié. *Assassiné ?*

— Le seigneur Balkan m'a envoyé chercher les hauts mages, continua Osen d'un ton insistant. Vous devez les retrouver dans le salon. Voulez-vous que j'y retourne, pendant que vous vous habillez, pour les prévenir de votre arrivée ?

Lorlen baissa les yeux sur ses vêtements de nuit.

— S'il vous plaît.

Osen hocha la tête et s'éloigna à la hâte. Lorlen ferma la porte et retourna dans sa chambre. Il s'empara d'une robe bleue dans son placard et entreprit de se changer.

Jolen était mort. Sa famille aussi. Assassinés, selon Osen. Les sourcils du mage se froncèrent alors que son esprit était assailli de questions. *Comment* était-ce possible ? On ne tuait pas facilement un magicien. Soit le meurtrier s'y connaissait et était rusé, soit il était lui aussi magicien. *Ou pire*, pensa-t-il. *Magicien noir.*

Il baissa les yeux sur sa bague, et d'effroyables hypothèses germèrent dans son esprit.

Non, se dit-il. *Attends d'avoir entendu les détails.*

Il noua le cordon de sa robe autour de sa taille, puis se précipita hors de ses appartements. Une fois sorti du quartier des mages, il traversa à grands pas la cour menant à un bâtiment appelé « les Sept Voûtes ». La pièce la plus à gauche de la bâtisse était le salon nocturne, où se tenaient les réunions hebdomadaires des mages. La pièce du centre était la salle de réception. Sur la droite de l'édifice se trouvait le grand salon, un endroit créé pour recevoir et divertir les invités importants.

Quand Lorlen entra, la soudaine luminosité le fit cligner des yeux. Le salon nocturne était tout de bleu foncé et d'argent mais le grand salon était décoré de différents tons de blanc et de doré, maintenant éclairés par plusieurs globes lumineux. L'effet était plutôt tapageur.

Sept hommes se tenaient au centre de la pièce. Les seigneurs Balkan et Sarrin saluèrent Lorlen d'un signe de tête. Le directeur Jerrik parlait aux deux responsables d'études, Peakin et Telano. Le seigneur Osen se tenait à côté du seul homme qui ne portait pas une robe.

Quand Lorlen reconnut le capitaine Barran, son cœur se serra. Un mage était mort, et le capitaine enquêtant sur les étranges meurtres était là. La situation était peut-être aussi grave que ce qu'il craignait.

Balkan s'avança pour le saluer.

— Administrateur.

— Seigneur Balkan, répondit Lorlen. Je suppose que vous préféreriez que je garde mes questions jusqu'à ce que dame Vinara, l'administrateur Kito et le haut seigneur arrivent.

Balkan hésita.

— Oui. Mais je n'ai pas convoqué le haut seigneur. Mes raisons seront bientôt expliquées.

Lorlen s'efforça de prendre un air surpris.

— Pas Akkarin ?

— Pas encore.

Ils se retournèrent quand la porte s'ouvrit. Un magicien vindo entra. Le rôle de Kito en tant qu'administrateur expatrié le tenait en dehors de la Guilde et de la Kyralie la plupart du temps. Il n'était revenu des îles Vindos que quelques jours plus tôt pour s'occuper du jugement du magicien renégat que Dannyl ramenait.

Lorlen se souvint de la prédiction d'Akkarin : « Les membres de la Guilde perdront leur intérêt pour le meurtrier une fois que l'ambassadeur Dannyl arrivera avec le renégat, Lorlen. »

Si c'est aussi grave que ce que je crains, songea l'homme, *je pense qu'il en ira tout autrement.*

Alors que Balkan accueillait Kito, le capitaine Barran s'approcha de Lorlen. Le jeune garde eut un sourire amer.

— Bonsoir, administrateur. C'est la première fois que c'est la Guilde qui me signale un meurtre, et non l'inverse.

— Vraiment ? répondit Lorlen. Qui vous a informé ?

— Le seigneur Balkan. Visiblement, le seigneur Jolen a réussi à communiquer brièvement avec lui avant de mourir.

Le cœur de Lorlen fit un bond. Balkan savait-il alors qui était l'assassin ? Quand il se tourna vers le guerrier, la porte du salon se rouvrit et dame Vinara entra avec raideur.

Elle fit le tour des visages, notant qui était présent, puis hocha la tête pour elle-même.

— Vous êtes tous là. Bien. Je pense, peut-être, que nous devrions nous asseoir. Nous avons une lourde et choquante affaire sur les bras.

Les chaises installées le long des murs de la pièce flottèrent jusqu'au centre. Le visage du capitaine Barran arborait un respect mêlé d'admiration tandis qu'il regardait les chaises atterrir en cercle. Quand tout le monde fut assis, Vinara posa les yeux sur Balkan.

— Je pense que le seigneur Balkan devrait commencer, dit-elle, comme il est le premier à avoir été alerté à propos des meurtres.

Balkan acquiesça. Il fit le tour du cercle des yeux.

— Il y a deux heures, mon attention a été attirée par un appel mental du seigneur Jolen. C'était un appel très faible, mais j'ai entendu mon nom et détecté une grande peur. Toutefois, quand je me suis concentré dessus, tout ce que j'ai pu obtenir a été l'identité du mage et l'impression que quelqu'un lui faisait du mal – avec de la magie – avant que la communication s'arrête brutalement. J'ai tenté d'appeler le seigneur Jolen, mais n'ai reçu aucune réponse.

» J'ai informé dame Vinara de la communication, et elle m'a dit que le seigneur Jolen vivait avec sa famille en ville. Elle ne pouvait pas non plus le contacter, alors j'ai décidé de me rendre au domicile familial. À mon arrivée, aucun serviteur n'est venu m'ouvrir la porte. Après l'avoir ouverte moi-même, j'ai découvert une scène terrible à l'intérieur.

L'expression de Balkan se rembrunit.

— Toutes les personnes présentes dans la maison avaient été tuées. J'ai fouillé la demeure et découvert au fur et à mesure les corps de la famille de Jolen et de ses serviteurs. J'ai examiné les victimes mais n'ai rien trouvé de plus que des égratignures et des bleus. Ensuite, j'ai trouvé le corps de Jolen.

Il marqua une pause, puis le seigneur Telano émit un bruit de confusion.

— Son *corps* ? Comment peut-il subsister ? S'est-il épuisé ?

Vinara, remarqua Lorlen, fixait le sol en secouant la tête.

— J'ai alors appelé Vinara pour qu'elle vienne examiner les victimes, continua Balkan. À son arrivée, je me suis précipité vers la Première Garnison pour demander si on leur avait rapporté des activités étranges dans le quartier. Le capitaine Barran était là ; il venait d'interroger un témoin. (Balkan marqua un silence.) Capitaine, je pense que vous devriez nous raconter l'histoire de cette femme.

Le jeune garde parcourut du regard les visages, puis s'éclaircit la voix.

— Oui, seigneurs et dame. (Il joignit les mains.) Avec le nombre croissant de meurtres, j'ai interrogé beaucoup de témoins dernièrement, mais peu d'entre eux ont vu quoi que ce soit d'utile. Certaines personnes viennent dans l'espoir qu'une chose qu'ils ont vue – par exemple, un inconnu errant dans leur rue la nuit – soit pertinente. L'histoire de cette femme était dans le même genre, mais un élément m'a intrigué.

» Il était tard quand elle retournait chez elle, à pied, après avoir livré des fruits et des légumes à l'une des maisons du cercle intérieur. À mi-chemin, elle a entendu des cris provenant d'une maison – la résidence familiale du seigneur Jolen. Elle a décidé d'avancer plus vite, mais en passant devant la maison suivante, elle a entendu un bruit derrière elle. Effrayée, elle est allée se cacher dans l'ombre d'un porche. En regardant derrière elle,

elle a vu un homme émerger de l'entrée des serviteurs de la maison qu'elle venait de dépasser.

Barran marqua une pause et regarda les mages.

—Elle a dit que cet homme portait une robe de mage. Une robe noire.

Les hauts mages froncèrent les sourcils et échangèrent des regards. Tous, sauf Balkan et Osen, semblaient dubitatifs, remarqua Lorlen. Vinara n'avait pas l'air surprise.

—Est-elle sûre que la robe était noire ? demanda Sarrin. N'importe quelle couleur peut sembler noire dans l'obscurité.

Barran hocha la tête.

—Je lui ai posé la même question. Elle en est sûre. Il est passé devant le porche où elle s'était cachée. Elle a décrit une robe noire, avec un incal sur la manche.

Les expressions passèrent du scepticisme à l'inquiétude. Lorlen dévisagea Barran. Le souffle lui manquait.

—Ce n'est quand même p…, commença Sarrin, mais il se tut quand Balkan lui fit signe d'attendre.

—Continuez, capitaine, dit posément Balkan. Dites-leur le reste.

Barran hocha la tête.

—Elle a dit que les mains de l'homme étaient couvertes de sang et qu'il portait une dague. Elle l'a bien décrite. Une lame courbe, avec des gemmes incrustées dans le manche.

Un long silence suivit, puis Sarrin inspira profondément.

—À quel point ce témoin est-il fiable ? Pouvez-vous l'amener ici ?

Barran haussa les épaules.

—J'ai pris son nom et noté le lieu de travail indiqué sur son jeton. Pour vous dire la vérité, je n'ai accordé aucune importance à son histoire avant d'avoir entendu ce que le seigneur Balkan avait découvert dans la maison. Maintenant, je regrette de ne pas lui avoir posé plus de questions, ou de ne pas l'avoir gardée plus longtemps à la Première Garnison.

Balkan hocha la tête.

—On la retrouvera. Bien. (Il se tourna vers Vinara.) Peut-être est-il temps d'entendre ce que dame Vinara a découvert.

La guérisseuse se redressa.

—Oui, je le crains. Le seigneur Jolen habitait avec sa famille pour pouvoir s'occuper de sa sœur, qui vivait une grossesse pénible. J'ai d'abord examiné le corps de notre confrère et ai fait deux découvertes inquiétantes. La première… (elle enfonça la main dans sa robe et en sortit un morceau de tissu noir brodé de fil d'or) a été ceci, qu'il tenait serré dans sa main droite.

Quand elle le leva, le sang de Lorlen se glaça. La broderie formait une partie d'un symbole qu'il ne connaissait que trop bien : l'incal du haut seigneur. Les yeux de Vinara vacillèrent vers les siens ; elle prit un air soucieux et compatissant.

—Quelle a été la seconde découverte ? demanda Balkan, la voix sourde.

Vinara hésita, puis prit une profonde inspiration.

—La raison pour laquelle le corps du seigneur Jolen a subsisté est qu'on l'a totalement vidé de son énergie. La seule blessure sur son corps était une coupure en surface qui courait le long de son cou, sur un côté. Les autres corps portaient la même marque. Mon prédécesseur m'a appris à reconnaître ces marques. (Elle fit une pause et regarda les mages l'un après l'autre.) Le seigneur Jolen, sa famille et leurs serviteurs ont été tués avec de la magie noire.

Cette déclaration fut suivie de suffocations et d'exclamations, puis d'un long silence alors que les implications commençaient à devenir claires. Lorlen pouvait presque entendre ses pairs penser à la puissance d'Akkarin et peser les chances qu'avait la Guilde de le battre lors d'un combat. Il percevait de la peur et de la panique sur leurs visages.

Il se sentait étrangement calme et… soulagé. Pendant plus de deux ans, il avait supporté le secret du crime d'Akkarin. Maintenant, pour le meilleur ou pour le pire, la Guilde avait elle-même découvert ce secret. Il laissa son regard glisser sur les hauts mages. Devait-il admettre avoir été au courant du crime d'Akkarin ? *Non. Sauf si je n'ai pas le choix*, pensa-t-il.

Alors que devait-il faire ? La Guilde n'était pas plus forte, et Akkarin – s'il était coupable de ces crimes – n'était sûrement pas plus faible. Une peur familière chassa son soulagement.

Pour protéger la Guilde, je devrais faire tout mon possible pour éviter une confrontation entre elle et Akkarin. Mais si Akkarin a fait ça… Non, ce n'est peut-être pas lui. Je sais que d'autres mages noirs ont tué des Kyraliens.

—Que faisons-nous ? demanda Telano d'une petite voix.

Tous se tournèrent vers Balkan. Lorlen en ressentit un léger frémissement d'indignation. N'était-ce pas lui le chef de la Guilde, en l'absence d'Akkarin ? Balkan lui jeta alors un regard plein d'expectative, et Lorlen ressentit un regret ironique quand le poids familier de sa position pesa sur ses épaules.

—Que suggérez-vous, administrateur ? C'est vous qui le connaissez le mieux.

Lorlen se contraignit à se redresser sur son siège. Il avait répété tellement de fois ce qu'il leur dirait dans cette situation.

—Nous devons nous méfier, les prévint-il. Si c'est Akkarin le meurtrier, il doit être encore plus puissant maintenant. Je suggère que nous y réfléchissions bien avant de nous confronter à lui.

—Quelle est sa force ? demanda Telano.

— Il est facilement venu à bout de vingt de nos plus puissants magiciens quand nous l'avons testé pour le poste de haut seigneur, répondit Balkan. Avec la magie noire, on ne peut pas évaluer la puissance d'un mage.

— Je voudrais bien savoir depuis combien de temps il la pratique, dit Vinara d'un ton sinistre. (Elle regarda Lorlen.) N'avez-vous jamais remarqué quoi que ce soit de bizarre chez Akkarin, administrateur ?

Lorlen n'eut pas à prétendre d'être amusé par la question.

— Bizarre ? Akkarin ? Il a toujours été mystérieux et secret, même avec moi.

— Ça fait peut-être des années qu'il la pratique, marmonna Sarrin. À quel point peut-il avoir accru sa puissance ?

— Ce qui m'inquiète, c'est comment il a pu en détenir le savoir, ajouta doucement Kito. L'a-t-il apprise durant ses voyages ?

Lorlen soupira quand les mages commencèrent à discuter de toutes les possibilités qu'il avait envisagées depuis qu'il avait lui-même découvert la vérité. Il leur laissa un peu de temps puis, juste quand il songeait à les interrompre, Balkan éleva la voix :

— Pour le moment, peu importe comment et où il a appris la magie noire. Ce qui importe, c'est si nous pouvons le vaincre lors d'une confrontation.

Lorlen hocha la tête.

— Je doute de nos chances. Je pense, peut-être, que nous devrions garder ça pour nous-mêmes…

— Êtes-vous en train de suggérer que nous n'y prêtions aucune attention ? s'exclama Peakin. Que nous laissions un mage noir à la tête de notre Guilde ?

— Non. (Lorlen secoua la tête.) Mais, s'il est effectivement le meurtrier, nous avons besoin de temps pour réfléchir à la façon de nous débarrasser de lui sans risques.

— Nous ne devenons pas plus forts, fit remarquer Vinara. Lui, oui.

— Lorlen a raison. Un plan prudent est essentiel, répondit Balkan. Mon prédécesseur m'a enseigné les façons dont un mage noir peut être vaincu. Ce n'est pas facile, mais ce n'est pas non plus impossible.

Lorlen sentit un début d'intérêt et d'espoir. Si seulement il avait pu s'entretenir de ce sujet avec le guerrier avant qu'Akkarin ait découvert que Lorlen connaissait son secret. Peut-être avaient-ils une chance de se débarrasser d'Akkarin, après tout.

Il stoppa brusquement ce flot de pensées. Souhaitait-il vraiment la mort d'Akkarin ? *Mais si c'est vraiment* lui *qui a tué Jolen et toute sa maisonnée… ? Ne mérite-t-il pas d'être puni pour ça ?*

Oui, mais nous ferions mieux de nous assurer que c'est lui.

—Nous devons aussi envisager le fait qu'il ne soit pas le tueur, dit Lorlen. (Il posa les yeux sur Balkan.) Nous avons le récit d'un témoin et un bout de tissu. Un autre magicien n'aurait-il pas pu s'habiller comme Akkarin ? N'aurait-il pas pu mettre ce bout de tissu dans la main de Jolen ? (Quelque chose lui traversa soudain l'esprit.) Montrez-le-moi de nouveau.

Vinara lui tendit le morceau de tissu. Lorlen hocha la tête tout en l'examinant.

—Regardez, il a été coupé, et non déchiré. Pour le faire, Jolen devait avoir une lame quelconque. Pourquoi n'a-t-il pas simplement poignardé son agresseur, alors ? Et c'est étrange, ne trouvez-vous pas, que le tueur n'ait pas remarqué que sa manche avait été coupée ? Un meurtrier malin ne laisserait pas une telle preuve derrière lui, et ne se promènerait pas dans la rue avec l'arme de son crime.

—Alors, vous pensez que ça pourrait être un autre magicien de la Guilde qui essaie de nous convaincre qu'Akkarin est coupable de ses crimes ? demanda Vinara en fronçant les sourcils. Je suppose que c'est possible.

—Ou un mage n'appartenant pas à la Guilde, ajouta Lorlen. Si Dannyl peut trouver un renégat en Elyne, il est bien possible qu'il en existe d'autres.

—Il n'y a pas d'autres preuves qu'un renégat se trouve en Kyralie, protesta Sarrin. Et les renégats ne sont en général pas formés, donc ils sont ignorants. Comment l'un d'eux apprendrait-il la magie noire ?

Lorlen haussa les épaules.

—Comment n'importe quel magicien apprendrait-il la magie noire ? En secret, évidemment. L'idée n'est certes pas plaisante, mais que le tueur soit Akkarin ou quelqu'un d'autre, il a d'une façon ou d'une autre appris la magie noire.

Un instant, l'assemblée réfléchit en silence à cette remarque.

—Alors, peut-être qu'Akkarin n'est pas le tueur, déclara Sarrin. Dans ce cas, il sait que nous devons enquêter de la manière habituelle, et il coopérera.

—Mais si c'est lui, il pourrait se retourner contre nous, ajouta Peakin.

—Alors, que devons-nous faire ?

Balkan se leva et se mit à faire les cent pas.

—Sarrin a raison. S'il est innocent, il coopérera. Toutefois, s'il est coupable, je pense que nous devrions agir dès maintenant. Le nombre de meurtres commis ce soir, sans aucun effort pour cacher les preuves, montre que ce sont sûrement les préparatifs d'un mage noir prévoyant de se battre. Nous devons l'affronter maintenant, avant qu'il soit trop tard.

Le cœur de Lorlen bondit dans sa poitrine.

—Mais vous avez dit avoir besoin de temps pour vous préparer.

Balkan eut un sourire amer.

— J'ai dit qu'une préparation judicieuse fait toute la différence. Ça fait partie de mes devoirs en tant que chef des guerriers de m'assurer que nous sommes toujours prêts à affronter un tel danger. La clé du succès, selon mon prédécesseur, est de prendre l'ennemi par surprise, quand il est isolé de ses alliés. Mon domestique m'a informé que seules trois personnes restent dans la résidence du haut seigneur, la nuit. Akkarin, son serviteur et Sonea.

— Sonea ! s'exclama Vinara. Que vient-elle faire dans cette histoire ?

— Elle ne l'aime pas, déclara Osen. Je dirais même qu'elle le déteste.

Lorlen regarda son assistant d'un air surpris.

— Comment le savez-vous ? demanda Vinara.

Osen haussa les épaules.

— C'est ce que j'ai observé quand elle est devenue sa protégée. Même encore aujourd'hui, elle n'aime pas être en sa compagnie.

Vinara semblait songeuse.

— Je me demande si elle sait quoi que ce soit. Elle pourrait faire un témoin précieux.

— Et une précieuse alliée, ajouta Balkan. Tant qu'il ne la tue pas pour sa force magique.

Vinara frissonna.

— Alors, comment allons-nous les séparer ?

Balkan sourit.

— J'ai un plan.

Le guide qui les raccompagna dans les passages souterrains était le même garçon aux yeux durs. Tout en le suivant, Sonea sentit l'agitation de ses pensées se calmer de façon raisonnable. Quand le guide les quitta, elle était pleine de nouvelles questions.

— C'était une Ichanie, n'est-ce pas ?

Akkarin lui lança un coup d'œil.

— Oui, une des faibles. Je n'arrive pas à imaginer comment Kariko l'a persuadée de venir ici. Avec un pot-de-vin, peut-être, ou un chantage quelconque.

— Vont-ils en envoyer d'autres comme elle ?

Il réfléchit.

— Peut-être. J'aurais aimé pouvoir lire son esprit.

— Je suis désolée.

Un coin de la bouche du mage se releva.

— Ne t'excuse pas. Je préfère te savoir vivante.

Sonea sourit. Sur le chemin du retour, il avait été distant et pensif. Maintenant, il semblait avoir hâte de rentrer. Elle le suivait le long du passage. Ils gagnèrent l'éboulement. Akkarin déplaça les pierres jusqu'à former l'escalier. Sonea attendit que le bruit des pierres s'entrechoquant cesse avant de poser sa question suivante :

— Pourquoi avait-elle une bague de la Maison Saril et un châle coûteux dans l'alcôve ?

Le mage s'arrêta au beau milieu de l'escalier et se tourna pour la dévisager.

— Vraiment ? Je…

Son regard dévia quelque part derrière la jeune femme. Son air songeur refit surface. Soudain, son expression se rembrunit.

— Qu'est-ce qu'il y a ? demanda Sonea.

Il lui fit signe de se taire. Sonea le vit soudain suffoquer et écarquiller les yeux. Puis il poussa un juron qu'elle pensait connu des seuls traîne-ruisseau.

— Qu'est-ce qu'il y a ? répéta-t-elle.

— Les hauts mages sont dans ma résidence. Dans la pièce souterraine.

La respiration de Sonea sembla se bloquer. Un froid glacial l'envahit.

— Pourquoi ?

Le regard d'Akkarin portait au-delà des murs du passage.

— Lorlen…

Sonea eut un nœud dans l'estomac. Lorlen n'avait tout de même pas décidé de mobiliser la Guilde contre Akkarin !

Quelque chose dans l'expression du mage bloqua dans la gorge de Sonea toutes les questions qu'elle voulait poser. Il devait être en train de réfléchir, de faire des choix difficiles. Enfin, après un long silence, il prit une profonde inspiration, qu'il relâcha lentement.

— À partir de maintenant, tout va changer, dit-il en levant les yeux vers elle. Tu dois faire ce que je te dis, même si ça te paraît trop difficile.

Sa voix était basse et tendue. Sonea hocha la tête et essaya de maîtriser la peur qui s'emparait d'elle.

Akkarin remonta les marches jusqu'à ce qu'ils soient face à face.

— Le seigneur Jolen a été assassiné ce soir, avec sa famille et ses serviteurs, sûrement par la femme que tu viens de tuer. C'est pour ça qu'elle avait un châle et une bague de la Maison Saril – des trophées, je suppose. Vinara a trouvé un morceau de ma robe dans la main de Jolen – sans aucun doute coupé dans ma manche par l'Ichanie lors de notre première confrontation – et elle sait que les morts ont été causées par la magie noire. Un témoin a vu quelqu'un habillé comme moi quitter la maison, une dague à la main. (Il détourna le regard.) Je me demande où l'Ichanie a pu avoir cette robe et où elle l'a mise…

Sonea le dévisagea.

— Alors, la Guilde pense que c'est vous, le tueur.

— Les mages envisagent cette possibilité, oui. Balkan a conclu, à juste titre, que j'allais coopérer si j'étais innocent et qu'ils devaient m'affronter sans attendre si j'étais coupable. Je réfléchissais à la façon dont j'allais gérer ça, et à ce que tu devrais faire et dire, mais la situation vient juste de changer.

Il marqua une pause et poussa un long soupir.

— Balkan a judicieusement prévu de m'isoler de toi et de Takan. Il m'a envoyé un messager avec la nouvelle de la mort de Jolen et une convocation pour rejoindre les hauts mages. Quand il a appris que je n'étais pas à la résidence, il a envoyé quelqu'un te chercher. Il n'avait pas discuté avec les autres de ce qu'il ferait si tu n'y étais pas non plus, j'ai donc supposé qu'il le ferait ensuite et que j'apprendrais ses intentions par l'intermédiaire de Lorlen. Mais il a déjà dû former un plan. (Ses sourcils se froncèrent.) Bien sûr, il en avait déjà un.

Sonea secoua la tête.

— Ça s'est passé sur notre chemin du retour, n'est-ce pas ?

Akkarin acquiesça.

— Je ne pouvais rien dire en présence de notre guide.

— Alors qu'a fait Balkan ?

— Il est retourné à la résidence et l'a fouillée.

Sonea se figea quand elle songea aux livres et aux objets que Balkan trouverait dans la pièce souterraine.

— Oh !

— Oui. Oh ! Ils n'ont pas tout de suite forcé la pièce souterraine. Mais quand ils ont trouvé des livres sur la magie noire dans ta chambre, ils se sont obstinés à fouiller chaque recoin.

Le sang de Sonea se glaça. Des livres sur la magie noire. Dans sa chambre.

Ils sont au courant.

L'avenir qu'elle s'était imaginé défila devant ses yeux. Encore deux années de formation, le diplôme, choisir une discipline, peut-être persuader les guérisseurs d'aider les pauvres, peut-être même convaincre le roi d'arrêter la Purge.

Rien de tout ça n'arriverait. Jamais.

La Guilde savait qu'elle avait cherché à en savoir plus sur la magie noire. Ce crime était puni par l'expulsion. Si les mages savaient qu'elle avait appris la magie noire et l'avait utilisée pour tuer...

Mais elle l'avait fait, et elle avait risqué son avenir, pour une bonne raison. Si les Ichanis envahissaient la Kyralie, le diplôme ou l'arrêt de la Purge n'avaient plus de sens, de toute façon.

Rothen va être très, très déçu.

Elle s'efforça d'évacuer cette pensée de son esprit. Elle devait réfléchir. Maintenant que la Guilde était au courant, que devaient-ils faire ? Comment Akkarin et elle continueraient-ils à combattre les Ichanis ?

Il était clair qu'ils ne pouvaient pas retourner à la Guilde. Ils devraient se cacher dans la ville. Se dissimuler aux yeux de la Guilde rendrait les choses plus difficiles, mais pas impossibles. Akkarin connaissait les voleurs. Elle aussi avait quelques relations qui pouvaient servir. Elle regarda le mage.

— Qu'est-ce qu'on fait, maintenant ?

L'homme baissa les yeux sur l'escalier.

— Nous rentrons.

Elle le dévisagea.

— À la Guilde ?

— Oui. On va lui parler des Ichanis.

Le cœur de Sonea manqua un battement.

— Vous aviez dit penser que les mages ne vous croiraient pas.

— Je le pense toujours. Mais je dois leur en donner la possibilité.

— Et s'ils ne vous croient pas ?

Le regard d'Akkarin vacilla. Il baissa les yeux.

— Je suis désolé de t'avoir impliquée dans cette affaire, Sonea. Je te protégerai du pire, si je le peux.

La jeune femme retint son souffle, puis s'invectiva en silence.

— Ne vous excusez pas, lui dit-elle avec fermeté. C'était ma décision. Je connaissais les risques. Dites-moi ce que je dois faire, et je le ferai.

Les yeux du mage s'agrandirent légèrement. Il ouvrit la bouche, puis son regard se fit de nouveau distant.

— Ils emmènent Takan. Nous ferions mieux de nous dépêcher.

Il disparut en bas des marches. Sonea s'élança à sa suite. Alors que le mage se précipitait dans le labyrinthe de passages, la jeune femme regarda par-dessus son épaule.

— L'escalier ?

— Laisse-le.

Elle le rattrapa en courant. Garder le rythme des grandes enjambées du magicien était difficile, et elle contint difficilement une remarque sur la considération qu'il pourrait avoir pour les individus aux jambes plus petites.

— Deux personnes doivent à tout prix être protégées dans cette affaire, déclara-t-il. Takan et Lorlen. Ne parle pas de la bague de Lorlen ou du fait qu'il était déjà au courant de quoi que ce soit. Nous pourrions avoir besoin de lui.

Il ralentit, bien trop tôt au goût de la jeune femme, et s'arrêta devant la porte de la pièce souterraine. Il enleva son manteau, le plia et le plaça à côté de la porte. Puis il défit la ceinture du fourreau et la posa sur son manteau. Un globe lumineux surgit au-dessus de leurs têtes. Akkarin couvrit la lampe et la plaça à côté du manteau.

Il resta un long moment à fixer du regard la porte de la pièce souterraine, ses bras nus croisés sur son maillot noir. Sonea attendait en silence à ses côtés.

Elle avait du mal à croire que tout cela était arrivé. Le lendemain, elle était censée apprendre comment guérir les côtes fêlées. Dans quelques semaines, les examens de premier semestre commenceraient. Elle se sentit attirée vers la porte avec le sentiment étrange qu'elle n'avait qu'à retrouver le chemin de son lit et que quand elle se réveillerait, les choses auraient repris leur cours habituel.

Mais la pièce derrière la porte était probablement remplie de mages attendant le retour d'Akkarin. Ils savaient qu'elle avait appris l'existence de la magie noire. Ils soupçonnaient Akkarin d'avoir tué Jolen. Ils seraient prêts à se battre.

Pourtant, Akkarin demeurait immobile. Elle commençait tout juste à se demander s'il allait changer d'avis quand il se tourna vers elle.

— Reste là jusqu'à ce que je t'appelle.

Puis il regarda la porte en plissant les yeux ; elle coulissa en silence.

Les dos de deux magiciens bloquaient l'accès à la pièce. Derrière eux, Sonea aperçut le seigneur Balkan faisant lentement les cent pas. Le seigneur Sarrin était assis à la table et regardait d'un air perplexe les objets qui la parsemaient.

Ils ne virent pas la porte s'ouvrir. Soudain, l'un des mages se tenant devant le seuil frissonna et regarda par-dessus son épaule. En apercevant Akkarin, il s'étrangla et recula en traînant son compagnon derrière lui.

Toutes les têtes se tournèrent vers Akkarin qui entrait dans la pièce. Même sans la partie supérieure de sa robe, il avait toujours un air imposant.

— Eh bien, que de visiteurs ! dit-il. Qu'est-ce qui vous amène tous si tard dans ma demeure ?

Balkan leva les sourcils. Il lança un regard vers l'escalier. On entendit des bruits de pas rapides, puis Lorlen apparut. L'administrateur se tourna vers Akkarin, se composant un visage de circonstance.

— Le seigneur Jolen et toute sa maisonnée ont été tués ce soir. (La voix de Lorlen était calme et contrôlée.) On a trouvé des preuves qui nous amènent à soupçonner que tu es le meurtrier.

— Je vois, répondit doucement Akkarin. C'est une affaire sérieuse. Je n'ai pas tué le seigneur Jolen, mais vous allez devoir le découvrir par vous-mêmes. (Il marqua une pause.) Pouvez-vous me dire ce qui a tué Jolen ?

— La magie noire, déclara Lorlen. Et comme nous venons de trouver des livres sur cette magie dans ta demeure, y compris dans la chambre de Sonea, les raisons de te soupçonner sont encore plus grandes.

Akkarin hocha lentement la tête.

—En effet. (Un coin de sa bouche se releva.) Et cette découverte a dû vous donner la chair de poule. Je vous rassure. Ça n'en vaut pas la peine. Je vais m'expliquer.

—Tu vas coopérer ? demanda Lorlen.

—Bien sûr.

Le soulagement sur chaque visage était évident.

—Mais j'ai une condition, ajouta Akkarin.

—Quelle est-elle ? demanda Lorlen avec méfiance.

Balkan lui lança un regard.

—Mon serviteur, répondit Akkarin. Je lui ai un jour promis qu'on ne lui reprendrait jamais sa liberté. Amenez-le ici.

—Et si nous ne le faisons pas ? demanda Lorlen.

Akkarin fit un pas sur le côté.

—Sonea prendra sa place.

La novice sentit sa peau se hérisser quand les magiciens remarquèrent sa présence dans le passage. Elle frissonna à la pensée de ce qu'ils devaient être en train d'imaginer. Avait-elle appris la magie noire ? Était-elle dangereuse ? Seul Lorlen pourrait espérer qu'elle se retourne contre Akkarin ; les autres ne connaissaient pas les circonstances qui l'avaient amenée à devenir la novice du haut seigneur.

—Amenez-les tous les deux ici, et il aura deux alliés sous la main, prévint Sarrin.

—Takan n'est pas un magicien, dit doucement Balkan. Tant qu'il reste hors de portée d'Akkarin, il ne constitue pas une menace. (Il regarda les autres hauts mages.) La question est : qui préférez-vous garder sous surveillance, Sonea ou le serviteur ?

—Sonea, répondit Vinara sans hésiter.

Les autres acquiescèrent.

—Très bien, dit Lorlen. (Son regard s'égara au loin, puis revint à ce qui l'entourait.) Je viens d'exiger qu'on le ramène.

Un long silence tendu suivit. Enfin, on entendit des bruits de pas descendre l'escalier. Takan apparut, les bras fermement tenus par un guerrier. Il était pâle et anxieux.

—Pardonnez-moi, maître, dit-il. Je n'ai pas pu les arrêter.

—Je sais, lui répondit Akkarin. Tu n'aurais même pas dû essayer, mon ami. (Il s'écarta de plusieurs pas de l'entrée du passage, s'arrêtant près de la table.) Les barrières sont désactivées et j'ai laissé l'escalier ouvert. Tu trouveras ce dont tu as besoin juste à côté de la porte.

Takan hocha la tête. Ils se fixèrent du regard, puis le serviteur fit un autre signe de tête. Akkarin se tourna vers le passage.

—Entre, Sonea. Quand Takan sera libéré, va avec Lorlen.

Sonea inspira profondément et entra dans la pièce. Elle regarda d'abord le guerrier qui tenait Takan, puis Lorlen. L'administrateur fit un signe de tête.

— Laissez-le partir.

Takan s'éloigna de son geôlier, et Sonea avança vers Lorlen. Le serviteur s'arrêta près de la jeune femme et s'inclina.

— Prenez soin de mon maître, demoiselle Sonea.

— Je ferai de mon mieux, promit-elle.

Elle avait soudain la gorge serrée. Quand elle eut rejoint Lorlen, elle se retourna pour regarder le serviteur partir. Il salua Akkarin, puis entra dans le passage. Quand il eut disparu dans la pénombre, le panneau se referma en coulissant.

Akkarin se tourna vers Lorlen, puis baissa les yeux sur la table et les chaises. La partie supérieure de sa robe était toujours sur le dos d'une chaise. Il prit le vêtement noir et l'enfila.

— Alors, administrateur, comment Sonea et moi pouvons-nous vous aider dans votre enquête ?

Chapitre 15

Mauvaises nouvelles

Rothen venait tout juste de mettre une nouvelle robe quand il entendit la porte de ses appartements s'ouvrir.

— Seigneur Rothen ? appela Tania.

Entendant l'urgence dans la voix de la servante, le mage se précipita vers la porte de sa chambre. Tania se tenait au milieu de la pièce et se tordait les mains.

— Qu'est-ce qu'il se passe ? demanda-t-il.

Elle se tourna vers lui avec une expression peinée.

— On a arrêté le haut seigneur et Sonea hier soir.

Le mage suffoqua et ressentit l'espoir et le soulagement monter en lui. Akkarin enfin arrêté ! La Guilde avait dû découvrir son crime – et l'affronter – et gagner !

Mais pourquoi la Guilde arrêterait-elle également Sonea ?

Mais oui, pourquoi ? Son enthousiasme s'évanouit, laissant place à une peur familière et tenace.

— Pourquoi les a-t-on arrêtés ? se força-t-il à demander.

Tania marqua une hésitation.

— Je ne l'ai pas du tout appris de source sûre, seigneur Rothen. Ça pourrait être faux.

— Pourquoi ? répéta-t-il.

La femme grimaça.

— On a arrêté le haut seigneur pour avoir assassiné le seigneur Jolen, sa famille et ses serviteurs, et pour avoir appris une sorte de magie. La magie noire, je crois ? Qu'est-ce que c'est ?

— La plus diabolique de toutes les magies, répondit Rothen d'une voix accablée. Mais Sonea ? Pourquoi l'a-t-on arrêtée ?

Tania leva les mains en signe d'ignorance.

— Je ne suis pas sûre. Pour avoir été sa complice, je crois.

Rothen s'assit dans l'un des fauteuils du salon. Il prit une longue et profonde inspiration. La Guilde devait envisager la possibilité de l'implication de Sonea. Ça ne voulait pas dire qu'elle était coupable.

—Je ne vous ai pas apporté de nourriture, s'excusa Tania. Je savais que vous voudriez être au courant le plus tôt possible.

—Ce n'est pas grave, répondit Rothen. De toute façon, il me semble que je n'aurai pas le temps de manger ce matin. (Il se leva et fit un pas vers la porte.) Je crois que je ferais mieux d'avoir une petite discussion avec Sonea.

Le sourire de Tania était anxieux.

—C'est ce que je pensais. Tenez-moi au courant de ce qu'elle vous dira.

Le jeune homme assis en face de Dannyl, dans le carrosse, était terriblement maigre. Même si Farand avait assez récupéré pour marcher pendant la semaine qui avait suivi son empoisonnement, il lui faudrait encore quelque temps pour recouvrer toutes ses forces. Mais il était vivant et en était très reconnaissant.

Dannyl avait surveillé le jeune homme nuit et jour durant le voyage. Avec ses pouvoirs de guérison, il avait pu assez facilement se priver de sommeil, mais cette méthode laissait toujours des traces. Au bout d'une semaine, il se sentait presque aussi mal en point que Farand semblait l'être.

Le véhicule tourna pour franchir les portes de la Guilde. Farand eut le souffle coupé en apercevant l'université.

—C'est beau, souffla-t-il.

—Oui.

Dannyl sourit et regarda par la fenêtre. Trois mages se tenaient en bas des marches : l'administrateur Lorlen, l'administrateur expatrié Kito et dame Vinara.

Dannyl ressentit une petite pointe d'angoisse et de déception. Il avait espéré que le haut seigneur viendrait l'accueillir. *Mais il voudra sûrement parler de tout ça en privé.*

La voiture s'arrêta devant les marches ; Dannyl en descendit. Farand le suivit, et les trois hauts mages le dévisagèrent avec une curiosité méfiante.

—Ambassadeur Dannyl, dit Lorlen. Bienvenue chez vous.

—Merci, administrateur Lorlen. Administrateur Kito, dame Vinara, répondit Dannyl en inclinant la tête. Voici Farand de Darellas.

—Bienvenue, jeune Darellas, déclara Lorlen. J'ai bien peur que tu nous trouves quelque peu préoccupés par un autre problème, les prochains jours. Nous ferons en sorte de te mettre autant à l'aise que possible et nous

nous occuperons de ta situation exceptionnelle dès que cet autre problème sera résolu.

— Merci, administrateur, répondit Farand avec une pointe d'hésitation.

Lorlen fit un signe de tête, puis se retourna et monta les marches de l'université. Dannyl plissa le front. Il y avait quelque chose d'étrange dans l'attitude de Lorlen. Il semblait bien plus surmené que d'habitude.

— Viens avec moi, Farand, dit Vinara au jeune homme. (Elle regarda Dannyl, son expression se faisant sévère.) Allez vous reposer, ambassadeur. Vous devez récupérer ce que vous avez perdu.

— Oui, dame Vinara, approuva Dannyl.

Alors que la magicienne emmenait Farand, Dannyl regarda Kito d'un air interrogateur.

— Quel est cet autre problème dont l'administrateur Lorlen a parlé ?

Kito poussa un long soupir.

— On a assassiné le seigneur Jolen hier soir.

— Assassiné ? (Dannyl le dévisagea.) Comment ?

Le mage fit la grimace.

— Avec de la magie noire.

Dannyl sentit son visage se glacer. Il jeta un coup d'œil vers le carrosse où le livre était bien enfoui dans sa malle de voyage.

— De la magie noire ? Qui… ?

— On a arrêté le haut seigneur, ajouta Kito.

— Akkarin ! (Dannyl sentit le froid envahir son corps.) Pas lui !

— J'en ai bien peur. Les preuves sont accablantes. Il a accepté de nous aider durant notre enquête. Il y aura une audience demain.

Dannyl l'entendit à peine. D'étranges coïncidences et événements prenaient une nouvelle signification. Il pensa aux recherches que Lorlen lui avait demandé de commencer, puis d'arrêter. Il pensa à l'intérêt soudain de Rothen concernant les mêmes informations, juste après que Sonea fut devenue la protégée d'Akkarin. Il pensa à ce qu'avait révélé le livre du dem. La magie ancienne – la magie supérieure – était la magie noire.

Il avait supposé que les recherches d'Akkarin s'étaient conclues sans cette découverte.

Il avait eu tort, apparemment.

Lorlen avait-il soupçonné cela ? Rothen aussi ? Était-ce la raison de ces recherches ?

Et j'allais donner ce livre à Akkarin !

— Nous parlerons du renégat après l'audience, dit Kito.

Dannyl cligna des yeux, puis hocha la tête.

— Bien sûr. Bon, je ferais mieux d'obéir aux ordres de dame Vinara.

Le mage vindo sourit.

— Dormez bien, alors.

Dannyl fit un signe de tête et prit la direction du quartier des mages. Dormir ? Comment pourrait-il dormir après avoir appris cela ?

J'ai continué ces recherches avec l'accord d'Akkarin, et ma malle contient un livre qui parle de magie noire. Serait-ce suffisant pour que l'on me considère coupable des mêmes crimes ? Je pourrais cacher le livre. Je ne vais certainement pas le donner à Akkarin… ni parler de quoi que ce soit avec lui.

Il réalisa soudain avec stupéfaction ce que tout cela impliquait. Qui allait croire Akkarin, maintenant, quand il expliquerait que la relation de Dannyl et de Tayend n'était qu'une ruse pour piéger les rebelles ?

La dernière fois que Sonea était entrée dans le dôme, c'était pour sa préparation au défi. C'était une demi-sphère de pierre gigantesque et creuse, qui avait été à une époque la salle d'entraînement des guerriers. La Guilde l'avait abandonné quand l'arène avait été construite, mais Sonea l'avait utilisé pour se préparer au combat contre Regin afin que le jeune homme ou ses partisans ne puissent pas observer ce qu'elle y faisait. Akkarin en avait renforcé la paroi pour s'assurer qu'elle ne l'abîme pas. Ironie du sort, sa magie la tenait aujourd'hui emprisonnée.

Sonea n'avait de toute façon pas l'intention de tenter de s'évader. Elle avait dit à Akkarin qu'elle ferait tout ce qu'il lui ordonnerait. Le mage avait seulement dit qu'ils devaient protéger Takan et Lorlen. Puis il l'avait échangée contre Takan. Il avait donc voulu qu'elle se retrouve ici.

Ou alors, il était prêt à la sacrifier pour pouvoir tenir la promesse qu'il avait faite à son serviteur.

Non, pensa-t-elle, *il a besoin de moi pour confirmer son histoire.* Takan était trop proche d'Akkarin. Personne ne le croirait.

Elle arpenta l'intérieur du dôme. La porte en forme de bonde restait ouverte pour laisser entrer l'air dans la pièce. Deux mages se tenaient derrière, la surveillant chaque fois qu'elle était seule.

Mais elle n'était pas restée seule bien longtemps. Vinara, Balkan et Sarrin l'avaient tous interrogée sur les activités d'Akkarin. Elle ne voulait pas risquer de révéler quoi que ce soit avant qu'Akkarin soit prêt ; elle avait donc refusé de répondre. Ils avaient fini par abandonner.

Maintenant qu'elle était enfin seule, elle découvrit qu'elle n'aimait pas ça. Elle n'arrêtait pas de se demander où était Akkarin et si elle faisait ce qu'il voulait en demeurant silencieuse. Il lui était impossible de savoir l'heure qu'il était mais l'aube devait être passée depuis bien longtemps. Elle n'avait pas dormi de la nuit, mais elle doutait qu'elle aurait pu le faire même si un lit moelleux avait remplacé le sol sablonneux.

Un mouvement sur le seuil attira son attention. Elle leva les yeux et sentit son cœur se tordre de douleur.

Rothen.

Le mage entra dans le dôme, le visage marqué par l'inquiétude. Quand leurs regards se croisèrent, il tenta un sourire, et Sonea se sentit écrasée par la culpabilité.

— Sonea, comment vas-tu ?

Elle secoua la tête.

— C'est une question idiote, Rothen.

Il parcourut le dôme des yeux et acquiesça.

— Oui. Tu as sûrement raison. (Il soupira et reposa le regard sur elle.) Ils n'ont pas encore décidé ce qu'ils allaient faire de toi. Lorlen m'a dit qu'ils avaient trouvé des livres de magie noire dans ta chambre. Y ont-ils été placés par Akkarin ou son serviteur ?

La jeune femme soupira.

— Non. Je les lisais.

— Pourquoi ?

— Pour comprendre mon ennemi.

Le front du mage se plissa.

— Tu sais que le simple fait de lire des informations sur la magie noire est un crime.

— Oui, je sais.

— Pourtant, tu as lu ces livres ?

La novice croisa le regard du mage.

— Certains risques valent la peine d'être pris.

— Dans l'espoir que nous puissions utiliser ces informations pour vaincre Akkarin ?

Elle baissa les yeux.

— Pas exactement.

Le mage marqua un silence.

— Alors pourquoi, Sonea ?

— Je ne peux pas te le dire. Pas encore.

Rothen se rapprocha d'un pas.

— Pourquoi ? Que t'a-t-il dit pour que tu deviennes sa complice ? Nous avons retrouvé ta tante Jonna et ton oncle Ranel. Ils sont sains et saufs, ainsi que leurs enfants. Dorrien est en vie et va bien. Protèges-tu quelqu'un d'autre ?

Sonea soupira. *Toute la Kyralie.*

— Je ne peux pas te le dire, Rothen. Pas encore. Je ne sais pas ce qu'Akkarin a déclaré ni ce qu'il veut que je révèle. Je dois attendre l'audience.

Les yeux de Rothen lancèrent des éclairs.

— Depuis quand te préoccupes-tu de ce qu'il veut ?

Elle soutint son regard.

— Depuis que j'ai appris les raisons de ce qu'il fait. Mais c'est son histoire, pas la mienne. Tu comprendras pourquoi quand il la racontera.

Le mage lui jeta un regard sceptique.

— J'ai du mal à te croire. Mais je vais essayer. Puis-je faire quoi que ce soit pour toi ?

Elle secoua la tête, puis hésita. Rothen savait que Lorlen était au courant du crime d'Akkarin depuis plus de deux ans. Que se passerait-il s'il le révélait à la Guilde ? Elle leva les yeux vers lui.

— Oui, dit-elle doucement. Protège Lorlen.

Savara fit courir sa main sur les draps et sourit.

— C'était sympa.

Cery gloussa.

— Un voleur se doit de bien s'occuper de ses invités.

— Tu n'es pas comme les autres voleurs, remarqua-t-elle. Il a joué un rôle là-dedans, n'est-ce pas ?

— Qui ?

— Le haut seigneur.

Cery fit un bruit d'indignation.

— Il n'a pas *tout* fait.

— Ah non ?

— C'est en partie grâce à Sonea. Faren avait accepté de la cacher de la Guilde, mais les autres voleurs l'ont forcé à la lui livrer. Donc certains disent que Faren n'a pas honoré sa part du marché.

— Et ?

— Si j'étais prêt à faire des affaires avec Faren, d'autres personnes suivraient mon exemple. Il m'a donné un coup de main pour quelques trucs.

— Alors, Akkarin n'a rien à voir là-dedans ?

— Bah, un peu, si, admit Cery. Je n'aurais peut-être pas eu le courage s'il ne m'avait pas poussé, s'il ne m'avait pas dit tout ce qu'il y avait à savoir sur chacun des voleurs pour qu'ils ne puissent pas me gêner. C'est dur de dire non à quelqu'un qui connaît pas mal de tes secrets.

Savara semblait songeuse.

— On dirait qu'il avait prévu ça depuis longtemps.

— C'est ce que j'ai pensé. (Cery haussa les épaules.) Quand le meurtrier a commencé à mettre en boule les autres voleurs, je me suis proposé de le trouver. Ils ont apprécié. Ils ne savaient pas que ça faisait des mois que j'étais sur la piste. Ils me font comprendre que c'est bizarre que je ne l'aie pas trouvé – mais aucun d'entre eux n'a eu de la chance non plus.

— Mais tu les trouves !

— Ils pensent qu'il n'y en a qu'un.

— Ah !

— Du moins, je crois qu'ils le pensaient, ajouta-t-il.

— Et maintenant, ils savent la vérité parce que le dernier était une femme.

— Sûrement.

Cery regarda les meubles dans la pièce. Ils étaient de bonne qualité, mais pas somptueux. Il n'aimait pas penser qu'il devait *tout* à l'aide d'Akkarin.

— J'ai essayé de m'affirmer de différentes façons, dit-il. Si le marché actuel – dégoter les meurtriers pour les mages – s'épuise, je veux survivre et rester dans les affaires.

Savara sourit d'un air entendu et fit lentement courir un doigt au milieu de la poitrine du jeune homme.

— Je préfère sans hésitation que tu survives et que tu restes dans les affaires.

Cery lui prit la main et l'attira vers lui.

— Vraiment ? Dans quelle sorte d'affaires es-tu ?

— Créer des contacts avec des alliés potentiels, répondit-elle en l'enlaçant. De préférence des contacts très proches avec l'un d'eux en particulier.

Les baisers de Savara étaient à la fois volontaires et aguicheurs. Cery sentit son cœur battre de nouveau la chamade.

Soudain, quelqu'un frappa à la porte. Il se dégagea et fit une grimace d'excuses.

— Je dois aller voir.

La jeune femme fit la moue.

— Tu es obligé ?

Il hocha la tête.

— Gol ne frapperait pas si ce n'était pas important.

— Ça a intérêt à l'être.

Le voleur se leva, enfila son pantalon et une chemise et se glissa en dehors de la pièce. Gol arpentait le salon de Cery, avec une expression très différente du sourire idiot auquel le voleur s'attendait.

— La Guilde a arrêté le haut seigneur, annonça Gol. Sonea aussi.

Cery dévisagea son second.

— Pourquoi ?

— Un mage de la Guilde a été tué hier soir. Et beaucoup de gens dans sa maison. Ils pensent que le haut seigneur est coupable. (Il marqua un temps d'arrêt.) Toute la ville est au courant.

Cery alla s'asseoir sur la chaise la plus proche. Akkarin *arrêté* ? Pour *meurtre* ? Et Sonea aussi ? Il entendit la porte de sa chambre s'ouvrir. Savara, désormais complètement habillée, scruta la pièce. Elle croisa le regard de Cery et fronça les sourcils.

—Tu peux me dire ?

Il fit un bref sourire, amusé par sa question.

—On a arrêté le haut seigneur. La Guilde pense qu'il a assassiné un de ses mages, hier soir.

La jeune femme ouvrit grands les yeux et avança dans la pièce.

—Quand ?

Gol haussa les épaules.

—Je sais pas. Tous ceux qui étaient dans la maison de ce magicien ont aussi été tués. Avec une espèce de magie dangereuse. La magie noire. Oui, c'est ça.

Savara s'étrangla.

—Alors, c'est vrai.

—Qu'est-ce qui est vrai ? demanda Cery.

—Certains Ichanis prétendent que la Guilde ne sait pas se servir de la haute magie car elle la considère comme diabolique. Akkarin l'utilise, donc nous pensions que ce n'était pas vrai. (Elle marqua une pause.) C'est donc pour ça qu'il agit en secret. Je pensais qu'il ne voulait pas que les autres sachent que ce qu'il a fait par le passé contribue à cette situation.

Cery était désorienté.

—Qu'est-ce qu'il a fait par le passé ?

La jeune femme le regarda en souriant.

—Oh ! Il y a beaucoup de choses que tu ne sais pas au sujet de ton haut seigneur.

—Comment ça ?

—Ce n'est pas à moi de le révéler, répondit-elle. Mais je peux te dire que...

Elle s'arrêta : on frappait au mur. Cery fit un signe de tête à Gol. Le grand bonhomme s'approcha du mur, jeta un coup d'œil par un judas, puis déplaça un tableau. L'un des garçons que Cery employait pour des petits boulots examina la pièce.

—Y a un homme qui veut te voir, Ceryni. Il m'a donné un mot de passe important en disant qu'il avait de mauvaises nouvelles au sujet d'un de tes amis. Il dit qu'c'est urgent.

Cery hocha la tête, puis se tourna vers Savara.

—Je ferais mieux d'aller voir de quoi il s'agit.

La jeune femme fit un mouvement d'épaules et regagna la chambre.

—Bon, je vais prendre un bain.

En se retournant, Cery vit Gol arborer un large sourire.

—Enlève-moi cet air de ta face, le menaça-t-il.

—Oui, Ceryni, répondit humblement l'homme, mais il garda son sourire tout en précédant le voleur dans le passage.

Le bureau de Cery n'était pas très loin. Il y avait plusieurs chemins pour y entrer ou en sortir. Gol choisit l'accès normal, donnant au jeune homme un moment pour observer par un judas le visiteur qui attendait dans la pièce d'à côté.

Consterné, Cery remarqua que l'homme était sachakanien. Soudain, il reconnut le manteau et son cœur fit un bond.

Pourquoi cet homme portait-il le manteau qu'Akkarin avait porté le soir précédent ?

Quand l'homme se tourna, le manteau laissa entrevoir l'uniforme des serviteurs de la Guilde.

— Je crois savoir qui c'est, souffla Cery. (Il s'avança vers la porte de son bureau.) Fais-le entrer dès que je serai assis.

Quelques minutes plus tard, Cery était derrière son bureau. La porte s'ouvrit, et l'homme entra.

— Alors, commença le voleur, il paraît que vous avez de mauvaises nouvelles concernant un de mes amis.

— Oui, répondit l'homme. Je suis Takan, le serviteur du haut seigneur. On l'a arrêté pour le meurtre d'un mage de la Guilde. Il m'a envoyé vous aider.

— M'aider ? Comment ?

— Je peux communiquer mentalement avec lui, expliqua Takan en se touchant le front.

— Vous êtes magicien ?

Takan fit non de la tête.

— Nous avons un lien, qu'il a créé il y a longtemps.

Cery opina du chef.

— Alors, dites-moi une chose que seuls lui et moi savons.

Le regard de Takan glissa au loin.

— La dernière fois que vous vous êtes vus, il a dit qu'il ne ramènerait plus Sonea avec lui.

— C'est exact.

— Il regrette de ne pas s'y être tenu.

— Sonea aussi, je suppose. Pourquoi elle a été arrêtée ?

Takan soupira.

— Elle a cherché des informations sur la magie noire. Ils ont trouvé des livres dans sa chambre.

— Cette magie noire est… ?

— Interdite, répondit Takan. Elle risque l'expulsion de la Guilde.

— Et le haut seigneur ?

Takan semblait véritablement peiné.

— On l'accuse de meurtre et d'avoir utilisé la magie noire. S'il est jugé coupable de l'une de ces accusations, il sera alors exécuté.

Cery hocha lentement la tête.

— Quand est-ce que la Guilde va prendre sa décision ?

— Les mages tiendront une audience demain pour examiner les preuves et juger s'il est coupable.

— Il l'est ?

Takan leva des yeux pleins d'éclairs.

— Il n'a pas tué le seigneur Jolen.

— Et en ce qui concerne la magie noire ?

Le serviteur hocha la tête.

— Oui, il en est coupable. S'il ne l'avait pas utilisée, il n'aurait pas pu venir à bout des meurtriers.

— Et Sonea. Elle est coupable ?

Takan acquiesça de nouveau.

— La Guilde l'accuse seulement d'avoir cherché à en savoir plus sur la magie noire. C'est pour ça qu'elle encourt un châtiment moindre. Si les mages savaient la vérité, on l'accuserait de la même chose qu'Akkarin.

— Elle a utilisé la magie noire pour tuer la femme, n'est-ce pas ?

Takan eut l'air surpris.

— Oui. Comment le savez-vous ?

— Juste une supposition chanceuse. Je dois aller témoigner à cette audience ?

L'homme marqua un silence, et son regard glissa au loin.

— Non. Il vous remercie de le proposer. Vous ne devez pas révéler votre rôle dans cette affaire. Si tout se passe bien, il pourrait avoir besoin de votre aide à l'avenir. Pour l'instant, il n'a qu'une faveur à vous demander.

— Oui ?

— Que vous vous assuriez que la garde trouve le corps de la meurtrière. Et qu'elle porte bien sa dague.

Cery sourit.

— C'est dans mes cordes.

En regardant par la fenêtre de son bureau, Lorlen vit qu'Akkarin était toujours dans la même position. Il secoua la tête. D'une certaine façon, Akkarin arrivait encore à avoir l'air digne et confiant, même assis sur le sol de l'arène, le dos appuyé contre l'un des piliers, et avec vingt mages entourant la bâtisse pour le surveiller.

Lorlen se détourna de la fenêtre et parcourut son bureau du regard. Balkan faisait les cent pas au milieu de la pièce. L'administrateur n'avait jamais vu le guerrier aussi agité. Plus tôt, il l'avait entendu marmonner quelque chose à propos de traîtrise. C'était compréhensible. Lorlen savait que le guerrier avait hautement estimé Akkarin.

Sarrin était assis dans un fauteuil et parcourait l'un des livres du coffre d'Akkarin. Ils avaient décidé que l'un d'eux devait être autorisé à les lire, même si c'était un crime. L'expression de Sarrin était un mélange d'horreur et de fascination. De temps à autre, il marmonnait quelque chose dans sa barbe.

Vinara restait silencieuse, près des étagères. Plus tôt, elle avait qualifié Akkarin de monstre. Balkan lui avait rappelé qu'ils ne savaient pas si le mage avait fait plus que s'informer sur la magie noire. Elle n'avait pas été convaincue. Lorsqu'il s'agissait de Sonea, toutefois, elle semblait perturbée et incertaine.

Lorlen baissa les yeux sur les objets posés sur son bureau : des débris de verre, une fourchette d'argent en partie fondue et un bol couvert de sang séché. Les autres étaient encore perplexes face à ces objets. Le petit globe de verre qu'ils avaient trouvé sur la table avait confirmé les soupçons de Lorlen. Akkarin créait-il une autre bague comme la sienne ou apprenait-il à Sonea comment les faire ?

Comme la jeune femme, Akkarin avait refusé de répondre à toutes les questions. Il était déterminé à attendre que la Guilde entière soit rassemblée lors de l'audience pour s'expliquer. C'était ce qu'on appelait de la coopération…

C'est injuste, pensa Lorlen. Il réfléchit à la bague enfoncée dans sa poche. Akkarin lui avait dit de l'enlever et de la garder sous la main. Si Sarrin continuait à lire les livres, il apprendrait l'existence de telles bagues et reconnaîtrait ce que Lorlen portait. L'administrateur avait songé à se débarrasser totalement de la bague, mais il voyait des avantages à garder ce lien avec Akkarin. Son ancien ami semblait toujours vouloir se confier à lui. Le seul inconvénient était qu'Akkarin pouvait entendre les conversations quand Lorlen la portait, mais ce n'était plus vraiment un problème, désormais. Lorlen pouvait l'empêcher d'écouter simplement en enlevant la bague.

Akkarin voulait garder secret le fait que Lorlen était déjà au courant de son intérêt pour la magie noire.

— *Il faut que la Guilde fasse confiance à son chef*, lui avait-il communiqué. *Trop de changements et d'incertitudes l'affaibliront.*

Rothen et Sonea étaient les seules autres personnes à être au courant. Sonea n'avait rien dit, et Rothen avait accepté de garder pour lui l'implication de Lorlen du moment que ça ne créait pas plus de tort à la Guilde. En échange, Lorlen avait permis au mage de rendre visite à Sonea.

Tous levèrent les yeux quand on frappa poliment à la porte. L'administrateur l'ouvrit à l'aide de la magie, et le capitaine Barran entra, suivi du seigneur Osen. Le garde salua les mages l'un après l'autre cérémonieusement, puis se tourna vers Lorlen.

— J'ai visité la boutique dans laquelle travaille le témoin, dit-il. Ses employeurs disent ne pas l'avoir vue ce matin. Nous sommes allés contrôler chez elle et sa famille nous a signalé qu'elle n'est pas rentrée hier soir.

Les chefs de discipline échangèrent des regards.

—Merci, capitaine, dit Lorlen. Y a-t-il autre chose ?

Le jeune homme secoua la tête.

—Non. Je reviendrai demain matin, comme vous me l'avez demandé, à moins d'en apprendre plus entre-temps.

—Merci. Vous pouvez disposer.

Vinara poussa un soupir lorsque la porte se referma.

—La garde retrouvera sans aucun doute le corps de cette femme dans les jours qui viennent. Akkarin semble avoir été bien occupé, hier soir.

Balkan remua la tête.

—Mais ce n'est pas logique. Comment a-t-il su pour cette femme ? S'il l'avait repérée en train de le regarder, il s'est assuré qu'elle n'atteigne pas la Première Garnison.

Sarrin haussa les épaules.

—À moins qu'il n'ait pas eu le temps de la rattraper. Puis, quand elle est partie de la Première Garnison, il a fait en sorte qu'elle ne puisse plus fournir aucune preuve contre lui.

Balkan soupira.

—Ce n'est pas l'attitude que j'attendrais d'un mage noir. S'il voulait cacher les preuves, pourquoi avoir été si négligent plus tôt dans la soirée ? Pourquoi ne pas se camoufler ? Pourquoi...

Il s'arrêta quand on frappa de nouveau à la porte. Lorlen soupira et lui intima de s'ouvrir. À sa grande surprise, Dannyl entra dans le bureau. Les yeux de l'ambassadeur étaient cernés d'ombres noires.

—Administrateur, dit Dannyl. Puis-je échanger un mot avec vous ? En privé ?

Lorlen plissa le front d'agacement.

—Est-ce à propos du renégat, ambassadeur ?

—En partie. (Dannyl lança un regard aux autres mages et sembla choisir ses mots avec soin.) Mais pas seulement. Je ne viendrais pas vous voir si je n'avais pas le sentiment que ce dont je veux vous parler est urgent.

Vinara se leva.

—De toute façon, j'en ai par-dessus la tête de toutes ces hypothèses, déclara-t-elle. (Elle lança un regard explicite à Sarrin et Balkan.) Si vous avez besoin de nous, administrateur, vous n'avez qu'à appeler.

Dannyl s'écarta en inclinant poliment la tête alors que les trois mages quittaient la pièce. Quand la porte se referma, Lorlen alla s'asseoir derrière son bureau.

—Qu'est-ce qui est urgent ?

Dannyl s'approcha.

— Je ne sais pas par où commencer, administrateur. Je me trouve dans une situation délicate. Deux situations délicates, si cela est possible. (Il marqua un silence.) Bien que vous ayez dit ne plus avoir besoin de mon aide, j'ai continué à faire des recherches sur la magie ancienne pour mon propre compte. Quand il en a entendu parler, le haut seigneur m'a encouragé à continuer ; mais à ce moment-là, il restait peu de chose à découvrir en Elyne. Du moins, c'est ce que je croyais.

Le front de Lorlen se plissa. Akkarin avait *encouragé* Dannyl à continuer ?

— Puis, quand mon assistant et moi-même essayions d'obtenir la confiance des rebelles, nous avons découvert un livre que possédait le dem Marane. (Dannyl enfonça la main dans sa robe et en sortit un vieux livre. Il le posa sur le bureau de Lorlen.) Il a répondu à beaucoup de questions que nous nous posions sur la magie ancienne. Il semble que la forme de magie ancienne connue sous le nom de « magie supérieure » est en fait la magie noire. Ce livre contient des instructions sur son usage.

Lorlen fixa le livre. Était-ce une coïncidence, ou Akkarin savait-il que les rebelles détenaient ce livre ? Ou bien travaillait-il *avec* les rebelles ? Il se pétrifia. Était-ce ainsi qu'il avait appris la magie noire ?

Si c'était le cas, pourquoi les dénoncer ?

— Donc, vous voyez, dit Dannyl. Je suis dans une position délicate. On pourrait penser que j'ai fait des recherches sur la magie noire avec le consentement du haut seigneur et qu'Akkarin a ordonné la capture des rebelles pour tenter d'obtenir plus de connaissances. (Il fit la grimace.) En vérité, j'ai lu une partie de ce livre, ce qui veut dire que j'ai enfreint la loi interdisant de chercher à en savoir plus sur la magie noire. Mais je ne savais pas ce qu'il contenait avant de le lire.

Lorlen secoua la tête. L'inquiétude de Dannyl n'était pas surprenante.

— Je comprends votre tourment. Vous ne pouviez pas savoir à quoi mèneraient ces recherches. Je ne savais pas moi-même à quoi elles mèneraient. Si qui que ce soit en venait à vous soupçonner, il devrait me soupçonner également.

— Devrai-je expliquer tout cela durant l'audience ?

— Je vais en parler avec les hauts mages, mais je ne pense pas que ce sera nécessaire, répondit Lorlen.

Dannyl semblait soulagé.

— Il y a un autre problème, ajouta-t-il doucement.

Encore ? Lorlen réprima un grognement.

— Oui ?

Dannyl baissa les yeux.

— Quand le haut seigneur m'a demandé de trouver les rebelles, il a suggéré que mon assistant et moi leur fassions croire une chose avec laquelle ils pourraient nous faire chanter pour que nous coopérions. Akkarin m'a dit qu'il s'assurerait que la Guilde sache que cette information était une simple ruse pour obtenir la confiance des rebelles. (Dannyl leva les yeux.) Mais, de toute évidence, il n'est plus en position de faire une telle chose.

Brusquement, Lorlen se remémora une discussion qu'il avait eue avec Akkarin, près de l'arène, pendant qu'ils regardaient Sonea se battre :

« Les membres de la Guilde perdront leur intérêt pour le meurtrier une fois que l'ambassadeur Dannyl arrivera avec le renégat, Lorlen. »

Avait-il voulu parler d'autre chose que l'existence des rebelles ? Quelle était cette information que Dannyl avait inventée pour obtenir leur confiance ?

Il regarda Dannyl ; celui-ci détourna les yeux, visiblement gêné. Peu à peu, Lorlen rassembla des bribes de rumeurs qu'il avait entendues, jusqu'à ce qu'il devine ce que Dannyl avait laissé croire aux rebelles.

Intéressant, pensa-t-il. *C'est un acte courageux, étant donné les problèmes auxquels Dannyl a dû faire face quand il était novice.*

Que devait-il faire ? Lorlen se massa les tempes. Akkarin s'en sortait tellement mieux avec ce genre de choses.

— Vous craignez donc que personne ne croie ce qu'Akkarin dira sur vous, car son intégrité est remise en question.

— Oui.

— Ces rebelles sont-ils plus intègres ? (Lorlen secoua la tête.) J'en doute. Si vous avez peur que personne ne croie Akkarin, alors faites penser que c'était votre propre idée.

Dannyl ouvrit grands les yeux. Il se redressa et hocha la tête.

— Bien sûr. Merci, administrateur.

Lorlen eut un haussement d'épaules, puis observa plus attentivement Dannyl.

— On dirait que ça fait une semaine que vous n'avez pas dormi.

— C'est le cas. Je ne voulais pas que quelqu'un réduise à néant mes durs efforts pour sauver la vie de Farand.

Lorlen plissa le front.

— Alors, vous feriez mieux de retourner dans vos appartements et de vous reposer. Nous pourrions avoir besoin de vous demain.

Le jeune mage eut un sourire fatigué. Il montra du menton le livre posé sur le bureau de Lorlen.

— Maintenant que je me suis débarrassé de *ça*, je devrais pouvoir réussir à dormir. Merci encore, administrateur.

Alors que le mage partait, Lorlen poussa un soupir. *Au moins va-t-il pouvoir se reposer un peu, lui.*

Chapitre 16

L'Audience

La première pensée de Sonea en s'éveillant fut que Viola n'était pas venue la réveiller et qu'elle allait être en retard en cours. Elle dissipa le flou laissé par le sommeil en clignant des yeux. Puis elle sentit du sable entre ses doigts et vit le mur de pierre du dôme qui l'entourait baigner dans une faible lumière, et elle se souvint.

Qu'elle ait réussi à dormir la sidéra. La dernière chose dont elle se souvenait de la soirée précédente était elle-même, allongée dans le noir et assommée par les pensées de sa journée. Il lui avait fallu toute sa volonté pour résister à l'envie d'appeler mentalement Akkarin afin de lui demander si elle devait déjà dire quoi que ce soit à la Guilde, ou simplement savoir où il était, si on le traitait bien… ou s'il était encore en vie.

Dans ses pires moments de doute, elle ne pouvait s'empêcher de songer que la Guilde avait peut-être déjà jugé le mage sans la prévenir. La Guilde du passé avait été terriblement déterminée dans ses efforts pour débarrasser les Terres Alliées de la magie noire. Ces mages morts depuis longtemps auraient exécuté Akkarin sans plus attendre.

Et moi, pensa-t-elle dans un frisson.

Elle regretta une fois de plus de ne pas pouvoir lui parler. Il avait dit qu'il mentionnerait les Ichanis à la Guilde. Avait-il également l'intention d'admettre avoir appris la magie noire ? Songeait-il à avouer aux mages qu'elle l'avait apprise, elle aussi ?

Ou allait-il nier le fait d'avoir usé de magie noire ? Ou l'admettre pour lui, mais déclarer qu'elle n'avait rien fait de mal ?

Mais elle avait *fait* quelque chose de mal. Une image malvenue de l'Ichanie morte lui traversa l'esprit. Elle était accompagnée de sentiments intenses, mais contradictoires.

Tu es une meurtrière, l'accusa une voix dans sa tête.

Je devais le faire, pensa-t-elle en guise de réponse. *Je n'avais pas le choix. Elle m'aurait tuée.*

Mais tu l'aurais quand même fait, répondit sa conscience, *même si tu avais eu le choix.*

Oui. Pour protéger la Guilde. Pour protéger la Kyralie. Soudain, elle fronça les sourcils. *Depuis quand le meurtre me gêne-t-il autant, de toute façon ? J'aurais tué sans hésiter, si on m'avait attaquée, dans les Taudis. En fait, j'ai peut-être bien déjà tué. Je ne sais pas si ce voyou qui m'a traînée dans la rue a survécu à mon coup de couteau.*

C'est différent. Tu ne possédais pas la magie, à l'époque, lui fit remarquer sa conscience.

Elle soupira. Elle ne pouvait pas s'empêcher de penser qu'avec tous les avantages que lui donnaient ses aptitudes magiques, elle devrait être capable d'éviter de tuer qui que ce soit. Mais l'Ichanie avait manié de la magie aussi.

Quelqu'un devait l'arrêter. Je me suis trouvée dans une position où je pouvais le faire. Je ne regrette pas de l'avoir tuée, seulement que personne d'autre n'ait pu s'en charger.

Sa conscience se tut.

Continue à me contrarier, lui dit-elle. *Je préfère ça qu'être indifférente.*

Toujours rien.

Génial ! Elle secoua la tête. *Peut-être que cette vieille superstition à propos de l'Œil est vraie. Non seulement j'entretiens des conversations avec moi-même, mais maintenant je refuse de me parler. Ce doit être le premier signe de folie.*

Un bruit à l'extérieur la ramena à la réalité. Elle s'assit et vit les gardes guerriers s'écarter ; Osen s'arrêta dans l'encadrement de la porte. Un globe apparut au-dessus de sa tête, emplissant de lumière la pièce hémisphérique.

— L'audience va commencer, Sonea. Je dois t'escorter jusqu'au hall de la Guilde.

Le cœur de la jeune femme s'emballa brusquement. Elle se leva, frotta sa robe pour en faire tomber le sable et s'avança vers la porte. Osen recula et la fit passer devant.

Quelques marches menaient à une autre porte ouverte. La novice s'arrêta en voyant le cercle de mages qui attendaient dehors. Son escorte se composait de guérisseurs et d'alchimistes. Les guerriers et les mages de la Guilde les plus puissants devaient sûrement garder Akkarin.

Les magiciens la regardèrent intensément s'avancer au milieu du cercle. En voyant les soupçons et la désapprobation qu'affichaient leurs visages, Sonea rougit. Elle se retourna et s'aperçut que ses deux gardes guerriers avaient complété le cercle. Les mages rompirent un instant la barrière qu'ils formaient autour d'elle afin de laisser passer Osen.

— Sonea, dit-il, ton tuteur est accusé de meurtre et d'avoir pratiqué la magie noire. Comme tu es sa novice, nous allons t'interroger sur ta connaissance de ces faits. Tu comprends ?

La jeune femme déglutit pour humidifier sa gorge.

— Oui, seigneur.

L'homme marqua une pause.

— Étant donné la découverte dans ta chambre de livres sur la magie noire, tu seras également accusée d'avoir cherché à en savoir plus sur cette magie.

Alors, elle aussi allait être jugée.

— Je comprends, répondit-elle.

Osen hocha la tête. Il se tourna vers les jardins bordant l'université.

— Au hall de la Guilde, alors.

L'escorte suivit Osen qui mena la jeune femme vers le chemin longeant l'université. Tout était désert et d'un calme inquiétant. Seuls leurs pas et un pépiement d'oiseaux occasionnel brisaient le silence. Elle pensa aux familles des mages et aux serviteurs qui habitaient ici. Les avait-on fait partir, au cas où Akkarin chercherait à se retourner contre la Guilde ?

L'escorte avait presque atteint l'université quand Osen s'arrêta brusquement. Les mages qui les entouraient échangèrent des regards inquiets. Quand elle comprit qu'ils écoutaient une communication mentale, la novice concentra ses sens.

— ... *dit qu'il n'entrera pas tant que Sonea n'est pas arrivée*, envoya Lorlen.

— *Que devons-nous faire ?* demanda Osen.

— *Attendez. Nous allons prendre une décision.*

Sonea sentit son cœur s'alléger un peu. Akkarin refusait d'entrer dans le hall de la Guilde sans elle. Il voulait qu'elle soit là. Toutefois, Osen et l'escorte étaient extrêmement anxieux, craignant de toute évidence ce qu'Akkarin pourrait faire si Lorlen refusait. Ils n'avaient aucune idée de la puissance du haut seigneur.

Elle se rembrunit. *Moi non plus.*

Pendant qu'ils attendaient, elle tenta d'évaluer la force du mage. Il avait pris son énergie et celle de Takan pendant deux semaines, avant le combat contre l'Ichanie. Sonea n'avait aucune idée de la puissance du mage avant cela, mais le combat avait dû diminuer considérablement sa réserve de magie. Il devait toujours être bien plus puissant qu'un mage de la Guilde, mais elle doutait qu'il le soit assez pour combattre la Guilde entière.

Et moi ?

Elle était consciente de l'augmentation considérable de ses capacités depuis qu'elle s'était emparée de l'énergie de l'Ichanie, mais elle n'arrivait pas à estimer à quel point elle était devenue forte. Sûrement pas autant qu'Akkarin. Il dominait l'Ichanie avant que Sonea intervienne; à ce moment-là, la femme ichanie devait donc être affaiblie. La novice ne pouvait pas avoir puisé chez elle autant de pouvoir que lui.

À moins que l'Ichanie ait prétendu s'affaiblir pour une quelconque raison...

—*Amenez-la.*

Lorlen ne semblait pas ravi. Osen fit un petit bruit de dégoût et se remit en route. L'escorte suivit. En arrivant près de l'université, le cœur de Sonea s'emballa de nouveau, mais d'appréhension cette fois.

Une foule de magiciens grouillait devant le bâtiment. Tous se retournèrent sur l'escorte de Sonea, puis se poussèrent pour la laisser monter l'escalier.

Akkarin se tenait au milieu du hall d'entrée. Sonea frissonna de joie en le voyant. Quand le mage l'aperçut, un coin de sa bouche s'ourla en un demi-sourire qu'elle connaissait bien. Elle faillit lui sourire en retour mais contrôla son expression devant les visages tendus des magiciens qui entouraient l'homme.

Le hall d'entrée était bondé. L'escorte d'Akkarin était composée de plus de cinquante magiciens, des guerriers pour la plupart. Presque tous les hauts mages étaient présents, l'air nerveux et courroucés. L'expression du seigneur Balkan était sombre.

Lorlen s'avança vers Akkarin.

—Vous pouvez entrer ensemble, déclara-t-il d'une voix menaçante, mais vous devez rester hors de portée l'un de l'autre.

Akkarin hocha la tête, puis se tourna et fit signe à Sonea de le rejoindre. Elle vit avec surprise son escorte reculer pour lui permettre de passer.

Des murmures emplirent le hall d'entrée quand elle franchit le cercle de magiciens entourant Akkarin. Elle s'arrêta près de lui, mais assez loin pour qu'ils ne puissent pas se tenir la main, même en étirant les bras. Akkarin regarda Lorlen en souriant.

—Bien, administrateur, voyons si nous pouvons éclaircir ce malentendu.

Il se tourna et avança vers le hall de la Guilde.

Rothen ne s'était jamais senti aussi mal. La journée précédente avait été l'une des plus longues de sa vie. Il craignait l'audience mais il était pourtant impatient qu'elle commence. Il voulait entendre les explications d'Akkarin et savoir ce qui avait poussé Sonea à enfreindre une loi. Il voulait voir Akkarin puni pour ce qu'il avait fait à sa novice. Pourtant, il craignait également le moment où le châtiment de la jeune femme serait prononcé.

Deux longues rangées de mages se tenaient le long du hall de la

Guilde. Derrière, deux rangs de novices prêts à donner de leur force si le besoin s'en faisait sentir. Un bourdonnement de voix basses résonnait dans la salle, chacun attendant que l'audience commence.

—Les voilà, murmura Dannyl.

Deux silhouettes pénétrèrent dans le hall. L'une d'elles portait une robe noire, l'autre la robe marron des novices. Akkarin marchait avec autant d'assurance que d'habitude. Sonea… Rothen ressentit une vague de compassion quand il vit la façon dont elle gardait le regard fixé sur le sol, avec une expression apeurée et embarrassée.

Les hauts mages suivirent, l'air prudent et sévère. Akkarin et Sonea s'arrêtèrent au bout du hall. Rothen était content de voir que la jeune femme gardait ses distances avec le haut seigneur. Les hauts mages les contournèrent et formèrent un rang devant l'estrade où se tenaient leurs fauteuils, en haut de la pièce. Les mages qui escortaient les accusés se placèrent en cercle autour d'eux.

Rothen et Dannyl emboîtèrent le pas aux autres mages et aux novices qui s'installaient sur des sièges de chaque côté de la salle. Quand chacun fut assis, Lorlen frappa sur un petit gong.

—Veuillez vous agenouiller devant le roi Merin, souverain de la Kyralie, psalmodia-t-il.

Sonea leva des yeux surpris. Elle fixa les plus hauts fauteuils de l'estrade alors que le roi apparaissait avec deux magiciens. Une cape chatoyante d'un sombre orange éclatant lui entourait les épaules ; elle arborait le mullook royal tout cousu d'or. Une énorme demi-lune dorée lui descendait sur la poitrine : le pendentif royal.

Alors que la Guilde entière s'agenouillait, Rothen observa Sonea. Elle jeta un coup d'œil vers Akkarin et, voyant qu'il allait lui aussi s'agenouiller, elle fit de même. Puis elle releva les yeux sur le roi.

Rothen imagina ce qu'elle devait être en train de penser. Elle se trouvait face à l'homme qui ordonnait la Purge chaque année, l'homme qui, deux ans et demi auparavant, avait donné l'ordre que sa famille et ses voisins soient expulsés de chez eux.

Le roi passa la salle en revue, puis posa des yeux impassibles sur Akkarin. Il les fit glisser sur Sonea, qui baissa le regard. Satisfait, il recula et s'assit dans son fauteuil.

Un instant après, les magiciens se relevèrent. Les hauts mages montèrent à leur place, sur l'estrade. Akkarin resta agenouillé jusqu'à ce que tout soit redevenu silencieux, puis se leva.

Lorlen fit le tour du hall des yeux et hocha la tête.

—Nous avons demandé cette audience aujourd'hui pour juger Akkarin, de la famille Delvon et Maison Velan, haut seigneur de la Guilde des magiciens, et Sonea, sa novice. Akkarin est accusé du meurtre du seigneur Jolen, de la Maison Saril, de sa famille et de ses serviteurs, et d'avoir cherché des informations sur la magie noire, de l'avoir apprise et utilisée. Sonea est accusée d'avoir cherché des informations sur la magie noire.

» Ces crimes sont extrêmement graves. Les preuves en témoignant nous seront présentées afin que nous les jugions. J'appelle tout d'abord le seigneur Balkan, chef de la discipline guerrière.

Balkan se leva et descendit de l'estrade. Il se tourna face au roi et s'agenouilla.

— Je jure de ne dire que la vérité durant cette audience.

Le roi resta impassible et ne fit aucun signe en réponse aux paroles de Balkan.

Le guerrier se redressa et fit face à l'assemblée de magiciens.

— Il y a deux nuits, j'ai entendu un faible appel du seigneur Jolen. Il avait vraisemblablement un problème. Comme je ne pouvais pas le recontacter, je me suis rendu à son domicile.

» J'ai trouvé le seigneur Jolen et toute sa maisonnée morts. Chaque homme, chaque femme et chaque enfant, que ce soit sa famille ou ses serviteurs, avaient péri. En continuant mon examen, j'ai trouvé la preuve que le meurtrier était entré par la fenêtre de la chambre du seigneur Jolen ; ce qui indiquait que le mage avait peut-être été la première victime.

» Je n'ai pas cherché la cause de la mort sur les corps, laissant cette tâche à dame Vinara. Une fois la guérisseuse sur place, je me suis rendu à la Première Garnison. À mon arrivée, le capitaine Barran, le garde enquêtant sur la récente série de meurtres frappant la ville, venait juste d'interroger un témoin du crime.

Balkan marqua une pause et leva les yeux vers Lorlen.

— Mais avant que je fasse venir le capitaine Barran, je préconise que nous entendions ce que dame Vinara a découvert durant son inspection.

Lorlen hocha la tête.

— J'appelle dame Vinara, chef des guérisseurs.

La magicienne se leva et descendit gracieusement l'estrade. Elle se retourna, s'agenouilla devant le roi et fit le serment de ne dire que la vérité. Puis elle se leva et regarda gravement l'assemblée.

— Quand je suis arrivée dans la demeure familiale du seigneur Jolen, j'ai examiné les corps de vingt-neuf victimes. Elles portaient toutes quelques égratignures et quelques bleus autour du cou, et aucune autre blessure. Elles n'avaient pas été étranglées, étouffées ou empoisonnées. Le corps du seigneur Jolen était encore intact : le premier signe à avoir éveillé mon attention sur la cause de sa mort. En l'examinant, j'ai découvert que son corps avait totalement été vidé de son énergie, ce qui m'a laissé conclure que le seigneur Jolen avait expulsé toute sa force en mourant, ou qu'on la lui avait prise. L'examen des autres corps m'a confirmé la seconde hypothèse. Toutes les victimes avaient été privées de leur énergie et, puisqu'aucune d'elles, hormis le seigneur Jolen, n'aurait pu s'épuiser délibérément, il ne me restait plus qu'une explication. (Elle marqua un silence, avec une expression sévère.) Le seigneur Jolen, sa famille et ses serviteurs ont été tués avec de la magie noire.

Cette révélation déclencha un brouhaha de chuchotements. Rothen frissonna. Il était si facile d'imaginer Akkarin se glissant dans la maison, traquant ses victimes et les tuant. Il baissa les yeux sur le haut seigneur. Akkarin regardait Vinara, l'air grave.

— Un examen plus poussé du corps du seigneur Jolen a révélé de légères traces de sang laissées par des doigts sur son cou, continua la guérisseuse. (Elle jeta un coup d'œil vers Akkarin.) Il a aussi révélé ceci, serré dans une des mains du mage.

Vinara regarda sur le côté de la salle et fit un signe de tête. Un magicien portant une boîte approcha. Elle l'ouvrit et en sortit un morceau de tissu noir.

Une broderie dorée scintillait dans la lumière. Il restait suffisamment de l'incal pour qu'on le reconnaisse comme étant celui du haut seigneur. Le grincement du bois et le froissement des robes emplirent le hall alors que les magiciens gesticulaient sur leurs sièges, et le bourdonnement des voix s'intensifia.

Vinara remit le tissu dans la boîte, qu'elle rendit à son assistant. L'homme retourna sur le côté du hall. Vinara posa les yeux sur Akkarin, qui maintenant plissait le front, puis regarda par-dessus son épaule pour faire un signe de tête à Lorlen.

— J'appelle le capitaine Barran, enquêteur de la garde, annonça l'administrateur.

Le silence retomba de nouveau quand un homme en uniforme de garde apparut d'un côté de la pièce, s'agenouilla devant le roi et prêta serment. D'après Rothen, il devait avoir à peu près vingt-cinq ans. Le rang de capitaine était élevé pour quelqu'un de si jeune, mais on donnait de temps à autre une telle position à de jeunes hommes des Maisons s'ils se montraient doués ou travailleurs.

Le capitaine s'éclaircit la voix.

— Une demi-heure avant que le seigneur Balkan vienne me voir, une jeune femme s'est présentée à la Première Garnison en prétendant avoir vu le meurtrier qui s'attaquait à la ville depuis plusieurs semaines.

» Elle m'a dit qu'elle était en train de rentrer chez elle, après avoir livré des fruits et des légumes à l'une des maisons du cercle intérieur. Elle portait encore le panier vide et un jeton d'accès à ce quartier. En passant devant la demeure familiale du seigneur Jolen, elle a entendu des cris provenant de l'intérieur. Les cris ont cessé, et elle a accéléré. Mais arrivée au niveau de la maison suivante, la femme a entendu une porte s'ouvrir derrière elle. Cachée sous un porche, elle a vu un homme émerger de l'entrée des serviteurs de la maison du seigneur Jolen. Cet homme portait une robe de mage, noire, avec un incal sur la manche. Ses mains étaient couvertes de sang, et il avait une dague courbe au manche incrusté de gemmes.

La Guilde exprima son horreur par des exclamations qui résonnèrent à travers le hall. Rothen hocha la tête en se souvenant de la dague qu'avait, comme Sonea l'avait décrit, utilisée Akkarin quand elle l'avait espionné, si longtemps auparavant. Lorlen leva une main ; le bruit diminua progressivement.

— Qu'avez-vous fait, ensuite ?

— J'ai pris son nom et noté le lieu de travail indiqué sur son jeton. À votre demande, je l'ai recherchée le lendemain. Son employeur m'a dit qu'elle n'était pas venue travailler ce matin-là et m'a donné l'adresse de sa famille. Cette dernière était inquiète, car la femme n'était pas non plus rentrée chez elle cette nuit-là.

» Je craignais qu'elle ait été tuée, continua Barran. Plus tard dans la journée, nous avons retrouvé son corps. Comme le seigneur Jolen, sa maisonnée et beaucoup des autres meurtres sur lesquels j'ai enquêté ces dernières semaines, elle ne présentait aucune blessure, hormis une coupure superficielle.

Il s'interrompit un instant, ses yeux s'égarant sur Akkarin qui demeurait calme et en apparence insensible.

— Bien qu'ayant pu l'identifier comme étant le témoin, nous avons fait venir la famille à la Première Garnison afin qu'elle en atteste. Ses parents ont déclaré que cette femme n'était pas leur fille mais qu'elle portait ses habits. Ils ont découvert, affolés, qu'une autre femme morte que nous avions trouvée, nue et visiblement étranglée, *était* leur fille. Nous avons fait une autre découverte déconcertante : la femme qui avait témoigné a été retrouvée portant une dague exactement comme celle du meurtrier qu'elle avait décrit. Il va sans dire que tout ceci met en doute l'intégrité du témoin.

Le hall résonna de nouveau de chuchotements. Le capitaine reposa les yeux sur Lorlen.

— C'est tout ce que je peux vous dire pour l'instant.

L'administrateur se leva.

— Nous allons marquer une pause pour discuter et examiner les preuves. Dame Vinara, le seigneur Balkan et le seigneur Sarrin me communiqueront vos conclusions.

Aussitôt, les magiciens formèrent des groupes pour discuter et spéculer et leurs voix envahirent le hall. Yaldin se tourna vers Dannyl et Rothen.

—La dague aurait pu être placée sur le témoin quand elle a été tuée.

Dannyl secoua la tête.

—Peut-être, mais pourquoi aurait-elle menti sur son identité ? Pourquoi portait-elle les habits de l'autre femme ? A-t-elle été payée ou soudoyée pour prendre sa place, sans comprendre qu'elle se ferait tuer ? Mais ça voudrait dire que tout était prévu.

—Ça ne me semble pas logique. Pourquoi Akkarin s'arrangerait-il pour qu'un témoin l'identifie ? demanda Yaldin.

Dannyl inspira rapidement.

—Au cas où il y aurait d'autres témoins. Si on démontrait la fausseté de cette histoire, on douterait de la véracité de n'importe quelle autre.

Yaldin eut un petit rire.

—Oui, ou bien il y a un mage noir qui traîne dans la ville et qui essaie de faire accuser Akkarin de ses propres crimes. Akkarin pourrait être innocent.

Rothen secoua la tête.

—Tu n'es pas d'accord ? demanda Dannyl.

—Akkarin utilise la magie noire, lui dit Rothen.

—Tu n'en es pas certain. Ils ont trouvé des livres sur la magie noire dans ses appartements, fit remarquer Dannyl. Ça ne prouve pas qu'il en fait *usage.*

Rothen fronça les sourcils. *Mais je sais qu'il s'en sert. J'en ai la preuve. Je... je ne peux le* dire *à personne, c'est tout. Lorlen a exigé de garder notre implication secrète, et Sonea veut que j'aide Lorlen.*

Au début, Rothen avait supposé que l'administrateur essayait de les protéger tous les deux. Il avait compris plus tard que la position de Lorlen dans la Guilde serait affaiblie s'il révélait qu'il était au courant depuis des années du crime d'Akkarin. Si les mages de la Guilde suspectaient Lorlen de comploter avec Akkarin, ils perdraient confiance en une personne à qui ils avaient besoin de se fier.

À moins que... Lorlen espérait-il encore éviter une confrontation avec Akkarin en lui permettant d'être jugé innocent ? Rothen plissa le front et secoua la tête. On avait prouvé un crime indubitable : Akkarin et Sonea avaient tous les deux été en possession de livres interdits. Cette seule accusation les ferait expulser de la Guilde. Lorlen ne pouvait rien faire contre.

L'estomac de Rothen se serra. Chaque fois qu'il imaginait Sonea expulsée, cela lui brisait le cœur. Après tout ce qu'elle avait traversé – elle avait cru que la Guilde voulait la tuer, failli perdre le contrôle de ses pouvoirs, été capturée et soumise au chantage de Fergun, enduré le harcèlement des autres novices, supporté le mépris des mages, était devenue l'otage d'Akkarin et avait dû se défaire de l'affection de Dorrien –, elle perdrait tout ce pour quoi elle avait si durement travaillé.

Il inspira profondément et se remit à réfléchir aux possibles intentions de Lorlen. Peut-être espérait-il qu'Akkarin accepterait l'expulsion et partirait. Toutefois, si le haut seigneur était condamné à mort, il pourrait se montrer moins coopératif. Et si la menace de son exécution poussait Akkarin à combattre la Guilde, Sonea l'aiderait probablement. Elle pourrait mourir au combat. Il valait peut-être mieux que la Guilde les renvoie.

Mais si la Guilde chassait Akkarin, il faudrait tout d'abord bloquer ses pouvoirs. Rothen doutait que le haut seigneur l'accepte. Y avait-il une façon de résoudre ce problème sans déclencher un combat ?

Rothen était vaguement conscient que Dannyl était allé parler au seigneur Sarrin. Yaldin semblait s'être rendu compte que Rothen était plongé dans ses pensées et l'avait laissé seul. Après plusieurs minutes, la voix de Lorlen résonna dans le hall :

— Veuillez retourner vous asseoir.

Dannyl reparut, l'air suffisant.

— T'ai-je déjà dit à quel point j'aime être ambassadeur ?

Rothen hocha la tête.

— Plusieurs fois.

— Les gens *m'écoutent* maintenant.

Les mages reprirent place, et le hall fut de nouveau silencieux. Lorlen baissa les yeux sur le chef des guerriers.

— Je demande au seigneur Balkan de continuer.

Le guerrier se redressa.

— Il y a deux nuits, après avoir été mis au courant des meurtres, des conclusions de Vinara, et après avoir examiné les preuves et l'histoire du témoin, nous avons pris la décision d'interroger le haut seigneur. J'ai rapidement appris que personne ne se trouvait dans la résidence, hormis son serviteur. J'ai donc ordonné qu'on la fouille.

Il regarda Sonea.

— Notre première découverte curieuse a été celle de trois livres de magie noire dans la chambre de Sonea. L'un d'eux avait des petits bouts de papier insérés entre les pages, comportant des notes écrites de sa propre main.

Il marqua un silence, et un murmure désapprobateur suivit. Rothen s'efforça de regarder Sonea. Elle fixait le sol, la mâchoire crispée par la détermination. Il repensa à son excuse : « Pour comprendre mon ennemi. »

— En poursuivant notre fouille, nous avons trouvé toutes les portes ouvertes, sauf une. Elle était tenue fermée par une puissante magie et semblait mener à une pièce souterraine. Le serviteur du haut seigneur prétendait que c'était une réserve et qu'il n'y avait pas accès. Le seigneur

Garrel lui a ordonné de tourner la poignée, ayant deviné que l'homme mentait. Le serviteur a refusé, alors le seigneur Garrel s'est emparé de la main de l'homme et l'a placée sur la poignée.

» La porte s'est ouverte, et nous avons pénétré dans une grande pièce. Nous y avons trouvé un coffre contenant d'autres livres de magie noire, beaucoup étant assez vieux. Certains de ces livres avaient été recopiés par le haut seigneur. L'un d'eux contenait le compte-rendu de ses propres expériences et de son usage de la magie noire. Sur la table...

Balkan s'interrompit, les cris outragés dans le hall couvrant ses mots.

Dannyl se tourna vers Rothen, les yeux écarquillés.

— *Usage* de magie noire, répéta-t-il. Tu sais ce que ça veut dire.

Rothen hocha la tête. Le souffle lui manquait. La Guilde, selon la loi, devait exécuter Akkarin. Lorlen n'allait pas pouvoir empêcher une confrontation, désormais.

Et je n'ai rien à perdre en essayant d'empêcher l'expulsion de Sonea.

De son poste, Lorlen voyait des têtes remuer et des bras gesticuler de façon rapide et expressive. Certains mages restaient immobiles et silencieux, de toute évidence abasourdis par cette révélation.

Akkarin observait calmement la scène.

Lorlen se remémora la façon dont l'audience s'était déroulée jusque-là. Comme il s'y était attendu, les déclarations du capitaine Barran avaient poussé les mages à remettre en question les preuves et la possibilité qu'Akkarin soit le meurtrier. Certains s'étaient demandé pourquoi le haut seigneur se promènerait impudemment dans la rue après avoir commis un crime. D'autres avaient envisagé qu'Akkarin se soit délibérément arrangé pour qu'un témoin se fasse connaître et soit ensuite discrédité, afin que n'importe quel autre témoin soit également éconduit. Toutefois, on ne pouvait pas le prouver. Plusieurs mages avaient noté que le morceau de tissu avait été soigneusement coupé. Akkarin l'aurait sûrement remarqué si Jolen avait découpé une partie de sa robe. Il n'aurait pas laissé derrière lui une preuve si accablante.

Lorlen était certain qu'Akkarin n'aurait pas été considéré coupable du meurtre si les livres de magie noire n'avaient pas été découverts. Mais maintenant que la Guilde connaissait le secret d'Akkarin, elle le croirait capable de tout. L'accusation de meurtre n'avait plus d'importance. Si la Guilde suivait sa loi, elle voterait pour l'exécution du mage.

Les doigts de Lorlen pianotaient sur le bras de son fauteuil. Il y avait des références très intéressantes sur un groupe de mages qui utilisaient la magie noire dans les carnets d'Akkarin. Le seigneur Sarrin craignait la possibilité qu'un tel groupe existe encore. Akkarin avait dit avoir eu de bonnes raisons de faire tout cela.

Maintenant, Lorlen pouvait enfin demander quelles étaient ces raisons.

Il se mit debout et ordonna le silence en levant les mains. À sa grande surprise, la clameur s'évanouit rapidement. Lorlen supposa que les mages avaient hâte d'entendre l'interrogatoire d'Akkarin.

— Quelqu'un a-t-il d'autres preuves à présenter durant cette audience ?

Un moment de silence suivit, puis une voix parvint de quelque part sur la droite :

— Oui, administrateur.

La voix de Rothen était calme et limpide. Tous les visages dans le hall se tournèrent vers l'alchimiste. Lorlen le dévisagea d'un air consterné.

— Seigneur Rothen, se contraignit-il à dire. Venez, je vous prie.

Rothen descendit et vint se placer à côté de Balkan. Il jeta un coup d'œil vers Akkarin ; la colère était évidente sur son visage. Lorlen suivit son regard et s'aperçut qu'Akkarin l'observait. Il glissa la main dans sa poche et y sentit la bague.

— *J'ai exigé qu'il se taise*, dit Lorlen.

— *Peut-être ne lui as-tu pas demandé assez gentiment.*

Rothen s'agenouilla et prêta serment de ne dire que la vérité. Il se releva et regarda les hauts mages.

— Il y a plus de deux ans, Sonea m'a dit que le haut seigneur pratiquait la magie noire.

Le hall s'emplit de chuchotements et de murmures.

— Elle l'avait vu extraire du pouvoir de son serviteur. Elle ne comprenait pas ce qu'elle avait vu, mais moi, si. Je... (Il baissa les yeux.) J'avais entendu beaucoup de choses à propos de la force du haut seigneur et craignais ce qu'il ferait si la Guilde s'opposait à lui. J'hésitais à en parler. Avant d'avoir eu le temps de décider que faire, le haut seigneur a appris que nous avions découvert son secret. Il a réclamé la tutelle de Sonea et l'a depuis tenue en otage pour s'assurer que je ne révélerai pas son crime.

Alors que des exclamations de colère et de réprobation emplissaient le hall, Lorlen poussa un soupir de soulagement. Rothen n'avait pas dévoilé son implication à lui dans cette affaire et n'avait rien risqué en mentionnant la sienne. Soudain, il comprit pourquoi le mage avait parlé. En révélant que Sonea avait été la victime d'Akkarin, il lui avait peut-être donné l'espoir d'un répit.

En faisant le tour du hall des yeux, Lorlen lut le choc et l'inquiétude sur les visages des magiciens. Il remarqua que Dannyl dévisageait Rothen d'un air abasourdi. Il remarqua également que les novices regardaient désormais la jeune femme avec compassion, et même admiration. Ils l'avaient longtemps considérée comme injustement privilégiée par le haut seigneur. En fait, elle avait été sa prisonnière.

L'est-elle toujours maintenant? se demanda Lorlen.

—Non.

Le regard de l'administrateur passa d'Akkarin à Sonea. Il se rappela la façon dont elle avait obéi à chaque parole d'Akkarin, lors de leur arrestation dans la pièce souterraine. Il se souvint de son expression quand elle avait rejoint Akkarin dans le hall d'entrée. Quelque chose avait changé sa façon de voir son tuteur. Lorlen ressentit une pointe d'impatience.

Il leva de nouveau la main. Les mages se turent à contrecœur. L'administrateur regarda Rothen.

—Avez-vous autre chose à nous dire, seigneur Rothen?

—Non, administrateur.

Lorlen leva les yeux vers le hall.

—Quelqu'un a-t-il d'autres preuves à présenter durant cette audience?

Aucune réponse ne se fit entendre; il baissa les yeux sur Akkarin.

—Akkarin, de la Maison Velan, répondrez-vous honnêtement à nos questions?

La bouche d'Akkarin se crispa.

—Oui.

—Alors, jurez-le.

Akkarin leva les yeux au-dessus de la tête de Lorlen, puis s'agenouilla.

—Je jure de ne dire que la vérité durant cette audience.

Le hall de la Guilde baignait dans le plus grand silence. Quand Akkarin se releva, Lorlen focalisa son attention sur Sonea.

—Sonea, répondras-tu honnêtement à nos questions?

La jeune femme ouvrit grands les yeux.

—Oui.

Elle s'agenouilla et prêta serment. Quand elle se fut relevée, Lorlen considéra toutes les questions qu'il voulait poser. *Commence par les accusations*, décida-t-il.

—Akkarin. (Il se tourna vers son ancien ami.) Avez-vous tué le seigneur Jolen?

—Non.

—Avez-vous étudié et pratiqué la magie noire?

—Oui.

Un murmure s'éleva dans le hall et se dissipa rapidement.

—Depuis quand étudiez-vous et pratiquez-vous la magie noire?

Une minuscule contrariété parcourut le visage d'Akkarin.

— La première fois… c'était il y a huit ans, avant de revenir à la Guilde.

Un silence passager suivit cette révélation, et soudain le hall s'emplit du bourdonnement des spéculations.

— L'avez-vous apprise tout seul, ou quelqu'un vous l'a-t-il enseignée ?

— Un autre mage me l'a apprise.

— Qui était ce mage ?

— Je n'ai pas appris son nom. Je sais seulement qu'il était sachakanien.

— Il ne faisait donc pas partie de la Guilde.

— Non.

Sachakanien ? Lorlen déglutit alors qu'un pressentiment commençait à s'installer au plus profond de son ventre.

— Expliquez-nous comment vous en êtes venu à apprendre la magie noire d'un mage sachakanien.

Akkarin sourit.

— Je me demandais si vous alliez un jour me poser la question.

Chapitre 17

La terrible vérité

Sonea ferma les yeux quand Akkarin débuta son histoire. Il parla brièvement de sa quête de connaissances sur l'ancienne magie, et comment ce qu'il avait découvert l'avait mené à entrer au Sachaka. Son ton était empreint d'autodérision, comme s'il considérait comme un idiot le jeune homme qu'il avait été.

Puis il narra sa rencontre avec l'Ichani Dakova. Même si la jeune femme l'avait déjà entendu raconter cela, elle avait été trop absorbée par ce qu'il lui disait pour remarquer dans la voix du mage le léger soupçon de consternation et d'horreur à ce souvenir. Puis l'amertume apparut quand il raconta ses années d'esclavage et les méthodes cruelles des Ichanis.

Sonea réalisa qu'il n'avait probablement jamais raconté à qui que ce soit cet épisode de sa vie avant de lui avoir narré son histoire, près de la source. Il avait caché cette partie de sa vie pendant des années, et pas seulement parce qu'elle révélait son apprentissage et son usage de la magie noire. Relater ce qu'il avait vu et enduré le blessait et l'humiliait.

La novice ouvrit les yeux, s'attendant presque à voir le visage du mage marqué par cette douleur, mais même si son expression était sérieuse, l'homme ne montrait aucune émotion.

Aux yeux des magiciens dans le hall, il était calme et semblait se maîtriser. Ils ne remarquaient sûrement pas la tension dans sa voix. Elle non plus ne l'aurait pas remarquée quelques mois auparavant. Elle s'était, d'une certaine façon, tellement habituée à l'attitude du mage qu'elle discernait vaguement ce qui se cachait derrière.

Elle perçut du regret dans la voix d'Akkarin quand il mentionna l'Ichani qui lui avait proposé de lui enseigner la magie noire afin qu'il puisse tuer son maître. Il expliqua ne pas s'être attendu à survivre ; que, même s'il réussissait à tuer Dakova, le frère de l'Ichani, Kariko, le pourchasserait pour se venger. Il déclara avoir tué les autres esclaves puis Dakova, avec une froide simplicité. Puis il décrivit en quelques courtes phrases son long périple de retour.

Sa voix s'adoucit légèrement quand il mentionna son soulagement à la vue de la Guilde, et que tout ce qu'il voulait à ce moment-là, c'était oublier le Sachaka et la magie noire. Il expliqua avoir accepté le poste de haut seigneur pour se tenir occupé et pouvoir plus facilement garder un œil sur les Ichanis. Lorsqu'il marqua une pause, le hall était parfaitement silencieux.

— Deux ans après mon élection, j'ai entendu parler d'étranges meurtres rituels commis dans la cité, reprit-il. La garde disait que les victimes étaient marquées d'une certaine façon pour indiquer qu'elles avaient été punies par les voleurs. Je savais que ce n'était pas le cas.

» J'ai suivi les affaires de près et me suis déguisé afin de pouvoir m'immiscer dans les Taudis – où les meurtres avaient lieu –, poser des questions et écouter ce qu'on en disait. Quand j'ai découvert le meurtrier, il était exactement ce que je soupçonnais : un mage noir sachakanien.

» Heureusement, il était faible et facilement maîtrisable. J'ai lu dans son esprit qu'il était un esclave libéré à qui on avait appris la magie noire en échange d'une dangereuse mission. Kariko l'avait envoyé pour évaluer la force de la Guilde et, si l'occasion se présentait, m'assassiner.

» Dakova avait dit à Kariko beaucoup de choses qu'il avait apprises de moi, notamment que la Guilde avait banni la magie noire et était beaucoup plus faible qu'auparavant. Mais Kariko n'osait pas attaquer la Guilde tout seul. Il lui fallait convaincre les autres de se joindre à lui. S'il pouvait prouver que la Guilde était aussi faible que ce qu'avait prétendu son frère, il trouverait facilement des alliés parmi les Ichanis.

Akkarin leva les yeux. Sonea les suivit et s'aperçut que le mage regardait le roi. Le monarque fixait intensément Akkarin. Sonea ressentit une lueur d'espoir. Même si le roi ne croyait pas totalement l'histoire du haut seigneur, il prendrait sûrement la précaution de vérifier. Il pourrait permettre à Akkarin de rester en vie et à la Guilde jusqu'à ce que…

Le regard du roi glissa soudain sur elle. Elle se retrouva plongée dans une paire d'yeux verts qui la fixaient. Sa gorge se serra, mais elle se força à soutenir ce regard. *C'est vrai*, voulut-elle dire au monarque. *Croyez-le.*

— Qu'avez-vous fait de cet esclave que vous avez trouvé dans la ville ? demanda Lorlen.

Sonea rebaissa les yeux sur l'administrateur, puis sur Akkarin.

— Je ne pouvais pas le libérer pour qu'il continue à s'attaquer au peuple d'Imardin, répondit le mage. Je ne pouvais pas non plus l'amener à la Guilde. Il aurait transmis tout ce qu'il aurait vu, y compris nos faiblesses, à Kariko. Je n'avais pas d'autre solution que de le tuer.

Lorlen haussa les sourcils. Avant qu'il puisse poser d'autres questions, Akkarin continua sur un ton empreint d'un sombre avertissement.

— Ces cinq dernières années, j'ai traqué et tué neuf de ces espions. J'ai vu, à travers eux, Kariko échouer par deux fois à la tentative d'unir les Ichanis. Cette fois, je le crains, il réussira. (Akkarin plissa les yeux.) Le dernier espion qu'il a envoyé n'était pas un esclave. C'était une Ichanie et elle a sans aucun doute lu l'esprit du seigneur Jolen et ainsi appris tout ce que j'avais espéré empêcher les Sachakaniens de découvrir. Si elle avait fait paraître naturelle la mort de Jolen et laissé sa famille et ses serviteurs en vie, aucun de nous n'aurait songé à enquêter sur cette mort ; j'aurais pu ne pas réaliser que les Ichanis connaissaient la vérité à propos de la Guilde. Au lieu de ça, en essayant de me faire passer pour l'assassin du mage, elle m'a contraint à vous révéler l'existence des Ichanis. (Il secoua la tête.) Si seulement cela pouvait être à votre avantage...

— Alors, vous croyez que cette Ichanie a tué le seigneur Jolen ?

— Oui.

— Et ces espions sont la raison pour laquelle vous avez recommencé à pratiquer la magie noire ?

— Oui.

— Pourquoi ne nous en avez-vous pas parlé il y a cinq ans ?

— La menace n'était pas grande, à l'époque. J'espérais qu'en tuant les espions, je finirais par convaincre les autres Ichanis que la Guilde n'était pas aussi faible que le prétendait Kariko. Ou que Kariko finirait par abandonner ses tentatives d'obtenir leur soutien. Ou bien qu'un des Ichanis le tuerait ; il n'avait plus la protection de son frère.

— Vous auriez dû tout de même nous laisser décider de cela.

— C'était un trop gros risque, répondit Akkarin. Si j'étais accusé publiquement d'utiliser la magie noire, les Ichanis l'auraient appris et auraient su que Kariko avait raison. Si j'étais arrivé à vous convaincre de la vérité, vous auriez pu décider qu'apprendre la magie noire vous-mêmes était la seule façon de protéger la Kyralie. Je ne voulais pas avoir ça sur la conscience.

Les hauts mages échangèrent des regards. Lorlen avait l'air songeur.

— Vous avez utilisé la magie noire pour vous fortifier afin de pouvoir combattre ces espions et cette Ichanie, dit-il doucement.

— Oui, acquiesça Akkarin. Mais c'était une force donnée volontairement, par mon serviteur et dernièrement par Sonea.

La jeune femme entendit des glapissements.

— Vous avez utilisé la magie noire sur Sonea ? souffla dame Vinara.

— Non. (Akkarin sourit.) Je n'en ai pas eu besoin. C'est une magicienne ; elle peut donner de sa force de façon plus conventionnelle.

Lorlen regarda la novice, l'air méfiant.

— Que savait exactement Sonea de toute cette histoire avant aujourd'hui ?

— Tout, répondit Akkarin. Elle avait, comme le seigneur Rothen l'a fait remarquer, accidentellement découvert plus que ce qu'elle aurait dû, et je devais prendre des mesures pour m'assurer de son silence et de celui de son ancien tuteur. J'ai récemment décidé de lui permettre de savoir la vérité.

— Pourquoi ?

— Je me suis rendu compte qu'une autre personne que moi devait être au courant de la menace que représentent les Ichanis.

Lorlen plissa les yeux.

— Vous avez alors choisi une novice ? Pas un magicien, ou l'un des hauts mages ?

— Oui. Elle est forte, et sa connaissance des Taudis s'est avérée utile.

— Comment l'avez-vous convaincue ?

— Je l'ai emmenée voir un des espions, puis lui ai appris à lire son esprit. Elle y a vu plus qu'assez de choses pour savoir que ce que je lui disais de mes propres expériences au Sachaka était vrai.

Des murmures emplirent le hall alors que les implications de cette révélation prenaient forme. Les regards des hauts mages se tournèrent vers Sonea. La jeune femme se sentit rougir et baissa les yeux.

— Vous m'avez dit ne pas pouvoir enseigner cette aptitude à qui que ce soit, dit posément Lorlen. Vous avez menti.

— Non, je n'ai pas menti. (Akkarin sourit.) À l'époque, je ne pouvais pas l'enseigner à qui que ce soit, car vous auriez compris qu'on me l'avait enseignée et vous m'auriez demandé où je l'avais apprise.

Lorlen fronça les sourcils.

— Qu'avez-vous appris d'autre à Sonea ?

À cette question, la novice sentit son sang se glacer.

Akkarin marqua une hésitation.

— Je lui ai fait lire certains livres afin qu'elle puisse mieux comprendre notre ennemi.

— Les livres du coffre ? Où les avez-vous eus ?

— Je les ai trouvés dans les passages sous l'université. La Guilde les a placés là après le bannissement de la magie noire, au cas où de telles connaissances s'avéreraient de nouveau utiles. Je suis certain que vous en avez lu assez pour savoir que c'est vrai.

Lorlen lança un regard vers le seigneur Sarrin.

Le vieil alchimiste hocha la tête.

— C'est vrai, selon les comptes-rendus que j'ai trouvés dans le coffre. Je les ai étudiés soigneusement : ils semblent être authentiques. Ils narrent comment, avant que la Guilde bannisse la magie noire il y a cinq siècles, son usage était courant. Les magiciens avaient des apprentis qui leur donnaient de leur pouvoir en échange de connaissances. Un de ces apprentis a tué son maître et massacré des milliers de gens en tentant de régner seul sur la Kyralie. Après sa mort, la Guilde a banni la magie noire.

Des murmures se répandirent et se transformèrent rapidement en clameurs. En écoutant attentivement, Sonea saisit des bribes de conversations :

— Comment pouvons-nous savoir que toute son histoire est vraie ?

— Pourquoi n'avons-nous pas entendu parler de ces Ichanis ?

Lorlen leva les bras et exigea le silence. Le bruit se dissipa.

— Les hauts mages ont-ils des questions à poser à Akkarin ?

— Oui, gronda Balkan. Combien y a-t-il de ces magiciens parias ?

— Quelque chose entre dix et vingt, répondit Akkarin. (Une pluie de rires suivit.) Chaque jour, ils extraient du pouvoir de leurs esclaves, qui détiennent un potentiel magique aussi puissant que n'importe lequel d'entre nous. Imaginez un mage noir possédant dix esclaves. S'il prenait le pouvoir de la moitié d'entre eux tous les deux ou trois jours, il deviendrait en quelques semaines des centaines de fois plus fort qu'un magicien de la Guilde.

Le silence suivit ses paroles.

— Toutefois, ce pouvoir diminue quand on s'en sert, répliqua Balkan. Après le combat, un mage noir est affaibli.

— Oui, répondit Akkarin.

Balkan prit un air songeur.

— Un attaquant rusé tuerait d'abord les esclaves.

— Pourquoi n'avons-nous jamais entendu parler de ces Ichanis ? (La voix de l'administrateur Kito résonna dans le hall.) Des marchands se rendent au Sachaka tous les ans. Ils ont de temps à autre rapporté avoir rencontré des mages à Arvice, mais pas des mages noirs.

— Les Ichanis sont des parias. Ils vivent dans les Terres Désolées, et on ne parle pas d'eux en public à Arvice, répondit Akkarin. La cour d'Arvice est un champ de bataille politique dangereux. Les magiciens sachakaniens n'autorisent personne à connaître les limites de leurs aptitudes et de leur pouvoir. Ils ne vont permettre ni aux marchands kyraliens ni aux ambassadeurs de découvrir ce qu'ils cachent à leurs propres compatriotes.

— Pourquoi ces Ichanis veulent-ils envahir la Kyralie ? demanda Balkan.

Akkarin haussa les épaules.

— Pour plusieurs raisons. Je soupçonne que la principale soit pour s'échapper des Terres Désolées et regagner leur statut et leur pouvoir à Arvice, mais je sais aussi que certains désirent se venger des Guerres sachakaniennes.

Balkan plissa le front.

— Une expédition à Arvice confirmerait la véracité de tout cela.

— Quiconque reconnu comme magicien de la Guilde sera tué s'il approche les Ichanis, prévint Akkarin. Et je doute que beaucoup de personnes à Arvice soient au courant des ambitions de Kariko.

— Comment pourrons-nous vérifier vos dires autrement ? s'exclama Vinara. Vous soumettrez-vous à une lecture de vérité ?

— Non.

— Ça ne nous pousse pas à vous faire confiance.

— On pourrait apprendre le secret de la magie noire en lisant mon esprit, ajouta Akkarin. Je ne prendrai pas ce risque.

Vinara plissa les yeux. Elle posa son regard sur la jeune femme.

— Alors Sonea, peut-être ?

— Non.

— Elle aussi a appris la magie noire ?

— Non, répondit-il, mais je lui ai confié des informations qu'elle ne doit pas partager, sauf dans l'urgence la plus absolue.

Le cœur de Sonea martelait. Elle baissa les yeux. Il avait menti à son sujet.

— L'histoire de Rothen est-elle vraie ? demanda Vinara.

— Oui.

— Vous admettez avoir réclamé sa tutelle simplement pour forcer Rothen et Sonea à garder le silence ?

— Non, j'ai aussi réclamé la tutelle de Sonea car elle a un énorme potentiel. Un potentiel qu'on négligeait d'une façon scandaleuse. J'ai découvert qu'elle n'était rien de moins qu'honnête, travailleuse et exceptionnellement douée.

Sonea leva des yeux surpris vers le mage. Elle ressentit soudain une envie folle de sourire mais réussit à la maîtriser.

Brusquement, elle se glaça quand elle comprit ce qu'il faisait.

Il était en train de les convaincre de la garder à la Guilde en leur disant qu'elle avait des aptitudes et des informations dont ils pourraient avoir besoin. Même s'ils ne le croyaient pas, les mages pourraient avoir pitié d'elle. Elle avait été son otage. Il l'avait trompée pour qu'elle l'aide. La Guilde pourrait même lui pardonner. Elle avait, après tout, juste lu quelques livres, et cela seulement à l'instigation d'Akkarin.

Sonea se rembrunit. Le rôle d'Akkarin en était amplifié, cependant. Et il les encourageait à voir les choses de ce point de vue. Depuis qu'elle avait appris l'existence des Ichanis, elle avait nourri l'espoir que la Guilde, si elle apprenait la vérité, pardonnerait à Akkarin. Désormais, elle se demandait si lui-même avait jamais considéré cette éventualité.

S'il n'espérait pas le pardon, que prévoyait-il ? Il n'allait tout de même pas les laisser l'exécuter ?

Non, si on en arrivait là, il se battrait pour s'enfuir. Réussirait-il ?

Elle songea de nouveau à la quantité de pouvoir du mage que son combat avec l'Ichanie avait dû épuiser. Le cœur de Sonea se mit à battre violemment quand elle réalisa qu'il serait sûrement trop faible pour s'échapper de la Guilde.

À moins qu'elle lui donne toute sa force, y compris celle qu'elle avait puisée sur l'Ichanie.

Elle n'avait qu'à le toucher et lui envoyer son pouvoir. Les guerriers qui les entouraient essaieraient de l'en empêcher. Elle devrait les affronter.

Toutefois, ils se rendraient compte qu'elle utilisait plus de pouvoir que ce qu'elle devrait détenir.

Et ça, ils ne seraient pas du tout prêts à le lui pardonner.

Donc, la seule façon de sauver Akkarin était de révéler son propre usage de la magie noire.

— Sonea.

Elle leva les yeux et découvrit que Lorlen la fixait.

— Oui, administrateur.

Le mage plissa les yeux.

— Akkarin t'a-t-il appris à lire un esprit non consentant ?

— Oui.

— Et tu es certaine de la véracité de ce que tu as vu dans l'esprit de l'espion ?

— J'en suis certaine.

— Où étais-tu la nuit de la mort du seigneur Jolen ?

— J'étais avec le haut seigneur.

Lorlen fronça les sourcils.

— Que faisiez-vous ?

Sonea ne répondit pas tout de suite. L'heure était venue de dévoiler la vérité à son sujet. Mais Akkarin pouvait avoir une raison pour ne pas le vouloir.

Il veut que quelqu'un sachant la vérité reste à la Guilde.

Mais à quoi servirai-je s'il est mort ? Il vaut mieux que nous nous échappions ensemble. Si la Guilde a besoin de notre aide, elle pourra nous contacter à travers la bague de sang de Lorlen.

— Sonea ?

Il y a une chose dont je suis certaine. Je ne peux pas les laisser tuer Akkarin.

Elle prit une profonde inspiration et leva les yeux pour les plonger dans ceux de Lorlen.

— Il m'apprenait la magie noire.

Des hoquets et des exclamations envahirent le hall. Du coin de l'œil, elle aperçut Akkarin qui se tournait pour la dévisager, mais elle garda les yeux posés sur Lorlen. Son cœur martelait et elle se sentait mal, mais elle s'efforça de continuer.

— Je lui ai demandé de m'apprendre. Il a d'abord refusé. Ce n'est que quand il a été blessé par l'espion ichani que je…

— Tu as appris la magie noire *de ton plein gré*? s'exclama Vinara.

Sonea hocha la tête.

— Oui, ma dame. Quand le haut seigneur a été blessé, je me suis rendu compte que personne n'aurait la capacité de continuer le combat, s'il mourait.

Lorlen lança un regard à Akkarin.

— Désormais, il n'y aura personne.

Ses paroles envoyèrent un frisson parcourir l'échine de la jeune femme. Lorlen avait visiblement compris ce qu'Akkarin avait essayé de faire. Savoir que ses soupçons étaient fondés ne donna qu'une satisfaction amère à Sonea.

Elle regarda Akkarin et fut choquée de découvrir la colère qu'arborait son visage. Elle détourna rapidement le regard. *J'ai accepté de lui obéir.* Des doutes commencèrent à s'emparer d'elle. *Ai-je eu tort ? Est-ce que je viens de ruiner un plan que je n'ai pas eu l'intelligence de décrypter ?*

Mais Akkarin avait dû se rendre compte qu'elle comprendrait qu'il était en train de se sacrifier pour qu'elle puisse rester à la Guilde. Il avait dû songer au fait qu'elle puisse refuser de l'abandonner.

— Sonea.

Le cœur battant toujours la chamade, elle s'obligea à regarder Lorlen.

— Akkarin a-t-il tué le seigneur Jolen ?

— Non.

— A-t-il tué le témoin ?

Cette question tordit l'estomac de la jeune femme.

— Je ne sais pas. Je n'ai pas vu ce témoin, donc je ne peux pas vous le dire. Je peux affirmer ne jamais l'avoir vu tuer une femme.

Lorlen hocha la tête et leva les yeux vers les hauts mages.

— D'autres questions ?

— Oui, dit Balkan. Quand nous sommes arrivés à la résidence d'Akkarin, ni toi ni lui n'étiez là. Vous êtes arrivés ensemble plus tard. Où étiez-vous ?

— Dans la ville.

— Pourquoi ?

— Pour nous occuper d'un autre espion.

— Akkarin a-t-il tué cet espion ?

— Non.

Balkan l'observa en plissant les yeux mais demeura silencieux. Lorlen regarda les hauts mages, puis se tourna vers le reste du public.

— Quelqu'un a-t-il d'autres questions ?

Le silence lui répondit. Sonea poussa un soupir de soulagement. Lorlen fit un signe de tête.

— Nous allons maintenant discuter de ce que nous venons…

— Attendez !

Lorlen se retourna.

— Oui, seigneur Balkan.

— Une dernière question. Pour Sonea.

La jeune femme se contraignit à regarder Balkan dans les yeux.

— Est-ce *toi* qui as tué cette Ichanie ?

Le froid s'empara de la novice. Elle regarda Akkarin. Il fixait le sol avec une expression dure et résignée.

Quelle différence cela fera-il si je leur dis ? pensa-t-elle. *Je leur montrerai simplement que je crois qu'il dit la vérité.* Elle releva le menton et soutint le regard de Balkan.

— Oui.

Des exclamations envahirent le hall. Balkan soupira et se frotta les tempes.

— Je vous ai dit de ne pas les laisser ensemble, marmonna-t-il.

Chapitre 18

Le jugement de la Guilde

Dès que Lorlen annonça une autre suspension de séance pour discuter de la situation, Dannyl se précipita auprès de Rothen. Il avait vu son ami réagir à la confession de Sonea comme à un coup de poing. Rothen était debout, fixant le sol.

Dannyl s'approcha de son ami et lui posa une main sur l'épaule.

— Vous n'arrêterez donc pas de me surprendre, tous les deux, dit-il avec douceur. Pourquoi ne m'as-tu pas dit la raison pour laquelle tu avais vraiment perdu la tutelle de Sonea ?

Rothen remua la tête.

— Je ne pouvais pas. Il aurait pu… enfin, il l'a fait, maintenant. (Il regarda Sonea et soupira.) C'est ma faute. C'est moi qui l'ai d'abord convaincue de se joindre à la Guilde.

— Non, ce n'est pas ta faute. Tu ne pouvais pas savoir ce qui allait se passer.

— Non, mais je lui ai fait remettre ses principes en question quand elle est arrivée ici. Je lui ai appris à voir au-delà afin d'accepter sa place parmi nous. Elle a sûrement fait la même chose pour… pour…

— Et si tout cela est vrai ? Alors, elle avait de bonnes raisons de le faire.

Rothen leva les yeux, l'air sombre.

— Est-ce si important, maintenant ? Elle vient de signer son arrêt de mort.

Dannyl passa la salle en revue et remarqua les expressions des hauts mages, puis celle du roi. Ils semblaient sur leurs gardes et anxieux. Puis il posa son regard sur Sonea et Akkarin. La jeune femme se tenait droite et déterminée, même s'il ne pouvait pas deviner à quel point elle se forçait. L'expression du haut seigneur était… contrôlée. En regardant de plus près, Dannyl lut de la colère dans la façon dont la mâchoire d'Akkarin se contractait.

Il ne voulait pas que Sonea en révèle autant, songea Dannyl.

Mais, malgré cela, le haut seigneur et Sonea se tenaient désormais plus près l'un de l'autre. Encore quelques pas et ils seraient côte à côte. Dannyl hocha la tête, comme pour lui-même.

—Je n'en suis pas certain, Rothen.

Quand les hauts mages eurent repris leurs places, ils rapportèrent ce que les membres de chacune de leur discipline avaient exprimé. Lorlen écouta attentivement.

—Beaucoup ont du mal à croire son histoire, déclara Vinara, mais certains ont fait remarquer que, s'il cherchait à justifier ses actes avec une histoire inventée de toutes pièces, il aurait sans aucun doute trouvé quelque chose de plus convaincant.

—Mes guerriers trouvent également cela déroutant, ajouta Balkan. D'après eux, on ne peut pas ignorer l'éventualité qu'il dise la vérité et que nous nous exposions à une menace d'attaque du Sachaka. Nous devons en savoir plus.

Sarrin hocha la tête.

—Oui, mes confrères vous approuvent. Beaucoup ont voulu savoir si les livres contenaient des informations que nous pourrions utiliser pour nous défendre, en cas d'attaque. Je crains qu'il n'y en ait pas. Si Akkarin dit la vérité, nous pourrions avoir besoin de lui.

—J'aimerais, moi aussi, poser davantage de questions à Akkarin, dit Balkan. En temps normal, j'aurais demandé qu'il soit détenu jusqu'à ce que ses dires soient prouvés.

—Nous ne pouvons pas l'emprisonner de façon efficace, lui rappela Vinara.

—Non. (Balkan pinça les lèvres et leva les yeux vers Lorlen.) Pensez-vous qu'il coopérerait ?

L'administrateur haussa les épaules.

—Il l'a fait, jusque-là.

—Ça ne veut pas dire qu'il continuera, fit remarquer Vinara. Pour ce que nous savons, nous pouvons être en train de faire exactement ce qu'il attendait de nous. Il pourrait se montrer très peu coopératif si nous prenions une voie différente.

Sarrin fronça les sourcils.

—S'il voulait nous contrôler par la force, il aurait déjà essayé.

—Ce n'est visiblement pas ce qu'il veut, acquiesça Balkan. Mais cette histoire de mages sachakaniens sert peut-être à nous embrouiller et nous retarder.

—Nous retarder dans quoi ? demanda Sarrin.

Balkan haussa les épaules.

—Je n'en ai aucune idée.

— Mais nous ne pouvons pas le laisser partir, déclara Vinara avec fermeté. Akkarin a volontiers admis avoir pratiqué la magie noire. Qu'il ait commis les meurtres ou non, nous ne pouvons montrer une quelconque tolérance envers une personne de son statut enfreignant l'une de nos lois les plus importantes. Les gens doivent voir Akkarin puni.

— Le châtiment approprié est la mort, lui rappela Sarrin. Continueriez-vous à coopérer si vous saviez que ce sera votre sanction ?

— Il nous empêcherait sans doute de bloquer ses pouvoirs, également. (Vinara soupira.) Est-il très puissant, Balkan ?

Le guerrier réfléchit.

— Ça dépend. Dit-il la vérité ? D'après lui, un magicien noir possédant dix esclaves pourrait devenir aussi puissant que des centaines de mages de la Guilde en quelques semaines. Il est revenu il y a huit ans, même s'il prétend avoir réutilisé cette magie il n'y a que cinq ans. Cinq années lui ont laissé le temps de se fortifier, même s'il n'avait qu'un seul serviteur, et ce jusqu'à récemment.

— Il a combattu neuf esclaves durant cette période, ajouta Sarrin. Cela a également dû l'affaiblir.

Balkan hocha la tête.

— Il n'est peut-être pas aussi fort que nous le craignons. Toutefois, s'il ne dit pas la vérité, la situation pourrait se révéler bien pire. Il se fortifie peut-être depuis plus longtemps. Il a pu tuer des gens en ville. Et puis, il y a le seigneur Jolen et sa maisonnée. (Balkan soupira.) Même si je pouvais m'assurer de son honnêteté et de sa force, un autre facteur empêche de prévoir ce qu'il arriverait si nous essayions d'utiliser la force.

— Quel est-il ? demanda Vinara.

Balkan se tourna vers la gauche.

— Regardez bien Sonea. Vous sentez ?

Ils se tournèrent pour dévisager la novice.

— Du pouvoir, dit Sarrin.

— Oui, répondit Balkan. Beaucoup de pouvoir. Elle n'a pas encore appris à le cacher comme il le fait. (Il marqua un temps d'arrêt.) Elle a dit qu'il lui apprenait la magie noire il y a deux nuits. Je ne sais pas le temps que cette formation doit prendre, mais Akkarin prétend en avoir appris l'essentiel en une leçon. Sonea ne dégageait pas cette force quand elle s'entraînait dans l'arène il y a une semaine. Je suis sûr que je l'aurais détectée. Je pense que cette femme, qu'elle admet avoir tuée, a été la source de son soudain accroissement de pouvoir. Sonea n'aurait pas pu devenir si puissante en une nuit en tuant une femme ordinaire.

Ils se tournèrent vers la novice dans un silence songeur.

— Pourquoi Akkarin a-t-il essayé de dissimuler l'implication de Sonea ? se demanda Sarrin à haute voix.

— Et pourquoi a-t-elle décidé de la révéler ? ajouta Vinara.

— Il voulait peut-être s'assurer que quelqu'un pouvant combattre les Sachakaniens reste en vie, supposa Sarrin. (Il fronça les sourcils.) Ce qui voudrait dire que les livres, seuls, ne suffisent pas.

— Peut-être voulait-il juste la protéger, dit Vinara.

— Seigneur Balkan ! lança une nouvelle voix.

Le guerrier leva des yeux surpris.

— Oui, Votre Altesse ?

Tous les visages se tournèrent vers le roi. Il était appuyé contre le dossier du fauteuil vide du haut seigneur ; ses yeux verts perçants brillaient.

— Pensez-vous que la Guilde soit capable de conduire Akkarin en dehors des Terres Alliées ?

Balkan marqua une hésitation.

— Sincèrement, je ne sais pas, Votre Altesse. Même si nous y arrivions, cela épuiserait la plupart de nos magiciens. Si ces mages sachakaniens devaient exister, ils pourraient y voir l'occasion parfaite pour nous envahir.

Le jeune roi écouta attentivement cette remarque.

— Administrateur Lorlen, pensez-vous qu'il se soumettra à l'ordre de quitter les Terres Alliées ?

Lorlen cligna les yeux de surprise.

— Vous voulez dire… l'exil ?

— Oui.

Les hauts mages échangèrent des regards songeurs.

— La plus proche terre non alliée est le Sachaka, fit remarquer Balkan. Si son histoire est vraie…

Lorlen fronça les sourcils et glissa les mains dans ses poches. Ses doigts touchèrent la bague.

— Akkarin ?

— Oui ?

— Accepterais-tu l'exil ?

— Plutôt que de me battre pour sortir de là ? Lorlen perçut un léger amusement. *J'espérais mieux.*

Un silence suivit.

— Akkarin ? Tu sais où ils vont t'envoyer.

— Oui.

— Devrai-je essayer de les convaincre de t'emmener ailleurs ?

— Non. Ils devraient m'emmener loin de la Kyralie. Les magiciens que la Guilde enverrait pour former mon escorte doivent rester là pour défendre le pays si les Ichanis l'envahissent.

Il laissa le silence se réinstaller. Lorlen jeta un coup d'œil vers les autres mages. Ils le regardaient impatiemment.

—Akkarin ? Le roi attend une réponse.

— Très bien. Essaie de les convaincre de garder Sonea ici.

—Je vais voir ce que je peux faire.

—Je suppose que nous ne pouvons qu'essayer de le convaincre de partir dans le calme, déclara Lorlen. L'alternative, si vous voulez éviter une confrontation, serait de lui permettre de rester ici en tant que prisonnier.

Le roi hocha la tête.

—Emprisonner un homme sur lequel vous n'avez aucun contrôle est de la folie, et les gens doivent le voir puni, comme l'a dit dame Vinara. Toutefois, nous devons enquêter sur cette menace du Sachaka et la confirmer. Si Akkarin s'avère honnête et digne de confiance, nous pourrions aller le consulter.

Balkan fronça les sourcils.

—J'aimerais poser d'autres questions à Akkarin.

—Vous pourrez le faire sur la route vous menant à la frontière.

Les yeux du roi étaient durs.

Les autres échangèrent des regards inquiets, mais aucun ne protesta.

—Puis-je dire un mot, Votre Altesse ?

Tous se tournèrent vers Rothen, qui se tenait en bas des marches.

—Vous le pouvez, répondit le roi.

—Merci.

Rothen inclina un moment la tête, puis regarda les hauts mages l'un après l'autre.

—Je souhaiterais que vous preniez en compte la jeunesse et le caractère impressionnable de Sonea quand vous la jugerez. Cela faisait quelque temps qu'elle était sa prisonnière. Je ne sais pas comment il l'a convaincue de se joindre à lui. C'est une jeune femme têtue et au cœur bon, mais quand je l'ai persuadée de rejoindre la Guilde, je l'ai encouragée à remettre en question son manque de confiance envers les magiciens. Cela l'a peut-être menée à se défaire de sa méfiance envers Akkarin. (Il esquissa un faible sourire.) Je pense que quand elle réalisera qu'elle a été trompée, elle se punira mieux que nous pourrions le faire.

Lorlen leva les yeux vers le roi, qui hochait la tête.

—Je tiendrai compte de vos paroles, seigneur... ?

—Rothen.

—Merci, seigneur Rothen.

Le mage mit un genou à terre, puis se releva et s'éloigna. Le souverain le regarda partir, ses doigts tapotant le dossier du fauteuil du haut seigneur.

—Comment pensez-vous que la novice du haut seigneur réagira à la nouvelle de l'exil de son tuteur ?

Sonea se tenait murée dans le silence le plus total.

Akkarin et la jeune novice étaient entourés par des guerriers qui les maintenaient derrière une barrière bloquant tous les bruits du hall. Elle avait regardé les mages se regrouper pour débattre. Après une longue suspension de séance, les hauts mages étaient retournés s'asseoir et avaient entamé une discussion animée.

Akkarin se rapprocha d'un pas, mais il ne la regarda pas.

— Tu n'as pas choisi le meilleur moment pour désobéir, Sonea.

Elle tressaillit en décelant la colère dans la voix du mage.

— Vous pensiez vraiment que j'allais les laisser vous exécuter ?

L'homme fit précéder sa réponse d'un long silence.

— Il faut que tu restes ici pour continuer le combat.

— Comment pourrais-je le faire avec la Guilde contrôlant mes moindres gestes ?

— Peu d'occasions valent mieux qu'aucune. Et, en dernier recours, les mages pourront faire appel à toi.

— S'ils l'envisageaient, ils n'auraient jamais songé à vous laisser la vie sauve, rétorqua-t-elle. Je ne les laisserai pas se servir de moi comme excuse pour vous tuer.

Le mage se tourna vers elle, suspendant son geste lorsque le bruit revint brusquement. Lorlen se leva et fit sonner un gong.

— Il est temps de juger si Akkarin, de la famille Delvon et Maison Velan, haut seigneur de la Guilde des magiciens, et Sonea, sa novice, sont coupables des crimes dont on les accuse.

Il leva une main. Un globe lumineux apparut au-dessus de lui, puis flotta jusqu'au plafond. Les autres hauts mages firent de même, puis des centaines de globes montèrent du reste des mages, et le hall de la Guilde fut baigné de lumière.

— Jugez-vous qu'Akkarin, de la famille Delvon et Maison Velan, est indubitablement coupable du meurtre du seigneur Jolen, de sa famille et de ses serviteurs ?

Plusieurs globes devinrent progressivement rouges, mais la plupart demeurèrent blancs. Les hauts mages gardèrent le nez en l'air un long moment, et Sonea comprit qu'ils comptaient les globes. Quand ils baissèrent les yeux sur Lorlen, ils secouèrent chacun une fois la tête.

— La majorité répond négativement, déclara Lorlen. Jugez-vous qu'Akkarin, de la famille Delvon et Maison Velan, est coupable d'avoir cherché des informations sur la magie noire, de l'avoir apprise, utilisée et, en plus des précédentes accusations, d'avoir tué avec cette magie ?

Aussitôt, tous les globes devinrent rouges. Lorlen n'attendit pas que les hauts mages les comptent.

— La majorité répond affirmativement, annonça Lorlen. Jugez-vous que Sonea, la novice du haut seigneur, est coupable d'avoir cherché des informations sur la magie noire et, en plus de cette précédente accusation, de l'avoir apprise, utilisée et d'avoir tué avec cette magie ?

Les globes lumineux demeurèrent rouges. Lorlen hocha lentement la tête.

— La majorité répond affirmativement. Le châtiment pour ce crime, comme l'impose la loi, est la mort. Nous, hauts mages, avons discuté du caractère inapproprié de cette sanction au regard des raisons données pour ce crime, si elles venaient à être confirmées. Nous préférerions repousser le jugement jusqu'à ce que la validité de ces raisons soit établie, mais étant donné la nature du crime, nous pensons qu'une mesure immédiate doit être prise. (Il marqua un silence.) Nous avons choisi l'exil comme châtiment pour Akkarin.

Le hall s'emplit de grommellements à cette annonce. Sonea entendit quelques faibles protestations, mais aucun mage ne leva la voix pour s'y opposer.

— Akkarin, de la famille Delvon et Maison Velan, vous n'êtes plus le bienvenu dans les Terres Alliées. Vous serez escorté jusqu'au plus proche pays non allié. Acceptez-vous ce jugement ?

Akkarin leva les yeux vers le roi, puis s'agenouilla.

— Si c'est ce que désire le roi.

Le souverain haussa les sourcils.

— C'est ce que je désire, répondit-il.

— Alors, j'irai.

Akkarin se redressa dans un hall silencieux. Le soupir de soulagement de Lorlen se fit entendre. Il se tourna vers Sonea.

— Sonea. Nous, hauts mages, avons décidé de te donner une seconde chance. Tu resteras ici avec nous sous ces conditions : tu dois jurer de ne jamais réutiliser la magie noire, tu ne seras pas autorisée à sortir de la Guilde à partir de ce jour, et tu n'auras jamais le droit d'enseigner à qui que ce soit. Acceptes-tu ce jugement ?

Sonea dévisagea Lorlen, incrédule. La Guilde avait exilé Akkarin mais lui avait pardonné, à elle, même s'ils avaient tous deux commis le même crime.

Mais c'était différent. Akkarin était leur chef, et son crime semblait pire car cet homme était censé représenter les valeurs de la Guilde. Elle n'était qu'une jeune femme impressionnable. La traîne-ruisseau. Facilement corruptible. Ils pensaient qu'elle avait été induite en erreur, et qu'Akkarin avait volontairement adopté la magie noire. En vérité, elle avait choisi de l'apprendre, et *lui* y avait été forcé.

Alors, ils lui permettraient de rester dans la sécurité temporaire et le confort de la Guilde, alors qu'Akkarin était envoyé en dehors des Terres Alliées, dans le plus proche pays non allié, qui était... Elle se pétrifia.

Le Sachaka.

Elle suffoqua. Ils allaient envoyer Akkarin dans les filets de ses ennemis. Ils devaient savoir que si son histoire était vraie, il allait mourir.

Mais ainsi, ils ne risqueront pas un combat qu'ils pourraient perdre.

—Sonea, répéta Lorlen. Acceptes-tu ce jugement?

—Non.

Elle fut surprise de la colère que trahissait sa voix. Lorlen la dévisagea d'un air consterné, puis regarda le haut seigneur.

—Reste, lui ordonna Akkarin. Il n'y a pas de sens à ce que nous partions tous les deux.

Pas si nous allons au Sachaka, pensa-t-elle. *Mais peut-être qu'ensemble, nous pourrions survivre.* Elle pouvait l'aider à se fortifier. Seul, il ne ferait que s'affaiblir. Elle s'accrocha à ce faible espoir et se tourna vers lui.

—J'ai fait la promesse à Takan de prendre soin de vous. Je compte la tenir.

Le mage plissa les yeux.

—Sonea...

—Ne me dites pas que je vais être gênante, le coupa-t-elle à voix basse, consciente de la présence de nombreux témoins. Ça ne m'a pas arrêtée auparavant, et ça ne m'arrêtera pas maintenant. Je sais où ils vous envoient. Je viens avec vous, que ça vous plaise ou non.

Elle refit face aux hauts mages et éleva la voix afin que tout le monde puisse entendre:

—Si vous envoyez le haut seigneur Akkarin en exil, vous devrez m'y envoyer aussi. Et lorsque vous prendrez conscience de votre erreur, il sera peut-être encore vivant pour vous aider.

Le hall était silencieux. Lorlen la dévisagea, puis leva les yeux vers les hauts mages. Sonea remarqua la défaite et la frustration qui se lisaient sur leurs visages.

—Non, Sonca! Reste ici.

À cette voix, la jeune femme sentit son estomac se retourner. Elle se força à poser les yeux sur Rothen, de l'autre côté de la salle.

—Je suis désolée, Rothen, déclara-t-elle, mais je ne resterai pas.

Lorlen prit une profonde inspiration.

—Sonea, je ne peux te donner qu'une dernière chance. Acceptes-tu ce jugement?

—Non.

—Alors, faites savoir dans les Terres Alliées qu'Akkarin, de la famille Delvon et Maison Velan, anciennement haut seigneur de la Guilde des magiciens, et Sonea, anciennement novice du haut seigneur, sont exilés pour les crimes d'avoir appris et pratiqué la magie noire, et d'en avoir fait usage pour tuer.

Lorlen se tourna vers le seigneur Balkan et prononça quelque chose d'une voix trop basse pour être entendu. Puis il descendit, s'avança à grands pas dans le cercle de guerriers et s'arrêta à quelques centimètres d'Akkarin. Il agrippa la robe noire des deux mains. Sonea entendit le tissu se déchirer.

—Je vous chasse, Akkarin. N'entrez plus jamais sur mes terres.

Akkarin fixa Lorlen mais ne parla pas. L'administrateur se détourna et s'approcha de Sonea. Il croisa un instant son regard, puis baissa les yeux, s'empara de sa manche et la déchira.

—Je te chasse, Sonea. N'entre plus jamais sur mes terres.

Il tourna sur ses talons et s'éloigna à grandes enjambées. Sonea baissa les yeux sur la déchirure de sa manche. Elle était petite, seulement de la longueur d'un doigt. Un petit geste, mais si définitif.

Les hauts mages se levèrent et descendirent de l'estrade. Le cœur de Sonea se serra quand le seigneur Balkan entra dans le cercle et s'approcha d'Akkarin. Tandis qu'il déchirait la robe noire et prononçait les paroles rituelles, les autres hauts mages formèrent un rang derrière lui, et Sonea comprit qu'ils attendaient leur tour.

Quand Balkan s'approcha, elle se força à regarder le guerrier déchirer sa robe et prononcer les paroles rituelles. Il lui fallut toute sa détermination, mais elle réussit à croiser son regard ainsi que celui de chacun des magiciens qui suivirent.

Quand les hauts mages eurent tous pratiqué le rituel, Sonea poussa un soupir de soulagement. Le reste de la Guilde se leva. Au lieu de se diriger vers les portes du hall, les magiciens commencèrent à s'approcher d'Akkarin, l'un après l'autre.

Visiblement, elle allait devoir endurer cette cérémonie de rejet encore de nombreuses fois.

Ce qu'elle venait de comprendre la perturba. Il lui fallut toute sa volonté pour leur faire face. Elle resta immobile alors que les mages qui avaient été ses enseignants s'arrêtaient pour déchirer sa robe, l'air désapprobateur ou déçu. Les paroles rituelles de dame Tya furent à peine audibles, et la femme s'éloigna rapidement. Le seigneur Yikmo fixa Sonea d'un air inquisiteur, puis secoua tristement la tête. Enfin, il ne resta plus que quelques magiciens. La jeune femme leva les yeux quand ils pénétrèrent le cercle, et son estomac se tordit.

Rothen et Dannyl.

Son ancien tuteur s'approcha lentement d'Akkarin. Il le fixa, les yeux brûlant de colère, puis les lèvres d'Akkarin remuèrent. Elle ne put pas entendre ce qu'il dit, mais le feu dans les yeux de Rothen mourut. Il murmura une réponse, et Akkarin hocha la tête. Le front plissé, Rothen avança le bras pour déchirer la robe du mage. Il prononça les paroles rituelles, puis garda les yeux fixés sur le sol en parcourant les quelques pas qui le séparaient de Sonea.

La novice sentit sa gorge se serrer. Le visage de Rothen était défait et profondément marqué. Il la regarda, ses yeux bleu pâle miroitant alors que des larmes s'y amassaient.

—*Pourquoi*, Sonea? murmura-t-il d'une voix rauque.

La jeune femme sentit soudain ses yeux devenir humides. Elle les ferma fort, la gorge toujours serrée.

—Ils l'envoient à sa mort.

—Et toi?

—Deux peuvent survivre là où un échouerait. La Guilde doit découvrir la vérité par elle-même. Quand ce sera le cas, nous reviendrons.

L'homme prit une profonde inspiration, puis s'avança et l'étreignit.

—Prends soin de toi, Sonea.

—Oui, Rothen.

Elle s'étrangla sur son nom. Le mage recula. Alors qu'il s'éloignait, Sonea se rendit compte qu'il n'avait pas déchiré sa robe. Elle sentit un filet humide courir sur sa joue et l'essuya rapidement tandis que Dannyl s'avançait devant elle.

—Sonea.

Elle s'efforça de lever les yeux. Dannyl la regardait posément.

—Des Sachakaniens, hein?

Elle hocha la tête, sachant que sa voix lui ferait défaut.

L'homme pinça les lèvres.

—Nous allons devoir nous en occuper.

Il lui tapota l'épaule, puis se retourna. Elle le regarda rejoindre Rothen.

Un par un, les guerriers qui les entouraient s'avancèrent pour pratiquer le rituel. Quand ils eurent fini, elle tourna la tête et découvrit que les magiciens avaient formé deux rangs menant aux portes du hall de la Guilde. Derrière eux se tenaient les novices. Qu'ils n'aient pas été inclus dans le rituel la soulagea. Faire face à Regin dans cette situation aurait été... intéressant.

Les hauts mages formèrent un second cercle autour de la garde guerrière, Lorlen à leur tête. Quand l'administrateur avança vers les portes du hall de la Guilde, cette double escorte le suivit, passa devant les deux rangs de magiciens puis se dirigea vers l'entrée de l'université.

Dehors, un cercle de chevaux tenus par des palefreniers était formé. Deux chevaux attendaient au centre. Akkarin s'en approcha, suivi par Sonea. Il s'élança sur la selle de l'une des deux montures, et Sonea hésita en regardant d'un air dubitatif celle qui restait.

—Regrettes-tu ta décision?

Sonea se retourna et découvrit le seigneur Osen à ses côtés, tenant les rênes de sa monture.

Elle secoua la tête.

— Non, c'est juste que… je n'ai jamais fait de cheval.

L'homme jeta un regard en arrière, vers la foule de magiciens qui sortaient en masse par les portes derrière la jeune femme, puis il fit pivoter son cheval, les empêchant de voir Sonea.

— Mets ta main sur le devant de la selle, puis place le bout de ta botte gauche ici.

Il agrippa l'étrier du cheval de la novice et le lui tint. Sonea fit ce qu'il lui dit et, en suivant ses autres instructions, elle finit par se retrouver sur la selle.

— Ne t'inquiète pas trop pour ce qui est de le diriger, lui dit-il. Il suivra les autres.

— Merci, seigneur Osen.

Le mage leva les yeux vers elle et fit un signe de tête, puis il s'éloigna et sauta en selle.

De son nouveau point de vue, elle observait la foule de magiciens rassemblés devant la Guilde. Les hauts mages formaient une ligne sur la dernière marche de l'université, excepté le seigneur Balkan qui avait rejoint la garde de guerriers à cheval. Sonea chercha le roi mais ne le trouva pas.

Lorlen s'approcha lentement d'Akkarin. Il leva les yeux, puis secoua la tête.

— Tu as une sorte de seconde chance, Akkarin. Fais-en bon usage.

Le mage le fixa un moment.

— Toi aussi, mon ami, bien que je craigne que tu sois confronté à de bien pires problèmes que moi. Nous nous reverrons.

Lorlen sourit du coin des lèvres.

— J'en suis certain.

Il alla reprendre sa place parmi les hauts mages, puis hocha la tête en direction de Balkan. Le guerrier fit avancer son cheval d'un coup de coude, et le reste de l'escorte l'imita.

Le cheval de Sonea se mit en mouvement, la forçant à s'agripper au pommeau de sa selle. Elle regarda Akkarin dont les yeux étaient rivés sur les portes de la Guilde. Une fois les portes franchies, la jeune femme se retourna prudemment pour lancer un dernier regard à l'université, grande et gracieuse parmi les autres bâtiments de la Guilde.

Une pointe de tristesse et de regret s'empara d'elle par surprise.

Je ne m'étais jamais rendu compte à quel point je considérais cet endroit comme mon foyer, pensa-t-elle. *Survivrai-je et le reverrai-je un jour ?*

Ou bien, ajouta une voix plus sombre, *reviendrai-je pour ne trouver qu'un tas de décombres ?*

Seconde partie

Chapitre 19

Une requête

Sonea se tortilla sur sa selle et fit jouer les muscles fatigués de ses cuisses. Bien qu'elle chasse chaque nuit l'endolorissement avec la magie, il ne lui fallait pas chevaucher longtemps pour que son corps lui fasse de nouveau mal. Le seigneur Osen lui avait dit qu'elle s'habituerait à la selle si elle ne se guérissait pas, mais elle ne voyait pas l'intérêt de s'endurcir alors que le cheval lui serait bientôt retiré.

Elle soupira et leva les yeux vers les montagnes qui s'étiraient devant eux. Elles étaient apparues à l'horizon la veille. La ligne indistincte avait peu à peu grossi et, ce matin, le soleil avait révélé des parois rocheuses déchiquetées et des forêts partant à l'assaut de hauts pics. Les montagnes semblaient sauvages et infranchissables, mais maintenant que le convoi avait atteint les premières falaises, Sonea apercevait un ruban blanc qui zigzaguait entre les arbres vers une déclivité entre deux des pics. Quelque part au bout de cette route, il y avait le Fort et l'entrée au Sachaka.

Le paysage en lente évolution la fascinait. Elle ne s'était jamais aventurée au-delà des abords de la ville d'Imardin. Voyager était une nouvelle expérience, et elle aurait pu l'apprécier si les circonstances avaient été différentes.

La route avait d'abord longé des champs rayés d'une alternance de végétaux. Les travailleurs creusant la terre, plantant ou récoltant étaient des hommes et des femmes, jeunes et vieux. Sur la route, adultes et enfants menaient des troupeaux d'animaux domestiques de toutes tailles. De petites maisons se dressaient, isolées au milieu de grandes étendues de terre. Sonea se demanda si leurs occupants étaient heureux de vivre coupés du reste du monde.

De temps en temps, en suivant la route, le groupe avait traversé de petits hameaux, où le seigneur Balkan avait parfois envoyé un de ses guerriers acheter de la nourriture. À la mi-journée, les deux jours précédents, un magicien et plusieurs hommes des environs les avaient attendus avec des chevaux frais. Ainsi ils pouvaient poursuivre leur route de nuit. Le convoi ne s'arrêtait jamais, pas même pour dormir, et Sonea supposa que les mages chassaient leur fatigue à l'aide de leurs pouvoirs guérisseurs. Quand elle avait demandé au seigneur Osen pourquoi ils ne faisaient pas de même sur les chevaux, il lui avait répondu que, contrairement aux humains, ces animaux ne supportaient pas la fatigue psychique.

Jusqu'ici, elle avait eu l'impression de gérer assez bien son manque de sommeil. La première nuit avait été claire, et leur chemin éclairé par la lune et les étoiles. Sonea avait sommeillé, autant que faire se peut sur un cheval. La nuit suivante, les nuages avaient obscurci le ciel, et le convoi avait voyagé sous un amas de globes lumineux.

En voyant les montagnes se dessiner si près, Sonea se demanda s'ils passeraient une troisième nuit de voyage en Kyralie.

— Halte !

Le bruit des sabots sur la route se fit traînant, et le convoi s'arrêta. La monture de Sonea se plaça auprès de celle d'Akkarin. La jeune femme eut une lueur d'espoir en voyant le mage se tourner vers elle. Il n'avait adressé la parole à personne, depuis qu'ils avaient quitté Imardin.

Mais il ne prononça pas un mot et se détourna pour regarder le seigneur Balkan.

Le chef des guerriers tendit quelque chose à l'un de ses magiciens. De l'argent pour acheter de la nourriture au prochain village, se dit Sonea. Elle regarda autour d'elle et se rendit compte qu'ils se trouvaient à un carrefour. Une route continuait vers les montagnes, et une autre voie, moins importante, descendait jusqu'à une petite vallée peu boisée où quelques maisons étaient blotties les unes contre les autres, près d'une étroite rivière.

— Seigneur Balkan, dit Akkarin.

Aussitôt, tous les visages se tournèrent vers lui. Sonea réprima tant bien que mal son envie de sourire devant l'expression alarmée et surprise de l'escorte. *Il s'est enfin décidé à parler.*

Balkan regarda Akkarin d'un air méfiant.

— Oui ?

— Si nous entrons au Sachaka avec ces robes, on nous reconnaîtra. Nous permettrez-vous de passer des vêtements ordinaires ?

Le regard de Balkan glissa sur Sonea, puis se reposa sur Akkarin. Il hocha la tête et se tourna vers le guerrier qui attendait.

— Des vêtements aussi, alors. Rien de sophistiqué ou de vif.

Le mage acquiesça, puis évalua d'un coup d'œil la taille d'Akkarin et celle de Sonea avant de s'éloigner sur son cheval.

Sonea sentit le nœud dans son ventre se resserrer. Cela voulait-il dire qu'ils étaient proches du défilé ? Atteindraient-ils la frontière aujourd'hui ? Elle leva les yeux vers les montagnes et frémit.

Elle avait espéré plusieurs fois entendre un appel mental de Lorlen leur ordonnant de revenir, tout en étant persuadée que cela n'arriverait pas. La façon dont ils avaient quitté Imardin avait bien fait comprendre à tout le monde qu'elle et Akkarin n'étaient plus les bienvenus en Kyralie.

Le souvenir la fit grimacer. Balkan avait choisi un itinéraire sinueux dans la ville qui leur avait fait traverser tous les quartiers. À chaque intersection principale, ils s'étaient arrêtés, chacun cessant toute activité pour écouter Balkan énumérer leurs crimes et le châtiment prononcé par la Guilde. Akkarin s'était rembruni, en colère. Il avait traité les mages d'imbéciles et s'était refusé à parler depuis.

Le cortège avait attiré la foule et, quand le convoi avait atteint les portes Nord, une multitude de coureurs impatients s'étaient rassemblés. Quand des pierres s'étaient mises à voler vers Sonea, la jeune femme avait invoqué un bouclier à la hâte.

Un terrible sentiment de trahison s'était emparé d'elle quand les habitants des Taudis s'étaient mis à crier et à leur lancer des projectiles, mais il s'était rapidement évanoui. Ils voyaient sûrement en eux deux mauvais magiciens d'une Guilde qu'ils méprisaient, et ils avaient profité de l'occasion de lancer des pierres et des insultes sans crainte de représailles.

Sonea se retourna sur sa selle et regarda la route. La ville était désormais loin derrière l'horizon. Les guerriers dans son dos la surveillaient de près.

Le seigneur Osen était parmi eux. Il fronça les sourcils lorsque leurs regards se croisèrent. Il lui avait parlé plusieurs fois durant le voyage, essentiellement pour l'aider avec ses montures successives. Quelquefois, il lui avait laissé entendre que la Guilde lui permettrait peut-être de revenir à Imardin si elle changeait d'avis. Elle avait décidé de ne pas réagir quand il faisait de telles allusions.

Mais la peur, le malaise et le silence d'Akkarin n'allaient pas dans le sens de sa résolution. Se détournant d'Osen, elle observa de nouveau Akkarin. À chacune de ses tentatives pour lui parler, elle s'était heurtée à un silence de mort. Il semblait déterminé à l'ignorer.

Pourtant, de temps à autre, elle l'avait vu la regarder. Si elle ne lui montrait pas qu'elle l'avait remarqué, le regard du mage s'attardait longtemps sur elle, mais si elle regardait dans sa direction, l'attention d'Akkarin se tournait alors vers autre chose.

C'était à la fois exaspérant et intrigant. Ce n'était pas le fait qu'il la regarde qui la tracassait, mais qu'il ne veuille pas qu'elle le voie la regarder. Sonea eut un sourire ironique. Commençait-elle à regretter ses regards pénétrants et presque insoutenables qu'elle avait si longtemps évités ?

Elle se rembrunit. Il voulait de toute évidence lui faire sentir qu'elle n'avait pas sa place ici, afin qu'elle prenne ses jambes à son cou et s'enfuie à la Guilde. Ou bien était-ce plus simple ? Ne voulait-il vraiment pas d'elle à ses côtés ? Elle s'était à maintes reprises demandé s'il la tenait pour responsable de la découverte de leur secret. Balkan aurait-il forcé la pièce souterraine d'Akkarin s'il n'avait pas trouvé des livres de magie noire dans sa chambre ? Akkarin lui avait dit de les cacher. C'est ce qu'elle avait fait, mais pas assez bien, manifestement.

Peut-être pensait-il simplement qu'il serait mieux sans elle.

Eh bien, il a tort, se dit-elle. Sans un compagnon pour lui fournir de la force, il s'affaiblirait chaque fois qu'il ferait usage de ses pouvoirs. Grâce à elle, il pourrait se défendre contre une attaque ichanie. *Ce n'est pas grave s'il* n'aime pas *m'avoir auprès de lui.*

Ah, mais ce serait tellement mieux qu'il apprécie ma présence !

Serait-il de meilleure compagnie une fois au Sachaka, quand il ne servirait plus à rien d'essayer de la persuader de s'en aller ? Accepterait-il finalement le choix de la jeune femme ou continuerait-il à lui en vouloir de lui avoir désobéi ? Elle fronça les sourcils. Ne comprenait-il pas qu'elle avait tout abandonné pour le sauver ?

Elle secoua la tête. Peu importait. Elle ne voulait pas de sa reconnaissance. Il pouvait être aussi silencieux et boudeur qu'il le désirait. Elle voulait seulement s'assurer qu'il survive, et pas seulement parce que cela signifiait qu'il pourrait revenir et aider à sauver la Guilde des Ichanis. Si son sort lui avait été vraiment indifférent, elle serait restée à Imardin, même si cela signifiait devenir prisonnière de la Guilde. Non, elle l'avait accompagné car elle ne supportait pas l'idée de l'abandonner après tout ce qu'il avait traversé.

J'ai remplacé Takan, pensa-t-elle soudain. L'ancien esclave avait suivi Akkarin hors du Sachaka et était devenu son fidèle serviteur. Maintenant, elle suivait Akkarin *au* Sachaka. Qu'est-ce qui, chez lui, inspirait autant de dévouement ?

Moi, dévouée à Akkarin ? Elle se prit presque à rire tout haut. *Tellement de choses ont changé. Je crois même avoir de l'affection pour lui, maintenant.*

Soudain, son cœur bondit.

Ou est-ce plus que ça ?

Elle réfléchit avec attention à la question. Si c'était le cas, elle l'aurait sûrement déjà remarqué. Brusquement, elle se rappela la nuit où elle avait tué l'Ichanie. Akkarin avait ensuite enlevé délicatement quelque chose de ses cheveux. Elle s'était sentie tellement bizarre lorsqu'il l'avait touchée. Légère. Transportée de joie.

Mais ce n'était que le contrecoup du combat. Survivre après avoir frôlé la mort suscite sans aucun doute des sentiments exaltants. Ça ne voulait pas dire qu'elle était… qu'elle ressentait…

Tout ce que j'ai à faire, c'est le regarder, et je saurai.

Elle eut soudain peur de le faire. Et si c'était vrai ? Et s'il croisait son regard et lisait une chose stupide sur son visage ? Il serait encore plus déterminé à la faire rester en Kyralie.

Des murmures entre les gardes de l'escorte la sauvèrent. Elle leva les yeux et vit revenir le guerrier qui avait chevauché jusqu'au village. L'homme tenait sur les genoux un sac et un paquet, qu'il tendit à Balkan en rejoignant le groupe.

Balkan le défit et en sortit une chemise de texture grossière, une paire de pantalons moulants et une longue chemise de laine comme celles que Sonea avait vues portées par les villageoises. Le guerrier regarda Akkarin.

— Ça vous ira ?

Akkarin hocha la tête.

— Ça fera l'affaire.

Balkan enroula de nouveau les vêtements et les lança à Akkarin. Sonea hésita quand ce dernier commença à descendre de sa monture, puis elle força ses jambes endolories à bouger. Quand les pieds de la jeune femme touchèrent terre, Akkarin lui remit la longue chemise et une seconde paire de pantalons.

— Détournez le regard, ordonna Balkan.

En jetant un coup d'œil autour d'elle, Sonea vit les mages se tourner. Elle entendit un bruit de soie déchirée quand Akkarin retira la partie supérieure de sa robe avant de la laisser tomber à terre. Le tissu chatoyait dans la lumière du soleil, les lambeaux déchirés flottant dans le vent. Akkarin s'interrompit un instant pour les regarder, l'air imperturbable, puis il se redressa et saisit la ceinture de son pantalon.

Sonea se détourna rapidement, le visage soudain brûlant. Elle baissa les yeux sur sa robe et déglutit péniblement.

Je ferais mieux de me débarrasser de ça.

Elle prit une profonde inspiration, défit son cordon et retira rapidement le haut de sa robe. Son cheval s'écarta nerveusement quand elle jeta le vêtement à terre et se dépêcha d'enfiler la chemise.

Le vêtement lui tombait presque jusqu'aux genoux, ce qui la soulagea quand elle dut passer son pantalon. En se retournant, elle découvrit Akkarin qui fixait les rênes de son cheval. Il lui jeta un rapide coup d'œil, puis s'élança sur sa monture.

La jeune femme remarqua que Balkan était resté face à eux. *Quelqu'un devait bien garder un œil sur nous*, pensa-t-elle avec ironie. Elle s'avança vers son cheval, mit sa botte dans l'étrier et réussit à se hisser sur la selle.

Akkarin avait une drôle d'allure dans ces épais vêtements. Son corps fin flottait gauchement dans sa chemise. L'ombre d'une barbe apparaissait sur son menton. Il n'avait rien du haut seigneur imposant qui avait si longtemps intimidé la plupart des membres de la Guilde.

Sonea baissa les yeux sur ses propres vêtements et grogna doucement. Elle-même était loin d'être l'élégance incarnée. Sa chemise avait probablement été mise au rebut par une fermière. Le tissu rugueux lui irritait la peau, mais ce n'était pas pire que ce qu'elle avait porté avant de rejoindre la Guilde.

— Tu as faim ?

Sonea sursauta en se rendant compte que le seigneur Osen avait avancé son cheval à côté du sien. Il lui tendit un quignon de pain grumeleux et une chope. Elle s'en empara avec gratitude et se mit à manger, faisant descendre le pain avec des gorgées de vin coupé d'eau. Le vin était bon marché et aigre mais il engourdit un peu la douleur de ses muscles. Elle rendit la chope à Osen.

Quand les mages eurent terminé de manger, ils se remirent en route, et la monture de la jeune femme reprit sa démarche cahotante. Elle étouffa un grognement et se résigna à encore bien des heures de chevauchée et de muscles endoloris.

Quand Gol entra dans le salon de Cery, ses yeux s'égarèrent sur Savara. Il la salua poliment de la tête, puis se tourna vers le jeune homme.

— Takan dit qu'ils sont proches de la frontière, rapporta-t-il. Ils atteindront le Fort demain soir.

Cery hocha la tête. Il avait fourni à Takan de confortables appartements souterrains mais avait prudemment embauché des serviteurs qui n'avaient pas entendu parler de la mystérieuse étrangère pour qui il s'était pris d'amitié. Savara lui avait demandé de s'assurer que Takan n'apprenne jamais rien d'elle. Elle avait avec raison deviné qu'Akkarin pouvait communiquer avec son serviteur, et, si les Ichanis capturaient le mage, avait-elle expliqué, ils pourraient avoir vent grâce à lui de sa présence en Kyralie. « Il y a beaucoup de haine entre mon peuple et les Ichanis », avait-elle dit. Elle n'avait pas expliqué pourquoi, et Cery préférait ne pas l'étouffer de questions.

Gol s'assit en soupirant.

— Qu'est-ce qu'on va faire ?

— Rien, répondit Cery.

Gol fronça les sourcils.

— Et si un autre meurtrier vient en ville ?

Cery regarda Savara en souriant.

— Je pense qu'on pourra s'en occuper. J'ai promis le prochain à Savara.

À la surprise du jeune homme, cette dernière secoua la tête.

—Je ne peux plus t'aider. Pas maintenant qu'Akkarin est parti. Les Ichanis soupçonneront l'implication d'autres personnes si leurs esclaves continuent à disparaître.

Cery l'observa posément.

—Mais ça les dissuaderait de les envoyer, non ?

—Peut-être. Mais j'ai l'ordre de ne pas attirer l'attention sur mon peuple.

—Bon. Tout dépend de nous, maintenant. Comment tu suggères qu'on les tue ?

—Je pense que vous n'aurez pas à le faire. Ils ont ce pour quoi ils envoyaient les esclaves.

—Alors, c'était Akkarin qu'ils voulaient ? demanda Gol.

—Oui et non, répondit-elle. Ils le tueront, s'ils le peuvent. Mais maintenant qu'ils connaissent le point faible de la Guilde, ce sera elle, leur cible.

Gol la dévisagea.

—Ils vont attaquer la Guilde ?

—Oui.

—Quand ?

—Bientôt. La Guilde aurait pu disposer d'un peu de temps pour se préparer si elle avait renvoyé Akkarin sans rien en dire. Mais elle en a parlé aux Terres Alliées.

Cery soupira et se frotta les tempes.

—Le cortège.

—Non, répondit-elle. Même si c'était idiot de sa part d'annoncer publiquement le crime et le châtiment d'Akkarin, il aurait fallu aux Ichanis quelques jours, au plus une semaine ou deux, pour en entendre parler. (Elle secoua la tête.) Ça fait des jours que les mages de la Guilde discutent mentalement d'Akkarin. Les Ichanis ont dû tout entendre.

—Est-ce que la Guilde a une chance ? demanda Gol.

Savara semblait triste.

—Non.

Gol écarquilla les yeux.

—La *Guilde* ne peut pas les arrêter ?

—Pas sans la magie supérieure.

Cery se leva et se mit à faire les cent pas.

—Combien sont les Ichanis ?

—Vingt-huit, mais ceux dont vous devez vraiment vous préoccuper forment un groupe de dix personnes maximum.

—Hey ! Seulement *dix* ?

—Ils sont beaucoup, beaucoup plus forts que n'importe quel mage de la Guilde. Ensemble, ils peuvent la vaincre facilement.

—Oh! (Cery arpenta la pièce.) Tu as dit que tu aurais tué la femme ichanie toi-même. Tu dois donc être plus forte qu'un mage de la Guilde.

Savara sourit.

—Bien plus forte.

Cery vit Gol légèrement pâlir.

—Et le reste de ton peuple?

—Beaucoup sont aussi forts que moi, ou même plus.

Le voleur se mordilla la lèvre tout en réfléchissant.

—Que voudrait ton peuple pour aider la Kyralie?

La jeune femme sourit.

—Ton peuple ne voudrait pas plus accepter l'aide du mien que la domination ichanie. Nous aussi utilisons ce que la Guilde appelle « magie noire ».

Cery balaya cette remarque de la main.

—Si les Ichanis débarquent, mon peuple pourrait bien penser autrement.

—Peut-être. Mais le mien ne se dévoilera pas.

—Tu as dit qu'il ne voulait pas que les Ichanis viennent en Kyralie.

—Oui, c'est vrai. Mais il n'interviendra pas si cela doit le mettre en danger. Nous ne sommes qu'une faction parmi d'autres au Sachaka, mais une que beaucoup de gens puissants craignent et seraient prêts à détruire. Nous ne pouvons pas en faire autant.

—Et toi, tu nous aideras? demanda Gol.

La jeune femme poussa un gros soupir.

—J'aimerais pouvoir. Mais j'ai l'ordre de me tenir en dehors de ce conflit. J'ai l'ordre... (elle posa les yeux sur Cery) de rentrer chez moi.

Cery hocha lentement la tête. Alors elle partait. Il s'en était douté lors de leur soirée sur le toit. Ça n'allait pas être facile de lui dire au revoir, mais lui non plus ne pouvait pas se permettre de laisser son cœur dominer son esprit.

—Quand?

Elle baissa les yeux.

—Sur-le-champ. La route est longue. Les Ichanis surveilleront la frontière kyralienne. Je dois passer par l'Elyne. Mais... (Elle sourit d'un air entendu.) Je ne vois pas une grande différence entre partir ce soir et partir demain matin.

Gol plaça une main devant sa bouche et toussa.

—Je ne sais pas, répondit Cery. Ça pourrait faire une grosse différence. Dans l'intérêt de la Kyralie, je devrais te convaincre de rester. Avec un petit rasook rôti et une bouteille d'anuren sombre...

Savara leva les sourcils.

—De l'anuren sombre? Les voleurs vivent mieux que je pensais.

— En fait, j'ai conclu un marché avec quelques contrebandiers.

La jeune femme arbora un large sourire.

— Évidemment...

Quand on frappa à la porte principale de ses appartements, Rothen soupira et lui intima de s'ouvrir. Il ne prit pas la peine de se retourner pour voir qui était son visiteur.

— Encore toi, Dannyl ? Tu as passé plus de temps dans mes appartements que dans les tiens depuis ton arrivée. Tu n'as pas de rebelles ou de missions secrètes qui te tiennent occupé ?

Dannyl gloussa.

— Pas pour la semaine qui vient. Je pensais rattraper le temps perdu avec mon vieil ami avant d'être rappelé. (Il avança et choisit une chaise en face de Rothen, parmi celles installées en demi-cercle dans le salon.) Je me doutais que tu n'apparaîtrais pas au salon nocturne, ce soir.

Rothen leva les yeux et vit de la compassion dans ceux de Dannyl.

— En effet.

Dannyl soupira.

— Je devrais faire l'effort d'y aller. Faire face aux commérages, et tout le reste. Mais...

Ce n'est pas facile, termina silencieusement Rothen.

Dannyl lui avait révélé ce que le plan d'Akkarin, pour attraper les rebelles, avait impliqué. Toute la Guilde avait connaissance des affirmations du dem Marane concernant celui qui l'avait arrêté, désormais. Même si la plupart des mages ne semblaient pas vouloir y prêter attention, Rothen savait qu'il y en aurait toujours pour donner foi à n'importe quel scandale.

Rothen avait enduré les mêmes regards inquisiteurs et désapprobateurs deux ans plus tôt, quand la Guilde s'était demandé s'il était approprié que Sonea loge dans ses appartements. Faire face aux commérages avait été difficile, mais essentiel, et le soutien de Yaldin et Ezrille l'avait également aidé.

Aujourd'hui, c'est à moi de soutenir Dannyl.

Rothen prit une profonde inspiration et se leva.

— Eh bien, nous ferions mieux d'y aller, si nous voulons avoir le temps de nous amuser.

Dannyl cligna les yeux de surprise.

— Je pensais que tu ne... ?

— Qu'on le veuille ou non, je dois m'occuper de deux anciens novices. (Rothen haussa les épaules.) Je ne ferai à aucun de vous la faveur de venir se morfondre dans mes appartements.

Dannyl se leva.

— Tu es sûr ?

— Oui.

— Merci.

La gratitude dans la voix de Dannyl fit sourire Rothen. Il était soulagé de découvrir qu'en privé, son ami était toujours le même homme. Dannyl ne semblait pas en être conscient, mais il adoptait une attitude différente en public, maintenant. Il y avait une confiance et une autorité dans son comportement qui, ajoutées à sa taille, lui donnaient une prestance imposante.

C'est impressionnant, ce que peut faire un peu de responsabilités, songea Rothen.

Suivi de Dannyl, il sortit dans le couloir et descendit l'escalier menant à l'entrée du quartier des mages. Le soleil se couchait et baignait la cour d'une lumière orangée. Ils la traversèrent en direction du salon nocturne.

La pièce était chaude et bruyante. Rothen nota combien de magiciens se retournèrent à leur arrivée et continua à les observer. Il ne fallut pas longtemps pour que les premiers s'approchent d'eux et que les questions fusent.

Pendant plus d'une heure, Dannyl et lui furent abordés par des mages désireux d'avoir des informations sur les rebelles. Rothen lisait sur leurs visages à la fois le respect et la curiosité, et très peu de suspicion. Dannyl avait d'abord été hésitant, puis plus confiant. Quand le groupe de guérisseurs auquel il avait raconté quelles instructions lui avait données Vinara pour sauver le renégat de l'empoisonnement se fut enfin éloigné, Dannyl se tourna vers Rothen avec un sourire contrit.

— J'ai bien peur de te voler la vedette, mon ami.

Rothen haussa les épaules.

— Quelle vedette ? Il me faut à peine éluder les questions à propos de Sonea.

— C'est vrai. Peut-être ont-ils décidé de te laisser tranquille, pour une fois.

— Ça m'étonnerait. C'est juste que…

— Ambassadeur Dannyl.

Ils se retournèrent et virent le seigneur Garrel s'approcher. Rothen fronça les sourcils tandis que le guerrier inclinait poliment la tête. Il n'avait jamais aimé Garrel et, selon lui, le mage aurait pu insister bien davantage pour que son protégé, Regin, cesse de tourmenter Sonea.

— Seigneur Garrel, répondit Dannyl.

— Soyez le bienvenu chez vous, déclara le guerrier. Ça fait du bien de retrouver son foyer ?

Dannyl haussa les épaules.

— Oui, je suis content de revoir mes amis.

Garrel lança un regard à Rothen.

— Vous nous avez rendu un autre grand service. Et j'ai entendu dire que c'était au prix d'un immense sacrifice personnel. (Il se pencha un peu.) J'admire votre courage. Je n'aurais, moi-même, pas pris un tel risque. Mais enfin, je préfère l'action directe au subterfuge.

— Et vous y êtes tellement plus habile, à ce qu'on dit, répondit Dannyl.

Rothen cligna les yeux de surprise et se détourna pour cacher son sourire. Durant la suite de la conversation, il se rendit compte qu'il était de plus en plus ravi d'être venu au salon nocturne. Visiblement, la cour d'Elyne avait appris à Dannyl bien plus que d'avoir l'air autoritaire.

— Seigneur Garrel, dit une nouvelle voix.

Un jeune alchimiste apparut après avoir contourné le guerrier. Le seigneur Larkin, le professeur d'architecture.

— Oui ? répondit Garrel.

— Le seigneur Harsin a exprimé le désir de vous parler au sujet des progrès de votre novice en maladies. J'ai pensé que vous aimeriez être au courant

Le guerrier fronça les sourcils.

— Je ferais mieux de le retrouver, alors. Bonne soirée, seigneur Rothen, ambassadeur Dannyl.

Tandis que Garrel s'éloignait, Larkin fit la grimace.

— Je me disais que vous pourriez avoir envie que quelqu'un vous en débarrasse, dit le jeune mage. Je ne dis pas que vous en auriez eu besoin, ambassadeur. Mais plusieurs d'entre nous ont remarqué que ceux que Garrel engage dans une conversation ont tendance à attendre avec impatience une interruption, tôt ou tard. En principe plus tôt que tard.

— Merci, seigneur Larkin, dit Dannyl. (Il lança un regard à Rothen et sourit du coin des lèvres.) Je croyais que nous étions les seuls à l'avoir remarqué.

— Oh, être aussi doué pour mettre les gens mal à l'aise demande de la pratique ! Je me doutais que Garrel vous considérerait comme une bonne cible, après ce petit scandale monté en épingle.

Dannyl leva les sourcils, surpris.

— C'est ce que vous pensez ?

— Eh bien, à côté de… la magie noire, répondit le jeune magicien. (Il regarda Rothen, puis rougit.) Je ne crois pas ce que dit le rebelle, bien sûr, mais… (Il fouilla la salle des yeux et recula d'un pas.) Excusez-moi, ambassadeur, seigneur Rothen. Le seigneur Sarrin vient de me faire savoir qu'il aimerait me parler.

Larkin les salua de la tête, puis s'éloigna à la hâte. Dannyl parcourut la pièce du regard.

— C'est assez intéressant. Sarrin n'est même pas là.

— Oui, répondit Rothen. C'est intéressant. En particulier la partie à propos de l'aide dont tu avais besoin. Visiblement, ce n'est pas le cas, Dannyl. À vrai dire, je ne pense même pas que tu avais besoin de ma compagnie. (Il poussa un soupir exagéré.) C'est vraiment assez déconcertant.

Dannyl arbora un large sourire et tapota l'épaule de Rothen.

— Tu dois être tellement déçu que tes novices voient toujours du pays.

Rothen haussa les épaules, puis son sourire se transforma en grimace.

— Ah, si seulement ce pays n'était pas le Sachaka !

Chapitre 20

Le châtiment de la Guilde

Quand Dannyl arriva à la porte du bureau de l'administrateur Lorlen, il fit une courte pause, inspira profondément et redressa le buste. La réunion avec les hauts mages avait lieu plus tôt que prévu, et il avait le sentiment persistant qu'il aurait dû mieux s'y préparer. Il baissa les yeux sur le dossier contenant son rapport, puis haussa les épaules. Même s'il venait à penser à quelque chose, il était désormais trop tard pour effectuer des changements.

Il frappa à la porte qui s'ouvrit, et entra. Il salua de la tête les mages assis dans les fauteuils. Dame Vinara et le seigneur Sarrin étaient présents, ainsi que l'administrateur expatrié Kito. Comme à son habitude, Lorlen était assis derrière son bureau. L'administrateur indiqua un siège vide.

—Asseyez-vous, je vous prie, ambassadeur Dannyl, dit-il. (Il s'interrompit le temps que Dannyl s'installe dans le fauteuil qu'on lui avait proposé.) J'aurais aimé attendre le retour du seigneur Balkan pour vous demander de relater tous les détails de votre rencontre avec les rebelles, mais le besoin d'enquêter sur les dires d'Akkarin le plus tôt possible nous a convaincus qu'il valait mieux ne pas prendre de retard, et votre histoire pourrait jeter un peu plus de lumière sur ses activités. Alors, dites-nous quels étaient les ordres d'Akkarin.

—J'ai reçu une lettre de sa part il y a un peu plus de six semaines.

Dannyl ouvrit le dossier et en sortit la lettre. Il la fit flotter jusqu'au bureau de Lorlen.

L'administrateur s'en empara et la lut à haute voix :

—« Cela fait quelques années que je surveille un petit groupe de courtisans elynes tentant d'apprendre la magie sans l'aide ou le savoir de la Guilde. Ce n'est que récemment qu'ils ont obtenu quelque succès. Maintenant qu'au moins l'un d'entre eux a réussi à développer ses pouvoirs, il est du droit et du devoir de la Guilde de s'occuper d'eux. Je joins à cette lettre des informations sur ce groupe. Votre relation avec l'érudit Tayend de Tremmelin vous aidera à les persuader qu'ils peuvent vous faire confiance. Il est possible que les rebelles essaient d'utiliser cette information personnelle contre vous une fois que vous les aurez arrêtés. Je ferai en sorte qu'il soit bien clair que vous aviez l'ordre de leur donner ce renseignement en vue d'arriver à vos fins. »

Comme Dannyl s'y était attendu, les autres mages échangèrent des regards légèrement perplexes.

— J'imagine qu'il voulait parler de votre relation de travail avec cet érudit ? demanda Sarrin.

Dannyl leva les mains pour marquer son doute.

— Oui et non. J'ai supposé qu'il se référait également aux rumeurs concernant notre relation personnelle. Tayend est, comme disent les Elynes, un mignon. (Sarrin leva les sourcils, mais ni lui ni les hauts mages ne semblaient déconcertés par ce terme. Dannyl continua :) Depuis qu'il a commencé à m'assister dans mes recherches, les Elynes ne cessent de se demander si notre association n'est pas plus qu'un intérêt intellectuel.

— Et vous avez fait croire aux rebelles que c'était vrai pour qu'ils pensent pouvoir vous faire chanter si vous vous montriez gênant ? demanda Sarrin.

— Oui.

— Akkarin n'a pas été très précis. Il aurait pu vouloir vous encourager à leur faire croire que vous et votre assistant risqueriez l'expulsion et l'exécution si on découvrait que vous enseigniez la magie.

Dannyl hocha la tête.

— J'y ai pensé, bien sûr, et je me suis rendu compte que ça n'aurait pas suffi à persuader les rebelles de me faire confiance.

Au grand soulagement de Dannyl, Kito acquiesça.

— Alors, Akkarin comptait annoncer à la Guilde qu'il vous avait demandé de prétendre avoir une liaison avec votre assistant, conclut Vinara, mais à votre arrivée, il avait été arrêté. L'administrateur Lorlen vous a suggéré de déclarer que la ruse était votre idée.

— C'est exact.

La guérisseuse leva les sourcils.

— Ç'a fonctionné ?

Dannyl haussa les épaules.

— Dans l'ensemble, oui, je pense. Quelles sont vos impressions ?

La magicienne hocha la tête.

— La plupart ont adhéré à votre histoire.

— Et les autres ?

— Ils sont connus pour être des colporteurs de ragots.

Dannyl acquiesça. En repensant aux questions du seigneur Garrel dans le salon nocturne, il se demanda si Vinara incluait le guerrier parmi les « colporteurs de ragots ».

Lorlen se pencha en avant et posa les coudes sur le bureau.

— Bien, dites-nous comment vous en êtes venu à rencontrer les rebelles.

Dannyl continua son histoire, narrant comment il avait arrangé une rencontre avec le dem Marane, puis une visite dans sa demeure. Il décrivit l'enseignement de Farand et comment le livre que Tayend avait emprunté l'avait convaincu d'arrêter les rebelles.

— Je me demandais s'il ne valait pas mieux attendre de voir s'ils continueraient à me consulter une fois que Farand aurait appris le Contrôle, dit Dannyl. Je pensais pouvoir apprendre le nom d'autres rebelles. Toutefois, quand j'ai découvert ce livre, j'ai su que le risque était trop grand. Même si le dem m'avait autorisé à le garder, il se pouvait que les conspirateurs en détiennent d'autres. Si les rebelles avaient disparu une fois que Farand aurait appris le Contrôle, ils auraient pu découvrir la magie noire par eux-mêmes, et nous aurions eu sur les bras bien pire que des magiciens renégats. (Dannyl marqua une pause et grimaça.) Je n'aurais jamais soupçonné que c'était déjà le cas.

Sarrin remua dans son fauteuil et fronça les sourcils.

— Pensez-vous qu'Akkarin connaissait l'existence de ce livre ?

— Je ne sais pas, répondit Dannyl. Je ne sais pas comment il a entendu parler des rebelles.

— Peut-être avait-il détecté les pouvoirs de Farand de la même façon que ceux de Sonea avant qu'elle apprenne le Contrôle, suggéra Vinara.

— Depuis l'Elyne ? demanda Sarrin.

Vinara eut un mouvement d'épaules.

— Il a beaucoup d'aptitudes uniques, sans aucun doute obtenues grâce à la magie noire. Pourquoi pas une de plus ?

Sarrin fronça les sourcils.

— Vous avez dit avoir commencé à entreprendre des recherches avec cet érudit, ambassadeur. Quelles sont-elles ?

— Des recherches sur la magie ancienne, répondit Dannyl.

Il fit le tour de la pièce des yeux. Quand il croisa le regard de Lorlen, ce dernier esquissa un vague sourire.

— Je leur ai dit que vous les aviez engagées à ma demande, dit Lorlen.

Dannyl hocha la tête.

— Oui, bien que je ne sache pas pourquoi.

— Je voulais retrouver certaines connaissances qu'Akkarin avait perdues, déclara Lorlen. Mais il en a entendu parler et m'a bien fait comprendre qu'il n'approuvait pas. J'ai signalé au seigneur Dannyl que je n'avais plus besoin de son aide.

— Et vous n'avez pas obéi à cet ordre ? demanda Sarrin à Dannyl.

— Ce n'était pas un ordre, répliqua Lorlen. Je lui ai seulement dit que je n'avais plus besoin de ces recherches. Je crois que Dannyl a continué pour son propre compte.

— C'est exact, confirma Dannyl. Plus tard, Akkarin a appris que je les avais continuées et m'a fait revenir à la Guilde. Il semblait satisfait de mes progrès et m'a encouragé à continuer. Malheureusement, je n'ai pas appris grand-chose d'utile par la suite. Les seules sources que je n'avais pas explorées étaient au Sachaka, et il m'avait clairement fait comprendre que je ne devais pas m'y rendre.

Sarrin s'enfonça dans son fauteuil.

— Intéressant. Il a découragé les recherches, puis les a de nouveau encouragées. Peut-être aviez-vous déjà découvert quelque chose qu'il ne voulait pas que vous trouviez, mais sans que vous compreniez son importance. Alors, il vous aurait permis de continuer, sans prendre de risques.

— J'y ai pensé aussi, acquiesça Dannyl. Ce n'est qu'en voyant le livre du rebelle que j'ai compris que la magie ancienne faisant l'objet de mes recherches était en fait la magie noire. Je pense qu'il voulait que je l'ignore.

Sarrin secoua la tête.

— Non. Dans ce cas-là, il n'aurait pas voulu que vous lisiez ce livre. Il ne devait donc pas savoir que le dem Marane le possédait, et l'arrestation des rebelles n'était pas une opération visant à mettre la main sur ce livre. (Il fronça les sourcils.) Qui pourrait contenir des informations qu'Akkarin ne connaît pas. Voilà qui est intéressant.

Dannyl regarda les mages l'un après l'autre alors qu'ils réfléchissaient.

— Puis-je poser une question ?

Lorlen sourit.

— Bien sûr, ambassadeur.

— Avez-vous découvert quoi que ce soit attestant l'histoire d'Akkarin ?

L'administrateur se rembrunit.

— Pas encore. (Il hésita.) Malgré l'avertissement d'Akkarin, nous ne voyons pas d'autre façon d'apprendre la vérité que d'envoyer des espions au Sachaka.

Dannyl hocha la tête.

— J'imagine que leur identité restera secrète, même pour les membres de la Guilde.

— Oui, répondit Lorlen. Mais quelques-uns, comme vous, auront le droit de savoir, car ils devineront certainement la véritable raison de l'absence de certains magiciens.

Dannyl se redressa.

— Vraiment ?

— L'un des espions sera votre mentor, le seigneur Rothen.

L'ascension dans les montagnes semblait sans fin.

Le soleil du matin avait révélé, de chaque côté, des versants abrupts et fortement boisés. Même si la route était bien entretenue et montrait de récents signes d'entretien, tout le reste semblait sauvage. Si le convoi était passé devant des maisons durant la nuit, les ténèbres les avaient bien dissimulées.

La route suivait la courbe des flancs montagneux et grimpait entre des ravins escarpés. De temps à autre, Sonea apercevait des affleurements rocheux, au-dessus d'elle. L'air se refroidissait peu à peu, obligeant finalement Sonea, qui ne cessait de trembler, à s'entourer d'une barrière de chaleur.

Elle souhaitait plus que tout la fin du voyage, tout en l'appréhendant. L'ascension constante avait subtilement changé sa position sur la selle, et toute une nouvelle série de muscles s'était mise à protester. Par ailleurs, le tissu rugueux de son pantalon lui avait irrité la peau, et elle devait se guérir toutes les deux ou trois heures pour calmer la douleur.

— Halte !

Sonea soupira de soulagement à l'ordre de Balkan. Ils ne s'étaient arrêtés qu'un bref instant le matin. Elle sentit son cheval prendre une profonde inspiration en s'arrêtant, puis la relâcher en soufflant.

Plusieurs hommes de l'escorte mirent pied à terre afin de s'occuper des montures. Akkarin regardait au loin. En suivant ses yeux, Sonea remarqua un espace entre les arbres qui laissait apercevoir de la terre s'étendant en contrebas de la montagne. Les hautes falaises devenaient graduellement plus basses jusqu'à devenir une plaine dans le lointain. Des rivières et des torrents étroits scintillaient dans les plis creusés entre les parois rocheuses. Tout rougeoyait dans la chaude lumière du soleil de fin d'après-midi. L'horizon était une ligne brumeuse. Quelque part au-delà se trouvait Imardin. Chez elle.

Le périple l'éloignait toujours plus de tout ce qu'elle avait connu : sa famille, ses vieux amis, Cery, Rothen, Dorrien. Les noms des personnes qu'elle avait appréciées ces dernières années envahirent son esprit : Tania, Dannyl, Tya, et Yikmo, et même certains novices. Elle ne les reverrait peut-être jamais. Elle n'avait même pas eu la possibilité de dire au revoir à la plupart d'entre eux. Sa gorge se serra, et ses yeux commencèrent à piquer.

Elle les ferma et se força à prendre une respiration lente et mesurée. *Ce n'est ni le moment ni l'endroit pour se mettre à pleurer. Pas maintenant, avec Balkan et les autres magiciens qui me regardent, et tout particulièrement pas devant Akkarin.* Elle déglutit avec peine et s'obligea à se détourner.

Quand elle rouvrit les yeux, elle vit l'expression d'Akkarin changer. Un instant, avant que le mage arbore son masque familier, elle entrevit un air de frustration et d'amertume intenses. Elle baissa le regard, troublée.

Osen commença à distribuer du pain, des légumes cuits froids et des morceaux de viande salée. Akkarin accepta sa part en silence et reprit son air maussade. Sonea mâchait lentement, déterminée à chasser toute pensée de la Guilde et à se concentrer sur les jours à venir. Où trouveraient-ils de la nourriture, au Sachaka ? Au-delà du défilé s'étendaient les Terres Désolées. Peut-être pourraient-ils acheter de la nourriture. Balkan leur donnerait-il de l'argent ?

Osen revint près d'elle et lui tendit une chope de vin coupé d'eau. Elle le but rapidement et rendit la chope. Le mage marqua une pause, comme s'il s'apprêtait à dire quelque chose. Sonea se redressa vivement et détourna le regard. Elle entendit un soupir, puis des bruits de pas alors que l'homme retournait à son cheval.

— En avant, annonça Balkan.

La forêt s'éclaircissait au fur et à mesure qu'ils avançaient, découvrant de grandes étendues de roche nue. Un vent froid fouettait la queue des chevaux. Le soleil descendit peu à peu sur l'horizon, puis la route passa tout droit entre deux grandes parois de pierre lisse. Devant, tachetée d'orange par le soleil couchant, se dressait une énorme colonne de pierre percée par des rangées de minuscules trous carrés.

Le Fort.

Tandis qu'ils s'approchaient, Sonea leva les yeux vers le bâtiment. En cours d'histoire, elle avait appris que le Fort avait été bâti peu de temps après les Guerres sachakaniennes. Il était plus grand que ce qu'elle avait imaginé, et sûrement deux ou trois fois plus haut que le principal bâtiment de l'université. Le gigantesque cylindre de pierre emplissait l'espace étroit entre les deux hautes parois. Rien ne pouvait passer ici sans traverser le bâtiment.

Il n'y avait aucun signe de jointures ou de mortier ; pourtant le Fort avait été bâti bien avant que le seigneur Coren ait découvert comment faire fusionner la pierre. Sonea hocha la tête, remplie d'admiration. Ces bâtisseurs, morts depuis longtemps, avaient dû tailler le Fort dans la montagne même.

Deux grandes portes de métal, à la base du bâtiment, s'ouvrirent à leur approche. Deux silhouettes sortirent. L'une portait l'uniforme d'un capitaine de la garde, l'autre la robe rouge des guerriers. Surprise, Sonea cligna les yeux, puis dévisagea le mage, incrédule.

— Seigneur Balkan, dit Fergun alors que le capitaine faisait la révérence avec respect, voici le capitaine Larwen.

Bien sûr, pensa Sonea. *Fergun a été envoyé dans un fort lointain pour m'avoir fait chanter. Je ne m'imaginais pas que ce serait* celui-là.

Quand le capitaine s'adressa au seigneur Balkan, Sonea baissa les yeux sur ses mains et maudit sa malchance. Fergun avait sans aucun doute attendu ce moment avec impatience. Il avait pris de gros risques en tentant de convaincre la Guilde qu'elle ne devait pas admettre qui que ce soit ne venant pas des Maisons. *Désormais, sa défiance à l'égard des traîne-ruisseau a été confirmée*, pensa-t-elle.

Mais c'était faux. Elle avait seulement appris et utilisé la magie noire pour sauver la Guilde et la Kyralie.

Lui aussi avait cru sauver la Guilde. Elle fut prise d'une compassion désagréable pour le mage. Y avait-il vraiment une différence entre elle et son ancien ennemi ?

Oui, pensa-t-elle. *J'essaie de sauver* toute *la Kyralie. Lui voulait juste empêcher les Kyraliens de basse extraction d'apprendre la magie.*

Du coin de l'œil, elle vit le mage l'observer.

Ignore-le, se dit-elle. *Il n'en vaut pas la peine.*

Mais pourquoi aurait-elle dû l'ignorer ? Il n'était pas mieux qu'elle. Elle s'arma de courage, redressa la tête et lui rendit son regard. Le mage eut une moue de mépris, les yeux brillant de satisfaction.

— *Vous pensez être tellement supérieur,* lui adressa-t-elle en pensée, *mais méfiez-vous. Je suis plus forte que vous. Même sans la magie interdite que j'ai apprise, je pourrais vous battre n'importe quand dans l'arène, guerrier.*

Le mage fronça les sourcils, et sa mâchoire se raidit de haine. La jeune femme lui rendit froidement son regard.

— *J'ai tué un magicien qui, comme vous, s'attaquait aux faibles. Je tuerais de nouveau, si c'était la seule façon de protéger la Kyralie. Vous ne m'effrayez pas, magicien. Vous n'êtes rien, juste un idiot insignifiant, un…*

Fergun se tourna soudain vers le capitaine, comme si l'homme avait dit quelque chose d'important. Elle attendit qu'il recroise son regard, mais il ne le fit pas. Les formalités prirent fin ; le capitaine s'écarta et donna un coup de sifflet. Le convoi pénétra dans le Fort.

Le large couloir résonna du cliquetis des sabots. Le convoi continua encore un peu, puis ralentit à l'approche d'un mur de pierre bloquant la moitié du passage. Les mages se mirent en file pour poursuivre, puis, une centaine de pas plus loin, s'arrêtèrent devant deux portes de métal fermées. Elles s'ouvrirent lentement. Ils les franchirent et traversèrent une section du passage dont le sol en bois amplifia d'un bruit creux celui des sabots des chevaux, puis ils passèrent en file un nouveau pan de mur.

Sonea sentit de l'air frais sur son visage. Elle leva les yeux et aperçut deux portes de métal ouvertes menant à un autre ravin fortifié. La nuit était déjà tombée de l'autre côté du Fort. Deux rangées de lampes illuminaient les fortifications. Au-delà, la route continuait dans les ténèbres.

Quand le convoi sortit, Sonea se rendit compte que son cœur battait la chamade. S'ils avaient traversé le Fort, alors son cheval avançait désormais en terre sachakanienne. Elle baissa les yeux.

Il faudrait plutôt parler de « roche », rectifia-t-elle.

Elle se retourna sur sa selle et leva les yeux vers le Fort. Des lumières, derrière certaines fenêtres, découpaient la silhouette des occupants.

Le bruit des sabots s'affaiblit. Sa monture s'arrêta.

— Descendez.

Quand Akkarin sauta de sa selle, Sonea comprit que l'ordre de Balkan ne concernait qu'elle et son mentor. Elle glissa au sol, grimaçant en constatant la raideur de ses jambes. Le seigneur Osen se pencha pour s'emparer des rênes et éloigna les bêtes.

Sonea et Akkarin se tinrent seuls, au milieu du cercle de guerriers. Un globe lumineux se mit à briller au-dessus de Balkan, inondant l'endroit de lumière.

— Souvenez-vous des visages de ces deux magiciens, déclara Balkan. Ce sont Akkarin, ancien haut seigneur de la Guilde des magiciens, et Sonea, ancienne novice du haut seigneur. Ils ont été chassés de la Guilde et exilés des Terres Alliées pour avoir utilisé la magie noire.

Le sang de Sonea se glaça. Au moins entendait-elle ces paroles rituelles pour la dernière fois. Elle lança un regard vers la route obscure qui ne recevait pas la lumière.

— Attendez !

Le cœur de la jeune femme fit un bond. Osen s'avança.

— Oui, seigneur Osen ?

— J'aimerais parler une dernière fois à Sonea avant qu'elle parte.

Balkan hocha lentement la tête.

— Très bien.

Sonea soupira tandis qu'Osen descendait de son cheval. Il s'approcha lentement d'elle, l'air tendu.

— Sonea, c'est ta dernière chance. (Il parlait tout bas, peut-être pour que le reste de l'escorte n'entende pas.) Reviens avec moi.

La jeune femme secoua la tête.

— Non.

Osen se tourna vers Akkarin.

— La laisseriez-vous refuser cette occasion ?

Akkarin haussa les sourcils.

— Non, mais elle semble déterminée à la repousser. Je doute que je puisse la faire changer d'avis.

Osen plissa le front et se tourna vers Sonea. Il ouvrit la bouche, puis se ravisa et secoua simplement la tête. Il regarda de nouveau Akkarin.

— Vous avez intérêt à prendre soin d'elle, marmonna-t-il.

Akkarin fixa le mage, imperturbable. Osen se renfrogna et tourna les talons. Il repartit à grands pas vers son cheval et monta en selle.

Au signal de Balkan, l'escorte bloquant la route du Sachaka se retira.

— Disparaissez des Terres Alliées, dit Balkan.

Il n'y avait ni fureur ni regrets dans sa voix.

— Viens, Sonea, dit doucement Akkarin. Nous avons encore du chemin à parcourir.

Elle le regarda. L'expression du mage était distante et difficile à déchiffrer. Il se tourna et se mit en route ; elle lui emboîta le pas.

Une voix murmurait quelque chose derrière eux. Elle écouta attentivement. C'était celle du seigneur Osen.

— … plus jamais sur mes terres. Je te chasse, Sonea. N'entre plus jamais sur mes terres.

Elle frémit, puis posa son regard sur la sombre route qui filait devant elle.

Quand les derniers rayons du soleil quittèrent le jardin, Lorlen se détourna de la fenêtre de son bureau et se mit à faire les cent pas. Il fit le tour de la pièce, passant de chaise en chaise, puis retourna à son bureau. Il s'arrêta, baissa les yeux sur les papiers qui s'y amassaient et soupira.

Pourquoi ont-ils choisi d'envoyer Akkarin au Sachaka ?

Il savait pourquoi. Il savait avec une froide certitude que le roi espérait qu'Akkarin périrait au Sachaka. Akkarin avait transgressé l'une des plus importantes lois de la Guilde. Peu importait l'affection que le roi avait portée au haut seigneur, il savait qu'il n'y avait rien de plus dangereux qu'un mage irrespectueux des lois et trop puissant pour être contrôlé. Si la Guilde ne pouvait pas exécuter Akkarin, alors elle devait l'envoyer aux seuls mages qui le pouvaient : les Ichanis.

Le problème était que les Ichanis n'existaient peut-être *pas*. Et dans ce cas, la Guilde avait libéré un magicien qui avait appris de son plein gré la magie noire. Il pourrait revenir, plus fort que jamais.

On ne pouvait rien y faire, cependant.

Si les Ichanis existaient, il semblait stupide d'envoyer à la mort le seul mage qui pouvait parler à la Guilde de son ennemi. Mais Akkarin n'était pas seul. Il y avait Sonea.

En cela, le roi avait mal évalué la situation. Il avait supposé que l'ancienne traîne-ruisseau, qui s'était laissé guider et manipuler par plus d'un magicien, serait facilement influençable. Lorlen eut un sourire ironique au souvenir du refus furieux de la jeune femme.

« Si vous envoyez le haut seigneur Akkarin en exil, vous devrez m'y envoyer aussi. Et lorsque vous prendrez conscience de votre erreur, il sera peut-être encore vivant pour vous aider. »

Ce défi avait mis le roi en colère. *À quoi vous attendiez-vous ?* avait voulu dire Lorlen. *À de la loyauté ? De la part d'une personne qui a vécu parmi ceux que vous chassez de la cité chaque année durant la Purge ?* Finalement, le roi avait conclu que si elle n'acceptait pas le jugement de la Guilde et de son souverain, l'exil serait peut-être alors la meilleure solution.

Lorlen soupira et se remit à arpenter la pièce. À vrai dire, la Guilde n'avait pas besoin de Sonea pour entendre parler des Ichanis tant qu'il avait la bague d'Akkarin… et tant qu'Akkarin restait en vie. Mais si Lorlen commençait à faire passer des informations d'Akkarin au reste de la Guilde, il devrait finir par avouer comment il les obtenait. La bague était un instrument de magie noire. Comment la Guilde réagirait-elle en apprenant que son administrateur possédait et continuait à utiliser un tel objet ?

Je devrais m'en débarrasser, pensa-t-il. Mais il savait qu'il ne le ferait pas. Il sortit la bague et l'observa, puis il la glissa à son doigt.

—*Akkarin ? Tu es là ?*

Rien.

Lorlen avait plusieurs fois essayé de contacter le mage avec la bague. De temps à autre, il avait pensé détecter un léger sentiment de colère ou de peur, mais il avait conclu que ce n'était que son imagination. Le silence le torturait. S'il n'avait pas reçu les comptes-rendus mentaux d'Osen sur le voyage, Lorlen aurait pu craindre qu'Akkarin soit mort.

L'administrateur retourna derrière son bureau et s'effondra dans son fauteuil. Il retira la bague et la replaça dans sa poche. Quelques instants plus tard, on frappa vivement à la porte.

—Entrez.

—Un message du roi, seigneur.

Un serviteur entra, fit la révérence et plaça un cylindre de bois sur le bureau de Lorlen. L'incal du roi était imprimé sur le bouchon, et la cire était couverte de poudre d'or.

—Merci. Vous pouvez disposer.

Le serviteur le salua de nouveau, puis quitta la pièce. Lorlen brisa le sceau et sortit une feuille de papier roulée.

Alors, comme ça, le roi veut parler du Sachaka, songea Lorlen en lisant le document officiel. Il laissa la lettre s'enrouler de nouveau, la replaça dans le cylindre et la rangea dans une boîte réservée aux messages royaux.

Un entretien à l'improviste avec le roi tombait très bien. Ces derniers temps, Lorlen avait seulement désiré pouvoir *faire* quelque chose. Il s'était trop longtemps contenu, dans l'impossibilité d'agir. Il se leva, puis se glaça en entendant son nom résonner, à la limite de ses sens.

—*Lorlen !*

Osen. Lorlen sentit les esprits d'autres magiciens, attirés par l'appel, se dissiper alors qu'ils détournaient leur attention.

— *Oui, Osen ?*

— *C'est fait. Sonea et Akkarin sont au Sachaka.*

Le cœur de Lorlen se serra.

— *Pourriez-vous demander à Fergun et au capitaine si, dans le Fort ou aux alentours, on a remarqué quoi que ce soit d'anormal au Sachaka ?*

— *Oui. Je vous communiquerai leur réponse demain. Le capitaine a souhaité que quelques magiciens restent ici au cas où Akkarin et Sonea tenteraient de revenir.*

— *Avez-vous expliqué que cela ne ferait aucune différence ?*

— *Non, je ne voulais pas les rendre plus nerveux qu'ils le sont déjà.*

Lorlen réfléchit à la demande du capitaine.

— *Je laisse Balkan décider de cela.*

— *Je le lui dirai.* (Il y eut une pause.) *Je dois y aller.*

L'image d'une vaste salle, d'un grand feu de cheminée et des mages s'asseyant autour d'une longue table gagna l'esprit de Lorlen. Il sourit.

— *Bon appétit, Osen. Merci de m'avoir tenu informé.*

— *Merci surtout de m'avoir tenu informé,* moi, répondit une autre voix.

Lorlen cligna les yeux de surprise.

— *Qui était-ce ?* demanda Osen.

— *Je ne sais pas*, répondit Lorlen.

Il se remémora leur conversation et frissonna. Si des individus attendaient de l'autre côté de la frontière, prêts à tendre une embuscade aux visiteurs, alors ils savaient qu'Akkarin et Sonea arrivaient.

Puis il réfléchit aux informations qui avaient circulé entre les mages ces derniers jours, et son cœur se serra davantage. *Nous avons été insensés*, pensa Lorlen. *Aucun d'entre nous n'a vraiment réfléchi aux possibles implications de l'histoire d'Akkarin, si elle était vraie.*

— *Balkan*, appela-t-il.

— *Oui ?*

— *Veuillez dire à vos hommes que toute communication mentale doit cesser à partir de maintenant. Je vais informer le reste de la Guilde.*

Quand les Présences d'Osen et de Balkan eurent disparu, Lorlen sortit la bague d'Akkarin de sa poche. Ses mains tremblèrent quand il la glissa à son doigt.

— *Akkarin ?*

Mais le silence fut la seule réponse.

Chapitre 21

Une route dangereuse

« Neuvième jour du cinquième mois

Ce matin, un éboulement sur la route nous a contraints à nous arrêter. Les serviteurs ont passé la journée à creuser, mais je crains que nous ne puissions pas reprendre notre route avant demain. J'ai grimpé tout en haut d'une falaise. Les montagnes forment désormais une sombre ligne d'un côté à l'autre de l'horizon. Devant moi s'étendent vers le nord des falaises poudreuses. Ces Terres Désolées semblent infinies. Désormais, je comprends pourquoi les marchands kyraliens ne font pas beaucoup de commerce avec le Sachaka. C'est un voyage impossible, et Riko me dit qu'il est plus facile pour les Sachakaniens de faire du commerce avec les pays du Nord-Est. Et, bien sûr, ils se méfient de la Guilde… »

Rothen fut interrompu par un coup à la porte. Il soupira, écarta le livre et intima à la porte de s'ouvrir. Dannyl entra, les traits tirés par l'inquiétude.

— Dannyl, dit Rothen, veux-tu du sumi ?

Le mage ferma la porte, avança vers le fauteuil de Rothen et baissa les yeux sur lui en le dévisageant.

— Tu t'es *porté volontaire* pour aller au Sachaka ?

— Ah ! (Rothen ferma le livre et le posa sur la table.) Alors, ils te l'ont dit.

— Oui. (Dannyl semblait lutter avec les mots.) J'aimerais te demander pourquoi, mais je n'en ai pas besoin. Tu vas chercher Sonea, n'est-ce pas ?

Rothen haussa les épaules.

— D'une certaine façon. (Il lui désigna un fauteuil.) Assieds-toi. Je me sens mal à l'aise quand tu me domines comme ça.

Dannyl s'assit et dévisagea Rothen par-dessus la table.

— Je suis surpris que les hauts mages aient accepté. Ils ont forcément compris que trouver Sonea pourrait devenir plus important pour toi que confirmer l'existence des Ichanis.

Rothen sourit.

— Oui, ils y ont songé. Je leur ai dit que si j'avais le choix entre sauver Sonea et achever ma mission, je choisirais de sauver Sonea. Ils l'ont accepté parce que je suis plus à même de la persuader de revenir – et parce que je ne suis pas le seul espion.

— Pourquoi ne m'en as-tu pas parlé ?

— Je ne me suis porté volontaire que ce matin.

— Mais tu as dû y réfléchir.

— Seulement depuis hier soir. Après avoir vu comment tu t'en es sorti avec Garrel, j'en suis venu à la conclusion que tu n'avais pas vraiment besoin de mon aide. (Il sourit.) De mon soutien, peut-être, mais pas de mon aide. Sonea, elle, a besoin de mon aide. Je me suis trop longtemps trouvé dans l'incapacité de faire quoi que ce soit pour elle. Je le peux enfin.

Dannyl hocha la tête, mais il ne semblait pas enchanté.

— Et si l'histoire d'Akkarin *est* vraie ? Et si tu pénètres dans un pays dirigé par des mages noirs ? Il a dit que n'importe quel magicien de la Guilde entrant au Sachaka serait tué.

Rothen se rembrunit. En effet, ce serait une mission dangereuse. Et il était effrayé à l'idée de tomber sur les magiciens qu'Akkarin avait décrits.

Toutefois, si les Ichanis n'existaient pas, Akkarin devait avoir une bonne raison pour les avoir inventés. Peut-être l'avait-il fait simplement pour s'assurer que la Guilde lui permettrait de rester en vie. Cela faisait peut-être partie d'une plus grande duperie. Si c'était le cas, il tiendrait à dissimuler la vérité. Il était possible que ce soit *lui* le mage noir qui tuerait n'importe quel magicien de la Guilde entrant au Sachaka.

Mais il devait se douter que la Guilde enquêterait sur ses allégations. En racontant cette histoire aux mages, il s'était assuré qu'ils enverraient *bien* des espions au Sachaka. Rothen fronça les sourcils. Et si Akkarin avait inventé toute cette histoire afin de pouvoir traquer les mages qui entreraient au Sachaka, les tuer l'un après l'autre et leur voler leur force ?

— Rothen ?

Le mage leva les yeux et s'arracha un sourire ironique.

— Je sais que ce sera dangereux, Dannyl. Nous n'allons pas faire l'erreur d'entrer au Sachaka avec nos robes et en affichant nos pouvoirs magiques. Nous ferons de notre mieux pour ne pas nous faire remarquer. (Il désigna le livre.) Tous les récits de voyages au Sachaka ont été recopiés afin que nous les étudiions. Nous allons interroger des marchands et leurs serviteurs. Nous allons être entraînés par un espion professionnel envoyé par le roi, qui nous apprendra à parler et à nous comporter comme des roturiers.

Dannyl esquissa un sourire circonspect du bout des lèvres.

— Sonea trouverait ça amusant.

Rothen sentit son cœur se serrer.

— Oui. Ça l'aurait amusée, c'est vrai. (Il soupira.) Bon, parle-moi de ton entretien avec les hauts mages. Ont-ils posé des questions embarrassantes ?

Le changement de sujet perturba Dannyl.

— Quelques-unes. Je ne pense pas qu'ils aient une bonne opinion de Tayend, mais ce n'est pas une surprise.

— C'est vrai, admit Rothen. (Il observa Dannyl.) Mais, toi, tu l'estimes.

— C'est un bon ami. (Dannyl croisa le regard de Rothen. Son expression portait une trace de défi.) Vais-je devoir l'éviter, désormais ?

Rothen haussa les épaules.

— Tu sais ce que diront les rumeurs si tu ne le fais pas. Mais tu ne peux pas laisser les rumeurs diriger ta vie, et l'Elyne ne changera pas. Tout le monde sait que les règles sociales sont différentes, là-bas.

Dannyl leva légèrement les sourcils.

— Oui. Ce qui pourrait être considéré comme prudent ici y serait considéré comme impoli.

— Alors, veux-tu une tasse de sumi ?

Dannyl sourit et hocha la tête.

— Volontiers.

Rothen se leva, fit un pas vers le placard contenant les tasses et les feuilles de sumi, puis se pétrifia.

— *À l'attention de tous les mages !*

Rothen écarquilla les yeux de surprise en reconnaissant Lorlen.

— *Toute communication mentale doit cesser dès maintenant, à moins d'une urgence. Si vous ne pouvez pas éviter de vous entretenir de cette façon, faites attention à ce que vous révélez. Si vous entendez un magicien ou une magicienne communiquer mentalement, veuillez l'informer de cette restriction.*

— Eh bien, dit Dannyl après un moment. Je déteste devoir dire cela compte tenu de tes intentions, mais je m'inquiète un peu plus tous les jours.

— À quel sujet ?

— Qu'Akkarin nous ait dit la vérité.

Alors que Cery remplissait de nouveau le verre de Savara, la jeune femme se raidit et son regard se perdit dans le vague.

— Qu'y a-t-il ? demanda-t-il.

Elle cligna des yeux.

— Votre Guilde vient de prendre sa première bonne décision.

— Vraiment ?

La jeune femme sourit.

— L'ordre d'arrêter de communiquer mentalement.

Cery se resservit à son tour.

— Ça va changer beaucoup de choses ?

— Ç'aurait pu, si elle l'avait fait il y a une semaine. (Elle haussa les épaules et prit son verre.) Mais c'est une bonne chose que les Ichanis ne soient désormais plus informés des plans de la Guilde.

— Toi non plus.

Savara haussa les épaules.

— Non. Mais ce n'est plus important.

Cery l'observa. Elle avait déniché une robe faite d'une belle étoffe de couleur pourpre, douce au toucher, et qui lui allait à ravir. La teinte s'accordait à celle de sa peau. Ses yeux, quand elle le regardait, semblaient rayonner d'une riche chaleur dorée.

Mais ces yeux étaient désormais baissés, et la bouche éloquente de la jeune femme était pincée.

— Savara...

— Ne me demande pas de rester. (Elle leva les yeux et fixa sur lui un regard explicite.) Je dois partir. Je dois obéir à mon peuple.

— Je voudrais juste...

— Je ne peux pas rester. (Elle se leva et se mit à arpenter la pièce.) J'aimerais pouvoir. Viendrais-tu avec moi, dans mon pays, sachant ce que le tien va affronter ? Non. Tu dois protéger ton propre peuple. Je dois...

— Hey ! Laisse-moi en placer une !

Elle s'arrêta et le gratifia d'un sourire contrit.

— Excuse-moi. Vas-y.

— J'allais juste te dire que je te comprends. Je préférerais que tu restes, mais je ne t'empêcherai pas de partir. (Il eut un sourire ironique.) Je parie que je n'aurais de toute façon pas une chance de t'en empêcher.

Savara leva les sourcils et désigna la table.

— Mais tu m'as invitée à dîner pour essayer de me persuader de rester.

Le voleur secoua la tête.

— Je voulais juste te remercier pour ton aide et je devais me rattraper pour ne pas t'avoir laissé la chance de t'occuper d'un de ces esclaves.

Savara fit légèrement la moue.

— Il faudrait plus qu'un repas pour ça.

Cery gloussa.

— Vraiment ? Hmmm, tu sais, nous, les voleurs, on n'aime pas rompre un marché. Tu me pardonnerais si je me rattrapais autrement ?

Les yeux de la jeune femme se mirent à briller ; son sourire devint narquois.

— Oh, je vais bien trouver quelque chose ! (Elle avança vers lui, se pencha et l'embrassa.) Hmmm, ça me donne une idée ou deux.

Le jeune homme sourit, l'attrapa par les hanches et l'attira sur ses genoux.

— Tu es sûre que je ne peux pas te persuader de rester ? demanda-t-il doucement.

Savara inclina la tête et réfléchit.

— Peut-être juste une nuit de plus.

La route du Sachaka était sombre et silencieuse. Akkarin n'avait parlé qu'une seule fois, pour interdire à Sonea d'invoquer une lumière ou de faire plus que murmurer. Depuis, les seuls bruits avaient été ceux de leurs pas et du lointain hurlement du vent, quelque part bien au-dessus d'eux.

La jeune femme baissa les yeux sur ses bottes : la seule chose qui lui restait de son uniforme de novice. Les Ichanis les reconnaîtraient-ils ? Elle songea à demander à Akkarin si elle devait s'en débarrasser, mais l'idée de marcher sans chaussures sur ce terrain froid et rocheux était peu attrayante.

Quand ses yeux se furent habitués à l'obscurité, elle put voir un peu mieux la route et ce qui les entourait. De chaque côté s'élevait une paroi de roche verticale, se courbant et se repliant comme une lourde tenture. En levant les yeux, elle vit que ces parois s'étiraient encore vers le ciel sur plusieurs centaines de pas mais étaient de moins en moins hautes.

Après plusieurs virages, la paroi de gauche disparut brutalement. Une immense étendue sombre apparut. Ils s'arrêtèrent et observèrent le sol, en contrebas.

Des ténèbres sans fin s'étendaient du pied des montagnes jusqu'à une lueur à l'horizon. Sonea vit la lueur s'intensifier. Un éclat blanc apparut et se mit à s'élever en enflant. La lumière inonda la terre alors que la lune – plus vraiment pleine – échappait lentement à l'horizon. Sonea était sans voix. Les montagnes brillaient désormais comme des morceaux d'argent déchiquetés. Des pics s'enracinaient dans la plaine en contrebas. Là où la roche disparaissait, une terre sans arbres et désolée commençait. À certains endroits, l'eau de la montagne l'avait érodée, créant ainsi des crevasses éparses et tortueuses qui s'étiraient vers l'horizon. Plus loin, la jeune femme aperçut d'étranges falaises en forme de croissant qui, au fil du temps, avaient fini par ressembler aux rides d'un étang gelé.

C'étaient les Terres Désolées du Sachaka.

Elle sentit une main agripper son bras. Surprise, elle se laissa tirer en arrière par Akkarin dans l'ombre du mur.

— On pourrait nous voir, murmura-t-il. Nous devons quitter la route.

En regardant devant elle, elle ne voyait pas comment c'était possible. La route tournait vers la droite, taillée à flanc de montagne. Des pans de pierre abrupts, presque verticaux, s'élevaient de chaque côté.

La main d'Akkarin entourait toujours son bras. Elle se rendit compte que son cœur battait vite, mais la peur n'en était pas seule responsable. Toutefois, l'attention du mage était portée sur l'escarpement, au-dessus d'eux.

— Il n'y a plus qu'à espérer qu'il n'y ait pas de guetteurs là-haut, déclara-t-il.

Il la lâcha, puis reprit la route à contresens à grandes enjambées. Sonea le suivit. Quand ils eurent atteint un point où le versant de gauche gardait dans l'ombre la plus grande partie de celui de droite, il se retourna et agrippa les épaules de la jeune femme.

Devinant ce qu'il allait faire, Sonea tendit ses jambes. Ils s'élevèrent en effet, leurs pieds posés sur un disque de magie. Elle se força à détourner le regard, sentant soudain à quel point Akkarin était proche d'elle.

Il arrêta leur ascension près du sommet pour pouvoir jeter un œil au-dessus du bord de la paroi abrupte. Constatant avec satisfaction que l'endroit était sûr, il les fit léviter par-dessus le bord et les posa sur la surface pierreuse.

Sonea jeta un regard consterné à ce qui l'entourait. Le versant n'était pas aussi à pic que le mur de roche du dessous, mais il était tout de même effroyablement pentu. La surface était parsemée de crevasses et d'affleurements déchiquetés, et, à d'autres endroits, le sol était si lisse qu'elle ne voyait pas comment ils pourraient y marcher sans glisser de la montagne. Comment pourraient-ils s'y frayer un chemin, quand tout ce qu'ils avaient pour éclairer leur route était la lune ?

Akkarin avança avec précaution en travers de la pente. Sonea prit une profonde inspiration et le suivit. À partir de ce moment-là, elle ne pensa qu'à grimper ou contourner des affleurements, sauter par-dessus des crevasses et garder son équilibre sur le versant traître. Elle perdit toute notion du temps. Il était plus simple de simplement suivre Akkarin et de se concentrer uniquement sur le prochain obstacle.

La lune était bien plus haute dans le ciel et Sonea avait guéri les muscles fatigués de ses jambes plusieurs fois quand Akkarin s'arrêta enfin sur l'arête d'une crête. D'abord elle présuma qu'il était confronté à une crevasse particulièrement grande, ou une quelconque autre difficulté, mais quand elle leva les yeux sur lui, ceux du mage étaient fixés derrière la jeune femme.

Brusquement, il lui agrippa les bras et la fit s'accroupir. Le cœur de Sonea s'emballa.

— Reste accroupie, dit-il impérieusement. (Il jeta un coup d'œil derrière lui.) On pourrait voir nos silhouettes se découper contre le ciel.

Sonea se tapit à côté de lui, le cœur battant la chamade. Le mage observa de nouveau le chemin d'où ils venaient, puis pointa du doigt la pente aux contours déchiquetés qu'ils avaient traversée. Elle y chercha une présence, en vain. Elle secoua la tête.

— Où ça ?

— Il est derrière ce rocher en forme de mullook, murmura-t-il. Attends un peu… le voilà.

Sonea distingua un mouvement à peut-être cinq ou six cents pas d'eux, une ombre mouvante qui sautait et avançait à grandes enjambées à flanc de montagne avec une assurance née de l'habitude.

— Qui est-ce ?

— Sans doute un allié de Kariko, marmonna Akkarin.

Un Ichani, pensa Sonea. *Déjà ! Nous ne pouvons pas déjà en affronter un. Akkarin n'est pas assez fort.* Son cœur battait trop vite, et elle était malade de peur.

— Nous devons avancer rapidement, maintenant, dit Akkarin. Il est à une heure de nous. Nous devons accroître cette distance.

Tout en restant accroupi, il avança le long de la crête jusqu'à un bloc de pierre qui en chevauchait un autre, ménageant un passage étroit. Il s'y glissa, se redressa et se mit presque à courir pour atteindre l'autre côté de la crête. Sonea s'élança derrière lui, arrivant à garder son équilibre malgré les pierres qui roulaient sous ses bottes.

Il lui fallait toute sa concentration pour progresser aussi vite que le mage, désormais. Il faisait le tour des rochers à la hâte, traversait les éboulements de gravats glissants en trottinant et s'arrêtait à peine avant de sauter au-dessus des fossés sur leur chemin. Chaque pas mettait à l'épreuve les réflexes et l'équilibre de Sonea.

Quand Akkarin s'arrêta de nouveau dans l'ombre d'un énorme rocher rond, elle faillit lui rentrer dedans. Voyant qu'il regardait encore derrière eux, elle se retourna pour chercher leur poursuivant. Au bout d'un moment, elle le trouva. L'homme n'était pas plus éloigné, constata-t-elle avec désarroi.

Au moins, il n'est pas plus proche, se dit-elle.

— Il est temps de le semer, murmura Akkarin.

Il fit le tour du rocher. Sonea découvrit avec stupéfaction une profonde crevasse à leurs pieds. Là où ils étaient, elle faisait une vingtaine de pas, mais elle s'élargissait pour former un énorme ravin aux parois abruptes qui disparaissaient dans les ténèbres.

— Je vais aller sur la gauche pendant environ un quart d'heure, puis vers le bord. Il pensera que nous sommes descendus dans le ravin. Va de l'autre côté en lévitant, puis avance parallèlement aux montagnes. Reste autant que possible dans l'ombre, même s'il te faut ralentir.

Sonea hocha la tête. Le mage se retourna et s'enfonça dans la nuit avec raideur. Un instant, se retrouver seule fit terriblement peur à la jeune femme, mais elle prit une profonde inspiration et chassa ce sentiment.

Elle se leva, créa un disque de magie et s'éleva dans les airs. En passant au-dessus de la crevasse, elle baissa les yeux. Elle était très profonde. Elle fixa son regard de l'autre côté et continua à traverser. Quand ses pieds touchèrent la terre ferme, Sonea poussa un soupir de soulagement. Elle n'avait jamais eu le vertige, mais, à côté de ce précipice, les plus grands bâtiments de la ville ressemblaient aux marches de l'université.

Elle se concentra pour se frayer un chemin sur la paroi escarpée. Rester dans l'ombre fut étonnamment facile. La lune était désormais au zénith, mais le flanc de la montagne s'était fissuré ou érodé et avait formé plusieurs marches gigantesques. Elle opta pour la plus proche et y descendit.

Toutefois, rester dans l'ombre restreignait sa visibilité. Elle faillit plus d'une fois trébucher dans un trou ou une crevasse. Après un long moment passé à sauter et courir, elle leva les yeux et remarqua que la lune avait presque atteint les pics, au-dessus d'elle.

Elle frémit de peur en prenant conscience du temps écoulé depuis qu'Akkarin l'avait quittée. Elle réfléchit à ce qu'il avait dit qu'il ferait. Un quart d'heure à avancer le long du côté gauche du ravin, puis un autre pour revenir au rocher signifiait qu'il était une demi-heure derrière elle. Et si Akkarin avait mal calculé ? Si le poursuivant n'avait eu qu'une demi-heure de retard sur eux et non une heure ? Akkarin avait pu retourner à la crevasse en même temps que l'Ichani.

Elle se rendit compte qu'elle avait ralenti et se força à accélérer. Akkarin n'était pas mort. Si on l'avait capturé, il l'aurait appelée pour lui dire de s'échapper.

Mais s'il l'avait trompée pour qu'elle le quitte enfin ?

Ne sois pas ridicule, se dit-elle. *Il ne t'abandonnerait pas aux Ichanis.*

À moins que... à moins qu'il ait éloigné le poursuivant en sachant qu'il serait attrapé et tué... pour la sauver.

Elle s'arrêta et regarda derrière elle. Son chemin tournait autour de la montagne ; elle ne pouvait pas voir bien loin. En soupirant, elle reprit sa marche. *Ne t'égare pas*, pensa-t-elle. *Concentre-toi.*

Les mots se répétèrent dans son esprit et devinrent un chant. Au bout d'un moment, elle découvrit qu'elle les articulait en silence. Le rythme l'aidait à continuer, pas à pas. Elle contourna rapidement une saillie rocheuse et fut soudain précipitée dans un abysse.

Elle parvint de justesse à s'agripper à l'affleurement, se balança contre la paroi et stoppa sa chute.

Son cœur battait à tout rompre quand elle s'écarta du bord. Un énorme ravin coupait sa route. Haletant d'effroi et d'épuisement, elle fixa la paroi opposée du regard et songea à ce qu'elle devait faire. Elle pourrait le traverser en lévitant, mais elle risquait d'être vue.

Les bruits de pas rapides et proches, derrière elle, furent son seul avertissement. Elle commença à se retourner, mais quelque chose lui frappa le dos, et une main se plaqua contre sa bouche pour étouffer son cri. Elle tomba en avant, par-dessus le bord du précipice.

Soudain, la magie l'entoura, et elle se sentit ralentie dans sa chute. Au même moment, elle reconnut une odeur familière.

Akkarin.

Ses bras la tenaient fermement. Ensemble, ils tournèrent dans les airs et commencèrent à remonter. Ils passèrent à toute vitesse le long de la paroi plissée et fissurée du ravin, puis une grande entaille sombre apparut. Ils y entrèrent.

Les pieds de Sonea rencontrèrent un sol irrégulier et, quand Akkarin la relâcha, elle trébucha en battant des bras. Elle s'accrocha d'une main à un pan rocheux et réussit à retrouver son équilibre. Elle se sentait étourdie et prise de vertiges et elle contint une forte envie de rire.

—*Donne-moi ton pouvoir.*

Akkarin était une ombre parmi les ténèbres et sa voix portait à la fois l'urgence et l'ordre. La jeune femme essaya tant bien que mal de regagner le contrôle de sa respiration.

—Je…

—Maintenant ! dit-il impérieusement. Les Ichanis peuvent le sentir. Vite.

Sonea tendit les mains. Les doigts du mage se posèrent délicatement sur les siens, puis entourèrent ses mains. Elle ferma les yeux et envoya un flot régulier d'énergie. Quand elle comprit enfin ce qu'Akkarin venait de dire, elle accéléra le flot jusqu'à ce que le pouvoir émane d'elle à toute vitesse.

—Arrête, Sonea.

Elle ouvrit les yeux, et une vague de fatigue la submergea.

—Tu as trop donné, dit-il. Tu t'es fatiguée.

Elle bâilla.

—Il ne me sert pas.

—Ah non ? Comment vas-tu faire pour avancer, maintenant ? (Il soupira.) Je pourrais te guérir, j'imagine, mais… nous devrions peut-être rester ici. S'il avait vu où nous sommes allés, il nous aurait suivis et serait déjà là. Et ça fait des jours que nous n'avons pas dormi.

Sonea frémit et leva les yeux.

—Il était *si* près de moi.

— Oui. J'ai pris un chemin différent du tien et du sien pour pouvoir le surveiller. J'ai remarqué qu'il te suivait infailliblement ; il ne suivait pas ma trace, même lorsque j'ai croisé la tienne plusieurs fois. Puis je me suis rapproché suffisamment pour le voir et je me suis rendu compte à son comportement qu'il pouvait te sentir. Alors, j'ai fait attention et j'ai réalisé que, moi aussi, je le pouvais. Tu n'es pas habituée à détenir ce surplus de pouvoir et tu ne sais pas le dissimuler.

— Oh !

— Heureusement, j'ai pu te rattraper quand tu es arrivée à ce ravin. Il était à un cheveu de te trouver.

— Oh !

— Tu vas dormir ici pendant que je ferai le guet.

Sonea soupira de soulagement. Elle était épuisée avant même de lui avoir donné toute sa force. Un minuscule globe lumineux apparut, révélant que le creux s'étendait un peu plus loin dans la roche. L'endroit était jonché de grosses pierres. Sonea voulait désespérément s'allonger et dormir et regardait le sol avec consternation.

Elle trouva un endroit plus ou moins plat et dégagea des pierres, combla quelques trous avec des cailloux, puis s'allongea. Ce n'était pas très confortable. Elle sourit avec ironie en se souvenant qu'elle avait dormi par terre, dans la chambre d'amis de Rothen, il y avait bien longtemps, parce qu'elle n'était pas habituée aux lits moelleux.

Akkarin s'assit près de l'entrée. Quand le globe lumineux du mage disparut, la jeune femme se demanda comment elle pourrait dormir en sachant qu'au-dessus d'elle un Ichani la cherchait.

Mais la fatigue émoussa les bords tranchants des pierres et de sa peur, et ses pensées s'éloignèrent bientôt de toutes ses inquiétudes du moment.

Chapitre 22

Échange d'opinions

De l'extérieur, seules les tours du palais étaient visibles au-dessus de la haute muraille qui l'encerclait. Alors que la voiture de la Guilde tournait dans la rue circulaire longeant le mur, Lorlen leva les yeux et ressentit une pointe d'angoisse. Cela faisait plusieurs années qu'il n'était pas entré dans l'imposant bâtiment. Les affaires entre le roi et la Guilde étaient toujours gérées par le haut seigneur. Même si deux magiciens – les conseillers du roi – étaient en permanence au service du monarque, leur rôle consistait à protéger et conseiller, pas à recevoir des ordres concernant la Guilde ou à y obéir. Désormais, Akkarin parti, les responsabilités du haut seigneur revenaient à l'administrateur.

Comme si je n'avais pas suffisamment de choses à faire, pensa Lorlen. Toutefois, aujourd'hui le roi avait demandé à voir tous les hauts mages. Lorlen regarda les autres occupants du carrosse.

Alors que dame Vinara semblait calme, le seigneur Sarrin plissait le front, inquiet. L'administrateur expatrié Kito joignait les mains en tapotant les doigts. Lorlen ne savait pas si cela trahissait la nervosité ou l'impatience. Il regretta une fois de plus que les devoirs de Kito le retiennent aussi souvent loin de la Guilde. S'il l'avait mieux connu, il aurait pu deviner son humeur d'après cette petite manie.

Le véhicule ralentit, puis tourna vers l'entrée du palais. Les deux énormes portes de fer noir s'ouvrirent vers l'intérieur, chacune tenue par deux gardes. Plusieurs autres sentinelles, de chaque côté de l'entrée, saluèrent solennellement quand le carrosse de Lorlen pénétra dans une grande cour.

Des statues des précédents rois se dressaient fièrement autour de la cour. Les voitures s'arrêtèrent devant les grandes portes de la demeure royale. Un garde s'avança et salua Lorlen qui sortait du véhicule.

L'administrateur lança un regard vers le second carrosse de la Guilde, arrêté derrière le premier, puis il avança vers l'hôte, aux portes du palais. Le rôle des hôtes était d'accueillir chaque visiteur selon le cérémonial approprié puis de faire un rapport. Enfant, Lorlen avait été fasciné d'apprendre que les hôtes avaient inventé leur propre forme d'écriture raccourcie pour accélérer le processus.

L'homme le salua avec grâce.

—Administrateur Lorlen. C'est un honneur de vous rencontrer. (Son regard attentif passa de mage en mage tandis qu'il les saluait.) Bienvenue au palais.

—Merci, répondit Lorlen. Le roi nous a convoqués.

—J'en ai été informé.

L'homme tenait une petite boîte en carton dans une main. Il tira un carré de papier d'une fente sur le côté et y fit plusieurs marques rapides avec un bâton d'encre. Un garçon se tenant non loin de là se précipita vers eux, salua et prit le morceau de papier.

—Votre guide, dit l'hôte. Il va vous mener auprès du roi Merin.

Le garçon s'élança vers l'une des énormes portes du bâtiment qu'il tira, puis il s'écarta. Lorlen entraîna les autres mages dans le hall d'entrée.

Le hall avait été construit sur le même modèle que celui de l'université, avec de nombreux escaliers en spirale à l'aspect fragile. Il y en avait toutefois bien plus, et ils étaient décorés d'or et illuminés par plusieurs lustres. Une horloge complexe cliquetait et ronronnait au centre de la pièce. Ils suivirent leur jeune guide dans un escalier jusqu'au premier étage.

Ils empruntèrent ensuite un parcours compliqué. Leur guide leur fit passer de grandes portes et parcourir une longue enfilade de larges couloirs et d'antichambres. Après la longue ascension d'un escalier étroit, ils arrivèrent à une porte de taille ordinaire, surveillée par deux gardes. Le garçon leur demanda d'attendre, puis se glissa derrière les hommes. Après un court instant, il réapparut et annonça que le roi allait les recevoir.

Quand Lorlen entra dans la pièce, son attention fut immédiatement attirée par les fenêtres, grandes et étroites. Elles offraient une vue de la ville entière et au-delà. Il se rendit compte qu'ils étaient dans l'une des tours du palais. En regardant vers le nord, il s'attendit presque à distinguer une sombre ligne de montagnes, mais la frontière était évidemment bien au-delà de l'horizon.

Le roi était assis dans un grand fauteuil confortable, de l'autre côté de la pièce. Ses conseillers se tenaient à ses côtés, avec une expression prudente et sérieuse. Le seigneur Mirken était le plus âgé des deux. Le seigneur Rolden avait presque le même âge que le roi et, Lorlen le savait, était considéré autant comme un ami qu'un protecteur.

—Votre Altesse, dit Lorlen.

Il s'agenouilla et entendit le froissement des robes derrière lui tandis que les autres l'imitaient.

— Administrateur Lorlen, répondit le roi, hauts mages de la Guilde. Levez-vous, je vous en prie.

Lorlen et les autres s'exécutèrent.

— J'aimerais discuter des déclarations de l'ancien haut seigneur avec vous et vos collègues, continua le roi. (Son regard passa sur tous les mages, puis il fronça les sourcils.) Où est le seigneur Balkan ?

— Le chef des guerriers se trouve au Fort du Nord, Votre Altesse, expliqua Lorlen, avec les mages qui ont escorté Akkarin jusqu'à la frontière.

— Quand reviendra-t-il ?

— Il a l'intention de rester au cas où Akkarin tenterait de revenir par là, ou si son histoire se confirme et si ces Ichanis dont il a parlé essaient d'entrer en Kyralie.

Le roi fronça davantage les sourcils.

— J'ai besoin de lui ici, pour pouvoir le consulter. (Il marqua une hésitation.) Mes conseillers m'ont dit que vous aviez donné l'ordre de cesser toute communication mentale. Pourquoi cela ?

— Hier soir, j'ai entendu la voix mentale d'un mage que je ne connais pas. (Lorlen ressentit un frisson à ce souvenir.) Il semble avoir écouté une conversation que j'ai eue avec mon assistant.

Le roi plissa les yeux.

— Qu'a dit cet étranger ?

— J'ai remercié le seigneur Osen de m'avoir informé qu'Akkarin et Sonea étaient entrés au Sachaka. L'étranger a répété mes remerciements.

— C'est tout ?

— Oui.

— Vous ne savez pas si c'est un Ichani, cependant. (Le roi tapota des doigts le bras de son fauteuil.) Mais si les Ichanis existent bien et s'ils ont écouté vos conversations, ils ont pu apprendre beaucoup de choses, ces derniers jours.

— Malheureusement, oui.

— Et si je donne l'ordre au seigneur Balkan de rentrer, ils le sauront. Ses guerriers seront-ils capables de défendre le Fort contre une attaque s'il les quitte pour revenir ?

— Je ne sais pas. Je pourrais lui demander, mais si sa réponse est non et s'il part, toute personne écoutant saura que le Fort est vulnérable.

Le roi hocha la tête.

— Je comprends. Parlez-lui. S'il pense ne pas pouvoir partir, alors il doit rester.

Lorlen envoya un appel mental à Balkan. La réponse fut immédiate.

— Lorlen ?

— Si vous revenez à Imardin, vos hommes seront-ils capables de défendre le Fort ?

— Oui. J'ai appris au seigneur Makin comment coordonner leur force contre un mage noir.

— Très bien. Revenez immédiatement. Le roi a besoin de vos conseils.

— Je pars dans une heure.

Lorlen hocha la tête et regarda le roi.

— Il est confiant quant à la défense du Fort. Il devrait arriver d'ici deux ou trois jours.

Le roi acquiesça d'un air satisfait.

— Bien. Parlez-moi de votre enquête, maintenant.

Lorlen serra les mains derrière son dos.

— Ces derniers jours, nous avons trouvé quelques marchands ayant visité le Sachaka par le passé, et l'un d'eux se souvient du terme « Ichani ». D'après lui, ça veut dire « bandit » ou « voleur ». On sait que des marchands et leurs biens ont disparu dans les Terres Désolées. On a supposé qu'ils s'étaient perdus. C'est tout ce que nous savons. Nous allons envoyer trois magiciens au Sachaka pour chercher plus d'informations. Ils partiront dans quelques jours.

— Et quels préparatifs défensifs avez-vous prévus, si l'histoire d'Akkarin est vraie ?

Lorlen se tourna vers ses collègues magiciens.

— Si ce qu'il dit est vrai et que ces Ichanis sont des centaines de fois plus forts qu'un seul mage de la Guilde, je ne pense pas que l'on puisse faire quoi que ce soit. Nous sommes plus de trois cents, si nous incluons les mages vivant sur les autres Terres. Akkarin a estimé qu'il y avait entre dix et vingt Ichanis. Même s'il n'y en avait que dix, nous devrions multiplier notre nombre par plus de trois pour atteindre leur puissance. Même s'il y a du potentiel magique dans les classes inférieures, je doute que l'on y trouve sept cents nouveaux magiciens et, de toute façon, nous ne pourrions sûrement pas les entraîner assez vite.

Le roi avait légèrement pâli.

— Il n'y a pas de solution ?

Lorlen hésita.

— Il y a un moyen, mais il comporte ses propres dangers.

Le roi fit signe à Lorlen de continuer.

L'administrateur se tourna vers le seigneur Sarrin.

— Le chef des alchimistes a étudié les livres d'Akkarin. Ce qu'il a appris est à la fois inquiétant et instructif.

— Comment ça, seigneur Sarrin ?

Le vieux mage s'avança.

— Ils révèlent que la magie noire n'était pas interdite par la Guilde jusqu'à il y a cinq siècles. Avant, elle était d'usage courant et appelée « magie supérieure ». Après son interdiction, les documents ont été réécrits ou détruits pour en éliminer toute référence. Les livres qu'Akkarin possédait avaient été enterrés sous l'université, pour le cas où la Kyralie devrait de nouveau faire face à un puissant ennemi.

— Alors, vos prédécesseurs avaient dans l'idée que la Guilde réapprenne la magie noire si elle était menacée ?

— Il semble que oui.

Le roi réfléchit à ce qu'il venait d'entendre. Lorlen remarqua avec satisfaction de la méfiance et de la peur dans l'expression du monarque. Aucun souverain n'aimerait l'idée de donner à des magiciens un pouvoir potentiellement illimité.

— Combien de temps cela prendrait-il ?

Sarrin leva les mains en guise d'ignorance.

— Je ne sais pas. Plus d'un jour. Je crois que Sonea l'a apprise en une semaine, mais avec les conseils d'Akkarin. Apprendre avec les livres pourrait se révéler plus difficile. (Il s'interrompit un instant.) Je ne recommande pas de tenter une mesure aussi extrême à moins qu'il n'y ait pas d'autre moyen.

— Et pourquoi pas ? demanda le roi, même s'il ne semblait pas surpris.

— Nous pourrions nous sauver mais finir par devoir nous battre contre les effets corrupteurs de la magie noire sur notre propre peuple.

Le roi hocha la tête.

— Pourtant la magie noire ne semble pas avoir corrompu Akkarin. S'il avait eu l'intention de dominer la Guilde et moi-même, il aurait pu le faire n'importe quand durant ces huit dernières années.

— C'est vrai, approuva Lorlen. Akkarin a été mon ami le plus proche depuis notre noviciat et il ne s'est jamais montré sans honneur. Ambitieux, oui, mais pas immoral ou dénué de compassion. (Il secoua la tête.) Toutefois, la Guilde est grande, et je ne peux pas garantir que tous les magiciens seraient aussi maîtres d'eux s'ils avaient accès à un pouvoir illimité.

Le roi acquiesça.

— Alors, peut-être devrions-nous restreindre son apprentissage à ceux jugés dignes de confiance… mais seulement si la situation se révélait sans issue, comme vous l'avez dit. Il nous faut des preuves. Vous devez découvrir si l'histoire d'Akkarin est vraie ou non. (Il regarda Lorlen.) Y a-t-il autre chose que je devrais savoir ?

Lorlen lança un regard aux autres mages, puis secoua la tête.

— J'aurais aimé que nous vous apportions des nouvelles plus importantes ou plus rassurantes, Votre Altesse, mais nous n'en avons pas.

—Alors, vous autres vous pouvez partir. Restez avec moi un moment, administrateur. J'aimerais vous poser d'autres questions au sujet d'Akkarin et de sa novice.

Lorlen s'écarta et fit un signe de tête aux autres mages. Ils s'agenouillèrent brièvement, puis quittèrent la pièce. Sur un geste du roi, les conseillers se dirigèrent en silence vers des chaises près de la porte. Le roi se leva et traversa la pièce, vers la fenêtre donnant sur le nord.

Lorlen le suivit à une distance respectueuse. Le monarque s'appuya sur le rebord et soupira.

—Je n'ai jamais considéré qu'Akkarin n'avait pas d'honneur, murmura-t-il. Pour la première fois, j'espère avoir eu tort à son sujet et m'être montré stupide.

—Tout comme moi, Votre Altesse, répondit Lorlen. S'il disait la vérité, nous venons d'envoyer notre meilleur allié dans les filets de notre ennemi.

Le roi hocha la tête.

—Nous devions pourtant le faire. J'espère vraiment qu'il survivra, administrateur, et pas seulement parce que nous pourrions avoir besoin de lui. Moi aussi, je le considérais comme un bon ami.

La douleur fut la première sensation dont Sonea fut consciente à son réveil. Elle était à son comble dans ses jambes et son dos, mais ses épaules et ses bras aussi étaient ankylosés et douloureux. La jeune femme se concentra et comprit que la souffrance était due à l'inhabituel exercice de la veille. Et la nuit passée sur le dur sol de pierre avait endolori les quelques muscles épargnés par la marche.

Elle puisa dans son pouvoir pour chasser la gêne. Alors que la douleur s'estompait, elle prit conscience d'une faim tenace. Elle se demanda quand elle avait mangé pour la dernière fois, et les souvenirs de la nuit précédente l'envahirent.

La dernière chose dont je me souviens, c'est d'avoir été dans une grotte avec Akkarin.

Elle ouvrit légèrement les yeux. Deux pans rocheux s'étendaient au-dessus d'elle et se rapprochaient jusqu'à se toucher. La grotte. Gardant les yeux presque entièrement fermés, elle regarda vers l'entrée. Akkarin était assis à quelques pas d'elle. Elle le vit l'observer ; la bouche du mage forma ce demi-sourire ironique qu'elle connaissait si bien.

Il me sourit.

Elle ne savait pas s'il voyait qu'elle était réveillée, mais elle ne voulait pas qu'il arrête de sourire, alors elle ne bougea pas. Le mage continua de la regarder, puis détourna les yeux, soupira, et son sourire fut remplacé par une expression inquiète.

Sonea referma les yeux. Elle devait se lever, mais elle ne voulait pas bouger. Quand elle le ferait, la journée commencerait, et elle devrait encore marcher, escalader, et fuir les Ichanis. Et Akkarin redeviendrait froid.

Elle ouvrit grands les yeux et le regarda de nouveau. La peau du visage du mage semblait tendue, et meurtrie sous les yeux. L'ombre de sa barbe naissante accentuait les angles de sa mâchoire et de ses pommettes. Il avait l'air amaigri et fatigué. Avait-il dormi ? Ou était-il resté assis toute la nuit à la veiller ?

Les yeux du mage se posèrent soudain sur elle, et son air devint désapprobateur.

— Eh bien, tu es enfin réveillée. (Il se mit debout.) Lève-toi. Nous devons mettre autant de distance que possible entre nous et la frontière.

Bonjour à vous aussi, pensa Sonea. Elle roula et se mit sur ses pieds tant bien que mal.

— Quelle heure est-il ?

— Presque le crépuscule.

Elle avait dormi toute la journée. Elle observa de nouveau les cernes sous les yeux du mage.

— Vous avez dormi ?

— J'ai fait le guet.

— Nous devrions le faire chacun notre tour.

Le mage ne répondit pas. Sonea avança vers l'entrée de la grotte. Elle détourna la tête à la vue de l'abysse. Akkarin lui posa une main sur l'épaule, et elle sentit la vibration de la magie sous ses pieds.

— Laissez-moi faire, proposa-t-elle.

Il ne lui prêta aucune attention. La magie les souleva tous les deux du sol de la grotte. Elle regarda le visage du magicien tandis qu'ils s'élevaient, remarquant la tension qui l'habitait. La nuit suivante, elle insisterait pour faire le guet la première, décida-t-elle. De toute évidence, elle ne pouvait pas compter sur lui pour la réveiller afin qu'elle le relaie.

Il les déposa en haut de l'escarpement, et sa main quitta l'épaule de la jeune femme. Elle le suivit alors qu'il commençait à avancer en observant le sol. Devinant qu'il cherchait des signes du passage de l'Ichani, elle resta un peu en arrière. Après avoir grimpé une centaine de pas, il s'arrêta, revint vers elle et partit dans la direction opposée.

Sonea se retourna pour le suivre, leva les yeux et eut le souffle coupé d'émerveillement. Les Terres Désolées s'étendaient devant elle. Bien qu'elles soient atténuées par la lumière du crépuscule, les couleurs des terres étaient encore vives.

Un sol sombre et couleur rouille mordait le pied des montagnes, mais là où les rivières avaient raviné la terre, on voyait des bandes noires et jaune pâle.

Si elle regardait plus attentivement, elle pouvait apercevoir la surface tachetée de touffes d'herbe et, ici et là, des bosquets d'arbres tordus par le vent.

Ce paysage morne était pourtant d'une beauté sauvage. Les couleurs étaient intenses et étranges. Même le ciel était d'un bleu différent.

— C'est bien ce que je craignais. Il a continué vers le sud plutôt que de descendre vers les Terres Désolées.

Elle cligna les yeux de surprise en voyant Akkarin revenir. Il passa devant elle et continua l'ascension du versant montagneux. Elle soupira et s'élança à sa suite.

La montée fut éprouvante. Akkarin semblait vouloir éviter la lévitation, préférant escalader les saillies qui formaient des marches de pierre. Il ne s'arrêta pas pour se reposer, et quand les derniers rayons du soleil eurent disparu derrière les montagnes, Sonea était de nouveau fourbue.

Bientôt, elle appela de ses vœux le soulagement de l'immobilité. Ou au moins la faculté de suivre les longues enjambées du mage. Peut-être qu'en le faisant parler, il ralentirait un moment.

— Où allons-nous ?

Akkarin marqua une hésitation mais ni ne s'arrêta ni ne se retourna.

— Loin de la passe.

— Et ensuite ?

— En lieu sûr.

— Vous avez un endroit en tête ?

— Quelque part loin du Sachaka et des Terres Alliés.

Sonea s'arrêta et fixa le dos du mage. Loin du Sachaka et de la Kyralie ? Il ne comptait pas rester à proximité afin de pouvoir aider la Guilde lors de l'invasion des Ichanis ? Il n'allait tout de même pas *abandonner* la Kyralie ?

Pourtant, c'était sensé. Que pouvaient-ils faire d'autre ? Ils n'étaient pas assez forts pour combattre les Ichanis. La Guilde ne l'était pas non plus. Et elle n'accepterait pas leur aide, de toute façon. Quel était l'intérêt de rester ?

Pourtant, Sonea n'arrivait pas à croire qu'il abandonnait si facilement. *Elle* ne pouvait pas abandonner si facilement. Elle se battrait, même si ça voulait dire qu'elle perdrait sûrement.

Mais, et si ça signifiait quitter Akkarin… ?

Le mage se retourna, lançant un regard dans sa direction.

— En vérité, j'ai l'intention de trouver la bande de Kariko et de faire un peu d'espionnage moi-même, dit-il. Quand je les aurai trouvés, j'enverrai à la Guilde des images de ce que je verrai.

Sonea cligna des yeux, puis secoua la tête. Alors il l'avait testée. Elle se sentit à la fois soulagée et furieuse. Puis elle réfléchit à ce qu'il venait de dire et sentit son sang se glacer.

— Les Ichanis vous entendront. Ils sauront que vous êtes en train de les espionner, répliqua-t-elle. Ils…

L'homme s'arrêta et se tourna vers elle.

— Pourquoi es-tu venue, Sonea ?

La jeune femme le dévisagea. Les yeux du mage brillaient dangereusement. Elle se sentit blessée ; une colère grandissante l'envahit.

— Vous avez plus besoin de moi que la Guilde, lui dit-elle.

Le mage plissa les yeux.

— Besoin de toi ? Je n'ai pas besoin de protéger une novice à moitié formée et désobéissante.

Désobéissante. C'est donc pour ça qu'il est tant en colère. Elle se redressa.

— Si ce plan irréfléchi dont vous venez de me parler est ce que vous comptez vraiment faire, alors oui, vous avez de toute évidence besoin de moi, rétorqua-t-elle.

Le regard du mage vacilla, mais son expression resta dure.

— Irréfléchi ou pas, pourquoi devrais-je t'inclure dans mes plans quand tu te montres si peu disposée à les suivre ?

Elle soutint son regard.

— Je suis seulement peu disposée à suivre des plans qui aboutiront à votre mort.

Akkarin cligna des yeux, puis la fixa intensément. Elle ne lâcha pas son regard. Il se détourna brusquement et reprit son ascension.

— Ta présence a compliqué les choses. Je ne peux pas faire ce que j'avais prévu. Je vais devoir réenvisager ce que je… *nous* allons faire maintenant.

Sonea s'élança derrière lui.

— Vous n'aviez pas vraiment l'intention d'espionner les Ichanis et de communiquer ce que vous auriez vu à la Guilde, n'est-ce pas ?

— Oui et non.

— S'ils vous entendent, ils seront capables de trouver l'endroit où vous vous cachez.

— Bien évidemment, répondit-il.

Et s'ils l'attrapaient, ils ne l'asserviraient pas. Ils le tueraient. Soudain, Sonea comprit ce qu'il avait voulu montrer à la Guilde. Un frisson la parcourut.

— Eh bien, je pense que lui montrer *ça* convaincra pour sûr la Guilde de l'existence des Ichanis.

L'homme marqua une pause et se redressa.

— Je ne sous-entendais pas que j'avais l'intention de me sacrifier, dit-il avec raideur. Les Ichanis n'entendront rien si je communique en passant par Lorlen.

La bague de Lorlen. La jeune femme sentit son visage rougir.

—Je vois, répondit-elle.

Je suis une idiote, pensa-t-elle. *En tout cas, je viens de réussir à en avoir l'air. Je ferais peut-être mieux de ne pas ouvrir la bouche.*

Mais alors qu'ils continuaient à grimper, elle réfléchit au plan du mage. Il n'y avait aucune raison pour qu'ils ne le tentent pas. Elle regarda son dos et se demanda si elle devait aborder le sujet de nouveau, mais elle décida d'attendre. La prochaine fois qu'ils s'arrêteraient, elle demanderait si ça pouvait toujours fonctionner.

Les ténèbres grandissantes rendaient difficile leur progression lorsqu'ils atteignirent la base d'un escarpement abrupt. Akkarin s'arrêta et se retourna pour regarder la vallée, en contrebas. Il s'accroupit et s'adossa à l'escarpement. Sonea s'assit à côté de lui et perçut la légère odeur de transpiration du mage. Elle eut soudainement complètement conscience de sa présence, et du silence qui pesait entre eux. Le temps était venu de lui parler de l'espionnage des Ichanis, mais elle n'arrivait pas à se lancer.

Mais qu'est-ce que j'ai ? se demanda-t-elle.

C'est l'amour, susurra une voix dans sa tête.

Non. Ne sois pas ridicule, répondit-elle. *Je ne suis* pas *amoureuse. Et de toute évidence, lui non plus. Je suis une novice à moitié formée et désobéissante. Plus tôt j'aurai fait disparaître ces idées idiotes de ma tête, mieux ce sera.*

—Nous avons de la compagnie.

Akkarin leva une main et pointa du doigt. Suivant la direction qu'il indiquait, Sonea fouilla des yeux le terrain qu'elle avait traversé la nuit précédente.

Une forme sombre se détacha de l'ombre d'un rocher, bien plus bas. Il était difficile d'estimer la distance qui les séparait. Elles n'étaient jamais si grandes, dans la ville.

Les mouvements lointains étaient étranges et, de toute évidence, pas humains.

—C'est un animal, dit-elle.

—Oui, répondit Akkarin. Un yeel. C'est une race de limeks, domestique et plus petite. Les Ichanis les entraînent à traquer et chasser. Tu vois, son propriétaire le suit.

Une silhouette s'avança dans le clair de lune, à la poursuite du limek.

—Un autre Ichani ?

—Probablement.

Sonea se rendit compte que son cœur battait la chamade, mais ces idioties sur l'amour n'en étaient pas responsables. Un Ichani devant, un derrière.

— Va-t-il pouvoir trouver notre trace ?

— Si le yeel de cette femme perçoit notre odeur.

Cette femme ? Sonea regarda la silhouette. Quelque chose dans sa démarche semblait en effet féminin, remarqua-t-elle. Elle se tourna vers Akkarin, qui fronçait les sourcils.

— Et maintenant ?

Il leva les yeux vers l'escarpement.

— Je n'aime pas gâcher du pouvoir en utilisant la lévitation, mais nous serons davantage en sécurité plus haut. Nous devons trouver une crevasse ou un repli dans l'escarpement pour nous cacher tout en montant.

— Et ensuite ?

— Il faut trouver à boire et à manger.

— Là-haut ? demanda-t-elle d'un air sceptique.

— Cela semble désert, mais on peut trouver un peu de vie si on sait où chercher. Plus nous irons vers le sud, plus ce sera facile.

— Alors, on va vers le sud ?

— Oui. Le sud.

Il se leva et lui tendit la main. Elle la prit et le laissa la tirer pour la mettre sur ses pieds. Quand le mage se retourna, ses doigts glissèrent de ceux de la jeune femme, laissant sa peau picoter où il l'avait touchée. Sonea baissa les yeux sur sa main et soupira.

Faire sortir de sa tête ces idées idiotes n'allait pas être simple.

Dannyl poussa un soupir de soulagement quand la porte de ses appartements se referma. Il s'assit dans l'un des fauteuils de son salon et réduisit son globe lumineux à une faible lueur.

Il était enfin seul. Néanmoins, maintenant qu'il l'était, il se rendit compte qu'il ne se sentait pas mieux. Il fit le tour de la pièce avec agitation, examinant les meubles, les cartes et les plans encadrés qu'il avait collectionnés et accrochés aux murs des années auparavant.

Tayend me manque, pensa-t-il. *Partager une bouteille de vin et parler pendant des heures me manque. Être assis dans notre salle d'études à travailler sur nos recherches me manque. En fait… tout me manque.*

Il brûlait d'envie de raconter l'histoire d'Akkarin à Tayend. L'érudit en explorerait le moindre détail, dénicherait des contradictions ou des significations cachées. Il verrait des possibilités que d'autres n'avaient jamais envisagées.

Mais Dannyl était content qu'il ne soit pas là. Si l'histoire d'Akkarin se vérifiait, il préférait que Tayend se tienne aussi loin que possible de la Guilde.

Il réfléchit à tout ce qu'on lui avait dit sur la magie noire alors qu'il se préparait à la fonction d'ambassadeur et à ce qu'il avait appris dans le livre du dem. En l'utilisant, un magicien pouvait puiser la force magique des autres. On pouvait prendre plus de pouvoir d'une personne dotée d'un talent magique que d'une n'en ayant pas – mais ça ne voulait pas dire qu'un magicien était une meilleure cible. Une fois un mage vaincu, il restait peu de magie à puiser en lui. C'était la personne dotée d'un talent magique qui *n'avait pas* été formée à l'utiliser qui constituait la victime la plus attrayante.

Ce qu'était exactement Tayend.

Dannyl soupira. Il se sentait écartelé. Même s'il désirait plus que tout retourner en Elyne pour s'assurer que Tayend était sain et sauf, il ne voulait abandonner ni la Kyralie ni la Guilde.

Il pensa à Rothen et eut un sourire amer. *À une époque, j'aurais pu rejoindre ce groupe d'espions. Maintenant, j'hésite parce que je sais ce que je ressentirais si Tayend partait pour une mission aussi dangereuse. Je ne lui ferais pas ça à moins de ne pas avoir le choix.*

Dannyl s'assit derrière son bureau et sortit une feuille de papier, de l'encre et une plume. Il marqua une pause pour réfléchir à ce qu'il pouvait risquer de mettre par écrit.

« À Tayend de Tremmelin

Comme tu l'as sans doute appris, la Guilde est dans un grand état d'agitation. À mon arrivée, j'ai appris que le haut seigneur avait été arrêté pour avoir utilisé la magie noire. Tu remarqueras que ça ne pouvait pas tomber plus mal, mais si cela a créé quelques problèmes, aucun ne s'est révélé très gênant jusqu'ici. »

Il continua à raconter l'histoire d'Akkarin, puis expliqua qu'il ne pourrait pas retourner en Elyne jusqu'à ce qu'il soit sûr que la Guilde ne risquait rien.

« Je serais surpris, et très déçu, si je ne pouvais pas revenir d'ici les prochains mois. Même si c'est bon de reparler à Rothen, je n'ai plus le sentiment d'appartenir à cet endroit. Je me sens plutôt comme un visiteur attendant l'occasion de rentrer chez lui. Quand ce problème sera réglé, je demanderai à Lorlen si je peux endosser mon rôle d'ambassadeur de la Guilde en Elyne de façon définitive.

Ton ami, l'ambassadeur Dannyl. »

Bien calé dans son fauteuil, Dannyl relut attentivement la lettre. Elle était plus formelle que ce qu'il aurait voulu, mais il ne pouvait pas coucher sur le papier quoi que ce soit de plus personnel. S'il y avait des gens comme Farand dans les Terres Alliées, employés pour écouter les conversations mentales des mages, il devait également y avoir des gens employés pour intercepter et lire le courrier.

Il se leva et s'étira. Il pourrait ne pas quitter la Kyralie avant des mois. Si les dires d'Akkarin se vérifiaient, la Guilde voudrait sûrement garder autant de mages que possible en Kyralie. Il se pourrait qu'il soit coincé ici pour longtemps.

Si Akkarin disait la vérité, pensa-t-il avec un frisson, *je ne retournerai peut-être jamais en Elyne.*

Chapitre 23

Des espions

Tandis qu'à l'extérieur la chaleur estivale grimpait lentement jusqu'à son apogée, les appartements à l'intérieur de l'université bénéficiaient encore d'une agréable fraîcheur. Rothen se détendait dans l'un des grands et confortables fauteuils du bureau de l'administrateur tout en observant ses compagnons. Le seigneur Solend, l'historien, semblait être un choix étrange pour un espion, mais qui soupçonnerait le vieil homme à l'air endormi d'obtenir des renseignements pour la Guilde? L'autre espion, le seigneur Yikmo, était le professeur d'aptitudes guerrières qui avait entraîné Sonea.

Solend était elyne, et Yikmo vindo, ce qui faisait de Rothen le seul magicien kyralien choisi pour la mission. Rothen supposa qu'il lui serait difficile de soutirer des informations aux Sachakaniens, surtout s'ils détestaient vraiment autant les Kyraliens que le disait Akkarin.

Lorlen pianotait sur le bras de son fauteuil. Ils attendaient un espion professionnel, envoyé par le roi, qui leur enseignerait l'art du déguisement et la façon d'obtenir des renseignements, avant leur départ pour le Sachaka, quelques jours plus tard. Quand on frappa à la porte, ils se tournèrent de concert pour voir qui arrivait. Un messager entra à grands pas dans la pièce, salua et informa Lorlen que Raven, de la Maison Tellen, serait en retard et qu'il leur présentait toutes ses excuses.

Lorlen hocha la tête.

— Merci. Vous pouvez disposer.

Le messager salua de nouveau, puis hésita et embrassa la pièce du regard.

— Y a-t-il souvent des courants d'air inexpliqués dans cette pièce, seigneur?

Lorlen regarda sévèrement l'homme. Il ouvrit la bouche pour répondre, marqua un temps d'arrêt, puis sourit et s'enfonça dans son fauteuil.

— Raven.

L'homme salua de nouveau.

— Où avez-vous eu cet uniforme ?

— Je les collectionne.

Alors, c'est à ça que ressemble un espion professionnel, songea Rothen. Il s'était attendu à quelqu'un de rusé et à l'air malin. Au lieu de cela, l'apparence de Raven était étonnamment ordinaire.

— Une habitude bien utile dans votre profession, remarqua Lorlen.

— Très utile. (L'homme frissonna.) Souhaitez-vous que je trouve la source de ce courant d'air ?

Lorlen hocha la tête. L'espion traversa la pièce et se mit à examiner les murs. Il s'arrêta, sortit un mouchoir et essuya le cadre d'un tableau, puis il sourit et glissa la main derrière.

Une partie du mur coulissa.

— La source de votre courant d'air, annonça Raven. (Il se tourna vers Lorlen, et un éclair de déception se lut sur son visage.) Mais je vois que vous la connaissiez déjà.

Il retira sa main et le panneau coulissa à sa place d'origine.

— Tout le monde ici a entendu parler des passages dans les murs de l'université, dit Lorlen. Toutefois, tout le monde n'en connaît pas les entrées. Il est interdit de les utiliser, bien que je soupçonne l'ancien haut seigneur d'avoir souvent désobéi à cette règle.

Rothen faillit sourire. Malgré son attitude indifférente, Lorlen plissait le front, et il ne cessait de lancer des regards vers le tableau. Rothen imagina que l'administrateur se demandait si Akkarin l'avait déjà espionné.

Raven s'approcha du bureau de Lorlen.

— Pourquoi est-ce interdit de les utiliser ?

— Ils sont dangereux à certains endroits. Si les novices voyaient les magiciens les utiliser, ils seraient tentés d'en faire autant, avant qu'ils soient capables de se protéger des effondrements possibles.

Raven sourit.

— C'est votre raison officielle, bien évidemment. En réalité, vous ne désirez pas que les mages ou les novices s'espionnent les uns les autres.

Lorlen haussa les épaules.

— Je suis sûr que cela a été pris en compte par mon prédécesseur quand il a édicté cette règle.

— Vous pourriez vouloir la révoquer si les prédictions de votre ancien haut seigneur se confirmaient. (Raven regarda Solend, puis Yikmo. Quand Rothen fut gratifié du même regard calculateur, il se demanda ce que l'espion pensait de lui. L'expression de l'homme ne trahissait aucune de ses pensées.) Ces passages pourraient se montrer très utiles pour s'échapper, ajouta Raven. (Il se tourna vers Lorlen.) J'ai examiné tous les livres, les comptes-rendus et les cartes que vous m'avez envoyés. Confirmer l'existence de ces Ichanis ne devrait pas être difficile, surtout s'ils vivent vraiment comme l'a décrit l'ancien haut seigneur. Vous n'avez pas besoin d'envoyer trois magiciens au Sachaka.

—Combien nous suggérez-vous d'en envoyer ? demanda Lorlen.

—Aucun, répondit Raven. Vous devriez envoyer des non-magiciens. Si les Ichanis existent vraiment et capturent l'un de vos mages, ils en apprendront bien trop sur vous.

—Pas plus que ce qu'ils apprendront s'ils capturent Akkarin, fit remarquer Lorlen.

—Il semble en connaître suffisamment sur le Sachaka pour faire attention à lui, répondit Raven. Ce n'est pas le cas de ces magiciens.

—C'est pour cette raison que nous vous avons embauché pour les former, répondit calmement Lorlen. Et il y a un avantage à envoyer des magiciens. Ils peuvent communiquer leurs découvertes en un instant.

—Et s'ils le font, ils dévoileront leur présence.

—Ils ont l'ordre de ne communiquer qu'en dernier recours.

Raven hocha lentement la tête.

—Alors, je vous ferai une forte recommandation.

—Oui ?

Il lança un regard vers Rothen.

—N'en envoyez qu'un seul de ceux-là, et choisissez-en deux autres. Vos espions ne doivent pas savoir qui vous avez envoyé d'autre. Si l'un d'eux est capturé, il révélera l'identité des autres.

Lorlen hocha lentement la tête.

—Qui choisiriez-vous, alors ?

Raven se tourna vers Yikmo.

—Vous êtes un guerrier, seigneur. S'ils vous capturent et lisent votre esprit, ils en apprendront bien trop sur les aptitudes de combat de la Guilde. (Il se tourna vers Solend.) Pardonnez-moi de faire remarquer cela, seigneur, mais vous êtes âgé. Aucun marchand ne se ferait accompagner d'un homme de votre âge lors d'un voyage ardu à travers les Terres Désolées. (Il regarda Rothen en fronçant les sourcils.) Vous êtes le seigneur Rothen, n'est-ce pas ?

Rothen hocha la tête.

—Si votre ancienne novice est capturée et qu'on lit son esprit, les Ichanis pourraient vous reconnaître. Toutefois, elle ne sait pas que vous avez l'intention d'entrer au Sachaka, et ça ne fera sûrement pas une grande différence qu'elle vous connaisse, tant que vous ne rencontrerez pas les Ichanis qui l'ont capturée. (Il s'interrompit un instant, puis hocha la tête.) Votre visage inspire la confiance. Vous seriez mon choix.

Raven se tourna vers Lorlen ; Rothen fit de même. L'administrateur regarda les trois mages et l'espion, puis hocha la tête.

— Je vais suivre vos conseils. (Il regarda Solend et Yikmo.) Merci de vous être portés volontaires. J'aurai une conversation avec vous deux plus tard. Pour l'instant, il vaut mieux s'assurer que seul Rothen entende ce que Raven a à dire.

Les deux mages se levèrent. Rothen chercha des signes de contrariété sur leurs visages mais n'y lut rien d'autre que de la déception. Il les regarda se diriger vers la porte et partir, puis il se retourna et découvrit que Raven l'observait.

— Bien, commença l'espion, que préféreriez-vous ? Faire disparaître le gris de vos cheveux… ou devenir complètement blanc ?

Sonea s'arrêta pour reprendre son souffle et regarda autour d'elle. Le ciel était strié de légers rubans de nuages orangés, et l'air devenait de plus en plus froid. Akkarin allait sûrement bientôt décider de s'arrêter pour se reposer.

Cela faisait trois nuits qu'ils échappaient aux Ichanis et qu'elle suivait le mage le long de la chaîne montagneuse. Ils se mettaient en route chaque jour au crépuscule, marchaient jusqu'à ce qu'il fasse trop sombre pour voir quoi que ce soit, puis se reposaient jusqu'à ce que la lune se lève. Avançant le plus vite possible, ils s'arrêtaient seulement lorsque la lune avait disparu derrière les pics.

Quand ils s'étaient arrêtés juste avant le lever du second jour, elle avait dit à Akkarin de prendre l'énergie magique qu'elle avait recouvrée. Il avait hésité avant d'accepter ce pouvoir. Ensuite, elle lui avait annoncé qu'elle ferait le guet pendant la première partie de la journée. Quand le mage avait commencé à s'y opposer, elle lui avait répondu sans ménagements qu'elle ne lui faisait pas confiance pour la réveiller quand son tour viendrait. Les guérisseurs avaient de nombreuses fois parlé aux novices des dangers d'utiliser la magie pour rester éveillé longtemps, et Akkarin paraissait chaque jour plus éreinté et défait.

Tout d'abord, comme il ne s'allongeait pas pour dormir, Sonea avait supposé que c'était sa façon de marquer son refus. Elle avait attendu jusqu'à midi avant de céder à la fatigue. Le matin suivant, quand elle avait pris le premier tour de garde, le mage s'était endormi adossé contre un rocher mais il s'était réveillé en sursaut bien avant midi et était resté éveillé.

Le troisième matin, elle avait découvert sa vraie raison de résister au sommeil.

Ils s'étaient tous les deux adossés contre une paroi inclinée, réchauffée par le soleil. Elle avait remarqué un peu plus tard que l'homme s'était assoupi ; qu'il dorme enfin avait satisfait et soulagé quelque peu la jeune femme. Peu après, cependant, il s'était mis à remuer la tête lentement, ses yeux roulant sous ses paupières. Son visage s'était crispé en une expression de douleur et de peur qui avait envoyé un frisson parcourir l'échine de Sonea. Soudain, il s'était réveillé en sursaut, avait fixé du regard le paysage pierreux qui s'étendait devant lui et avait frissonné.

Un cauchemar, avait-elle conclu. Elle aurait aimé pouvoir le réconforter, mais elle avait deviné à son expression que la compassion était la dernière chose qu'il désirait.

En plus, se dit-elle, *il ne sent pas si bon que ça, maintenant.* L'odeur de transpiration, qui avait été agréable, avait laissé la place à la puanteur infecte de la saleté. Et elle se doutait qu'elle ne sentait pas meilleur. Ils avaient trouvé de temps à autre une petite flaque d'eau où boire, mais rien d'assez grand pour s'y laver. Elle songea avec nostalgie aux bains chauds et aux robes propres, puis aux fruits et aux légumes, et au raka.

Un cri rauque la ramena à la réalité, et son cœur fit un bond. Akkarin s'était arrêté et levait les yeux vers plusieurs oiseaux qui décrivaient des cercles au-dessus d'eux. Soudain, elle vit une petite forme tomber du ciel.

Le mage attrapa facilement l'oiseau, puis un autre. Quand elle l'eut rejoint, il les avait plumés et avait entrepris la tâche moins agréable de les vider. Il travaillait de façon rapide et efficace, de toute évidence habitué à le faire. Il était étrange de le voir utiliser la magie aussi prosaïquement, mais à vrai dire, Sonea n'avait jamais vu un mage hésiter à en faire usage pour ouvrir et fermer les portes et déplacer les objets qu'il était trop paresseux pour aller chercher.

Chaque fois qu'Akkarin attrapait et faisait rôtir un animal, ou que Sonea purifiait de l'eau stagnante, elle se demandait comment ils auraient pu survivre dans cet endroit, sans magie. Tout d'abord, ils n'auraient pas pu voyager aussi vite. Un homme, ou une femme, ordinaire aurait dû contourner les profondes crevasses qui leur avaient fait obstacle et escalader les escarpements abrupts sur leur chemin. Même si Akkarin évitait autant que possible d'utiliser sa magie, sans la lévitation ils n'auraient pas pu maintenir autant de distance avec la femme ichanie qui les traquait.

Tandis qu'Akkarin commençait à faire rôtir les oiseaux dans un globe de chaleur, Sonea se rendit compte qu'elle entendait un léger bruit de piétinement tout près. Elle avança le long du mur de pierre, vers le bruit. Le souffle coupé, elle découvrit un pan rocheux miroitant. Un petit filet d'eau s'échappait d'une fissure dans la roche, entouré de plusieurs oiseaux.

Elle s'élança vers la paroi rocheuse, faisant s'envoler les oiseaux, et plaça ses mains en coupe sous l'eau qui coulait lentement. Elle entendit des bruits de pas derrière elle, se retourna et sourit à Akkarin.

— Elle est pure.

L'homme tendit les deux oiseaux qu'il avait attrapés, désormais réduits à une petite poignée fumante de viande dorée.

— Ils sont prêts.

Elle hocha la tête.

— Donnez-moi juste un instant.

Sonea se mit à la recherche d'une pierre convenant à ce qu'elle voulait faire, puis se mit au travail. Se rappelant ses leçons sur le façonnage de la pierre, elle lui donna une forme de grand bol, puis elle posa celui-ci sous le filet d'eau afin de le remplir. Akkarin ne fit aucune remarque sur le fait qu'elle avait utilisé la magie.

Ils s'assirent pour manger. Les petits oiseaux de montagne n'offraient pas beaucoup de viande, mais ils étaient savoureux. Elle suça les petits os de la carcasse et essaya d'ignorer la faim tenace qui persistait. Akkarin se leva et s'éloigna. Le ciel s'était rapidement assombri en un profond bleu-noir, et Sonea distinguait tout juste son tuteur. Elle entendit un léger bruit d'éclaboussures et de déglutition et en conclut qu'il buvait l'eau du bol.

— Ce soir, je vais essayer d'espionner nos poursuivants, annonça-t-il.

Sonea tourna les yeux vers la silhouette indistincte du mage, son cœur s'emballant.

— Vous pensez qu'ils nous suivent toujours ?

— Je ne sais pas. Viens par ici.

Elle se leva et s'approcha de lui.

— Regarde en bas, légèrement vers la droite. Tu vois ?

D'où ils étaient, le flanc de la montagne tombait en pente raide, puis se divisait en crêtes et en ravins. Sonea y aperçut une petite pointe de lumière. Une chose y bougeait. Une chose à quatre pattes…

Un petit limek, reconnut-elle. Un autre mouvement attira son attention vers une silhouette.

— Ils sont bien plus loin, désormais, remarqua-t-elle.

— Oui, acquiesça Akkarin. Je pense qu'ils ont perdu notre trace. Nous sommes en sécurité pour le moment.

Sonea se raidit quand une autre ombre bougea près de la lointaine lueur.

— Ils sont deux, maintenant.

— Il semble que celui qui a failli t'attraper est tombé sur la femme.

— Pourquoi ont-ils créé cette lumière ? se demanda-t-elle à voix haute. On peut les voir de n'importe où. Vous pensez que c'est une ruse pour qu'on se rapproche ?

Le mage marqua une pause.

— J'en doute. Je pense plutôt qu'ils ne savent pas que nous sommes si hauts par rapport à eux. Ils se sont arrêtés dans un groupe de rochers. Si nous étions plus bas sur le versant, nous n'aurions pas vu la lumière.

— Nous prendrions un gros risque si nous les approchions pour montrer la vérité à Lorlen.

— Oui, approuva-t-il. Mais ce n'est pas la seule raison de faire cela. Je peux également apprendre comment les Ichanis prévoient d'entrer en Kyralie. La passe Nord est bloquée par le Fort, mais celle du Sud est ouverte. S'ils pénètrent par le sud, la Guilde ne sera pas prévenue de leur approche.

— La passe Sud ? (Sonea fronça les sourcils.) Le fils de Rothen vit à côté.

Elle se rendit compte que ça mettait Dorrien en grand danger.

— À côté, mais ni sur la route ni dans le défilé. Les Ichanis passeraient pour un petit groupe de voyageurs étrangers. Même si on les remarquait, Dorrien pourrait n'en entendre parler par les gens du coin qu'au bout d'un jour ou deux.

— À moins que Lorlen lui ordonne de garder un œil sur la route et d'interroger les voyageurs.

Akkarin ne répondit pas. Il demeura silencieux, le regard posé sur les Ichanis au loin. Le ciel brillait derrière l'horizon, annonçant l'arrivée de la lune. Quand le premier rayon apparut, il se remit à parler :

— Nous allons devoir les approcher sous le vent, sinon le limek nous sentira.

Sonea lança un regard au bol d'eau, derrière elle. Il était plein à ras bord, débordait même.

— Alors, si nous avons le temps, il y a quelque chose que nous ferions bien de faire avant, dit-elle.

Akkarin la regarda s'avancer vers le bol. Elle réchauffa l'eau avec un peu de magie, puis leva les yeux vers lui.

— Tournez-vous ! Et on ne regarde pas !

Un léger sourire retroussa les lèvres du mage. Il tourna le dos et croisa les bras. Tout en gardant un œil sur lui, Sonea retira ses vêtements un à un, les lava, se lava elle-même, puis les fit sécher avec de la magie. Elle dut attendre que le bol se remplisse plusieurs fois car ses vêtements absorbaient l'eau. Enfin, elle vida le bol sur sa tête, se frotta le cuir chevelu et soupira de soulagement.

Elle se redressa et secoua la tête pour écarter les cheveux qu'elle avait devant les yeux.

— À votre tour.

Akkarin se retourna et s'approcha du bol. Sonea s'éloigna et s'assit en lui tournant le dos. Une curiosité tenace s'empara d'elle pendant qu'elle attendait. Elle la repoussa et se concentra sur le séchage de ses cheveux grâce à la magie tout en les démêlant.

— Ça fait du bien, dit enfin Akkarin.

Sonea lança un regard derrière elle et se figea quand elle vit que la chemise du mage traînait par terre, à côté de lui. En le voyant torse nu, elle rougit et se détourna.

Ne sois pas ridicule, se dit-elle. *Tu as déjà vu plein d'hommes torse nu.* L'été, les ouvriers sur les marchés ne portaient guère plus que des pantalons courts. Ça ne l'avait jamais gênée.

Non, répondit une voix du fin fond de son esprit, *mais tu te serais comportée différemment envers ces ouvriers si l'un d'eux t'avait plu.*

Elle soupira. Elle ne voulait pas éprouver cela. La situation en devenait encore plus difficile. Elle prit une profonde inspiration et la relâcha lentement. Pour une fois, elle avait envie de marcher, afin que toute son attention soit concentrée sur la traversée du terrain inégal.

En entendant des bruits de pas derrière elle, la jeune femme leva les yeux et vit avec soulagement qu'Akkarin s'était complètement rhabillé.

— On y va, dit-il.

Elle se leva et le suivit tandis qu'il commençait à descendre le flanc de la montagne. Le trajet semblait en effet lui changer les idées. Ils progressèrent rapidement, prenant une route menant directement aux Ichanis et à leur lumière. Après plus d'une heure, Akkarin ralentit, puis s'arrêta. Ses yeux étaient fixés au loin.

— Qu'est-ce qu'il y a ? demanda la jeune femme.

— Lorlen vient de mettre la bague, dit-il après une longue pause.

— Donc il ne la porte pas tout le temps ?

— Non. Jusqu'à maintenant, elle est restée secrète. Sarrin a lu les livres et aurait reconnu ce qu'elle est vraiment. Lorlen l'enfile quelquefois, généralement le soir. (Il se remit en marche.) J'aimerais avoir du verre, murmura-t-il. Je te ferais une bague.

Sonea hocha la tête, même si, au fond, elle était bien heureuse qu'il n'en ait pas. Une bague de sang aurait révélé trop de ses pensées. Tant qu'elle ne se serait pas débarrassée de cette ridicule attirance envers lui, elle ne voulait pas qu'Akkarin sache ce qu'elle avait en tête.

Ils continuèrent lentement. Après plusieurs centaines de pas, le mage mit un doigt devant sa bouche. Ils avancèrent à pas de loup, marquant plusieurs pauses pendant qu'Akkarin cherchait la direction du vent. Sonea aperçut une lueur entre deux rochers devant eux ; elle sut qu'ils étaient arrivés.

De faibles voix devinrent de plus en plus audibles tandis qu'elle et Akkarin s'approchaient des rochers. Ils s'arrêtèrent et s'accroupirent derrière les pierres. La première voix que Sonea entendit était masculine et fortement accentuée :

— … plus de chance que moi, avec un yeel.

— C'est une bonne fille, répondit la femme. Pourquoi tu n'en as pas, Parika ?

— J'en avais un. L'année dernière, j'ai choisi une nouvelle esclave. Tu sais comment peuvent être les nouveaux. Elle m'a échappé et, quand le yeel l'a trouvée, elle l'a tué. Il lui avait tout de même déchiqueté les jambes, alors elle n'est pas allée loin, après ça.

— Tu l'as tuée ?

— Non. (Parika semblait résigné.) Aussi tentant que cela ait été. C'est trop dur de trouver de bons esclaves. Elle ne peut plus courir, maintenant, alors elle ne cause plus beaucoup de problèmes.

La femme émit un petit bruit.

— Ils causent tous des problèmes, même quand ils sont dévoués. Ou alors, ils sont stupides.

— Mais nécessaires.

— Hmmm… Je déteste voyager seule, sans personne pour me servir, dit la femme.

— Mais ça va plus vite.

— Ces Kyraliens m'auraient ralentie. Je suis presque contente de ne pas les avoir trouvés. Je n'aime pas l'idée de garder des magiciens prisonniers.

— Ils sont faibles, Avala. Ils n'auraient pas causé beaucoup de problèmes.

— Ils en causeraient moins s'ils étaient morts.

Un frisson parcourut l'échine de Sonea, qui hérissa ses poils. Brusquement, elle voulut s'éloigner le plus possible de cet endroit, aussi vite qu'elle le pouvait. Ce n'était pas un sentiment agréable de savoir que deux puissants magiciens qui souhaitaient sa mort étaient assis à seulement une dizaine de pas d'elle.

— Il les veut vivants.

— Pourquoi il ne les traque pas lui-même ?

L'Ichani gloussa.

— Ça doit le démanger, mais il ne fait pas confiance aux autres.

— Je ne *lui* fais pas confiance, Parika. Il nous a peut-être envoyés trouver les Kyraliens pour qu'on ne soit plus sur son chemin.

L'homme ne répondit pas. Sonea entendit un léger froissement de vêtements, puis des bruits de pas.

— J'ai fait de mon mieux pour les trouver, déclara Avala. Je ne veux pas être exclue. Je retourne rejoindre les autres. S'il veut ces deux-là, il va devoir les traquer lui-même. (Elle marqua une pause.) Qu'est-ce que tu vas faire ?

— Retourner à la passe Sud, répondit Parika. Je suis sûr qu'on se reverra bientôt.

Avala émit un léger grognement.

— Bonne chasse, alors.

— Bonne chasse.

Sonea entendit le bruit de ses pas diminuer. Akkarin la regarda et désigna de la tête la direction d'où ils étaient venus. Elle s'éloigna des rochers en le suivant doucement et en silence. Quand ils eurent fait plusieurs centaines de pas, le mage accéléra. Au lieu de remonter à flanc de montagne, il prit la direction du sud.

—Où allons-nous? murmura Sonea.

—Au sud, répondit Akkarin. Avala tenait à rejoindre les autres, comme si elle craignait de manquer quelque chose. Si elle fait demi-tour pour rejoindre Kariko sans Parika, qui se dirige vers la passe Sud, ça veut dire que Kariko a l'intention d'entrer par la passe Nord.

—Mais ils ont dit qu'ils se reverraient bientôt.

—En Kyralie, probablement. Il nous a fallu quatre jours pour arriver ici, et il faudra à Avala le même temps pour retourner là-bas. En nous dépêchant, nous atteindrons la passe Sud avant Parika. Il nous faut espérer qu'elle n'est pas gardée par d'autres Ichanis.

—Alors, on retourne en Kyralie?

—Oui.

—Sans la permission de la Guilde?

—Oui. Nous entrerons à Imardin en secret. Si les mages réclament mon aide, je veux être assez près pour agir vite. Mais nous avons encore beaucoup de chemin. Garde tes questions. Nous allons devoir distancer Parika, ce soir.

—Je pense que c'est tout ce que nous obtiendrons, dit Lorlen.

Il dégagea ses mains de celles de Balkan et de Vinara et s'enfonça dans son fauteuil. Les deux mages relâchèrent les mains de Sarrin; ils se tournèrent tous les trois vers Lorlen en le dévisageant.

—Pourquoi ne nous avez-vous pas parlé de cette bague plus tôt? demanda Sarrin.

Lorlen enleva la bague et la posa sur le bureau, devant lui. Il l'observa un moment, puis soupira.

—Je n'arrivais pas à savoir qu'en faire, leur dit-il. C'est un instrument de magie noire, mais elle ne fait aucun mal, et c'est notre seul moyen sûr de contacter Akkarin.

Sarrin s'empara de la bague et l'examina en prenant soin de ne toucher que l'anneau.

—Une gemme de sang. Étrange magie. Elle permet à son créateur d'avoir accès à l'esprit de celui qui la porte. Il voit ce qu'il voit, entend ce qu'il entend et absorbe ce qu'il pense.

Balkan fronça les sourcils.

—Ce qui, pour moi, ne fait pas passer cet objet pour inoffensif. Tout ce que vous savez, il l'apprend.

—Il ne peut pas fouiller mon esprit, dit Lorlen. Il peut seulement lire mes pensées en surface.

— Ça pourrait être suffisamment nuisible si vous pensez à une chose qu'il ne devrait pas savoir. (Le guerrier plissa le front.) Je ne crois pas que vous devriez porter cette bague de nouveau, Lorlen.

Les autres hochèrent la tête. Lorlen acquiesça à contrecœur.

— Très bien, si vous pensez tous ainsi.

— Oui, répondit Vinara.

— Oui, moi aussi, ajouta Sarrin. (Il posa la bague.) Que devrons-nous en faire ?

— La mettre à un endroit que seuls nous quatre connaissons, dit Balkan.

— Où ça ?

Lorlen ressentit une pointe d'inquiétude. S'ils enfermaient la bague, il vaudrait mieux que ce soit à un endroit où ils pourraient rapidement se rendre s'il leur fallait appeler Akkarin.

— La bibliothèque ?

Balkan acquiesça lentement.

— Oui. Le placard des vieux livres et des vieux plans. Je l'y déposerai en retournant à mes appartements. Pour l'instant (il leva les yeux sur chacun des mages, tour à tour), réfléchissons à cette conversation qu'Akkarin nous a transmise. Qu'avons-nous appris ?

— Que Sonea est en vie, répondit Vinara. Qu'elle et Akkarin ont entendu une femme appelée Avala et un homme nommé Parika parler d'un troisième homme.

— Kariko ? suggéra Lorlen.

— Peut-être, répondit Balkan. Ils n'ont pas mentionné son nom.

— Quel manque de considération…, marmonna Sarrin.

— Ces deux personnes dont nous ne connaissons pas les visages ont parlé d'esclaves ; la partie à leur sujet est donc vraie, dit Vinara.

— Ils ont aussi parlé d'une traque de Kyraliens.

— Sonea et Akkarin ?

— Probablement. À moins que ce soit une ruse arrangée par Akkarin, dit Balkan. Il aurait pu employer deux personnes pour avoir cette discussion afin qu'il puisse nous la transmettre.

— Alors, pourquoi un message aussi ambigu ? demanda Sarrin. Pourquoi ne pas les faire mentionner Kariko, ou son intention d'envahir la Kyralie ?

— Je suis sûr qu'il a ses raisons.

Balkan bâilla, puis leur présenta des excuses. Vinara lui lança un regard perçant.

— Avez-vous dormi depuis votre retour ?

Le guerrier haussa les épaules.

— Un peu. (Il jeta un coup d'œil vers Lorlen.) Notre entretien avec le roi s'est fini très tard hier soir.

—Envisage-t-il toujours de demander à l'un de nous d'apprendre la magie noire ? demanda Sarrin.

Balkan soupira.

—Oui. Il préfère ça à rappeler Akkarin. L'ancien haut seigneur s'est montré indigne de confiance en transgressant la loi de la Guilde et son serment.

—Mais si l'un de nous l'apprend, il, ou elle, brisera également cette loi et le serment des magiciens.

—Pas si nous faisons une exception.

Sarrin se renfrogna.

—Il ne devrait pas y avoir d'exceptions quand on parle de magie noire.

—Pourtant, nous n'aurons peut-être pas le choix. Ça pourrait être la seule façon de nous défendre contre ces Ichanis. Si l'un de nous était chaque jour volontairement fortifié par une centaine de magiciens, ce mage serait assez puissant pour combattre dix Ichanis en deux semaines seulement.

Sarrin frissonna.

—On ne devrait confier autant de puissance à personne.

—Le roi sait que vous pensez ainsi, dit Balkan. C'est pourquoi il croit que vous seriez le meilleur candidat.

Sarrin dévisagea le guerrier avec horreur.

—Moi ?

—Oui.

—Je ne pourrai pas. Je... je devrai refuser.

—Refuser à votre roi ? demanda Lorlen. Et regarder la Guilde et tout Imardin tomber devant une poignée de mages barbares ?

Sarrin fixa la bague, blanc comme un linge.

—Ce ne serait pas un fardeau facile à porter, dit doucement Lorlen, et il ne faut pas l'accepter à moins que nous soyons sûrs qu'il n'y a pas d'autre solution. Les espions partiront dans quelques jours. Avec un peu de chance, ils découvriront une bonne fois pour toutes si Akkarin a dit la vérité.

Balkan hocha la tête.

—Nous devrions également envisager d'envoyer du renfort au Fort. Si cette conversation épiée est vraie, cela veut dire que cette femme va retrouver un groupe d'Ichanis dans le Nord.

—Et la passe Sud ? demanda Vinara. Parika y retournait.

Balkan fronça les sourcils.

—Je vais devoir y réfléchir. Elle n'est pas aussi facile à défendre que le Fort, mais leur conversation suggère un plus grand rassemblement au nord. Nous devrions au moins faire surveiller la route de la passe Sud.

Le guerrier bâilla de nouveau. Il luttait de toute évidence contre la fatigue. Lorlen surprit un regard éloquent de Vinara.

— Il est tard, dit-il. Nous nous revoyons demain, assez tôt, pour discuter de cela ? (Les autres acquiescèrent.) Merci d'être venus aussi rapidement. À demain matin.

Alors que le trio se levait et lui souhaitait une bonne nuit, Lorlen ne put chasser un sentiment de déception. Il avait espéré qu'Akkarin leur montre une chose prouvant la véracité de son histoire. La conversation des Sachakaniens n'avait pas révélé grand-chose, mais elle avait fait ressortir certaines failles dans la défense de la Kyralie.

Mais, maintenant, la bague était partie, ainsi que son seul lien avec Akkarin.

Chapitre 24

Secrets révélés

Le bruissement des robes et le piétinement des bottes formaient un fond sonore constant dans le hall de la Guilde, même pendant le rapide discours de Lorlen. *Nous sommes tous agités*, songea Dannyl. *Trop peu de questions ont trouvé une réponse durant cette réunion.*

Il y eut un soupir collectif quand Lorlen annonça la clôture du concile.

— Nous allons faire une petite pause avant l'audience où seront jugés les rebelles elynes, leur dit l'administrateur.

À cette annonce, l'estomac de Dannyl se retourna. Il regarda Rothen.

— Je vais finalement devoir affronter les colporteurs de ragots.

Rothen sourit.

— Ça va bien se passer, Dannyl. Tu as gagné en compétence depuis que tu es parti en Elyne.

Dannyl jeta un regard surpris à son mentor. Compétent ?

— Tu veux dire que je ne l'étais pas avant de partir ?

Rothen gloussa.

— Bien sûr que si, ou on ne t'aurait pas choisi pour ce poste. C'est juste plus évident, maintenant. Ou bien as-tu rapporté avec toi un peu de cette horrible odeur elyne ?

Dannyl rit.

— Si tu pensais que l'odeur pouvait me faire gagner en compétence, tu aurais dû le suggérer plus tôt. Mais je n'aurais pas suivi tes conseils. Il vaut mieux laisser certaines de leurs habitudes aux Elynes.

Rothen acquiesça d'un signe de tête.

— Alors, vas-y, avant qu'ils commencent sans toi.

Dannyl se leva et descendit jusqu'en bas des tribunes. En avançant dans le hall, il remarqua que l'administrateur expatrié Kito se préparait à mener le procès. Le mage lança un regard sur le côté, où une file d'hommes et de femmes entra avec une escorte de gardes. Dannyl reconnut le groupe d'amis et coconspirateurs du dem Marane. Royend marchait à côté de sa femme. Il leva les yeux vers Dannyl et les plissa.

Dannyl lui rendit son regard sans ciller. Les yeux de Royend étaient emplis d'une haine nouvelle. Le dem était furieux la nuit de l'arrestation, mais durant le voyage vers la Kyralie et l'attente de l'audience, cette colère avait dû croître.

Je peux comprendre sa haine, pensa Dannyl. *Je l'ai trompé. Que j'aie agi sous les ordres d'Akkarin ou qu'il ait été en train d'enfreindre la loi lui importe peu. Il me voit seulement comme l'homme qui a brisé ses rêves.*

Farand se tenait debout de l'autre côté de la salle, auprès de deux alchimistes. Le jeune homme semblait nerveux, mais pas effrayé. Un gros bruit sourd fit tourner les têtes vers le fond du hall, où l'une des grandes portes s'ouvrit. Six Elynes avancèrent à longues enjambées dans l'allée. Deux d'entre eux étaient les magiciens des bateaux qui avaient ramené les rebelles en Kyralie, les seigneurs Barene et Hemend. Les autres étaient des représentants du roi d'Elyne.

Pendant que Kito dirigeait les nouveaux venus vers les fauteuils sur le devant de la salle, Dannyl réfléchit à l'endroit où il devait se mettre. Il décida de se tenir près de Farand, sachant que le jeune homme prendrait cela comme un geste de soutien. Quand tout le monde fut installé, Lorlen fit retentir un petit gong, et le silence tomba rapidement. Kito balaya le hall des yeux et hocha la tête.

— Nous avons demandé cette audience aujourd'hui pour juger Farand de Darellas, Royend et Kaslie de Marane, et leurs coconspirateurs...

Percevant un bruit venant d'une direction inattendue, Dannyl leva les yeux vers les fauteuils les plus hauts sur l'estrade des hauts mages. Il écarquilla les yeux de surprise quand il vit l'un des conseillers du roi.

Mais bien sûr, pensa-t-il, *notre roi veut certainement s'assurer qu'un étranger pris à essayer de monter sa propre guilde de magiciens sera puni de façon appropriée.*

— ... Farand de Darellas est accusé d'avoir appris la magie en dehors de la Guilde, continua Kito. Ces hommes et ces femmes sont accusés d'avoir cherché à apprendre la magie. Le dem Marane est également accusé d'avoir été en possession de connaissances sur la magie noire.

Kito s'interrompit un instant pour embrasser la salle du regard.

— Les preuves témoignant de ces accusations nous seront présentées afin que nous les jugions. J'appelle tout d'abord le second ambassadeur de la Guilde en Elyne, Dannyl.

Ce dernier inspira profondément et s'avança à côté de Kito.

— Je jure de ne dire que la vérité durant cette audience. (Il marqua une pause.) Il y a sept semaines, j'ai reçu l'ordre de l'ancien haut seigneur de trouver et d'arrêter un groupe de rebelles cherchant à apprendre la magie en dehors de l'influence et des conseils de la Guilde.

L'assemblée écouta en silence l'histoire de Dannyl. Il avait réfléchi pendant des semaines à ce qu'il devrait révéler quand viendrait le moment d'expliquer comment il avait convaincu les rebelles de lui faire confiance. La Guilde entière avait sûrement déjà entendu parler des déclarations du dem, Dannyl n'avait donc pas à entrer dans les détails. Mais il ne pouvait pas éviter entièrement cette partie de l'histoire.

Il leur déclara donc qu'il avait fait en sorte que le dem apprenne un « faux secret » afin que l'homme croie qu'il pouvait faire chanter Dannyl. Il décrivit ensuite sa rencontre avec Farand. Les visages des courtisans elynes se contractèrent quand il expliqua qu'on avait refusé d'admettre Farand à la Guilde parce qu'il avait appris une chose que le roi d'Elyne voulait garder secrète. Dannyl expliqua, à leur attention, que Farand avait risqué de perdre le contrôle de ses pouvoirs et quelles en auraient été les conséquences si cela était arrivé.

Dannyl décrivit ensuite le livre que Tayend avait emprunté au dem. Il raconta comment ce qu'il contenait l'avait convaincu d'arrêter les rebelles immédiatement plutôt que de continuer à rendre visite à Royend dans l'espoir d'identifier davantage de membres du groupe. Il avait conclu en avertissant qu'il ne les avait peut-être pas tous trouvés.

Kito se tourna vers le seigneur Sarrin pour avoir la confirmation de ce que contenait le livre, puis il demanda qu'on fasse avancer Farand. On emmena le jeune homme sur le devant de la salle.

— Farand de Darellas, jures-tu de ne dire que la vérité durant cette audience ? demanda Kito.

— Je le jure.

— L'histoire de l'ambassadeur Dannyl est-elle vraie en ce qui concerne ton rôle ?

Le jeune homme hocha la tête.

— Oui.

— Comment en es-tu venu à faire partie du groupe de rebelles du dem Marane ?

— Ma sœur est sa femme. Il pensait que c'était du gâchis que je ne puisse pas devenir magicien. Il m'a encouragé à écouter de nouveau des conversations mentales.

— Et je crois comprendre que c'est ainsi que tu as appris à libérer ta magie.

— Oui. J'ai entendu une discussion à ce sujet.

— As-tu hésité avant d'essayer ce que ces mages disaient ?

—Oui. Ma sœur ne voulait pas que j'apprenne la magie. Enfin au début, mais elle a ensuite commencé à s'inquiéter parce que nous n'en savions pas assez et que cela risquait d'être dangereux.

—Alors, qu'est-ce qui a triomphé de ton hésitation ?

—Royend disait qu'une fois que j'aurais commencé, ce serait plus facile.

—Depuis combien de temps le dem et ses complices se rencontraient-ils dans l'intention d'apprendre la magie ?

—Je ne sais pas. Ils le faisaient déjà avant que je le connaisse.

—Depuis quand le connais-tu ?

—Ça fait cinq ans. Quand ma sœur et lui se sont fiancés.

—Y a-t-il d'autres membres du groupe qui manquent aujourd'hui ?

—Ils sont plus nombreux, mais je ne les connais pas.

—Penses-tu que le dem Marane a cherché à apprendre la magie lui-même ?

Farand hésita, puis ses épaules s'affaissèrent.

—Oui.

Dannyl éprouva une vague de compassion pour le jeune homme. Il avait choisi de collaborer, sachant que le dem et ses amis seraient punis. Cela ne devait pas être facile.

—Et les autres membres du groupe ?

—Je n'en suis pas sûr. Probablement certains d'entre eux. Je pense qu'il y en a qui venaient juste pour le côté excitant. Ma sœur était là à cause de Royend et de moi.

—Veux-tu ajouter quoi que ce soit ?

Farand secoua la tête.

Kito acquiesça, puis fit face à l'assemblée.

—J'aimerais ajouter que j'ai fait une lecture de vérité sur Farand, et je peux confirmer que tout ce qu'il a révélé est vrai.

Un murmure suivit. Dannyl regarda Farand avec surprise. Se soumettre à une lecture de vérité indiquait combien le jeune homme était prêt à coopérer.

Kito se tourna vers les hauts mages.

—Des remarques ou des questions ? (Ils secouèrent la tête.) Retourne à ta place, Farand de Darellas. J'appelle désormais Royend de Marane afin qu'il soit interrogé.

Le dem avança.

—Royend de Marane, jurez-vous de ne dire que la vérité durant cette audience ?

—Je le jure.

—L'histoire de l'ambassadeur Dannyl est-elle vraie en ce qui concerne votre rôle ?

— Non.

Dannyl étouffa un soupir et se prépara à l'inévitable.

— De quelle façon est-elle incorrecte ?

— Il dit avoir inventé cette histoire à propos de son aventure secrète avec son assistant. Je suis certain qu'elle est vraie. Qui que ce soit les voyant ensemble saurait qu'il y a plus qu'une simple... qu'une simple ruse. Personne ne fait aussi bien semblant.

— Est-ce la seule partie de son histoire qui est incorrecte ?

Le dem fixa Dannyl du regard.

— Même le dem Tremmelin, le père de Tayend de Tremmelin, croit que c'est vrai.

— Dem Marane, veuillez répondre à ma question.

Le dem l'ignora.

— Pourquoi ne lui demandez-vous pas s'il est un mignon ? Il a juré de dire la vérité. Je veux l'entendre le nier.

Kito plissa les yeux.

— Nous avons demandé cette audience pour juger si la loi contre l'apprentissage de la magie en dehors des restrictions de la Guilde a été transgressée, pas si l'ambassadeur Dannyl a été impliqué dans des pratiques déshonorantes et perverses. Veuillez répondre à ma question, dem Marane.

Dannyl réussit tout juste à s'empêcher de tressaillir. Déshonorantes et perverses. Ce que la Guilde pensait de lui – et de son histoire – changerait sans aucun doute radicalement si les mages apprenaient la vérité. Et le dem le savait.

— S'il a menti à ce sujet, il a pu mentir sur tout le reste, cracha le dem. Souvenez-vous-en, après m'avoir mis dans ma tombe. Je ne répondrai pas à vos questions.

— Très bien, dit Kito. Retournez à votre place. J'appelle Kaslie de Marane afin qu'elle soit interrogée.

La femme de Royend était nerveuse mais se montra coopérative. Elle avoua que les rebelles se rencontraient depuis dix ans, mais assura à la Guilde que leur intérêt était resté purement théorique. Durant l'interrogatoire des autres rebelles, seuls de petits détails à propos du groupe furent découverts. Ils prétendirent tous ne pas avoir eu l'intention d'apprendre la magie, mais seulement d'en savoir plus à ce sujet.

Suivit une courte discussion pendant laquelle on mentionna l'empoisonnement de Farand. Dannyl ne fut pas surpris d'apprendre que les recherches des mages elynes n'avaient pas révélé de coupable. D'après l'expression de dame Vinara, Dannyl se doutait que le sujet ne serait pas clos de sitôt.

Kito demanda que les accusés soient entourés d'une barrière de silence pendant que la Guilde discuterait de leur châtiment. Des voix emplirent la salle. Après une longue pause, Kito pria tous les mages de retourner à leur place et fit ôter la barrière de silence.

— L'heure est venue de rendre notre jugement, déclara-t-il.

Il leva une main ; un globe lumineux apparut au-dessus, puis s'éleva en flottant. Dannyl invoqua le sien et l'envoya rejoindre ceux des autres mages de la Guilde.

— Jugez-vous que Farand de Darellas est indubitablement coupable d'avoir appris la magie en dehors de la Guilde ?

Tous les globes lumineux devinrent rouges. Kito hocha la tête.

— Traditionnellement, le châtiment pour ce crime est la mort, dit-il, mais les hauts mages pensent qu'étant donné les circonstances, une alternative doit être proposée. Farand de Darellas est victime des circonstances et d'une manipulation. Il s'est montré coopératif et s'est soumis à une lecture de vérité. Je recommande que nous lui offrions une place dans la Guilde sous la condition qu'il n'en sorte pas pour le restant de sa vie. Veuillez faire passer vos lumières au blanc si vous approuvez ma recommandation.

Les lumières passèrent lentement au blanc. Seuls quelques globes restèrent rouges. Dannyl poussa un soupir de soulagement.

— Nous offrons à Farand de Darellas une place dans la Guilde, annonça Kito.

Dannyl vit que le jeune homme arborait un large sourire soulagé et enthousiaste. Mais quand Kito continua, le sourire disparut.

— Maintenant, jugez-vous que Royend de Marane est indubitablement coupable d'avoir cherché à apprendre la magie et d'avoir été en possession de connaissances sur la magie noire, en dehors de la Guilde ?

Le hall de la Guilde fut envahi d'une sinistre lueur tandis que tous les globes devenaient rouges.

— Là encore, les hauts mages pensent devoir proposer une alternative à l'exécution, dit Kito. Toutefois, le crime est sérieux, et nous pensons que rien de moins que l'emprisonnement à vie soit approprié. Veuillez faire passer vos lumières au blanc si vous souhaitez réduire le châtiment à l'emprisonnement.

Dannyl fit passer son globe au blanc, mais un frisson le parcourut quand il se rendit compte que moins de la moitié des mages en avaient fait autant. *Ça doit faire des années que la Guilde n'a pas voté l'exécution de quelqu'un*, pensa-t-il.

— Royend de Marane sera exécuté, annonça gravement Kito.

On entendit une suffocation chez les rebelles. Dannyl éprouva une pointe de culpabilité et se força à regarder le groupe. Le visage du dem était blanc. Sa femme s'agrippait fermement à son bras. Les autres rebelles étaient pâles et mal à l'aise.

Kito lança un regard aux hauts mages, puis se tourna vers le hall et appela un autre rebelle. On accorda aux autres l'emprisonnement. De toute évidence, la Guilde considérait le dem Marane comme le meneur du groupe et voulait qu'il serve d'exemple. *Et son refus de coopérer ne lui a pas rendu grand service*, songea Dannyl.

Quand ce fut le tour de Kaslie, Kito parla pour sa défense, à la grande surprise de Dannyl. Il conseilla vivement à la Guilde de prendre en considération ses deux enfants. Ses paroles avaient dû suffisamment toucher les mages car ils accordèrent à la femme du dem leur pardon et lui permirent de rentrer chez elle.

Les mages elynes demandèrent ensuite s'ils pouvaient communiquer mentalement les jugements à leur roi. Lorlen acquiesça, à la condition qu'aucune autre information ne soit communiquée. Il annonça ensuite la clôture de l'audience.

Enfin libéré de son devoir, Dannyl se sentit envahi par le soulagement. Il chercha Rothen dans la foule de mages qui descendaient des gradins, mais avant qu'il ait pu localiser son ami, une voix l'appela par son nom. Il se tourna pour voir l'administrateur Kito approcher.

— Administrateur, répondit Dannyl.

— Êtes-vous satisfait du résultat ? demanda Kito.

Dannyl haussa les épaules.

— En grande partie. Je dois avouer que je ne pensais pas que le dem méritait ce châtiment. C'est un homme ambitieux, mais je doute qu'il aurait un jour réussi à apprendre la magie en prison.

— C'est vrai, répondit Kito, mais je pense que la Guilde a été indignée par son attaque à votre honneur.

Dannyl dévisagea le magicien. Ce n'était tout de même pas la seule raison qui avait poussé la Guilde à choisir l'exécution ?

— Vous trouvez ça ennuyeux ? demanda Kito.

— Bien évidemment.

Le regard de Kito ne vacillait pas.

— Ça le serait tout particulièrement si ses déclarations se vérifiaient.

— Oui, en effet, répondit Dannyl.

Il regarda l'homme en plissant les yeux. Kito le testait-il ?

L'administrateur fit une grimace d'excuses.

— Je suis désolé. Je ne voulais pas insinuer qu'elles étaient vraies. Allez-vous bientôt retourner en Elyne ?

— À moins que Lorlen en décide autrement, je vais rester ici jusqu'à ce que nous soyons sûrs de ne pas être menacés par le Sachaka.

Kito hocha la tête, puis détourna le regard alors qu'on l'appelait.

— Nous reprendrons cette conversation bientôt, ambassadeur.

— Administrateur.

Dannyl regarda l'homme s'éloigner. Ce qu'avait suggéré Kito était-il vrai ? La Guilde avait-elle voté l'exécution par colère contre l'accusation du dem Marane ?

Non, pensa-t-il. *Le défi du dem a influé sur le vote. Il a osé chercher à apprendre ce que la Guilde pense être sa propriété et il n'a de toute évidence montré aucun respect envers les lois ou l'autorité.*

Dannyl ne pouvait tout de même pas se résoudre à approuver le vote de la Guilde. Le dem ne méritait pas de mourir. Mais Dannyl ne pouvait plus rien y faire.

Tout en empruntant les passages souterrains de la route des voleurs, Cery réfléchit à sa dernière conversation avec Takan. L'ancien serviteur d'Akkarin était difficile à comprendre, mais son comportement trahissait à la fois l'ennui et l'angoisse. Malheureusement, Cery ne pouvait pas faire grand-chose pour l'un, et rien pour l'autre.

Il savait qu'être claquemuré dans une maison souterraine secrète, même luxueuse, deviendrait sans aucun doute ennuyeux et frustrant. Sonea avait vécu dans un endroit similaire quand Faren avait tout d'abord accepté de la dissimuler à la Guilde. Elle n'avait plus tenu en place au bout d'une semaine. Pour Takan, c'était encore pire car il savait que son maître faisait face à des dangers ailleurs, et il ne pouvait rien y faire.

Cery se souvint également à quel point la solitude et l'incapacité à aider une personne à laquelle il tenait avaient un jour transformé chaque instant en torture. Il lui arrivait encore de rêver, bien que rarement désormais, des semaines qu'il avait passées, emprisonné par Fergun sous l'université. En se rappelant qu'Akkarin l'avait retrouvé et libéré, il fut d'autant plus déterminé à aider Takan de toutes les façons possibles.

Il avait proposé de fournir tous les divertissements dont le serviteur pouvait rêver – cela allait des prostituées aux livres –, mais l'homme avait poliment décliné ces offres. Cery demandait à ses vigiles de discuter de temps en temps avec son invité, et il essayait de lui rendre visite tous les jours, comme l'avait fait Faren avec Sonea. Toutefois, Takan n'était pas bavard. Il évitait d'évoquer sa vie avant d'être devenu le serviteur d'Akkarin et parlait peu des années qui avaient suivi. Cery avait finalement réussi à lui faire raconter quelques histoires drôles que les serviteurs aimaient rapporter à propos des magiciens. Il semblait même que Takan se permettait de temps à autre quelques ragots.

Akkarin n'avait communiqué avec Takan qu'à de rares occasions, ces huit derniers jours. Dans ces moments-là, Takan rassurait toujours Cery en lui disant que Sonea était en vie et qu'elle allait bien. Cery était à la fois amusé et reconnaissant quand il lui donnait ces nouvelles sur le bien-être de

Sonea. De toute évidence, le serviteur avait appris d'Akkarin l'ancien intérêt de Cery pour la jeune femme.

Ça appartient au passé, pensa ironiquement le voleur. *Maintenant, je dois me morfondre au sujet de Savara.* Devais *me morfondre au sujet de Savara*, corrigea-t-il. Il avait décidé de ne se languir de rien, cette fois. *Nous sommes tous les deux des adultes raisonnables,* se dit-il, *avec des responsabilités que nous ne pouvons pas négliger.*

Ils gagnèrent le début du labyrinthe de passages qui entouraient ses appartements. Il y eut un bruit de briques coulissant les unes contre les autres quand Gol ouvrit la première porte dérobée. Cery fit un signe de tête aux vigiles en la passant nonchalamment.

Elle a dit qu'elle pourrait revenir, se rappela Cery. *Pour « rendre visite ».* Il sourit. *Cette sorte d'arrangement a ses avantages. Pas d'attentes. Pas de compromis...*

Et il avait des soucis plus importants. Imardin risquait une invasion de magiciens étrangers. Cery devait réfléchir à ce qu'il allait faire, et surtout s'il *pouvait* faire quelque chose à ce sujet. Après tout, si la Guilde était trop faible pour affronter ces Ichanis, quel espoir avaient les non-magiciens ?

Pas beaucoup, pensa-t-il. *Mais c'est mieux que rien. Il doit bien y avoir des façons de tuer un magicien pour des personnes ordinaires.*

Il repensa à une conversation qu'il avait eue avec Sonea, plus d'un an et demi auparavant. Ils avaient discuté en plaisantant de comment se débarrasser d'un novice qui ennuyait la jeune femme. Il y pensait encore quand l'un de ses messagers l'informa qu'un visiteur voulait le voir.

Cery entra dans son bureau, s'assit, vérifia que ses yerims étaient toujours dans son tiroir, puis envoya Gol chercher la fameuse personne. Quand la porte se rouvrit, Cery leva les yeux et sentit son cœur manquer un battement. Il se leva de son fauteuil.

— Savara !

La jeune femme sourit et avança d'un pas nonchalant vers le bureau du voleur.

— Je t'ai pris par surprise, cette fois, Ceryni.

Le jeune homme se laissa retomber dans son fauteuil.

— Je pensais que tu étais partie.

Elle haussa les épaules.

— Je suis partie. Mais à mi-chemin de la frontière, mon peuple m'a contactée. Il a décidé, avec mon soutien, que quelqu'un devait rester pour témoigner de l'invasion.

— Tu n'as pas besoin de mon aide pour ça.

— Non. (Elle s'assit au bord du bureau et inclina la tête.) En revanche, j'avais dit que je te rendrais visite si je revenais. Les Ichanis n'arriveront peut-être pas tout de suite, et je pourrais m'ennuyer en attendant.

Le voleur sourit.

— Ce n'est pas envisageable.

— J'espérais que tu penserais ainsi.

— Et tu m'offres quoi, en échange ?

Savara haussa les sourcils.

— Il y a un prix à payer pour te rendre visite, maintenant ?

— Peut-être. J'ai juste besoin d'un petit conseil.

— Ah oui ? Lequel ?

— Comment des gens ordinaires peuvent tuer des magiciens ?

La jeune femme ricana brièvement.

— Ils ne le peuvent pas. Du moins, pas si le magicien est compétent et vigilant.

— Comment on peut savoir s'il ne l'est pas ?

Elle leva les sourcils.

— Tu plaisantes ? Non, bien évidemment.

Cery secoua la tête.

Savara pinça les lèvres d'un air songeur.

— Tant que je ne révèle pas l'implication de mon peuple, je ne vois pas pourquoi je ne pourrais pas t'aider. (Elle sourit du coin des lèvres.) Et je suis sûre que tu trouveras un moyen, même si je ne t'aide pas. Mais tu pourrais te faire tuer en essayant.

— Je préférerais éviter, lui dit Cery.

Savara lui fit un grand sourire.

— Moi aussi, je préférerais. Bon, eh bien, si tu me tiens informée de ce qu'il se passe dans la ville, je te donnerai des conseils sur la façon de tuer des magiciens. Ça te paraît raisonnable ?

— Oui.

La jeune femme croisa les bras, l'air songeur.

— Toutefois, je ne peux pas te donner une façon sûre de tuer un Ichani. Je peux juste te dire qu'ils ne sont pas différents des gens ordinaires : ils commettent des erreurs. Tu peux les duper, si tu sais comment faire. Tout ce que ça demande, c'est du courage, du bluff et la prise de gros risques.

Cery sourit.

— Ça m'a l'air d'être le genre de boulot auquel je suis habitué.

— J'entends de l'eau.

Akkarin se tourna vers Sonea, mais son visage était caché par les ombres, aussi ne voyait-elle pas son expression.

— Alors, cherche-la, répondit-il.

La jeune femme écouta attentivement, puis se dirigea vers le bruit. Après autant de jours passés dans les montagnes, elle reconnaissait désormais le plus léger bruit d'eau coulant sur la roche. En s'approchant d'un renfoncement obscur dans la paroi de pierre qu'ils longeaient, elle fixa intensément les ténèbres et avança en tâtant le pan rocheux.

Elle aperçut le minuscule filet d'eau au même moment que la faille dans la paroi. Un trou étroit menait à un espace découvert. La roche lui érafla le dos tandis qu'elle se glissait dans la fente. Une fois de l'autre côté du trou, elle souffla une exclamation de surprise.

— Akkarin ! appela-t-elle.

Elle se tenait au bord d'un minuscule vallon. Les flancs montaient doucement vers des parois de pierre plus abruptes. Des arbres rabougris, des buissons et de l'herbe poussaient le long d'un étroit ruisseau qui descendait en murmurant joyeusement pour disparaître dans une fissure, à plusieurs enjambées de là.

Elle entendit un grognement et se retourna ; elle vit Akkarin passer avec difficulté par le trou du mur de pierre. Il se dégagea, puis se redressa et observa le vallon avec plaisir.

— Ça m'a l'air d'être un bon endroit où passer la nuit – ou la journée, dit-elle.

Akkarin fronça les sourcils. Ils avaient continué à avancer vers la passe Sud jusqu'à tard dans la matinée au cours des trois derniers jours, conscients de l'Ichani qui voyageait derrière eux. Sonea craignait sans cesse que Parika les rattrape, mais elle doutait qu'il voyage à une allure aussi exténuante à moins d'avoir une bonne raison.

— C'est peut-être une impasse, fit remarquer Akkarin.

Cependant, il ne retourna pas vers la brèche. Au lieu de cela, il avança vers les arbres.

Un gloussement bruyant retentit, résonnant dans le vallon. Sonea sursauta quand un gros oiseau blanc s'envola d'un arbre tout près d'eux en décrivant un arc de cercle. L'oiseau se mit soudain à tournoyer dans les airs. Sonea entendit un léger craquement, puis le regarda plonger vers le sol.

Akkarin rit.

— Je pense que nous allons rester.

Il alla ramasser la créature. La surprise étrangla Sonea quand elle vit les grands yeux de l'oiseau.

— Un mullook !

— Oui. (Akkarin sourit du coin des lèvres.) Quelle ironie ! Que dirait le roi s'il savait que nous mangeons l'incal de sa Maison ?

Ils avancèrent le long du ruisseau. Après avoir fait plusieurs centaines de pas, ils gagnèrent le fond du vallon. De l'eau coulait lentement au-dessus d'un surplomb à l'aspect menaçant pour former le ruisseau.

— Nous allons dormir là-dessous, dit Akkarin en montrant du doigt le surplomb.

Il s'assit près de l'eau et commença à plumer l'oiseau.

Sonea baissa les yeux sur l'herbe souple sous ses pieds, puis les leva vers la pierre dure, sous l'escarpement. Elle s'accroupit et se mit à arracher des poignées d'herbe. Tandis qu'elle en emportait des brassées là où ils allaient dormir, l'odeur de viande rôtie se glissa jusqu'à son nez et fit gargouiller son estomac.

Laissant le mullook cuire dans un globe de chaleur en suspens, Akkarin se dirigea vers l'un des arbres. Il fixa du regard les branches, qui se mirent à remuer. Sonea entendit un bruit sourd, puis vit Akkarin s'accroupir et examiner le sol. Elle le rejoignit.

— Ces noix sont dures à ouvrir mais assez savoureuses, dit-il en lui en tendant une. Continue à en ramasser. Je crois avoir vu des baies épineuses, plus loin.

La lune était basse dans le ciel. Dans les ténèbres grandissantes, il était difficile de trouver les noix. Sonea en vint à chercher à tâtons jusqu'à sentir leur douce rondeur sous ses doigts. Les ayant rassemblées dans les pans de sa chemise, elle les apporta près du mullook qui cuisait et réussit rapidement à briser les coquilles sans écraser les fragiles noix, à l'intérieur.

Akkarin revint peu de temps après avec un bol de pierre rugueuse rempli de baies et de quelques tiges. Les baies étaient couvertes de vilaines épines.

Sonea interrompait de temps à autre sa tâche pour regarder Akkarin soulever les baies avec de la magie et enlever délicatement la peau et les épines. Le bol fut bientôt à moitié plein de la chair sombre du fruit. Il s'occupa ensuite des tiges en enlevant leur enveloppe fibreuse.

— Je crois que notre festin est prêt, dit-il. (Il lui tendit deux tiges.) C'est du shem, ce n'est pas particulièrement goûteux, mais c'est comestible. Ce n'est pas bon de ne manger que de la viande.

Sonea trouva l'intérieur des tiges agréablement juteux, voire savoureux. Akkarin coupa le mullook, bien plus charnu que tous les autres oiseaux qu'ils avaient mangés. Les noix s'avérèrent aussi délicieuses qu'il l'avait promis. Akkarin écrasa les baies, puis ajouta de l'eau à la pulpe pour en faire une boisson acidulée. Quand ils eurent fini, Sonea se sentit rassasiée pour la première fois depuis qu'ils étaient entrés au Sachaka.

— C'est impressionnant comme une chose aussi simple qu'un repas peut faire du bien. (Elle poussa un soupir de contentement. Le vallon était désormais presque totalement plongé dans l'obscurité.) Je me demande à quoi ressemble cet endroit en plein jour.

— Tu le verras dans une heure environ, répondit Akkarin.

Il semblait fatigué. La jeune femme le regarda, mais le visage du mage était caché par les ombres.

— Il est temps de dormir, dit-elle.

Elle puisa assez de pouvoir guérisseur pour chasser sa propre fatigue, puis tendit les mains. Akkarin ne les prit pas tout de suite, et elle se demanda s'il la voyait dans l'obscurité. Enfin, elle sentit les doigts chauds du mage entourer les siens.

Elle inspira profondément, puis lui envoya de l'énergie tout en prenant garde de ne pas s'épuiser. Elle se demanda de nouveau s'il avait accepté sa décision de faire le guet la première pour s'assurer qu'elle ne lui donne pas trop de pouvoir. Si elle s'épuisait, elle ne serait pas capable de rester éveillée.

Quand elle sentit son pouvoir décliner, elle stoppa le flot et retira ses mains. Akkarin demeura immobile et silencieux, et ne se dirigea pas vers le lit d'herbe qu'elle avait préparé.

— Sonea, dit-il soudain.

— Oui ?

— Merci d'être venue avec moi.

La jeune femme retint son souffle et sentit son cœur enfler de plaisir. Le mage resta silencieux encore plusieurs minutes, puis prit une petite inspiration.

— Je regrette de t'avoir séparée de Rothen. Je sais que tu le considérais plus comme un père que comme un professeur.

Sonea scruta le visage de l'homme dissimulé dans l'ombre, cherchant ses yeux.

— Il le fallait, ajouta-t-il doucement.

— Je sais, murmura-t-elle. Je comprends.

— Mais tu ne comprenais pas à l'époque, ajouta-t-il ironiquement. Tu me détestais.

Elle gloussa.

— C'est vrai. Ce n'est plus le cas.

Il ne dit rien de plus, mais après une courte pause, il se leva, se dirigea vers le surplomb et s'allongea sur le lit d'herbe. Sonea resta assise longtemps dans les ténèbres. Finalement, le ciel commença à s'éclaircir et les étoiles à s'évanouir. Elle n'était pas fatiguée et elle savait que son pouvoir guérisseur n'en était pas seul responsable. Les excuses et remerciements soudains d'Akkarin avaient réveillé les espoirs et les souhaits qu'elle avait tenté d'étouffer pendant des jours.

Petite idiote, se morigéna-t-elle. *Il s'est juste montré gentil. Le fait qu'il reconnaisse enfin ton aide et regrette ce qu'il t'a fait ne veut pas dire qu'il te considère comme plus qu'une compagne utile mais non désirée. Il ne s'intéresse pas à toi d'une autre façon, alors arrête de te torturer.*

Mais, même si elle avait essayé de toutes ses forces d'arrêter d'y penser, elle ne pouvait pas s'empêcher de frissonner chaque fois qu'il la touchait, ou même la regardait. Et cela ne l'aidait en rien de le voir la regarder.

Elle s'entoura les genoux de ses bras et tapota ses mollets. Quand elle vivait dans les Taudis, elle pensait savoir tout ce qu'il fallait sur les hommes et les femmes. Plus tard, les leçons de guérison lui avaient montré qu'elle avait en fait compris très peu de chose. Désormais, elle se rendait compte que même les guérisseurs ne lui avaient rien appris d'utile.

Mais peut-être ne lui avaient-ils pas appris comment arrêter d'éprouver cela parce que c'était impossible. Peut-être…

Un petit bruit, comme un grognement, résonna dans le vallon. Sonea se figea, l'esprit soudain calme, et fouilla l'obscurité du regard. Le bruit retentit encore, derrière elle ; elle se leva et fit volte-face. Quand elle comprit que la source du bruit était proche d'Akkarin, la peur la foudroya. Une créature nocturne le traquait-il ? Elle s'élança vers lui.

En atteignant le surplomb, elle ne vit aucune créature prête à attaquer. Akkarin remuait la tête. Elle se rapprocha ; il gémit.

Elle s'arrêta et le regarda d'un air consterné. Il faisait un autre cauchemar. Le soulagement et l'inquiétude submergèrent la jeune femme. Elle se demanda si elle devait le réveiller, mais son expression au réveil lui avait toujours clairement fait comprendre qu'il n'aimait pas lui dévoiler ces moments de faiblesse.

À vrai dire, pensa-t-elle, *moi non plus.*

Akkarin poussa un autre gémissement. Sonea grimaça alors que celui-ci résonnait dans le vallon. Le son portait loin dans les montagnes, et elle préférait ne pas imaginer qui pouvait être en train d'écouter. Quand il poussa un autre petit cri, elle prit une décision. Que cela plaise ou non à Akkarin, elle devait le réveiller avant qu'il attire une attention inopportune.

—Akkarin, murmura-t-elle d'une voix rauque.

L'homme se calma ; elle pensait l'avoir réveillé, mais il se contracta soudain.

—*Non!*

Alarmée, Sonea se rapprocha. Les yeux du mage roulaient sous ses paupières. Son visage se tordait de douleur. Elle tendit la main vers lui dans l'intention de le secouer pour le réveiller.

Ses doigts se heurtèrent à la piqûre d'un bouclier. Elle vit les yeux de l'homme s'ouvrir en grand, puis sentit une force la frapper et la propulser dans les airs. Son dos percuta quelque chose de dur, puis elle s'écroula au sol, la douleur transperçant ses bras et ses jambes.

—Aïe!

—Sonea!

Elle sentit des mains la faire rouler sur le dos. Akkarin la dévisageait.

—Tu es blessée?

—Non, je vais juste avoir quelques bleus, je pense, dit-elle après s'être examinée.

— Pourquoi m'as-tu réveillé ?

La jeune femme baissa les yeux sur les mains du mage. Même dans l'obscurité, elle les voyait trembler.

— Vous rêviez. Un cauchemar…

— J'y suis habitué, Sonea, dit-il doucement, d'une voix contrôlée et calme. Ce n'est pas une raison pour me réveiller.

— Vous faisiez beaucoup de bruit.

L'homme marqua une pause, puis se redressa.

— Va dormir, Sonea, dit-il d'une voix basse. Je vais faire le guet.

— Non, dit-elle avec irritation. Vous avez à peine dormi – et je sais que vous ne me réveillerez pas quand ce sera votre tour de dormir.

— Je le ferai. Tu as ma parole.

Il se pencha et lui tendit la main. Elle la prit et se laissa hisser sur ses pieds. Une vive lumière l'éblouit, et elle se rendit compte que le soleil levant commençait tout juste à franchir la crête de la montagne, au fond du vallon.

Akkarin s'immobilisa. Sentant que quelque chose avait capté l'attention du mage, Sonea lui jeta un coup d'œil, mais il n'était qu'une forme sombre dans le contre-jour. Instinctivement, elle le chercha avec son esprit. Aussitôt, une image se forma.

Un visage, entouré de cheveux brillant dans la lumière du matin.

Des yeux… si sombres… et une peau pâle, parfaite…

C'était son propre visage, mais elle ne s'était jamais vue ainsi dans un miroir. Ses yeux brillaient d'un éclat mystérieux, ses cheveux semblaient onduler dans la brise, et elle n'ouvrait sûrement pas les lèvres de façon aussi engageante…

Le mage retira vivement sa main et recula d'un pas.

C'est ainsi qu'il me voit, pensa-t-elle soudain. Elle ne pouvait pas se tromper : elle avait perçu du désir. Elle sentit son propre cœur battre la chamade. *Tout ce temps, j'ai résisté car je pensais que ce n'était que moi*, songea-t-elle. *Et lui aussi.*

Elle fit un pas vers Akkarin, puis un autre. Il la regardait intensément en plissant le front. Elle souhaitait qu'il voie par-delà ses yeux, qu'il sente ses propres pensées et qu'il sache qu'elle connaissait les siennes. Akkarin écarquilla les yeux de surprise en la voyant se rapprocher. Sonea sentit les mains du mage lui entourer les bras, puis se resserrer quand elle se mit sur la pointe des pieds et l'embrassa.

Le mage s'apaisa totalement. En se serrant contre lui, Sonea sentit le cœur de l'homme battre rapidement. Il ferma les yeux, puis recula.

— Arrête. Arrête ça, souffla-t-il.

Il ouvrit les yeux et la fixa intensément.

Quoi qu'il ait dit, il la tenait toujours fermement, comme s'il ne voulait pas la lâcher. Sonea scruta son visage. L'avait-elle mal lu ? Non, elle était certaine de ce qu'elle avait senti.

— Pourquoi ?

Il fronça les sourcils.

— Ce n'est pas bien.

— Pas bien ? s'entendit-elle demander. Comment ça ? Tous les deux, nous éprouvons… éprouvons…

— Oui, dit-il doucement. (Il détourna le regard.) Mais il y a d'autres choses à prendre en compte.

— Comme ?

Akkarin lâcha ses bras et recula d'un pas.

— Ce ne serait pas juste… envers toi.

Sonea l'étudia attentivement.

— Moi ? Mais…

— Tu es jeune. J'ai douze – non, treize – ans de plus que toi.

Soudain, l'hésitation du magicien prit tout son sens.

— C'est vrai, répondit-elle avec circonspection. Mais on marie tout le temps les femmes des Maisons avec des hommes plus âgés. Des hommes *beaucoup* plus âgés. Certaines quand elles n'ont que seize ans. J'en ai presque vingt.

Akkarin semblait lutter contre lui-même.

— Je suis ton tuteur, lui rappela-t-il sévèrement.

Elle ne put s'empêcher de sourire.

— Plus maintenant.

— Mais si nous retournons à la Guilde…

— Nous causerons un scandale ? (Elle gloussa.) Je pense qu'ils en ont l'habitude. (Elle avait espéré qu'il rie de cette remarque, mais il ne fit que froncer les sourcils. Elle se rembrunit.) Vous parlez comme si nous allions revenir et que tout redeviendrait comme avant. Même si nous y retournons, rien ne sera plus comme avant, pour nous. Je suis un mage noir. Vous aussi.

Akkarin grimaça.

— Je suis désolé. Je n'aurais jamais dû…

— Ne vous excusez pas pour *ça*, s'exclama-t-elle. J'ai *choisi* d'apprendre la magie noire. Et je ne l'ai pas fait pour vous.

Akkarin la regarda en silence.

Elle soupira et se détourna.

— Eh bien, ça va rendre les choses difficiles.

— Sonea.

Elle tourna la tête et s'immobilisa tandis que l'homme se rapprochait. Il écarta délicatement une mèche de cheveux du visage de la jeune femme. Sonea sentit son pouls s'accélérer.

— Nous pourrions tous les deux mourir dans les semaines à venir, dit-il doucement.

Elle hocha la tête.

— Je sais.

— Je serais plus heureux de te savoir en sécurité.

Sonea le regarda en plissant les yeux. L'homme sourit.

— Non, je ne rediscuterai pas encore de ça, mais… tu mets ma loyauté à l'épreuve, Sonea.

La jeune femme fronça les sourcils.

— Comment ça ?

Il leva la main et fit courir un doigt sur le front de sa compagne.

— Ce n'est pas grave. (Le coin de sa bouche se redressa en un demi-sourire.) C'est trop tard, de toute façon. J'ai échoué dans cette mise à l'épreuve la nuit où tu as tué l'Ichanie.

Sonea hoqueta de surprise. *Ça voulait dire… ? Depuis si longtemps… ?*

Akkarin sourit. Sonea sentit les mains de l'homme glisser autour de sa taille. Il l'attira à lui, et elle décida que ses questions pourraient attendre. Elle leva une main et traça l'ourlet des lèvres du mage du bout du doigt. Soudain, il se pencha, sa bouche rencontra celle de Sonea, et toute question fut oubliée.

Chapitre 25

Une rencontre accidentelle

Les gorins, avait découvert Rothen, étaient d'une lenteur exaspérante. Toutefois, ces énormes bêtes étaient celles que préféraient les marchands. Elles étaient fortes, dociles, faciles à tenir et diriger, et bien plus résistantes que les chevaux.

Mais il était impossible de les faire accélérer. Rothen soupira et jeta un regard en arrière, vers Raven, mais l'espion s'était assoupi au milieu des ballots de tissu dans la charrette, un chapeau à large bord lui couvrant le visage. Rothen se permit un sourire et reporta son attention sur la route. La nuit précédente, ils avaient loué des chambres, au-dessus d'une gargote, dans une ville appelée Pont-au-Froid. L'espion, qui se faisait passer pour le cousin de Rothen, avait bu plus de bol que quiconque devrait en être capable, puis avait passé la nuit à faire des allers-retours entre son lit et les toilettes.

Ce qui voulait sûrement dire que Raven tenait beaucoup mieux le rôle du marchand intrépide que Rothen. *Ou suis-je censé être le cousin plus âgé et raisonnable ?*

Rothen ajusta sa chemise. Le vêtement moulant était bien moins confortable que la robe. Il était tout de même bien content de porter son chapeau de voyageur. Ce n'était que le petit matin, mais la journée promettait d'être très chaude.

Un nuage de poussière s'élevait dans les airs au-dessus de la route et brouillait l'horizon. Aucune montagne n'était apparue au loin bien qu'ils aient déjà voyagé deux jours. Rothen savait que la route s'étirait presque tout droit jusqu'à Calia, où elle se divisait en deux. Tournez à gauche, et elle vous menait au nord, jusqu'au Fort ; tournez à droite, et vous vous dirigiez vers le nord-est, et la passe Sud. C'était là que lui et Raven se rendaient.

Il était bizarre de voyager vers le nord-est pour rejoindre la passe *Sud*, songea Rothen. La route devait avoir été nommée ainsi pour son emplacement dans les montagnes, et non pour sa position générale en Kyralie. Il s'en était approché une fois, en rendant visite à son fils durant les vacances d'été, cinq ans auparavant.

Il plissa le front en songeant à Dorrien. Son fils surveillait la route menant à la passe, et une rencontre serait inévitable. Rothen devrait lui expliquer où il allait et pourquoi, et ça n'allait pas plaire à Dorrien.

Il essaiera sûrement de se joindre à nous. Rothen grogna doucement. *Je n'ai pas hâte d'avoir cette conversation.*

Toutefois, il ne serait face à son fils que dans plusieurs jours. Raven avait dit qu'il en fallait six ou sept pour atteindre la passe Sud en charrette. *D'ici là, Sonea sera au Sachaka depuis quinze jours,* pensa Rothen. *Si elle est toujours en vie.*

Il avait été soulagé d'apprendre de Lorlen qu'Akkarin avait contacté les hauts mages, cinq jours auparavant. Sonea était en vie. Lorlen avait également décrit une discussion épiée entre deux Sachakaniens qui avait grandement troublé Rothen. Que les étrangers soient Ichanis ou non, ils souhaitaient clairement la mort d'Akkarin et de Sonea.

« Ils les ont appelés "les Kyraliens", avait dit Lorlen. J'espère que ça ne veut pas dire qu'ils traiteront tous les Kyraliens entrant au Sachaka de la même façon. Cela dit, des marchands kyraliens ont fait des allers-retours d'Arvice en toute sécurité pendant des années et, d'après eux, il n'y a pas de raison pour que ça ait changé ces derniers temps. Soyez prudents tout de même. »

— Quelqu'un approche, dit Raven. Derrière nous.

Rothen jeta un coup d'œil vers l'espion. L'homme bougea légèrement, et un œil apparut sous le bord de son chapeau. En regardant la route derrière eux, Rothen se rendit compte qu'il voyait des mouvements au-delà de la poussière soulevée par leur passage. Des chevaux et leurs cavaliers émergèrent du nuage ; Rothen sentit son pouls s'accélérer.

— Des magiciens, dit-il. Le renfort de Balkan pour le Fort.

— Nous ferions mieux de nous mettre sur le bas-côté, conseilla Raven. Et gardez la tête baissée. Il ne faut pas qu'ils vous reconnaissent.

Rothen tira doucement sur les rênes. Les gorins rejetèrent la tête en arrière sans enthousiasme et se déplacèrent lentement sur le côté gauche de la route. Le tambourinement des sabots se rapprochait.

— N'hésitez pas à les regarder d'un air ahuri, tout de même, ajouta Raven. Ils s'y attendront.

L'espion s'était assis. Rothen se retourna et scruta de sous le bord de son chapeau les magiciens qui approchaient. Le premier à dépasser la charrette fut le seigneur Yikmo, le guerrier qui avait été le tuteur spécial de Sonea, l'année précédente. Le magicien ne jeta même pas un regard à Rothen et Raven en passant.

Les autres passèrent dans un bruit de tonnerre, soulevant un épais nuage de poussière. Raven toussa et secoua la main.

— Vingt-deux, dit-il en grimpant sur le siège à côté de Rothen. Ça doublera la garde du Fort. La Guilde envoie-t-elle des mages à la passe Sud ?

— Je ne sais pas.

— Bien.

Rothen regarda Raven d'un air amusé.

— Moins vous en savez, moins vous pourrez en révéler à un Ichani, dit l'espion.

Rothen hocha la tête.

— Je sais en revanche que la passe Sud est surveillée. Si les Ichanis entrent par là-bas, la Guilde en sera alertée. Les mages du Fort devraient avoir assez de temps pour chevaucher jusqu'à Imardin et rejoindre la Guilde. La distance est pratiquement la même, depuis les deux passes.

— Hmmm… (Raven fit claquer sa langue, comme il en avait l'habitude quand il réfléchissait sérieusement.) Si j'étais ces Ichanis, j'emprunterais la passe Sud. Il n'y a pas de magiciens là-bas, et pas de Fort ; ils peuvent donc entrer sans utiliser la magie pour se battre. Ça ne s'annonce pas bien pour nous, j'en ai peur. Toutefois… (Il fronça les sourcils.) Ces Ichanis ne savent pas combiner leur force. Si la Guilde entière les affronte, elle pourrait en tuer un ou deux. Cependant, si la Guilde est divisée, les Ichanis ne risquent rien. Le Fort pourrait être le meilleur choix.

Rothen haussa les épaules et tourna son attention vers le gorin qu'il redirigeait sur la route. Raven resta un petit moment plongé dans un silence songeur.

— Bien sûr, les Ichanis pourraient être une invention de l'ancien haut seigneur, finit-il par dire, créée simplement pour convaincre la Guilde de le laisser en vie. Et votre ancienne novice le croyait.

Voyant le regard oblique de son compagnon, Rothen se renfrogna.

— C'est ce que vous n'arrêtez pas de me rappeler.

— Si nous voulons travailler ensemble de façon efficace, j'ai besoin de savoir ce qu'il y a entre vous et Sonea, et son compagnon, dit Raven. (Son ton était empreint de respect, mais également de détermination.) Je sais que ce n'est pas la simple loyauté envers la Guilde qui vous a motivé pour vous porter volontaire pour cette mission.

— Non. (Rothen soupira. Raven continuerait à le harceler et ne serait satisfait que lorsqu'il aurait toutes les informations qu'il pourrait obtenir.) Elle est plus pour moi qu'une simple novice. Je l'ai sortie des Taudis et ai essayé de lui apprendre à s'adapter.

— Mais elle n'a pas réussi.

— Non.

—Puis Akkarin l'a prise en otage et vous n'avez rien pu y faire. Maintenant, vous le pouvez.

—Peut-être. J'aimerais juste pouvoir me glisser au Sachaka et la ramener avec moi. (Rothen jeta un coup d'œil vers l'espion.) Mais je ne pense pas que ce sera aussi facile.

Raven gloussa.

—Ça ne l'est jamais. Pensez-vous que Sonea puisse être amoureuse d'Akkarin ?

Une vague de colère s'empara de Rothen.

—Non. Elle le détestait.

—Pourtant elle a appris la magie interdite et l'a suivi en exil, afin de s'assurer qu'il survive assez longtemps pour que, comme elle l'a dit, la Guilde prenne conscience de son erreur ?

Rothen prit une profonde inspiration et repoussa une peur tenace.

—Si elle croit en l'existence de ces Ichanis, il a pu être facile à Akkarin de la convaincre de faire toutes ces choses dans l'intérêt de la Guilde.

—Pourquoi le ferait-il, si les Ichanis n'existaient pas ?

—Afin qu'elle le suive. Il a besoin d'elle.

—Pour quelle raison ?

—Sa force.

—Alors, pourquoi lui apprendre la magie noire ? Ça n'a rien apporté à Akkarin.

—Je ne sais pas. Elle a dit qu'elle lui avait demandé de la lui apprendre. Il ne pouvait peut-être pas refuser sans perdre son soutien.

—Donc elle est désormais potentiellement aussi puissante que lui. Si elle avait découvert qu'il mentait, pourquoi ne pas revenir à Imardin, ou au moins le dire à la Guilde ?

Rothen ferma les yeux.

—Parce que… seulement parce que…

—Je sais que c'est pénible, dit Raven d'une voix basse, mais nous devons examiner toutes les motivations et conséquences possibles, avant de les retrouver.

—Je sais. (Rothen réfléchit à la question, puis grimaça.) Ce n'est pas parce qu'elle a appris la magie noire qu'elle est puissante. Les mages noirs se fortifient en prenant l'énergie des autres. Si elle n'en a pas eu l'occasion, Akkarin pourrait être bien plus puissant qu'elle. Il pourrait également la maintenir dans cet état de faiblesse en lui prenant chaque jour toute sa force. Et il a pu la menacer de mort si elle communiquait avec la Guilde.

—Je vois. (Raven plissa le front.) Ça ne s'annonce pas bien pour nous non plus.

—Non.

— Je déteste avoir à dire cela, mais j'espère que c'est bien ce que nous découvrirons quand nous trouverons votre novice. L'autre possibilité est bien pire pour la Kyralie. (Il claqua la langue.) Bien, parlez-moi un peu de votre fils.

Quand Akkarin s'arrêta, Sonea poussa un soupir de soulagement. Même si elle s'était habituée aux longues journées de marche, chaque pause était la bienvenue. Le soleil matinal était chaud et lui donnait sommeil.

Akkarin se tenait en haut d'une petite pente, l'attendant alors qu'elle se traînait péniblement vers lui. En gagnant le sommet, Sonea vit que leur route était bloquée par une autre crevasse. Celle-ci était large et peu profonde. Elle baissa les yeux et retint son souffle.

Un ruban bleu courait au fond. L'eau s'élançait autour de rochers et descendait en cascade des petits dénivelés dessinés sur le sol du ravin avant de s'éloigner vers les terres désertiques. Les arbres et la végétation envahissaient les rives de cette petite rivière et, à certains endroits, remontaient jusqu'aux parois rocheuses.

— La Krikara, murmura Akkarin. Si nous la suivons, nous atteindrons la route menant à la passe Sud.

Il se tourna vers les montagnes. Sonea suivit son regard et remarqua l'écart accru entre les pics de part et d'autre du ravin. Elle sentit une pointe d'excitation et d'impatience. La Kyralie s'étendait au-delà.

— La passe est encore loin ?

— À une longue journée de marche. (Il fronça les sourcils.) Nous devrions nous rapprocher le plus possible de la route, puis attendre l'obscurité. (Il baissa les yeux sur le ravin.) Même si Parika doit être désormais à au moins un jour de marche derrière nous, ses esclaves seront là-bas, à surveiller la route pour lui.

Il se leva et se tourna vers la jeune femme. Devinant ce qu'il allait faire, elle s'empara des mains du mage.

— Laisse-moi le faire, dit-elle en souriant.

Rassemblant sa magie, elle créa un disque sous leurs pieds, puis les souleva et les fit franchir le bord du ravin. Ils descendirent entre les arbres et atterrirent sur un carré d'herbe.

Elle leva les yeux et découvrit Akkarin en train de l'observer.

— Pourquoi me regardes-tu comme ça ?

Il sourit.

— Pour rien.

Il se détourna et se mit en route le long de la rivière. Sonea secoua la tête et le suivit.

Après avoir marché si longtemps sur les flancs arides des montagnes, la vue d'autant d'eau vive et pure et de végétation lui allégea le cœur. Elle imagina la pluie tombant depuis les cimes et se rassemblant en filets d'eau de plus en plus gros, se rejoignant tous pour former la rivière qui courait dans ce ravin. Elle jeta un regard en arrière et se demanda où la rivière s'arrêtait. Continuait-elle à travers les terres désolées et asséchées en contrebas ?

Les arbres et les broussailles rendaient toutefois la progression un peu plus difficile. Akkarin se dirigea vers l'ombre d'un pan de roche afin qu'ils puissent éviter la végétation autant que possible. Au bout d'une heure, ils tombèrent sur une forêt dense qui semblait s'étendre d'un côté à l'autre du ravin, faisant disparaître la rivière. L'un derrière l'autre, ils se frayèrent un chemin à travers les broussailles. Le bruit de l'eau éclaboussant la pierre s'amplifia. Quand ils émergèrent dans la lumière du soleil, ils trouvèrent leur route bloquée par un large bassin.

Sonea retint son souffle. Au-dessus d'eux se dressait une falaise depuis laquelle la rivière tombait en cascade, remplissant le bassin. Le bruit en était assourdissant, après le silence des flancs montagneux. La jeune femme se tourna vers Akkarin.

— On peut s'arrêter ? demanda-t-elle avidement. On peut s'arrêter, n'est-ce pas ? Je n'ai pas pris un vrai bain depuis des *semaines*.

Akkarin sourit.

— J'imagine qu'une petite pause ne nous fera pas de mal.

Sonea le gratifia d'un large sourire, puis s'assit sur un rocher tout proche et retira ses bottes. Elle fit quelques pas dans le bassin et poussa un petit cri.

— Elle est gelée !

Elle se concentra et envoya de la chaleur dans l'eau. Ses chevilles commencèrent à se réchauffer. Tout en avançant lentement, elle s'enfonça un peu plus. Elle découvrit qu'elle pouvait garder l'eau qui l'entourait agréablement chaude si elle ne bougeait pas trop brusquement et ne provoquait pas des tourbillons de froid.

Quand son pantalon fut imprégné d'eau, il se fit plus lourd. Elle s'aperçut que le bassin était bien plus profond en son centre. Quand l'eau lui dépassa les genoux, elle s'arrêta et s'assit, s'immergeant jusqu'au cou.

Le sol rocheux était quelque peu visqueux, mais ça lui était égal. Elle se pencha en arrière et plongea lentement la tête sous la surface. Quand elle se releva pour respirer, elle entendit patauger tout près d'elle. Elle se retourna et vit Akkarin qui s'enfonçait dans l'eau. Il fixa intensément le bassin du regard, puis plongea soudain sous la surface. Sonea fut aspergée d'eau glacée et jura.

Elle le regarda glisser sous l'eau. Quand il réapparut à la surface, ses longs cheveux étaient plaqués contre son visage. Il les dégagea d'un coup de tête et se tourna vers elle.

— Viens là.

Elle voyait les pieds du mage remuer sous l'eau. Le bassin était profond. Elle secoua la tête.

— Je ne sais pas nager.

Le mage se rapprocha en glissant et roula sur le dos.

— Ma famille passait chaque été au bord de la mer, lui dit-il. Nous nagions presque tous les jours.

Sonea essaya de l'imaginer en petit garçon, nageant dans l'océan, mais n'y parvint pas.

— J'ai vécu plusieurs fois près du fleuve, mais personne ne nage *là-dedans*.

Akkarin gloussa.

— Pas volontairement, du moins.

Il se tourna de nouveau et nagea jusqu'à la cascade. Quand il l'eut atteinte, il sortit les épaules de l'eau et se mit à observer la chute. Il passa une main à travers le rideau d'eau, puis le traversa entièrement.

Sonea distingua un instant l'ombre pâle du mage, puis plus rien. Elle attendit qu'il revienne. Au bout de plusieurs minutes, sa curiosité était piquée. Qu'avait-il trouvé derrière ?

Elle se leva et fit le tour du bassin. Au début, l'eau lui arrivait un peu plus haut que les chevilles, puis elle devenait plus profonde à l'approche de la cascade. Quand la jeune femme eut atteint le rideau, l'eau lui arrivait bien au-dessus de la taille, mais elle sentait que le fond remontait sous la chute d'eau.

Elle passa une main à travers l'eau qui tombait, lourde et froide. La jeune femme s'arma de courage, traversa la cascade et sentit ses genoux cogner la roche.

Un récif se trouvait derrière la chute d'eau, à peu près à hauteur d'épaules. Akkarin y était assis, adossé contre la paroi, les jambes croisées. Il sourit à Sonea.

— C'est assez intime ici, bien qu'un peu exigu.

— Et bruyant, ajouta-t-elle.

Elle se hissa sur le récif, se retourna et s'appuya contre la paroi. Les différents tons de vert et de bleu du monde extérieur coloraient le rideau d'eau.

— C'est beau, dit-elle.

— Oui.

Elle sentit les doigts du mage s'enrouler autour de sa main et baissa les yeux.

— Tu es gelée, dit Akkarin.

Il souleva la main de la jeune femme et la couvrit des siennes. Son contact envoya un frisson chaud le long de l'épine dorsale de Sonea. Elle le regarda, remarquant que la petite barbe couvrant son menton et sa mâchoire s'était bien épaissie. *La barbe ne lui irait pas si mal*, songea-t-elle. *Et ses vêtements font sans aucun doute moins travailler l'imagination lorsqu'ils sont mouillés.*

Akkarin haussa un sourcil.

— Pourquoi tu me regardes comme ça ?

Elle haussa les épaules.

— Pour rien.

Il rit et son regard descendit sur Sonea. Elle baissa les yeux et se sentit rougir quand elle se rendit compte que ses propres vêtements étaient plaqués contre son corps. Elle fit un geste pour se couvrir mais sentit les mains du mage se resserrer autour des siennes. Elle leva les yeux et vit l'éclat malicieux que le regard d'Akkarin arborait désormais ; elle sourit.

Il rit et l'attira vers lui.

Toute conscience du temps, des Ichanis et de décence sortirent de l'esprit de Sonea. Des choses plus importantes réclamaient son attention : la chaleur de peaux nues s'emmêlant, le bruit de la respiration de son amant, le plaisir s'embrasant en elle comme un feu, et à quel point il était agréable d'être lovés l'un contre l'autre sur le récif.

La magie a ses avantages, pensa-t-elle. *Un espace froid et exigu peut devenir chaud et confortable. Les muscles fatigués par la marche peuvent être revigorés. Et dire qu'à l'époque, j'étais prête à renoncer à tout ça par haine envers les magiciens.*

Si je l'avais fait, je ne serais pas avec Akkarin, aujourd'hui.

Non, pensa-t-elle alors que la réalité la saisissait, *je serais une traîne-ruisseau parfaitement ignorante, totalement inconsciente que des magiciens immensément puissants s'apprêtent à envahir mon pays. Des mages à côté de qui la Guilde semblerait humble et généreuse.*

Elle leva la main vers l'eau qui tombait. Quand ses doigts rencontrèrent le rideau liquide, il se divisa. Par le trou, elle vit les arbres et le bassin… et une silhouette.

Elle se raidit et retira vivement sa main.

Akkarin remua.

— Qu'est-ce qu'il y a ?

Le cœur de Sonea battait à tout rompre.

— Il y a quelqu'un près du bassin.

Le mage se hissa sur les coudes et fronça les sourcils.

— Tais-toi un instant, murmura-t-il.

Des voix étouffées leur parvinrent. Sonea sentit son sang se glacer. Akkarin scruta le mur d'eau, ses yeux s'arrêtant sur un trou naturel dans le rideau, plus loin sur le récif. Il se redressa doucement sur ses mains et ses genoux et rampa vers le trou.

Quand il l'eut atteint, il s'arrêta, et son visage se durcit. Il se tourna vers elle et articula un mot en silence : « Parika ».

Sonea s'empara de sa chemise et de son pantalon et les enfila avec peine. Akkarin semblait écouter. Elle rampa jusqu'à lui.

— … pas de mal. Je cherchais juste à être prête pour votre retour, dit humblement une femme. Regardez, j'ai rassemblé des baies épineuses et des noix de tiro.

— Tu n'aurais pas dû quitter la passe.

— Riko est là-bas.

— Riko dort.

— Alors, punissez Riko.

Il y eut une protestation muette, puis un bruit sourd.

— Pardonnez-moi, maître, pleurnicha la femme.

— Lève-toi. Je n'ai pas de temps à perdre. Ça fait deux jours que je n'ai pas dormi.

— Nous allons directement en Kyralie, alors ?

— Non. Pas avant que Kariko soit prêt. Je veux être reposé à ce moment-là.

Un silence suivit. À travers le rideau d'eau, Sonea distingua un mouvement. Akkarin s'éloigna du trou en rampant et se rapprocha d'elle. Elle sentit son bras lui encercler la taille, et elle se blottit contre la chaleur du torse du mage.

— Tu trembles, remarqua-t-il.

Sonea prit une profonde inspiration, frissonnante.

— Il s'en est fallu de peu.

— Oui, dit-il. Heureusement que j'ai caché nos bottes. Parfois, ça paie d'être trop prudent.

Sonea frissonna. Un Ichani s'était tenu à moins de vingt pas d'elle. Si elle n'avait pas décidé de se baigner, et si Akkarin n'avait pas découvert l'alcôve derrière la chute d'eau…

— Il est devant nous, maintenant, dit-elle.

Akkarin la serra un peu plus fort.

— Oui, mais on dirait que Parika est le seul Ichani à la passe. On dirait aussi que Kariko prévoit l'invasion dans les jours à venir. (Il soupira.) J'ai essayé de contacter Lorlen, mais il ne porte pas la bague. Ça fait des jours qu'il ne l'a pas mise.

— Alors, on attend que Parika entre en Kyralie, puis on le suit ?

— Ou bien on essaie de le dépasser sans se faire voir ce soir, pendant qu'il dort. (Il marqua une pause, puis repoussa un peu Sonea afin de pouvoir la regarder.) La côte n'est pas loin d'ici. De là-bas, il n'y aurait que quelques jours de cheval pour atteindre Imardin. Si tu prenais ce chemin pendant que je…

—Non. (Sonea fut surprise par la force de sa voix.) Je ne te quitte pas.

L'expression du mage se fit sévère.

—La Guilde a besoin de toi, Sonea. Ses mages n'ont pas le temps d'apprendre la magie noire avec mes livres. Ils ont besoin de quelqu'un qui peut les former et se battre pour eux. Si nous empruntons tous les deux la passe, nous pourrions être attrapés et tués. Si tu passais par le sud, l'un de nous pourrait atteindre la Kyralie.

Sonea se dégagea brusquement de l'étreinte d'Akkarin. C'était sensé, mais elle n'aimait pas cette idée. Il passa devant elle et se mit à s'habiller.

—Tu as besoin de ma force, dit-elle.

—En bénéficier un jour de plus ne fera plus aucune différence. Je n'ai pas pu gagner assez de pouvoir ces dernières semaines pour affronter un Ichani. J'aurais besoin de dix ou vingt personnes comme toi.

—Ça ne sera pas un jour de plus. Il en faudra encore quatre ou cinq pour aller de la passe à Imardin.

—Quatre ou cinq jours n'y changeront pas grand-chose. Si la Guilde accepte mon aide, j'aurai des centaines de magiciens en qui puiser de la force. Si elle ne l'accepte pas, elle sera de toute façon perdue.

Sonea secoua lentement la tête.

—C'est toi qui es précieux. Tu as le savoir et le talent, et le pouvoir que nous avons rassemblé. Tu devrais passer par le sud. (Elle leva les yeux vers lui et fronça les sourcils.) Si c'est plus sûr, pourquoi ne passons-nous pas tous les deux par le sud ?

Akkarin ramassa sa chemise et soupira.

—Parce que je n'arriverai pas là-bas à temps.

La jeune femme le dévisagea.

—Alors, moi non plus.

—Non, mais si j'échouais, tu pourrais aider ce qu'il resterait de la Guilde à reconquérir la Kyralie. Les autres Terres Alliées n'aimeront pas avoir des magiciens noirs sachakaniens comme voisins. Elles...

—Non ! s'écria-t-elle. Je ne vais pas rester à l'écart jusqu'à ce que la bataille soit finie.

Akkarin passa sa chemise au-dessus de sa tête, enfila les manches et la rejoignit. Il lui prit la main et la regarda intensément.

—Ça me serait plus facile d'affronter les Ichanis en n'ayant pas à m'inquiéter de ce qu'ils pourraient te faire si j'échouais.

Sonea lui rendit son regard.

—Tu penses que ça *me* serait plus facile, demanda-t-elle doucement, en sachant ce qu'ils te feront ?

—Au moins l'un de nous serait en sécurité, si tu passais par le sud.

—Alors, pourquoi tu n'y vas pas ? répliqua-t-elle. Je vais rester pour régler le petit problème que la Guilde a avec les Ichanis.

La mâchoire du mage se contracta, puis sa bouche s'élargit jusqu'à former un sourire, et il se mit à rire.

— Alors là, je vais devoir venir avec toi pour voir ça de mes propres yeux.

La jeune femme fit un grand sourire, puis reprit son sérieux.

— Je ne vais pas te laisser combattre tout le monde et prendre tous les risques. Nous les affrontons ensemble. (Elle marqua une pause.) Enfin, nous devrions sûrement éviter d'affronter celui de la passe. Je suis sûre qu'à nous deux, nous trouverons une solution.

Le tas de lettres sur le bureau de Lorlen s'écroula lentement. Osen les rattrapa à temps et les divisa en deux piles.

— Cette interdiction de communication mentale va générer de nouvelles embauches pour les messagers, fit remarquer le jeune mage.

— Oui, acquiesça Lorlen. Et chez les fabricants de plumes. Je vais sûrement les user deux fois plus vite, désormais. À combien de lettres devons-nous encore répondre ?

— C'est la dernière, répondit Osen.

Lorlen la parapha, puis s'occupa de nettoyer sa plume.

— C'est bon de vous avoir de nouveau ici, Osen, dit-il. Je ne sais pas comment je m'en sortirais sans vous.

Osen sourit.

— Vous ne vous en sortiriez pas. Pas avec les responsabilités d'administrateur et de haut seigneur. (Il marqua une pause.) Quand allons-nous élire un nouveau haut seigneur ?

Lorlen soupira. C'était un sujet qu'il avait évité jusque-là. Il ne pouvait simplement pas imaginer quelqu'un d'autre qu'Akkarin dans cette fonction. Pourtant, il faudrait bien finir par le remplacer, et le plus tôt serait le mieux si les prédictions d'Akkarin se vérifiaient.

— Maintenant que nous nous sommes occupés des rebelles elynes, les candidats seront probablement choisis au prochain concile.

— Dans un mois ? (Osen grimaça et regarda les piles de lettres.) Vous ne pouvez pas commencer plus tôt ?

— Peut-être. Aucun des hauts mages ne m'a cependant suggéré d'aborder le sujet plus tôt.

Osen hocha la tête. Il avait été exceptionnellement distrait ce matin, remarqua Lorlen.

— Qu'est-ce qui vous tracasse ?

Le jeune mage lança un regard à Lorlen et fronça les sourcils.

— La Guilde réintégrera-t-elle Akkarin si son histoire est avérée ?

Lorlen grimaça.

— J'en doute. Personne ne voudra d'un mage noir comme haut

seigneur. Je ne suis même pas sûr qu'Akkarin soit réadmis dans la Guilde.

—Et Sonea ?

—Elle a défié le roi. Si le roi permet à un mage noir d'intégrer la Guilde, il voudra quelqu'un que lui ou la Guilde soient certains de pouvoir contrôler.

Osen se renfrogna et détourna le regard.

—Alors, Sonea ne finira jamais sa formation.

—Non.

Quand Lorlen prononça ce mot, il réalisa la justesse de cette remarque et ressentit une pointe de chagrin.

—L'ordure, siffla Osen en se levant de son fauteuil. (Il s'interrompit un instant.) Je suis désolé. Je sais qu'il était votre ami et que vous avez encore de l'estime pour lui. Mais elle aurait pu devenir… une magicienne impressionnante. Je savais qu'elle était malheureuse. C'était évident qu'il en était en partie responsable, mais je n'ai rien fait.

—Vous n'auriez pas pu, dit Lorlen.

Osen secoua la tête.

—Si j'avais su, je l'aurais emmenée loin d'ici. Sans son otage, qu'aurait-il pu faire ?

Lorlen baissa les yeux sur sa main, sur le doigt que la bague avait ceint.

—Prendre le pouvoir à la Guilde ? Vous tuer, vous et Rothen ? Ne vous torturez pas, Osen. Vous ne saviez pas et vous n'auriez pas pu l'aider si vous aviez su.

Le jeune mage ne répondit pas.

—Vous ne portez plus cette bague, dit-il soudain.

Lorlen leva les yeux.

—Non. Je m'en suis lassé.

Il ressentit une montée d'angoisse. Osen en avait-il assez entendu à propos des gemmes de sang pour soupçonner ce que cette bague était ? Si c'était le cas et s'il se souvenait que Lorlen portait la bague depuis un an et demi, il pourrait comprendre que l'administrateur était au courant du secret d'Akkarin depuis plus longtemps qu'il l'avait admis.

Osen prit les deux piles de lettres et sourit du coin des lèvres.

—Vous n'avez pas besoin que je me mette à pleurer sur le lait versé. Je devrais plutôt me rendre utile et faire venir des messagers pour ces lettres.

—Oui. Merci.

—Je reviens dès que j'ai fini.

Lorlen regarda son assistant traverser la pièce à grands pas. Quand la porte fut refermée, il observa de nouveau sa main dépouillée de la bague. Il avait pendant si longtemps espéré pouvoir s'en débarrasser. Maintenant, il voulait désespérément la récupérer. Cependant, elle était bien enfermée dans la bibliothèque des mages. Il pouvait la récupérer à tout moment…

Le pouvait-il vraiment ? Il savait ce que Balkan dirait. C'était trop dangereux. Les autres hauts mages penseraient la même chose.

Balkan ou les autres devaient-ils être au courant ?

Bien sûr. Et ils ont raison : c'est trop dangereux. J'aimerais juste savoir ce qu'il se passe.

En soupirant, Lorlen reporta son attention sur les requêtes et les lettres jonchant son bureau.

Chapitre 26

La passe Sud

Alors qu'ils approchaient de l'une des sorties des appartements de Cery, Gol marqua un temps d'arrêt et se retourna.

— Tu crois que tu devrais parler de ces magiciens aux autres voleurs ?

Cery soupira.

— Je ne sais pas. Je ne suis pas sûr qu'ils me croient.

— Peut-être plus tard, quand tu auras des preuves.

— Peut-être.

Le grand bonhomme grimpa à une échelle menant à une trappe, dans le toit. Il la déverrouilla, puis la souleva avec précaution. Un bruit de voix parvint aux oreilles de Cery. Gol passa la trappe et lui fit signe qu'il pouvait le suivre sans risques.

Il entra dans la petite réserve d'une gargote. Deux hommes étaient assis à une table, occupés à jouer aux tuiles. Ils firent un signe de tête poli à Cery et Gol. Bien qu'ils sachent qu'ils étaient embauchés pour garder l'une des entrées de la route des voleurs, ils ne savaient pas qu'elle menait au repaire de l'un d'eux.

La route était courte, mais Cery s'arrêta chez un boulanger et dans les boutiques de quelques autres artisans sur le chemin. Les propriétaires étaient aussi ignorants de l'identité de leur client que les vigiles. L'air de rien, Cery fit quelques demandes subtiles pour savoir s'ils étaient satisfaits de leurs arrangements avec « le voleur », et tous, sauf un, réagirent favorablement.

— Envoie quelqu'un voir ce qui ne va pas avec le tapissier, quand on aura terminé, avait dit Cery à Gol quand ils étaient redescendus dans les passages souterrains. Il y a quelque chose qui le dérange.

Gol hocha la tête. Quand ils arrivèrent à destination, il s'avança pour ouvrir une lourde porte de métal. Un homme mince était assis dans le petit couloir juste derrière.

— Ren, comment se porte notre invité ? demanda Cery.

L'homme se leva.

— Il n'arrête pas de faire les cent pas. Inquiet, je pense.

Cery fronça les sourcils.

— Bien, ouvre la porte.

Ren agrippa une chaîne, par terre. Il la tira, faisant vibrer le sol. Le mur devant eux coulissa, révélant une pièce luxueuse.

Takan se tenait à quelques pas de là, le bruit l'ayant averti de leur arrivée. Il semblait tendu et impatient. Cery attendit que la porte se referme derrière Gol pour parler :

— Qu'est-ce qu'il se passe ?

Le Sachakanien poussa un petit soupir.

— Akkarin m'a parlé. Il m'a demandé de vous expliquer certaines choses.

Surpris, Cery cligna des yeux, puis fit un signe vers les fauteuils.

— Alors, asseyons-nous. J'ai apporté de la nourriture et du vin.

Takan avança vers un fauteuil du salon et s'y assit. Cery s'installa en face de lui tandis que Gol disparaissait dans la cuisine pour prendre des assiettes et des verres.

— Vous savez que ces meurtriers qu'Akkarin vous a chargé de trouver étaient des magiciens sachakaniens, commença Takan. Et vous savez qu'Akkarin et Sonea ont été exilés pour avoir utilisé la magie noire.

Cery hocha la tête.

— Les meurtriers étaient d'anciens esclaves, expliqua Takan, envoyés par leurs maîtres pour espionner la Kyralie et la Guilde, et tuer Akkarin s'ils en avaient l'occasion. Leurs maîtres sont de puissants magiciens connus sous le nom d'« Ichanis ». Ils utilisent la magie noire pour puiser la force magique de leurs esclaves, ou de leurs victimes. Les gens dans mon pays appellent cela « la magie supérieure » et il n'y a pas de loi interdisant sa pratique.

— Cette magie les rend plus forts ? demanda Cery.

Bien qu'il sache tout cela de Savara, il devait faire comme s'il l'entendait pour la première fois.

— Oui. Akkarin a appris la magie noire dans mon pays. Je suis venu en Kyralie avec lui, et il a puisé de ma force pour pouvoir combattre les espions.

— Vous étiez un esclave ?

Takan hocha la tête.

— Vous dites que ces meurtriers – ces espions – étaient des esclaves. Pourtant ils ont, eux aussi, utilisé la magie noire.

— On leur a appris le secret de la magie supérieure afin qu'ils puissent survivre assez longtemps pour obtenir des renseignements sur les défenses de la Kyralie.

Cery fronça les sourcils.

— S'ils étaient libres, pourquoi ont-ils continué à faire ce que voulaient leurs maîtres ?

Takan baissa les yeux.

— La servitude est une habitude difficile à perdre, particulièrement quand vous êtes né esclave, dit-il doucement. Et les espions craignaient la Guilde autant qu'ils craignaient les Ichanis. Ils ne voyaient que deux possibilités : se cacher en terre ennemie, ou retourner au Sachaka. Avant qu'Akkarin et Sonea soient si publiquement exilés, la plupart des Sachakaniens croyaient que la Guilde utilisait toujours la magie supérieure. Tous les espions avaient été tués. Le Sachaka semblait être un endroit plus sûr. Ses dangers leur sont familiers. Mais ils savaient que les Ichanis les tueraient s'ils revenaient sans avoir mené leur mission à bien.

Gol revint avec du vin, des verres et un plat chargé de savoureux petits pâtés à la viande. Il proposa un verre de vin à Takan, mais le serviteur secoua la tête.

— Les Ichanis savent désormais que la Guilde n'utilise pas la magie supérieure, continua Takan. Ils se savent plus forts. Leur meneur, un homme nommé Kariko, essaie de les rassembler depuis des années. Il a enfin réussi. Akkarin m'a contacté ce matin et m'a demandé de vous dire ceci : ils prévoient d'entrer en Kyralie dans les prochains jours. Vous devez prévenir la Guilde.

— Et elle me croira ? demanda Cery d'un ton dubitatif.

— Le message doit être anonyme, mais son destinataire saura d'après son contenu de qui il vient. Akkarin m'a dit ce qu'il doit contenir.

Cery hocha la tête, s'enfonça dans son fauteuil et but une petite gorgée de vin.

— Que sait exactement la Guilde ?

— Tout sauf ces dernières nouvelles. Les mages n'y croient pas, mais Akkarin espère qu'ils se prépareront à cette éventualité. (Takan marqua une hésitation.) Vous ne semblez pas alarmé d'apprendre que votre pays est sur le point de vivre une guerre.

Cery haussa les épaules.

— Oh, je le suis ! Mais je ne suis pas surpris. J'avais le sentiment que quelque chose d'important allait se passer.

— Vous n'êtes pas inquiet ?

— Pourquoi ? C'est une affaire entre magiciens.

Takan écarquilla les yeux.

— Dans votre intérêt, j'aimerais que ce soit vrai. Mais quand ces Ichanis auront renversé la Guilde et le roi, ils ne laisseront pas les gens ordinaires continuer leur vie comme si rien ne s'était passé. Ceux qu'ils n'asserviront pas, ils les tueront.

— Il leur faudra d'abord nous trouver.

— Ils feront s'écrouler tous vos tunnels et démoliront vos maisons. Votre monde secret ne survivra pas.

Cery sourit en pensant aux suggestions de Savara pour tuer des magiciens.

— Ils ne trouveront pas ça aussi facile qu'ils le pensent, dit-il d'un ton sinistre. Pas si je m'en mêle.

Dannyl sortit de l'université et observa la cour animée. La pause-déjeuner venait de commencer, et les novices profitaient de la chaleur estivale. Il décida de suivre leur exemple et d'aller faire un tour dans les jardins.

Quand il s'engagea dans les allées ombragées, il se remémora son entretien avec le seigneur Sarrin. Maintenant que le sort des rebelles avait été décidé et que Rothen était parti pour le Sachaka, Dannyl avait très peu de choses à faire. Il s'était donc porté volontaire pour aider à la construction du nouvel observatoire. Le chef des alchimistes avait été surpris par sa proposition, comme s'il avait complètement oublié le projet.

— L'observatoire. Oui. Bien sûr, avait dit Sarrin distraitement. Il va nous tenir occupés, à moins que… mais alors, il importera peu. Oui, avait-il répété d'un ton plus ferme. Demandez au seigneur Davin comment vous pouvez lui être utile.

En se dirigeant vers la sortie de l'université, Dannyl avait aperçu le seigneur Balkan quittant le bureau de l'administrateur. Le guerrier lui avait paru soucieux. Il fallait s'y attendre, mais son attitude suggérait qu'il avait quelque chose de nouveau en tête.

J'aimerais savoir ce qui se trame, pensa Dannyl. Il regarda autour de lui, et remarqua les expressions tendues d'un groupe de novices rassemblés non loin de là. *On dirait que je ne suis pas le seul.*

Il tourna dans une allée et aperçut un novice assis tout seul sur un banc. Le garçon était assez âgé – il était sûrement en cinquième année –, maigre et d'allure maladive. Il lui semblait étrangement familier.

Dannyl s'arrêta quand il se rendit compte qu'il ne s'agissait pas de n'importe qui. C'était Farand. Il s'écarta du chemin et s'approcha de lui.

— Farand.

Le jeune homme leva les yeux et sourit timidement.

— Ambassadeur.

Dannyl s'assit.

— Je vois qu'ils t'ont donné une robe. Tu as commencé ta formation ?

Farand hocha la tête.

— Des cours privés, pour l'instant. J'espère qu'ils vont m'épargner l'humiliation de rejoindre les novices les plus jeunes.

Dannyl rit doucement.

—Et manquer toutes leurs bêtises ?

—D'après ce que j'ai entendu, vous avez passé de sales quarts d'heure quand vous étiez novice.

—C'est vrai. (Dannyl se rembrunit.) Les quelques premières années. Mais ne laisse pas mon expérience te démoraliser. J'ai entendu certains magiciens évoquer leurs années d'université comme leurs plus beaux souvenirs.

Le jeune homme plissa le front.

—J'espérais que tout serait plus facile une fois ici, mais je commence à me poser des questions. J'ai entendu dire que la Guilde risquait une guerre. Nous allons combattre Akkarin ou les mages sachakaniens. Que ce soit l'un ou l'autre, personne n'est certain de notre victoire.

Dannyl acquiesça.

—Tu as sans doute rejoint la Guilde au pire moment possible, Farand. Mais si tu ne l'avais pas fait, tu n'aurais pas échappé longtemps au conflit. Si la Kyralie tombe devant l'un des deux ennemis, l'Elyne tombera peu après.

—Alors, il vaut mieux que je sois ici. Je préfère me rendre utile plutôt que gagner quelques mois de sécurité à la maison. (Farand s'interrompit un instant et soupira.) J'ai tout de même un seul regret.

—Le dem Marane ?

—Oui.

—C'est mon seul regret aussi, admit Dannyl. J'avais espéré plus de clémence de la part de la Guilde.

—Je crois que ce conflit avec votre haut seigneur a pu influencer la décision. La Guilde aurait dû remarquer que son chef avait appris la magie noire. Elle n'a pas voulu refaire la même erreur. Et elle n'a pas pu exécuter Akkarin. Alors, elle a réservé le châtiment ultime à l'homme qui a enfreint cette loi après lui, pour se prouver, mais aussi prouver au monde, qu'elle ne pardonnerait pas un tel crime. (Farand marqua une pause.) Je ne dis pas que tous les magiciens en étaient conscients, juste que la situation a pu influencer leur réflexion.

Dannyl lança un regard à Farand, surpris de la perspicacité du jeune homme.

—C'est donc la faute d'Akkarin.

Farand secoua la tête.

—J'en ai assez de reporter la faute sur les gens. Je suis ici, où j'ai toujours été censé être. On attend de moi que j'oublie toute histoire politique, et c'est ce que je vais faire. (Il hésita.) Même si je ne suis pas certain que j'aurais pu le faire si ma sœur n'avait pas été graciée.

Dannyl hocha la tête.

— Tu l'as vue avant son départ ?

— Oui.

— Comment va-t-elle ?

— Elle a du chagrin, mais les enfants lui donneront une chose à laquelle s'accrocher. Ils vont tous me manquer. (Il leva les yeux quand le gong signalant la fin de la pause-déjeuner retentit.) C'est l'heure. Merci de vous être arrêté pour discuter avec moi, ambassadeur. Allez-vous bientôt retourner en Elyne ?

— Pas d'ici un moment. L'administrateur Lorlen veut que le plus de mages possible restent ici, jusqu'à ce qu'il en sache plus sur le Sachaka.

— Alors, j'espère avoir l'occasion de vous reparler.

Farand s'inclina et s'éloigna rapidement.

Dannyl regarda le jeune homme partir. Farand avait enduré beaucoup de choses et affronté la perspective de la mort à trois reprises : d'abord la perte de Contrôle, puis l'empoisonnement et une possible condamnation à mort. Et il parvenait d'une certaine façon à considérer tout cela sans rancœur.

C'était humble de sa part. Et son raisonnement à propos de l'exécution du dem Marane était intéressant.

Il pourrait un jour faire un bon ambassadeur, songea Dannyl. *S'il en a l'occasion.*

Mais pour le moment, la Guilde ne pouvait que continuer comme elle l'avait toujours fait. Dannyl soupira, se leva et partit à la recherche du seigneur Davin.

Quelque chose effleura les lèvres de Sonea. Elle ouvrit les yeux en les clignant et scruta le visage penché au-dessus du sien. Akkarin.

Il sourit et l'embrassa de nouveau.

— Réveille-toi, murmura-t-il, puis il se redressa, lui prit la main et l'aida à se lever.

Elle regarda autour d'elle. Un sinistre demi-jour avait tout peint en gris. Le ciel était couvert de nuages, mais, selon elle, il devait être encore trop tôt pour que le soleil soit retombé derrière l'horizon.

— Nous ferions mieux de chercher la route maintenant, avant que le soleil se couche, dit Akkarin. Il fera très sombre jusqu'à ce que la lune se lève, et nous ne pouvons pas nous permettre de nous arrêter.

Sonea bâilla et leva les yeux vers l'espace entre les deux pics. Ils avaient quitté la cascade après la visite de l'Ichani au matin et avaient suivi le ravin aussi longtemps qu'ils avaient pu. Un petit espace entre quelques rochers et la paroi de pierre avait fourni un abri suffisant pour les cacher le temps de leur sommeil. Même s'il n'était pas aussi bien dissimulé que le récif derrière la cascade, il n'y avait aucune raison que l'Ichani ou ses esclaves s'y rendent.

Alors que le ravin s'étrécissait et que la lumière faiblissait, le chemin devenait de plus en plus difficile. La petite rivière remplissait la plus grande partie de la cavité, et les rives étaient parsemées d'énormes rochers. Au bout d'environ une heure, Akkarin s'arrêta et leva un doigt vers la paroi rocheuse. Dans le jour déclinant, Sonea voyait seulement une falaise qui surplombait le ravin. Soudain, elle hoqueta de surprise en distinguant des marches de pierre taillées dans la paroi.

— La route continue le long du ravin à partir d'ici, murmura Akkarin.

Il se dirigea vers les marches. Ils en atteignirent la base et se mirent à grimper. Quand ils arrivèrent enfin au sommet, les ténèbres les entouraient comme une épaisse fumée, et Akkarin ressemblait à une ombre chaleureuse.

— Sois aussi silencieuse que possible, murmura-t-il à l'oreille de sa compagne. Pose une main sur la paroi. Si tu veux parler, prends ma main afin que nous puissions communiquer mentalement sans que l'Ichani nous entende.

Un vent tenace les fouettait maintenant qu'ils n'étaient plus abrités par le ravin. Akkarin marchait en tête, à une allure régulière. Sonea laissa sa main droite frôler le flanc de la montagne et essaya d'avoir le pas léger. De temps à autre, une pierre résonnait sur le sol quand elle ou Akkarin la déplaçait, mais le bruit était étouffé par celui du vent.

Après une longue marche, Sonea découvrit qu'il y avait un autre à-pic à plusieurs centaines de pas sur leur gauche. Elle se demanda comment elle pouvait le voir, puis leva les yeux. Les pics au-dessus d'eux scintillaient légèrement, baignés par la lumière de la lune filtrant à travers les nuages.

Le ravin avait disparu, et la route longeait le fond d'une étroite vallée. Sonea vint se placer à côté d'Akkarin, et ils continuèrent à longues enjambées. Au fil des heures, la paroi de gauche se rapprocha, puis disparut de nouveau de leur champ de vision. Elle réapparut, et ce fut celle de droite qui disparut. La lune monta dans le ciel, puis descendit vers les cimes.

Bien plus tard, la route commença à zigzaguer, puis épousa la courbe d'une pente rocheuse. Plus ils grimpaient, plus la pente devenait abrupte, et bientôt ils marchèrent avec une falaise d'un côté et un précipice de l'autre. Ils maintinrent tout de même le rythme.

Soudain, la jeune femme entendit un léger bruit devant eux, et Akkarin s'arrêta. Le bruit se refit entendre.

Un éternuement.

Ils se glissèrent en silence jusqu'au virage suivant. Akkarin lui prit la main et la serra.

— *Ça doit être Riko*, envoya-t-il.

Dans le faible clair de lune, Sonea distingua la sombre silhouette d'un homme assis sur un rocher, au bord du chemin. Elle l'entendait grelotter.

Quand il se frotta les bras, quelque chose scintilla à son doigt. Une gemme de sang, devina-t-elle.

— *Parika lui a sûrement pris sa veste pour s'assurer qu'il reste éveillé*, ajouta Akkarin.

— *Ça ne facilite pas les choses*, répondit Sonea. *Comment allons-nous passer à la fois entre les griffes de l'esclave et celles de son maître ? Nous allons les duper tous les deux ?*

— *Oui et non. L'esclave peut être notre leurre. Tu es prête ?*

— *Oui.*

Il ne fut pas facile à la jeune femme de se forcer à passer le virage de la route en sachant que l'homme les verrait. Riko était trop absorbé par son malheur pour les remarquer tout de suite. Soudain, il releva la tête, se leva d'un bond et prit la fuite.

Akkarin s'arrêta, jura tout haut, puis repoussa Sonea vers l'arrière.

— Un esclave ! dit-il assez fort pour que Riko l'entende. Il doit y avoir quelqu'un dans la passe. Viens.

Ils rebroussèrent chemin en courant. Akkarin ralentit, leva les yeux vers les parois de pierre, de chaque côté, et arrêta Sonea. Elle sentit le sol bouger, et soudain, ils s'élevèrent dans les airs.

La paroi de la falaise fila à toute allure devant eux, puis elle ralentit, et ils se glissèrent dans l'ombre. Sonea sentit ses pieds toucher la pierre. La saillie sur laquelle Akkarin les avait posés était à peine assez large pour les bottes de la jeune femme. Elle s'adossa contre la roche, le cœur martelant.

S'ensuivit un long silence que seules troublaient leurs respirations. Soudain, au-dessous, une silhouette apparut, prenant prudemment le virage sur la route. Elle s'arrêta. Akkarin serra la main de Sonea dans la sienne.

— *Il a besoin d'un peu d'encouragement*, fit-il remarquer.

Dans le lointain se fit entendre le bruit d'une pierre ricochant sur la route. La silhouette fit un pas en avant, puis un flamboiement baigna l'endroit de lumière. Sonea retint son souffle. L'homme était habillé d'un élégant manteau, et ses mains scintillaient de pierres et de métal précieux.

— *Génial !* répondit-elle. *Il n'a plus qu'à lever les yeux et il nous verra.*

— *Il ne nous verra pas.*

Un homme mince et recroquevillé avança d'un pas traînant derrière l'Ichani.

— J'ai vu…

— Je sais ce que tu as vu. Retourne là-bas et reste avec…

L'Ichani se mit soudain presque à courir. En regardant plus loin sur la route, Sonea vit une lumière derrière le virage suivant, à plusieurs centaines de pas sur la route. Elle s'affaiblissait, comme si elle se déplaçait. La jeune femme regarda Akkarin, devinant qu'il était la source de la lumière. Le front du mage était marqué d'une ride due à la concentration.

L'Ichani avança à la hâte, passa le virage et disparut. Quand Sonea baissa les yeux de nouveau, l'esclave n'était plus là. Akkarin prit une profonde inspiration.

— *Nous n'avons pas beaucoup de temps. Espérons que Riko obéisse rapidement à son maître.*

Ils descendirent sur la route et se hâtèrent vers la passe. À chaque pas, Sonea était certaine qu'ils rattraperaient l'esclave, mais ce ne fut qu'au bout d'un certain temps qu'ils virent enfin l'homme devant eux.

Peu après, ils aperçurent une lumière dansant au loin. Sonea se rendit compte avec soulagement que c'était un feu. Elle avait craint qu'ils ne découvrent un autre Ichani. Riko rejoignit le feu et s'assit à côté d'une femme plus jeune.

Akkarin et Sonea se rapprochèrent, s'accrochant aux ombres. Le feu éclairait des parois de pierre abruptes, de chaque côté de la route.

— *Nous ne pouvons pas nous faufiler sans qu'ils nous remarquent*, communiqua Akkarin. *Tu es prête à courir ?*

Sonea hocha la tête.

— *Autant que faire se peut.*

Toutefois, Akkarin ne bougea pas. La jeune femme lui lança un regard et vit qu'il plissait le front.

— *Qu'est-ce qu'il y a ?*

— *Je devrais saisir l'occasion de priver Parika de ses esclaves. Sinon, il s'en servira contre nous plus tard.*

Sonea sentit son sang se glacer quand elle comprit ce qu'il comptait faire.

— *Mais nous n'avons pas le temps…*

— *Il vaut mieux faire ça vite, alors.*

Il lui lâcha la main et avança.

La jeune femme ravala une protestation. Tuer les esclaves paraissait logique. Leur force serait utilisée pour tuer des Kyraliens. Pourtant, cela semblait si cruel de tuer des gens qui avaient été des victimes toute leur vie. Ils n'avaient pas choisi d'être les objets des Ichanis.

La femme fut la première à remarquer Akkarin. Elle se leva d'un bond, puis fut violemment propulsée en arrière. Elle atterrit sur le sol, inerte.

Riko s'était sauvé sur la route. Quand Akkarin se mit à courir, sa compagne s'élança à sa suite. Quelque part derrière eux, Parika avait dû voir l'attaque par l'intermédiaire de la bague de sang de l'esclave. Sonea s'arrêta seulement pour regarder la femme, dont les yeux fixaient aveuglément le ciel.

Au moins, c'était rapide, pensa-t-elle.

Une lumière éclata au-dessus d'Akkarin, qui allongea le pas. La route zigzaguait, mais elle descendait, désormais. Sonea ne voyait pas l'esclave qui courait devant eux. Elle ne pouvait pas s'empêcher d'espérer qu'il reste hors de leur vue. Akkarin ne pouvait pas tuer quelqu'un qu'il ne voyait pas.

Soudain, ils entendirent un cri sur la route. Akkarin s'arrêta un instant, puis courut de plus belle. Il distança Sonea facilement, prenant le virage suivant plusieurs foulées avant elle. Quand la jeune femme arriva au virage, elle vit que la route tournait brusquement, s'écartant des parois qui délimitaient la passe et longeant le flanc abrupt d'une montagne. Akkarin se tenait là, scrutant le précipice. Sonea s'arrêta à côté de lui et regarda vers le fond, mais elle ne vit que les ténèbres en contrebas.

—Il est tombé ?

—Je crois, dit le mage en haletant. (Il observa la route devant eux. Elle serpentait le long du flanc rocheux sur plusieurs centaines de pas avant de disparaître.) Nulle part… où se cacher. Il n'était… pas si loin de nous. (Il lança un regard en arrière, et son visage se durcit.) Nous devons… continuer. Si Parika suit… nous serons à découvert.

Il avança. Ils suivirent la route en courant. En passant le lacet suivant, le soulagement de Sonea se transforma en désarroi à la vue d'une autre longue portion de route à découvert. Ils continuèrent à courir. Son dos fourmillait, et elle résistait à l'envie dévorante de regarder par-dessus son épaule.

Ils tinrent encore longtemps ce rythme soutenu. La route descendait régulièrement. L'urgence et la peur s'évanouirent. La fatigue crût jusqu'à dominer toutes ses pensées. La jeune femme la chassa grâce à ses pouvoirs de guérison.

Nous pourrions nous arrêter, maintenant, ne cessait-elle de penser. *Parika ne nous suivrait tout de même pas jusqu'en Kyralie ?*

Mais Akkarin continuait.

Combien de fois puis-je me guérir ainsi ? Puis-je détériorer mon corps si je le fais trop souvent ?

Quand Akkarin se mit finalement à marcher, Sonea poussa un énorme soupir de soulagement. Le mage eut un petit rire et passa un bras autour de ses épaules. Elle regarda autour d'elle et se rendit compte qu'ils progressaient au milieu d'arbres. La lune avait disparu. Akkarin réduisit son globe lumineux à une faible lueur. Ils marchèrent encore une bonne heure, voire plus, puis Akkarin leur fit quitter la route.

—Je pense que nous nous sommes assez éloignés, murmura-t-il.

—Et s'il nous suit ?

—Il ne le fera pas. Il n'entrera pas en Kyralie tant que Kariko n'en aura pas fait autant.

Le sol était doux et irrégulier sous leurs pieds. Ils marchèrent plusieurs minutes, puis Akkarin s'arrêta et s'assit, s'adossant à un arbre. Sonea s'écroula près de lui.

— Et maintenant ? demanda-t-elle en observant les arbres qui les entouraient.

Akkarin l'attira contre son torse et l'entoura de ses bras.

— Dors, Sonea, chuchota-t-il. Je vais faire le guet. Nous déciderons demain ce que nous ferons ensuite.

Chapitre 27

Une rencontre surprise

Non. Il est trop tôt pour se réveiller, pensa Sonea. *Je suis encore trop fatiguée.*

Mais un sentiment croissant de malaise l'empêchait de reglisser dans le sommeil. Son dos reposait contre quelque chose de chaud ; elle se tenait pratiquement à la verticale. Elle inspira profondément et sentit le poids de bras l'entourant. Les bras d'Akkarin. Elle sourit et ouvrit les yeux.

Quatre jambes minces et couvertes de poils se tenaient devant elle. Les jambes d'un cheval. Son cœur bondit ; elle leva la tête.

Des yeux bleus familiers lui rendaient son regard. Une robe verte, à moitié couverte d'une lourde cape noire, brillait dans le soleil de fin de matinée. Son cœur s'emplit de joie et de soulagement.

— Dorrien ! souffla-t-elle. Tu n'as pas idée comme c'est bon de te voir.

Cependant, l'expression du jeune homme était froide. Le cheval remua les pieds et secoua la tête. Sonea entendit une autre bête s'ébrouer, tout près. Elle tourna la tête et vit quatre autres cavaliers, vêtus simplement, qui attendaient un peu plus loin.

Akkarin remua, puis prit une profonde inspiration.

— Que faites-vous ici ? demanda sèchement Dorrien.

— Je… nous… (Sonea secoua la tête.) Je ne sais pas par où commencer, Dorrien.

— Nous sommes venus vous prévenir, répondit Akkarin. (Sonea sentit la voix du mage vibrer contre son dos.) Les Ichanis prévoient d'entrer en Kyralie dans les jours à venir.

Ses mains s'emparèrent des épaules de Sonea et la poussèrent doucement en avant. La jeune femme se leva et s'écarta alors que le mage se mettait debout.

— Vous êtes bannis. (La voix de Dorrien était basse.) Vous ne pouvez pas revenir sur cette terre.

Akkarin haussa les sourcils.

— On ne peut pas ? demanda-t-il en se redressant et en croisant les bras.

— Vous avez l'intention de me combattre ? demanda Dorrien, les yeux brillant dangereusement.

— Non, répondit Akkarin. J'ai l'intention de vous aider.

Dorrien plissa les yeux.

— Nous n'exigeons pas votre aide, lança-t-il sèchement. Nous exigeons votre *absence.*

Sonea dévisagea Dorrien. Elle ne l'avait jamais vu comme ça, si froid et haineux. Il parlait comme un inconnu. Un inconnu idiot et furieux.

Soudain, elle se souvint à quel point il tenait à prendre soin des gens de son village. Il risquerait tout pour les protéger. Et s'il la voyait toujours du même œil qu'avant, la retrouver dormant dans les bras d'Akkarin n'avait pas dû le mettre d'excellente humeur...

— Dorrien, dit-elle. Nous ne serions pas revenus si nous n'en avions pas ressenti la nécessité.

Le jeune homme lui lança un regard et se renfrogna.

— C'est à la Guilde de juger si vous devez revenir ou non. On m'a ordonné de surveiller la route et de vous repousser si vous essayiez de revenir, dit-il. Si vous comptez rester, il faudra d'abord me tuer.

Le cœur de Sonea se serra. Le souvenir de l'esclave morte lui traversa l'esprit. Akkarin ne ferait tout de même pas...

— Je n'ai pas à vous tuer, répondit Akkarin.

Les yeux de Dorrien étaient comme deux glaçons. Il ouvrit la bouche.

— Nous allons repartir, dit rapidement Sonea. Mais laisse-nous au moins dire ce que nous savons avant.

Elle posa une main sur le bras d'Akkarin.

— *Il pense avec son cœur. Si nous lui laissions le temps de réfléchir à tout ça, il pourrait se montrer plus raisonnable.*

Akkarin la regarda en fronçant les sourcils mais ne discuta pas. Sonea se retourna et vit que Dorrien l'observait attentivement.

— Très bien, dit-il, de toute évidence à contrecœur. Donnez-moi vos nouvelles.

— Vous surveillez la passe Sud, donc Lorlen vous a sans doute informés de la menace venant du Sachaka. Hier matin, Sonea et moi avons failli être capturés par un Ichani nommé Parika, dit Akkarin. D'après la conversation qu'il a eue avec son esclave, nous avons appris que Kariko et ses alliés prévoient d'entrer en Kyralie dans les prochains jours. Sonea et moi comptions rester au Sachaka jusqu'à ce que la Guilde s'assure que les Ichanis étaient réels et constituaient bien une menace, mais nous avons peu de temps. Si la Guilde veut que nous revenions et que nous l'assistions dans la bataille, nous devons être assez près d'Imardin pour y arriver avant les Ichanis.

Dorrien regardait Akkarin d'un air impassible.

— C'est tout ?

Sonea ouvrit la bouche pour lui parler de l'Ichani dans la passe Sud, mais elle imagina Dorrien escaladant les montagnes à cheval pour constater de lui-même. L'Ichani le tuerait. Elle ravala ses mots.

— Laisse-nous au moins nous reposer ici aujourd'hui, l'implora-t-elle. Nous sommes épuisés.

Les yeux de Dorrien glissèrent sur Akkarin et s'étrécirent, puis il regarda les autres cavaliers par-dessus son épaule.

— Gaden. Forren. La Guilde pourrait-elle prêter vos chevaux pour une journée ?

Sonea regarda les hommes par-dessus le flanc du cheval de Dorrien. Ils échangèrent des regards, puis deux d'entre eux descendirent de leur monture.

— Je n'ai pas le pouvoir de vous accorder un jour ou bien même une heure en Kyralie, dit Dorrien avec raideur tandis que les hommes amenaient leurs chevaux. Je vais vous escorter jusqu'à la passe.

Les yeux d'Akkarin brûlaient dangereusement. Sonea le sentit se contracter. Elle serra davantage le bras du mage.

— *Non ! Laisse-moi lui parler sur le chemin. Il m'écoutera.*

Il se tourna vers elle, l'air sceptique. Sonea rougit.

— *Nous avons déjà été très... proches. Je pense qu'il t'en veut de m'avoir emmenée.*

Akkarin haussa les sourcils. Il évalua Dorrien du regard.

— *Vraiment ? Alors, vois ce que tu peux faire. Mais dépêche-toi.*

Un des cavaliers approchait, et Akkarin, s'avançant, prit les rênes qu'on lui tendait. L'homme se déroba, levant un regard nerveux vers Dorrien qui garda le silence alors que l'ancien haut seigneur sautait en selle. Sonea s'approcha de l'autre cheval et réussit à se hisser sur son dos. Akkarin se retourna vers Dorrien.

— Passez devant, dit le guérisseur.

Le cheval de Sonea suivit Akkarin qui fit volter sa monture et la mena vers la route. Ils voyagèrent en file, ce qui rendait les conversations privées impossibles. Durant toute la traversée de la forêt, la jeune femme sentit les yeux de Dorrien sur son dos.

Quand ils arrivèrent sur la route, Sonea tira sur les rênes afin de faire ralentir sa monture. Quand elle fut au niveau de celle de Dorrien, elle lança un regard au guérisseur. Elle ne trouvait pas ses mots. Il serait tellement facile de le rendre encore plus furieux.

Elle se remémora les jours qu'elle avait passés avec lui à la Guilde. Ils semblaient si lointains. Avait-il espéré regagner un jour son intérêt ? Bien que n'ayant fait aucune promesse, elle éprouvait une pointe de culpabilité. Son cœur appartenait à Akkarin. Elle n'avait jamais rien ressenti d'aussi fort pour Dorrien.

—Je n'ai pas cru Rothen quand il me l'a annoncé, murmura Dorrien.

Sonea se tourna vers lui, surprise qu'il ait brisé le silence.

Il regardait Akkarin.

—Je ne peux toujours pas le croire. (Il fronça les sourcils.) Une fois qu'il m'a eu dit pour quelles raisons le haut seigneur lui avait retiré ta tutelle, j'ai compris pourquoi tu avais mis de la distance entre nous. Tu pensais que je pourrais voir à quel point tu étais malheureuse et que je me mettrais à poser des questions. (Il la regarda.) C'était ça, n'est-ce pas ?

Sonea hocha la tête.

—Qu'est-ce qu'il s'est passé ? Quand t'a-t-il détournée de nous ?

La jeune femme fut de nouveau assaillie par la culpabilité.

—Il y a environ… deux mois, il m'a demandé de l'accompagner en ville. Je ne voulais pas y aller, mais j'ai espéré apprendre quelque chose que la Guilde pourrait utiliser contre lui. Il m'a emmenée voir un homme – un Sachakanien – et m'a appris à lire l'esprit de cet homme. Ce que j'y ai vu ne pouvait qu'être la vérité.

—Tu en es sûre ? Si l'homme croyait des choses fausses, tu…

—Je ne suis pas idiote, Dorrien. (Elle soutint son regard.) Les souvenirs de cet homme ne pouvaient pas être faux.

Le mage fronça les sourcils.

—Continue.

—Une fois au courant de l'existence de ces Ichanis et du fait que leur meneur cherchait seulement des preuves de la faiblesse de la Guilde pour rassembler assez d'alliés en vue de l'attaquer, je ne pouvais pas rester sans rien faire et laisser Akkarin s'occuper de tout. J'ai demandé… Non, j'ai insisté pour qu'il me laisse le rejoindre.

—Mais… *la magie noire*, Sonea. Comment as-tu pu apprendre une telle chose ?

—Ça n'a pas été un choix facile. Je savais que c'était une terrible responsabilité et un risque énorme. Mais si les Ichanis attaquent, la Guilde sera détruite. Je mourrai sûrement, de toute façon.

Dorrien fronça le nez comme s'il avait senti quelque chose d'infect.

—Mais c'est diabolique.

Sonea secoua la tête.

— Ce n'est pas ce que pensait la Guilde à ses débuts. Je ne suis pas certaine de le penser non plus. D'un autre côté, je ne voudrais pas que la Guilde se remette à l'utiliser. Rien que d'imaginer Fergun ou Regin manipulant ce type de pouvoir… (Elle frissonna.) Ce n'est pas une bonne idée.

— Mais tu te considères digne de le faire ?

Elle fronça les sourcils. La question la dérangeait encore.

— Je ne sais pas. Je l'espère.

— Tu as admis avoir utilisé cette magie pour tuer.

— Oui. (Elle soupira.) Tu crois que je ferais une telle chose juste pour devenir plus puissante ? Ou que j'avais une bonne raison ?

Le regard du jeune homme dériva vers Akkarin.

— Je ne sais pas.

Elle suivit ses yeux. Le cheval d'Akkarin les devançait d'une vingtaine de pas.

— Mais tu penses qu'Akkarin tuerait pour le pouvoir, n'est-ce pas ?

— Oui, admit Dorrien. Il a avoué avoir tué plusieurs fois auparavant.

— S'il ne l'avait pas fait, il serait encore esclave au Sachaka – ou mort – et la Guilde aurait été attaquée et détruite il y a des années.

— S'il dit la vérité.

— Il dit la vérité.

Dorrien secoua la tête et détourna le regard vers la forêt.

— Dorrien, tu dois dire à la Guilde que les Ichanis arrivent, insista-t-elle. Et… nous laisser rester de ce côté des montagnes. Les Ichanis savent que nous avons traversé la frontière hier soir. Si nous y retournons, ils nous tueront.

Le guérisseur se tourna vers elle et la dévisagea, son expression vacillant entre l'inquiétude et l'incrédulité.

Soudain, une silhouette apparut sur la route, devant eux.

Sonea réagit instinctivement, mais le bouclier qu'elle lança autour d'elle et Dorrien s'écroula sous un puissant éclair de force. Elle se sentit propulsée en arrière et atterrit lourdement sur le sol, le souffle coupé. Elle entendit Dorrien jurer tout près, puis des sabots tonnèrent autour de sa tête ; elle invoqua un autre bouclier. Un hennissement strident fut suivi du bruit rapide des sabots des chevaux qui fuyaient.

Lève-toi, se dit-elle. *Lève-toi et cherche Akkarin !*

Elle roula sur elle-même et se mit tant bien que mal sur ses pieds. Du coin de l'œil, elle vit Dorrien accroupi non loin de là. Akkarin se tenait à plusieurs pas d'elle.

Entre elle et Akkarin se tenait Parika.

Sonea sentit son estomac se retourner et se tordre de peur. Akkarin n'était pas assez fort pour combattre un Ichani. Même avec son aide, et Dorrien ne ferait pas une grosse différence.

L'air étincela quand Akkarin attaqua l'Ichani. Parika riposta de plusieurs coups puissants.

— Sonea.

Elle jeta un coup d'œil vers Dorrien, qui s'approchait d'elle.

— C'est un Ichani ?

— Oui. Il s'appelle Parika. Tu me crois, maintenant ?

Il ne répondit pas. La jeune femme lui agrippa le poignet.

— *Akkarin n'est pas assez fort pour le vaincre. Nous devons l'aider.*

— *Très bien. Mais je ne tuerai pas à moins d'être sûr qu'il est ce que tu dis.*

Ils attaquèrent ensemble, martelant le bouclier de l'Ichani. L'homme s'immobilisa, puis regarda par-dessus son épaule. Ses lèvres se tordirent en une grimace dédaigneuse quand il posa les yeux sur Dorrien. Puis son regard glissa sur Sonea. Sa grimace se transforma en un sourire mauvais. Il tourna le dos à Akkarin et avança vers elle.

Sonea recula. Elle bombarda l'homme de coups, mais ils ne l'empêchaient pas d'avancer. Dorrien lui lançait des éclairs, mais tous ses efforts semblaient vains. Akkarin continua de marteler le bouclier de Parika, mais l'Ichani l'ignora.

Dorrien s'écarta de Sonea, et elle comprit qu'il espérait détourner l'attention de Parika. L'Ichani l'ignora totalement. Comme les coups de l'homme devenaient plus puissants, la jeune femme recula sur la route.

Réfléchis, se dit-elle. *Il doit y avoir un moyen de s'en sortir. Souviens-toi des cours du seigneur Yikmo.*

Elle attaqua le bouclier de Parika de tous les côtés et en conclut qu'il était complet et impénétrable. Elle envisagea toutes les sortes de feintes et ruses qu'elle avait utilisées en cours, mais la plupart nécessitaient que l'adversaire essaie d'économiser de l'énergie en affaiblissant son bouclier. Tout ce qu'elle pouvait faire, c'était essayer de le pousser à utiliser toute sa force.

Soudain, Dorrien s'avança entre elle et l'Ichani. L'expression de Parika se rembrunit. Il s'arrêta et envoya plusieurs rafales d'énergie vers le guérisseur. Dorrien chancela, son bouclier vacillant. Sonea s'élança vers lui et étendit son bouclier au-dessus du sien. Au même moment, elle sentit sa propre énergie commencer à diminuer. Dorrien lui saisit le bras.

— *Il est si fort !*

— *Oui, et je ne vais pas pouvoir tenir encore longtemps comme ça.*

— *Nous devons fuir.*

Il lui serra le bras et la tira sur la route.

— *Mais Akkarin...*

— *... s'en sort assez bien. Nous ne pouvons rien faire de plus.*

— *Il n'est pas assez fort.*

— *Alors, nous sommes tous perdus.*

Une autre rafale secoua Sonea. Elle laissa Dorrien l'entraîner dans sa course. Le coup suivant les propulsa en avant. Elle puisa plus de pouvoir en elle et sut que c'était tout ce qu'il lui restait.

Quand le coup suivant brisa son bouclier, la jeune femme suffoqua. Elle regarda par-dessus son épaule et vit Parika avancer vers elle à grandes enjambées. Akkarin s'élança vers eux. Elle se remit à courir.

Soudain, un éclair de force la frappa sur le côté. Elle sentit l'air s'échapper de ses poumons et le sol cogner son épaule. Pendant un moment, elle ne put que rester couchée sur le dos, assommée par les coups. Puis elle se força à se hisser sur les coudes.

Dorrien était allongé à plusieurs pas de là, immobile et pâle. Inquiète, elle tenta de se lever, mais un autre coup la fit de nouveau s'étaler. Elle sentit la piqûre d'un bouclier glisser sur elle ; son cœur se figea de terreur. Une main agrippa son bras et la traîna à genoux. Parika la dévisageait de haut, la bouche tordue en un sourire cruel. Elle lui rendit un regard horrifié et incrédule.

Ça ne peut pas finir comme ça !

Le bouclier de l'Ichani vibrait des coups incessants qui s'y abattaient. Sonea aperçut Akkarin, qui se tenait à seulement quelques pas, terrifié. L'Ichani fit glisser sa main du bras de la jeune femme à son poignet, puis enfonça l'autre dans son manteau.

Quand elle vit la dague courbe qu'il en sortit, la peur vida son esprit. Elle se débattait inutilement. Soudain, la douleur de la lame lui entaillant la peau fit remonter le souvenir d'une autre coupure qu'elle avait faite.

« Guéris-toi, lui avait appris Akkarin. Guéris-toi toujours sans attendre. Même des coupures à moitié guéries forment une brèche dans ta barrière. »

Elle n'avait plus de pouvoir, mais tant qu'elle était en vie, il lui restait toujours un peu d'énergie. Et guérir une si petite coupure ne prenait que… *Voilà !*

Parika s'immobilisa. Il fixa le bras de Sonea. La lame descendit lentement et retoucha sa peau. La jeune femme concentra sa volonté et sentit la douleur s'évanouir. L'Ichani écarquilla les yeux. Il la coupa de nouveau, plus profondément, et grogna, incrédule, quand la blessure se referma sous ses yeux.

Ils ne savent pas comment guérir. Elle ressentit un moment de triomphe, qui disparut rapidement. Elle ne pouvait pas continuer à se guérir éternellement. L'épuisement finirait par l'empêcher de mener à bien cette simple tâche.

Mais peut-être y avait-il un moyen de tourner cette aptitude à son avantage ?

Mais bien sûr !

Il lui tenait fermement le poignet. Peau contre peau. Cette situation le rendait presque aussi vulnérable aux pouvoirs guérisseurs de la jeune femme qu'elle l'était à la magie noire. Elle ferma les yeux et projeta son esprit dans le bras de l'homme. Elle faillit perdre sa concentration en sentant la piqûre d'une autre coupure. Marquant une pause seulement pour se guérir, elle plongea plus loin dans le corps de l'Ichani. Jusqu'à son épaule. Dans son torse. Elle sentit la douleur d'une autre coupure…

Voilà, pensa-t-elle, triomphante. *Son cœur*. Avec le peu de force qu'il lui restait, elle s'en empara et le tordit.

L'Ichani poussa un cri haletant et lâcha prise. Sonea tomba en arrière et s'écarta tant bien que mal quand l'homme s'écroula à genoux, les mains agrippées à sa poitrine.

Il demeurait figé. À deux doigts de la mort. Elle regarda, fascinée, le visage de l'homme bleuir peu à peu.

— Éloigne-toi de lui !

Le cri d'Akkarin fit sursauter Sonea. Il plongea en avant et ramassa la dague de l'Ichani, là où l'homme l'avait laissé tomber. D'un geste large, il entailla l'arrière de la nuque du Sachakanien, puis il plaqua la main sur la blessure.

Comprenant ce qu'il faisait, Sonea se détendit. Akkarin pouvait bien prendre ce qu'il restait du pouvoir de Parika. L'Ichani allait mourir, de toute façon, et il pouvait bien lui rester pas mal de force…

Soudain, elle comprit ce qu'avait voulu dire Akkarin. Si Parika mourait avec de la magie en réserve dans son corps, ce pouvoir le consumerait et détruirait sûrement tout autour de lui. Elle se releva tant bien que mal et recula.

Akkarin se redressa enfin. Il laissa la dague tomber et Parika s'écrouler. Il fit quelques pas et serra Sonea dans ses bras, la faisant presque suffoquer.

— Je pensais t'avoir perdue, chuchota-t-il d'une voix rauque. (Il prit une profonde inspiration tremblante.) Tu aurais dû fuir dès son apparition.

Sonea était contusionnée et épuisée, mais alors que la magie guérisseuse s'échappait d'Akkarin, elle sentait la force lui revenir.

— Je te l'ai dit. Je ne te quitterai pas. Si nous mourons, nous mourrons ensemble.

Le mage recula un peu et baissa les yeux sur elle, amusé.

— C'est très flatteur, mais qu'est-il arrivé à Dorrien ?

— *Dorrien !*

Akkarin marmonna un juron et se tourna vers le guérisseur, couché à plusieurs pas d'eux. Ils se précipitèrent vers lui. Les yeux de Dorrien étaient ouverts, la douleur les rendant vitreux.

Akkarin posa une main sur la tête du jeune homme.

— Vous êtes grièvement blessé, dit-il. Ne bougez pas.

Les yeux de Dorrien glissèrent sur Akkarin.

— Gardez votre force, chuchota-t-il.

— Ne soyez pas ridicule, répondit Akkarin.

— Mais…

— Fermez les yeux et aidez-moi, le coupa sévèrement Akkarin. Vous connaissez mieux que moi cette discipline.

— Mais…

— Vous m'êtes plus utile vivant que mort, Dorrien, dit flegmatiquement Akkarin, avec un soupçon d'autorité. Vous pourrez remplacer plus tard l'énergie que j'utilise pour vous guérir, si vous le désirez.

Dorrien écarquilla les yeux en comprenant ce qu'Akkarin voulait dire.

— Oh ! (Il hésita, puis regarda Sonea.) Qu'est-il arrivé au Sachakanien ?

Sonea rougit. Utiliser son pouvoir guérisseur pour tuer semblait être le pire détournement de cette discipline.

— Il est mort. Je te raconterai plus tard.

Dorrien ferma les yeux. Sonea l'observa et vit son visage reprendre lentement des couleurs.

— Laisse-moi deviner, dit doucement Akkarin. Tu as arrêté son cœur.

Elle leva les yeux et découvrit qu'il la regardait. Il fit un signe de tête vers Dorrien.

— C'est lui qui s'occupe de la guérison, maintenant. Je ne fais que fournir l'énergie. (Il tourna les yeux vers le Sachakanien.) J'ai raison ?

Sonea lança un regard vers Dorrien, puis hocha la tête.

— Tu as dit que Parika n'entrerait pas en Kyralie.

Akkarin plissa le front.

— Il voulait peut-être se venger de la mort de ses esclaves. Les esclaves robustes sont rares, et les Ichanis sont furieux si l'un d'eux est tué ou leur est retiré. C'est comme perdre un cheval de prix. Mais je ne sais pas pourquoi il a fait tout ça. Ça faisait des heures que nous étions arrivés ; il devait savoir qu'il serait difficile de nous trouver, une fois que nous aurions quitté la route.

Dorrien remua et ouvrit les yeux.

— Ça suffira, dit-il. J'ai l'impression d'avoir été brisé en mille morceaux, puis recollé, mais je survivrai.

Il se mit avec précaution sur ses coudes. Son regard glissa sur l'Ichani mort. Un frisson le secoua, puis il regarda Akkarin.

— Je vous crois. Que voulez-vous que je fasse, maintenant ?

— Éloignez-vous de la passe. (Akkarin aida Dorrien à se mettre debout.) Et envoyez un avertissement à la Guilde. Avez-vous…

— *Lorlen !*

— *Makin ?*

— *Des étrangers attaquent le Fort !*

Sonea dévisagea Akkarin, qui lui rendit son regard. L'image d'une route éclata dans l'esprit de la jeune femme, vue d'en haut. Elle reconnut la route du côté sachakanien du Fort. Plusieurs hommes et une femme, vêtus d'habits semblables à ceux de Parika, formaient une ligne. Leurs coups faisaient flamboyer l'air.

— Trop tard pour les avertissements, marmonna Dorrien. Ils sont déjà là.

Chapitre 28

L'invasion commence

En regardant la foule autour de lui, Cery ressentit un petit pincement de jalousie. Sevli et Limek, les deux voleurs dont le territoire comprenait le marché, étaient des hommes très riches et, aujourd'hui, il n'était pas difficile de voir pourquoi. La vive lumière du soleil faisait scintiller un flux ininterrompu de pièces passant des clients aux marchands, et une petite partie de ces revenus prélevée en échange de services constituerait bientôt une fortune.

Un serveur s'approcha de la table et y posa deux chopes. Savara sirota la sienne à petites gorgées, ferma les yeux et soupira.

— Vous avez vraiment du bon raka, ici, dit-elle. Presque aussi bon que le nôtre.

Cery sourit.

— Je devrais en faire venir un peu du Sachaka, alors.

Elle haussa un sourcil en guise d'avertissement.

— Ça coûterait cher. Peu de marchands prennent le risque de traverser les Terres Désolées.

— Ah oui ? Pourquoi ça ?

Elle montra du doigt tout ce qui les entourait.

— Nous n'avons rien de tel. Pas de marchés. Chaque Ashaki possède plusieurs centaines d'esclaves...

— Ashaki ?

— Des hommes puissants et libres. Les esclaves leur fournissent presque tout ce dont ils ont besoin. Ils cultivent les champs, fabriquent des vêtements, cuisinent, nettoient, divertissent, presque tout ce dont a besoin l'Ashaki. Si un esclave a un don particulier, comme faire de la belle poterie, ou si l'Ashaki possède une mine ou si sa récolte produit plus que ce qu'il peut consommer, il fera du troc avec d'autres Ashakis.

— Alors, pourquoi des marchands prennent la peine d'aller là-bas ?

—S'ils arrivent à attirer un acheteur, ils peuvent en tirer un profit considérable. En vendant des objets de luxe la plupart du temps.

Cery regarda l'étoffe dans l'échoppe d'à côté. Elle était apparue sur les marchés l'année précédente, après que l'un des artisans eut inventé une façon de la rendre luisante.

—En gros, des Sachakaniens ne gagneraient rien à améliorer la fabrication de quelque chose.

—Non, mais un esclave le pourrait, s'il avait de l'ambition ou s'il voulait être récompensé. Il pourrait essayer d'attirer l'attention en créant une chose belle et insolite.

—Alors, seules les jolies choses sont améliorées.

Savara secoua la tête.

—Les méthodes de traitement ou de création de produits ordinaires sont perfectionnées si le changement est simple. Un esclave pourrait trouver une façon plus rapide de récolter du raka si son maître voulait qu'il aille plus vite et le battait en cas d'échec.

Cery fronça les sourcils.

—Je préfère notre façon de faire. Pourquoi battre quelqu'un si l'appât du gain ou avoir une famille à nourrir peut le faire travailler plus intelligemment et plus vite ?

Savara rit doucement.

—C'est un point de vue intéressant, venant d'un homme dans ta position. (Elle se rembrunit soudain.) Je préfère votre façon de faire aussi. Tu ne bois pas ton raka ?

Cery secoua la tête.

—Tu as peur que quelqu'un te reconnaisse et y glisse du poison ?

Le voleur haussa les épaules.

—Il a refroidi, de toute façon. (Savara se leva.) Allez, on y va.

Ils marchèrent jusqu'au bout de la rangée d'échoppes, et la jeune femme s'arrêta devant une table couverte de bocaux et de bouteilles.

—À quoi ça sert ?

Le récipient qu'elle avait pris contenait deux sevlis flottant dans un liquide vert.

—C'est la clé des portes du plaisir, répondit le marchand. Une gorgée, et vous aurez la force d'un lutteur. (Il baissa la voix.) Deux, et vous connaîtrez le plaisir pendant un jour et une nuit. Trois, et vos rêves…

—… se transformeront en cauchemars durant des jours entiers, termina Cery. (Il lui retira le bocal des mains et le reposa sur le comptoir.) Même en me payant, je… Savara ?

La jeune femme fixait un point distant, le visage blême.

—Ça a commencé, dit-elle si bas qu'il l'entendit à peine. Les Ichanis attaquent le Fort.

Cery sentit un frisson lui parcourir l'échine. Il lui prit le bras et l'écarta de l'échoppe et de quiconque pouvant les entendre.

— Tu le vois ?

— Oui, répondit-elle. Les mages de la Guilde qui sont là-bas envoient des images mentales. (Elle garda le silence un instant, et son regard se porta au-delà du marché.) La première porte vient de tomber. Peut-on aller dans un endroit calme, pour que je puisse voir sans être interrompue ? Un endroit proche ?

Cery chercha Gol et trouva son second non loin d'eux, un pachi dans la bouche. Il communiqua rapidement avec lui dans la langue des signes des voleurs. Gol hocha la tête et partit en direction du port.

— J'ai l'endroit qu'il te faut, annonça Cery à Savara. Je pense que tu vas l'aimer. T'es déjà allée sur un bateau ?

— Tu as un *bateau* ? (Elle sourit.) Mais pourquoi suis-je étonnée…

L'image de sept hommes et une femme, somptueusement vêtus, vus d'en haut, apparut dans l'esprit de Dannyl. Ils frappaient tous un point quelque part en dessous du seigneur Makin, le magicien qui envoyait l'image.

Le point de vue se déplaça derrière les attaquants et s'arrêta sur une foule d'hommes et de femmes en retrait. Ils portaient des habits simples et usés, et certains tenaient des cordes reliées au collier de petits animaux ressemblant à des limeks.

Ces gens sont-ils les esclaves dont Akkarin a parlé ? se demanda Dannyl.

La scène devint floue, puis il revit les assaillants, qui avaient arrêté de frapper le Fort et s'en approchaient prudemment.

— *Le capitaine dit que la première porte a été détruite. Les Sachakaniens entrent dans le Fort. Nous descendons les affronter.*

Après l'appel de Makin, les images cessèrent, et Dannyl reprit conscience de ce qui l'entourait. Il fit le tour de la pièce des yeux. Cela faisait une heure qu'il était diverti par une dispute entre le seigneur Peakin, chef des études alchimiques, et le seigneur Davin, le mage qui s'était proposé de reconstruire l'observatoire. Les deux hommes se dévisageaient désormais d'un air consterné, leur dispute oubliée.

— *Nous sommes prêts*, rapporta Makin. *Ils attaquent la porte intérieure, maintenant.*

L'image qui suivit fut celle d'un couloir sombre, bloqué par un mur de pierres. Le couloir vibra au bruit de deux impacts. Makin et les guerriers à côté de lui avaient préparé un bouclier.

Soudain, le mur explosa vers l'intérieur. Le bouclier fut bombardé de gravats, puis couvert d'un nuage de poussière. Puis vinrent des coups, et une autre explosion ravagea le couloir.

— Nous avons attaqué les Sachakaniens en passant sous un faux sol, expliqua Makin.

Des images déroutantes suivirent. Des éclairs de lumière jaillirent dans la poussière derrière le bouclier mais ne révélèrent rien. Soudain, une ombre apparut dans le nuage, et l'attaque reprit sur le bouclier des guerriers. Deux mages chancelèrent, visiblement épuisés.

— Reculez. Vers la porte.

Les guerriers battirent en retraite à la hâte en franchissant deux portes de métal. Makin les ferma violemment et utilisa la magie pour créer dans les murs d'énormes verrous afin de les maintenir fermées.

— Rapport! ordonna-t-il.

Un mélange confus d'images et de messages suivit.

— La plupart d'entre nous sont morts... Je vois cinq... non, six corps, et...

— Ils sont dans le Fort!

L'image d'une porte de guingois sur un gond apparut dans l'esprit de Dannyl, puis il vit un Sachakanien avancer à grandes enjambées dans un couloir, tout droit vers Makin.

— Courez!

— Revenez! Je suis coincé!

Des mains émergèrent de la poussière. L'une d'elle tenait une lame courbe. Un sentiment de panique écrasant suivit... puis plus rien.

Leurs amis et les membres de leur famille qui appartenaient à la Guilde appelèrent les guerriers par leur nom, ignorant l'interdiction de communication mentale. Une confusion de voix mentales suivit.

— Veuillez vous taire! cria Balkan en couvrant la panique. *Je ne peux pas les aider si je ne les entends pas. Makin?*

L'image des portes de métal coupa les communications des autres mages. Elles rougeoyaient, emplissant le couloir de chaleur. Lentement, leur centre se mit à fondre.

— On recule! ordonna Makin. *Derrière le mur. Laissez-les gâcher leur force.*

Les guerriers passèrent à toute vitesse un mur bloquant la moitié du couloir et se rassemblèrent derrière. Le bloc de pierre se mit lentement à bouger. Il coulissa en travers du couloir pour s'encastrer dans un trou sur le mur d'en face. Il y eut un bruit sourd quand un mécanisme dans le mur se mit en place.

Les magiciens attendirent.

— S'ils traversent ça, envoya Makin, *nous les frappons avec tout ce qu'il nous reste.*

Des appels mentaux d'autres magiciens ponctuèrent le silence tendu du couloir. Dannyl grimaça quand, l'un après l'autre, les trois magiciens qui restaient dans le Fort furent tués.

Subitement, le mur de pierre éclata. Les guerriers avaient baissé leur bouclier pour économiser leur force. La communication de Makin faiblit quand quelque chose lui cogna la tempe, mais elle se renforça alors qu'il s'administrait un peu de pouvoir guérisseur. Il se joignit à ceux qui avaient invoqué un bouclier, puis regarda autour de lui pour découvrir que deux des guerriers étaient inertes sur le sol.

L'attaque sur leur bouclier n'était pas plus faible qu'avant. Les guerriers chancelèrent, chacun succombant à l'épuisement. Makin fut saisi d'une incrédulité atroce quand sa propre force s'affaiblit. Le bouclier se brisa, et deux autres magiciens tombèrent sous les coups.

— *Fuyez !* cria Balkan. *Vous avez fait tout votre possible.*

Des silhouettes sortirent à grands pas du nuage de poussière. Makin s'écarta quand la première arriva sur lui. L'homme lança au mage un regard dédaigneux et passa devant lui.

— *Si la garde a suivi les ordres, la dernière porte a dû être fermée quand la première est tombée*, envoya Makin.

Le premier Sachakanien s'arrêta devant la porte. Six autres passèrent précipitamment devant Makin pour rejoindre leur compatriote. Il ne fallut qu'un grand coup pour faire sortir les portes de leurs gonds. Les Sachakaniens avancèrent dans la lumière du soleil.

— Bienvenue en Kyralie, dit le meneur en lançant un regard vers ses compagnons. (Puis il se tourna et regarda le couloir. Ses yeux se plantèrent dans ceux de Makin.) Toi. C'est toi qui envoies ça.

Une force invisible poussa Makin en avant. Dannyl ressentit la peur du mage, puis la communication stoppa brutalement.

Dannyl cligna des yeux et reprit conscience de ce qui l'entourait. Peakin tituba jusqu'à un fauteuil et s'y écroula.

— C'est vrai, souffla-t-il. Akkarin avait raison.

Il y eut un bruit de papier froissé. Dannyl regarda Davin. Le mage observait un plan roulé, écrasé en son centre, où il l'avait serré dans son poing. Il déroula et aplatit le plan, puis le laissa reformer un rouleau à moitié froissé.

En voyant des larmes briller dans les yeux de l'alchimiste, Dannyl détourna le regard. L'homme avait travaillé pendant des années pour faire accepter ses méthodes de prévisions météorologiques. À quoi cela servirait-il désormais de construire l'observatoire ?

Dannyl regarda par la fenêtre. Des novices et des magiciens se tenaient seuls ou en groupes dans les jardins, figés comme des statues. Seuls quelques domestiques se déplaçaient encore, paraissant à la fois perplexes et perturbés par l'étrange comportement des magiciens.

Soudain, une nouvelle image du Fort arriva à ceux dotés de la capacité de la voir.

Quand la communication de Makin prit fin, Lorlen s'agrippait à la balustrade du balcon. Son cœur martelait en réaction au dernier instant de terreur du guerrier.

—Administrateur ?

Lorlen se tourna vers le roi, qui était pâle, mais dont le visage était tendu par la colère et la détermination.

—Oui, Votre Altesse ?

—Faites venir le seigneur Balkan.

—Oui, Votre Altesse.

Balkan répondit immédiatement à l'appel mental de Lorlen.

—*Le roi veut que vous veniez au palais.*

—*Je m'y attendais. Je suis déjà en chemin.*

—Il arrive, dit Lorlen.

Le roi hocha la tête, fit volte-face et repartit dans la tour du palais royal. Lorlen le suivit, puis se figea quand une nouvelle image du Fort apparut dans son esprit. Il sentit une chose pointue contre sa gorge. Se forçant à reporter son attention sur ce qui l'entourait dans la réalité, il vit que les conseillers du roi avaient tous les deux porté leurs mains à leur gorge.

Le roi les regarda tous les trois.

—Que se passe-t-il ?

—Le seigneur Makin est toujours en vie, répondit le seigneur Rolden.

Le roi attrapa la main du mage et la plaqua contre son front.

—Montrez-moi, ordonna-t-il.

L'image que Makin envoyait était encore celle du Fort, mais vu de l'extérieur. Une petite foule de Sachakaniens habillés simplement sortaient à vive allure du bâtiment, certains guidant de petits animaux ressemblant à des limeks.

Une voix parla dans l'oreille de Makin :

—*C'est bien. Dis-leur ceci. Je vais...*

—*Kariko ! Regarde ce que j'ai trouvé*, appela une femme.

Cette voix venait de l'intérieur du Fort. Un magicien de la Guilde sortit en chancelant du couloir et tomba à genoux. Choqué, Lorlen reconnut le seigneur Fergun. *Bien sûr*, pensa-t-il. *Fergun a été chassé...*

Makin ressentit de la surprise, puis de la colère. L'attaque s'était passée si vite qu'il n'avait pas remarqué l'absence du guerrier en disgrâce.

Une Sachakanienne vêtue d'un manteau étincelant sortit à grands pas du bâtiment. Elle s'arrêta à côté de Fergun et regarda en direction de Makin.

— *Il n'est pas mal, hein ?*

— *Tu ne peux pas le garder, Avala*, dit la voix à l'oreille de Makin.

— *Mais il est* faible. *Je n'arrive pas à croire qu'ils aient pris la peine de lui enseigner. Il ne doit même pas être capable de faire bouillir de l'eau.*

— *Non, Avala. Il est peut-être faible, mais il peut leur envoyer des informations.*

La femme baissa un bras et fit courir ses doigts dans les cheveux de Fergun, puis elle lui tira la tête en arrière d'un coup sec.

— *Je pourrais lui arracher les oreilles. Il ne nous entendrait plus.*

— *Et brûler ses jolis yeux, aussi ?*

La femme fit la moue.

— *Non. Ça gâcherait tout.*

— *Tue-le, Avala. Tu trouveras d'autres jolis hommes à Imardin.*

Avala refit la moue et haussa les épaules. Elle sortit un couteau et taillada la gorge de Fergun. Les yeux du mage s'agrandirent ; il essaya de s'écarter, mais il était manifestement trop faible pour lui faire lâcher prise. La Sachakanienne plaqua violemment une main sur la coupure, et les membres du mage se détendirent. Au bout d'un moment, la femme le lâcha, et il s'écroula.

Elle enjamba son corps et s'approcha de Makin, bien que ses yeux soient fixés sur le Sachakanien qui se tenait derrière lui.

— *On va où, maintenant ?*

— *À Imardin*, répondit Kariko. (La pression du couteau se fit plus forte sur la gorge de Makin.) *Écoute-moi bien, magicien. Dis aux membres de ta Guilde que je serai bientôt chez eux. S'ils m'ouvrent leurs portes, il est possible que je les laisse en vie. Enfin, quelques-uns, en tout cas. J'attends un accueil chaleureux. Des cadeaux. Des esclaves. De l'or…*

Le couteau bougea. Il y eut un éclair de douleur…

Lorlen suffoqua quand sa conscience revint brusquement à ce qui l'entourait. *Nous venons de perdre vingt magiciens en moins d'une heure ! Vingt de nos meilleurs guerriers…*

— Asseyez-vous, administrateur.

Lorlen leva les yeux vers le roi. Sa voix était subitement devenue douce. Le mage se laissa guider vers un fauteuil. Le roi et ses conseillers s'assirent à ses côtés.

Le souverain se frotta le front et soupira.

— Ce n'est pas la façon que j'aurais choisie pour apprendre que les déclarations d'Akkarin étaient vraies.

— Moi non plus, acquiesça Lorlen.

Les souvenirs de la bataille traversaient encore ses pensées.

— Je dois faire un choix, continua le roi. Soit je permets à un ou plusieurs magiciens d'apprendre la magie noire, soit je demande à Akkarin de revenir nous aider. Que choisiriez-vous, administrateur ?

—Je rappellerais Akkarin, répondit Lorlen.

—Pourquoi ?

—Nous savons qu'il disait la vérité.

—Vraiment ? demanda doucement le roi. Il a pu ne nous livrer qu'une partie de la vérité. Il pourrait avoir formé une alliance avec ces magiciens.

—Pourquoi enverrait-il un message nous prévenant de leur attaque ?

—Pour nous tromper. Il a dit qu'ils attaqueraient dans les jours à venir, pas aujourd'hui.

Lorlen hocha la tête.

—On l'a peut-être simplement induit en erreur. (Il se pencha en avant et vint croiser le regard du monarque.) Je pense qu'Akkarin est un homme d'honneur. Je pense qu'il repartirait après nous avoir aidés, si nous le lui demandions. Pourquoi faire apprendre la magie noire à l'un de nos hommes dont nous ne pourrions ensuite pas justifier l'exil, alors que nous pouvons faire appel à quelqu'un possédant déjà cette aptitude ?

—Parce que je ne lui fais pas confiance.

Lorlen sentit ses épaules s'affaisser. Il ne pouvait rien répondre à cela.

—J'ai posé cette question à vos chefs de discipline, dit le roi. Ils sont d'accord avec moi. Le seigneur Sarrin a ma préférence, mais je ne prendrai pas cette décision à la place de la Guilde. Soumettez-la à un vote.

Il se leva et se dirigea vers la porte ouverte du balcon.

—Il y a une autre raison plus pratique justifiant mon choix, continua-t-il. Akkarin est au Sachaka. Il pourrait ne pas pouvoir nous rejoindre à temps. Le seigneur Sarrin pense que Sonea a appris la magie noire en une semaine, malgré les cours et les autres activités qui l'accaparaient. Si un mage consacre tout son temps à cette tâche, il, ou elle, devrait la maîtriser plus vite. Je… (Il fut interrompu par un coup à la porte.) Entrez.

Un garçon s'avança à la hâte et se laissa tomber sur un genou.

—Le seigneur Balkan est arrivé, Votre Altesse.

Le roi fit un signe de la tête, et le garçon sortit tout aussi vite. Balkan entra à grands pas et s'agenouilla devant le roi.

—Levez-vous. (Le roi arborait un sourire amer.) Votre visite tombe à point nommé, seigneur Balkan.

—Je me doutais que vous voudriez me parler, Votre Altesse, répondit le guerrier en se relevant. (Il jeta un coup d'œil vers Lorlen et hocha poliment la tête.) Vous savez que le Fort est tombé ?

—Oui, répondit le roi. J'ai décidé que l'on devait autoriser un magicien à apprendre la magie noire. La Guilde va nommer des candidats et en choisir un par vote. Si les Sachakaniens s'approchent d'Imardin avant que le magicien sélectionné ait appris la magie noire, les renforts que vous avez envoyés au Fort les attaqueront.

Lorlen dévisagea le monarque. Il envoyait ces magiciens à leur mort.

— Nous avons besoin d'eux ici, Votre Altesse, afin que le mage choisi puisse accroître sa force le plus rapidement possible.

— Vous ne leur donnerez pas l'ordre d'attaquer les Sachakaniens jusqu'à ce qu'il soit clair que nous avons besoin de ce délai. (Le roi se tourna vers Balkan.) Pouvez-vous nous suggérer une stratégie qui pourrait ralentir ou affaiblir l'ennemi autrement ?

Le guerrier hocha la tête.

— Nous pouvons profiter des défenses de la ville. Chaque obstacle que les Sachakaniens auront à franchir leur ôtera un peu plus de force.

— Et la garde ? Peut-on y avoir recours ?

Balkan fit non de la tête.

— Je crains qu'elle puisse être facilement utilisée contre nous.

Le roi fronça les sourcils.

— Comment ça ?

— N'importe quel non-magicien doté d'une capacité magique latente est une source de force potentielle. Je recommande de bien garder hors de portée de l'ennemi tous les non-magiciens.

— Je devrais peut-être leur faire quitter Imardin.

Balkan hésita, puis hocha la tête.

— Si c'est possible.

Le roi fut secoué d'un petit rire.

— Une fois que la nouvelle que plusieurs mages noirs sachakaniens sont sur le point d'attaquer Imardin se sera répandue, la ville se videra d'elle-même, sans une quelconque consigne de ma part. J'emploierai les gardes pour maintenir l'ordre et pour s'assurer que tout bateau quittant le port contienne un nombre raisonnable d'évacués, puis je les ferai partir. Avez-vous d'autres recommandations ?

Balkan secoua la tête.

— Restez avec moi. Je voudrais que vous discutiez des fortifications avec la garde. (Le roi se tourna vers Lorlen.) Administrateur, retournez à la Guilde et préparez la sélection d'un mage noir. Plus tôt il, ou elle, commencera, mieux nous serons préparés.

— Oui, Votre Altesse.

Lorlen se leva, mit un genou à terre et quitta la pièce à grandes enjambées.

— Qu'allez-vous faire, maintenant ?

Rothen se tourna vers Raven. La mine de l'espion était sombre.

— Je ne sais pas, reconnut Rothen. De toute évidence, je n'ai plus aucune raison d'aller au Sachaka, désormais.

—Mais découvrir si les Ichanis existaient n'était pas la seule raison de votre départ. Vous pourriez encore chercher Sonea.

—Oui. (Rothen regarda au loin, vers le nord-est.) Mais la Guilde… La Kyralie… va avoir besoin de chacun de ses magiciens pour combattre ces Sachakaniens. Sonea… Sonea pourrait avoir besoin de mon aide, mais l'aider ne sauvera pas la Kyralie.

Raven regardait Rothen en silence, l'air d'être dans l'expectative. Rothen sentit une douleur dans sa poitrine, comme si son cœur était écartelé.

Les Ichanis existent, pensa-t-il. *Akkarin ne mentait pas. Sonea n'a pas été trompée.* Une vague de soulagement le submergea, les décisions qu'elle avait prises l'avaient été pour de bonnes raisons, même si elles n'avaient pas été adéquates.

Sonea est au Sachaka. Les Ichanis sont ici. Elle est en sécurité, peut-être, pour l'instant. Si j'aide la Guilde, elle pourrait avoir un foyer où revenir.

—Je vais rester, dit-il tout haut. Je vais retourner à Imardin.

Raven hocha la tête.

—Nous pouvons échanger la charrette et les marchandises à Calia contre deux chevaux frais, si les renforts ne les ont pas tous pris.

Les renforts. Le seigneur Yikmo et les autres n'étaient sans doute pas encore arrivés au Fort. Ils reviendraient sûrement à Imardin pour rejoindre le reste de la Guilde.

—Je ferais aussi bien d'attendre à Calia et de me joindre à eux, dit Rothen.

L'espion hocha la tête.

—Alors, nos routes se sépareront là-bas. Ce fut un honneur de travailler avec vous, seigneur Rothen.

Rothen s'arracha un sourire pâle.

—J'ai apprécié votre compagnie et vos leçons, Raven.

Cette remarque fit grogner l'espion.

—Vous mentez bien, seigneur Rothen. (Il haussa ensuite les épaules.) Enfin, je vous ai formé. C'est dommage que cela ne puisse pas être mis en pratique. Mais, désormais, vous devez faire ce pour quoi on vous a préparé en tant que magicien. (Il jeta un coup d'œil vers Rothen.) Défendre la Kyralie.

Quand la minuscule maison apparut entre les arbres, Sonea supposa que c'était encore une chaumière de fermier, mais, en quittant le sentier, Dorrien montra fièrement du doigt la bâtisse.

—Voici mon chez moi.

Il ramena son cheval au pas devant la maison. Les autres cavaliers regardèrent nerveusement Akkarin et Sonea descendre de leurs montures. La jeune femme tendit les rênes de la sienne à l'un des hommes.

— Merci de me l'avoir prêtée, lança-t-elle.

Le cavalier la gratifia d'un regard méfiant avant de s'emparer des rênes. Elle rejoignit Akkarin et regarda Dorrien remercier les hommes et les congédier.

— Ils s'inquiètent, dit le guérisseur en revenant vers eux. Un instant, je vous escorte en dehors du pays, celui d'après, il y a un Sachakanien mort sur la route et j'ai changé d'avis à votre sujet.

— Que leur avez-vous dit ? demanda Akkarin.

— Que nous avions été attaqués et que vous nous aviez sauvés. Que j'ai décidé que vous méritiez une bonne nuit de sommeil et un repas en retour et que j'apprécierais qu'ils gardent ça pour eux.

— Le feront-ils ?

— Ils ne sont pas idiots. Ils savent que quelque chose d'important a lieu, même s'ils n'en connaissent pas les détails. Mais ils feront ce que je demande.

Akkarin hocha la tête.

— Nous leur sommes redevables. S'ils n'avaient pas attrapé les chevaux et n'étaient pas revenus nous chercher, nous serions encore en train de marcher. Il leur a fallu du courage.

Dorrien acquiesça.

— Entrez. La porte n'est pas verrouillée. Si vous avez faim, il y a du pain frais et une marmite avec un reste de soupe. Je vous rejoins dès que je me serai occupé de mon cheval.

Sonea franchit la porte de la chaumière derrière Akkarin. Ils pénétrèrent dans une pièce faisant toute la largeur du bâtiment. Un banc et des étagères couraient sur un côté. D'après les paniers de fruits et de légumes, les marmites et les ustensiles éparpillés ici et là, Sonea déduisit que c'était ici que Dorrien préparait ses repas. Plusieurs chaises en bois et une grande table basse occupaient le reste de la pièce. Les murs étaient couverts d'étagères, et chaque espace était envahi de bocaux, de bouteilles, de boîtes et de livres.

Deux portes menaient à d'autres pièces. L'une d'elles était ouverte, laissant apercevoir un lit défait.

Akkarin s'avança dans le coin cuisine ; Sonea s'assit sur l'une des chaises et observa tout ce qui l'entourait. *C'est tellement mal rangé*, songea-t-elle. *Rien à voir avec les appartements de Rothen.*

Elle se sentait étrangement calme. Les images que Makin avait envoyées du Fort l'avaient emplie d'horreur, mais maintenant, des heures plus tard, elle se sentait seulement engourdie et épuisée. Elle éprouvait également un étrange soulagement.

Ils sont au courant, pensa-t-elle. *La Guilde, Rothen, tout le monde sait que nous avons dit la vérité.*

Même si ça ne change pas grand-chose, désormais.

— Tu as faim ?

Elle regarda Akkarin.

— Question bête.

Le mage prit deux bols, y versa de la soupe que contenait la marmite, puis sépara deux poignées de pain d'une grosse miche posée sur le banc. Les bols fumaient quand il les apporta à table.

— De la vraie nourriture, murmura Sonea quand Akkarin lui mit un bol entre les mains. Ce n'est pas que je n'aimais pas ta cuisine, ajouta-t-elle, mais tes ingrédients étaient quelque peu limités.

— Oui, et je n'ai pas le talent de Takan.

— Même Takan n'aurait pas pu faire mieux.

— Tu serais surprise. Pourquoi penses-tu que Dakova l'a gardé si longtemps ?

Ils mangèrent en silence, savourant le repas simple. Dorrien entra dans la pièce juste quand Sonea reposait son bol vide. Il y jeta un coup d'œil et sourit.

— C'était bon ?

Elle hocha la tête.

Il s'effondra sur une chaise.

— Vous devriez vous reposer, dit Akkarin.

— Je sais, répondit Dorrien, mais je ne pense pas en être capable. J'ai trop de questions à poser. (Il secoua la tête.) Ce magicien… comment avez-vous pu franchir la passe qu'il gardait ?

— Une petite ruse, répondit Akkarin. (Sonea l'observa quand il commença à expliquer. Il semblait différent. Il n'était plus aussi réservé et distant.) Je pensais que Parika était entré en Kyralie dans l'intention de nous trouver, mais après l'attaque du Fort, j'ai compris que ça faisait partie de l'invasion.

— Il était si fort. (Dorrien regarda Sonea.) Comment l'as-tu stoppé ?

La jeune femme sentit le rouge lui venir aux joues.

— J'ai arrêté son cœur. Avec de la magie guérisseuse.

Dorrien eut l'air surpris.

— Il n'a pas résisté ?

— Les Ichanis ne savent pas comment guérir, il ne savait donc pas que je pouvais lui faire ça. (Elle frissonna.) Je n'aurais jamais imaginé faire une telle chose à quelqu'un.

— J'aurais fait de même à ta place. Il essayait de te tuer, après tout. (Il regarda Akkarin.) Parika était-il le seul Sachakanien dans la passe ?

— Oui. Mais ça ne veut pas dire que d'autres n'y viendront pas plus tard.

— Alors, je vais devoir prévenir les habitants.

Akkarin hocha la tête.

— Les Ichanis s'attaqueront aux non-magiciens, en particulier ceux dotés d'un potentiel magique latent.

Le guérisseur écarquilla les yeux.

— Donc ils traqueront les fermiers et les villageois tout le long de la route entre le Fort et Imardin.

— Si la Guilde est raisonnable, elle fera évacuer tous les villages et toutes les fermes sur la route. Cependant, Kariko ne laissera pas les autres Ichanis perdre trop de temps pendant le voyage. Il va craindre que la Guilde change d'avis à mon sujet et nous permette, à Sonea et moi, de revenir afin que je puisse me fortifier à temps pour l'affronter.

Dorrien marqua une pause et dévisagea Akkarin. Celui-ci semblait en proie à une lutte intérieure, puis il jeta un coup d'œil vers Sonea.

— Que se passera-t-il si la Guilde ne vous rappelle pas ? Que peut-elle faire ?

Akkarin secoua la tête.

— Rien. Même si les mages me rappellent et m'autorisent à utiliser la magie noire, je n'ai pas assez de temps pour devenir aussi puissant que huit Ichanis. Si j'étais haut seigneur aujourd'hui, je ferais quitter Imardin à la Guilde. J'enseignerais la magie noire à quelques mages que j'aurais sélectionnés, puis je retournerais à Imardin et reconquerrais la Kyralie.

Dorrien le dévisagea avec horreur.

— Abandonner la Kyralie ?

— Oui.

— Il *doit* y avoir un autre moyen.

Akkarin fit non de la tête.

— Mais vous êtes revenu. Pourquoi faire cela, si vous n'aviez pas l'intention de vous battre ?

Akkarin sourit faiblement.

— Je ne m'attends pas à gagner.

Les yeux de Dorrien glissèrent sur Sonea. Elle pouvait presque l'entendre penser : *Et tu es concernée par tout cela, toi aussi ?*

— Qu'allez-vous faire ? demanda-t-il doucement.

Akkarin fronça les sourcils.

— Je n'ai pas encore pris de décision. J'avais espéré retourner à Imardin en secret et attendre que la Guilde m'appelle.

— Nous pouvons toujours le faire, lança Sonea.

— Nous n'avons ni chevaux ni argent. Nous ne pouvons pas arriver à Imardin avant les Ichanis.

Dorrien fit un faible sourire.

— Je peux vous aider, pour ça.

— Vous désobéiriez aux ordres de la Guilde ?

Le guérisseur hocha la tête.

— Oui. Que ferez-vous, une fois dans la cité ?

— J'attendrai que la Guilde me rappelle.

— Et si elle ne le fait pas ?

Akkarin soupira.

— Alors, je ne pourrai rien faire. J'ai gagné un peu du pouvoir de Parika aujourd'hui, mais pas assez pour affronter un Ichani.

Sonea secoua la tête.

— Nous n'étions pas non plus assez forts pour affronter un Ichani ce matin, mais nous avons quand même réussi à en tuer un. Pourquoi ne pas faire la même chose aux autres ? Nous pouvons faire semblant d'être épuisés, les laisser nous attraper, puis utiliser nos pouvoirs guérisseurs pour les tuer.

Akkarin plissa le front.

— Ce serait très dangereux. Tu n'as jamais subi une extraction de pouvoir. Une fois qu'elle commence, tu ne peux pas utiliser ta propre magie. Tu ne serais pas capable de te guérir.

— Donc il nous faudra être rapides.

L'expression d'Akkarin s'assombrit davantage.

— Les autres Ichanis verront ce que tu as fait. Même s'ils ne le comprennent pas, ils seront prudents. Il leur suffirait d'une barrière au niveau de la peau pour t'empêcher d'utiliser ton pouvoir guérisseur sur eux.

— Alors, nous devons nous assurer qu'ils ne le voient pas. (Sonea se pencha en avant.) Nous nous occuperons d'eux quand ils seront seuls.

— Il se pourrait qu'ils restent groupés.

— Alors, nous devrons trouver une ruse pour qu'ils se séparent.

Akkarin semblait songeur.

— Ils ne sont pas habitués aux villes, et les Taudis sont un vrai labyrinthe.

— Nous pourrions enrôler les voleurs.

Dorrien la regarda et plissa les yeux.

— Rothen disait que tu n'avais plus aucun lien avec eux.

Sonea grimaça au nom du mage.

— Comment va-t-il ?

— Je n'ai pas eu de ses nouvelles depuis l'ordre de Lorlen de cesser toute communication mentale, répondit Dorrien. (Il regarda Akkarin.) Il serait soulagé de savoir que Sonea est toujours en vie. Si je dis à la Guilde que je vous ai vus, je peux dire aux mages que vous êtes prêts à les aider.

— Non. (Akkarin était distant et songeur.) Si Sonea et moi devons tenir une embuscade contre les Ichanis dans la ville, ils ne doivent pas savoir que nous sommes là. S'ils sont au courant, ils se regrouperont et nous traqueront.

Dorrien se redressa.

— La Guilde garderait votre présence sec…

—Les Ichanis le liront dans l'esprit du premier magicien qu'ils tueront. (Akkarin regarda Dorrien, les yeux sombres.) Où pensez-vous que j'ai appris cette ruse ?

Dorrien pâlit.

—Oh !

—La Guilde ne doit pas savoir que nous sommes dans la ville, dit Akkarin, avec une pointe de détermination dans la voix. Vous ne devez donc pas lui dire que vous nous avez vus ni parler de ce qui s'est passé avec Parika aujourd'hui. Moins il y aura de gens au courant de notre retour, moins les Ichanis auront de chances de découvrir notre plan.

—Donc nous avons un plan, maintenant ? demanda Sonea.

Akkarin lui sourit.

—Une ébauche, éventuellement. Ta suggestion peut fonctionner, bien que ce ne soit pas évident en ce qui concerne Kariko. Dakova a appris comment guérir par mon intermédiaire, mais il a gardé ce secret pour lui. Je ne sais pas s'il a enseigné cette aptitude à son frère, mais même s'il ne l'a pas fait, Kariko doit sûrement savoir que la guérison existe, et il a dû réfléchir aux moyens dont elle pourrait être utilisée pour blesser quelqu'un.

—Alors, il faut éviter Kariko, dit Sonea. Ça nous laisse sept Ichanis à tuer. Je pense que ça va nous tenir occupés un petit moment.

Dorrien gloussa.

—On dirait que vous avez bien un plan. Je pourrais glisser une ou deux allusions ici et là quand la Guilde débattra de stratégie. S'il y a quoi que ce soit que vous voulez que je dise...

—Je ne pense pas que quoi que ce soit que vous puissiez dire persuadera les mages de se cacher, répondit Akkarin.

—Mais ils pourraient le faire quand ils se seront battus et seront épuisés, fit remarquer Sonea.

Akkarin hocha la tête.

—Suggérez-leur de concentrer leur pouvoir sur un Ichani. Les Sachakaniens n'ont pas l'habitude de s'aider et de se soutenir les uns les autres. Ils ne savent pas comment invoquer un bouclier commun.

Dorrien opina du chef.

—Autre chose ?

—Je réfléchirai en chemin. Plus tôt nous partirons, mieux ce sera.

Le guérisseur se leva.

—Je vais resseller mon cheval et en chercher deux pour vous.

—Pourrais-tu aussi nous trouver des vêtements propres ? demanda Sonea.

—Nous devrions voyager déguisés, ajouta Akkarin. Des habits de domestiques seraient parfaits, mais n'importe quoi de simple devrait faire l'affaire.

Dorrien haussa les sourcils.
— Vous allez vous faire passer pour mes domestiques ?
Sonea agita un doigt vers lui en signe d'avertissement.
— Oui. Mais ne t'y habitue pas.

Chapitre 29

Héritage du passé

Le silence le plus complet s'abattit sur le hall de la Guilde quand Lorlen se leva de son fauteuil.

— J'ai demandé la tenue de ce concile à la requête du roi. Comme vous devez tous le savoir, le Fort a été attaqué et conquis par huit mages sachakaniens hier. Seulement deux des vingt et un guerriers du Fort ont survécu.

Un chuchotement s'éleva de l'assemblée. Découvrir que deux des guerriers s'étaient échappés du Fort avait été la seule bonne nouvelle que Lorlen avait reçue ces dernières vingt-quatre heures.

— Il semblerait que certaines déclarations et prédictions de l'ancien haut seigneur soient vraies. Nous avons été envahis par des mages sachakaniens d'une force immense. Des mages qui utilisent la magie noire.

Lorlen s'interrompit un instant et balaya le hall du regard.

— Il nous faut envisager la possibilité que nous soyons trop peu nombreux et trop faibles pour défendre les Terres Alliées. Étant donné ces circonstances, le roi nous a demandé de mettre nos lois de côté. Il nous a demandé de choisir une personne parmi nous, une personne que nous considérons comme infailliblement digne de confiance, pour apprendre la magie noire.

Un brouhaha de voix emplit la salle. Lorlen lut dans la foule des réactions très diverses. Certains mages protestaient, d'autres semblaient résignés.

— Je vous demande maintenant de proposer des candidats à ce rôle, déclara-t-il en couvrant le bruit. Réfléchissez bien. Des règles strictes restreindront les activités de ce magicien. Il ne pourra plus sortir de la Guilde pour le restant de sa vie. Il ne pourra pas occuper de poste d'autorité dans la Guilde. Il n'aura pas le droit d'enseigner. Ces règles pourraient devenir plus restrictives, une fois que toutes les conséquences d'un tel rôle auront été prises en compte. (Lorlen fut satisfait de voir qu'aucun visage n'arborait un quelconque signe d'impatience.) Des questions ?

—La Guilde peut-elle refuser de faire cela ? lança une voix.

Lorlen secoua la tête.

—Le roi l'a ordonné.

—Le Conseil des Anciens ne l'aurait jamais accepté ! déclara un magicien lonmar.

—Selon l'Alliance, le roi de Kyralie se doit de prendre les mesures nécessaires, quelles qu'elles soient, pour protéger les Terres Alliées d'une menace magique, répondit Lorlen. Les hauts mages et moi-même en avons discuté avec le roi de nombreuses fois. Croyez-moi, il n'aurait pas pris cette décision s'il pensait qu'il y a une meilleure option.

—Et Akkarin ? lança un autre mage. Pourquoi ne pas le rappeler ?

—Le roi considère sa solution comme la voie la plus sage, répondit Lorlen avec raideur.

Aucune autre question ne s'éleva. Lorlen hocha la tête.

—Vous avez une demi-heure pour réfléchir. Si vous souhaitez nommer quelqu'un, veuillez le signaler au seigneur Osen.

Il regarda les magiciens quitter leur siège et se rassembler en petits groupes pour discuter de l'ordre du roi. Certains vinrent s'adresser directement au seigneur Osen. Les hauts mages étaient silencieux, ce qui ne leur ressemblait pas. Le temps sembla ralentir. À la fin de la demi-heure, Lorlen se leva et frappa sur le gong, à côté de son fauteuil.

—Veuillez vous asseoir.

Alors que les mages retournaient à leur place, Osen grimpa les marches jusqu'à Lorlen.

—Ça va être intéressant, murmura le directeur Jerrik. Qui considèrent-ils comme digne de cet honneur discutable ?

Osen leva les épaules.

—Il n'y a pas de surprises. Ils suggèrent le seigneur Sarrin, le seigneur Balkan, dame Vinara ou (il regarda Lorlen) l'administrateur Lorlen.

—Moi ? s'exclama Lorlen avant de pouvoir s'en empêcher.

—Oui. (Osen semblait amusé.) Vous êtes très populaire, vous savez. Un magicien a suggéré qu'un conseiller du roi devrait porter ce fardeau.

—Idée intéressante. (Balkan gloussa et leva à dessein les yeux vers la rangée de fauteuils la plus haute. Le seigneur Mirkan le regarda en clignant des yeux, le visage passant de la prudence à une angoisse soudaine.) Laissons le roi faire face aux conséquences auxquelles cette situation pourrait mener.

—Il se trouverait un nouveau conseiller en l'espace d'une journée, dit Vinara d'un ton impassible. (Elle regarda Lorlen.) Finissons-en.

Lorlen acquiesça et se tourna vers la salle.

— Les nominés pour la fonction de… magicien noir sont les personnes suivantes : le seigneur Sarrin, le seigneur Balkan, dame Vinara et moi-même. (*Ils ne me choisiront sûrement pas*, pensa-t-il. *Et s'ils le faisaient ?*) Les nominés s'abstiendront de voter. Veuillez invoquer vos lumières.

Des centaines de globes lumineux flottèrent jusqu'au plafond. Le cœur de Lorlen battait trop vite. Il ne cessait d'entendre la remarque d'Osen se répéter dans son esprit. « Vous êtes très populaire, vous savez. » Son sang se glaçait à l'idée de perdre son poste d'administrateur et d'être forcé à apprendre ce qu'Akkarin avait admis être de la magie diabolique.

— Ceux en faveur du seigneur Sarrin, faites passer vos lumières au violet, ordonna-t-il. Ceux en faveur du seigneur Balkan, choisissez le rouge. Pour dame Vinara, choisissez le vert. (Il marqua une pause et déglutit.) Pour moi, le bleu.

Quelques globes lumineux avaient commencé à se colorer avant qu'il ait fini, les magiciens ayant deviné que Lorlen suggérerait la couleur de la robe de chaque candidat. Lentement, les globes lumineux blancs qui restaient changèrent.

C'est serré, pensa Lorlen. Il se mit à compter…

— Sarrin, dit Balkan.

— Oui, j'obtiens, moi aussi, ce résultat, confirma Vinara. Mais vous étiez leur deuxième choix.

Lorlen poussa un soupir de soulagement quand il se rendit compte qu'ils avaient raison. Il baissa les yeux sur Sarrin et fut pris d'une vague de compassion. Le vieux mage semblait pâle et malade.

— Le seigneur Sarrin sera notre défenseur, annonça Lorlen. (En observant l'assemblée, il lut une acceptation peu enthousiaste sur la plupart des visages.) Il va abandonner son poste en tant que chef des alchimistes et commencer à apprendre la magie noire immédiatement. Je déclare la fin de ce concile.

— Réveille-toi, petite Sonea.

La jeune femme prit conscience de ce qui l'entourait en sursautant. Elle vit avec surprise que son cheval s'était arrêté. Elle regarda autour d'elle et découvrit Dorrien, qui l'observait d'une drôle de façon. Ils s'étaient arrêtés près d'une route menant à une maison ; Akkarin n'était visible nulle part.

— Il est parti nous chercher quelque chose à manger, expliqua Dorrien.

La jeune femme hocha la tête, bâilla et se frotta le visage. Quand elle regarda de nouveau Dorrien, il l'observait toujours d'un air songeur.

— À quoi tu penses ? demanda-t-elle.

Le jeune homme détourna le regard et sourit du coin des lèvres.

—J'étais en train de me dire que j'aurais dû te kidnapper de la Guilde tant que j'en avais l'occasion.

Sonea ressentit une pointe de culpabilité familière.

—La Guilde ne t'aurait pas laissé faire. *Je* ne t'aurais pas laissé faire.

Le guérisseur releva un sourcil.

—C'est vrai ?

—Oui. (Elle évita son regard.) Cela m'a été difficile de décider de rester et d'apprendre la magie. Cela le serait bien plus de me faire changer d'avis.

Le jeune mage hésita.

—Tu... tu crois que tu aurais été tentée ?

Elle repensa au jour où ils s'étaient rendus à la source tous les deux, et à son baiser ; elle ne put s'empêcher de sourire.

—Un peu. Mais je te connaissais à peine, Dorrien. Quelques semaines ne suffisent pas pour être sûr.

Les yeux de Dorrien vacillèrent par-dessus l'épaule de Sonea. Elle se retourna et vit qu'Akkarin revenait, sur son cheval. Avec sa petite barbe et ses simples habits, elle doutait qu'on puisse le reconnaître. Toutefois, qui que ce soit remarquerait en l'observant qu'il montait trop bien à cheval. Elle devrait le lui signaler.

—Et tu es sûre, maintenant ?

Elle se tourna vers Dorrien.

—Oui.

Le guérisseur poussa un long soupir, puis hocha la tête. Sonea regarda de nouveau Akkarin. Son expression était sombre et dure.

—Même si j'ai eu du mal à *le* convaincre, ajouta-t-elle.

Dorrien s'étrangla. La jeune femme se retourna, se maudissant d'avoir fait une remarque si maladroite, et le vit éclater de rire.

—Pauvre Akkarin ! dit-il en secouant la tête. (Il la regarda de biais et secoua la tête.) Un jour, tu seras une femme redoutable.

Sonea le dévisagea en rougissant. Elle essaya de trouver une repartie, mais les mots refusaient de franchir ses lèvres. Puis Akkarin arriva à leur niveau, et elle abandonna.

En lui tendant un petit pain, Akkarin l'observa. La jeune femme sentit son visage chauffer de plus belle. Le mage haussa les sourcils et regarda Dorrien d'un air interrogateur. Le guérisseur sourit, talonna les flancs de son cheval et se mit en route.

Ils continuèrent leur chemin tout en mangeant. Une heure plus tard, ils arrivèrent dans un petit village. Sonea et Akkarin descendirent de leurs chevaux et tendirent les rênes à Dorrien, et le guérisseur partit chercher des montures fraîches.

— Alors, de quoi toi et Dorrien discutiez-vous, tout à l'heure ? demanda Akkarin.

Sonea se tourna vers lui.

— Discutiez ?

— Devant la ferme, quand j'achetais de la nourriture.

— Oh ! Là. De rien.

Le mage sourit et hocha la tête.

— De rien. Quel sujet étonnant ! Il crée des réactions si fascinantes chez les gens.

Elle le regarda calmement.

— C'est peut-être une façon polie de dire que ça ne te regarde pas.

— Si tu le dis.

Sonea ressentit une pointe d'irritation en voyant l'air entendu du mage. Était-elle si facile à déchiffrer ? *Mais si je peux deviner son humeur, maintenant, il doit sûrement pouvoir en faire autant tout aussi facilement.*

Akkarin bâilla et ferma les yeux. Quand il les rouvrit, il semblait plus alerte. *Quand avons-nous dormi pour la dernière fois ?* songea-t-elle. *Le matin où nous nous sommes glissés dans la passe. Et avant ? Quelques heures de sommeil chaque jour. Et durant la première moitié de notre voyage, Akkarin n'a pas du tout dormi…*

— Tu ne fais plus de cauchemars, dit-elle soudain.

Akkarin fronça les sourcils.

— Non.

— De quoi rêvais-tu ?

Il lui lança un regard acéré, ce qui fit aussitôt regretter sa question à Sonea.

— Désolée, dit-elle, je n'aurais pas dû demander ça.

Akkarin inspira profondément.

— Non, je devrais te le dire. Je rêve de choses qui se sont passées quand j'étais esclave. Principalement de choses concernant une personne. (Il marqua une pause.) La femme esclave de Dakova.

— Celle qui t'a aidé, au début ?

— Oui, répondit-il doucement. (Il s'interrompit un instant et détourna le regard.) Je l'aimais.

Sonea hoqueta de surprise. Akkarin et la femme esclave ? Il l'avait *aimée* ? Il avait aimé *quelqu'un d'autre* ? Elle ressentit l'incertitude et l'irritation monter en elle, puis la culpabilité. Était-elle jalouse d'une fille morte depuis des années ? C'était ridicule.

— Dakova le savait, continua Akkarin. Nous n'osions pas nous toucher. Il nous aurait tués. Il s'amusait à nous tourmenter de toutes les façons possibles. Elle était son… son esclave du plaisir.

Sonea frissonna en commençant à comprendre combien cela avait dû être difficile. De toujours se voir, mais ne jamais pouvoir se toucher. De regarder l'autre être tourmenté. Elle n'arrivait pas à imaginer ce qu'Akkarin avait éprouvé, sachant ce que la fille endurait.

Le mage soupira.

— Chaque nuit je revivais sa mort dans mes cauchemars. Je lui disais que j'allais distraire Dakova pour qu'elle puisse s'enfuir. Que j'empêcherais cet homme de la retrouver. Mais elle m'ignorait tout le temps. Elle retournait toujours à lui.

Sonea leva un bras et toucha le dos de la main du mage, dont les doigts s'enroulèrent autour des siens.

— Elle m'a expliqué que les esclaves considéraient comme un honneur de servir un magicien. Elle disait que ce sens de l'honneur des esclaves rendait leur vie plus facile à supporter. Je pouvais comprendre qu'ils pensent de cette façon quand ils n'avaient pas le choix, mais pas quand ils en avaient un, ou quand ils savaient que leur maître comptait les tuer.

Sonea pensa à Takan, appelant Akkarin « maître », et à la façon étrange dont il avait tendu la dague ichanie à Akkarin, posée sur ses poignets retournés, comme s'il offrait plus que la lame. C'était peut-être le cas.

— Takan n'a jamais cessé de penser de cette façon, n'est-ce pas ? demanda-t-elle doucement.

Akkarin lui lança un regard.

— Non, dit-il. Il ne pouvait pas se défaire des habitudes de toute une vie. (Il marqua une pause et rit doucement.) Je pense que ces dernières années, il a persisté avec ces rituels juste pour me rendre furieux. Je sais qu'il ne retournerait jamais vers cette vie de son plein gré.

— Pourtant, il est resté avec toi et n'a pas voulu que tu lui apprennes la magie.

— Non, mais il y avait des raisons pratiques à cela. Takan ne pouvait pas rejoindre la Guilde. Trop de questions auraient été posées. Même si nous lui avions inventé un passé, il lui aurait été difficile d'éviter ces cours qui impliquent la communion des esprits. Il aurait été trop risqué de lui enseigner la magie en secret. S'il était retourné au Sachaka, il n'aurait pas survécu à moins de connaître la magie noire. Je ne pense pas qu'il aurait trouvé prudent de posséder un tel savoir, là-bas. Au Sachaka, il n'y a que des maîtres et des esclaves. Pour survivre en tant que maître, il lui faudrait ses propres esclaves.

Sonea frissonna.

— Ça semble être un endroit très malsain.

Akkarin haussa les épaules.

— Tous les maîtres ne sont pas cruels. Les Ichanis sont des parias. Ce sont les magiciens que le roi a bannis de la ville, et pas seulement pour s'être montrés trop ambitieux.

— Comment le roi les a-t-il chassés ?

— Ses propres pouvoirs sont considérables, et il a des partisans.

— Le roi du Sachaka est un magicien !

— Oui. (Akkarin sourit.) Seules les Terres Alliées ont des lois interdisant aux magiciens de gouverner ou d'avoir trop d'influence en politique.

— Notre roi le sait-il ?

— Oui, même s'il ne se rend pas compte de la puissance des mages sachakaniens. Enfin, il le sait, maintenant.

— Que pense le roi du Sachaka de l'invasion de la Kyralie par les Ichanis ?

Akkarin plissa le front.

— Je ne sais pas. S'il a entendu parler du plan de Kariko, ça n'a pas dû lui plaire, mais il a probablement dû penser qu'il ne fonctionnerait jamais. Les Ichanis ont toujours été trop occupés à se battre entre eux pour penser à former une alliance. Il sera intéressant de voir ce que fera le roi du Sachaka quand il aura pour voisine une terre dirigée par des Ichanis.

— Il nous aidera ?

— Oh, non ! (Akkarin rit amèrement.) Tu oublies à quel point les Sachakaniens détestent la Guilde.

— À cause des guerres ? Mais ça fait si longtemps.

— Pour la Guilde, oui. Les Sachakaniens ne peuvent pas oublier, pas avec la moitié de leur pays composée des Terres Désolées. (Akkarin secoua la tête.) La Guilde n'aurait jamais dû ignorer le Sachaka après avoir gagné les guerres.

— Qu'aurait-elle dû faire ?

Akkarin tourna la tête et observa les montagnes. Sonea suivit son regard. À peine quelques jours auparavant, ils se trouvaient de l'autre côté de cette ligne déchiquetée.

— C'étaient des guerres entre magiciens, murmura Akkarin. Ça n'a jamais eu de sens d'envoyer des armées de non-magiciens contre des magiciens, en particulier des mages utilisant la magie noire. Le Sachaka a été conquis par des magiciens kyraliens, qui sont vite retournés dans leurs luxueuses demeures. Ils savaient que l'empire sachakanien finirait par se relever et constituerait une menace, alors ils ont créé les Terres Désolées pour que le pays reste pauvre. Si, au lieu de cela, quelques magiciens de la Guilde s'étaient installés au Sachaka, avaient libéré les esclaves et montré que les magiciens peuvent utiliser leurs pouvoirs pour aider le peuple, les Sachakaniens auraient pu finir par devenir une société plus paisible et libre, et nous n'aurions pas à faire face à cette situation aujourd'hui.

— Je vois, dit lentement Sonea, mais je vois aussi pourquoi ça n'a jamais eu lieu. Pourquoi la Guilde aiderait-elle les Sachakaniens ordinaires quand elle n'aide pas les Kyraliens ordinaires ?

Akkarin lui lança un regard curieux.

— Certains s'en préoccupent. Dorrien, par exemple.

Sonea soutint son regard.

— Dorrien est une exception. La Guilde pourrait faire bien plus.

— Nous ne pouvons rien faire si personne ne se porte volontaire.

— Si, vous le pouvez.

— Tu forcerais des magiciens à travailler contre leur volonté ?

— Oui.

Le mage haussa les sourcils.

— Je ne suis pas certain qu'ils coopéreraient.

— On devrait peut-être réduire leur salaire en cas de refus.

Akkarin sourit.

— Ils auraient le sentiment d'être traités comme des domestiques. Personne ne voudra envoyer ses enfants à la Guilde si cela signifie qu'ils doivent travailler comme des roturiers.

— Personne des Maisons, le corrigea Sonea.

Akkarin cligna des yeux, puis gloussa.

— J'ai su que tu aurais une influence perturbatrice dès que la Guilde a proposé de t'enseigner. Elle devrait m'être reconnaissante de t'avoir emmenée.

Sonea ouvrit la bouche pour répondre mais s'arrêta en voyant Dorrien approcher. Il était sur un nouveau cheval et en menait deux autres.

— On peut trouver mieux, dit-il en leur tendant les rênes, mais nous devrons nous en contenter. Les magiciens de tout le pays se ruent vers Imardin, l'approvisionnement en chevaux frais aux gîtes d'étape diminue donc vite.

Akkarin acquiesça d'un signe de tête, l'air sombre.

— Alors, nous devons nous dépêcher, ou il n'y en aura plus du tout.

Il s'approcha d'un cheval et sauta en selle. Sonea se hissa sur le second. Tout en glissant l'autre botte dans l'étrier, elle observa Akkarin. Il avait dit qu'elle avait une influence perturbatrice, mais ça ne voulait pas dire qu'il désapprouvait. Il pourrait même être d'accord avec elle.

Cela importait-il ? Dans quelques jours, il pourrait ne plus y avoir de Guilde, et les pauvres découvriraient qu'il y avait des choses pires à endurer que la Purge.

Sonea frémit et chassa cette pensée de son esprit.

Le couloir du quartier des mages était presque aussi bondé que l'université à la pause-déjeuner, songea Dannyl. Accompagné de Yaldin, il passa devant de petits groupes de mages, accompagnés de leurs femmes, maris et enfants. Tous parlaient du concile.

Quand Yaldin arriva à la porte de ses appartements, le vieux mage leva les yeux vers Dannyl et soupira.

— Tu viens prendre une tasse de sumi ? proposa-t-il.

Dannyl accepta.

— Si ça ne dérange pas Ezrille.

Yaldin eut un petit rire.

— Elle aime dire aux gens que c'est moi qui commande, mais toi et moi – et Rothen – savons que c'est loin d'être le cas.

Il ouvrit la porte et conduisit Dannyl au salon. Ezrille était assise dans l'un des fauteuils, vêtue d'une robe d'un chatoyant tissu bleu.

— C'était rapide, comme concile, dit-elle en fronçant les sourcils.

— Oui, répondit Dannyl. Tu es resplendissante, Ezrille.

La femme sourit, et la peau autour de ses yeux se plissa de rides d'expression.

— Tu devrais venir plus souvent, Dannyl. (Elle secoua la tête.) Avec de telles manières, je m'étonne encore que tu n'aies toujours pas trouvé de femme. Du sumi ?

— Volontiers.

Elle se leva et s'occupa des tasses et de l'eau. Dannyl et Yaldin s'assirent. Le front du vieux mage se plissa.

— Je n'arrive pas à croire qu'ils aient décidé d'autoriser la magie noire.

Dannyl hocha la tête.

— Lorlen a dit que *certaines* des déclarations d'Akkarin s'étaient confirmées.

— Les pires.

— Oui, mais je me demande si ça veut dire que certaines de ses déclarations étaient *fausses*.

— Lesquelles ?

— De toute évidence, pas celles concernant l'invasion de la Kyralie par des mages noirs sachakaniens, dit Ezrille en posant un plateau sur la table qui faisait face aux fauteuils. Que va faire Rothen ? Il n'a plus besoin d'aller au Sachaka.

— Il va sûrement revenir.

Dannyl s'empara de la tasse qu'elle lui proposa et but l'infusion fumante à petites gorgées.

— À moins qu'il décide de continuer dans l'espoir de trouver Sonea.

Dannyl se fit songeur. *Rothen pourrait bien faire cela...*

Ils tendirent tous la tête quand on frappa à la porte. Yaldin leva une main et la porte s'ouvrit. Un messager les salua, fit le tour de la pièce des yeux et entra quand il vit Dannyl.

— Ambassadeur. Un homme voudrait vous voir. Tous les endroits pour accueillir les visiteurs sont utilisés, alors je l'ai mené à vos appartements. Votre serviteur s'y trouvait et l'a laissé entrer.

Un visiteur ? Dannyl posa sa tasse et se leva.

— Merci, dit-il au messager.

L'homme s'inclina et se retira.

— Merci pour le sumi. Je ferais mieux d'aller voir qui est mon visiteur, dit Dannyl avec un sourire d'excuses à Yaldin et Ezrille.

— Bien sûr, répondit Ezrille. Reviens nous voir plus tard pour nous parler de lui.

Le couloir était un peu plus calme que juste après le concile, maintenant que la plupart des mages étaient retournés dans leurs appartements ou à leurs obligations. Dannyl se hâta jusqu'à sa porte et l'ouvrit. Un jeune homme blond se leva de l'un des fauteuils de son salon et salua. L'espace d'un instant, Dannyl ne le reconnut pas, car l'homme était habillé de la façon sobre que privilégiaient les Kyraliens.

Puis il entra hâtivement et laissa la porte se refermer.

— Salutations, ambassadeur Dannyl. (Tayend arborait un large sourire.) Je t'ai manqué ?

Chapitre 30

Retarder l'ennemi

Imardin était d'abord apparu comme une ombre contre les champs jaune-vert. Puis, quand ils s'étaient rapprochés, la ville s'était étendue de chaque côté de la route comme si elle les accueillait à bras ouverts. Des heures plus tard, un millier de lampes brûlant devant eux éclairaient leur chemin sous la pluie et les ténèbres jusqu'aux portes Nord.

Quand ils furent assez proches pour entendre la pluie battre le verre de la première lampe, Dorrien arrêta son cheval et se retourna vers Akkarin et Sonea. Ses yeux s'égarèrent sur les autres personnes qui empruntaient la route. Ils devaient échanger de rapides adieux et faire attention à ce qu'ils diraient. Les gens trouveraient bizarre qu'il parle à ses compagnons « roturiers » avec trop de familiarité.

— Bonne chance, dit-il. Soyez prudents.

— Ça va être plus compliqué pour vous que pour nous, seigneur, répondit Sonea avec la voix traînante caractéristique des traîne-ruisseau. Merci de votre aide. Ne laissez pas ces magiciens étrangers vous avoir.

— Vous non plus, répondit-il en souriant à l'accent de la jeune femme.

Il fit un signe de tête à Akkarin, se retourna et fit avancer son cheval.

L'angoisse tenaillait l'estomac de Sonea alors qu'elle regardait le mage chevaucher vers les portes. Quand il eut disparu, elle lança un regard vers Akkarin. Il n'était qu'une grande ombre, le visage caché dans la capuche de sa cape.

— Passe devant, dit-il.

Sonea fit quitter la route principale à son cheval et le guida dans une rue étroite. Les coureurs les observaient, eux et leurs chevaux loqueteux. *Ne tentez surtout rien*, voulut-elle leur dire. *Nous avons peut-être l'air d'être de simples campagnards inconscients des dangers de la ville, mais ce n'est pas le cas. Et nous ne pouvons pas nous permettre d'attirer l'attention sur nous.*

Après avoir zigzagué dans les Taudis pendant une demi-heure, ils parvinrent à l'échoppe des marchands de chevaux à l'extrémité du marché. Ils s'arrêtèrent devant une enseigne sur laquelle était peint un fer à cheval. Un homme maigre et nerveux boita sous la pluie jusqu'à eux.

— Bien l'bonsoir, dit-il d'une voix bourrue. Cherchez à vendre vos ch'vaux ?

— Peut-être, répondit Sonea. Ça dépend du prix.

— Laissez-moi j'ter un coup d'œil. (Il leur fit signe de le suivre.) V'nez vous mettre à l'abri d'la pluie.

Ils suivirent l'homme dans une grande écurie. Des stalles avaient été construites de chaque côté ; certaines étaient occupées. Ils descendirent de leurs montures et regardèrent l'homme les examiner.

— C'est quoi son nom, à c'lui-là ?

Sonea hésita. Ils avaient changé de chevaux trois fois, et elle avait renoncé à retenir leur nom.

— Ceryni, dit-elle. Comme l'un de mes amis.

L'homme se redressa et se tourna vers elle en la dévisageant.

— Ceryni ?

— Oui. Vous le connaissez ?

Soudain, de l'une des stalles leur parvint un rire.

— Tu as donné *mon* nom à ton cheval ?

Une porte s'ouvrit, et un petit homme en manteau gris en sortit à grands pas, suivi de Takan et d'un grand homme musclé. Sonea regarda de plus près celui qui parlait, le souffle lui manquant soudain quand elle le reconnut.

— Cery !

Il lui adressa un large sourire.

— Hey ! Content de te revoir. (Il se tourna soudain vers le maquignon, et son sourire disparut.) Tu n'as rien vu.

— N-non, bredouilla l'homme en opinant du chef.

Il était blême.

— Prends les chevaux et sors d'ici, ordonna Cery.

L'homme agrippa les rênes des chevaux, et Sonea, perplexe, le regarda filer. Akkarin lui avait dit que Takan se cachait chez un voleur. Si Cery travaillait lui aussi pour ce voleur, ce dernier pouvait-il être Faren ? ou Cery s'était-il mis à travailler pour un autre ? En tout cas, il semblait avoir gagné de l'influence ces dernières années, si l'on en jugeait par la réaction du maquignon. Sonea se retourna et vit Takan s'agenouiller devant Akkarin.

— Maître.

Sa voix était chargée d'émotion. Akkarin retira sa capuche et soupira.

— Lève-toi, Takan, dit-il doucement.

Même si sa voix était toute autorité et indulgence, Sonea reconnut des signes de gêne sur le visage du mage. Elle contint un sourire.

Le serviteur obéit.

— C'est bon de vous revoir, maître, bien que je craigne que la situation soit dangereuse et impossible.

— Nous devons tout de même faire de notre mieux, répondit Akkarin. (Il se tourna vers Cery.) Takan a-t-il expliqué ce que nous comptons faire ?

Cery hocha la tête.

— Une réunion des voleurs est prévue pour demain. On dirait que la plupart ont entendu dire qu'il se passe quelque chose : les Maisons font toutes leurs valises et quittent la ville. Il faut que vous me disiez ce qu'ils doivent savoir.

— Tout, répondit Akkarin, si ça ne nuit pas à ton rang parmi eux.

Cery haussa les épaules.

— Non, ça ira... sur le long terme, et j'ai le sentiment qu'on n'aura plus de ville où faire des affaires si ces magiciens sachakaniens gagnent. Bon, avant qu'on s'y attaque sérieusement, je vais vous emmener dans un endroit plus agréable qu'une écurie. Je suis sûr que vous aimeriez bien un peu à manger aussi.

Sonea le regarda repartir à grands pas vers la stalle de laquelle il avait émergé. Il y avait une assurance dans sa façon de se comporter qu'elle ne lui avait jamais vue auparavant. Il n'avait exprimé ni la peur ni le respect craintif d'Akkarin auquel elle s'était attendue. Ils parlaient comme s'ils avaient déjà fait affaire ensemble.

Il faisait sans doute partie des hommes qui ont aidé Akkarin à trouver les espions. Mais pourquoi Akkarin ne m'a-t-il pas dit que Cery était impliqué dans cette histoire ?

Cery leva une trappe à l'arrière de la stalle et la tint ouverte.

— Passe devant, Gol.

Le grand homme silencieux se plia en deux, passa la trappe et se mit à descendre une échelle. Takan suivit, puis Akkarin. Sonea s'arrêta un instant devant Cery qui lui fit un grand sourire.

— Vas-y. On rattrapera le temps perdu quand on sera chez moi.

La jeune femme descendit l'échelle et déboucha dans un grand passage. Gol tenait une lampe. Des odeurs familières ramenèrent à Sonea de vieux souvenirs de la route des voleurs. Quand Cery les eut rejoints, il fit un signe de tête à Gol, et ils se mirent en route dans le passage.

Ils marchèrent pendant plusieurs minutes, puis franchirent une grosse porte en métal donnant sur un salon luxueusement meublé. Une table basse, au centre, était recouverte de plusieurs plateaux de nourriture, de verres et de bouteilles de vin.

Sonea s'effondra dans un fauteuil et grignota un peu. Akkarin s'assit à ses côtés et s'empara de l'une des bouteilles. Il haussa les sourcils.

—Tu vis mieux que les mages, Ceryni.

—Oh, je ne vis pas ici, dit le jeune homme en s'asseyant à son tour. C'est l'une des pièces réservées à mes invités. Takan a habité ici.

—Le voleur s'est montré généreux, dit doucement Takan tout en inclinant la tête devant Cery.

Le voleur? Sonea s'étrangla, avala ce qu'elle avait dans la bouche et dévisagea Cery, qui surprit son regard et lui fit un large sourire.

—Tu viens juste de piger, pas vrai ?

—Mais… (Elle secoua la tête.) Comment est-ce possible ?

—Avec du dur travail, de l'astuce, des bons contacts… et un petit coup de main de ton haut seigneur, répondit-il en écartant les mains.

—Alors c'est toi, le voleur qui a aidé Akkarin à trouver les espions ?

—C'est exact. J'ai commencé après qu'il nous a aidés tous les deux à nous débarrasser de Fergun, expliqua Cery. Il lui fallait quelqu'un qui trouve les meurtriers. Quelqu'un ayant les bons contacts et la bonne influence.

—Je vois. (*Alors Akkarin est au courant de tout ça depuis l'audience pour ma tutelle.* Elle lui jeta un regard furieux.) Pourquoi tu ne m'as rien dit ?

Les lèvres d'Akkarin s'ourlèrent en un léger sourire.

—Au départ, je ne le pouvais pas. Tu aurais cru que j'avais forcé Cery à m'aider ou que je l'avais dupé.

—Tu aurais pu me le dire, quand j'ai su la vérité au sujet des Ichanis.

Le mage secoua la tête.

—J'hésite tout le temps à révéler plus qu'il n'en faut. Si les Ichanis t'avaient capturée, ils auraient pu découvrir le lien entre Cery et moi dans ton esprit. Or il s'avère que cette association doit rester secrète. (Il se tourna vers Cery.) Il est important que notre présence à Imardin ne devienne pas de notoriété publique. Si les Ichanis le lisent dans l'esprit de quelqu'un, notre seule chance de gagner la bataille sera perdue. Moins il y aura de gens qui sauront que nous sommes ici, mieux ce sera.

Cery hocha la tête.

—Seuls Gol et moi savons que vous êtes ici. Les autres voleurs pensent qu'on va juste parler de ce qui agite la ville. (Il sourit.) Ils vont être surpris de vous voir.

—Penses-tu qu'ils accepteront de garder notre présence secrète ?

Cery haussa les épaules.

—Une fois qu'ils sauront ce qu'il se passe et qu'ils verront qu'ils perdront tout ce qu'ils ont si les Sachakaniens gagnent, ils vous protégeront comme leurs propres enfants.

— Tu as dit à Takan que tu avais réfléchi à des façons de tuer des magiciens, dit Akkarin. À quoi…

— *Balkan ?*

Sonea se redressa dans son fauteuil. La voix mentale était celle de…

— *Yikmo ?* répondit Balkan.

— *Les Sachakaniens approchent de Calia.*

— *Je vous dis quoi faire dans un instant.*

— Que se passe-t-il, maître ? demanda Takan.

— C'est une communication, répondit Akkarin. Le seigneur Yikmo vient de rapporter que les Ichanis approchent de Calia. Il doit être là-bas.

Sonea sentit un frisson lui parcourir l'échine.

— La Guilde n'est tout de même pas partie les affronter ? (Elle regarda Cery.) Tu en aurais entendu parler, si les mages avaient quitté la ville.

Cery secoua la tête.

— On m'a rien rapporté de la sorte.

Akkarin fronça les sourcils.

— Si seulement Lorlen utilisait la bague…

— Une vingtaine de magiciens ont quitté la ville il y a quatre jours, lança Gol. Dans la matinée.

— *Yikmo ?*

— *Balkan.*

— *Prenez votre temps.*

— *Très bien.*

Sonea regarda Akkarin d'un air désorienté.

— Qu'est-ce que ça veut dire ?

L'expression du mage s'assombrit.

— C'est sans aucun doute un code arrangé à l'avance correspondant à une instruction. Ils ne peuvent pas dire à Yikmo et ses hommes quoi faire sans révéler leurs intentions aux Ichanis.

— Mais qu'est-ce que ça veut dire ?

Akkarin fit pianoter le bout de ses doigts les uns contre les autres.

— Vingt mages. Il y a quatre jours. Ils sont partis avant que les Ichanis attaquent le Fort. Pourquoi auraient-ils fait cela ?

— Pour garder la passe Sud ? suggéra Sonea. Balkan a quitté notre escorte au Fort. Peut-être a-t-il pensé que la passe Sud avait, elle aussi, besoin d'être gardée.

Akkarin secoua la tête.

— Nous les aurions croisés sur la route. Ils devaient être au nord de Calia, là où la route bifurque. Quelle qu'en soit la raison, ils n'ont pas pu aller assez loin avant l'attaque pour ne pas pouvoir revenir à Imardin. Ils doivent avoir une raison pour être restés à Calia.

— Rapporter la position des Ichanis ? suggéra Cery.

— Vingt hommes pour ça ? (Akkarin plissa davantage le front.) J'espère que la Guilde n'a rien prévu d'insensé.

— Ce serait une surprise, fit remarquer Takan, pince-sans-rire.

Cery baissa les yeux.

— On ferait mieux de manger avant que ça refroidisse. Qui veut du vin ?

Sonea ouvrit la bouche pour répondre mais se figea quand une image éclata dans son esprit. Trois charrettes avançaient lourdement le long de la rue principale d'un village. Plusieurs hommes et femmes guidaient les chevaux qui tiraient les charrettes, certains superbement vêtus.

Les chevaux tractant la première charrette firent halte, et le charretier se tourna lentement vers celui qui les regardait. Sonea reconnut Kariko avec un frisson. Il tendit les rênes à un homme assis à côté de lui et sauta à terre.

— Sors, sors, mage de la Guilde, appela-t-il.

Un éclair de force jaillit de la fenêtre d'une maison, de l'autre côté de la rue, suivi de plusieurs autres venant des deux côtés. Ils frappèrent un bouclier invisible entourant chaque charrette.

Sonea entendit Akkarin marmonner :

— Une embuscade.

Kariko tourna sur lui-même, passant en revue les maisons et la rue, puis regarda ses alliés.

— Qui veut chasser ?

Quatre des Ichanis descendirent des charrettes. Ils se séparèrent et avancèrent vers les maisons, de chaque côté de la rue. Deux d'entre eux étaient accompagnés de yeels, les animaux aboyant d'excitation.

Soudain, la vue changea. Sonea aperçut le châssis d'une fenêtre, une pièce et un mage de la Guilde.

— Rothen ! souffla-t-elle. (Les images s'arrêtèrent ; elle dévisagea Akkarin d'un air horrifié.) Rothen est avec eux !

Ça fait bien trop d'années que je n'ai pas suivi de leçon de combat ou combattu dans l'arène, pensa Rothen en s'élançant à travers la cour, jusqu'à la porte arrière de la maison.

La stratégie de Yikmo était simple. Si les Sachakaniens ne voyaient pas leurs attaquants, ils ne pourraient pas rendre les coups. Les mages de la Guilde frapperaient tout en étant cachés, puis changeraient de place et frapperaient encore. Quand ils n'auraient plus de pouvoir, ils devraient se tapir pour se reposer.

Rothen traversa la maison aussi vite qu'il put jusqu'à la pièce donnant sur la rue. On avait évacué les villageois des heures auparavant, et portes et fenêtres avaient toutes été déverrouillées en vue de l'embuscade. Il scruta l'extérieur et vit un Sachakanien lever la main vers la porte de la maison d'à côté. Il lança un coup puissant et vit avec grand plaisir l'homme s'arrêter.

Soudain, son estomac se noua quand l'homme se retourna et avança vers lui. Il trébucha sur une chaise et se précipita hors de la pièce.

Le village était grand, et la plupart des maisons étaient proches les unes des autres. Rothen rampait tout en regardant les Sachakaniens et en frappant quand ils étaient assez loin de lui pour qu'il ait le temps de leur échapper. Deux fois, il retint son souffle quand l'un d'eux passa à seulement quelques pas de sa cachette. D'autres mages de la Guilde eurent moins de chance. Un des animaux mena un Sachakanien à un jeune guerrier caché dans une écurie. Malgré l'arrivée de Rothen et d'un autre alchimiste pour frapper le Sachakanien, l'assaillant les ignora. Le guerrier se battit jusqu'à être trop faible pour tenir debout. Puis, quand le Sachakanien sortit son couteau, Rothen entendit des bruits de pas venant d'un autre endroit tout proche et il fut obligé de fuir.

Rothen s'était rendu compte à ce moment-là que ses efforts pour sauver le jeune guerrier l'avaient grandement affaibli. Mais il lui restait un peu de force. Après être tombé sur deux cadavres, une demi-heure plus tard, il prit la décision de frapper une dernière fois un Sachakanien avant de disparaître pour aller se cacher.

Plus d'une heure était passée depuis l'arrivée des charrettes, et il était loin de la rue principale. Les ordres de Balkan avaient été de retarder les Sachakaniens le plus longtemps possible. Il ne savait pas combien de temps ni jusqu'où l'ennemi continuerait à traquer les mages de la Guilde.

Pas toute la nuit, pensa-t-il. *Ils finiront par retourner à leurs véhicules. Et ils ne penseront pas que quelqu'un sera là pour les attaquer.*

Rothen sourit. Lentement et avec prudence, il retourna vers la rue principale. Il entra dans l'une des maisons et écouta attentivement, à l'affût. Tout était silencieux.

Il avança vers une fenêtre, sur le devant de la maison, et vit que les charrettes n'avaient pas bougé. Plusieurs Sachakaniens marchaient à proximité, se dégourdissant les jambes.

Un esclave inspectait l'une des roues.

Une roue brisée les ralentirait, songea Rothen. Puis il fit un grand sourire. *Quelques charrettes détruites seraient encore mieux.*

Il prit une profonde inspiration et puisa le pouvoir qu'il lui restait.

Soudain, il entendit une planche grincer derrière lui et sentit son sang se glacer.

— Rothen, chuchota une voix.

Il se retourna et relâcha son souffle d'un trait.

— Yikmo.

Le guerrier vint se poster à la fenêtre.

— J'en ai entendu un se vanter d'avoir tué cinq d'entre nous, dit-il amèrement. L'autre prétend en avoir eu trois.

— Je m'apprêtais à frapper les charrettes, murmura Rothen. Il leur faudra les remplacer, et je crois que la plupart des véhicules ici sont partis avec les villageois.

Yikmo hocha la tête.

— Ils les protégeaient, au début, mais peut-être plus maint...

Il s'interrompit brusquement quand ils aperçurent deux Sachakaniens sortant d'un pas nonchalant de maisons, de l'autre côté de la rue. Une femme les héla.

— Combien, Kariko ?

— Sept, répondit l'homme.

— Et moi, cinq, ajouta son compagnon.

Yikmo suffoqua.

— Ce n'est pas possible. Si les deux que j'ai entendus de ce côté disent la vérité, il ne reste que nous deux.

Rothen frissonna.

— À moins qu'ils exagèrent.

— Vous les avez tous eus ? demanda la femme.

— Presque, répondit Kariko. Ils étaient vingt-deux.

— Je pourrais envoyer mon traqueur les chercher.

— Non, nous avons assez perdu de temps comme ça.

Il se redressa, et Rothen se raidit en entendant la voix mentale de l'homme :

— *Revenez tout de suite.*

Yikmo se tourna vers Rothen.

— C'est notre dernière chance de frapper ces charrettes.

— Oui.

— Je frappe la première. Vous prenez la seconde. Prêt ?

Rothen hocha la tête et puisa tout le pouvoir qu'il lui restait.

— Maintenant !

Leurs éclairs de force s'abattirent sur les charrettes. Le bois vola en éclats ; des hommes et des chevaux hurlèrent. Plusieurs des Sachakaniens aux habits simples tombèrent à terre, en sang, blessés par les projections de bois. Un cheval se libéra d'une ruade et partit au galop.

Les mages sachakaniens virevoltèrent et dirigèrent leur regard vers Rothen.

— Courez ! souffla Yikmo.

Rothen eut le temps de traverser la moitié de la pièce avant que le mur derrière lui explose. Le champ de force le propulsa violemment en avant. Il atterrit contre un mur, se meurtrissant la poitrine et un bras.

Il s'écroula et resta immobile, trop étourdi pour bouger.

Lève-toi ! se dit-il. *Il faut que tu fuies !*

Mais quand il remua, la douleur le poignarda dans l'épaule et le bras. *J'ai quelque chose de cassé*, pensa-t-il. *Et il ne me reste plus de force pour me guérir.* Il suffoqua et, avec un gros effort, se hissa sur un coude, puis sur les genoux. Il cligna des yeux pour essayer de chasser la poussière qui s'y était logée et sentit une main lui agripper l'autre bras. *Yikmo*, pensa-t-il. Une bouffée de gratitude s'empara de lui. *Il est resté pour m'aider.*

La main le hissa sur ses pieds, le faisant souffrir le martyre dans tout le haut du corps. Il leva les yeux vers celui qui l'aidait, et sa gratitude se mua en horreur.

Kariko le fixait, le visage tordu par la colère.

— Je vais te faire amèrement regretter ton geste, magicien.

Une force magique poussa Rothen contre le mur et l'y maintint. La pression tenaillait son épaule. Kariko agrippa la tête de Rothen des deux mains.

Il va lire mon esprit ! pensa Rothen, sentant la panique l'envahir. Il se débattit instinctivement pour bloquer une intrusion mais ne ressentit rien. Un instant, il se demanda si Kariko avait vraiment l'intention de lui lire l'esprit, mais soudain, une voix retentit dans sa tête :

— *Quelle est ta plus grande peur ?*

Le visage de Sonea apparut dans l'esprit de Rothen. Il repoussa cette image, mais Kariko s'en empara et la fit réapparaître.

— *Alors, qui est-ce ? Ah, quelqu'un à qui tu as enseigné la magie. Quelqu'un à qui tu tiens. Mais elle est partie. Chassée par la Guilde. Où ça ? Au Sachaka ! Ah ! Alors c'est* elle. *La compagne d'Akkarin. Quelle vilaine fille, de transgresser les règles de la Guilde !*

Rothen tenta de calmer son esprit, de ne penser à rien, mais Kariko commença à envoyer dans l'esprit du mage des images d'Akkarin le mettant au supplice. Il vit un Akkarin plus jeune, vêtu des mêmes habits que ceux des esclaves des charrettes, tremblant devant un autre Sachakanien.

— *C'était un esclave*, lui dit Kariko. *Ton noble haut seigneur a été l'esclave pitoyable et servile de mon frère.*

Rothen fut envahi d'une vague de compassion et de regret quand il comprit qu'Akkarin avait dit la vérité. Ce qu'il lui restait de colère envers le « corrupteur » de Sonea se dissipa. Il ressentit une fierté mélancolique. Elle avait pris la bonne décision. Une décision difficile, mais la bonne. Il aurait aimé le lui dire, mais il savait qu'il n'en aurait jamais l'occasion. *J'ai au moins fait tout ce que j'ai pu*, pensa-t-il. *Et elle est loin de tous ces problèmes, maintenant que les Ichanis ont quitté le Sachaka.*

— *Loin de ces problèmes ? J'ai encore des alliés, là-bas*, envoya Kariko. *Ils la trouveront et me l'amèneront. Quand je l'aurai, je la ferai souffrir. Et toi… tu vivras pour voir ça, tueur d'esclaves. Oui, je n'y vois aucun mal. Tu es faible, et ton corps est en miettes, tu n'atteindras donc pas ta ville à temps pour aider ta Guilde.*

Rothen sentit les mains glisser de son crâne. Kariko regardait par terre. Il s'écarta et se baissa pour ramasser un morceau de verre brisé.

Il s'approcha et fit courir la pointe du tesson sur la joue de Rothen. Celui-ci sentit le froid du verre, suivi d'une vive douleur, puis un filet chaud coulant sur son visage. Kariko plaça sa main en coupe sous le menton de Rothen et la retira. Sa paume contenait une petite flaque de sang.

Le Sachakanien fit flotter le tesson de verre dans les airs. La pointe se mit lentement à rougeoyer et à fondre jusqu'à ce qu'une petite gouttelette se soit formée. Elle tomba de la pointe du tesson et atterrit dans la paume de Kariko.

L'Ichani ferma la main, puis les yeux. Quelque chose remua au bord des pensées de Rothen. Il sentit un autre esprit et entrevit ce que signifiait cet étrange rituel. Son esprit était désormais lié au verre et à celui qui le toucherait. Kariko comptait le sertir dans une bague et…

Brusquement, le lien se brisa. Kariko sourit et se retourna. Rothen sentit la force qui le maintenait plaqué contre le mur se dissiper. L'intense douleur dans son épaule le fit suffoquer. Il leva les yeux et regarda d'un air incrédule le Sachakanien franchir le seuil de la maison en ruine et s'éloigner vers les charrettes détruites.

Il m'a laissé en vie.

Rothen pensa à la petite sphère de verre. Il repensa à l'explication du seigneur Sarrin au sujet des différents emplois de la magie noire et comprit que Kariko venait de créer une gemme de sang.

Le bruit des voix à l'extérieur glaça le sang dans ses veines. *Je dois partir maintenant,* pensa-t-il, *tant que je le peux encore.* Il se retourna, s'élança jusqu'à la porte de derrière et sortit en trébuchant dans la nuit.

En regardant Sonea, Cery se sentait étonnamment calme.

Il s'était attendu à être torturé par des émotions conflictuelles dès qu'il la verrait. Il n'avait eu aucun frisson d'excitation ou d'admiration, comme à l'époque, ni le douloureux désir qui ne l'avait pas lâché quand Sonea avait rejoint la Guilde. Il éprouvait principalement de la tendresse et de l'inquiétude.

Je pense que je me ferai toujours du souci pour elle, pour une raison ou une autre. Tout en l'observant, il remarqua la façon dont l'attention de la jeune femme revenait constamment sur Akkarin. Il sourit. Au début, il avait supposé que c'était parce qu'Akkarin était son ancien tuteur et qu'elle était habituée à obéir au moindre de ses ordres, mais il n'en était plus vraiment certain, désormais. Elle n'avait pas hésité à lui faire face au sujet de son statut chez les voleurs. Et Akkarin n'avait pas non plus semblé trop gêné par l'attitude de Sonea.

Ils ne sont plus mages de la Guilde, se rappela Cery. *Ils ont sûrement dû abandonner toutes ces histoires de tuteur et de novice.*

Mais il commençait à douter qu'il n'y ait que ça.

— Tu as ma dague ? demanda Akkarin à son serviteur.

Takan hocha la tête, se leva et disparut dans l'une des chambres. Il revint avec une dague glissée dans un fourreau et pendant à une ceinture qu'il offrit à Akkarin en inclinant la tête.

Le mage s'en empara de façon solennelle. Il posa la ceinture sur ses genoux et leva soudain les yeux vers le mur d'en face. Au même moment, Sonea se pétrifia.

Le silence s'abattit sur la pièce. Cery observa les deux mages qui regardaient au loin. Les sourcils d'Akkarin se joignirent, il secoua la tête, et Sonea écarquilla les yeux.

— Non ! souffla-t-elle. Rothen !

Son visage perdit toute couleur ; elle le cacha dans ses mains et se mit à sangloter.

Cery sentit son cœur se serrer d'inquiétude et vit la même émotion sur le visage d'Akkarin. Le mage mit la ceinture de côté et glissa de sa chaise pour s'agenouiller près de Sonea. Il l'attira et la serra contre lui.

— Sonea, murmura-t-il. Je suis désolé.

Visiblement, quelque chose de terrible avait eu lieu.

— Qu'est-ce qu'il y a ? demanda Cery.

— Le seigneur Yikmo vient de rapporter que tous ses hommes ont été tués, dit Akkarin. Rothen, l'ancien tuteur de Sonea, était parmi eux. (Il fit une courte pause.) Yikmo est gravement blessé. Il a dit quelque chose à propos du succès de leur mission. Il semble qu'ils ont tendu une embuscade aux Ichanis pour les retarder, mais je ne sais pas pourquoi la Guilde a besoin de ce délai.

Le bruit des sanglots de Sonea changea. Elle essayait manifestement de s'arrêter. Akkarin baissa le regard sur elle, puis jeta un coup d'œil vers Cery.

— Où pouvons-nous dormir ?

Takan désigna une chambre.

— Par ici, maître.

Cery remarqua que le serviteur avait indiqué la chambre contenant le plus grand lit.

Akkarin se leva et mit Sonea sur ses pieds.

— Viens, Sonea. Ça fait des semaines que nous n'avons pas fait une nuit complète.

— Je ne peux pas dormir, dit-elle.

—Alors, va t'allonger et réchauffe le lit pour moi.

Bah, au moins, y a plus de doute, pensa Cery.

Ils entrèrent dans la chambre. Au bout d'un moment, Akkarin revint. Cery se leva.

—Il est tard, dit le jeune homme. Je reviendrai tôt demain matin, pour qu'on puisse parler de la réunion.

Akkarin hocha la tête.

—Merci, Ceryni.

Il retourna dans la chambre et ferma la porte derrière lui.

Cery fixait la porte fermée. *Akkarin, hein ? Choix intéressant.*

—J'espère que ça ne vous contrarie pas.

Cery se tourna vers Takan. Le serviteur fit un signe de la tête vers la chambre.

—Ces deux-là ? (Cery haussa les épaules.) Non.

Takan hocha la tête.

—C'est ce que je pensais, puisque vous êtes désormais occupé avec une autre femme.

Cery sentit son sang se glacer. Il lança un regard vers Gol, qui fronçait les sourcils.

—Comment vous savez ça ?

—Un de mes gardiens en a parlé. (Le regard de Takan passa de Cery à Gol.) On dirait bien que ça devait rester secret ?

—Oui. Ce n'est pas toujours sûr d'être l'amie d'un voleur.

Le serviteur semblait sincèrement préoccupé.

—Il ne connaissait pas son nom. On attend d'un jeune homme comme vous qu'il ait une femme, ou plusieurs.

Cery s'arracha un sourire amer.

—Vous avez peut-être raison. Je vais devoir m'occuper de ces rumeurs. Bonne nuit.

Takan inclina la tête.

—Bonne nuit, voleur.

Chapitre 31

Préparatifs de guerre

Le guide mena Lorlen dans une pièce spacieuse. La lumière du soleil du petit matin entrait à flots par des fenêtres de bonne taille qui ne trouaient qu'un seul pan de mur. Un petit groupe d'hommes était assis autour d'une grande table, au centre. Le roi se tenait au milieu, le seigneur Balkan à sa gauche et le capitaine Arin, son conseiller militaire, à sa droite. Le reste du comité se composait de capitaines et de courtisans, dont certains étaient familiers à l'administrateur.

Le roi accueillit Lorlen avec un regard et un salut de la tête, puis reporta son attention sur une carte de la ville dessinée à la main, étalée devant lui.

— Et les supports des portes du mur extérieur seront-ils bientôt terminés, capitaine Vettan ? demanda-t-il à un homme aux cheveux gris.

— Les portes Nord et Ouest sont prêtes. Les portes Sud seront terminées d'ici ce soir, répondit le capitaine.

— J'ai une question, Votre Altesse.

La voix était celle d'un jeune homme habillé avec goût qui se tenait de l'autre côté de la table.

Le roi leva les yeux.

— Oui, Ilorin ?

Lorlen posa un regard surpris sur le jeune homme. C'était le cousin du roi, un jeune homme pas plus âgé qu'un novice de première année, et un possible héritier du trône.

— Pourquoi fortifions-nous les portes alors que le mur extérieur est tombé en ruine autour de la Guilde ? demanda-t-il. Les Sachakaniens n'ont qu'à envoyer des éclaireurs encercler la ville pour le découvrir.

Le roi eut un sourire amer.

— Nous espérons que les Sachakaniens ne le feront pas.

— Nous nous attendons à une attaque audacieuse de leur part, dit

Balkan à Ilorin, et vu que ces esclaves sont une source de leur pouvoir, je doute qu'ils prennent le risque de les envoyer en éclaireurs.

Lorlen remarqua que Balkan n'avait pas mentionné la possibilité que les Sachakaniens aient lu cette faiblesse dans les esprits des guerriers du Fort ou de Calia. Peut-être le roi lui avait-il demandé de cacher à son cousin le caractère totalement désespéré de leur situation.

— Pensez-vous que ces fortifications arrêteront les Sachakaniens ? demanda Ilorin.

— Non, répondit Balkan. Elles les ralentiront peut-être mais ne les arrêteront pas. Elles serviront à forcer les Sachakaniens à épuiser leur pouvoir.

— Que se passera-t-il quand ils auront pénétré dans la ville ?

Balkan lança un regard au roi.

— Nous continuerons à les combattre le plus longtemps possible.

Le roi se tourna vers l'un des autres capitaines.

— Les Maisons ont-elles été évacuées ?

— La plupart de leurs habitants sont partis, répondit l'homme.

— Et le reste du peuple ?

— Les gardes des portes ont rapporté que le nombre de personnes quittant la ville s'est multiplié par quatre.

Le roi posa de nouveau les yeux sur la carte et soupira.

— Si seulement cette carte incluait les Taudis… (Il regarda le seigneur Balkan.) Poseront-ils un problème durant la bataille ?

Le guerrier plissa le front.

— Seulement si les Sachakaniens décident de s'y cacher.

— Si c'est le cas, nous pourrions mettre le feu aux bâtiments, suggéra Ilorin.

— Ou les brûler maintenant, pour s'assurer qu'ils ne les utiliseront pas pour leur compte, ajouta un autre courtisan.

— Ils brûleront pendant des jours, prévint le capitaine Arin. La fumée aidera l'ennemi à se cacher, et les braises qui retomberont pourraient mettre le feu au reste de la ville. Je recommande de laisser les Taudis tels quels à moins que nous n'ayons pas le choix.

Le roi acquiesça, se redressa et regarda Lorlen.

— Laissez-moi, ordonna-t-il. L'administrateur Lorlen et le seigneur Balkan peuvent rester.

La garde quitta rapidement la pièce. Lorlen remarqua que les deux conseillers du roi restèrent.

— M'avez-vous apporté de bonnes nouvelles ? demanda le roi.

— Non, Votre Altesse, répondit Lorlen. Le seigneur Sarrin n'a pas pu découvrir comment utiliser la magie noire. Il vous envoie ses excuses et vous informe qu'il continuera d'essayer.

—A-t-il au moins le sentiment de s'en approcher ?

Lorlen soupira et secoua la tête.

—Non.

Le roi baissa les yeux sur la carte et se renfrogna.

—Les Sachakaniens seront là dans un jour, deux si nous sommes chanceux. (Il regarda Balkan.) Vous l'avez apportée ?

Le guerrier hocha la tête. Il sortit une petite bourse de sa robe, l'ouvrit et versa ce qu'elle contenait sur la table. Lorlen se figea quand il reconnut la bague d'Akkarin.

—Vous avez l'intention de rappeler Akkarin ?

Le roi hocha la tête.

—Oui. C'est un risque, mais quelle différence cela fera-t-il s'il nous trahit ? Nous perdrons cette bataille… sans lui, de toute façon. (Il prit la bague par l'anneau et la tendit à Lorlen.) Rappelez-le.

La bague était froide. Lorlen la glissa à son doigt et ferma les yeux.

—*Akkarin !*

Il attendit, mais aucune réponse ne vint. Après avoir compté jusqu'à cent, il rappela. Toujours pas de réponse. Il secoua la tête.

—Il ne répond pas.

—Peut-être fonctionne-t-elle mal, dit le roi.

—Je vais réessayer.

—*Akkarin !*

Aucune réponse ne vint. Lorlen essaya quelques fois encore, puis soupira et retira la bague.

—Il dort peut-être, dit-il. Je pourrais réessayer dans une heure.

Le roi fronça les sourcils et leva les yeux vers les fenêtres.

—Appelez-le sans la bague. Peut-être répondra-t-il, de cette façon.

Balkan et Lorlen échangèrent des regards inquiets.

—L'ennemi nous entendra, fit remarquer le guerrier.

—Je sais. Appelez-le.

Balkan hocha la tête et ferma les yeux.

—*Akkarin !*

Le silence suivit. Lorlen envoya son propre appel.

—*Akkarin ! Le roi t'ordonne de revenir.*

—*Ak…*

—*AKKARIN ! AKKARIN ! AKKARIN ! AKKARIN !*

Lorlen suffoqua alors qu'un autre esprit retentissait contre le sien et le martelait. Il entendit d'autres voix mentales crier le nom d'Akkarin d'un ton moqueur, puis il se retira avec un frisson.

—Eh bien, ce n'était pas agréable, marmonna Balkan en se frottant les tempes.

—Que s'est-il passé ? demanda le roi.

— Les Sachakaniens ont répondu.

— Avec un sort mental, ajouta Lorlen.

Le roi se renfrogna, se détourna de la table et serra les poings. Il arpenta la pièce quelques minutes, puis se tourna vers Lorlen.

— Réessayez dans une heure.

Lorlen inclina la tête.

— Oui, Votre Altesse.

Les directives de Tayend avaient mené Dannyl vers une demeure typique de celles bâties à l'aide de la magie. Des balcons incroyablement fragiles donnaient sur la rue. Même la porte était née de la magie ; c'était une feuille de verre délicatement sculptée.

Un long moment passa avant qu'il y ait une réponse au coup de Dannyl à la porte. Il entendit des bruits de pas approcher, puis une silhouette indistincte apparut derrière le verre. La porte s'ouvrit. Tayend accueillit Dannyl lui-même, avec un large sourire et une révérence.

— Désolé pour la lenteur du service, dit-il. La maisonnée de Zerrend entière est partie pour l'Elyne, il n'y a donc personne ici à part… (Il fronça les sourcils.) Tu as une mine affreuse.

Dannyl hocha la tête.

— Je n'ai pas dormi de la nuit. Je…

Il s'étrangla, l'émotion montant en lui et hachant ses mots.

L'érudit fit entrer Dannyl et ferma la porte.

— Que s'est-il passé ?

Dannyl déglutit avec peine et cligna des yeux pour retenir ses larmes. Il avait maîtrisé ses émotions toute la nuit, passée à consoler Yaldin et Ezrille, puis Dorrien. Mais maintenant…

— Rothen est mort, réussit-il à dire.

Il sentit des larmes se répandre sur ses joues. Tayend écarquilla les yeux, se rapprocha et étreignit Dannyl.

Le mage se raidit, puis s'en voulut d'agir ainsi.

— Ne t'inquiète pas, le rassura Tayend. Comme je te l'ai dit, il n'y a personne à part moi, ici. Pas même des serviteurs.

— Je suis désolé, dit Dannyl. C'est juste que je m'…

— … inquiète qu'on nous voie. Je sais. Je suis prudent.

Dannyl déglutit avec peine.

— Je *déteste* le fait que nous devions l'être.

— Moi aussi, dit Tayend. (Il recula un peu et leva les yeux vers Dannyl.) Mais c'est ainsi. Nous serions idiots de penser autrement.

Dannyl soupira et se frotta les yeux.

— Regarde-moi. Je suis un véritable idiot.

Tayend lui prit la main et le tira dans le salon.

— Non, ce n'est pas vrai. Tu viens juste de perdre un vieil ami. Zerrend a de quoi soigner ça, même si mon cher petit cousin – ou peut-être est-il plus éloigné – a dû emporter les meilleurs millésimes avec lui.

— Tayend, dit Dannyl, Zerrend est parti pour une bonne raison. Les Sachakaniens ne sont qu'à un ou deux jours d'ici. Tu ne peux pas rester.

— Je ne rentrerai pas à la maison. Je suis venu t'aider à surmonter tout ça, et c'est bien ce que je compte faire.

Dannyl força l'érudit à s'arrêter.

— Je suis sérieux, Tayend. Ces magiciens tuent pour se fortifier. Ils se battront d'abord contre la Guilde, car c'est leur adversaire le plus fort. Ensuite, ils chercheront des victimes pour remplacer le pouvoir qu'ils auront perdu. Nous, les magiciens, ne leur servirons pas, car nous aurons épuisé notre force en les combattant. Ils prendront pour cible les gens ordinaires, en particulier ceux dotés d'aptitudes magiques latentes. Comme toi.

L'érudit ouvrit de grands yeux.

— Mais ils n'iront pas si loin. Tu as dit qu'ils combattraient d'abord la Guilde. La Guilde va gagner, n'est-ce pas ?

Dannyl fixa Tayend et secoua la tête.

— D'après les instructions qu'on nous a données, je ne pense pas que quelqu'un croie en une possible victoire. Nous en tuerons peut-être un ou deux, mais pas tous. Nous avons l'ordre d'abandonner Imardin une fois que nous nous serons épuisés.

— Oh ! Tu auras besoin d'aide pour t'échapper, si tu es épuisé. Je…

— Non. (Dannyl saisit les épaules de Tayend.) Tu dois partir *maintenant.*

L'érudit secoua la tête.

— Je ne pars pas d'ici sans toi.

— Tayend…

— Par ailleurs, ajouta l'érudit, les Sachakaniens envahiront sûrement l'Elyne ensuite. Je préfère passer quelques jours ici avec toi et risquer une mort prématurée que de rentrer chez moi et de m'en vouloir de t'avoir abandonné pour quelques mois de sécurité supplémentaires. Je reste, et il va falloir que tu t'en accommodes.

Après l'obscurité des égouts, la lumière du soleil fut éblouissante. En passant la trappe, Sonea sentit quelque chose sous sa botte et trébucha, puis elle entendit un juron étouffé.

— C'était mon pied, grommela Cery.

La jeune femme ne put s'empêcher de sourire.

— Désolée, Cery, ou devrais-je t'appeler Ceryni, maintenant ?

Le jeune homme émit un bruit de dégoût.

— J'ai essayé de me débarrasser de ce nom toute ma vie, et maintenant, je *dois* l'utiliser. Je suis sûr que certains d'entre nous aimeraient toucher deux mots au voleur qui a décidé que nous devions tous porter un nom d'animal.

— Ta maman devait savoir lire l'avenir pour t'avoir donné ce nom, dit Sonea.

Elle s'écarta alors qu'Akkarin émergeait du tunnel.

— Elle pouvait dire en un coup d'œil quels encapuchonnés s'échapperaient sans payer, dit Cery. Et elle a toujours dit que mon père aurait des problèmes.

— Ma tante doit aussi avoir ce don. Elle a toujours dit que *tu* n'apportais que des problèmes. (Elle marqua une pause.) Tu as vu Jonna et Ranel, dernièrement ?

— Non, dit Cery en se penchant pour replacer la plaque d'égout. Pas depuis des mois.

Sonea soupira, et la conscience de la mort de Rothen se fit sentir, comme un poids logé quelque part dans sa poitrine.

— J'aimerais beaucoup les voir. Avant que tout ça…

Cery leva une main pour réclamer le silence et les tira, elle et Akkarin, sous un porche en retrait. Gol revint précipitamment de l'entrée de la ruelle et les rejoignit. Deux hommes entrèrent derrière lui dans la ruelle et avancèrent doucement dans leur direction. Alors qu'ils se rapprochaient, Sonea reconnut le visage le plus sombre. Elle sentit une main la pousser doucement dans le creux des reins.

— Vas-y, lui chuchota Cery à l'oreille. Fous-lui la peur de sa vie.

Sonea jeta un coup d'œil en arrière et vit les yeux du jeune homme briller de malice. Elle attendit que les deux hommes arrivent à son niveau, puis se mit en travers de leur chemin et retira sa capuche.

— Faren.

Les deux hommes se ramassèrent en position de défense et la dévisagèrent, puis l'un d'eux suffoqua.

— Sonea ?

— Tu me reconnais, après tout ce temps.

L'homme fronça les sourcils.

— Mais, je pensais que tu…

— … avais quitté la Kyralie ? (Elle croisa les bras.) J'ai décidé de revenir et de m'acquitter de quelques dettes.

— Des dettes ? (Il lança un regard nerveux à son compagnon.) Mais tu n'as rien à régler avec moi.

— Vraiment ? (Elle s'approcha de lui et le vit avec plaisir reculer d'un pas.) Il me semble me souvenir d'un petit arrangement que nous avons eu, tous les deux. Ne me dis pas que tu as oublié, Faren.

— Comment pourrais-je oublier ? marmonna-t-il. Je me souviens que tu n'as jamais honoré ta part du marché. À vrai dire, tu as réduit en cendres plus d'une de mes maisons, pendant que je te protégeais.

Sonea haussa les épaules.

— Je ne me suis certes pas montrée très utile. Mais je ne pense pas que quelques maisons brûlées justifient le fait de me vendre à la Guilde.

Faren recula encore d'un pas.

— Ce n'était pas mon idée. Je n'avais pas le choix.

— Pas le choix ? s'exclama-t-elle. D'après ce que j'ai entendu, tu as fait un sacré bénéfice. Dis-moi, les autres voleurs ont-ils pris une commission sur la récompense ? On m'a dit que tu avais tout gardé.

On entendit Faren déglutir, puis il recula davantage.

— Comme compensation, dit-il d'une voix étranglée.

Sonea fit encore un pas vers lui, mais soudain, un gloussement lui parvint du seuil de la porte et se transforma vite en rire.

— Sonea, dit Cery. Je devrais t'embaucher en tant que messagère. Tu es assez effrayante, quand tu veux.

La jeune femme s'arracha un sourire amer.

— Tu n'es pas le seul à m'avoir dit ça, dernièrement.

Mais penser à Dorrien ne fit que ramener Rothen dans son esprit. Elle éprouva de nouveau le poids du chagrin et s'efforça de ne pas y prêter attention. *Je ne peux pas penser à ça maintenant*, se dit-elle. *Nous avons trop à faire.*

Les yeux jaunes de Faren étaient plissés et braqués sur Cery.

— J'aurais dû me douter que tu étais derrière cette petite embuscade.

Cery sourit.

— Oh ! je lui ai seulement suggéré de s'amuser un peu à tes dépens. Elle le mérite. Tu l'as bien livrée à la Guilde, après tout.

— Tu l'emmènes à la réunion, c'est ça ?

— Oui. Elle et Akkarin ont plein de choses à leur dire.

— Akkarin… ? répéta Faren d'une petite voix.

Sonea entendit des bruits de pas derrière elle. Elle se retourna et vit qu'Akkarin et Gol avaient émergé du porche. Le mage avait rasé sa petite barbe et noué ses cheveux en arrière ; il avait retrouvé sa prestance.

Faren recula encore d'un pas.

— C'est *Faren*, n'est-ce pas ? dit Akkarin d'un ton doucereux. Noir, huit pattes et venimeux ?

Faren hocha la tête.

— Oui, répondit-il. Enfin, hormis les pattes.

— C'est un honneur.

Le voleur inclina de nouveau la tête.

— De même. (Il regarda Cery.) Eh bien, cette réunion devrait être divertissante. Suivez-moi.

Faren avança en direction du bout de la ruelle ; son compagnon lança un regard curieux à Sonea et Akkarin avant de s'élancer derrière lui. Cery jeta un coup d'œil vers Sonea, Akkarin et Gol et leur fit signe de le suivre. Ils débouchèrent dans un étroit passage entre deux bâtiments, au bout de la ruelle. À mi-chemin, un homme imposant s'avança pour barrer le chemin devant Faren.

— C'est qui, ceux-là ? demanda l'homme en montrant du doigt Sonea et Akkarin.

— Des invités, répondit Cery.

L'homme hésita, puis passa à contrecœur le seuil d'une porte. Faren le suivit dans le bâtiment. Ils parcoururent ensuite un petit couloir, puis montèrent un escalier. Une fois en haut, Faren s'arrêta devant une porte et se tourna vers Cery.

— Tu devrais d'abord demander avant de les faire entrer.

— Et les laisser se disputer à ce sujet pendant des heures ? (Cery secoua la tête.) On n'a pas le temps.

— Très bien, je t'aurai prévenu.

Faren ouvrit la porte. Sonea suivit les deux hommes et entra dans une pièce luxueuse. Des fauteuils rembourrés avaient été disposés en un cercle approximatif. Elle compta sept fauteuils occupés. Les sept hommes qui se tenaient debout derrière devaient être les protecteurs des voleurs.

Il n'était pas difficile de deviner le nom de chaque voleur. L'homme mince et chauve était de toute évidence Sevli. La femme au nez pointu et aux cheveux roux était sûrement Zill, et l'homme à la barbe et aux sourcils touffus devait être Limek. Tout en les observant, Sonea se demanda si les similarités avec les animaux avaient été à l'origine du nom des voleurs ou s'ils s'étaient arrangés pour ressembler à la bête qu'ils préféraient. *Peut-être un peu les deux*, conclut-elle.

Les occupants des fauteuils les dévisageaient, elle et Akkarin, certains arborant une expression furieuse et outrée, d'autres un air perplexe. Un visage lui était familier. Sonea sourit en croisant le regard de Ravi.

— Qui sont ces gens ? demanda sèchement Sevli.

— Des amis de Cery, dit Faren. (Il alla s'asseoir dans l'un des fauteuils vides.) Il a tenu à les amener.

— Voici Sonea, répondit Ravi pour les autres voleurs. (Ses yeux glissèrent sur Akkarin.) Ce qui veut dire que vous devez être l'ancien haut seigneur.

L'outrage et la perplexité se transformèrent soudain en surprise.

— C'est un honneur d'enfin tous vous rencontrer, répondit Akkarin. Vous en particulier, seigneur Senfel.

Sonea leva les yeux vers l'homme se tenant derrière le fauteuil de Ravi. Le vieux mage s'était rasé la barbe, ce qui expliquait sûrement pourquoi elle ne l'avait pas reconnu au premier coup d'œil. La dernière fois qu'elle l'avait vu, quand Faren avait essayé de le faire chanter pour qu'il enseigne la magie à Sonea, il portait une longue barbe blanche. La jeune fille avait été droguée, dans une vaine tentative de contrôler sa magie, et elle avait pensé avoir rêvé cette rencontre jusqu'à ce que Cery intervienne au cours de la réunion. L'homme dévisageait Akkarin, blême.

—Alors, dit-il, vous m'avez enfin retrouvé.

—Enfin ? (Akkarin haussa les épaules.) Je savais où vous vous cachiez depuis *très* longtemps, Senfel.

Le vieil homme cligna les yeux de surprise.

—Vous *saviez* ?

—Bien sûr, répondit Akkarin. Votre fausse mort n'était pas très convaincante. Je ne suis pas encore certain de comprendre pourquoi vous nous avez quittés.

—Je trouvais vos règles... étouffantes. Pourquoi n'avez-vous rien fait ?

Akkarin sourit.

—Voyons, pour quoi serait passé mon prédécesseur ? Il n'avait même pas remarqué votre absence. Vous ne faisiez aucun mal, ici, alors j'ai décidé de vous laisser rester.

Le vieux mage cracha un petit rire désagréable.

—Décidément, c'est devenu une habitude, pour vous, d'enfreindre les règles, Akkarin de Delvon.

—Et j'attendais le jour où j'aurais besoin de vous, ajouta Akkarin.

Senfel se rembrunit.

—La Guilde ne cesse de vous appeler, dit-il. Il semble qu'*elle* a besoin de *vous*. Pourquoi ne répondez-vous pas ?

Akkarin balaya le cercle de voleurs du regard.

—Parce que la Guilde ne doit pas savoir que nous sommes ici.

Un intérêt perçant naquit dans les yeux des voleurs.

—Et pourquoi donc ? demanda Sevli.

Cery s'avança.

—L'histoire d'Akkarin est longue. On pourrait avoir d'autres sièges ?

L'homme qui les avait accueillis à la porte quitta la pièce et revint avec deux simples chaises de bois. Quand ils furent tous assis, Akkarin regarda les visages composant le cercle et prit une profonde inspiration.

—Laissez-moi d'abord vous raconter comment j'ai rencontré les Sachakaniens, commença-t-il.

Tandis qu'il racontait brièvement sa rencontre avec Dakova, Sonea observa les visages des voleurs. Au début, ils écoutèrent calmement, mais quand le mage décrivit les Ichanis, leurs expressions tournèrent à l'alarme et à l'inquiétude. Il leur parla des espions, et comment il avait recruté Cery pour les traquer. À cette révélation, ils regardèrent le vieil ami de Sonea d'un œil surpris et intéressé. Puis, quand Akkarin raconta leur exil au Sachaka, Sevli poussa une exclamation de dégoût.

—Les membres de la Guilde sont des imbéciles, dit-il. Ils auraient dû vous garder jusqu'à ce qu'ils sachent si les Ichanis existaient.

—Il pourrait s'avérer heureux qu'ils ne l'aient pas fait, dit Akkarin. Les Ichanis ne savent pas que je suis ici, ce qui nous donne un avantage. Même si je suis plus fort que n'importe quel mage de la Guilde, je ne le suis pas assez pour vaincre huit Ichanis. Sonea et moi pourrions en vaincre un, s'il est séparé des autres. Toutefois, si les Ichanis savent que nous sommes ici, ils se regrouperont et nous traqueront.

Il embrassa le cercle d'un coup d'œil.

—C'est pourquoi je n'ai pas répondu aux appels de la Guilde. Si elle sait que je suis ici, les Ichanis le liront dans l'esprit du premier magicien qu'ils captureront.

—Mais vous *nous* avez permis d'être au courant, fit observer Sevli.

—Oui. C'est un risque, mais pas un gros. J'attends des gens dans cette pièce qu'ils restent bien en dehors du chemin des Sachakaniens. Toute autre rumeur concernant notre présence qui parviendrait aux oreilles des habitants d'Imardin pourrait passer pour un vœu pieux.

—Alors, qu'attendez-vous de nous ? demanda Ravi.

—Ils veulent que nous les aidions à isoler un Sachakanien, répondit Zill.

—Oui, confirma Akkarin. Et que vous nous donniez accès à la route des voleurs, et que vous nous fournissiez des guides afin que nous puissions traverser la ville entière.

—Elle ne couvre pas la totalité du cercle intérieur, prévint Sevli.

—Mais les bâtiments sont pour la plupart déserts, dit Zill. Ils sont verrouillés, mais nous pouvons nous en occuper.

Sonea fronça les sourcils.

—Pourquoi les bâtiments sont-ils déserts ?

La femme regarda Sonea.

—Le roi a ordonné aux Maisons de quitter Imardin. Nous nous demandions pourquoi, jusqu'à ce que Senfel nous parle à l'instant de la défaite au Fort et à Calia.

Akkarin hocha la tête.

—La Guilde aura donc compris que toute personne à Imardin est une source potentielle de magie pour les Ichanis. Elle a dû conseiller au roi de faire évacuer la ville.

—Mais il a ordonné seulement aux Maisons de partir, n'est-ce pas ? dit Sonea. (À l'acquiescement des voleurs, elle fut prise d'un accès de colère.) Et le reste de la population ?

—Avec le départ des Maisons, tout le monde a deviné qu'il se passait quelque chose, lui dit Cery. D'après ce qu'on dit, des milliers de gens ont pris leurs affaires et sont partis à la campagne.

—Et les coureurs ? demanda-t-elle.

—Ils vont se retrancher, lui assura Cery.

—Dans les Taudis, en dehors des murs de la ville, par où les Ichanis arriveront en premier. (Elle secoua la tête.) Si les Ichanis décident de s'arrêter pour se fortifier, les coureurs n'auront aucune chance de s'en sortir. (Elle sentit sa colère grandir.) Je veux bien croire que le roi soit si stupide, mais pas la Guilde. Il doit y avoir des centaines de magiciens potentiels, dans les Taudis. Ce sont *eux* qu'on devrait évacuer en premier.

—Des magiciens potentiels ? (Sevli fronça les sourcils.) Qu'est-ce que tu veux dire ?

—La Guilde ne cherche le potentiel magique que parmi les enfants des Maisons, dit Akkarin, mais ça ne veut pas dire que des gens parmi les autres classes n'en ont pas. Sonea en est la preuve. On lui a permis de rejoindre la Guilde uniquement parce que ses pouvoirs étaient si grands qu'ils se développaient tout seuls. Il y a sûrement des centaines de magiciens latents parmi les classes populaires.

—Et ce sont des victimes plus intéressantes que les mages pour les Ichanis, ajouta Sonea. Ceux-ci épuisent leur pouvoir en se battant ; quand ils sont vaincus, il n'en reste plus beaucoup à prendre.

Les voleurs s'échangèrent des regards.

—Nous pensions que les envahisseurs nous ignoreraient, marmonna Ravi. Maintenant, on dirait que nous allons être les victimes d'une espèce de moisson de magie.

—À moins que… (Sonea retint son souffle et regarda Akkarin.) À moins que quelqu'un s'empare de leur pouvoir avant les Ichanis.

Le mage écarquilla les yeux quand il comprit ce qu'elle suggérait, puis il fronça les sourcils.

—Seraient-ils d'accord ? Je ne prendrai l'énergie d'aucun Kyralien contre sa volonté.

—Je pense que la plupart accepteraient s'ils comprenaient pourquoi on la veut.

Akkarin secoua la tête.

—Mais ce serait impossible à organiser. Nous devrions tester des milliers de gens et expliquer à chacun ce que nous faisons. Il se peut qu'il ne nous reste qu'une journée pour nous préparer.

—Pensez-vous à ce que je crois que vous pensez ? demanda Senfel.

—C'est-à-dire ? (Sevli semblait perdu.) Si tu comprends quelque chose, Senfel, explique-moi.

—Si nous arrivons à trouver les traîne-ruisseau qui détiennent un potentiel magique, Akkarin et Sonea peuvent prendre leur pouvoir, dit Senfel.

—Non seulement nous volons la récolte des Ichanis, mais *nos* magiciens deviennent plus forts, dit Zill en se redressant dans son fauteuil.

Nos magiciens? Sonea contint un sourire. *On dirait bien que les voleurs nous ont acceptés.*

—Mais les coureurs seront-ils d'accord? demanda Akkarin. Ils ne portent pas les magiciens dans leur cœur.

—Ils seront d'accord si c'est *nous* qui leur demandons, dit Ravi. Peu importe ce que les coureurs pensent de nous, ils reconnaissent que nous nous sommes battus pour eux durant et après la première Purge. Si nous demandons de l'aide pour la bataille contre les envahisseurs, nous aurons des milliers de volontaires à la fin de la journée. Nous pouvons leur dire que quelques magiciens sont avec nous. S'ils pensent que vous n'êtes pas de la Guilde, ils seront sûrement encore plus d'accord pour vous aider.

—Il y a un problème, dit Sevli. Si on fait ça, des milliers de coureurs vont vous voir. Même s'ils ne savent pas qui vous êtes, ils auront vu votre visage. Si les Ichanis lisaient leur esprit...

—Je peux me rendre utile pour ça, dit Senfel. Je testerai tous les volontaires. Seuls ceux qui auront un potentiel verront Sonea et Akkarin. Ça voudra dire que seulement une centaine de personnes sauront qu'ils sont ici.

Cery sourit.

—Tu vois, Senfel. Tu te montres enfin utile.

Le vieux mage lui lança un regard profondément méprisant et reposa les yeux sur Akkarin.

—Si nous incitons ces volontaires à rester quelque part – un lieu sûr avec des lits confortables et de bonnes réserves de nourriture – ils recouvreront leur force, et vous pourrez vous fortifier de nouveau le lendemain.

Akkarin fixa le magicien du regard et hocha la tête.

—Merci, Senfel.

—Ne me remerciez pas encore, répondit le vieux mage. Ils pourraient s'enfuir en me voyant.

Sevli gloussa.

—Il va peut-être te falloir essayer d'être charmant, pour une fois, Senfel. (Il ignora le regard féroce du vieil homme et balaya le cercle des yeux.) Maintenant que nous connaissons la nature de ces Ichanis, je me rends compte que les suggestions que j'allais faire pour les combattre ne fonctionneront pas. Nous devrons nous écarter le plus possible de leur chemin.

—Oui, acquiesça Faren. Et prévenir les coureurs d'en faire autant.

—Encore mieux, dit Ravi, emmener les coureurs dans les passages. On aura à peine la place de passer et l'air se fera peut-être rare, mais (il leva les yeux vers Senfel) les combats de magiciens ne durent pas longtemps, d'après ce qu'on dit.

— Alors, comment allons-nous nous débrouiller pour faire en sorte qu'un Ichani quitte le groupe principal ? demanda Zill.

— On dit que Limek a un bon tailleur, dit Cery en lançant un regard lourd de sous-entendus au voleur touffu.

— Tu te vois porter la robe ? dit l'homme d'une voix profonde.

— Oh, ils ne croiront jamais qu'un magicien puisse être aussi petit ! se moqua Faren.

— Hey ! protesta Cery. (Il montra Sonea du doigt.) Il y a des mages petits.

Faren hocha la tête.

— Bon, tu pourrais bien être convaincant en robe de novice.

Sonea sentit quelque chose lui frôler le bras ; elle baissa les yeux et vit les doigts d'Akkarin lui toucher légèrement la peau.

— *Ces gens sont plus courageux que je croyais*, envoya-t-il. *Ils semblent comprendre à quel point les Ichanis sont dangereux et puissants, et pourtant, ils sont toujours prêts à les combattre.*

Sonea sourit et lui envoya l'image fugace de coureurs lançant des pierres à des magiciens, durant la Purge, puis du réseau d'égouts qui avait permis à Cery de les emmener dans la ville.

— *Pourquoi ne le feraient-ils pas ? Ça fait des années qu'ils se battent contre des magiciens et qu'ils les sèment.*

Chapitre 32

Un cadeau

Quelque chose chatouilla les narines de Rothen. Il grogna et ouvrit les yeux.

Il était couché, face contre terre, sur l'herbe séchée. En roulant sur lui-même, il sentit un élancement dans son épaule. Les souvenirs de la nuit précédente revinrent au galop : l'arrivée des charrettes, le jeune guerrier coincé par un Ichani, le seigneur Yikmo à la fenêtre de la maison, l'explosion des charrettes, Kariko, la gemme de sang, la fuite…

Il regarda autour de lui et vit qu'il était dans une grange. D'après l'angle des rayons de lumière passant entre les lattes de bois, il était près de midi.

La douleur se fit encore plus forte lorsqu'il s'assit. Il glissa une main sous sa robe et se toucha l'épaule. Elle était un peu trop haute. Il ferma les yeux, projeta son esprit dans son corps et regarda son épaule d'un air consterné. Durant son sommeil, son organisme avait utilisé ses pouvoirs pour commencer la guérison des os cassés dans son bras et son épaule. Mais quelque chose n'allait pas.

Il soupira. Se guérir inconsciemment était un avantage pour un magicien, mais ce n'était pas un réflexe fiable. Les os s'étaient fixés selon des angles anormaux. Un guérisseur expérimenté pourrait les briser et les replacer, mais Rothen devrait pour le moment faire avec la gêne et des mouvements restreints.

Il eut quelques vertiges en se levant, et la faim le tenailla. Il avança jusqu'à la porte de la grange et scruta l'extérieur. Des maisons entouraient la bâtisse, mais tout était silencieux. Le bâtiment le plus proche lui semblait familier. Il fut pris d'un frisson quand il se rendit compte que c'était la maison dans laquelle il avait affronté Kariko.

Il se refusa à quitter la protection de la grange. Les Sachakaniens pouvaient encore être dans le village, à chercher des véhicules de remplacement.

Il devrait attendre jusqu'à la tombée de la nuit, puis se faufiler à la faveur de l'obscurité.

Soudain, il vit le mage allongé près de la porte de derrière de la maison. Il n'y avait pas de corps à cet endroit, la nuit précédente. Ça ne pouvait être qu'un seul magicien : le seigneur Yikmo.

Rothen avança dans la lumière du jour et s'élança vers la silhouette en robe rouge. Il agrippa les épaules de Yikmo et le fit rouler sur le dos. Les yeux du magicien fixaient aveuglément le ciel.

Des filets de sang avaient séché sur le menton du guerrier. Sa robe était déchirée et couverte de poussière. Rothen se remémora ce qu'il s'était passé la veille et se souvint du moment où la façade de la maison avait explosé vers l'intérieur. Il avait supposé que Yikmo s'était échappé. Au lieu de cela, l'homme semblait avoir été fatalement blessé par l'explosion.

Rothen secoua la tête. Yikmo avait été respecté et admiré à la Guilde. Même s'il n'était pas doué d'un grand pouvoir, son esprit vif et sa capacité à enseigner aux novices à faire face aux difficultés lui avaient fait gagner la haute estime à la fois de Balkan et d'Akkarin.

C'est pour ça qu'Akkarin l'a choisi pour être le professeur de Sonea, pensa Rothen. *Je crois vraiment qu'elle appréciait Yikmo. Elle sera bouleversée d'apprendre sa mort.*

Comme l'ensemble de la Guilde. Il songea à communiquer la nouvelle, mais quelque chose le fit hésiter. La Guilde devait savoir, d'après le silence qui avait suivi la bataille, que tous les mages avaient péri. Les Sachakaniens ne pouvaient être sûrs de rien. *Il vaut mieux ne pas leur apprendre quoi que ce soit qu'ils ne savent pas encore*, pensa-t-il.

Rothen se remit debout et se tourna vers la maison. Il entra prudemment et s'approcha de la pièce de devant. Un trou béant s'ouvrait sur la rue. Les restes brisés de deux charrettes formaient deux tas, en son centre.

Ils sont partis.

Trois corps gisaient dans les débris. Rothen observa les maisons de chaque côté et sortit avec prudence.

— Magicien !

Rothen fit volte-face et se détendit en voyant un adolescent courir vers lui. Il se souvenait avoir vu ce garçon durant l'évacuation du village. Yikmo avait dû user de paroles sévères pour le dissuader de traîner dans les parages pour regarder le combat.

— Qu'est-ce que tu fais ici ? demanda Rothen.

Le garçon s'arrêta, et la révérence maladroite qu'il fit fut d'une gaucherie presque comique.

— J'suis revenu pour voir ce qui s'est passé, seigneur, répondit-il. (Ses yeux s'égarèrent vers les charrettes.) C'est l'ennemi ?

Rothen s'approcha des corps pour les examiner. Tous étaient sachakaniens. Il remarqua les nombreuses cicatrices, sur leurs bras.

— Des esclaves, dit-il. (Il regarda de plus près.) On dirait que la destruction des charrettes les a blessés. Ce sont des blessures sérieuses, mais rien qui n'aurait pas pu être guéri, et rien qui les aurait tués rapidement.

— Vous pensez que les Sachakaniens ont tué leur propre peuple ?

— Peut-être. (Rothen se redressa et regarda l'un après l'autre les Sachakaniens morts.) Oui. Ces coupures sur leurs poignets ne sont pas dues à des éclats de bois.

— J'imagine qu'ils ne voulaient pas que leurs esclaves les ralentissent, dit le garçon.

— Tu as regardé partout dans le village ? demanda Rothen.

Le jeune hocha la tête.

— Tu as vu d'autres mages de la Guilde ?

Le garçon opina de nouveau du chef, puis baissa les yeux.

— Mais tous morts.

Rothen soupira.

— Reste-t-il des chevaux ?

Le garçon fit un grand sourire.

— Pas ici, mais je peux vous en trouver un. Mon père entraîne des chevaux de course pour la Maison Arran. La propriété n'est pas loin. Je peux faire l'aller-retour en courant en une demi-heure.

— Alors, va me chercher un cheval. (Rothen fit le tour des maisons des yeux.) Et quelques hommes pour s'occuper des corps, également.

— Vous voulez les mettre où ? Au cimetière de Calia ?

Un cimetière. Rothen pensa au mystérieux cimetière dans la forêt, derrière la Guilde, puis aux déclarations d'Akkarin selon lesquelles la magie noire avait été d'usage courant avant son bannissement. Soudain, la raison de l'existence des tombes ne fut que trop évidente.

— Pour l'instant, oui, répondit Rothen. Je vais rester pour les identifier, puis je chevaucherai jusqu'à la ville.

Comme la plupart des gens avant elle, la femme qui entra dans la pièce hésita en voyant Sonea.

— Je sais, ça fait un peu beaucoup avec le voile, dit la jeune femme avec l'accent des Taudis. Ils disent que je dois porter ça pour que personne ne sache qui sont les magiciens des voleurs.

Le voile avait été l'idée de Takan. Grâce à lui, même la centaine de magiciens potentiels dont elle prendrait le pouvoir ne la verraient pas. Akkarin, qui rencontrait des gens dans une autre pièce, portait un masque.

— Sonea ? chuchota la femme.

La magicienne ressentit une pointe d'affolement Elle observa la femme et retira soudain son voile en la reconnaissant.

— Jonna!

Sonea s'élança de l'autre côté de la table pour étreindre sa tante.

— C'est bien toi, dit Jonna en se penchant en arrière pour dévisager la jeune femme. Je pensais que la Guilde t'avait chassée.

— Oui. (Sonea arborait un large sourire.) Je suis revenue. Nous ne pouvons pas laisser ces Sachakaniens saccager notre ville, pas vrai?

Différentes émotions passèrent sur le visage de sa tante. L'inquiétude et la peur furent suivies d'un sourire en coin.

— Toi, tu collectionnes vraiment les hics. (Elle embrassa la pièce du regard.) Ils m'ont fait attendre pendant des heures. Je pensais que j'allais faire la cuisine, ou quelque chose dans ce genre, mais ils m'ont dit que j'avais une sorte de capacité magique et que je devais aider leurs mages.

— Vraiment? (Sonea mena sa tante jusqu'à la chaise et se rassit de l'autre côté de la table.) Je dois tenir mon don du côté de ma mère, alors. Donne-moi la main.

Jonna présenta sa main. Sonea la prit et projeta ses sens. Elle détecta une petite source de pouvoir.

— Pas grand-chose. C'est pour ça qu'ils t'ont fait attendre. Comment vont Ranel et mes petits cousins?

— Kerrel grandit vite. Hania n'arrête pas de pleurer, mais je ne cesse de me dire qu'elle va vite changer. Si Ranel avait su que tu étais là, il serait venu, mais il pensait être inutile à cause de sa jambe.

— J'aimerais tellement le revoir. Peut-être après tout ça... Je vais faire une petite coupure sur le dos de ta main, si ça ne te gêne pas.

Jonna haussa les épaules. Sonea ouvrit une boîte sur la table et en sortit le petit couteau que Cery lui avait donné. Il avait pensé qu'une petite lame n'effraierait pas trop les coureurs. Celle-ci était si minuscule que certains en avaient même ri.

Sonea incisa légèrement le dos de la main de Jonna et y posa un doigt. Comme tous les coureurs précédents, Jonna se détendit pendant que sa nièce puisait de l'énergie en elle. Quand Sonea s'arrêta et guérit la coupure, la femme se redressa.

— C'était... très étrange, dit Jonna. Je ne pouvais pas bouger, mais je me sentais tellement fatiguée que je n'en avais aucune envie.

Sonea hocha la tête.

— C'est ce que disent la plupart des gens. Je ne suis pas sûre que je pourrais le faire si je savais que c'est désagréable. Alors, parle-moi de toi et de Ranel.

Les problèmes dont parla Jonna lui semblèrent merveilleusement simples et ordinaires. Sonea écouta, puis raconta à sa tante tout ce qu'il s'était passé depuis leur dernière rencontre, y compris certains de ses doutes et de ses peurs. À la fin de l'histoire, Jonna la regardait avec curiosité.

—J'ai du mal à croire que la petite fille calme que j'ai élevée soit devenue une personne si importante, dit-elle. Et toi avec cet Akkarin, le haut seigneur de la Guilde, et tout ça.

—Il ne l'est plus, lui rappela Sonea.

Jonna agita la main.

—Quand même. Est-ce que c'est très sérieux ? Tu penses te marier avec lui ?

Sonea se sentit rougir.

—Je… je ne sais pas. Je…

—Tu serais d'accord ?

Le mariage ? Sonea hésita, puis hocha lentement la tête.

—Mais vous n'en avez pas parlé, pas vrai ? (Jonna plissa le front et se pencha en avant.) Tu es prudente ? murmura-t-elle.

—Il y a… (Sonea déglutit.) Je sais qu'il y a des moyens, avec la magie, d'être certain qu'une femme ne… C'est l'un des avantages d'être magicien. Akkarin ne le voudrait pas. (Elle sentit son visage se réchauffer davantage.) Pas maintenant, en tout cas. Ce ne serait pas raisonnable, avec cette bataille.

Jonna hocha la tête et tapota la main de Sonea.

—Bien sûr. Peut-être plus tard, alors. Quand tout ça sera fini.

La jeune femme sourit.

—Oui. Et quand je serai prête. Ce qui n'est pas pour tout de suite.

La femme soupira.

—C'est bon de te revoir, Sonea. Je suis tellement soulagée de te savoir revenue. (Elle se rembrunit.) Mais d'un autre côté, je ne le suis pas tant que ça. J'aimerais te savoir loin et en sécurité. J'aimerais que tu n'aies pas à combattre ces Sachakaniens. Tu… tu seras prudente ?

—Bien sûr.

—Ne tente rien d'idiot.

—Promis. L'idée de mourir ne me plaît pas beaucoup, Jonna. Ça dissuade bien de faire quelque chose de stupide.

Un coup à la porte les interrompit.

—Oui ! lança Sonea.

La porte s'ouvrit, et Cery se glissa à l'intérieur, un gros sac dans les bras. Il arborait un large sourire.

—On rattrape le temps perdu ? dit-il.

—C'est toi qui as arrangé ça ? demanda Sonea.

—Ça se peut bien, répondit Cery d'un air entendu.

—Merci.

Le garçon haussa les épaules. Jonna se leva.

— Il est tard. Je dois retourner voir ma famille, dit-elle. Je me suis déjà absentée trop longtemps.

Sonea se leva et fit le tour de la table pour étreindre une nouvelle fois sa tante.

— Prends soin de toi, dit-elle. Embrasse Ranel de ma part. Et dis-lui de ne pas parler de notre présence ici. À personne.

Jonna hocha la tête, se retourna et quitta la pièce.

— C'était la dernière, dit Cery. Je vais te raccompagner à tes appartements.

— Et Akkarin ?

— Il t'attend là-bas. Viens.

Il se dirigea vers une porte, au fond de la pièce, et la guida dans un couloir. Une fois au bout, ils entrèrent dans un petit placard. Cery dénoua une corde qui pendait d'un trou dans le plafond et, quand il la laissa glisser entre ses mains, le sol du placard descendit lentement.

— Vous faites un bon duo, dit Cery.

Sonea se tourna vers lui en fronçant les sourcils.

— Jonna et moi ?

Le jeune homme sourit et secoua la tête.

— Toi et Akkarin.

— Vraiment ?

— Je l'espère. Je ne suis pas certain d'apprécier qu'il t'entraîne dans tous ces problèmes, mais il semble être aussi inquiet que moi pour ta survie.

Le placard s'arrêta devant une nouvelle porte. Cery la poussa ; le passage dans lequel ils débouchèrent était familier à Sonea. Quelques pas plus tard, ils franchissaient la grande porte en métal donnant sur les appartements réservés aux invités du voleur. Akkarin était assis devant une table couverte de plateaux chargés de nourriture fraîche, un verre de vin à la main. Takan était assis à côté de lui.

Akkarin leva les yeux vers Sonea et sourit. La jeune femme, remarquant que Takan l'observait, se demanda de quoi ils pouvaient bien parler avant son arrivée.

— Ceryni, dit Akkarin. Une fois de plus, tu te montres très généreux. (Il leva son verre.) De l'anuren sombre, rien de moins.

Cery haussa les épaules.

— Rien n'est trop bon pour les défenseurs de la ville.

Sonea s'assit et se mit à manger. Même si elle avait faim, la nourriture lui pesait sur l'estomac, et elle perdit vite l'appétit quand ils commencèrent à discuter de leurs plans pour le lendemain. Ils ne parlaient pas depuis longtemps quand Akkarin s'arrêta pour l'observer.

— Ton pouvoir est détectable, dit-il doucement. Je dois t'apprendre à le cacher.

Akkarin tendit la main. En la prenant, Sonea sentit sa Présence devenir plus forte aux frontières de son esprit. Elle ferma les yeux.

— *Voilà ce que je sens.*

Aussitôt, elle sentit le pouvoir du mage irradier, comme une brume éclatante.

— *Je le vois.*

— *Tu laisses du pouvoir s'échapper de la barrière qui entoure ton espace naturel d'influence magique. Il te faut renforcer cette barrière. Comme ceci.*

La lueur disparut entièrement. En se concentrant sur son propre corps, la jeune magicienne sentit la réserve d'énergie qu'elle possédait. Elle n'avait pas eu l'occasion d'évaluer la force qu'elle avait gagnée auprès des coureurs. Elle avait essayé de compter les volontaires mais s'était embrouillée au bout de trente.

Désormais, elle s'émerveillait devant son immense pouvoir, endigué par la barrière, au niveau de sa peau. Mais cette barrière n'était pas assez solide pour contenir plus que le pouvoir naturel de la magicienne. Celle-ci devait utiliser un peu de son surplus de magie pour la renforcer. Tout en se concentrant, elle se mit à envoyer un filet régulier de pouvoir vers la barrière.

— *Voilà !*

Au lieu de se retirer, l'esprit d'Akkarin s'attarda.

— *Regarde-moi.*

Sonea ouvrit les yeux. Un frisson lui parcourut l'échine quand elle se rendit compte qu'elle pouvait le voir et le sentir en même temps. Il avait l'air songeur qu'il arborait toujours quand elle s'apercevait qu'il la regardait… et maintenant, elle savait avec certitude ce qu'il pensait dans ces moments-là. Elle sentit son visage chauffer ; Akkarin sourit en coin.

Puis, son esprit disparut, et il lui lâcha la main. Quand il détourna les yeux, Sonea éprouva une légère déception.

— Nous devrions nous faire des gemmes de sang. Dans les jours à venir, nous devrons parfois communiquer en privé.

Des gemmes de sang. La déception de la jeune femme s'évanouit, remplacée par l'intérêt.

— Il nous faut du verre.

Il regarda Takan. Le serviteur se leva et entra dans la cuisine, puis revint en secouant la tête.

— Rien là-bas…

Akkarin s'empara d'un verre à vin et jeta un coup d'œil vers Cery.

— Ça te dérange si je le casse ?

Le voleur haussa les épaules.

— Non. Brisez-le.

Le verre éclata quand Akkarin le cogna violemment contre la table.

Il en ramassa un fragment, le tendit à Sonea et en prit un pour lui. Cery les observait, et, de toute évidence, brûlait de curiosité.

Ensemble, Sonea et Akkarin firent fondre les fragments de verre en de minuscules sphères. Akkarin prit un autre éclat de verre et se coupa la paume. Sonea fit de même. Une fois de plus, il lui tint la main, et la jeune femme sentit l'esprit du mage toucher le sien. Elle suivit ses instructions et appliqua le sang et la magie sur le verre chaud.

Quand les gemmes eurent refroidi, Takan posa un petit carré d'or sur la table. Le carré s'éleva et flotta devant le visage d'Akkarin, puis se tordit jusqu'à former deux anneaux. Akkarin sertit sa gemme de sang dans la monture d'une bague ; Sonea mit la sienne dans l'autre. Elle remarqua la façon dont la gemme dépassait, à l'intérieur de l'anneau, touchant ainsi la peau de celui qui le portait.

Les griffes d'or des montures se refermèrent sur les gemmes. Akkarin saisit les deux bagues suspendues dans les airs, les tenant par l'anneau, et se tourna vers Sonea d'un air solennel.

—Avec ces bagues, nos esprits seront ouverts l'un à l'autre. Cela a ses… inconvénients. Parfois, entendre et savoir exactement comment une autre personne vous considère peut être une expérience désagréable. Ça peut mettre fin à des amitiés, transformer l'amour en ressentiment, et détruire l'amour-propre. (Il observa un moment de silence.) Mais ça peut également approfondir la compréhension. Nous ne devrons pas les porter plus que nécessaire.

Sonea prit la bague du mage et réfléchit à ce qu'il venait de dire. Transformer l'amour en ressentiment ? Mais il n'avait jamais *dit* qu'il l'aimait. Elle se remémora les paroles de Jonna. « Mais vous n'en avez pas parlé, pas vrai ? »

Nous n'en avons pas eu besoin, se dit-elle. *Un vague aperçu occasionnel de ses pensées a suffi.*

N'est-ce pas ?

Elle regarda la bague et se sentit coincée entre deux possibilités : soit il l'aimait et craignait que les bagues gâchent tout, soit il ne l'aimait pas et craignait que les bagues révèlent la vérité.

Mais quand l'esprit d'Akkarin s'était attardé, quelques instants plus tôt, elle était certaine d'avoir perçu plus qu'un simple désir.

Elle posa la bague sur la table. Le lendemain, ils en auraient besoin. Le lendemain, ils découvriraient ce que ça leur coûterait. Pour l'instant, elle n'avait pas besoin d'en voir plus.

Cery se leva soudainement.

—J'aimerais rester, mais j'ai d'autres affaires à régler. (Il marqua une pause, puis montra le sac qu'il avait laissé sur une chaise.) D'autres vêtements. J'ai pensé qu'ils pourraient vous aller mieux que ce que vous portez.

Akkarin hocha la tête.

— Merci.

— Bonne nuit.

Une fois Cery parti, Takan se leva également.

— Il est tard, dit-il. Si vous n'avez pas besoin de moi…

Akkarin secoua la tête.

— Non. Va dormir un peu, Takan. (Il regarda Sonea.) Nous devrions nous reposer aussi.

Il se leva et disparut dans la chambre. Sonea s'apprêta à le suivre, puis elle hésita en voyant le sac, sur la chaise. Elle s'en empara et l'emporta dans la chambre.

Akkarin y jeta un coup d'œil quand la jeune femme le déposa sur le lit.

— Voyons quels déguisements Cery a bien pu trouver.

Sonea ouvrit le sac et le retourna. Un flot de tissu noir se déversa. Elle jeta un coup d'œil vers Akkarin et étala les vêtements sur le lit.

C'étaient des robes. Des robes de *magicien*.

Akkarin les fixait, l'air sombre.

— Nous ne pouvons pas les porter, dit-il doucement. Nous ne sommes pas des mages de la Guilde. C'est un crime.

— Si la Guilde s'en soucie, elle sera trop occupée à arrêter des gens pour combattre les Ichanis, demain, dit-elle. Il y aura des centaines de non-magiciens en robe dans les rues, essayant de séparer les Sachakaniens les uns des autres.

— C'est… différent. Nous avons été chassés. Et ces robes sont noires. On ne pourra pas passer pour des magiciens ordinaires.

Sonea regarda le sac. Il était encore à moitié plein. Elle y fourra la main et en sortit deux paires de pantalons et deux chemises, toutes de taille généreuse.

— C'est bizarre. Pourquoi nous donnerait-il deux ensembles ?

— Une alternative.

— Ou bien nous sommes censés porter les robes sous ces vêtements.

Akkarin plissa les yeux.

— Et retirer les vêtements du dessus à un moment donné ?

— Peut-être. Tu dois admettre que ce serait intimidant. Deux mages noirs…

Elle se figea, les yeux baissés sur le lit et ressentit un étrange frisson en prenant conscience que les deux robes qu'elle regardait étaient celles de mages diplômés.

— Je ne peux pas porter ça ! protesta-t-elle.

Akkarin gloussa.

— Maintenant que tu es d'accord avec moi, je change finalement d'avis. Je crois bien que ton ami se montre aussi subtil et intelligent que ce à quoi je m'attendais. (Il se pencha pour faire courir une main sur le tissu.) Nous ne les montrerons pas à moins que nos identités aient été découvertes. Mais, à ce moment-là, les Sachakaniens pourraient croire que la Guilde nous a réintégrés. Les conséquences donneront une raison à Kariko de s'arrêter un instant.

— Et la Guilde ?

Akkarin fronça les sourcils.

— Si les mages souhaitent vraiment notre retour, ils devront nous accepter tels que nous sommes, murmura-t-il. Après tout, nous ne pouvons pas nous défaire de ce que nous avons appris.

Sonea baissa les yeux.

— Ce sont donc des robes noires pour des mages noirs.

— Oui.

La jeune femme plissa le front. L'idée de se balader en robe noire devant Rothen… Elle éprouva une vive pointe de chagrin. *Mais Rothen est mort.*

Elle soupira.

— Je préférerais qu'ils appellent la magie noire « magie supérieure », mais si jamais la Guilde devait nous accepter, j'imagine que nous ne serions pas appelés « hauts mages ». Ce terme est déjà pris.

Akkarin hocha la tête.

— En effet, et on ne devrait pas encourager les mages noirs à se croire supérieurs aux autres.

Sonea l'observa.

— Tu crois que les magiciens nous réintégreront ?

Akkarin fronça les sourcils.

— Même si elle survit, la Guilde ne sera plus jamais la même. (Il rassembla les robes et les posa sur le dossier d'une chaise.) Pour l'instant, il faut que nous dormions. Nous pourrions ne pas en avoir l'occasion avant longtemps.

Pendant qu'il commençait à se déshabiller, Sonea s'assit au bord du lit et réfléchit à ce qu'il venait de dire. La Guilde avait déjà changé. Avec tellement de morts… Elle sentit sa gorge se serrer de nouveau en repensant à Rothen.

— Je n'ai jamais vu qui que ce soit dormir correctement, assis, dit Akkarin.

Sonea se retourna et le vit se glisser sous les couvertures. Elle ressentit un étrange mélange d'enthousiasme et de timidité. Se réveiller avec lui dans un lit ce matin-là avait changé quelque chose. *C'était sans aucun doute plus confortable qu'une pierre,* songea-t-elle, *mais être ici, ensemble, semblait tellement plus… sérieux.*

Elle écarta le sac et le reste des vêtements, puis se déshabilla et se glissa dans le lit. Les yeux d'Akkarin étaient fermés, et sa respiration suivait le rythme régulier et profond du sommeil. La jeune femme sourit et tendit la main vers la lampe pour l'éteindre.

Malgré l'obscurité et la longue journée, elle demeurait éveillée. Elle créa un minuscule et faible globe lumineux et roula sur elle-même pour regarder Akkarin, satisfaite de pouvoir examiner tous les détails et les contours de son visage.

Soudain, les yeux du mage s'ouvrirent en papillotant et plongèrent dans les siens. Une minuscule ride lui creusait le front.

— Tu es censée dormir, murmura-t-il.

— Je n'y arrive pas, lui dit-elle.

Un sourire retroussa les lèvres d'Akkarin.

— J'ai déjà entendu ça quelque part…

Cery prit une profonde inspiration en entrant dans ses appartements. Une fragrance chaude et épicée flottait dans l'air. Il sourit et la suivit jusqu'à la salle de bains, où il trouva Savara se relaxant dans un baquet d'eau.

— Encore un bain ? demanda-t-il.

La jeune femme sourit d'un air narquois.

— Ça te dit de me rejoindre ?

— Je pense que je vais me tenir à bonne distance de toi, pour l'instant.

Le sourire de Savara s'élargit.

— Alors, raconte-moi ce que j'ai manqué.

— Je vais me chercher une chaise.

Le jeune homme retourna dans le salon, s'arrêta au milieu et respira profondément plusieurs fois.

De nouveau, il avait eu le pressant désir de tout lui dire. Ils avaient conclu un marché : il la tenait informée en échange de suggestions pour tuer les Ichanis. Une part de lui était certaine qu'il pouvait lui faire confiance, mais une autre lui soufflait un avertissement.

Que savait-il vraiment d'elle ? Elle était sachakanienne. Elle avait cherché et identifié ses compatriotes – hommes et femmes – pour lui, sachant qu'ils seraient tués. Toutefois, ça ne voulait pas dire qu'elle avait en tête les meilleurs intérêts de la Kyralie. Elle lui avait dit qu'elle travaillait pour une autre « faction » de la société sachakanienne, et il était clair que son peuple passait avant tout.

Ils avaient conclu un marché et, jusqu'ici, Savara avait tenu sa part…

Mais il ne pouvait pas lui dire qu'Akkarin et Sonea étaient revenus. Si les nouvelles de leur arrivée et de leurs préparatifs devaient se répandre, les Ichanis gagneraient. S'il faisait confiance à Savara, et si elle les trahissait, le jeune voleur serait responsable de la chute de la Kyralie.

Et Sonea pourrait être tuée. Il se sentit vaguement coupable de cacher des informations à la femme qui venait d'entrer dans sa vie, et ce dans l'intérêt de celle qui y était auparavant. *Mais si je mettais en danger la vie de l'ancienne en faisant confiance, à tort, à la nouvelle,* raisonna-t-il, *je me sentirais bien plus mal que maintenant.*

Mais Savara finirait par tout découvrir. Une peur étrange et inhabituelle fit s'emballer son cœur quand il imagina sa réaction.

Elle comprendra, se dit-il. *Quelle sorte de voleur serais-je si je dévoilais si facilement les secrets qu'on me confie ? Et ce n'est pas comme si elle allait rester longtemps ici. Une fois tout ça terminé, elle me quittera, de toute façon.*

Il prit une profonde inspiration, s'empara d'une chaise et l'apporta dans la salle de bains. La jeune femme croisa les bras sur le bord du baquet et y posa le menton.

—Alors, qu'ont décidé les voleurs ?

—Nos idées leur ont plu, lui dit-il. Limek a chargé ses commis de faire des robes.

Savara arbora un large sourire.

—J'espère que ces personnes savent courir vite.

—Elles utiliseront la route des voleurs pour s'échapper. Nous avons aussi des gens à la recherche des bons endroits où tendre des pièges, à l'extérieur.

La jeune femme hocha la tête.

—La Guilde a envoyé un appel mental à Akkarin, aujourd'hui.

Le voleur feignit la surprise.

—Qu'est-ce qu'il a dit ?

—Il n'a pas répondu.

Cery plissa le front.

—Tu ne crois pas qu'il est… ?

—… mort ? (Elle haussa légèrement les épaules.) Je ne sais pas. Peut-être. Ou bien il est trop dangereux pour lui de répondre. Il pourrait attirer l'attention des mauvaises personnes.

Le jeune homme hocha la tête et ne trouva que trop facile d'avoir l'air inquiet. Savara décroisa les bras et lui fit signe d'approcher.

—Viens là, Cery, murmura-t-elle. Tu me laisses ici toute seule, toute la journée. Je pourrais m'ennuyer…

Le voleur se leva et croisa les bras.

—Toute la journée ? On m'a dit que tu avais filé jusqu'au marché.

Savara gloussa.

—Je m'en doutais. Je voulais aller chercher quelque chose que j'ai fait faire par un bijoutier. Regarde.

Une petite boîte était posée sur le rebord du baquet. Elle s'en empara et la lui tendit.

— C'est un cadeau pour toi, dit-elle. Fait avec quelques gemmes de mes dagues.

Cery souleva le couvercle et fut saisi à la vue de l'étrange pendentif en argent que la boîte contenait. Des ailes veinées de motifs compliqués prenaient naissance sur un corps allongé. Deux points jaunes luisants formaient les yeux de l'insecte, et sa queue courbée était parsemée de pierres vertes. L'abdomen était un gros rubis lisse.

— Dans mon pays, il est dit que si un inava se pose sur quelqu'un avant une bataille, cela lui portera chance, dit la jeune femme. Il est aussi le messager des amants séparés. J'ai remarqué que les hommes kyraliens ne portent pas de bijoux, mais tu pourrais le garder caché sous tes vêtements. (Elle sourit.) Collé à ta peau.

La culpabilité s'empara de Cery. Il sortit le pendentif de la boîte et glissa la chaîne autour de son cou.

— C'est beau, dit-il. Merci.

Savara détourna les yeux un instant, comme si la sentimentalité de son cadeau la gênait soudain. Puis elle sourit d'un air entendu.

— Que dis-tu de venir là-dedans et de me remercier correctement ?

Cery se mit à rire.

— Très bien. Comment dire non ?

Chapitre 33

Les Ichanis arrivent

Le soleil du matin gagnait lentement l'horizon, comme réticent à affronter le jour. Les premiers rayons touchèrent les tours du palais, les peignant d'une vive couleur orangée. Lentement, la lumière dorée s'étendit sur les toits, commençant par l'extrémité de la ville puis se rapprochant ostensiblement du mur extérieur jusqu'à ce que les visages des magiciens qui se tenaient dessus en soient baignés.

Ils avaient quitté la Guilde dès que des éclaireurs eurent signalé que les Sachakaniens s'étaient mis en marche. Ils avaient grimpé tout en haut du mur extérieur et avaient formé une longue ligne. La vue de ces centaines de mages regroupés était impressionnante, ce qui n'était pas le cas des deux charrettes pleines à craquer qui se traînaient lentement vers la ville. Lorlen se força à se rappeler que les occupants de ces charrettes avaient déjà tué plus de quarante des meilleurs guerriers de la Guilde et étaient bien plus forts que les mages sur le mur.

Les Ichanis avaient trouvé à remplacer les charrettes que les hommes de Yikmo avaient détruites, mais cela les avait retardés d'une demi-journée. Toutefois, le sacrifice des guerriers n'avait pas avantagé la Guilde. Toutes les tentatives de Sarrin pour apprendre la magie noire avaient échoué. Le vieux mage avait dit qu'il n'arrivait pas à comprendre les descriptions et les instructions de magie noire, dans les livres. Chaque jour, il était plus affligé. Lorlen savait que l'idée que Yikmo et ses hommes soient morts pour rien pesait sur la conscience de Sarrin autant que son échec à devenir le sauveur de la Kyralie.

Lorlen jeta un coup d'œil vers l'alchimiste, qui se tenait à quelques pas de lui. Sarrin semblait défait et fatigué, mais il observait l'ennemi qui s'approchait avec une volonté inflexible. Lorlen regarda ensuite Balkan qui se tenait debout, les bras croisés, essayant de paraître confiant et à l'aise. Dame Vinara aussi semblait calme et résolue.

Lorlen posa de nouveau les yeux sur les charrettes qui approchaient. Des éclaireurs avaient signalé la position de l'ennemi la nuit précédente. Les Sachakaniens avaient occupé une ferme abandonnée près de la route, à seulement une heure de la ville. Quand ils avaient paru repousser leur attaque au lendemain, le roi avait été satisfait. Il espérait encore la réussite de Sarrin.

L'un des conseillers du roi avait fait remarquer que les Ichanis ne se reposeraient pas à moins d'en avoir besoin. Lorlen avait reconnu Raven, l'espion professionnel qui avait accompagné Rothen pendant les premiers jours de sa mission avortée.

— S'ils veulent dormir, nous devrions les en empêcher, avait dit Raven. Vous n'avez pas besoin d'envoyer des magiciens. Des hommes ordinaires ne sont peut-être pas utiles lors d'une confrontation magique, mais ne sous-estimez pas notre capacité de nuisance.

Alors, quelques gardes s'étaient faufilés dans la nuit pour lâcher des essaims de sapflys dans la ferme, réveiller les Sachakaniens à grand renfort de bruits sourds et mettre finalement le feu à la bâtisse. Ce qui fut fait avec bien plus de plaisir que d'habitude, après que les Ichanis eurent attrapé l'un des gardes. Ce qu'ils avaient fait subir à l'homme ne présageait rien de bon pour les habitants qui n'avaient pas encore quitté Imardin.

En regardant par-dessus son épaule, Lorlen observa la ville. Les rues étaient désertes et silencieuses. La plupart des membres des Maisons étaient partis pour l'Elyne par la mer en emmenant leur famille et leurs serviteurs. Les deux derniers jours, un grand nombre de charrettes avait afflué vers les portes Sud, et le reste de la population s'était enfui vers des villages éloignés. Les gardes avaient fait de leur mieux pour maintenir l'ordre, mais ils n'étaient pas assez nombreux pour empêcher le pillage qui avait suivi. La veille, dès le coucher du soleil, les portes furent fermées, et les fortifications mises en place.

Bien évidemment, il était possible que les Ichanis ignorent les portes. Ils pourraient se diriger directement vers le trou du mur extérieur, qui avait à une époque ceint la Guilde.

Les mages ne pourraient rien y faire. Ils savaient déjà qu'ils perdraient cette bataille. Ils espéraient seulement tuer un ou deux Ichanis.

Toutefois, Lorlen détestait penser au fait que les envahisseurs puissent détruire tous ces vieux et majestueux bâtiments. Le seigneur Jullen avait emballé et envoyé au loin les livres et les documents les plus précieux et scellé le reste dans une pièce, sous l'université. Les patients du quartier des guérisseurs, les serviteurs et les familles avaient été évacués.

Des précautions similaires avaient été prises au palais. Lorlen se tourna vers les tours, à peine visibles au-dessus du mur intérieur. Les murs de la ville avaient été construits pour protéger ce bâtiment central. Au cours des siècles, le palais royal avait été modifié pour satisfaire aux goûts et caprices des monarques kyraliens, mais le mur l'entourant était resté intact. Le meilleur de la garde attendait à l'intérieur, prêt à se battre si la Guilde était vaincue.

— Ils ont atteint les Taudis, murmura Osen.

Refaisant face au nord, Lorlen baissa les yeux sur les Taudis. Le labyrinthe de rues qui n'apparaissaient sur aucun plan s'étalait devant lui. Tout était désert. Il se demandait où étaient partis les coureurs. Loin, espérait-il.

Les charrettes avaient atteint les premiers bâtiments, et leurs occupants étaient désormais de minuscules silhouettes. Lorlen les vit s'arrêter. Six hommes et une femme descendirent des véhicules et avancèrent vers les portes Nord. Les esclaves menèrent les charrettes dans les Taudis.

Un Ichani est parti avec eux, remarqua Lorlen. *Un de moins à combattre. Même si ça ne fera pas une grosse différence.*

— Le roi est arrivé, murmura Osen.

Lorlen se tourna et vit le monarque approcher. Les magiciens s'agenouillèrent et se relevèrent rapidement au passage du roi. Lorlen en fit autant.

— Administrateur.

— Votre Altesse, répondit Lorlen.

Le roi baissa les yeux vers les Sachakaniens qui avançaient.

— Avez-vous essayé de recontacter Akkarin ?

Lorlen acquiesça.

— Toutes les heures depuis que vous me l'avez demandé.

— Pas de réponse ?

— Aucune.

Le roi hocha la tête.

— Alors, nous devrons les affronter seuls. Espérons qu'il avait tort au sujet de leur force.

Sonea n'avait jamais vu les portes Nord fermées. Les énormes plaques de métal qu'elle avait toujours connues striées de rouille, avec leurs décorations assombries par des siècles de terre et de crasse, étaient désormais d'un noir propre et brillant, restaurées, sans aucun doute, par fierté et défi.

Une ligne de magiciens se tenait en haut du mur. Des robes brunes étaient dispersées parmi les rouges, vertes et violettes. La jeune femme fut submergée par une vague de compassion pour ses camarades de classe. Ils devaient être terrifiés.

Les Ichanis apparurent dans la rue, en contrebas. Le sang de Sonea ne fit qu'un tour ; elle entendit Akkarin retenir son souffle. Ils ne se tenaient qu'à une centaine de pas et, cette fois, elle ne les voyait pas à travers les yeux d'un autre magicien.

Elle, Akkarin, Cery et Takan les regardaient depuis une maison longeant la route du Nord. Cery les y avait emmenés car la bâtisse comportait une petite pièce dans une tour, au-dessus du deuxième étage, d'où on voyait bien mieux ce qui se déroulait devant les portes.

— Celui qui est devant, c'est Kariko, murmura Akkarin.

Sonea hocha la tête.

— Et la femme doit être Avala. Et les autres ?

— Tu te souviens de l'espion dont tu as lu l'esprit ? Le grand, là-bas, c'est Harikava, son maître. Les deux tout au bout sont Inijaka et Sarika. Je les ai vus dans les esprits des espions que j'ai lus. Les deux autres, Rikacha et Rashi, sont de vieux alliés de Kariko.

— Ils sont sept, dit Sonea. Il en manque un.

Akkarin plissa le front.

— Oui.

Les Ichanis continuèrent encore un peu après être passés devant la maison, puis s'arrêtèrent. Ils levèrent les yeux vers la rangée de silhouettes en robe s'étendant sur le haut du mur extérieur.

La voix qui descendit jusqu'à eux n'était pas familière à Sonea.

— N'allez pas plus loin, Sachakaniens. Vous n'êtes pas les bienvenus sur mes terres.

En regardant les silhouettes des magiciens sur le mur, au-dessus des portes, Sonea vit un homme élégamment habillé à côté de l'administrateur Lorlen.

— C'est... le roi ?

— Oui.

Elle ressentit, à contrecœur, de l'admiration pour le monarque. Il était resté dans la ville alors qu'il aurait pu fuir avec les Maisons.

Kariko leva les mains.

— Est-ce ainsi que les Kyraliens traitent un invité ? Ou un voyageur épuisé ?

— Un invité ne tue pas la famille ou les serviteurs de son hôte.

Kariko se mit à rire.

— Non. Bienvenu ou non, je suis sur votre terre. Et je veux votre ville. Ouvrez vos portes, et je vous permettrai de rester en vie et de me servir.

— Nous préférerions mourir plutôt que de servir votre espèce.

Le cœur de Sonea sauta quand elle reconnut la voix de Lorlen.

— Était-ce l'un de ceux qui se qualifient de « magiciens » ? (Kariko rit.) Je suis désolé. L'invitation n'était ni pour toi ni pour ta Guilde. Je ne garde pas de magiciens. Mourir est la seule façon dont ta Guilde pitoyable peut me servir. (Il croisa les bras.) Ouvrez vos portes, roi Merin.

— Ouvrez-les vous-même, répondit le roi. Et nous verrons si ma Guilde est aussi pitoyable que vous le prétendez.

Kariko se tourna vers ses alliés.

— Eh bien, c'est tout l'accueil que nous recevrons. Brisons la coquille et délectons-nous de l'œuf.

Ils formèrent une ligne d'un air désinvolte et projetèrent des rais de lumière blanche sur les portes, frappant sur les côtés et au centre. Sonea entendit Cery s'étrangler quand le métal se mit à rougeoyer. Des centaines de coups pleuvaient sur les silhouettes en contrebas. Mais tous rebondissaient sur les boucliers des Ichanis.

— Détecte leur faiblesse, Lorlen ! siffla Akkarin. Concentre-toi sur l'un d'eux !

Sonea sursauta quand un bruit de papier déchiré résonna dans la pièce. Akkarin avait posé sa main sur un fragile paravent, à côté de la fenêtre. Il lâcha le papier déchiré et s'agrippa à l'appui de la fenêtre.

— Voilà ! dit-il.

Sonea tourna de nouveau son regard vers l'extérieur et vit que les coups de la Guilde frappaient désormais un seul Ichani. Elle retint son souffle, pensant que les autres Sachakaniens uniraient leurs boucliers, mais ils n'en firent rien.

— Cet homme ! (Akkarin pointa un doigt vers l'Ichani qui était attaqué.) Ce sera notre premier.

— S'il quitte le groupe, ajouta Cery.

Kariko jeta un coup d'œil vers son allié en danger, puis leva les yeux vers le mur. Il envoya un éclair de puissance en direction des silhouettes au-dessus de la porte mais fut bloqué par le bouclier combiné de la Guilde.

Soudain, les portes crachèrent un nuage blanc. Un trou rougeoyant s'était formé dans le métal, et, derrière, d'autres nuages s'élevaient en volutes.

— Les maisons ont dû prendre feu de l'autre côté, dit sombrement Cery.

Akkarin secoua la tête.

— Pas encore. C'est de la vapeur, pas de la fumée. La garde jette de l'eau sur les fortifications en bois pour les empêcher de brûler.

Cela semblait être une tentative ridiculement vaine d'arrêter les Ichanis, pourtant chaque obstacle que les Sachakaniens rencontraient affaiblissait un peu plus leur pouvoir. Sonea leva de nouveau les yeux vers le mur. Le roi et les magiciens au-dessus des portes se précipitaient de chaque côté, loin des nuages de vapeur qui s'élevaient.

Soudain, l'une des portes bougea. Cery marmonna un juron en la voyant s'affaisser. Il y eut plusieurs craquements, puis elle sortit de ses gonds et s'écroula. Derrière, un échafaudage de bois et de fer bouchait le trou. Alors que les gardes descendaient de la structure à la hâte, la seconde porte tomba.

Kariko lança un coup d'œil à ses compagnons.

— Ils pensent pouvoir nous arrêter avec ça ?

Il rit et se retourna pour fixer les fortifications du regard.

L'air sembla onduler, puis l'échafaudage se déforma comme s'il avait été frappé par d'énormes poings invisibles. Le craquement du bois d'œuvre et le cri du métal torturé résonnèrent dans la brèche, et les fortifications s'effondrèrent.

Sonea leva les yeux et vit que les magiciens du mur avaient pratiquement tous disparu. Elle regarda les Ichanis avancer dans la ville. Des sorts offensifs étaient lancés depuis les maisons, de chaque côté des rues, mais les Sachakaniens les ignoraient. Ils continuèrent à progresser vers le mur intérieur.

Akkarin s'écarta de la fenêtre et se tourna vers Cery.

— Nous devons vite nous rendre dans la ville, dit-il.

Cery sourit.

— Aucun problème. Suivez-moi.

Il ne fallut pas longtemps à Farand pour se mettre à haleter. Dannyl s'empara du bras du jeune homme et réduisit leur allure à une marche rapide. Farand jeta un coup d'œil derrière lui, la mine apeurée.

— Ils ne nous suivront pas, lui assura Dannyl. Ils semblaient s'être focalisés sur le cercle intérieur.

Farand hocha la tête. Le jeune mage était apparu auprès de Dannyl, sur le mur, cherchant peut-être le réconfort d'un visage familier. Les magiciens devant eux les distancèrent de plus en plus et finirent par disparaître de leur champ de vision.

— Allons-nous... arriver là-bas... à temps ? haleta Farand quand ils gagnèrent le quartier ouest.

— Je l'espère, répondit Dannyl. (Il leva les yeux vers le mur intérieur et vit que certains magiciens s'y mettaient déjà en place à la hâte. Il lança un regard à Farand, qui était encore pâle mais qui, malgré son essoufflement, avançait vaillamment.) Peut-être pas.

Il tourna dans la rue suivante. Le mur se trouvait directement devant eux. Quand ils l'atteignirent, Dannyl saisit les épaules de Farand. Il créa un disque d'énergie sous leurs pieds et les fit s'élever le plus vite possible. La soudaine ascension lui retourna l'estomac de manière troublante.

— Je croyais que nous étions censés ne pas utiliser de magie hormis pour le combat, souffla Farand.

Ils gagnèrent le haut du mur ; Dannyl les fit se poser.

— Tu es de toute évidence encore trop faible pour courir, dit-il. Nous devons arriver à temps pour que je canalise ton pouvoir.

Un magicien s'élança vers eux, le visage empourpré par l'effort ; ils le suivirent le long du mur. Dannyl baissa les yeux sur le cercle intérieur et sentit une montée d'angoisse. Tayend était quelque part en bas. Même si la demeure dans laquelle se cachait l'érudit se trouvait de l'autre côté du palais, elle ne serait plus d'aucune protection quand les Ichanis commenceraient à fouiller la ville.

Quand ils eurent rejoint la ligne de magiciens qui se formait le long du mur, Dannyl projeta son pouvoir et le joignit au bouclier de la Guilde. Il baissa les yeux vers les Ichanis. Ils parlaient tous ensemble, devant les portes.

— Pourquoi n'ont-ils pas attaqué ? demanda Farand.

Dannyl les observa.

— Je ne sais pas. Ils ne sont que six. Il en manque un.

La Sachakanienne sortit d'une petite rue et avança nonchalamment vers les Ichanis. Leur meneur croisa les bras et alla à sa rencontre. Dannyl regarda leurs lèvres bouger. La femme sourit mais, quand le chef lui tourna le dos, son expression se métamorphosa en un sourire méprisant.

— Elle se rebelle, dit Farand. Ça pourrait nous servir, plus tard.

Dannyl acquiesça, puis son attention se reporta sur les Ichanis lorsqu'ils attaquèrent. Des coups fendirent l'air, et il sentit une vibration sous ses pieds.

— Ils attaquent le mur, s'exclama un guérisseur près d'eux.

La vibration se mua très vite en tremblement. Dannyl regarda plus loin sur le mur. Les magiciens les plus proches des portes tentaient désespérément de garder l'équilibre. Certains s'étaient accroupis. Lorsque le bouclier de la Guilde se morcela, quelques magiciens furent littéralement propulsés du haut du mur.

— *Attaquez !*

Répondant à la voix mentale de Balkan, Dannyl se redressa. Son propre coup se joignit aux centaines qui pleuvaient sur les Sachakaniens. Une main lui toucha l'épaule, et il sentit le pouvoir de Farand s'ajouter au sien.

Le tremblement et le bruit cessèrent brusquement. Les Ichanis s'écartèrent en reculant des portes. Une petite vague d'espoir monta en Dannyl, bien qu'il n'ait aucune idée de ce dont ils s'éloignaient.

Soudain, les portes basculèrent vers l'extérieur et s'écroulèrent aux pieds des Ichanis. Une pluie de décombres suivit. Kariko leva les yeux vers les magiciens sur sa droite et sur sa gauche, et sourit d'un air visiblement satisfait.

— *Quittez le mur !* ordonna Balkan.

Aussitôt, les magiciens s'élancèrent vers des escaliers en bois qui avaient été construits du côté intérieur du mur. Dannyl et Farand descendirent à la hâte jusqu'aux rues en contrebas.

— Et maintenant ? haleta le jeune homme quand ils touchèrent les pavés.

— Nous rejoignons le seigneur Vorel.

— Et ensuite ?

— Je ne sais pas. Vorel nous dira quoi faire, j'imagine.

Quelques rues plus tard, Dannyl trouva le guerrier qui attendait avec plusieurs autres magiciens au point de regroupement convenu. Tous étaient silencieux et sombres.

— *Regroupez-vous.*

Vorel accueillit l'ordre de Balkan d'un hochement de tête et regarda les mages un par un, la mine grave et morose.

— Cela signifie que nous devons nous rapprocher d'eux sans être vus. Au prochain ordre, nous devons attaquer tous ensemble en concentrant nos coups sur un Sachakanien. Suivez-moi.

Vorel s'éloigna à la hâte. Dannyl, Farand et les autres magiciens de leur groupe suivirent. Pas un mot ne fut prononcé. *Ils savent tous que ce sera la dernière confrontation*, pensa Dannyl. *Après ça, si nous sommes toujours en vie, nous abandonnons la ville.*

Cery regarda Sonea et Akkarin disparaître dans le sombre passage, derrière leur guide. Il prit une profonde inspiration et se mit en route dans la direction opposée. Takan le suivait de près.

Il avait beaucoup à faire. Les autres voleurs devaient savoir qu'Akkarin et Sonea avaient réussi à pénétrer le cercle intérieur. Les faux magiciens pouvaient être lâchés dans les rues. Il fallait trouver les esclaves et s'en occuper. Et lui... Il lui fallait une boisson forte.

La route menant au cercle intérieur avait été terrifiante, même pour quelqu'un qui était habitué aux passages de la route des voleurs. Sous le mur, le tunnel s'était écroulé, laissant à certains endroits à peine assez de place pour passer en se tortillant. Sonea l'avait assuré qu'elle et Akkarin seraient capables de maintenir le plafond avec de la magie s'il recommençait à s'effondrer, mais, à chaque souffle de poussière, Cery n'avait aucun mal à s'imaginer écrasé et enterré.

Il arriva au bout d'un passage qui suivait parallèlement une ruelle. Des grilles de ventilation, en haut du mur, donnaient un aperçu de la rue qui se trouvait derrière. En entendant des bruits de pas rapides, Cery marqua un temps d'arrêt et il vit un magicien passer en courant. L'homme s'arrêta en dérapant.

— Oh, non ! gémit-il.

En se collant à une grille, Cery vit que la ruelle était une impasse. Le mage était un novice, tout juste un jeune homme. Sa robe était couverte de poussière.

Soudain, venant de non loin de l'entrée de la ruelle, une voix de femme se fit entendre :

— Où es-tu ? Où es-tu, petit magicien ?

L'accent de la femme était si semblable à celui de Savara que Cery crut un instant que c'était elle. Mais la voix était plus aiguë, et le rire qui suivit était cruel.

Le jeune homme regarda autour de lui, mais c'était le cercle intérieur, et il n'y avait ni cageots ni tas d'ordures derrière lesquels se cacher. Cery s'élança dans le passage jusqu'à la grille la plus proche du garçon et l'ouvrit en la poussant.

— Hey, magicien ! chuchota-t-il.

Le garçon sursauta et se tourna vers Cery en le dévisageant.

— Viens par là, lui dit le voleur en lui faisant signe. Viens.

Le jeune homme jeta un coup d'œil vers l'entrée de la ruelle une dernière fois, puis plongea vers l'ouverture. Il tomba dans le passage la tête la première, atterrit maladroitement, roula sur lui-même et se remit tant bien que mal sur ses pieds. Quand la voix de la femme se refit entendre, il colla son dos au mur faisant face à la grille, haletant de terreur.

— Où es-tu parti ? lança la femme tout en avançant à grands pas dans la ruelle. Ce chemin ne mène nulle part. Tu dois être dans l'une de ces maisons. Allons jeter un œil.

Elle essaya d'ouvrir quelques portes, puis en fit exploser une. Quand elle disparut à l'intérieur, Cery se tourna vers le novice en souriant.

— Tu es en sécurité, maintenant, dit-il. Ça va lui prendre des heures de fouiller toutes les maisons. Il y a des chances pour qu'elle en ait marre et qu'elle parte chercher une proie plus facile.

Le halètement du jeune homme était passé à de longues respirations contrôlées. Il se redressa et se décolla du mur.

— Merci, dit-il. Tu m'as sauvé la vie.

Cery haussa les épaules.

— Pas de problèmes.

— Qui es-tu et pourquoi es-tu ici ? Je croyais que tout le monde avait été évacué.

— Mon nom est Ceryni, lui dit Cery. Ceryni le Voleur.

Le jeune homme cligna les yeux, surpris. Puis il fit un grand sourire.

— C'est un honneur, voleur. Je suis Regin de Winar.

Le rythme de la démarche du cheval commandait tout. Sa respiration sortait en rafales en mesure avec le bruit de ses sabots. L'épaule de Rothen le faisait souffrir à chaque secousse. Il pouvait chasser cette douleur avec un peu de pouvoir guérisseur, mais il ne voulait pas utiliser plus d'énergie que nécessaire. La Guilde avait besoin de chaque fragment de magie pour combattre les Ichanis. Il n'avait même pas puisé de pouvoir pour chasser la fatigue qu'il ressentait après avoir chevauché toute la nuit.

Devant lui, la ville brillait comme un trésor scintillant étalé sur une table. Chaque bâtiment étincelait comme de l'or dans la lumière du matin. Il pourrait y arriver dans une heure, peut-être moins.

Une maison en cendres fumait dans un champ carbonisé. De petits groupes de gens, des familles pour la plupart, se hâtaient sur la route, les bras chargés de sacs, de boîtes et de paniers. Ils le regardaient passer, le visage exprimant à la fois l'espoir et la crainte. Plus il se rapprochait de la ville, plus les gens étaient nombreux, jusqu'à devenir une ligne ininterrompue fuyant Imardin.

Ça n'annonçait rien de bon pour le sort de la Guilde. Rothen jura à voix basse. Les seuls appels mentaux qu'il avait entendus avaient été les ordres de Balkan. Il n'osait pas appeler Dorrien ou Dannyl.

Une image éclata devant ses yeux. Un aperçu d'une rue de la ville, puis un visage sachakanien. Kariko. Le mage battit plusieurs fois des paupières, mais l'image ne s'évanouit pas.

J'ai souhaité tellement fort savoir ce qu'il se passait que je commence à avoir des hallucinations, pensa Rothen. *Ou est-ce dû au manque de sommeil?*

Il céda en envoyant un peu de pouvoir guérisseur dans son corps, mais la vision demeura. Un sentiment de terreur s'empara de Rothen, mais ce n'était pas le sien. Il perçut une robe verte et la conscience d'un individu. Le seigneur Sarle.

Le guérisseur envoyait-il ceci ? Ça ne semblait pas délibéré.

Kariko tenait un couteau. Il sourit et se rapprocha.

— *Regarde ça, tueur d'esclaves.*

Rothen ressentit une montée de douleur, puis un sentiment lointain mais terrible de paralysie et de peur. Lentement, la conscience de l'esprit du seigneur Sarle s'anéantit, et Rothen se sentit brutalement libéré.

Il suffoqua et fixa ce qui l'entourait. Le cheval était immobile. Des hommes et des femmes, le long de la route, passaient à côté de lui à la hâte en lui lançant des regards nerveux.

La gemme de sang! pensa Rothen. *Kariko a dû la mettre sur le seigneur Sarle.* Il frissonna quand il comprit qu'il avait ressenti la mort du magicien. *Il va me montrer la mort de chaque magicien qu'il tuera.*

Et la prochaine fois, ça pourrait être Dorrien ou Dannyl.

Rothen talonna les flancs de son cheval et le lança au galop en direction de la ville.

Chapitre 34

La traque commence

Les rues de la ville étaient encore floues à cause de la poussière soulevée par la destruction du mur. Tout était désolé et désert, mais ici et là, Lorlen apercevait un mouvement au coin d'un bâtiment ou derrière une fenêtre. Osen et lui avaient forcé l'entrée d'une des maisons situées en face du palais, tout juste quelques minutes auparavant. Désormais, ils attendaient l'arrivée des Ichanis et l'ordre de Balkan d'attaquer.

Il ne savait pas combien de magiciens avaient survécu ni ce qu'il leur restait de pouvoir, mais il le découvrirait bien assez tôt.

— Tenez. Asseyez-vous, murmura Osen.

Lorlen détacha son regard de la fenêtre pour le poser sur son assistant, qui portait une chaise ancienne. Alors qu'Osen la posait, Lorlen esquissa un sourire ironique.

— Merci. Je doute de pouvoir l'utiliser très longtemps.

Le regard du jeune mage reglissa vers la rue.

— En effet. Ils sont là.

Lorlen regarda de nouveau par la fenêtre et vit six silhouettes émerger de la poussière. Les Sachakaniens passèrent lentement devant eux, en direction du palais. Kariko leva les yeux vers le mur.

Non, nous n'allons pas vous donner une autre chance de faire exploser la pierre qui se trouve sous nos pieds, pensa Lorlen en se dirigeant vers la porte.

— *Attaquez!*

À l'ordre de Balkan, Lorlen ouvrit brusquement la porte et sortit, Osen à sa suite. D'autres magiciens émergeaient pour former un demi-cercle autour des Sachakaniens. Lorlen ajouta sa force à leur bouclier et frappa les Ichanis.

Les Sachakaniens firent volte-face. L'image d'un des Ichanis éclata dans l'esprit de Lorlen. Aussitôt, les mages attaquèrent l'homme. La force de leurs coups fit chanceler l'Ichani vers le mur du palais, jusqu'à ce que les coups que rendait le Sachakanien forcent les mages à se reconcentrer sur leur bouclier.

Les coups qui frappaient le bouclier de la Guilde étaient terribles. Lorlen ressentit une montée de peur et d'angoisse quand le demi-cercle de magiciens commença à reculer. La Guilde s'affaiblirait rapidement si elle endurait cette lutte encore longtemps.

— *Battez en retraite !*

Au commandement de Balkan, les mages de la Guilde se retirèrent vers les maisons et les ruelles d'où ils étaient venus. Les Ichanis se mirent à avancer.

— Nous devons au moins en avoir *un*, souffla Osen.

— Vous nous protégez, je frappe, répondit Lorlen. Rapprochons-nous d'abord de la maison.

Ils se glissèrent vers la porte. Quand ils l'atteignirent, Lorlen s'arrêta.

— Maintenant !

Tout en abandonnant son bouclier, Lorlen projeta tout ce qu'il lui restait d'énergie dans un coup destiné à l'Ichani affaibli. Le Sachakanien tituba, et d'autres sorts de combat furent lancés quand les mages de la Guilde s'aperçurent de la faiblesse de l'homme. L'Ichani poussa un cri – un cri muet de colère et de peur – quand son bouclier faiblit. Le coup suivant le projeta contre le mur du palais royal, qui se déforma autour de lui. L'Ichani s'affaissa et s'écroula au sol.

Des cris de joie provinrent de tous les alentours, mais ils stoppèrent brusquement quand les Ichanis ripostèrent avec de puissants éclairs de force. Osen s'étrangla.

— Retournez... à l'intérieur..., dit-il les dents serrées.

Lorlen suivit le regard d'Osen et sentit son estomac se retourner de peur en voyant le chef des Ichanis, Kariko, avancer vers eux, envoyant coup après coup sur le bouclier d'Osen. Lorlen attrapa le bras de son assistant et le guida dans la maison. Le bois et les briques éclatèrent quand les coups de Kariko franchirent le seuil. Soudain, le bouclier d'Osen faiblit.

— Non, souffla-t-il. Pas maintenant.

Lorlen agrippa les épaules de son assistant et l'écarta. Il y eut une explosion, et la façade de la maison s'écroula vers l'intérieur. Des fêlures parcoururent le plafond. Lorlen sentit quelque chose lui heurter violemment les épaules, et il tomba à genoux.

Puis il fut plaqué au sol. Le plafond avait dû s'écrouler, conclut-il. Un poids sur son dos lui écrasait les poumons. Puis, quand tout fut enfin calme, il prit conscience de la douleur. Il projeta son esprit dans son corps et se glaça à la vue des os brisés et des organes éclatés ; il comprit ce que ça voulait dire.

Il ne restait qu'une chose à faire.

La poussière et la terre tombèrent en cascade tout autour de lui quand il glissa la main vers la bague, dans sa poche.

Les passages sous le cercle intérieur étaient silencieux. Çà et là, des volontaires attendaient près des sorties. Le guide d'Akkarin et Sonea s'arrêta quand il aperçut un messager se ruer vers eux.

— Un mage sachakanien… est resté avec… les esclaves, haleta l'homme. Ils sont dans… les Taudis. Côté nord.

— Alors, comme ça, l'un d'eux s'est déjà séparé des autres, remarqua Sonea. Nous nous occupons de lui en premier ?

— Il va nous falloir du temps pour aller là-bas, dit Akkarin. (Il leva les yeux en direction du palais.) J'aimerais voir comment la Guilde s'en sort, mais… cet Ichani tout seul pourrait essayer de rejoindre Kariko quand il entendra parler de la défaite de la Guilde. (Il hocha lentement la tête et se tourna vers le guide.) Oui. Emmenez-nous dans les Taudis.

— Je vais les prévenir de votre arrivée, dit le messager.

Il partit à toutes jambes.

Le guide fit faire demi-tour à Akkarin et Sonea dans le passage. Plusieurs minutes plus tard, ils furent arrêtés par une femme d'âge mûr.

— L'tunnel s'est effondré, signala-t-elle. 'Pouvez pas aller par là.

— Y aurait-il une autre route plus rapide ?

— Il y a un autre tunnel, près du mur de la Guilde, leur apprit le guide.

Akkarin leva les yeux.

— Le trou du mur est presque au-dessus de nous.

— Ce serait plus rapide, dit le guide en haussant les épaules. Mais on pourrait vous voir.

— La Guilde et les Ichanis sont devant le palais royal. Aux yeux de qui que ce soit d'autre, nous aurons l'air de deux Imardiens ordinaires de plus fuyant la ville. Emmenez-nous vers une sortie la plus proche possible du mur.

Le guide opina du chef et se remit en route. Après quelques virages, il s'arrêta devant une échelle fixée à un mur et leva le doigt vers une trappe.

— Vous allez vous retrouver dans une réserve. Il y a une porte qui donne sur une ruelle. (Il leur donna des instructions pour trouver une entrée vers les passages de l'autre côté du mur.) Vous trouverez des guides, là-bas. Ils connaissent le quartier nord mieux que moi.

Akkarin commença à grimper. Sonea le suivit et déboucha dans une grande pièce remplie de denrées alimentaires. Ils poussèrent une porte et se retrouvèrent dans une impasse étroite. Akkarin avança sans bruit jusqu'à l'entrée et s'arrêta. Sonea le rejoignit et vit qu'ils étaient de l'autre côté de la rue qui longeait le mur intérieur. Son cœur se serra à la vue des ruines.

Une bourrasque chassa la poussière, et elle vit des couleurs familières parmi les décombres. En regardant de plus près, elle se rendit compte que c'étaient des robes de mage.

— La voie est libre, murmura Akkarin.

Alors qu'ils quittaient la ruelle, la jeune femme fit un pas vers les magiciens et sentit la main d'Akkarin sur son bras.

— Ils sont morts, Sonea, murmura-t-il doucement. La Guilde ne les aurait pas laissés, autrement.

— Je sais, dit-elle. Je veux juste savoir qui c'est.

— Pas encore. Nous en aurons le temps plus tard.

Akkarin la tira vers la brèche du mur. Des décombres jonchaient le sol, les forçant à ralentir à l'approche du trou. Ils venaient juste d'atteindre les portes effondrées quand Akkarin s'arrêta. Sonea le regarda et ressentit une pointe d'alarme. Le visage du mage était devenu blanc ; l'homme fixait un point bien au-delà.

— Qu'est-ce qu'il y a ?

— Lorlen. (Il se tourna brusquement vers le cercle intérieur.) Je dois le retrouver. Continue. Trouve cet Ichani, mais ne fais rien avant mon retour.

— Mais…

— Vas-y, dit-il. Il se tourna en lui lançant un regard froid. Je dois faire ça seul.

— Faire quoi ?

— Fais ce que je dis, Sonea.

L'impatience dans le ton du mage la blessa, et elle ne put contenir sa colère. Le moment n'était pas bien choisi pour être mystérieux et secret avec elle. S'ils se séparaient, comment se retrouveraient-ils ? Soudain, elle se souvint de la bague.

— Dois-je mettre ta bague de sang maintenant ? Tu as dit que nous devions les porter, si nous étions séparés.

Un soupçon d'inquiétude traversa le visage d'Akkarin, puis son expression se radoucit.

— Oui, dit-il, mais je ne vais pas mettre la tienne tout de suite. Je ne veux pas te montrer ce que je crains de voir dans l'heure qui vient.

Sonea lui rendit son regard. Quelle était cette chose qu'il ne voulait pas qu'elle voie ? Est-ce que ç'avait un rapport avec Lorlen ?

— Je dois y aller, dit-il.

La jeune femme hocha la tête et le regarda partir à grandes enjambées.

Quand il eut disparu, elle s'élança dans le quartier nord. En atteignant la pénombre d'une ruelle, elle sortit la bague du mage de sa poche et l'observa. L'avertissement qu'il avait fait la veille au soir lui revint en tête.

« Parfois, entendre et savoir exactement comment une autre personne vous considère peut être une expérience désagréable. Ça peut mettre fin à des amitiés, transformer l'amour en ressentiment… »

Mais ils devaient pouvoir se contacter quand ils n'étaient pas ensemble. Elle mit ses doutes de côté et glissa la bague à son doigt. Aucun signe de la Présence du mage n'apparut au bord de ses pensées. Elle chercha, mais ne sentit rien. Peut-être la bague ne fonctionnait-elle pas.

Non, pensa-t-elle, *le créateur contrôle ce que celui qui la porte ressent.* Mais le créateur ne pouvait s'empêcher de percevoir les pensées et les expériences de celui qui la portait. Ce qui voulait dire qu'Akkarin était à l'écoute de chacune de ses pensées, désormais.

Tu es là? pensa-t-elle.

Aucune réponse ne vint. Elle sourit et haussa les épaules. Quoi qu'il fasse, Akkarin ne voulait sûrement pas qu'elle le distraie, et détourner son attention quand il avait le plus besoin de se concentrer était bien la dernière chose qu'elle voulait faire.

Elle suivit les directives du guide et trouva facilement l'entrée du passage. À sa grande surprise, Faren attendait à l'intérieur. Son second, l'homme silencieux qui l'avait regardée aborder le voleur la veille, se tenait à côté de lui.

— La Guilde a tué un Ichani, lui dit Faren d'un air excité. Je voulais te l'annoncer moi-même.

Sonea sourit et sentit son cœur s'alléger un peu.

— Enfin une bonne nouvelle ! Et les autres Ichanis ?

— La femme erre dans les rues, toute seule. Celui avec les esclaves était encore dans le quartier nord au dernier rapport. Je suppose que les autres se dirigent vers le palais. Où est ton fidèle compagnon ?

Sonea plissa le front.

— Il a dû aller s'occuper de quelque chose tout seul. Je dois trouver l'Ichani qui est avec les esclaves, puis attendre.

Faren fit un grand sourire.

— Alors, allons le chercher.

Après un court périple, ils arrivèrent dans une ruelle. Il la mena vers un haut tas de caisses et passa dans un trou étroit. Au centre était ménagé un espace exigu. Faren s'accroupit et frappa bruyamment sur quelque chose de métallique.

Sonea étouffa un grognement quand une trappe s'ouvrit et qu'une odeur désagréable s'en échappa.

— Encore les égouts.

—J'en ai bien peur, répondit Faren. C'est la route la plus directe pour sortir de la ville.

Ils descendirent dans les ténèbres épaisses. Un homme au visage large se tenait près de l'échelle, une lampe dans une main et une autre projetant un rond de lumière autour de ses pieds. Le voleur prit la lampe et se mit en route sur la margelle qui courait d'un côté du tunnel. Ils passèrent devant plusieurs gardiens de trappe. À un moment donné, Faren lui annonça qu'ils venaient de passer sous le mur extérieur. Quand ils sortirent de l'égout, la jeune femme découvrit une partie des Taudis qui lui était familière. Faren lui fit rapidement franchir une bouche d'aération, dans un mur, qui donnait sur la route des voleurs.

Un garçon, posté là, les informa que l'Ichani isolé avec les esclaves n'était désormais qu'à quelques rues d'eux.

—Ils se dirigent vers la route principale, dit le garçon.

—Dis à tout le monde de se tenir prêt, puis reviens nous faire un rapport.

Le garçon hocha la tête et partit en courant.

Après un court trajet, ils entrèrent dans une maison et grimpèrent un escalier branlant qui les mena au second étage. Faren guida Sonea vers une fenêtre. Elle regarda dehors et vit que les esclaves sachakaniens se tenaient dans la rue en contrebas. L'Ichani regardait deux d'entre eux sortir d'une boulangerie avec des plateaux de petits pains. Plusieurs des animaux ressemblant à des limeks se battaient au-dessus d'une carcasse de reber. Les charrettes n'étaient visibles nulle part.

Le garçon entra dans la pièce. Ses yeux brillaient d'excitation.

—Tout est prêt, annonça-t-il.

Sonea regarda Faren d'un air interrogateur.

—Pour quoi ?

—On a préparé quelques pièges pour les Sachakaniens, expliqua Faren. C'était l'idée de Cery.

La jeune femme sourit.

—Ça ne m'étonne pas. C'est quoi, le plan ?

Faren se dirigea vers une fenêtre, sur le côté de la pièce. En contrebas, une petite cour close donnait sur une ruelle étroite. Deux hommes musclés braquaient vers le mur une longue perche de métal au bout pointu. Ils levèrent des yeux anxieux vers la fenêtre. Faren leur fit signe d'attendre.

—Il y en a deux autres de l'autre côté de la ruelle, lui dit Faren. Il y a un trou dans chaque mur, rempli de faux mortier. Un de nos faux magiciens attirera l'Ichani dans la ruelle. Quand il arrivera au bon endroit, les hommes l'embrocheront.

Sonea le dévisagea, incrédule.

— C'est *ça*, votre plan ? Ça ne marchera jamais. Le bouclier de l'Ichani le protégera.

— Peut-être qu'il se détendra un peu en se pensant protégé par les murs.

— Peut-être, dit-elle, mais la chance est infime. Vous prenez un risque terrible.

— Tu crois que ceux qui nous aident ne le savent pas ? dit doucement Faren. Ils savent qu'il y a de gros risques que ça ne marche pas. Ils sont juste aussi déterminés que toi à combattre ces Sachakaniens.

Sonea soupira. Il était logique que les coureurs veuillent se battre, même si ça voulait dire prendre d'énormes risques.

— Bon, eh bien, si ça ne fonctionne pas, je ferais mieux d'être en bas pour…

— Trop tard, dit le second de Faren. Regardez.

Sonea se dirigea vers la fenêtre qui donnait sur la rue et vit que l'Ichani et ses esclaves approchaient. Un groupe de jeunes hommes surgirent en courant de l'autre côté de la rue et se mirent à leur lancer des pierres. Quand l'Ichani avança vers eux, Sonea entendit un cri étouffé et vit un homme en robe arriver dans la rue, émergeant d'un endroit situé directement en dessous d'elle. Il avança à grands pas vers l'Ichani et s'arrêta à l'entrée de la ruelle. Quand le Sachakanien vit le faux magicien, il sourit.

Un coup déchira l'air. Le faux magicien l'esquiva de peu et se précipita dans la ruelle.

Sonea courut jusqu'à la fenêtre de l'autre côté de la pièce. Les deux hommes se tenaient prêts avec leur lance. Ça ne marcherait sûrement pas… mais si ça fonctionnait… Elle s'affola en comprenant ce qu'il se passerait.

— Faren, je dois descendre.

— Pas le temps, lui dit-il. Regarde.

L'Ichani avança dans la ruelle. L'homme en robe s'était arrêté. Sonea aperçut le léger éclat d'une barrière qui lui barrait le chemin. Quand l'Ichani ne fut plus qu'à un pas des hommes embusqués, le faux mage cria quelque chose. Les lances traversèrent le mur…

… et s'enfoncèrent dans le corps de l'Ichani. Le Sachakanien poussa un cri de surprise et de douleur.

— Ça a marché ! dit Faren d'un air victorieux.

Sonea entendit des cris de triomphe similaires venant de dehors, étouffés par la fenêtre. Elle frissonna de compassion en lisant l'agonie sur le visage de l'Ichani. Quand il commença à s'affaisser contre les lances, elle sut qu'elle n'aurait jamais le temps d'arriver jusqu'à lui avant qu'il meure.

Toutefois, elle brisa la fenêtre et héla les hommes, en dessous :

— Éloignez-vous de lui !

Ils levèrent des yeux surpris vers elle.

Soudain, tout devint blanc.

Sonea invoqua un bouclier autour d'elle, Faren et son second. Un instant plus tard, le mur de la pièce explosa vers l'intérieur. Une chaleur torride rayonna à travers son bouclier, l'obligeant à le renforcer. Elle sentit le sol s'incliner et se dérober et elle eut l'impression de chuter. Elle atterrit à genoux.

Soudain, la magie libérée par l'Ichani s'arrêta brutalement. Sonea découvrit qu'elle était accroupie en haut d'un tas de briques et de bois fumant. Elle se leva et vit qu'un cercle de ruines l'entourait.

Tout, autour d'elle et sur une centaine de pas, n'était désormais que décombres carbonisés et fumants. Sonea jeta un coup d'œil vers la ruelle, mais il n'y avait aucun signe des hommes qui avaient manipulé les lances. Elle éprouva de la tristesse. *J'aurais pu les sauver, si j'avais su ce qu'ils avaient prévu.*

Faren et son second se relevèrent et fixèrent d'un air consterné la destruction qui les entourait.

—Cery a dit que quelque chose comme ça pouvait arriver, dit Faren. Il a dit que tout le monde devait s'éloigner le plus vite possible. Il n'a pas dit que ça porterait si loin.

—Qu'est-ce qu'il s'est passé ? demanda son second d'une petite voix.

Sonea essaya de parler, mais elle avait la gorge trop serrée. Elle déglutit et réessaya.

—Ce qu'il se passe toujours à la mort d'un mage, réussit-elle à dire. Toute la magie qu'il lui reste est libérée.

Le voleur la regarda en écarquillant les yeux.

—Est-ce que… est-ce que ça t'arrivera, à toi aussi ?

—J'en ai bien peur. À moins que je sois épuisée ou que les Ichanis prennent tout mon pouvoir.

—Oh !

L'homme frissonna et détourna le regard.

—Nous avons eu de la chance que tu sois là, dit doucement Faren. Si ça n'avait pas été le cas, nous serions comme ces esclaves, en bas.

Sonea suivit son regard dans la rue. Plusieurs formes sombres gisaient sur le sol. Elle frémit. Leur mort avait au moins été rapide.

Faren eut un petit rire.

—Eh bien, on n'a plus à se demander ce qu'on doit faire d'eux, maintenant, pas vrai ?

—Aidez-moi !

Dannyl leva les yeux, tiré brusquement de son étourdissement. Le seigneur Osen se tenait dans un trou béant, sur le côté d'une maison. Il était couvert de poussière, le visage sillonné de larmes.

—Lorlen est enseveli, dit-il d'une voix hachée. Reste-t-il un peu de force à l'un de vous ?

Dannyl jeta un regard à Farand et secoua la tête.

—Alors… alors aidez-moi au moins à le sortir de là-dessous.

Ils suivirent Osen à l'intérieur de la maison, emplie d'un énorme tas de décombres. La lumière entrait à flots à travers la poussière. Dannyl leva les yeux et vit que le sol de l'étage du dessus ainsi que le toit avaient disparu.

—Je crois qu'il est ici, dit Osen en s'arrêtant près de la porte de devant à moitié enterrée.

Il se mit à genoux et commença à creuser à mains nues.

Dannyl et Farand se joignirent à lui. Ils ne pouvaient rien faire d'autre. Ils jetaient les décombres sur le côté mais progressaient lentement. Dannyl se coupa sur des tessons de verre brisé, dans la poussière. Il commençait tout juste à se demander comment qui que ce soit aurait pu survivre en étant si bien enterré quand le tas entier bascula soudain. Les briques, les poutres de bois et le verre brisé se mirent à tomber en roulant jusqu'au mur opposé à la porte.

Osen secoua la tête comme pour remettre ses idées en place et embrassa la pièce du regard. Ses yeux se posèrent sur un point, quelque part derrière Dannyl, et s'écarquillèrent.

Dannyl pivota sur lui-même et vit qu'une silhouette se tenait dans le trou du mur, sur le côté de la maison, en contre-jour dans la vive lumière de l'extérieur. L'homme portait des vêtements simples, mais son visage était caché dans l'ombre.

Le bruit des décombres qui remuaient s'amenuisa jusqu'au silence.

—Tu es revenu.

Cette voix était familière mais faible. Dannyl se retourna et sentit son cœur s'emplir d'espoir quand il vit que Lorlen avait été dégagé. La robe de l'administrateur était couverte de poussière. Son visage était contusionné, mais ses yeux brillants.

—Oui. Je suis revenu.

Dannyl s'étrangla quand il reconnut la voix. Il se tourna pour dévisager Akkarin. Le mage exilé avança dans la pièce.

—Non ! dit Lorlen. Ne… t'approche pas plus.

Akkarin s'arrêta.

—Tu te meurs, Lorlen.

—Je sais. (Sa respiration était difficile.) Je ne veux pas… Je ne veux pas que tu gâches ton pouvoir sur moi.

Akkarin fit un autre pas.

—Mais il…

—Arrête. Ou je serai mort avant que tu me rejoignes, souffla Lorlen. Il me reste juste assez de pouvoir pour rester conscient. Tout ce que j'ai à faire c'est de l'épuiser plus rapidement.

—Lorlen, dit Akkarin. Il ne faudrait qu'un peu de magie. Juste assez pour te maintenir en vie jusqu'à…

—Jusqu'à ce que les Ichanis viennent m'achever. (Les yeux de Lorlen se fermèrent.) J'étais guérisseur, rappelle-toi. Je sais ce qu'il faudrait pour me garder en vie. Trop de magie. Il faut que tu gardes tout pour les arrêter. (Il ouvrit les yeux et fixa Akkarin.) Je comprends pourquoi tu as fait ça. Pourquoi tu m'as menti. La sécurité de la Kyralie était plus importante que notre amitié. Elle l'est toujours. Je veux seulement savoir une chose. Pourquoi n'as-tu pas répondu quand je t'ai appelé ?

—Je ne le pouvais pas, dit Akkarin. Si la Guilde avait su que j'étais ici, les Ichanis l'auraient lu dans l'esprit de leur première victime. Ils seraient restés groupés. Seuls, ils sont vulnérables.

—Ah ! (Lorlen esquissa un vague sourire.) Je vois.

Ses yeux se refermèrent. Akkarin fit de nouveau un pas vers son ami. Les yeux de Lorlen s'ouvrirent en papillotant.

—Non, chuchota-t-il. Reste où tu es. Parle-moi… parle-moi de Sonea.

—Elle est en vie, dit Akkarin. Elle est…

Akkarin n'acheva pas sa phrase, mais le coin de la bouche de Lorlen se tordit en un sourire.

—Bien, dit-il.

Soudain, son visage se détendit, et il poussa un long soupir. Akkarin s'élança vers lui et s'accroupit. Il toucha le front de Lorlen, et la souffrance se lut sur son visage. Il prit la main de son ami, inclina la tête, puis retira une bague.

—Seigneur Osen, dit-il.

—Oui ?

—Vous, l'ambassadeur Dannyl et… (il jeta un regard vers Farand) son compagnon ne devez dire à personne que je suis ici. Si les Ichanis découvrent ma présence, ainsi que celle de Sonea, toute chance de les vaincre sera perdue. Vous comprenez ?

—Oui, dit doucement Osen.

—Tous les Ichanis sauf un sont dans le palais. Quittez la ville pendant que vous le pouvez.

Akkarin se leva et se retourna en un mouvement brusque. Il s'avança vers la brèche dans le mur. Un instant, avant qu'il disparaisse, Dannyl aperçut son visage. Bien que son expression soit dure et figée, ses yeux brillaient vivement dans la lumière du soleil.

À plusieurs centaines de pas de la périphérie des Taudis, Rothen quitta la route. Il vit le trou béant à la place des portes Nord. Par ce même trou, il avait vu celui encore plus grand dans le mur intérieur.

Toutefois, il n'était pas obligé d'entrer dans la ville par cette route. Il y avait toujours le trou du mur extérieur.

Il se demanda soudain pourquoi les Ichanis avaient choisi de gâcher leur énergie en détruisant les portes de la ville. Ils avaient dû apprendre, de l'esprit des magiciens qu'ils avaient attrapés et tués au Fort et à Calia, qu'il y avait une brèche dans le mur extérieur. Peut-être avaient-ils voulu montrer la supériorité de leur force à la Guilde. Et peut-être comptaient-ils remplacer la magie qu'ils avaient perdue en s'attaquant à des Imardiens ordinaires.

Quelle qu'en soit la raison, ils devaient se sentir assurés que leur énergie, ou leur capacité à la remplacer, leur ferait gagner la Kyralie. Tandis que Rothen dirigeait son cheval vers la colline boisée, derrière la Guilde, une crainte grandit en lui. Arriverait-il trop tard ? La Guilde serait-elle détruite et les Ichanis l'attendraient-ils ? Il devait s'en approcher avec prudence.

Il laissa le cheval ralentir en atteignant les premiers arbres. La forêt devint rapidement plus dense, il fut alors contraint de descendre de sa monture et de la guider. Une image éclata devant ses yeux. Pas *encore* une fois…

Il continua à marcher alors que l'expérience de la mort voilait ce qui l'entourait. Cette fois, c'était un garde du palais. Quand la vision s'estompa, Rothen poussa un soupir de soulagement.

Combien y en a-t-il eu ? pensa-t-il. *Vingt ? Trente ?*

La pente se fit plus raide. Il trébucha dans la végétation basse, sur des souches, des pierres et des trous. En atteignant une étendue de terre pelée, il leva les yeux et distingua de la blancheur à travers les arbres, devant lui.

À la vue des bâtiments, le soulagement et la joie le submergèrent. Il se précipita jusqu'à l'orée de la forêt. Des dizaines de petites maisons se serraient dans une clairière, en contrebas. C'était comme un minuscule village.

Un village déserté, rectifia-t-il. Même si Rothen avait vécu à seulement quelques centaines de pas de cet endroit, il ne l'avait vu qu'une fois auparavant, quand il était novice. Le hameau était connu comme étant le quartier des serviteurs.

Il se dirigea vers les maisons. Soudain, une porte s'ouvrit. Un homme en livrée s'élança à sa rencontre.

— Seigneur, dit l'homme en esquissant une rapide révérence. Comment se passe la bataille ?

— Je ne sais pas, répondit Rothen. Je viens d'arriver. Pourquoi êtes-vous encore ici ?

L'homme haussa les épaules.

— Je me suis porté volontaire pour garder un œil sur les maisons jusqu'à ce que tout le monde revienne.

Rothen posa les yeux sur son cheval.

— Y a-t-il encore quelqu'un des écuries, ici ?

— Non, mais je peux m'occuper de votre cheval.

— Merci. (Rothen tendit les rênes au serviteur.) Si personne n'est de retour à la fin de la journée, partez. Prenez le cheval, si vous le souhaitez.

L'homme eut l'air surpris. Il s'inclina, tapota le museau du cheval et s'éloigna. Rothen se retourna et s'engagea sur le chemin menant à la Guilde.

Cela faisait trois heures que Cery s'était séparé de Sonea et Akkarin. Il avait reçu des rapports selon lesquels la jeune femme était partie dans les Taudis pour s'occuper de l'Ichani isolé. Akkarin avait disparu dans le cercle intérieur, et Takan ignorait ce que faisait son maître.

Sous le cercle intérieur, un repaire de bandits avait été désigné comme lieu de rassemblement. C'était une grande pièce, remplie jusqu'au plafond de marchandises. Quand trois silhouettes apparurent dans l'allée entre les étagères, Cery sourit et alla à leur rencontre.

— Ta Guilde a tué un des Ichanis, dit-il. Un mort, il en reste sept.

— Non. (Sonea sourit.) Deux morts, il en reste six.

Le voleur lança un regard vers Faren.

— Celui des Taudis ?

— Oui, même si je n'y suis pour rien.

Il fit un grand sourire et ressentit une bouffée de plaisir.

— Un de mes pièges a marché, alors ?

— Je pense que tu devrais jeter un œil à ce qu'il reste des Taudis avant de te vanter, répondit Faren, pince-sans-rire.

Son second acquiesça d'un hochement de tête.

— Qu'est-ce qu'il s'est passé ? demanda Cery en regardant Sonea.

— Faren t'expliquera plus tard. (Elle regarda par-dessus l'épaule de Cery, qui se retourna et vit Takan s'approcher.) L'un de vous sait-il où est Akkarin ? demanda-t-elle.

Le serviteur secoua la tête.

— Ça fait deux heures que je n'ai pas eu de ses nouvelles.

Sonea plissa le front. En découvrant la même expression sur le visage de Takan, Cery se dit que, quoi que fasse Akkarin, le mage désirait que cela reste secret. Qu'est-ce qui était si important pour qu'Akkarin le cache à ses deux plus proches compagnons ?

— Où sont les autres Ichanis ? demanda Faren.

— Cinq dans le palais, un qui traîne, leur annonça Cery.

— Laisse-moi deviner, dit Sonea, c'est la femme.

— Oui.

Elle soupira.

— J'imagine que je dois attendre ici qu'Akkarin revienne.

Cery sourit.

— J'aimerais te faire rencontrer quelqu'un qui est caché ici.

— Oh, et qui ça peut bien être ?

— Un mage. Je l'ai sauvé de la femme ichanie. Il est très reconnaissant. En fait, il est si reconnaissant qu'il s'est porté volontaire pour être le leurre du prochain petit piège qu'on a préparé.

Cery lui fit contourner un tas de caisses et la mena dans un petit espace rempli de chaises. Le novice était assis sur l'une d'elles. Il leva la tête à leur apparition, puis se leva et sourit.

— Bonjour, Sonea.

La jeune femme le dévisagea d'un air consterné. Comme il s'y était attendu, elle répondit les dents serrées :

— Regin.

Chapitre 35

Piégés

— Assieds-toi, Sonea, insista Cery. Restez ici, vous deux. Je vais vous chercher quelque chose à manger.

Sonea dévisagea Cery. Il n'avait sans aucun doute pas la moindre idée du passé qu'elle et Regin partageaient. Puis le voleur lui fit un clin d'œil, et elle comprit qu'il *s'était* souvenu de qui était Regin.

— Allez, dit-il. Je suis sûr que vous avez plein de choses à vous dire.

Sonea s'assit à contrecœur. Elle regarda Faren, mais le voleur était désormais de l'autre côté de la pièce et conversait à voix basse avec son second. Takan faisait les cent pas dans un autre coin. Regin lui lança un regard, le détourna, se frotta les paumes l'une contre l'autre, puis s'éclaircit la gorge.

— Alors, dit-il, tu as déjà tué l'un de ces Sachakaniens ?

Sonea résista à la forte envie qui la prit de rire. C'était une façon étrange, bien qu'en quelque sorte appropriée, d'entamer une conversation avec son vieil ennemi.

— Deux, dit-elle.

Le jeune mage hocha la tête.

— Celui des Taudis ?

— Non. Un dans la passe Sud, et une encore avant, dans la ville.

Le regard du jeune homme glissa sur le sol.

— C'est difficile ?

— De tuer quelqu'un ? (Elle grimaça.) Oui et non. À vrai dire, tu n'y réfléchis pas vraiment quand tu essaies d'empêcher l'autre personne de te tuer. Tu n'y penses que plus tard.

Regin esquissa un vague sourire.

— Je voulais dire, c'est difficile de les tuer ?

— Oh ! (Sonea détourna les yeux.) Sûrement. J'ai réussi avec ces deux-là seulement parce que je les ai dupés.

— Sûrement ? Tu ne connais pas leur force ?

— Non. Je ne suis même pas certaine de ma propre force. Je suppose que je le découvrirai quand je devrai combattre l'un d'eux.

— Alors, comment sais-tu si tu peux gagner une bataille ?

— Je ne le sais pas.

Regin leva les yeux vers elle, l'air incrédule. Puis il rougit et détourna le regard.

— Tout le monde t'en a fait baver, dit-il d'une voix basse. Le seigneur Fergun, moi et les novices, et la Guilde entière quand elle a découvert que tu avais appris la magie noire – mais tu es quand même revenue. Tu es tout de même prête à risquer ta vie pour nous sauver. (Il secoua la tête.) Si j'avais su ce qu'il se passait, je n'aurais pas été si mauvais avec toi, cette première année.

Sonea le dévisageait, partagée entre le scepticisme et la surprise. Étaient-ce des excuses ?

Le jeune homme croisa son regard.

— Je veux juste… Si je survis à tout ça, j'essaierai de me rattraper. (Il haussa les épaules.) Si je survis à ça, c'est le moins que je puisse faire.

Sonea acquiesça. Il était désormais encore plus difficile de trouver quoi lui dire. Elle fut sauvée par l'arrivée d'une haute silhouette marchant à grands pas entre les tas de caisses.

— Akkarin !

Elle sauta de sa chaise et s'élança vers lui. Le mage eut un sourire amer en la voyant.

— Sonea.

— Tu as vu ce qu'ont fait les coureurs ?

— Oui, j'ai regardé à travers la bague, et j'ai vu les conséquences.

La jeune femme plissa le front. L'expression du mage était tendue, comme s'il cachait la douleur d'une blessure.

— Qu'est-ce qui ne va pas ? chuchota-t-elle. Qu'est-ce qu'il s'est passé ?

Les yeux d'Akkarin vacillèrent au-dessus de l'épaule de Sonea, en direction de Regin. Il prit le bras de la jeune femme et l'éloigna de l'allée de plusieurs pas, puis il baissa les yeux et poussa un lourd soupir.

— Lorlen est mort.

Lorlen ? Mort ? Elle le dévisagea avec horreur puis, en lisant la douleur sur le visage du mage, elle fut balayée par une vague de compassion à son égard. Lorlen avait été l'ami le plus proche d'Akkarin, pourtant ce dernier avait été contraint de lui mentir, de la faire chanter et de le contrôler à travers la bague. Les dernières années avaient été terribles pour les deux hommes. Le poids qui lui pesait depuis qu'elle avait appris la mort de Rothen se fit soudain insupportablement lourd.

Elle enlaça Akkarin et posa son front contre son torse. Il la serra contre lui à son tour. Au bout d'un moment, il prit une profonde inspiration et la relâcha lentement.

—J'ai vu Dannyl et Osen, lui dit-il doucement. Ils étaient avec Lorlen, donc ils sont désormais au courant de notre présence. Je les ai prévenus qu'ils ne devaient pas en parler aux autres et j'ai… j'ai pris la bague de Lorlen.

—Et le reste de la Guilde ?

—Je doute qu'il reste des mages qui ne soient pas épuisés, ou sur le point de l'être, dit-il. Les voleurs ont pu en emmener certains dans les passages. D'autres se sont retirés dans la Guilde.

—Combien sont morts ?

—Je ne sais pas. Vingt. Cinquante. Peut-être plus.

Tellement.

—Qu'est-ce qu'on fait, maintenant ?

Akkarin la tint dans ses bras encore un peu, puis la fit reculer pour pouvoir la voir.

—Kariko est dans le palais avec quatre Ichanis. Avala traîne toujours dans les rues, seule. Nous devons la trouver avant qu'elle les rejoigne.

Sonea hocha la tête.

—J'aurais aimé savoir ce que les voleurs avaient prévu de faire à l'Ichani des Taudis. Si l'un de nous avait été assez proche, nous aurions pu prendre tout son pouvoir.

—Oui, mais ça fait un Ichani en moins, maintenant. (Il la lâcha et retourna dans l'allée.) Ton ami Cery a des idées vraiment intéressantes. Je pense que si la Kyralie survit, la Guilde découvrira que la Purge est devenue un exercice dangereux.

Sonea sourit.

Je pensais en avoir convaincu les mages.

—Pas vraiment de la façon dont pourraient le faire les amis de Cery.

Quand ils arrivèrent au bout de la pièce, Sonea vit que Cery était revenu avec la nourriture promise. Takan mangeait goulûment, son air inquiet disparu. Le regard de Regin passait de Sonea à Akkarin, les yeux brillant d'intérêt.

—Regin de Winar, dit Akkarin. (Sonea reconnut la pointe d'antipathie dans sa voix.) On m'a dit que les voleurs t'avaient sauvé.

Regin se leva et s'inclina.

—Ils m'ont sauvé la vie, seigneur. J'espère pouvoir m'acquitter de cette dette.

Akkarin hocha la tête et jeta un coup d'œil vers Takan.

—Je pense que tu pourrais avoir cette occasion très bientôt.

— Où allons-nous ?

Dannyl lança un regard à Farand. Le jeune mage n'avait pas prononcé un mot durant la dernière demi-heure. Il avait suivi Dannyl en toute confiance, sans une question, jusqu'à maintenant.

— Je dois retrouver un ami, répondit Dannyl.

— Mais votre ancien haut seigneur a dit que nous devions quitter la ville.

— Oui. (Dannyl acquiesça d'un signe de tête.) Il a dit que les Ichanis étaient dans la citadelle. Je dois retrouver Tayend maintenant, tant que je le peux. Il devrait aussi pouvoir nous fournir des habits ordinaires.

— Tayend ? Il est à Imardin ?

— Oui.

Dannyl jeta un coup d'œil dans la rue suivante, qui se révéla déserte. Farand tourna à l'angle derrière lui. La demeure dans laquelle résidait Tayend n'était qu'à une dizaine de maisons de là. Dannyl sentit son pouls s'accélérer avec l'appréhension.

— Mais il n'est pas venu à l'audience, dit Farand.

— Non, il est arrivé il y a seulement quelques jours.

— Il a mal choisi son moment.

Dannyl gloussa.

— Sans aucun doute.

— Pourquoi n'est-il pas reparti ?

Ils étaient à mi-chemin de la maison, désormais. Dannyl chercha une réponse. *Parce que Tayend a l'idée folle qu'il peut m'aider à survivre à ce combat. Parce qu'il ne veut pas que j'affronte la destruction de la Guilde tout seul. Parce qu'il tient plus à moi qu'à sa propre sécurité.*

Il soupira.

— Parce qu'il ne s'est pas rendu compte à quel point ces Ichanis sont dangereux, dit-il à Farand. Et je n'ai pas réussi à le convaincre que les non-magiciens seraient autant en danger que les mages. Les Elynes sont-ils tous aussi obstinés ?

Farand rit tout bas.

— À ce qu'on dit, c'est une caractéristique nationale.

Ils atteignirent la porte de la maison. Dannyl sortit une clé, leva la main vers la serrure… et se figea.

La porte était ouverte.

Il resta là, à fixer l'espace entre la porte et son encadrement, le cœur martelant soudain. Farand lui toucha l'épaule.

— Ambassadeur ?

— C'est ouvert. Tayend ne laisserait pas la porte ouverte. Quelqu'un est venu.

—Alors, nous devrions partir.

—Non ! (Dannyl prit quelques inspirations lentes et profondes, puis se tourna vers Farand.) Je dois savoir s'il va bien. Tu peux venir avec moi, ou attendre tout près que je ressorte, ou tu peux me quitter et trouver ton chemin pour sortir de la ville.

Farand leva les yeux vers la demeure. Il inspira profondément et redressa les épaules.

—Je viens avec vous.

Dannyl poussa la porte. L'antichambre était déserte. Il parcourut la maison lentement et avec prudence, pièce après pièce, mais ne trouva aucun signe de l'érudit autre qu'une malle de voyage dans une chambre, et plusieurs verres de vin utilisés.

—Peut-être est-il sorti chercher de la nourriture, suggéra Farand. Attendons ; il pourrait revenir.

Dannyl secoua la tête.

—Il ne serait pas sorti à moins d'y avoir été forcé. Pas aujourd'hui. (Il entra dans la cuisine, où un verre de vin à moitié vide et une bouteille étaient posés sur une grande table.) Y a-t-il un endroit que je n'ai pas fouillé ?

Farand désigna une porte.

—La cave ?

La porte donnait sur un escalier qui descendait dans une grande réserve pleine de bouteilles et d'un peu de nourriture. La pièce était vide. Dannyl retourna dans la cuisine. Farand montra du doigt le verre de vin à moitié plein.

—Il est parti précipitamment, murmura-t-il. De cette pièce. Alors, si je me tenais ici et que quelque chose me pousse à fuir la maison, où irais-je ? (Il regarda Dannyl.) L'entrée des serviteurs est la plus proche.

Dannyl hocha la tête.

—Alors, allons-y.

L'extérieur de la Guilde était si désert et silencieux qu'on aurait pu croire que c'étaient les vacances d'été. Toutefois, le silence était trop parfait. Même durant ces quelques semaines de l'année où les cours étaient interrompus et dont la plupart des magiciens profitaient pour rendre visite à leur famille, la Guilde n'était jamais aussi silencieuse.

Quand Rothen entra dans l'université, il commença à se demander si la Guilde était le meilleur endroit où se trouver. Sur la route le ramenant à Imardin, il n'avait pensé à rien d'autre que retourner dans un endroit qui lui était familier. Mais maintenant qu'il était arrivé, il n'y trouvait pas le sentiment de sécurité qui l'y avait attiré.

Il savait des esprits des victimes de Kariko que la Guilde avait affronté les Ichanis une dernière fois devant le château. Les mages avaient tué un Sachakanien, mais cela les avait épuisés. Après ça, les victimes de Kariko avaient été des gardes du palais, donc Rothen pouvait supposer que les Ichanis étaient encore au cœur de la ville. Où iraient-ils une fois qu'ils auraient pris le contrôle du palais royal ? Rothen s'arrêta à l'entrée du grand hall ; son sang se glaça.

À la Guilde.

Balkan le sait, pensa-t-il. *Il a dû dire à tout le monde de fuir la ville. Il va vouloir que nous nous regroupions autre part, que nous recouvrions nos forces, puis que nous élaborions un plan pour reprendre Imardin. Je devrais partir d'ici et essayer de les rejoindre.*

Rothen leva les yeux vers l'immense plafond du hall et poussa un lourd soupir. Tout cela serait sans aucun doute détruit dans les jours à venir. Il secoua tristement la tête et fit demi-tour pour partir.

Soudain, il se figea en entendant des voix, derrière lui.

Sa première pensée fut que les Ichanis étaient arrivés, puis il reconnut les voix. Il se retourna et s'élança.

Balkan et Dorrien se tenaient devant le hall de la Guilde. Ils se disputaient, mais Rothen ne s'arrêta pas pour écouter. Les deux hommes levèrent les yeux à son apparition.

— Père ! souffla Dorrien.

Une bouffée de soulagement et d'affection submergea Rothen. *Il est en vie.* Dorrien s'élança vers lui et l'étreignit. La douleur dans son épaule le fit tressaillir.

— Dorrien, dit-il. Que fais-tu ici ?

— Lorlen a demandé à tout le monde de venir à Imardin, dit Dorrien. (Ses yeux se posèrent sur la cicatrice de la joue de Rothen, où Kariko l'avait coupé.) Père, nous te croyions mort. Pourquoi tu ne nous as pas contactés ? (Il plissa le front en regardant l'épaule de Rothen.) Tu es blessé. Que s'est-il passé ?

— Je ne savais pas si je pouvais prendre le risque d'utiliser la communication mentale. Il y avait l'interdiction et… (Rothen hésita, réticent à parler de la bague à Dorrien.) Je me suis cassé l'épaule et le bras lors du combat, et ils se sont mal guéris durant mon sommeil. Mais tu ne m'as pas répondu, ou peut-être n'ai-je pas posé la bonne question. Pourquoi es-tu à la Guilde ? Ce sera sûrement la prochaine destination des Ichanis.

Dorrien regarda Balkan.

— Je… je ne me suis pas battu avec le reste des mages. Je me suis éclipsé à la première occasion.

Rothen dévisagea son fils d'un air surpris. Il n'arrivait pas à imaginer Dorrien évitant un combat. Son fils n'était pas un lâche.

Une frustration intense se lut sur le visage de Dorrien.

—J'ai mes raisons, dit-il. Je ne peux pas te les donner. J'ai juré de les garder secrètes. Il ne te reste plus qu'à me faire confiance quand je te dis que je ne peux pas risquer d'être capturé par les Ichanis. S'ils lisent mon esprit, notre dernière chance de les tuer sera perdue.

—Notre dernière chance est passée, dit Balkan. (Puis il plissa les yeux.) À moins que…

Dorrien secoua la tête.

—Ne spéculez pas. J'en ai déjà trop dit.

—Si tu crains tant que les Ichanis lisent ton esprit, pourquoi es-tu ici, dans la Guilde, où ils viendront sûrement ensuite ? demanda Rothen.

—Du hall d'entrée, je vois bien les portes, répondit Dorrien. Je les verrai venir et partirai par la forêt. Si j'entre dans la ville, les risques d'être capturé augmentent.

—Pourquoi ne pas partir maintenant ? demanda Balkan.

Dorrien se tourna vers lui.

—Je ne pars pas à moins d'y être contraint. Si le secret que je détiens est découvert autrement, je pourrai aider.

Balkan fronça les sourcils.

—Si nous partons avec vous, vous pourrez tout de même prendre le risque de nous dire quel est ce secret.

L'air têtu du visage de Dorrien n'était que trop familier à Rothen, qui secoua la tête.

—Je ne mise pas grand-chose sur vos chances de le faire parler, Balkan. Je pense toutefois que nous devrions partir au premier signe d'arrivée des Ichanis. Ce qui m'amène à me demander pourquoi, *vous*, vous êtes ici ?

Le mage se renfrogna.

—Quelqu'un se doit d'être témoin du destin de notre maison.

Rothen hocha la tête.

—Alors, nous resterons tous les trois jusqu'à la fin.

—De l'herbe de sang sucrée, chuchota Faren en levant une minuscule bouteille. Presque indétectable dans le vin ou les douceurs. Ça agit vite, alors tiens-toi prête.

Sonea jeta un regard au voleur et leva les yeux au ciel.

—Quoi ? demanda-t-il.

—En fait, je ne suis pas surprise que tu en saches autant sur les poisons, Faren.

Le voleur sourit.

—Je dois admettre que j'ai commencé à m'informer sur eux sur un coup de tête, pour faire honneur à mon nom. Ce savoir s'est révélé utile, parfois, mais bien moins souvent que tu pourrais le penser. Ton ami novice semble particulièrement intéressé par le sujet.

— Ce n'est pas mon ami.

Sonea plaqua de nouveau l'œil sur le judas. Derrière, la pièce était en majeure partie occupée par une grande table. Des couverts d'argent luisaient faiblement dans la lumière que filtraient deux petites fenêtres. Un repas entamé, maintenant froid et sec, avait été laissé dans des assiettes raffinées.

Ils se tenaient dans l'une des grandes demeures du cercle intérieur. La salle à manger était une petite pièce privée avec deux portes pour les serviteurs en plus de l'entrée principale. Sonea et Faren étaient derrière une des portes ; Akkarin derrière l'autre.

— Cery semblait penser que vous vous connaissiez bien tous les deux, continua à insister Faren.

La jeune femme grogna doucement.

— Il s'est déjà proposé de tuer Regin. C'était tentant.

— Ah ! répondit le voleur.

Sonea regarda les verres qui jonchaient la table. Ils étaient variablement remplis de vin. Des bouteilles, débouchées ou non, étaient disposées au milieu. Tout avait été empoisonné.

— Alors, qu'a fait notre volontaire pour inspirer une offre aussi généreuse de Cery ?

— Ça ne te regarde pas.

— Vraiment ? C'est intéressant.

Sonea sursauta quand la porte principale de la salle à manger s'ouvrit violemment. Regin entra d'un bond et referma la porte. Il s'élança de l'autre côté de la table et courut jusqu'à la porte des serviteurs derrière laquelle attendait Akkarin. Il agrippa la poignée et marqua une pause.

La porte principale se rouvrit. Regin feignit de lutter avec la poignée. Sonea sentit son cœur accélérer quand l'un des Ichanis entra dans la pièce. Il regarda Regin, puis baissa les yeux sur la table.

— Alors, j'imagine que tu ne te précipiteras pas pour le sauver si l'Ichani ne tombe pas dans le piège, chuchota Faren.

— Bien sûr que je le sauverai, marmonna Sonea en guise de réponse. Regin est peut-être un… un… peu importe, il ne mérite pas de mourir.

Quand l'Ichani reposa les yeux sur Regin, le garçon s'adossa à la porte, blanc comme un linge. L'Ichani fit le tour de la table. Regin se glissa contre le mur pour garder la table entre lui et le Sachakanien.

L'Ichani ricana. Il tendit le bras, s'empara d'un des verres et le porta à ses lèvres. Il but une petite gorgée et grimaça. Il haussa les épaules et jeta la coupe, qui se brisa contre le mur, laissant une tache rouge.

— C'est suffisant ? murmura Sonea.

— J'en doute, répondit Faren. Mais l'idée lui est venue, et il pourrait vouloir quelque chose de plus frais.

L'Ichani commença à faire le tour de la table. Regin continua à s'éloigner en glissant contre le mur. Soudain, il fit un bond en avant et s'empara d'une bouteille de vin par le goulot. L'Ichani rit en voyant Regin la brandir en le menaçant. Il fit un geste rapide. Regin chancela, comme s'il avait été violemment frappé par-derrière, et s'étala tête la première sur la table.

L'Ichani agrippa le novice par la nuque et le maintint penché. Sonea saisit la poignée de la porte, mais Faren lui attrapa le poignet.

— Attends, chuchota-t-il.

Le Sachakanien prit la bouteille de la main de Regin et l'observa. Le bouchon remonta lentement et tomba par terre. L'homme porta la bouteille à ses lèvres et avala d'un trait plusieurs gorgées. À côté de Sonea, Faren laissa échapper un soupir de soulagement.

— C'est suffisant ? souffla la jeune femme.

— Oh oui !

Regin se contorsionnait sur la table, faisant voler les assiettes et les couverts en se débattant pour se défaire de l'emprise de l'Ichani. Le Sachakanien prit une autre lampée à la bouteille, puis il la brisa contre la table et leva le bout cassé vers Regin.

— Ça sent mauvais, dit Faren. S'il coupe Regin, le poison…

La porte derrière l'Ichani s'ouvrit. Le cœur de Sonea bondit, mais Akkarin ne surgit pas. Le couloir derrière était désert. En entendant le bruit, l'Ichani se tordit vers la porte ouverte.

— Bien. Ça va le retarder encore un peu, marmonna Faren.

Sonea retint son souffle. Sa main moite avait rendu la poignée de la porte glissante. Si elle et Akkarin se montraient à l'Ichani, il appellerait Kariko. Il serait beaucoup mieux que l'homme succombe au poison.

— C'est parti, dit doucement Faren.

L'Ichani relâcha soudain Regin et s'éloigna de la table en titubant. Alors que son agresseur se tenait le ventre, Regin se redressa tant bien que mal et franchit en courant la porte principale.

— *Kariko !*

— *Rikacha ?*

— *On m'a… On m'a empoisonné !*

Kariko ne répondit pas. L'Ichani tomba à genoux et se plia en deux. Une longue et faible plainte lui échappa, puis il vomit un liquide rouge. Sonea frémit en se rendant compte que c'était du sang.

— Il va lui falloir combien de temps pour mourir ? demanda-t-elle.

— Cinq, dix minutes.

— Tu appelles ça « rapide » ?

— J'aurais pu utiliser du roin. C'est plus rapide, mais amer.

Akkarin apparut sur le seuil de la porte. Il fixa l'homme du regard, puis enleva sa chemise.

— Qu'est-ce qu'il fabrique ? demanda Faren.

— Je crois que...

Sonea hocha la tête quand Akkarin s'avança et entoura le visage de l'homme de sa chemise. L'Ichani poussa un cri de surprise et essaya de s'en dégager.

— *Sonea.*

La voix mentale d'Akkarin semblait différente – plus nette – à travers la bague. La jeune femme ouvrit la porte et s'élança à ses côtés.

— *Tiens-moi ça.*

Elle s'empara de la chemise et la tint fermement. L'homme continuait à se débattre, mais il n'y avait aucune force dans ses mouvements. Akkarin sortit sa dague, coupa le bras de l'homme et plaqua sa main sur la blessure.

Sonea sentit l'Ichani s'avachir. Akkarin retira sa main peu de temps après. Quand la jeune femme lâcha la chemise, le mort s'écroula. Elle fut prise d'une vague de nausée.

— *C'était horrible.*

Akkarin la regarda.

— *Oui. Mais au moins, c'était rapide.*

— Ça a marché. Bien.

Ils levèrent tous les deux les yeux à l'entrée de Regin dans la pièce. Le novice jeta un regard satisfait à l'Ichani mort.

— Oui, acquiesça Sonea. Mais nous ne pourrons pas le refaire. Les autres Ichanis l'ont entendu dire qu'il avait été empoisonné. Ils ne tomberont pas dans le même piège.

— Mais nous te remercions de ton aide, ajouta Akkarin.

Regin haussa les épaules.

— Ça valait le coup de voir l'une de ces ordures se faire avoir. (Il leva une main à sa gorge et grimaça.) Mais je ne suis pas attristé d'entendre que je n'aurai pas à refaire *ça*. Il a failli me briser la nuque.

Tous les hommes devraient avoir de l'ambition, se dit Cery en avançant entre les portes détruites. *La mienne est assez simple : je veux seulement pénétrer dans tous les endroits importants d'Imardin.*

Il était fier d'avoir, même s'il n'avait pas encore tout à fait vingt ans, réussi à entrer dans presque tous les principaux bâtiments de la ville. Il lui avait été assez facile de se glisser dans les terrains fermés de l'hippodrome, déguisé en serviteur, et ses talents de crocheteur de serrures lui avaient permis d'entrer dans certaines demeures du cercle intérieur. Grâce à Sonea, il s'était introduit à l'intérieur de la Guilde, même s'il aurait préféré y arriver par ses propres moyens plutôt qu'emprisonné par un mage sectaire qui fourrait son nez partout.

En traversant la cour, il ne put s'empêcher de sourire. Le palais était le seul endroit important d'Imardin dans lequel il n'avait jamais pu se faufiler. Désormais, avec la défaite de la garde et les lourdes portes de la citadelle arrachées de leurs gonds, personne n'allait l'empêcher d'explorer.

Pas même les Ichanis. Selon les guetteurs postés par les voleurs, les Sachakaniens avaient quitté le palais une heure auparavant. Ils n'étaient restés dans le bâtiment qu'une heure ou deux et n'avaient pas pu tout détruire en si peu de temps.

Il enjamba des corps de gardes carbonisés et scruta l'intérieur par les portes détruites du bâtiment. Un grand hall s'étendait devant lui. Un délicat escalier montait en spirale vers les étages supérieurs. Cery poussa un soupir de contentement. Tout en entrant, il se demanda pourquoi les Ichanis ne l'avaient pas détruit. Peut-être ne voulaient-ils pas gâcher leur énergie. Ou peut-être avaient-ils assez judicieusement laissé l'escalier en place pour pouvoir accéder aux étages.

Cery baissa les yeux sur les armoiries au mullook. Il doutait que le roi soit encore dans la demeure royale. Le souverain avait sûrement quitté Imardin après la chute du mur intérieur.

— Avala va nous poser problème.

— Sûrement. Elle aime vagabonder. Je pense qu'elle va aller se promener en dehors de la Kyralie assez vite.

— Je crois bien qu'elle a l'Elyne en vue.

Cery pivota sur ses talons. Les voix étaient clairement sachakaniennes et venaient de l'extérieur. Il regarda autour de lui et courut jusqu'à une voûte, au fond du hall. Juste après s'y être faufilé, il entendit des bruits de pas résonner sur le sol de la pièce.

— Nous avons tous entendu l'appel de Rikacha, Kariko, dit une troisième voix. Nous savons comment il est mort. Il s'est montré stupide en consommant leur nourriture. Je ne vois pas pourquoi il faut que nous revenions ici pour discuter de son erreur, et Avala et Inijaka sont sûrement du même avis.

Cery sourit. Alors, comme ça, le sale petit tour de Faren avait fonctionné.

— Parce que nous avons déjà perdu trois des nôtres, répondit Kariko. Encore un, et cela pourrait être considéré comme plus que de la malchance.

— De la malchance ? se moqua le premier Ichani. La Guilde a eu Rashi parce qu'il était faible. Et Vikara est peut-être toujours en vie. Nous ne sommes même pas certains de la mort de nos esclaves.

— Peut-être, acquiesça Kariko. (Il semblait troublé.) Mais je veux vous montrer autre chose. Vous voyez cet escalier ? Il a l'air fragile, n'est-ce pas ? Comme s'il ne devrait pas pouvoir supporter son propre poids. Vous savez comment ils l'empêchent de s'écrouler ?

Il n'y eut aucune réponse.

— Ils y mettent de la magie. Regardez ça.

Le silence suivit, puis un tintement se fit entendre. Le bruit devint plus sourd jusqu'à ce que le hall s'emplisse soudain d'un fracas énorme. Cery suffoqua et scruta le hall, derrière la voûte.

L'escalier était en train de s'écrouler. Alors que Kariko touchait un endroit de la rampe après l'autre, les élégantes structures s'affaissaient et s'effondraient, des morceaux volant partout. L'un d'eux glissa en direction de Cery. Un Ichani lança un regard vers la voûte ; Cery recula vivement pour ne pas être vu.

Appuyé contre le mur, il ferma les yeux. Ça lui brisait le cœur de voir une chose si belle détruite avec si peu de scrupules. Il entendait Kariko qui riait dans le hall.

— « Construction magique », ils appellent ça, dit l'Ichani. Ils mettent de la magie dans leurs bâtiments pour les renforcer. La moitié des maisons, au cœur de la ville, sont construites de cette façon. Peu importe que la ville soit désertée ! Nous pouvons rassembler toute la magie dont nous avons besoin, grâce à ces bâtiments. (Il baissa la voix.) Laissez les autres vagabonder un moment. S'ils étaient revenus ici, comme je l'ai ordonné, ils l'auraient su, eux aussi. Venez avec moi, et nous verrons la quantité de pouvoir que la Guilde nous a laissée. (Des bruits de pas suivirent, puis s'arrêtèrent.) Harikava ?

— Je vais jeter un œil par ici. Cet endroit est sûrement plein de structures renforcées magiquement.

— Fais attention à ne rien manger, dit le troisième Ichani.

Harikava gloussa.

— Ne t'inquiète pas.

Cery écouta l'écho des pas s'évanouir au loin – tous, sauf ceux d'une personne. Son cœur se serra quand il se rendit compte qu'ils étaient de plus en plus forts.

Il vient par ici.

Le jeune homme regarda autour de lui et vit qu'il se trouvait dans une grande pièce. Plusieurs passages voûtés s'ouvraient dans les murs sur sa gauche et sa droite. Il gagna le plus proche en trombe. Un couloir longeait la pièce, dans lequel débouchait chaque passage. Cery examina l'endroit d'où il venait avec prudence.

L'Ichani était maintenant dans la pièce. Il l'embrassa du regard, puis tourna les yeux vers Cery. Quand l'homme se mit à avancer vers la voûte,

Cery sentit sa bouche s'assécher.

Comment sait-il que je suis ici ?

Ça ne lui disait rien d'attendre pour le découvrir. Il se détourna et s'éloigna à toute allure dans le château.

Chapitre 36

Un sauveur inattendu

Un grondement lointain résonna dans le passage. Akkarin échangea un regard avec Sonea et s'avança vers une bouche d'aération, dans le mur. Il examina la ruelle qui se trouvait derrière et écouta attentivement. Un silence sinistre remplaçait le brouhaha constant qui y régnait habituellement.

Akkarin fronça les sourcils et fit signe à leur guide de continuer. Pendant plusieurs minutes, les seuls bruits qu'ils entendirent furent ceux de leur respiration et de leurs bottes sur le sol. Soudain, Akkarin s'arrêta brusquement ; son regard devint vague.

— Takan dit que des messagers rapportent que Kariko est ressorti du palais. Les Ichanis détruisent des bâtiments.

Sonea songea au léger grondement qu'elle avait entendu et hocha la tête.

— Ils gâchent leur énergie.

— Oui.

Akkarin sourit et ses yeux brillèrent d'un vieil et familier éclat vorace.

Des bruits de pas s'approchant attirèrent leur attention vers une silhouette indistincte, plus loin dans les passages.

— Vous cherchez l'étranger ? (La voix était celle d'une femme âgée.) Il vient de forcer une maison, pas loin.

Akkarin avança vers la vieille femme.

— Que pouvez-vous me dire sur cet endroit ?

— Il appartient à la Maison Arran, dit-elle. Y a une grande écurie, et une cour, devant, et une maison de l'autre côté. Des murs autour. Pas de passage en dessous. Faut y rentrer par la rue.

— Combien d'entrées ?

— Deux. La principale devant, et un portail qui donne sur la cour. L'étranger est entré par-devant.

— Laquelle est la plus proche ?
— Le portail.
Akkarin regarda Sonea.
— Alors, nous entrerons par là.
La vieille femme hocha la tête.
— Bon, suivez-moi.
Alors qu'ils se remettaient en route dans les passages, Sonea toucha la bague à son doigt.
— *Tu prévois quoi ?*
— *Je n'en suis pas encore sûr. Mais je pense que le temps est peut-être venu d'utiliser ta méthode.*
— *Ma méthode ? Tu veux dire la guérison ?*
— *Oui.*
— *Alors, c'est moi qui le fais. Il y a des chances pour qu'il* te *reconnaisse, mais il pourrait ne pas* me *reconnaître.*
Akkarin plissa le front mais ne répondit pas. La femme les guida vers une petite porte par laquelle ils se faufilèrent chacun leur tour. Un peu plus loin, il y avait une pièce pleine de tonneaux.
— Nous sommes dans une maison de l'autre côté de la rue, expliqua la femme. Vous n'avez qu'à monter cet escalier et sortir par la porte au bout du vestibule. (Elle sourit avec amertume.) Bonne chance.
En suivant les instructions de la femme, Sonea et Akkarin atteignirent une lourde porte qui servait aux domestiques. La serrure était brisée. Akkarin scruta derrière et poussa le battant. Ils débouchèrent dans une rue typique du cercle intérieur. En face d'eux, il y avait un mur ordinaire et une grande porte en bois à deux battants. Akkarin s'en approcha rapidement et regarda par l'espace étroit qui les séparait.
— Depuis la cour, il y a deux entrées dans la maison, dit-il. Nous prendrons la plus proche.
Il jeta un coup d'œil sur la serrure qui s'ouvrit avec un déclic. Sonea franchit le portail à la suite du mage et le ferma derrière elle. Une grande cour rectangulaire s'étendait devant eux. Sur la gauche se trouvait un long bâtiment à plusieurs larges portes – l'écurie. Sur la droite, il y avait une maison à deux étages. Akkarin s'y précipita, fit jouer une serrure, et ils se glissèrent à l'intérieur.
La porte donnait sur un couloir étroit. Akkarin fit signe à la jeune femme de garder le silence. Un grincement lointain et des bruits de pas venant de l'étage supérieur parvinrent à leurs oreilles.
Percevant un mouvement du coin de l'œil, Sonea regarda par une petite fenêtre, à côté de la porte. Elle se pétrifia en apercevant deux magiciens et un homme richement vêtu se précipiter vers les écuries.
Akkarin la rejoignit. Les trois hommes gagnèrent l'une des grandes

portes de l'écurie. Le compagnon des mages l'ouvrit en grand, l'ayant crue de toute évidence plus lourde. Sonea hoqueta quand la porte claqua violemment contre le mur.

Des claquements de talons précipités se firent entendre au-dessus d'elle. Les trois hommes disparurent dans l'écurie, laissant la porte ouverte. Le silence suivit. La bouche de Sonea s'assécha lorsque de nombreux bruits de pas retentirent à l'étage au-dessus. Il y eut une pause, puis une porte se ferma et un Ichani sortit nonchalamment dans la cour. Il s'arrêta au milieu, regardant tout autour de lui avec prudence. Voyant la porte de l'écurie ouverte, il avança vers elle.

—Je n'aime pas ça, mais tu as raison. Inijaka me reconnaîtra, murmura Akkarin. (Il regarda Sonea.) Nous n'avons pas le temps de trouver un meilleur plan.

La jeune femme sentit un frisson lui parcourir l'échine. Tout dépendait d'elle, alors. Toutes les façons dont pouvait échouer la ruse de la guérison lui traversèrent l'esprit. Si l'Ichani se protégeait et si elle ne pouvait pas le toucher, alors elle ne pourrait pas utiliser ses pouvoirs guérisseurs, et…

—Ça va aller ?

—Oui, répondit-elle.

Elle lança un coup d'œil à l'extérieur et vit l'Ichani disparaître dans l'écurie.

Akkarin prit une profonde inspiration et lui ouvrit la porte.

—Je regarderai. Si ça ne marche pas, protège-toi. Nous le combattrons normalement, dans ce cas-là.

Sonea hocha la tête, sortit dans la cour et s'élança vers l'entrée de l'écurie. Elle scruta l'intérieur et tenta d'en distinguer les détails dans l'obscurité. Une silhouette marchait le long d'une large allée, entre des stalles. Ce devait être l'Ichani. Il franchit une porte, tout au fond de l'écurie, et disparut de son champ de vision.

Sonea entra. Alors qu'elle s'engageait dans l'allée, trois silhouettes surgirent à la hâte d'une stalle. Elles la virent et se figèrent. Au même moment, Sonea vit le visage de l'homme richement habillé, et fut stupéfaite quand elle l'identifia.

— Tu ne m'as pas dit que c'était le roi !

Le souverain de la Kyralie la regarda de la tête aux pieds, écarquillant les yeux en la reconnaissant. Tout en le regardant, la jeune femme sentit l'antipathie et la colère monter en elle. Un souvenir lui revint. Celui du roi approuvant le châtiment d'exil, dans le hall de la Guilde. Puis elle pensa à la Purge et à sa tante et son oncle pourchassés dans les Taudis. Elle pensa aux coureurs cachés dans les passages, que l'on n'avait jamais prévenus de l'invasion qui allait avoir lieu.

Pourquoi risquerais-je ma vie pour cet homme ?

Au moment même où cette question lui traversa l'esprit, elle s'en voulut de se la poser. Elle ne pouvait pas abandonner qui que ce soit aux mains des Ichanis, peu importe à quel point elle détestait cette personne. Elle se redressa et s'écarta.

— Fuyez, dit-elle aux trois hommes.

Ils passèrent devant elle à toute allure. Quand ils eurent disparu, Sonea entendit un bruit venant de la pièce derrière le mur du fond de l'écurie. Elle se retourna et vit l'Ichani revenir. Les yeux de l'homme rencontrèrent les siens ; il sourit.

Il ne fut pas difficile à la jeune femme de feindre la terreur quand il avança vers elle. Elle recula vers la porte et sentit la piqûre d'une barrière magique. L'Ichani leva une main, et Sonea fut poussée en avant. Elle résista à la forte envie de s'en débarrasser et se laissa trébucher vers lui. Quand l'homme ne fut plus qu'à un pas d'elle, il la dévisagea de haut en bas.

— Alors, comme ça, il y a *bien* quelques femmes kyraliennes ici, dit-il.

Sonea se débattit alors que la force l'enveloppait, lui plaquant les bras contre le corps. Son cœur s'emballa quand l'Ichani se rapprocha jusqu'à ce qu'elle puisse sentir son souffle sur son visage. Il glissa les mains sous la chemise de la jeune femme. Alarmée et horrifiée, elle se raidit en voyant un sourire lubrique naître sur le visage de l'homme.

La panique s'empara d'elle. Elle ne pouvait pas bouger ; elle ne pouvait donc pas le toucher. Si elle ne pouvait pas le toucher, elle ne pouvait pas utiliser ses pouvoirs guérisseurs sur lui. Et s'il allait plus loin, il découvrirait la robe noire, sous ses vêtements ordinaires.

— *Combats-le*, l'encouragea Akkarin.

Elle projeta une vague de force. Les yeux de l'Ichani s'écarquillèrent de surprise quand il fut repoussé. Le suivant à grands pas, Sonea l'attaqua d'un geste vif et rapide. L'homme, bien campé sur ses pieds, leva les mains et renvoya une attaque. Sonea tituba en arrière quand le coup s'abattit sur son bouclier.

L'homme ricana.

— Alors, c'était *bien* une robe que j'ai sentie, sous cette chemise. Je me demandais où étaient partis tous les magiciens.

La poitrine de Sonea se gonfla d'espoir. Il la prenait pour une magicienne ordinaire de la Guilde. Elle pouvait encore essayer de le duper en prétendant s'épuiser.

— *Je suis devant la porte*, envoya Akkarin. *Que veux-tu que je fasse ?*

— *Attends*, lui dit-elle.

L'Ichani l'attaqua ; elle recula en chancelant jusqu'à ce que son dos touche le mur. L'homme avança ; elle eut un mouvement de recul quand il attaqua de nouveau. Au quatrième coup, elle laissa son bouclier vaciller. Le Sachakanien eut un sourire mauvais à la disparition du bouclier, puis il s'empara de sa dague et la tint entre ses dents.

Quand il leva la main vers elle, Sonea bougea comme pour lui échapper. Il lui attrapa le bras, la tira en arrière et la plaqua contre le mur d'une main. Sonea lui agrippa le poignet, ferma les yeux et envoya son esprit dans le corps de l'homme.

Elle trouva son cœur au moment même où la douleur lui piqua le bras. Elle ne pouvait pas à la fois se guérir et le blesser et elle se concentra donc sur l'homme. Une fois son cœur arrêté, que pouvait faire l'Ichani ?

Tandis que Sonea exerçait sa volonté, l'homme la serra plus fort. Elle l'entendit hoqueter de douleur et ouvrit les yeux pour voir son visage blêmir. L'homme lui lança un regard mauvais et accusateur. Il passa la main sur le bras de la jeune femme.

Une terrible léthargie partit de son bras et se répandit dans tout son corps. Elle essayait de bouger, mais aucun muscle ne lui obéissait. Au même moment, elle sentit sa force magique lui échapper à une vitesse effarante. Elle fut attirée du coin de l'œil par un mouvement, mais elle ne pouvait même pas rassembler assez d'énergie pour tourner les yeux. Soudain, l'extraction de pouvoir diminua. L'expression de l'Ichani était passée de la colère à la confusion et à l'horreur. Sonea vit la dague glisser de la main de son agresseur. Il lâcha la jeune femme et s'agrippa la poitrine.

Le Contrôle revint à Sonea en un instant. Elle ramassa la dague et tailLada le cou de l'Ichani. Alors que le sang se répandait au sol, elle agrippa la gorge du Sachakanien et puisa son énergie.

Le pouvoir se propagea en elle, mais pas autant qu'elle en avait gagné de Parika. Combattre la Guilde avait affaibli cet Ichani. Quand sa force déclina, il tomba en arrière, inerte.

Derrière lui se tenait Akkarin, qui fixait sa compagne d'un air étrange. Elle baissa les yeux sur ses vêtements aspergés de sang et frissonna de dégoût.

Quand tout ça sera fini, pensa Sonea, *je n'utiliserai plus jamais ce pouvoir. Plus jamais.*

—Je ressentais la même chose à mon retour du Sachaka.

Elle leva les yeux vers lui. Il lui tendit la main.

—Il doit sûrement y avoir des vêtements pour te changer dans la maison, dit-il. Viens, on va te nettoyer.

Se lever fut difficile, même avec l'aide du mage. Bien qu'elle ne soit pas fatiguée, ses jambes étaient flageolantes. Elle se tint immobile un moment, vacillante. En regardant l'Ichani mort, le choc se transforma en soulagement. *Ça a marché. Et il n'a pas eu le temps d'appeler Kariko.* Elle avait survécu et avait même sauvé…

— Le roi ? demanda-t-elle.

— Je l'ai envoyé dans la maison de l'autre côté de la rue et Takan a prévenu Ravi de se préparer à le recevoir.

En imaginant à quoi ressemblerait cette rencontre, Sonea se dérida légèrement.

— Le roi sauvé par les voleurs ! C'est quelque chose que j'aimerais voir.

Akkarin sourit en coin.

— Je suis certain que cela aura des conséquences intéressantes.

Cery longea encore un couloir au pas de course et s'arrêta en dérapant devant une porte. Il testa la poignée. Bloquée. Il passa à la suivante. Même chose. Les bruits de pas étaient plus forts. Il fonça vers la porte au bout du couloir et poussa un petit cri de soulagement quand la poignée tourna.

Derrière, une longue pièce avec des fenêtres donnait sur les jardins au centre du palais. Cery passa en hâte devant des chaises décorées d'or et de tissus somptueux jusqu'à une autre porte, au fond de la pièce. Le pendentif de Savara martelait contre sa poitrine, sous ses vêtements.

Faites qu'elle ne soit pas fermée, pensa-t-il. *Faites que ce ne soit pas sans issue.*

Il agrippa la poignée et la tourna, mais elle ne bougea pas. Un juron lui échappa ; il fouilla dans les poches de son manteau à la recherche de crochets. Il en trouva, heureux de ne jamais avoir perdu l'habitude de toujours en avoir sur lui. Il en choisit deux, les inséra dans la serrure et commença à examiner le mécanisme.

Derrière lui, les légers bruits de pas se rapprochaient.

Sa respiration était saccadée. Sa bouche était sèche, et ses mains moites. Il prit une profonde inspiration et la relâcha lentement, puis il fit pivoter d'un petit coup les crochets et poussa.

La serrure s'ouvrit avec un déclic. Cery rempocha ses crochets et se rua de l'autre côté. Il tira le battant d'un coup sec derrière lui, l'arrêtant juste avant qu'il claque et le ferma le plus doucement possible.

Un rapide coup d'œil lui indiqua qu'il venait d'entrer dans une petite pièce remplie de miroirs, de consoles et de chaises. Une loge pour les artistes, conclut Cery. Il n'y avait pas d'autre porte. Il reporta son attention sur la serrure et se mit à la reverrouiller.

Le mécanisme était plus simple à actionner maintenant qu'il en avait eu un aperçu. La serrure se verrouilla d'un « clic » satisfaisant. En soupirant de soulagement, Cery alla s'asseoir sur une chaise.

Quand il entendit des bruits de pas à côté, son soulagement s'envola. Si Harikava l'avait suivi, il devinerait que Cery ne pouvait être nulle part ailleurs que derrière la porte – verrouillée ou non. Cery se leva et fit un pas vers les petites fenêtres, sur un côté de la pièce. Il devait trouver un moyen de s'échapper.

Soudain, la serrure cliqueta, et le sang du voleur se glaça.

La porte s'ouvrit avec un léger grincement. L'Ichani examina l'intérieur de la pièce. En voyant Cery, il sourit.

— Te voilà enfin.

Cery s'éloigna de la porte à reculons. Il fourra les mains dans les poches de son manteau et sentit les poignées de ses dagues contre ses paumes. Il les serra.

Ça ne s'annonce pas bien, pensa-t-il. Il lança un regard vers les fenêtres. *Je ne les atteindrai pas. Il m'en empêchera.*

L'Ichani se rapprocha d'un pas.

S'il m'attrape, il lira mon esprit. Il saura pour Sonea et Akkarin.

Cery déglutit avec peine et sortit les dagues de leurs fourreaux. *Mais il ne peut pas lire mon esprit si je suis déjà mort.*

Quand l'Ichani avança de nouveau, Cery sentit sa détermination faiblir. *Je ne peux pas faire ça. Je ne peux pas me tuer.* Il dévisagea l'Ichani. Les yeux de l'homme étaient froids et voraces.

Quelle différence ? Je vais mourir, de toute façon.

Il prit deux rapides inspirations, puis sortit brusquement les dagues.

— *Non, Cery ! Ne fais pas ça !*

Le jeune homme se figea quand il entendit la voix dans son esprit. Était-ce sa peur qui s'exprimait ? Si oui, elle avait une voix de femme. Une voix qui ressemblait beaucoup à celle de...

Harikava se tourna pour regarder à l'extérieur de la pièce, et ses yeux s'écarquillèrent. Cery entendit des bruits de pas rapides. Quand une femme apparut dans l'encadrement de la porte, il suffoqua de surprise.

— Laisse-le, Harikava, dit Savara. (Sa voix était autoritaire.) Il est à moi, celui-ci.

L'Ichani s'éloigna d'elle en reculant.

— Que fait ton engeance ici ? lança l'homme d'un ton hargneux.

Elle sourit.

— On ne vient pas réclamer la Kyralie, comme tu le crains sûrement. Non, nous ne faisons qu'observer.

— C'est ce que tu dis.

— Tu n'es pas en position de me contredire, répondit-elle en avançant dans la pièce. Si j'étais toi, je partirais maintenant.

Harikava l'observa attentivement pendant qu'elle avançait vers Cery. Quand Savara se fut éloignée de plusieurs pas de la porte, l'homme s'y dirigea à grandes enjambées et sortit. Cery entendit le Sachakanien s'arrêter devant la porte.

— Kariko ne tolérera pas la présence de ton engeance. Il vous pourchassera.

— Je serai partie longtemps avant qu'il ait le temps de s'en occuper.

Les bruits de pas s'éloignèrent, puis on entendit la porte de la pièce d'à côté se fermer. Savara regarda Cery.

— Il est parti. C'était moins une.

Cery lui rendit son regard. Elle l'avait sauvé. Elle avait appris, d'une façon ou d'une autre, qu'il avait des problèmes, et était apparue juste au bon moment. Mais comment était-ce possible ? L'avait-elle suivi ? Ou suivait-elle l'Ichani ? Son soulagement se transforma en doute quand il réfléchit aux paroles de la jeune femme. L'Ichani avait eu peur d'elle. Soudain, il était certain que lui aussi devait la craindre.

— Qui es-tu vraiment ? chuchota-t-il.

Savara haussa les épaules.

— Quelqu'un qui sert son peuple.

— Il... il a pris la fuite. À cause de toi. *Pourquoi ?*

— Le doute. Il a utilisé beaucoup de pouvoir aujourd'hui, et il n'est pas certain d'être capable de me vaincre. (Elle sourit et s'avança vers lui.) Le bluff est toujours la façon la plus gratifiante de gagner un combat.

Cery recula. Elle venait de lui sauver la vie. Il devrait la remercier. Mais quelque chose dans cette histoire était vraiment bizarre.

— Il t'a reconnue. Tu connais son nom.

— Il a reconnu ce que je suis, pas qui je suis, rectifia-t-elle.

— Qu'est-ce que tu es, alors ?

— Ton alliée.

— Non, ce n'est pas vrai. Tu dis vouloir nous aider, mais tu ne fais rien pour arrêter les Ichanis, même si tu es assez forte pour le faire.

Le sourire de la jeune femme disparut. Elle le regarda gravement, et son expression se fit dure.

— Je fais tout ce que je peux, Cery. Que faut-il pour t'en convaincre ? Tu me ferais confiance, si je te disais que je sais depuis quelque temps qu'Akkarin et Sonca sont revenus ? De toute évidence, je ne l'ai pas dit aux Ichanis.

Le cœur de Cery bondit, puis se mit à marteler.

— Comment tu l'as découvert ?

Savara sourit, et ses yeux vacillèrent vers la poitrine du jeune homme.

— J'ai mes méthodes.

Pourquoi ce regard vers sa poitrine ? Cery plissa le front en se souvenant du pendentif. Il passa la main sous sa chemise et le sortit. Les yeux de Savara vacillèrent, et son sourire s'estompa.

Quelles sortes de propriétés magiques détenait ce bijou ? Tout en regardant le rubis lisse en son centre, Cery sentit un frisson le parcourir. Il se rappela Sonea et Akkarin se fabriquant des bagues l'un pour l'autre. Des bagues aux babioles de verre rouge…

« Avec ces bagues, nos esprits seront liés l'un à l'autre… »

Il regarda le rubis. Si c'était une gemme de sang, alors Savara avait lu dans son esprit… et il s'était mis à porter le bijou juste après l'arrivée d'Akkarin et Sonea.

Comment pouvait-elle avoir appris autrement qu'ils étaient en ville ?

Il fit passer la chaîne par-dessus sa tête et jeta le pendentif.

— J'ai été *stupide* de te faire confiance, dit-il âprement.

La jeune femme lui lança un regard triste.

— Je suis au courant pour Sonea et Akkarin depuis que je t'ai donné ce pendentif. Ai-je révélé leur présence aux Ichanis ? Non. Ai-je utilisé cette information pour te soudoyer ? Non. Je n'ai pas profité de ta confiance, Ceryni, mais toi, oui.

Elle croisa les bras.

— Tu as dit que tu me tiendrais informée si je te donnais des conseils sur la façon de tuer des magiciens, mais tu m'as caché beaucoup de choses que je devais savoir. Mon peuple cherchait Akkarin et Sonea, au Sachaka. Il comptait aider l'ancien haut seigneur à reprendre la Kyralie aux Ichanis. Nous ne voulons pas plus que vous que la Kyralie soit gouvernée par Kariko et ses alliés.

Cery la dévisageait.

— Comment te croire ?

Savara soupira et secoua la tête.

— Je ne peux que te demander de me faire confiance. C'est trop difficile à prouver… mais je crois que tu as atteint les limites de ta confiance. (Elle sourit d'un air contrit.) Qu'allons-nous faire l'un de l'autre ?

Le voleur ne savait pas quoi répondre à cela. En regardant le pendentif, il se sentait furieux, stupide et trahi. Pourtant, quand il posait les yeux sur elle, il percevait dans son regard de la tristesse et du regret qu'il pensait sincères. Il ne voulait pas qu'ils se séparent fâchés.

Mais ce n'était peut-être pas possible.

— Toi et moi avons des affaires et des secrets que nous ne pouvons pas révéler, et des gens que nous devons protéger, dit-il lentement. Je le respecte, mais tu ne l'as pas respecté. (Il regarda de nouveau le pendentif.) Tu n'aurais pas dû me faire ça. Je sais pourquoi tu l'as fait, mais ça n'excuse rien. Quand tu me l'as donné, tu m'as empêché de tenir mes promesses.

— Je voulais protéger ton peuple.

— Je sais. (Il esquissa un sourire ironique.) Et je respecte ça également. Tant que nos pays se battent, nous ne pouvons pas faire passer nos sentiments l'un pour l'autre avant la sécurité de nos peuples. Alors, attendons de voir comment les choses vont se passer. Quand tout ça sera fini, je te pardonnerai peut-être. En attendant, je reste fidèle à mon clan. N'attends rien de plus.

Savara baissa les yeux et hocha la tête.

— Je comprends.

La porte des serviteurs de la demeure de Zerrend donnait sur une ruelle tout juste assez large pour qu'une charrette de livraison puisse y passer. La serrure était déverrouillée, mais la porte fermée. Des deux côtés, la ruelle donnait sur des rues désertes et silencieuses.

Il n'y avait aucun signe de Tayend – aucun signe de qui que ce soit, d'ailleurs.

— Que fait-on, maintenant ? demanda Farand.

— Je ne sais pas, admit Dannyl. Je ne veux pas partir, au cas où il reviendrait. Mais il a pu être contraint de fuir la ville.

Ou il pourrait être mort quelque part. Chaque fois que Dannyl songeait à cette éventualité, son sang se glaçait, et il se sentait envahi par la crainte. *D'abord Rothen, ensuite Tayend...*

Non, se dit-il. *Ne l'envisage même pas. Pas avant que tu l'aies vu de tes propres yeux.*

L'idée de voir le cadavre de Tayend rendait les choses encore plus difficiles à considérer. Il fallait qu'il se concentre et décide où ils devaient se rendre. Trois possibilités s'offraient à eux : rester dans la maison et espérer que Tayend finisse par revenir, fouiller la ville à sa recherche, ou abandonner et quitter la ville.

Je ne quitte pas la ville tant que je ne suis pas sûr.

Il restait donc la maison ou la recherche. Aucune des deux options n'était très juste pour Farand.

— Je vais chercher Tayend, dit Dannyl. Je vais essayer les rues environnantes et je reviendrai jeter un œil dans la maison de temps à autre. Tu devrais quitter la ville. Il n'y a aucun intérêt à ce que nous risquions tous les deux notre vie.

— Non, répondit Farand. Je reste ici, au cas où il reviendrait.

Dannyl regarda Farand avec surprise.

— Tu es sûr ?

Le jeune mage hocha la tête.

— Je ne connais pas Imardin, Dannyl. Je ne sais pas si j'arriverai à partir d'ici. Et il faut que quelqu'un reste au cas où Tayend reviendrait. (Il haussa les épaules et recula de quelques pas.) Je vous verrai à votre retour.

Dannyl regarda Farand jusqu'à ce qu'il ait pénétré dans la maison, puis il retourna au bout de la venelle et examina la rue. Tout était calme. Il s'élança vers la ruelle suivante.

Au début, Dannyl trouva seulement quelques caisses en bois. Puis il commença à tomber sur les corps des magiciens. Sa peur pour la sécurité de Tayend le tenaillait de plus en plus.

Il opta pour un trajet circulaire, et il était presque revenu à la maison quand un homme apparut devant lui. Son cœur battit la chamade, mais ce n'était qu'un serviteur ou un artisan à l'air rude.

— Par ici, dit l'homme en montrant du doigt une trappe à ordures ouverte, dans le mur. Plus sûr pour les magiciens, en bas.

Dannyl secoua la tête.

— Non, merci.

Quand il passa devant l'homme, celui-ci lui agrippa le bras.

— Sachakanien pas loin, y a pas longtemps. Plus de sécurité pour vous si on vous voit pas.

Dannyl se dégagea.

— Je cherche quelqu'un.

L'homme haussa les épaules et recula.

Dannyl poursuivit son chemin et gagna le bout de la venelle. La rue sur laquelle elle débouchait était déserte. Il s'y engagea et la traversa à la hâte jusqu'à la ruelle d'en face.

Quand il l'eut presque atteinte, il entendit une porte se fermer derrière lui. Le mage se retourna et sentit son sang se glacer.

— Ah, voilà qui est mieux ! (La femme qui avançait vers lui à grands pas souriait sournoisement.) Je commençais à penser qu'il n'y avait pas d'autres beaux magiciens en Kyralie.

Dannyl se précipita vers la ruelle, mais il se heurta à une barrière invisible. Assommé, il tituba, le cœur martelant.

— Pas par là, dit la femme. Viens ici. Je ne te tuerai pas.

Dannyl prit plusieurs profondes inspirations et se tourna vers elle. Tandis qu'elle se rapprochait de lui, il reculait dans la rue. Il y avait un éclat malveillant dans les yeux de la femme. Le mage se rendit compte qu'il avait déjà vu cet éclat auparavant. C'était l'Ichanie qui avait voulu « garder » le seigneur Fergun pour elle.

— Kariko ne te laissera pas me garder en vie, dit-il.

La femme rejeta la tête en arrière.

— Peut-être que si, maintenant que nous sommes ici et que la plupart des mages de ta Guilde sont morts.

— Pourquoi voudrais-tu me garder de toute façon ? dit-il, toujours en reculant.

Elle haussa les épaules.

— Mes esclaves sont morts. Il m'en faut de nouveaux.

Il ne devait plus être loin de la ruelle suivante. Peut-être que s'il continuait à parler, la Sachakanienne oublierait de la bloquer.

— Ça pourrait être très agréable pour toi. (Elle sourit sournoisement en le dévisageant de la tête aux pieds.) J'aime récompenser mes esclaves préférés.

Dannyl ressentit une folle envie de rire. *Pour qui se prend-elle ?* pensa-t-il. *Pour une séductrice irrésistible ? Elle est ridicule.*

— Tu n'es pas mon genre, lui dit-il.

La femme haussa les sourcils.

— Ah oui ? Eh bien, ce n'est pas grave. Tu feras ce que je dirai, ou...

Elle s'arrêta et balaya la rue des yeux d'un air surpris.

De tous les côtés, des mages de la Guilde avaient émergé de portes et de ruelles. Dannyl les observa. Il ne reconnaissait aucun visage. Soudain, une main lui agrippa le bras et le tira sur le côté.

Il franchit une porte en trébuchant. Elle se ferma derrière lui. Dannyl se tourna pour dévisager son sauveur et sentit son cœur bondir.

— Tayend !

L'érudit lui fit un grand sourire. Dannyl poussa un petit cri de soulagement, attira Tayend vers lui et le serra fort.

— Tu as quitté la maison. Pourquoi as-tu quitté la maison ?

— Cette femme est entrée. Je pensais attendre dans la ruelle jusqu'à ce qu'elle parte, mais elle est sortie par là. Les voleurs m'ont sauvé. Je leur ai dit que tu viendrais me chercher, mais ils ne sont pas arrivés à temps à la maison.

Dannyl entendit une toux étouffée et se figea quand il comprit qu'ils n'étaient pas seuls. Il se tourna et vit un grand Lonmar les observer d'un air curieux. Son visage se glaça, puis rougit.

— Je vois que vous êtes de bons amis, dit l'homme. Maintenant que vous vous êtes expliqués, on ferait mieux...

Un grondement sourd fit vibrer la porte. L'homme leur fit des gestes frénétiques.

— Vite ! Suivez-moi.

Tayend agrippa le poignet de Dannyl et l'entraîna derrière l'étranger. Un fracas survint derrière eux. Le Lonmar se mit à courir. Il leur fit descendre un escalier, les mena dans une cave et verrouilla la porte derrière eux.

— Ça ne l'arrêtera pas, dit Dannyl.

— Non, répondit l'étranger. Mais ça va la ralentir.

Il se rua entre des casiers de bouteilles de vin jusqu'à un placard, au fond de la pièce. Il en ouvrit la porte et tira d'un coup sec des étagères contenant des bocaux de conserves. Les étagères pivotèrent, révélant ainsi une autre porte. L'étranger l'ouvrit et s'écarta. Tayend et Dannyl se faufilèrent dans un passage. Un garçon se tenait tout près, une petite lampe à la main.

Le Lonmar les suivit et commença à remettre les étagères en place. Il y eut un léger bruit derrière la porte de la cave, puis une explosion.

— Pas le temps, marmonna le Lonmar.

Il quitta le placard à moitié remonté et ferma la porte intérieure. Il prit la lampe des mains du garçon et se mit à courir le long du passage. Dannyl et Tayend s'élancèrent derrière lui.

— Ça sent pas bon, se dit tout haut l'étranger. Espérons qu'elle...

Une autre explosion retentit. Dannyl jeta un coup d'œil en arrière et vit un globe lumineux flamboyer, là où s'était trouvée la porte secrète. Le Lonmar suffoqua.

— Courez !

Chapitre 37

Un aperçu de l'ennemi

La robe de domestique que Sonea avait trouvée pour remplacer sa chemise et son pantalon souillés de sang avait dû appartenir à une femme plus grande qu'elle. Le vêtement couvrait bien sa robe – elle ne cessait de se prendre les pieds dedans – et les manches étaient si longues qu'elle avait dû les rouler. Elle reprenait son équilibre après avoir une fois de plus marché dessus quand un messager apparut devant eux, dans le passage. Il accéléra en les voyant.

— J'ai de… mauvaises nouvelles, haleta-t-il. Un des… Sachakaniens… a trouvé les passages.

— Où ça ? demanda Akkarin.

— Pas loin.

— Emmenez-nous.

Le messager hésita, puis hocha la tête. Il reprit son chemin en sens inverse, sa lampe jetant des ombres déformées sur les murs.

— *Nous allons essayer la même ruse*, dit Akkarin à Sonea. *Cette fois, guéris-toi quand l'Ichani te coupera. S'il commence à puiser en toi de l'énergie, tu ne pourras pas utiliser tes pouvoirs.*

— *Oh, je ne referai pas cette erreur*, répondit-elle. *Pas maintenant que je sais ce que ça fait.*

Le guide poursuivait son chemin dans les passages, s'arrêtant brièvement ici et là pour interroger les renforts postés près des sorties. Ils croisèrent des gens qui fuyaient, puis une silhouette à la peau sombre apparut. Faren.

— Vous êtes là, haleta-t-il. Bien. Elle vient par ici.

Alors, c'est la femme, pensa Sonea. *Avala.*

— Elle est loin ?

Faren pointa le menton dans la direction d'où il venait.

— À une cinquantaine de pas. Tournez à gauche au croisement.

Il s'écarta pour laisser passer Akkarin. Sonea prit la lampe du guide et le suivit, le cœur battant plus vite à chaque pas. Ils gagnèrent le croisement, s'arrêtèrent, et Akkarin scruta le passage qui se trouvait sur leur gauche. Il s'y engagea et Sonea s'élança derrière lui. Au virage suivant, ils s'arrêtèrent de nouveau.

— *Elle arrive. Attends ici. Laisse-la penser que c'est* elle *qui t'a trouvée. Je ne serai pas loin.*

Sonea hocha la tête. Elle le regarda se diriger à grandes enjambées vers le croisement et disparaître dans un passage transversal. De derrière elle vinrent de légers bruits de pas.

Ils devinrent lentement plus sonores. Une faible lumière tremblota dans le virage et s'intensifia rapidement ; Sonea recula. Un globe lumineux apparut. Elle bloqua la luminosité d'une main et simula un petit cri d'horreur.

L'Ichanie la dévisagea, puis sourit.

— Alors, c'est toi. Kariko va être content.

Sonea se retourna pour courir, mais à ce moment-là, son pied se prit dans l'ourlet de sa robe, et elle tomba à genoux, amortissant sa chute avec les mains. Avala ricana.

Je serais une très bonne actrice, si seulement je l'avais fait exprès, pensa ironiquement Sonea tout en peinant à se relever. Elle entendit la femme se rapprocher, puis une main lui attrapa le bras. Il lui fallut tout son sang-froid pour ne pas balayer la femme d'un geste.

L'Ichanie tira Sonea pour lui faire face et leva la main vers son visage. Tout en agrippant les poignets de l'Ichanie, Sonea tenta de projeter son esprit dans le corps de la femme, mais elle se heurta à une résistance.

Avala se protégeait.

La barrière se tenait à la surface de la peau de la femme. Sonea fut prise un instant d'admiration pour le savoir-faire d'Avala, mais la panique remplaça vite ce sentiment.

Elle ne pourrait pas utiliser ses pouvoirs guérisseurs sur la femme.

— *Combats-la*, ordonna Akkarin. *Fais-lui passer l'intersection. Nous devons la coincer entre nous deux pour qu'elle ne puisse pas s'échapper.*

Sonea lâcha une vague de force. Avala écarquilla les yeux tout en titubant en arrière. Sonea releva sa robe, fit volte-face et s'élança dans le passage.

Une barrière éclata devant elle. Elle la fracassa d'un éclair de force. Quelques pas plus loin, elle passa le croisement. Une autre barrière apparut. La jeune femme s'arrêta et se retourna vers l'Ichanie.

Cette dernière esquissait un sourire triomphant.

— *Kariko ! Regarde ce que j'ai trouvé.*

Sonea vit une image d'elle-même, l'air maigre et petite dans la longue robe.

— *Quelle créature à l'allure pitoyable !*

— *Ah ! L'apprentie d'Akkarin*, répondit Kariko. *Fouille son esprit. Si l'un est ici, l'autre ne doit pas être loin – mais ne la tue pas. Amène-la-moi.*

Sonea secoua la tête.

— *Je déciderai du moment et de l'endroit où nous nous rencontrerons, Kariko*, envoya-t-elle.

— *J'attends ce moment avec impatience*, répondit Kariko, *tout comme ton ancien mentor. Rothen, c'est bien ça ? J'ai une pierre de son sang. Il te regardera mourir.*

Sonea se pétrifia. *Rothen ?* Mais il était mort. Pourquoi Kariko se serait-il donné la peine de faire une gemme avec son sang ?

— *Ça veut dire que Rothen est en vie ?*

— *Sûrement, si Kariko a vraiment une gemme de sang*, chuchota la voix mentale d'Akkarin à travers la bague. *Mais il pourrait te mentir pour te contrarier et te troubler.*

Avala approchait. Quand elle passa l'intersection, Sonea éprouva un mélange de soulagement et d'angoisse. La femme était désormais entre elle et Akkarin. Toutefois, quand le mage apparaîtrait, Avala le reconnaîtrait.

— *Kariko ne peut pas être totalement certain de ta présence ici tant que lui ou un autre Ichani ne t'a pas vu*, dit-elle à Akkarin. *Nous pourrions lui faire croire que je suis seule. Ainsi, si je combats Avala toute seule...*

— *Oui*, approuva Akkarin. *Si tu t'affaiblis, je prendrai le relais. Fais attention à rester hors de sa portée.*

Quand l'Ichanie attaqua, Sonea invoqua un puissant bouclier, puis envoya à son tour des sorts de combat puissants. Il n'y avait ni stratégie ni ruse dans les attaques d'Avala et, comme dans le combat contre Parika, Sonea se rendit compte qu'elle ne pouvait utiliser que très peu de chose de sa propre formation pour avoir le dessus. C'était, conclut-elle, une course brutale pour voir qui serait épuisée la première.

L'air se réchauffa dans le passage, puis les murs se mirent à rougeoyer faiblement. La femme s'éloigna d'un pas et, soudain, tout devint d'un blanc éclatant. Sonea cligna des yeux, mais elle était trop éblouie pour voir quoi que ce soit.

Elle m'a aveuglée !

La jeune femme faillit rire tout haut en comprenant qu'Avala avait utilisé la même ruse que celle dont elle-même s'était servie pour échapper à la bande de Regin, des années plus tôt. Sauf que les novices n'en avaient pas appris suffisamment sur la guérison pour...

La vue lui revint lentement mais de façon régulière. Elle distingua deux silhouettes, dans le passage devant elle. Avala était la plus proche.

Derrière elle se tenait Akkarin. Il attaquait l'Ichanie avec une férocité implacable. Avala jeta un regard en arrière vers Sonea, l'air apeuré. Son bouclier disparut brusquement, et le dernier coup d'Akkarin la propulsa contre le bouclier de Sonea. Il y eut un craquement sinistre, et la femme s'écroula.

Sonea regarda, son cœur battant toujours à tout rompre, Akkarin s'approcher lentement de la femme. Les yeux d'Avala s'ouvrirent. Son expression passa de la douleur et la colère à un sourire satisfait, puis son regard glissa au-delà des murs, et elle poussa un long dernier soupir.

— C'est moi, dit Sonea, ou elle avait bien l'air un peu trop contente en mourant ?

Akkarin s'accroupit. Il fit courir un doigt sous le col de la veste de la femme. Alors qu'il continuait à examiner ses vêtements, Sonea vit une des mains d'Avala se décontracter lentement. Les doigts s'écartèrent et laissèrent échapper un petit globe rouge.

— Une gemme de sang, siffla Sonea.

Akkarin soupira et leva la tête vers elle.

— Oui. Nous ne pouvons pas savoir à qui elle appartient, mais je pense que nous devrions supposer le pire : Kariko sait que je suis ici.

Rothen cligna les yeux de surprise quand l'image d'une femme éclata dans son esprit. Quand il la reconnut, il fut emporté par la joie. *Elle est en vie !* pensa-t-il.

— Sonea ! s'exclama Balkan. Elle est ici !

— *Ah ! L'apprentie d'Akkarin. Fouille son esprit. Si l'un est ici, l'autre ne doit pas être loin – mais ne la tue pas. Amène-la-moi.*

— *Je déciderai du moment et de l'endroit où nous nous rencontrerons, Kariko.*

La réponse de Sonea était provocante et sans peur. Rothen ressentit une vague de crainte mêlée de fierté.

— *J'attends ce moment avec impatience,* répondit Kariko, *tout comme ton ancien mentor. Rothen, c'est bien ça ? J'ai une pierre de son sang. Il te regardera mourir.*

Soudain, le souffle manqua à Rothen. L'image avait été envoyée par la femme ichanie. Qui devait être en train d'essayer de capturer Sonea en ce moment même. Et si elle y arrivait…

— Rothen ?

Il regarda Balkan et Dorrien qui, se rendit-il compte, le dévisageaient.

— Vous avez créé une pierre de sang ? demanda Balkan d'une voix faible.

— Non, c'est Kariko. À Calia… (Rothen se força à inspirer.) Il a lu mon esprit et y a vu Sonea, puis il a créé la gemme. (Il frissonna.) Depuis, j'ai vu et... ressenti la mort de tous ceux qu'il a tués.

Les yeux de Balkan s'agrandirent légèrement, puis il eut une grimace de compassion.

— Qu'est-ce qu'une pierre de sang ? demanda Dorrien.

— Elle permet à son créateur de voir dans l'esprit de quelqu'un d'autre, expliqua Balkan. Même si c'est Kariko qui l'a faite, elle est liée à Rothen car il a utilisé le sang de votre père.

Dorrien dévisagea Rothen.

— Il t'a capturé. Pourquoi tu n'as rien dit ?

— Je... (Rothen soupira.) Je ne sais pas.

— Mais ce qu'il t'a fait... Peux-tu t'empêcher de voir ces morts ?

— Non, je n'ai aucun contrôle dessus.

Le visage de Dorrien était pâle.

— Et s'ils attrapent Sonea...

— Oui. (Rothen regarda son fils.) Et c'est le secret dont tu ne pouvais pas nous parler, n'est-ce pas ? Elle est ici, et Akkarin aussi.

Dorrien ouvrit la bouche, mais aucun mot n'en sortit. Ses yeux passaient de Rothen à Balkan, pleins de doute.

— Ça ne fera aucune différence si vous nous le dites maintenant, dit Balkan. Ils sont au courant pour Sonea. Ils ont sûrement deviné qu'Akkarin est avec elle, comme nous l'avons déduit.

Les épaules de Dorrien s'affaissèrent.

— Oui, ils sont ici. Il y a cinq jours, Sonea et Akkarin sont entrés par la passe Sud. Je les ai amenés jusqu'à la ville.

Balkan plissa le front.

— Pourquoi ne les avez-vous pas ramenés au Sachaka ?

— J'ai essayé. À vrai dire, ils coopéraient, mais soudain, un Ichani nous a attaqués. Nous avons eu de la chance de nous en sortir vivants. Puis le Fort a été attaqué. Après cela, j'ai su que tout ce qu'Akkarin avait dit était vrai.

— Pourquoi n'en as-tu parlé à personne ? demanda Rothen.

— Parce que si la Guilde avait su qu'Akkarin était ici, les Ichanis l'auraient lu dans l'esprit de leurs victimes. Akkarin savait que Sonea et lui arriveraient plus facilement à les tuer un par un, mais si les Ichanis avaient appris qu'il était ici, ils seraient restés groupés.

Balkan hocha la tête.

— Il savait que nous serions vaincus. Alors qu'a-t-il...

Un grondement parvint de la ville. Rothen se retourna et se dirigea vers le hall d'entrée, puis il jeta un regard en arrière vers Balkan.

— Encore un. Plus proche, également. Que pensez-vous qu'il se passe ?

Le guerrier haussa les épaules.

—Je ne sais pas.

Un nuage de poussière s'élevait en volutes quelque part dans le cercle intérieur.

—Nous pourrions avoir une meilleure vue du toit, suggéra Dorrien.

Balkan lui lança un regard et se dirigea vers l'escalier.

—Allons-y.

Le guerrier les mena au troisième étage, puis ils franchirent les passages donnant sur un escalier. Quelques marches plus tard, ils arrivèrent à la porte du toit. Balkan sortit à leur tête et se dirigea vers la façade de l'université. Un étroit chemin leur permettait de voir, au-dessus du fronton, jusqu'aux maisons du cercle intérieur.

Ils regardèrent en silence. Après une longue pause, un autre grondement résonna dans le centre-ville, et de la poussière s'éleva de nouveau en volutes.

—La façade entière de cette maison est tombée, dit Dorrien en la montrant du doigt.

—Donc ils détruisent les maisons, désormais, dit Rothen. Pourquoi gâcher leur pouvoir ?

—Pour faire sortir Akkarin, répondit Balkan.

—Et si détruire le cercle intérieur ne suffit pas, ils viendront ici, ajouta Dorrien.

Balkan hocha la tête.

—Alors, nous ferions mieux de nous tenir prêts à partir dès qu'ils arriveront.

Le chemin dans les tunnels semblait sans fin. Plus ils avançaient, plus Dannyl était ébahi. Il avait emprunté des passages sous les Taudis, des années plus tôt, quand il avait négocié avec les voleurs la libération de Sonea, et il avait supposé que les couloirs n'allaient pas plus loin que le mur extérieur. Désormais, il découvrait que les voleurs avaient non seulement creusé sous les quartiers périphériques, mais qu'ils avaient même créé des galeries sous le cercle intérieur.

Il jeta un coup d'œil en arrière vers ses compagnons. Tayend semblait aussi enjoué que d'habitude. Farand arborait une mine étonnée. Le jeune mage n'y avait d'abord pas cru lorsque Dannyl était retourné dans la maison et lui avait annoncé que les habitants du monde clandestin d'Imardin s'étaient arrangés pour les faire sortir de la ville.

Leur guide s'arrêta devant une grande double porte gardée par deux hommes robustes. Sur un mot du guide, l'un des gardes y frappa bruyamment. Le bruit de lourds verrous glissant hors de leurs logements suivit, et les portes s'ouvrirent en silence.

Ils suivirent ensuite un petit couloir, occupé par d'autres gardes. Il se terminait sur deux autres battants qui furent déverrouillés et ouverts pour dévoiler une grande pièce bondée.

Dannyl l'embrassa du regard et rit doucement. Il avait eu trop de surprises ces dernières heures pour ressentir désormais plus qu'un léger amusement.

La pièce était pleine de magiciens. Quelques-uns étaient allongés sur des lits de fortune, des guérisseurs déambulant à leurs côtés. Certains se servaient dans des plats de nourriture posés sur de grandes tables, au centre de la pièce. D'autres se détendaient dans des fauteuils qui semblaient bien confortables.

Alors, qui a survécu ? pensa Dannyl. Il parcourut la pièce des yeux et remarqua que, des hauts mages, seuls le directeur Jerrik, le seigneur Peakin, dame Vinara et le seigneur Telano étaient présents. Il continua à chercher mais ne vit Rothen nulle part.

Peut-être n'est-il pas arrivé à Imardin, pensa-t-il. La brève communication mentale entre l'Ichani et Sonea avait empli d'espoir le cœur de Dannyl. Il avait retrouvé Tayend et il pourrait, peut-être, retrouver son mentor également en vie.

À moins que Kariko ait menti.

Soudain, alors que quelques magiciens s'éloignaient des tables chargées de nourriture, Dannyl vit un homme richement habillé assis au fond de la pièce et il découvrit qu'il pouvait encore être surpris.

C'est donc ici que s'est réfugié le roi, pensa-t-il. Avant que Dannyl puisse décider quel était le protocole adéquat dans cette situation, le monarque le regarda, lui fit un signe de tête, puis se tourna vers son compagnon. Son expression indiquait clairement qu'il ne voulait pas être interrompu.

L'homme énorme à qui il s'adressait semblait familier à Dannyl, qui sourit en se souvenant où il l'avait déjà vu. C'était Gorin, le voleur avec qui Dannyl avait négocié la libération de Sonea.

Le roi qui parle aux voleurs ! Dannyl gloussa pour lui-même. *J'aurai vraiment tout vu.*

— Bon, dit Tayend, tu ne comptes pas me présenter ?

Dannyl lança un coup d'œil vers l'érudit.

— Je crois que je n'ai pas le choix. Je devrais commencer par les hauts mages.

Il avança vers le seigneur Peakin. L'alchimiste parlait à Davin et Larkin.

— Ambassadeur, dit Peakin en voyant Dannyl approcher, vous avez des nouvelles ?

— Selon mon guide, il ne reste plus que trois Ichanis, répondit Dannyl. (Il se tourna vers Tayend.) Voici Tayend de Tremmelin, qui visitait Imar…

— Vous avez vu Sonea ? Akkarin est avec elle ? demanda Davin avec une excitation à peine contenue.

— Non, je ne l'ai pas vue, répondit Dannyl avec prudence. Je ne peux donc pas savoir si Akkarin est avec elle.

Il lança un regard à Farand, qui lui adressa un signe de tête presque imperceptible. Akkarin leur avait ordonné de garder sa présence secrète, et Dannyl ne dévoilerait rien jusqu'à ce qu'il le doive.

Davin semblait déçu.

— Alors, comment est-il possible qu'autant d'Ichanis soient morts ?

— C'est peut-être seulement l'œuvre de Sonea, suggéra Larkin.

Les autres mages semblaient sceptiques.

— Je sais que les voleurs en ont tué un eux-mêmes, dit Tayend. C'est celui qui s'appelle Faren qui me l'a dit.

Peakin secoua la tête.

— Les voleurs qui battent les Ichanis. Si avec *ça*, nous n'avons pas l'air incompétents...

— D'autres nouvelles ? demanda Larkin.

Dannyl parcourut la pièce des yeux.

— Le seigneur Osen est-il ici ?

Les alchimistes secouèrent la tête.

— Oh ! (Dannyl regarda les mages l'un après l'autre et soupira. Ils n'étaient donc pas au courant pour Lorlen.) Alors, j'ai des nouvelles, mais elles ne sont pas bonnes.

La réserve était emplie d'un bourdonnement de voix. Une petite foule s'était formée durant l'heure passée. Les deux voleurs, Ravi et Sevli, étaient arrivés après avoir entendu dire que la femme ichanie avait pénétré dans les passages. Peu de temps après, Senfel avait rapporté une brève communication mentale qui avait eu lieu entre la femme, Kariko et Sonea. Ils attendaient dans un silence tendu d'autres nouvelles quand Takan annonça qu'Akkarin et Sonea avaient tué la femme.

Tout le monde avait oublié la présence du serviteur, mais maintenant qu'il leur avait rappelé le lien entre Akkarin et lui, il faisait l'objet d'un flot de questions auxquelles il ne pouvait manifestement pas répondre.

Gol attira l'attention de Cery. Il semblait maussade et mécontent. Cery savait que c'était parce qu'il s'était éclipsé pour visiter le palais tout seul. Il se sentait un peu coupable. Gol était censé être son protecteur.

En repensant à sa rencontre avec l'Ichani, Cery songea à ce qui aurait pu arriver si Gol était venu avec lui. Il aurait pu ordonner à son second de servir de leurre pour éloigner l'Ichani. Aurait-il été capable de le faire, en sachant que cette ruse aurait mené Gol à sa mort ? Gol aurait-il obéi, ou l'aurait-il même suggéré ? Cery pouvait constater que Gol s'était toujours montré loyal, mais l'était-il *à ce point* ?

Questions intéressantes, pensa Cery, *mais je suis heureux de ne pas avoir eu à en découvrir les réponses.*

Il plissa le front. *Que penserait Gol de Savara s'il savait ce qu'elle a fait ?* Ils s'étaient séparés devant les portes du palais, et il ne l'avait pas revue depuis.

Les voix dans la pièce se turent soudain. Cery leva les yeux et vit Sonea et Akkarin arriver à grands pas vers eux. Il avança et fit un large sourire.

— Takan vient de nous dire que vous avez eu la femme.

— Oui, répondit Akkarin. Elle portait une gemme de sang, Kariko sait donc sûrement que nous sommes ici.

— Et il doit aussi probablement connaître l'existence des passages sous la ville, ajouta Faren. Nous ne sommes plus en sécurité, ici.

— Les autres Ichanis vont-ils pénétrer dans les passages ? demanda Ravi.

— Sûrement, répondit Akkarin. Ils vont essayer de nous trouver et de nous tuer le plus vite possible.

Sevli croisa les bras.

— Ils ne vous trouveront pas. Ils ne connaissent pas les chemins, et personne ne les leur montrera.

— Tout ce dont ils ont besoin c'est capturer un guide et de lire son esprit pour trouver leur route, lui rappela Akkarin.

Les voleurs s'échangèrent des regards.

— Alors, il faut que nous fassions partir les renforts, dit Cery. (Il regarda Akkarin.) Je serai votre guide, à partir de maintenant.

Le mage hocha la tête avec reconnaissance.

— Merci.

Sonea regarda Akkarin.

— S'ils descendent ici, ils pourraient se séparer pour nous coincer. Nous pourrions en tirer avantage en les encerclant par-derrière et en les attaquant séparément.

— Non. (Akkarin secoua la tête.) Kariko ne prendra pas le risque de se séparer de ses alliés. (Il regarda Faren.) Que font les Ichanis, maintenant ?

— Ils discutent, répondit Faren.

— Tu m'étonnes, grommela Senfel.

— Plus maintenant, dit une nouvelle voix.

Tous se tournèrent vers un messager qui se précipitait vers eux.

— Ils se sont remis à détruire des bâtiments.

Akkarin plissa le front.

— Vous êtes sûr ?

L'homme hocha la tête.

— Tu penses qu'ils essaient de nous faire sortir pour que nous les en empêchions ? demanda Sonea.

— Peut-être, répondit Akkarin.

Akkarin ne sait pas ce que font les Ichanis, pensa Cery. *Mais moi, si.* Il étouffa un sourire.

— Ils s'emparent de la magie qui renforce les bâtiments.

Akkarin lui lança un regard surpris.

— Comment sais-tu cela ?

— J'ai entendu la conversation de Kariko et de deux autres Ichanis quand j'étais dans le palais.

Faren s'étrangla.

— Le palais ? Qu'est-ce que tu faisais là-bas ?

— Je jetais juste un œil.

— Tu jetais juste un œil ! répéta Faren en secouant la tête.

Akkarin soupira.

— Ça ne s'annonce pas bien, marmonna-t-il.

— Vont-ils en tirer beaucoup d'énergie ? demanda Sonea.

— Je… ne sais pas vraiment. Certaines maisons contiennent plus de magie que d'autres.

— Vous pourriez aussi prendre cette magie, suggéra Senfel.

Akkarin grimaça.

— Je suis sûr que ça ne dérangera pas les propriétaires si leurs maisons servent à la défense de la ville, ajouta Cery.

— Ils en ont démoli plein, dit Ravi. Toutes les constructions du cercle intérieur ne sont pas renforcées magiquement. Il ne doit pas en rester beaucoup.

— Mais ils ne sont pas encore allés à la Guilde, fit remarquer Senfel.

Akkarin semblait peiné.

— L'université ! Ce n'est pas la seule structure de la Guilde renforcée magiquement, mais elle contient plus de pouvoir que n'importe quel autre bâtiment dans la ville.

Sonea retint son souffle.

— En effet. L'arène doit être l'endroit le plus chargé de magie.

Senfel et Akkarin échangèrent des regards graves. Le vieux mage jura violemment.

— Exactement, acquiesça Akkarin.

Cery regarda les trois mages.

— C'est mauvais, pas vrai ?

— Oh oui ! répondit Sonea. La barrière qui entoure l'arène est renforcée par plusieurs magiciens tous les mois. Elle doit être assez forte pour résister à la magie égarée durant les cours d'entraînement au combat – dont certains sont assez énergiques.

—Nous devons empêcher les Ichanis de prendre ce pouvoir, dit Akkarin. S'ils s'en emparent, nous pouvons tout aussi bien leur offrir directement la ville.

—Allons-nous prendre ce pouvoir nous-mêmes ? demanda Sonea.

—S'il le faut.

La jeune femme marqua une hésitation.

—Puis… nous les affronterons ?

Le mage leva les yeux pour les planter dans les siens.

—Oui.

—Nous sommes assez forts ?

—Nous avons pris le pouvoir de quatre Ichanis, si on inclut Parika. Nous avons utilisé peu du nôtre et pris l'énergie des volontaires.

—Et vous pourriez encore le faire, leur rappela Senfel. Ça fait presque un jour que vous avez puisé dans leurs réserves. Ils doivent avoir recouvré la plus grande partie de leur force.

—Et il ne reste que trois Ichanis, fit remarquer Faren.

Akkarin se redressa.

—Oui, je crois qu'il est temps que nous les affrontions.

Sonea pâlit légèrement mais acquiesça d'un signe de tête.

—On dirait bien.

Le silence s'abattit sur le groupe, puis Ravi s'éclaircit la voix.

—Bon, dit-il. Je ferais mieux de vous mener jusqu'à nos volontaires le plus vite possible.

Akkarin hocha la tête. Quand le voleur se tourna vers la porte, Cery observa Sonea. Il lui prit le bras.

—L'heure est venue, alors. Tu as peur ?

La jeune femme haussa les épaules.

—Un peu. Je suis surtout soulagée.

—Soulagée ?

—Oui. On va enfin les combattre convenablement, sans poison, pièges, ou même magie noire.

—C'est bien de vouloir un combat loyal, tant qu'ils se battent de la même façon, dit Cery. Fais attention à toi. Je ne me détendrai que lorsque tout ça sera fini et que je saurai que tu vas bien.

Sonea sourit, lui pressa la main et se retourna pour sortir de la pièce à la suite d'Akkarin.

Chapitre 38

Les mages noirs

Durant l'heure écoulée, des messagers avaient rapporté que les Ichanis avançaient lentement vers la Guilde, détruisant des maisons sur leur passage. Sonea et Akkarin s'étaient précipités auprès des volontaires, qui s'étaient pliés à leur visite rapide avec une bonne volonté et un courage admirables. Puis les deux mages étaient retournés tout aussi vite dans l'enceinte du cercle intérieur. Pendant le trajet, l'impatience de Sonea avait été grandissante, mais lorsqu'elle franchit la porte secrète du bureau de Lorlen, elle se mit à regretter que le trajet ait été si rapide. Ses jambes devinrent molles, ses mains tremblantes, et elle ne put s'empêcher de penser qu'ils avaient dû oublier de faire quelque chose.

Akkarin marqua un temps d'arrêt pour balayer le bureau des yeux. Il soupira, puis se débarrassa de sa chemise. Sonea retira sa robe et la laissa tomber sur le sol. Elle baissa les yeux sur ce qu'elle portait en dessous et frémit. Une robe longue de mage... une robe de mage *noire*...

Puis elle regarda Akkarin. Il se tenait plus droit, il semblait plus grand. Un petit frisson parcourut le dos de la jeune femme, similaire à la peur que lui avait inspirée le mage à une époque.

Akkarin lui lança un regard et sourit.

— Arrête de me dévisager.

Sonea cligna des yeux innocemment.

— Moi ? Te dévisager ?

Le sourire du mage s'élargit, puis s'évanouit. Il s'avança vers elle et lui entoura délicatement le visage de ses deux mains.

— Sonea, commença-t-il, si je ne...

Elle lui plaça un doigt devant la bouche et lui fit baisser la tête afin de pouvoir l'embrasser. Il pressa fort ses lèvres contre les siennes, puis l'enlaça.

— Si je pouvais t'envoyer au loin, je le ferais, dit-il. Mais je sais que tu refuserais de partir. Surtout... ne fais rien d'irréfléchi. J'ai regardé mourir la première femme que j'aimais, je ne pense pas pouvoir survivre en perdant la seconde.

Sonea suffoqua, surprise, et sourit.

— Je t'aime aussi.

Le mage eut un petit rire et l'embrassa de nouveau, mais ils se figèrent tous deux quand une voix mentale retentit.

— Akkarin ! Akkarin ! Tu vis dans un bien bel endroit !

L'image des portes de la Guilde, avec l'université derrière, éclata dans l'esprit de Sonea.

— Ils sont ici, marmonna Akkarin.

Ses bras glissèrent des épaules de la jeune femme.

— L'arène ?

Le mage secoua la tête.

— Seulement en dernier recours.

Son visage arborait une expression dure lorsqu'il traversa la pièce à grandes enjambées, en direction de la porte.

Sonea redressa les épaules, prit une profonde inspiration et suivit.

— Voilà, ils sont ici, murmura Balkan.

Rothen jeta un regard à la ville. Le soleil de fin d'après-midi envoyait de longues ombres dans les rues. Le mage vit trois hommes apparaître et avancer vers les portes de la Guilde.

— Qu'ont prévu de faire Akkarin et Sonea si les Ichanis apprennent qu'ils sont ici, Dorrien ? demanda Balkan.

— Je ne sais pas. Ils n'en ont jamais parlé.

Balkan hocha la tête.

— Il est temps pour nous de partir, alors.

Cependant, il ne bougea pas, Rothen et Dorrien non plus. Ils restèrent là à regarder les trois Ichanis franchir les portes et se diriger à grands pas vers l'université.

Soudain, au-dessous d'eux, un grondement caverneux se fit entendre.

— Qu'est-ce que c'était ? s'exclama Dorrien.

Ils se penchèrent au-dessus de la façade et baissèrent la tête. Rothen se pétrifia en voyant les deux personnes sur les marches, en contrebas.

— Sonea ! Et Akkarin.

— Ils ont fermé les portes de l'université, dit Balkan.

Rothen frémit. Ça faisait des siècles que les portes de l'université n'avaient pas été fermées.

— Devrions-nous les appeler pour leur faire savoir que nous sommes ici ? demanda doucement Dorrien.

— Savoir que vous deux êtes en train de regarder pourrait distraire Sonea, prévint Balkan.

—Mais je peux utiliser mes pouvoirs, maintenant. Je peux les aider.

—Moi aussi, ajouta Rothen.

Dorrien lui lança un regard surpris et sourit largement.

Balkan fronça les sourcils.

—J'aimerais communiquer le combat au reste de la Guilde.

—Dorrien et moi ne nous montrerons pas jusqu'à ce qu'une occasion de les aider se présente, suggéra Rothen.

Balkan acquiesça.

—Très bien. Faites seulement attention à bien choisir votre moment.

La forêt entourant la Guilde était striée de lumière dorée. Les brindilles craquaient sous les pieds de Gol si fréquemment que Cery commençait à se demander si son second n'essayait pas volontairement de faire beaucoup de bruit. Il jeta un regard en arrière et ne put s'empêcher de sourire devant l'expression tendue du grand bonhomme.

—Ne t'inquiète pas, dit Cery. Je connais cet endroit. On devrait pouvoir regarder sans être vus.

Gol hocha la tête. Ils continuèrent à avancer. Quand Cery aperçut des bâtiments à travers les arbres, devant eux, il accéléra. Gol resta un peu en arrière.

Soudain, Cery vit une silhouette accroupie près d'un tronc d'arbre, à l'orée de la forêt. Il s'arrêta, faisant signe à Gol de ne pas bouger et de rester silencieux.

D'après la façon dont Savara scrutait les alentours avec prudence, Cery en déduisit qu'elle n'avait guère envie d'être découverte. *Trop tard*, pensa-t-il. Il avança à pas de loups. Quand il ne fut qu'à quelques pas d'elle, il se redressa et croisa les bras.

—On dirait qu'on ne peut pas faire autrement que de tomber l'un sur l'autre, dit-il.

Il la regarda sursauter avec plaisir. Savara poussa un soupir de soulagement en le voyant.

—Cery. (Elle lui jeta un regard désapprobateur en secouant la tête.) Ce n'est pas sage d'espionner des magiciens.

—Ah bon ?

—Oui.

—Tu es venue voir le spectacle ?

Savara sourit du coin des lèvres.

—Exact. Tu te joins à moi ?

Le jeune homme hocha la tête. Il fit signe à Gol de le rejoindre et s'accroupit près du tronc d'un autre arbre. Quand il vit ce qu'il y avait devant eux, son estomac se noua.

Les portes de l'université étaient fermées, et Sonea et Akkarin se tenaient sur les marches. Les trois Ichanis étaient à moins d'une centaine de pas d'eux et avançaient avec confiance.

— Toi et tes amis avez fait du bon boulot, murmura Savara, si c'est tout ce qu'il reste des alliés de Kariko. Vous avez peut-être une chance, après tout.

Cery eut un sourire amer.

— Peut-être bien que oui. On va voir ça.

Sonea cligna des yeux quand une image d'elle et d'Akkarin, vus du dessus, pénétra son esprit. D'après l'angle de vue, celui qui les regardait devait être derrière eux, tout en haut du bâtiment. Elle capta la présence de Balkan, mais aucune pensée ou émotion.

— *Si nous pouvons sentir cela, alors les Ichanis le peuvent aussi.*

— *Oui*, répondit Akkarin. *Repousse les images. Elles vont te distraire.*

— *Mais elles nous préviendront de toute ruse tentée par les Ichanis.*

— *Et les préviendront des nôtres.*

— *Oh ! Tu penses qu'il faut dire à Balkan d'arrêter ?*

— *Non. La Guilde doit voir cela. Les mages pourraient apprendre...*

— Akkarin.

La voix de Kariko résonna dans la Guilde.

— Kariko, répondit Akkarin.

— Je vois que tu as amené ton apprentie. Tu as l'intention de l'échanger contre ta vie ?

La peau de Sonea se hérissa quand l'Ichani la regarda. Elle lui rendit son regard, et l'homme eut un sourire mauvais.

— Je pourrais envisager de la prendre pour moi, continua Kariko. Je n'ai jamais aimé les goûts de mon frère pour les esclaves, mais il m'a montré que les mages de la Guilde peuvent être étonnamment divertissants.

Akkarin commença à descendre lentement les marches. Sonea le suivit en prenant soin de rester dans la magie combinée de leur bouclier.

— Dakova s'est montré idiot en me gardant, dit Akkarin, mais il faisait toujours des erreurs stupides. J'ai du mal à comprendre comment un homme si puissant pouvait en savoir si peu en politique ou en stratégie, mais j'imagine que c'était pour cela qu'il était ichani – et pourquoi il m'a gardé.

Les yeux de Kariko s'étrécirent.

— Toi ? Je ne crois pas. Si tu es un tel maître en stratégie, pourquoi es-tu ici ? Tu dois être conscient que vous ne pouvez pas gagner.

— Vraiment ? Regarde autour de toi, Kariko. Où sont tous tes alliés ?

Quand Akkarin et Sonea arrivèrent en bas des marches, Kariko s'arrêta. Il était à une vingtaine de pas d'eux.

—Morts, j'imagine. Et tu les as tués.

—Certains.

—Tu dois être éreinté, alors. (Kariko lança un regard aux autres Ichanis, puis revint sur Akkarin.) Quelle belle façon d'achever notre conquête ! Je vais venger la mort de mon frère et, par la même occasion, le Sachaka va enfin prendre sa revanche sur ta Guilde.

Il leva une main ; les autres Ichanis firent de même. Des éclairs de force jaillirent vers Sonea et Akkarin. La jeune femme sentit la magie s'abattre sur leur bouclier, plus puissante que n'importe quelle attaque qu'elle avait connue auparavant. Akkarin envoya un trio de sorts en retour, mais tous infléchis pour attaquer Kariko.

D'autres échanges suivirent ; l'air bourdonnait d'énergie. Akkarin continuait à frapper Kariko et à ignorer les autres Ichanis ; le chef plissa le front. Il dit quelque chose à ses compagnons, qui s'approchèrent de lui, ne laissant qu'un espace étroit entre leurs boucliers.

—*Frappe Kariko par-dessous*, ordonna Akkarin.

Sonea envoya un éclair de chaleur sous la terre, et Akkarin lança d'autres attaques sur Kariko, venant cette fois du dessus. Les autres Ichanis firent glisser leurs boucliers pour bloquer les coups d'Akkarin et, au même moment, le sol se mit à fumer sous les pieds de Kariko.

L'Ichani baissa les yeux et dit quelque chose tout bas. Ses compagnons attaquèrent de plus belle.

—*Continue à frapper Kariko de tous les côtés.*

Le meneur ichani semblait s'être résigné à être la cible principale. Il se concentra sur le maintien de son bouclier tandis que les autres attaquaient. Sonea réprima un sourire. C'était à leur avantage. Se protéger nécessitait plus d'énergie, Kariko se fatiguerait donc plus vite.

Visiblement, ils s'enverraient des rafales de coups jusqu'à ce qu'un côté finisse par s'affaiblir. Soudain, le sol remua violemment sous les pieds de la jeune femme. Elle tituba et sentit une main lui agripper le bras. Elle baissa les yeux, vit un trou noir se former sous ses pieds et sentit un disque d'énergie.

—*Maintiens le bouclier.*

Elle se força à reporter son attention sur leur barrière, essuyant totalement l'attaque des Ichanis afin qu'Akkarin puisse se concentrer sur la lévitation. L'air était empli d'herbe, de terre et d'éclairs. Akkarin les fit reculer, mais la parcelle de terre qui remuait les suivit. À travers l'air chargé de débris, Sonea vit les Ichanis avancer vers eux d'un pas décidé, sur le sol retourné.

Akkarin leur envoya une dizaine de coups. Au même moment, une dizaine d'autres plus faibles provenant des portes fendirent l'air. Les Sachakaniens jetèrent un regard sur le côté.

Sonea se pétrifia en voyant la silhouette qui se tenait juste entre les portes. Une robe bleue tourbillonnait autour de l'homme, qui avançait.

— Lorlen ! souffla Sonea.

Mais comment était-ce possible ? Lorlen était mort. Ou était-il... ?

Kariko envoya une rafale d'énergie vers l'administrateur. Elle traversa le magicien et frappa les portes. Les barres de métal explosèrent, emplissant la rue derrière de pointes et de fragments rougeoyants.

Lorlen avait disparu. Sonea cligna des yeux. C'était une illusion. En entendant un ricanement, elle leva la tête vers Akkarin, qui souriait amèrement. Kariko et ses compagnons ne semblaient pas impressionnés. Ils reprirent leur attaque avec une férocité encore plus grande.

Les sorts d'Akkarin plurent sur Kariko, testant le bouclier de l'Ichani. Kariko rendit de puissantes rafales. Akkarin projeta un grand nombre d'éclairs de chaleur, se contorsionnant pour frapper Kariko de tous les côtés, tout comme Sonea l'avait fait dans son dernier combat contre Regin, lors du défi. La jeune femme fronça les sourcils en se remémorant cette bataille. Durant le second combat, Regin avait économisé son énergie en se protégeant seulement quand un coup le frappait. Pouvait-elle faire la même chose ? Cela demandait de la concentration...

Elle focalisa sa volonté et modela son bouclier en le laissant plus faible derrière et au-dessus, mais pas trop, afin qu'elle puisse le renforcer rapidement en cas de besoin.

— *Fais attention, Sonea.*

Elle observa les Ichanis, prête à réagir si un coup devait changer de direction.

— REGARDEZ VERS LES PORTES !

La voix venait du haut de l'université. Sonea leva les yeux et vit Balkan sur le toit du bâtiment, montrant les portes du doigt. Elle fit volte-face et recula malgré elle d'un pas en voyant des pointes noires brisées et courbées voler vers elle – les débris des battants. Elles s'écrasèrent sur son bouclier et tombèrent par terre.

— *Quand je te le dirai, cours vers l'arène. Je les retiendrai pendant que tu en prendras le pouvoir... Attends...*

Sonea lui lança un regard et vit les yeux du mage se plisser sous l'effet de la concentration.

— *Les Ichanis s'affaiblissent.*

Sonea les regarda. Kariko se tenait droit, le sourire aux lèvres. Les autres ne semblaient pas moins confiants, mais les coups s'abattant sur le bouclier de la jeune femme avaient faibli.

Akkarin fit un pas en avant, puis un autre. Le visage de Kariko s'assombrit. Sonea suivit Akkarin. Elle envoya ses propres coups vers les Ichanis et ressentit une vague de satisfaction en les voyant reculer.

Soudain, quand elle sentit la terre molle sous ses pieds, une chose attaqua violemment son esprit. Elle la repoussa, mais la chose revint s'acharner sur elle.

— *Sort mental. Chasse-le de ton esprit.*

— *Comment ?*

— *Comme...*

Quelque chose coupa le côté du mollet de la jeune femme. Elle trébucha et entendit Akkarin s'étrangler. Elle baissa les yeux et vit le bas de sa robe flotter, tailladée, révélant une longue coupure. Akkarin lui agrippa le bras.

Mais au lieu de la soutenir, il s'affaissa, l'entraînant avec lui. Sonea atterrit sur les genoux, se tourna vers lui, et son cœur se glaça.

Le mage était accroupi à côté d'elle, le visage livide et tordu de douleur. Du rouge vif attira l'attention de la jeune femme sur sa main, qui entourait la poignée scintillante d'une dague sachakanienne.

La dague était plantée en plein dans sa poitrine.

— Akkarin !

Il tomba sur le côté et roula sur le dos. Sonea se pencha sur lui, les mains virevoltant au-dessus de la dague alors qu'elle essayait de décider que faire. *Je dois le guérir*, pensa-t-elle. *Mais par où commencer ?*

Elle tenta de libérer la poignée de la dague des doigts du mage. L'homme lâcha prise et lui agrippa les poignets.

— Pas tout de suite, haleta-t-il.

Ses yeux étaient emplis de douleur. Sonea essaya de se défaire de son emprise, mais le mage la tenait fermement.

Soudain, un rire cruel et sans humour rompit le silence.

— C'est donc *là* que j'ai laissé ma dague, lança Kariko d'un air victorieux. C'est très gentil à toi de me l'avoir retrouvée.

Sonea comprit soudain comment tout cela était arrivé. Kariko avait jeté la lame dans la terre retournée. Quand leur bouclier était passé au-dessus, l'homme avait soulevé la dague. Un piège. Une ruse. Pas très différente de ce qu'elle avait fait pour s'insérer dans le bouclier de la meurtrière.

Ç'avait fonctionné.

— Sonea, haleta Akkarin.

Ses yeux glissèrent derrière la jeune femme, qui vit l'université s'y refléter.

Quelque part au-dessus d'eux, elle entendit des cris. Des éclairs de magie éclairaient le visage d'Akkarin, mais elle ne pouvait se résoudre à détourner le regard.

— Je vais te guérir, lui dit-elle en se débattant pour que le mage la lâche.

— Non. (L'emprise d'Akkarin se fit plus forte.) Si tu fais ça, nous pourrions perdre. Combats-les d'abord. Guéris-moi ensuite. Je peux tenir comme ça, pour l'instant.

Sonea se glaça.

— Mais si…

— Nous mourrons de toute façon. (La voix d'Akkarin était sévère.) Je vais t'envoyer mon énergie. Tu dois te battre. Lève les yeux, Sonea.

Elle obéit et sentit son cœur s'arrêter. Kariko se tenait à moins de dix pas d'eux. Il fixait du regard le toit de l'université, d'où pleuvaient des coups. Elle leva davantage les yeux et vit deux visages familiers à côté de celui de Balkan.

— Tu ne te protèges même pas, Sonea, chuchota Akkarin.

Elle sentit un frisson lui parcourir l'échine. Si Rothen et Dorrien n'avaient pas attaqué, elle et Akkarin seraient tous les deux…

— *Prends mon pouvoir. Frappe pendant qu'il est distrait. Ne réduis pas à néant tout ce que nous avons fait et ce pour quoi nous avons souffert.*

Sonea hocha la tête. Alors que les coups venant de l'université diminuaient, elle inspira profondément. Elle n'avait pas le temps pour des tactiques élaborées. Quelque chose de direct, alors. Elle ferma les yeux et puisa tout son pouvoir et toute sa colère envers Kariko pour ce qu'il avait fait à Akkarin et à Imardin. Elle sentit Akkarin envoyer sa force se joindre à la sienne.

Puis elle ouvrit les yeux et concentra tout sur Kariko et ses alliés.

Le chef ichani chancela. Son bouclier tint bon pendant un moment, puis il ouvrit la bouche dans un cri muet quand un éclair de chaleur lui brûla le corps. L'homme suivant recula mais ne put faire que quelques pas avant que la magie de Sonea fasse exploser son bouclier et le brûle. Elle ressentit une vague de triomphe. Le dernier Ichani tenait bon. Sonea sentit sa force lui échapper. L'homme commença à avancer ; la peur s'empara de la jeune femme. Un dernier filet d'énergie lui parvint ; elle le projeta. L'Ichani écarquilla les yeux à l'affaiblissement de son bouclier. Puis, alors que tout ce qu'il restait de magie à Sonea jaillissait, le bouclier de l'homme disparut. Un éclair de chaleur le parcourut, et il s'écroula.

Tout était silencieux. Sonea fixait les trois corps gisant devant l'université. Une vague de fatigue s'empara d'elle. Elle n'éprouvait aucun sentiment de triomphe. Aucun plaisir. Juste le vide. Elle se tourna vers Akkarin.

Un sourire ourlait les lèvres du mage. Ses yeux étaient ouverts mais fixaient un point lointain. Quand Sonea bougea, les mains qui lui entouraient les poignets lâchèrent prise et retombèrent.

— Non, chuchota-t-elle. Akkarin.

Elle lui agrippa les mains et projeta son esprit dans le corps de l'homme. Rien. Pas même la plus petite étincelle de vie.

Il lui avait donné trop d'énergie.

Il lui avait tout donné.

Les mains tremblantes, Sonea fit courir ses doigts sur le visage du mage, se pencha vers lui et embrassa sa bouche sans vie.

Puis elle se mit en boule contre lui et se mit à pleurer.

Chapitre 39

Un nouveau poste

Rothen arriva au bout du couloir et leva les yeux. Après la dévastation de la ville, la majesté intacte du grand hall était à la fois réconfortante et un peu honteuse. L'Invasion ichanie – c'était désormais ainsi qu'on se référait aux cinq journées de mort et de destruction – avait été une bataille entre magiciens. Il semblait injuste que rien dans la Guilde n'ait été endommagé, quand une si grande partie du cercle intérieur était en ruine.

Les choses auraient pu être bien pires pour les Imardiens ordinaires, se rappela Rothen. Il y avait eu peu de morts non-magiciens. Cependant, la Guilde était diminuée presque de moitié. Des rumeurs circulaient selon lesquelles les hauts mages songeaient à recruter dans les familles de marchands aisées en dehors des Maisons.

Il se dirigea vers le hall de la Guilde et se glissa entre les battants. La semaine qui avait suivi l'invasion, les réunions des hauts mages s'étaient tenues dans l'une des petites salles de réunions, à l'entrée du hall. Tant qu'un nouvel administrateur ne serait pas élu, il serait considéré comme déplacé d'utiliser le bureau de Lorlen.

Rothen arriva à la porte de la salle de réunions et frappa. Elle s'ouvrit. Il entra et prit note des mages présents, sachant qu'il avait face à lui les visages de la future hiérarchie de la Guilde.

Le seigneur Balkan faisait les cent pas. Étant donné la façon dont les autres mages s'étaient automatiquement tournés vers lui pour le nommer à la tête de la Guilde, il était évident que le guerrier était un candidat sérieux au poste de haut seigneur. Le seigneur Osen regardait calmement Balkan. Bien que manifestement encore profondément peiné par la mort de Lorlen, il avait acquis une détermination tranquille depuis qu'il avait été chargé d'organiser les réparations de la ville. Lorlen avait préparé Osen à le remplacer ces dernières années ; ce ne serait donc une surprise pour personne si le jeune homme était élu administrateur.

Tellement de guerriers étaient morts que seuls quelques candidats restaient pour prendre leur tête. Le seigneur Garrel avait été présent lors des dernières réunions, ce qui n'annonçait rien de bon à Rothen. Balkan avait également été chargé du poste moins important de chef des études guerrières, mais Rothen avait entendu le mage suggérer que le poste soit occupé par quelqu'un d'autre à l'avenir. Les façons sournoises et bornées de Garrel pourraient donc peut-être trouver un contrepoids avec un guerrier au caractère plus raisonnable.

Dame Vinara resterait chef des guérisseurs. Le directeur Jerrik n'avait pas exprimé le désir de changer de poste, et personne ne l'avait suggéré. Le seigneur Telano resterait sûrement chef des études de la guérison. Jusqu'ici, aucune mention n'avait été faite pour le choix d'une personne endossant le rôle d'administrateur expatrié.

Le seigneur Peakin remplacerait sûrement le seigneur Sarrin. L'un des professeurs plus âgés se verrait attribuer le poste de chef des études alchimiques, soupçonna Rothen. De temps à autre, il ne pouvait s'empêcher de se demander qui serait son supérieur direct mais, la plupart du temps, il était préoccupé par des choses plus importantes. Comme Sonea.

Et elle était manifestement la raison pour laquelle les hauts mages avaient convoqué Rothen ce jour-là. Quand Balkan remarqua que le magicien était arrivé, il cessa d'arpenter la pièce.

— Comment va-t-elle ?

Rothen soupira et secoua la tête.

— Pas mieux. Il va lui falloir du temps.

— Nous n'en avons pas, marmonna Balkan.

— Je sais. (Rothen détourna les yeux.) Mais je redoute ce qu'il pourrait arriver si nous la brusquions.

Vinara plissa le front.

— Qu'est-ce que vous voulez dire ?

— Je ne suis pas sûr qu'elle veuille aller mieux.

Les occupants de la pièce échangèrent des regards inquiets. Vinara ne semblait pas surprise.

— Alors, vous devrez la convaincre, dit Balkan. Nous avons besoin d'elle. Si huit parias peuvent faire autant de dégâts, que pourrait faire une armée ? Même si le roi du Sachaka ne profite pas de notre faiblesse, il suffirait d'un Ichani de plus pour provoquer notre ruine. Il nous faut un mage noir. Il nous faut Sonea – ou il faut qu'elle enseigne à l'un de nous.

C'était vrai, mais injuste pour Sonea. Ça ne faisait qu'une semaine qu'Akkarin était mort. Son chagrin était naturel. Compréhensible. Elle avait enduré trop de choses. Pourquoi ne pouvaient-ils pas la laisser tranquille un moment ?

— Et les livres d'Akkarin ? demanda-t-il.

Balkan secoua la tête.

—Sarrin n'a rien pu en apprendre. Je n'ai pas fait mieux...

—Alors, *vous* devez parler à Sonea, dit Vinara au guerrier, et quand vous le ferez, il faudra que vous puissiez lui dire exactement quelle sera sa situation. Nous ne pouvons pas lui demander de vivre pour nous si son avenir est incertain.

Balkan hocha la tête et poussa un gros soupir.

—Vous avez raison, bien sûr. (Il regarda les autres mages.) Très bien, nous devons tenir une audience pour discuter de ce poste et de ses restrictions.

—Nous en avons déjà parlé lors de l'élection de Sarrin, fit remarquer Peakin.

—Les restrictions devraient être revues, dit Garrel. Pour l'instant, elle n'a pas le droit de sortir de la Guilde, d'avoir un poste d'autorité ni d'enseigner. Il est clair qu'elle ne devrait pas pouvoir utiliser ses pouvoirs sans notre sollicitation unanime.

Rothen réprima un sourire. *Notre* demande unanime ? Garrel était manifestement confiant quant à l'obtention du poste de Balkan.

—Eh bien, nous devrions déjà changer cette règle interdisant l'enseignement, ajouta Jerrik.

Vinara regarda Rothen.

—Que suggérez-vous, Rothen ?

Celui-ci marqua une pause, se doutant qu'ils n'allaient pas apprécier ce qu'il s'apprêtait à dire.

—Je ne pense pas qu'elle acceptera toute restriction la confinant à la Guilde.

Balkan fronça les sourcils.

—Pourquoi ça ?

—Elle a toujours voulu utiliser ses pouvoirs pour aider les pauvres. C'était en partie la raison pour laquelle elle a décidé de se joindre à nous, et elle s'y est raccrochée (il regarda Garrel de biais) dans les moments difficiles. Si vous voulez qu'elle vive, ne lui retirez pas cela.

Vinara sourit faiblement.

—Et je suppose que si nous lui proposions d'entreprendre une quelconque œuvre charitable dans la ville, cela lui donnerait une raison de rester avec nous.

Rothen acquiesça.

Balkan croisa les bras. Ses doigts tapotaient sa manche.

—Cela nous aiderait également à regagner la faveur du peuple. Nous ne nous sommes pas révélés des défenseurs particulièrement efficaces. J'ai entendu dire que certains nous tiennent même pour responsables de l'invasion.

— Sûrement pas ! s'exclama Garrel.

— C'est vrai, dit doucement Osen.

Garrel se renfrogna.

— Coureurs ingrats.

— À vrai dire, ce sont certains membres des Maisons qui ont exprimé cet avis à leur retour en ville, ajouta Osen. Y compris des membres de la Maison Paren, si mon souvenir est exact.

Garrel cligna les yeux de surprise et rougit.

— Devrons-nous alors étendre la zone de détention à la ville ? suggéra Telano.

— L'idée de la détention était de s'assurer que notre mage noir n'ait pas accès à un grand nombre de victimes s'il, ou elle, devait soudain avoir soif de pouvoir, dit Peakin. Quel est l'intérêt d'avoir une zone de détention quand elle inclut la plus haute densité de population du pays ?

Rothen eut un petit rire.

— Et vous auriez à persuader le roi de redéfinir ce qui est considéré comme faisant partie de la ville. Je ne pense pas que Sonea avait l'intention de restreindre son aide aux personnes vivant dans l'enceinte du mur extérieur.

— La détention est de toute évidence inapplicable, dit Vinara. Je suggère une escorte.

Tous les yeux se tournèrent vers elle. Balkan hocha la tête d'un air approbateur.

— Et si l'aide qu'elle veut apporter est la guérison, plusieurs années de formation l'attendent encore.

Vinara regarda Rothen.

Il hocha la tête.

— Je suis certain qu'elle en est consciente. Mon fils a exprimé le souhait de lui enseigner. Il pense que cela pourrait lui redonner goût à la vie, mais s'il doit l'aider dans cette tâche, cet arrangement pourrait être plus officiel.

La magicienne pinça les lèvres.

— Qu'elle retourne en cours ne serait pas convenable. Toutefois, il n'est pas judicieux qu'un guérisseur n'ait qu'un seul professeur. Je l'aiderai également.

Rothen hocha la tête, soudain trop submergé par la gratitude pour parler. Il écouta les autres continuer le débat.

— Alors, nous l'appellerons toujours « magicienne noire » ? demanda Peakin.

— Oui, répondit Balkan.

— Et de quelle couleur sera sa robe ?

Il y eut un court silence.

— Noire, dit doucement Osen.

— Mais la robe du haut seigneur est noire, fit remarquer Telano.

Osen hocha la tête.

— Il est peut-être temps de changer la robe du haut seigneur. Le noir rappellera toujours aux gens la magie noire et, malgré tout, nous ne voulons pas les encourager à penser qu'elle est totalement bonne et souhaitable. Il nous faut quelque chose de frais et de propre.

— Le blanc, dit Vinara.

Osen hocha la tête.

— Oui.

Alors que les autres exprimaient leur assentiment, Balkan s'étrangla.

— Du blanc! s'exclama-t-il. Vous n'êtes pas sérieux. Ce n'est pas pratique, et c'est impossible à garder propre.

Vinara sourit.

— Voyons, qu'est-ce qui pourrait tacher la robe blanche du haut seigneur?

— Un petit excès de consommation de vin, peut-être? murmura Jerrik.

Les autres gloussèrent.

— Alors, ce sera blanc, dit Osen.

— Attendez. (Balkan regarda les mages l'un après l'autre et secoua la tête.) Pourquoi ai-je l'impression que vous avez pris votre décision et qu'il ne sert à rien que j'essaie de discuter?

— C'est bon signe, dit Vinara. Un signe qui suggère que nous avons choisi les bonnes personnes pour être nos hauts mages. (Elle fit le tour du groupe des yeux, puis sourit en croisant ceux de Rothen.) Vous n'avez toujours pas deviné, n'est-ce pas, seigneur Rothen?

L'homme la dévisagea, troublé par cette soudaine question.

— Deviné quoi?

— Bien sûr, nous devons encore soumettre cette décision au vote, mais je pense que personne ne s'y opposera.

— S'opposera à quoi?

Le sourire de la magicienne s'agrandit.

— Félicitations, Rothen. Vous serez notre nouveau chef des études alchimiques.

Du haut de la maison à deux étages, on pouvait voir que les décombres formaient un cercle parfait. La vue était sinistre.

Encore une vision d'horreur à ajouter à ma liste, pensa Cery. *Avec les ruines des murs de la ville, les longues rangées de corps que la Guilde a couchés sur la pelouse devant l'université, et le regard de Sonea quand Rothen a fini par la persuader de quitter le corps d'Akkarin.*

Il frémit et se força à rebaisser les yeux. Des centaines d'ouvriers dégageaient les décombres. Quelques personnes avaient été retrouvées vivantes, ensevelies tout près des ruines. Il était impossible de savoir combien s'étaient cachées dans les maisons quand celles-ci furent dévastées par l'explosion. La plupart devaient être mortes.

Tout ça à cause de lui. Il aurait dû porter plus d'attention aux avertissements de Savara concernant ce qu'il se passerait à la mort d'un Ichani. Mais il avait été trop occupé à chercher une façon de tuer un magicien pour penser à la façon dont son peuple pourrait survivre aux conséquences.

— De nouveau ici ?

Des bras lui entourèrent la taille. Un arôme épicé familier envahit ses sens. Le cœur du jeune homme s'illumina un moment, puis se remit à le faire souffrir.

— Tu es obligée de partir ? chuchota-t-il.

— Oui, répondit Savara.

— Nous pourrions avoir besoin de ton aide.

— Non. Vous n'avez pas besoin de moi. Sûrement pas en tant que magicienne sachakanienne. Et vous avez plein de volontaires pour les tâches non magiques.

— *Moi*, j'ai besoin de toi.

La jeune femme soupira.

— Non, Cery. Tu as besoin de quelqu'un en qui tu peux avoir confiance, totalement et sans conditions. Je ne serai jamais cette personne.

Il hocha la tête. Elle avait raison.

Mais ça ne rendait pas leurs adieux plus faciles.

Elle le serra plus fort.

— Tu vas me manquer, ajouta-t-elle doucement. Si… si je suis la bienvenue, je passerai te voir chaque fois que mes obligations m'amèneront par ici.

Le jeune homme se tourna vers elle et haussa un sourcil, comme pour réfléchir.

— Il pourrait me rester quelques bouteilles d'anuren sombre.

Savara lui fit un grand sourire, et Cery ne put s'empêcher de se sentir mieux, même si c'était pour un court instant. Depuis le combat final, il avait éprouvé une peur terrible à l'idée de la perdre et il avait essayé de l'empêcher de partir. Mais Savara n'appartenait pas à la Kyralie. Pas encore. Et il laissait les exigences de son cœur dominer son bon sens. C'était quelque chose qu'un voleur ne devait jamais faire.

Il mit un doigt sous le menton de la jeune femme, lui souleva la tête et lui donna un baiser lent et ferme. Puis il recula.

— Va-t'en, alors. Rentre chez toi. Je n'aime pas les longs adieux.

La jeune femme sourit et se détourna. Il la regarda se diriger d'un pas nonchalant vers la trappe, dans le toit, puis descendre par le plafond. Quand elle fut partie, il se retourna vers les ouvriers.

Beaucoup de choses avaient changé. Il devait se préparer aux conséquences. Des bribes d'informations lui étaient parvenues, et il n'était sûrement pas le seul à comprendre à quoi elles pourraient mener. Si le roi avait vraiment l'intention de mettre fin à la Purge annuelle, les voleurs auraient une raison en moins de travailler ensemble. Puis il y avait les rumeurs concernant certains arrangements qui étaient déjà en cours entre les autres chefs des bas-fonds.

Il sourit et redressa les épaules. Il s'était préparé au jour où le soutien d'Akkarin prendrait fin. Il avait conclu des arrangements avec des personnes utiles et puissantes. Il avait mis des richesses de côté et rassemblé des informations. Son statut était solide.

Il découvrirait bien assez vite s'il l'était suffisamment.

Le carrosse se balançait doucement sur ses suspensions. Dehors, des champs sans fin et une ferme, ici et là, défilaient lentement. À l'intérieur, Dannyl et Tayend levèrent leurs verres de vin.

— Au seigneur Osen, qui a décidé que tu servirais mieux la Guilde en tant qu'ambassadeur en Elyne, dit Tayend. Et pour nous avoir permis de voyager par voie de terre.

— À Osen, répondit Dannyl. (Il but une petite gorgée de vin.) Tu sais que je serais resté, s'il me l'avait demandé.

Tayend sourit.

— Oui, et je serais resté avec toi, même si je suis heureux de ne pas avoir eu à le faire. Les Kyraliens sont si *étouffants*, avec leurs traditions (Il porta son verre à ses lèvres, puis détourna les yeux. Son expression se fit grave) Il a été judicieux de te renvoyer, tout de même. Beaucoup de personnes vont désormais remettre en question l'autorité de la Guilde. Elle s'est montrée assez peu préparée à la guerre.

Dannyl gloussa.

— Juste un peu.

— Plus de gens vont être amenés à penser comme le dem Marane, continua Tayend. Il va te falloir convaincre ces personnes que la Guilde contrôle toujours tout ce qui concerne la magie.

— Je sais.

— Puis il y a cette question de magie noire. Tu vas devoir assurer aux gens que la Guilde n'a vraiment pas d'autre issue que de l'apprendre à nouveau. Ah, les quelques mois à venir seront sûrement intenses !

— Je sais.

— Ça pourrait même prendre des années. (Tayend sourit.) Mais, bien sûr, il n'y a pas de raison pour que tu ne puisses pas rester en Elyne, une fois que tu auras terminé ton temps comme ambassadeur, n'est-ce pas ?

— En effet. (Dannyl sourit.) Osen a accepté de m'attribuer ce poste à vie.

Tayend écarquilla les yeux, puis fit un grand sourire.

— Vraiment ? C'est merveilleux !

— Il a dit quelque chose sur le fait que l'Elyne correspondait mieux à ma personnalité que la Kyralie. Et que je ne devais pas laisser l'inquiétude au sujet des rumeurs m'empêcher d'entretenir et d'apprécier notre amitié.

L'érudit haussa les sourcils.

— Il a vraiment dit ça ? Tu crois qu'il est au courant, pour nous ?

— Je me le demande. Il ne semblait pas du tout désapprouver quoi que ce soit. Mais je pourrais voir plus qu'il ne le faut dans ses remarques. Il vient de perdre un bon ami et mentor. (Dannyl hésita.) Même si, du coup, je me demande ce que ça changerait vraiment, si les gens savaient.

Tayend plissa le front.

— Oh non ! N'aie surtout aucune idée stupide à ce sujet. Si tu le disais à la Guilde et qu'elle te chasse, scandalisée, je te suivrais quand même. Et quand je te retrouverais, je te ferais regretter d'avoir été aussi idiot. (Il s'interrompit un instant et fit un large sourire.) Je t'aime, mais j'aime aussi le fait que tu sois un important mage de la Guilde.

Dannyl gloussa.

— C'est tout aussi bien. Je pourrais changer le côté important, et même le côté Guilde, mais le côté magicien n'est pas une option.

Tayend sourit.

— Oh ! je ne pense pas changer un jour d'avis à ton sujet. Je crois que tu vas devoir me supporter très longtemps.

Épilogue

La magicienne en robe noire franchit les portes Nord récemment rénovées. Comme toujours, les gens s'arrêtèrent pour la regarder, et les enfants crièrent son nom et se mirent à la suivre.

Rothen observa Sonea. Même s'il officiait en tant qu'escorte, aujourd'hui, cette tâche n'était pas la raison de son inquiétude. La jeune femme n'avait jamais été aussi pâle depuis qu'elle s'était enfermée dans les appartements du mage. Sonea sentit son regard, lui lança un coup d'œil et sourit. Il se détendit un peu. Comme il l'avait prévu, le travail qu'elle avait commencé dans les Taudis lui avait fait beaucoup de bien. Un peu de vie était revenue dans ses yeux, ainsi qu'une certaine résolution dans sa démarche.

L'hôpital, près des portes, avait été construit en à peine quelques mois. Le mage avait pensé qu'il aurait fallu du temps aux coureurs pour passer outre leur haine et leur méfiance envers les magiciens, mais une foule immense était apparue le jour de son ouverture et revenait chaque jour depuis.

Sonea en était la raison. Ils l'aimaient. Elle venait du même endroit qu'eux, elle avait sauvé la ville et était revenue dans les Taudis pour les aider.

Dorrien avait été à ses côtés dès le début. Son immense connaissance de la guérison était indispensable, et son expérience pour gagner la confiance des fermiers et des forestiers l'aidait également à gagner celle des coureurs. D'autres guérisseurs s'étaient joints à eux. Il semblait que Sonea n'était pas la seule magicienne à penser que la guérison ne devait pas être un service offert seulement aux riches Maisons.

Quand elle arriva à l'hôpital et y entra, le seigneur Darlen s'avança pour l'accueillir.

— Comment s'est passée la garde de nuit ? demanda-t-elle.

—Agitée. (Il sourit d'un air contrit.) Mais quand ne l'est-elle pas ? Oh, j'ai trouvé une autre recrue potentielle ! Une fille d'environ quinze ans qui s'appelle Kalia. Elle reviendra plus tard avec son père, s'il accepte de la laisser se joindre à nous.

Sonea hocha la tête.

—Et nos réserves ?

—Elles sont basses, comme toujours, répondit Darlen. J'en parlerai à dame Vinara à mon retour.

—Merci, seigneur Darlen, dit Sonea.

L'homme fit un signe de tête et se dirigea vers la porte. Sonea marqua un temps d'arrêt pour balayer la pièce des yeux. Rothen suivit son regard et aperçut la foule des patients qui attendaient, la poignée de gardes employés pour les faire tenir tranquilles, et les médecins qui avaient été embauchés pour leurs connaissances médicales afin d'aider dans les cas bénins. Sonea retint soudain son souffle et se tourna vers un garde qui se tenait près d'elle.

—Cette femme, là, avec l'enfant entouré d'une couverture verte. Emmenez-la dans mon cabinet.

—Oui, demoiselle.

Rothen chercha la femme dans la foule, mais Sonea s'éloignait déjà. Il la suivit dans une petite pièce meublée d'une table, d'un lit et de plusieurs chaises. Elle s'assit et fit pianoter ses doigts sur la table. Rothen approcha une chaise de la jeune femme.

—Tu connais cette femme ?

Elle lui lança un regard.

—Oui. C'est… (Elle s'interrompit quand on frappa à la porte.) Entrez.

Rothen reconnut la femme immédiatement. La tante de Sonea sourit et prit le siège, de l'autre côté de la table.

—Sonea. J'espérais que ce serait toi qui viendrais.

—Jonna, répondit la magicienne en lui faisant un sourire tendre, mais fatigué, remarqua Rothen. Je voulais venir vous voir, mais j'ai été très occupée. Comment va Ranel ? Comment vont mes cousins ?

Jonna baissa les yeux sur le bébé.

—Hania a une fièvre terrible. J'ai tout essayé…

Sonea posa délicatement une main sur la tête du bébé et fronça les sourcils.

—Oui. Elle vient juste de contracter la maladie de la tache bleue. Je peux lui redonner un peu d'énergie. (Elle demeura silencieuse un moment.) Voilà. J'ai bien peur que tu doives attendre que ça passe. Donne-lui des choses liquides. Un peu de jus de marin mixé ne lui fera pas de mal non plus. (Sonea leva les yeux vers sa tante.) Jonna, est-ce que… est-ce que tu voudrais venir vivre avec moi ?

La femme fit des yeux ronds.

—Je suis désolée, Sonea. Je ne pourrais pas.

La jeune femme baissa les yeux.

—Je sais que tu n'es pas à l'aise avec des magiciens autour de toi, mais… réfléchis-y, s'il te plaît. Je… (Elle lança un regard vers Rothen.) Je crois qu'il est temps que tu le saches aussi, Rothen. (Elle reposa les yeux sur Jonna.) J'aimerais avoir quelqu'un de familier et d'ordinaire à mes côtés. (Elle montra l'enfant de la tête.) J'échangerais tous les guérisseurs de la Guilde contre tes conseils pratiques.

Jonna dévisagea Sonea, son expression reflétant la confusion de Rothen. La jeune femme grimaça et posa une main sur son ventre. Jonna écarquilla les yeux.

—Oh!

—Oui. (Sonea hocha la tête.) Ça m'effraie, Jonna. Je n'avais pas prévu ça. Les guérisseurs prendront soin de moi, mais ils ne peuvent pas soigner ma peur. Je crois que, toi, tu le pourrais.

Jonna plissa le front.

—Tu m'avais dit que les mages avaient leur propre façon de s'occuper de ces choses-là.

À la grande surprise de Rothen, Sonea devint rouge écarlate.

—Il semble qu'il vaut mieux que ce soit les femmes qui s'occupent… de ce genre de précautions. Apparemment, les hommes n'apprennent pas à le faire tant qu'ils ne le demandent pas, dit-elle. Les filles novices sont prises à part dès que les guérisseurs ont le sentiment qu'elles ne vont sûrement pas tarder à montrer de l'intérêt pour les garçons, mais j'étais si peu populaire que personne n'a songé à me l'enseigner. Akkarin… (Sonea marqua une pause et déglutit) avait dû supposer que les mages me l'avaient appris. Et j'ai supposé que *lui* s'occupait de tout.

Quand il comprit enfin, Rothen dévisagea Sonea. Il se mit à compter les mois qui la séparaient de son exil. Trois et demi, peut-être quatre. La robe le cachait bien…

Elle le regarda et fit une grimace d'excuses.

—Je suis désolée, Rothen. J'allais te le dire à un meilleur moment, mais quand j'ai vu Jonna, il fallait que j'en profite pour…

Ils sursautèrent tous les deux à l'éclat de rire de Jonna, qui montrait Rothen du doigt.

—Je n'avais pas vu cet air depuis que j'ai annoncé à Ranel que j'attendais notre premier! Je pense que ces mages ne sont peut-être pas aussi futés qu'ils le prétendent. (Elle fit un grand sourire à Sonea.) Alors comme ça, tu vas avoir un bébé. Je n'arrive pas à imaginer cet enfant grandissant avec des magiciens tout autour de lui.

Sonea sourit du coin des lèvres.

— Moi non plus. Alors, tu vas changer d'avis ?
Jonna hésita, puis hocha la tête.
— Oui. Nous resterons un moment près de toi.

Glossaire de l'argot des Taudis, par le seigneur Dannyl

À la bonne place : digne de confiance, quelqu'un au cœur là où il faut

Aller à la pêche : chercher des informations (un « poisson » est aussi quelqu'un recherché par les gardes)

Aller dehors : chercher quelque chose de précis

Argent du sang : paiement obtenu pour un assassinat

Boulet : quelqu'un qui trahit les voleurs

Caniveau : revendeur d'objets volés

C'est fait : l'assassinat est réussi

C'est réglé : l'affaire est réussie

Chope : bouche (en référence au contenant habituel du bol)

Clan : les proches de confiance d'un voleur

Client : personne en affaires avec les voleurs

Corde : évasion

Coureurs : terme générique pour les traîne-ruisseau

Couteau : assassin, tueur à gages

Cueillir : reconnaître, comprendre

Dans la peau : avoir un faible pour quelqu'un (je l'ai dans la peau)

Encapuchonnés : clients des bordels

Étiqueter : reconnaître (une « étiquette » est aussi un espion)

Eu : attrapé

Face d'égout : abruti notoire

Gantelet : garde pouvant être corrompu ou travaillant pour les voleurs

Garder l'œil ouvert : rester attentif à une cible

Grand-maman : maquerelle

Hey ! : expression de surprise ou cri pour attirer l'attention

Hic : des ennuis (Y a un hic !)

Huiles : bourgeois

Mandrin : passeur

Messager : voyou qui porte des messages à travers la cité

Mine d'or : homme préférant les garçons

Monté : furieux (être monté contre quelqu'un)

Montrer : présenter

Mou dans la corde (avoir du) : avoir la permission de faire quelque chose

Museler : persuader quelqu'un de garder le silence

Repousser : refuser/refus (Ne nous repousse pas !)

Style : façon de mener ses affaires avec classe

Sur du velours (c'est) : le plan est facile

Surveiller : cacher (Surveille ce que tu fais. Je vais surveiller ça pour toi !)

Tarte : difficile (C'est pas de la tarte !)

Tirelire : prostituée

Vigile : celui qui observe quelqu'un ou quelque chose

Visiteur : quelqu'un qui dérobe dans les maisons

Voleur : meneur d'un groupe de criminels

Glossaire

Animaux

Anyi : mammifère marin doté de petites épines

Ceryni : petit rongeur

Enka : animal domestique à cornes, élevé pour sa chair

Eyoma : sangsue de mer

Faren : terme générique pour les arachnides

Gorin : gros animal domestique élevé pour sa viande et utilisé pour haler les barges et tirer les chariots

Harrel : petit animal domestique élevé pour sa chair

Inava : insecte dont on croit qu'il porte bonheur

Limek : chien sauvage, prédateur

Mite aga : petit insecte se nourrissant de tissus

Mullook : oiseau nocturne sauvage

Rassook : oiseau de basse-cour élevé pour sa chair et ses plumes

Ravi : rongeur, plus gros qu'un ceryni

Reber : animal domestique, élevé pour sa viande et sa laine

Sapfly : insecte des forêts

Sevli : lézard venimeux

Squimp : créature proche de l'écureuil, connue pour voler sa nourriture

Yeel : petite race domestique de limeks utilisée pour traquer

Zill : petit mammifère intelligent, parfois élevé comme animal de compagnie

Plantes/nourriture

Anivope (vigne) : plante sensitive, réceptive aux ondes psychiques

Bol : alcool fort extrait du tugor (veut aussi dire « boue de rivière »)

Brasi : végétaux verts feuillus et à petits bourgeons

Chebol (sauce) : sauce riche à la viande faite à partir de bol

Crots : gros haricots violets

Curem : épice douce et au goût de noisette

Curren : épice à la saveur robuste

Dall : long fruit à la chair granuleuse et orange vif

Gan-gan : buisson fleuri originaire de Lan

Iker : drogue stimulante, réputée pour ses propriétés aphrodisiaques

Jerras : longs haricots jaunes

Kreppa : herbe médicinale à l'odeur nauséabonde

Marin : agrume rouge

Monyo : bulbe

Myk : drogue psychotrope

Nalar : racine piquante

Nemmin : drogue somnifère

Pachi : fruit doux et croquant

Papea : épice proche du poivre

Piorre : petit fruit en forme de cloche

Raka/Suka : boisson stimulante faite de grains grillés, originaire du Sachaka

Shem : Plante comestible ressemblant au roseau

Sumi : boisson amère

Telk : grain dont on extrait de l'huile

Tenn : graine pouvant être consommée telle quelle, coupée, ou réduite en farine

Tiro : noix comestible

Tugor : racine ressemblant à une carotte

Vare : baie dont on fait la plupart des vins

Armes et habillement

Cache-poussière : manteau tombant jusqu'aux chevilles

Incal : symbole carré, proche d'un blason, cousu sur une manche ou un revers

Kebin : barre de fer munie d'un crochet permettant de désarmer l'adversaire. Arme des gardes.

Maisons publiques

Brasserie : maison fabriquant du bol

Gargote : établissement vendant du bol et servant d'auberge pour de courts séjours

Maison de bains : établissement de bains publics offrant aussi d'autres services

Meublé : maison louée, occupée par une famille par chambre

Trou : bâtisse construite à partir de matériaux récupérés

États des Terres Alliées

Elyne : le plus proche de la Kyralie géographiquement et culturellement, climat tempéré

Kyralie : terre d'élection de la Guilde

Lan : région montagneuse où vivent des tribus guerrières

Lonmar : région désertique sous la férule de la religion mahga

Vindos : îles réputées pour leurs marins

Autres termes

Casse-croûte : en-cas

Casse-dalle : déjeuner

Pièce percée : monnaie pouvant être enfilée sur un bâtonnet jusqu'à atteindre la somme voulue

Tapis simbarite : tapis fait de fibres de roseau

CPI
Aubin Imprimeur

IMPRIM'VERT
Votre imprimeur agit pour l'environnement

Achevé d'imprimer en décembre 2009
N° d'impression L 73408
Dépôt légal, décembre 2009
Imprimé en France
35294241-2